A ORAÇÃO DOS MISERÁVEIS

GARETH
HANRAHAN

A ORAÇÃO DOS
MISERÁVEIS

TRADUÇÃO
FÁBIO FERNANDES

O LEGADO
DO FERRO
NEGRO #1

TRAMA

Título original: *The Gutter Prayer*

Copyright © 2019 Gareth Hanrahan
Publicado originalmente na Grã-Bretanha em 2019 pela Orbit, um selo do Little, Brown Book Group

Direitos de edição da obra em língua portuguesa no Brasil adquiridos pela Trama, selo da Editora Nova Fronteira Participações S.A. Todos os direitos reservados. Nenhuma parte desta obra pode ser apropriada e estocada em sistema de banco de dados ou processo similar, em qualquer forma ou meio, seja eletrônico, de fotocópia, gravação etc., sem a permissão do detentor do copirraite.

Editora Nova Fronteira Participações S.A.
Rua Candelária, 60 — 7.º andar — Centro — 20091-020
Rio de Janeiro — RJ — Brasil
Tel.: (21) 3882-8200

Dados Internacionais de Catalogação na Publicação (CIP)
(Câmara Brasileira do Livro, SP, Brasil)

Hanrahan, Gareth
   A oração dos miseráveis / Gareth Hanrahan; tradução Fábio Fernandes. – 1.ª ed. – Rio de Janeiro: Trama, 2021. – (O Legado do Ferro Negro; 1)
   512 p.

Título original: *The Gutter Prayer*
ISBN 978-65-89132-22-6

1. Literatura inglesa. I. Título II. Série.

21-58948   CDD-823

Índices para catálogo sistemático:
1. Literatura inglesa 823
Aline Graziele Benitez - Bibliotecária - CRB-1/3129

www.editoratrama.com.br

  / editoratrama

Para Helen,
Que me disse para escrever aquele romance…
Mas provavelmente não estava se referindo a este aqui

PRÓLOGO

Você está sobre um afloramento rochoso cheio de túneis, como os demais morros, olhando para Guerdon abaixo. Daqui, você vê o coração da cidade velha, seus palácios, igrejas e torres erguidos como as mãos de um homem se afogando, tentando fugir do labirinto de becos e casebres que as cerca. Guerdon sempre foi um lugar de tensões internas, uma cidade construída em cima das próprias versões anteriores, porém as negando, lutando para ocultar os erros do passado e apresentar uma nova face ao mundo. Navios percorrem o porto salpicado de ilhas no meio de dois promontórios protetores, trazendo mercadores e viajantes do mundo inteiro. Alguns vão se estabelecer aqui, fundindo-se com a eterna e essencial Guerdon.

Outros vêm não como viajantes, mas como refugiados. Você é um exemplo da liberdade que Guerdon oferece: liberdade de culto, liberdade da tirania e do ódio. Ah, essa liberdade é condicional, incerta — a cidade já teve, em outros tempos, tiranos, fanáticos e monstros como governantes, e você também fez parte disso —, mas o puro peso da cidade, sua história e sua miríade de povos sempre garantem que ela acabe voltando preguiçosamente para uma corrupção confortável, em que tudo é permitido se você tem dinheiro.

Outros ainda vêm como conquistadores, atraídos por essa riqueza. Você nasceu em um desses conflitos, espólio de uma vitória. Às vezes, os conquistadores ficam e são lentamente absorvidos pela cultura da cidade. Outras vezes, eles destroem o que podem e seguem em frente, e Guerdon torna a crescer das cinzas e escombros, incorporando as cicatrizes na cidade viva.

Você sabe de tudo isso, tão bem quanto sabe de certas outras coisas, mas não consegue articular como. Sabe, por exemplo, que dois Homens de Sebo patrulham a sua lateral oeste, movendo-se com a graça e a velocidade sobre-humanas de sua espécie. As chamas que dançam na cabeça deles iluminam a fileira de imagens talhadas no seu flanco, rostos de juízes e políticos falecidos há muito tempo e imortalizados em pedra enquanto seus restos mortais já desceram pelos poços de cadáveres faz tempo. Os Homens de Sebo passam bruxuleantes e viram à direita descendo pela rua da Misericórdia, passando pelo arco da sua porta sob a torre do sino.

Você também está ciente de outra patrulha, se aproximando por trás.

E nesse intervalo, nas sombras, três ladrões se esgueiram para cima de você. O primeiro surge de um beco e escala seu muro externo. Mãos esfoladas encontram apoios nas rachaduras do seu decadente muro oeste com velocidade inumana. Ele atravessa o telhado baixo, escondendo-se atrás de gárgulas e estátuas quando o segundo grupo de Homens de Sebo passa. Ainda que eles olhassem para cima com seus olhos de chamas tremeluzentes, não veriam nada fora do normal.

Algo nas chamas dos Homens de Sebo deveria inquietá-lo, mas você é incapaz dessa ou de qualquer outra emoção.

O garoto carniçal chega a uma portinhola, usada apenas pelos operários que limpam as telhas de chumbo do telhado. Você sabe — e, novamente, não entende como é possível saber — que essa porta não está trancada, que o guarda que deveria tê-la trancado recebeu propina para esquecer essa parte de suas tarefas esta noite. O garoto carniçal toca a porta, e ela se abre sem fazer barulho. Dentes marrom-amarelados reluzem ao luar.

De volta à beira do telhado. Ele procura pela luz que denuncia a presença dos Homens de Sebo na rua, depois joga uma corda para baixo. Outro ladrão emerge do mesmo beco e sobe. O carniçal puxa a corda para cima, agarra a mão dela e a puxa para longe das vistas no breve intervalo entre patrulhas. Quando ela toca seus muros, você percebe que ela é nova na cidade, é uma garota nômade, uma fugitiva. Você nunca a viu antes, mas sente um lampejo de fúria ao toque dela, quando compartilha, de modo impossível, a emoção da garota.

Você nunca sentiu isso nem qualquer outra coisa antes, e é fascinante. O ódio dela é dirigido não a você, mas ao homem que a obriga a estar ali esta noite, só que você ainda acha fascinante o sentimento que percorre toda a borda do seu telhado.

A garota é familiar. A garota é importante.

Você ouve o coração dela batendo, a respiração nervosa e superficial, sente o peso da adaga dela na bainha fazendo pressão na perna. Mas falta alguma coisa nela. Tem algo incompleto.

Ela e o garoto carniçal somem pela porta aberta, acelerando pelos seus corredores e fileiras de escritórios, e depois descem as escadas laterais de volta ao térreo. Há mais guardas lá dentro, humanos — mas estão parados na entrada dos cofres do lado norte, abaixo de sua grande torre, não ali naquela colmeia de papéis e registros; os dois ladrões permanecem invisíveis enquanto descem. Eles chegam a uma de suas portas laterais, usada por escriturários e escribas durante o dia. Está fechada com chave, tranca e barra, mas a garota arromba a fechadura enquanto o carniçal mexe nas trancas. Agora a porta está destrancada, mas eles ainda não a abrem. A garota põe o olho na fechadura e fica observando, esperando, até que os Homens de Sebo passem novamente. Ela põe a mão na garganta, como se procurasse por um colar que costuma ficar ali, mas o pescoço está nu. Ela franze a testa, e o lampejo de raiva pelo furto deixa você empolgado.

Você está ciente do carniçal, da presença física dele dentro de você, mas sente a garota com muito mais intensidade, compartilha seu frêmito de excitação enquanto ela aguarda que o brilho das velas dos Homens de Sebo diminua. Ela teme que esta seja a parte mais perigosa de toda a empreitada.

Está errada.

Mais uma vez, os Homens de Sebo viram a esquina na rua da Misericórdia. Você quer tranquilizá-la e dizer que está segura, que eles estão longe de vista, mas não consegue achar sua voz. Não importa: ela abre uma fresta da porta e faz um gesto, e o terceiro membro do trio vem subindo desengonçado o beco.

Agora, enquanto ele atravessa a rua tentando correr o melhor que é capaz, você vê por que eles precisavam abrir a porta do térreo quando já tinham a entrada do telhado. O terceiro membro do grupo é um Homem de Pedra. Você se lembra de quando a doença — ou maldição — se estabeleceu na cidade. Você se lembra do pânico, dos debates a respeito de internação compulsória, quarentenas. Os alquimistas por fim acharam um tratamento, e uma epidemia em escala total foi adiada. Mas ainda ocorrem surtos, e há colônias de leprosos para quem sofre da doença na cidade. Se os sintomas não forem diagnosticados bem no começo, o resultado é a criatura híbrida que se arrasta neste instante até sua porta: um homem cuja carne e cujo osso estão sofrendo uma lenta transformação em rocha. Os afligidos pela praga ficam imensamente fortes, mas cada pequeno desgaste, cada ferimento, acelera sua calcificação. Os órgãos internos são os últimos, e então no final eles viram estátuas vivas, incapazes de se mover ou de enxergar, paralisados eternamente, lutando para respirar, mantidos vivos apenas pela caridade dos outros.

Este Homem de Pedra ainda não está paralisado, embora se mova de modo desajeitado, arrastando a perna direita. A garota faz uma careta com o barulho ao fechar a porta depois que ele passa, mas você sente um frêmito igualmente estranho de alegria e alívio quando o amigo alcança a segurança do esconderijo. O carniçal já está avançando, descendo apressado o longo corredor silencioso que normalmente fervilha de prisioneiros e guardas, testemunhas e juristas, advogados e mentirosos. Ele corre de quatro, como um cão cinzento. A garota e o Homem de Pedra vão atrás; ela permanece abaixada, mas ele não é tão flexível. Felizmente, o corredor não dá vista para a rua lá fora, então, mesmo que a patrulha de Homens de Sebo olhasse naquela direção, não o veria.

Os ladrões procuram por algo. Checam uma sala de registro, depois outra. As salas são protegidas, trancadas com portas de ferro, mas a pedra é mais forte e o Homem de Pedra as dobra ou quebra, uma por uma, o suficiente para que o carniçal ou a humana se esgueirem por entre elas e comecem a busca.

Em determinado ponto, a garota agarra o Homem de Pedra pelo cotovelo para apressá-lo. Um nativo da cidade jamais faria uma coisa dessas, não de boa vontade, a menos que tivesse a cura do alquimista à mão. A maldição é contagiosa.

Eles vasculham outra sala, e outra e mais outra. Ali existem centenas de milhares de papéis, organizados em um sistema que é segredo dos escriturários, sussurrado apenas de um para o outro, passado adiante como se fosse uma herança. Se você soubesse o que eles estavam procurando, e eles pudessem compreender sua fala, talvez fosse possível lhes dizer onde encontrar o que buscam, mas eles avançam meio cegos.

Não conseguem achar o que foram buscar. O pânico aflora. A garota argumenta que eles precisam ir embora, fugir antes que sejam descobertos. O Homem de Pedra balança a cabeça, tão teimoso e imóvel quanto, bem, quanto uma pedra. O carniçal fica na dele, mas se curva, puxando o capuz sobre o rosto como se tentasse se apagar da discussão. Eles vão continuar procurando. Quem sabe esteja na sala ao lado.

Em algum outro lugar dentro de você, um guarda pergunta a outro se ouviu aquilo. Ora, por acaso não podia ser o som de um intruso? Os outros guardas olham para ele curiosos, mas então, à distância, o Homem de Pedra bota mais uma porta abaixo, e os guardas agora atentos definitivamente ouvem.

Você sabe — só você sabe — que o guarda que alertou seus colegas é o mesmo que deixou a porta do telhado destrancada. Os guardas se espalham, soam o alarme, começam a vasculhar o labirinto dentro de você. Os três ladrões se dividem, tentam fugir de seus perseguidores. Você vê a caça de ambos os lados, caçadores e caçados.

E, depois que os guardas deixam seu posto em frente aos cofres, outras figuras entram. Duas, três, quatro, escalando até lá em cima. Como você não as sentiu antes? Como foi que elas chegaram até você, entraram em você, sem que percebesse? Elas se movem com a confiança da experiência, certas de cada ação. Veteranas de seu ofício.

Os guardas acham os estragos provocados pelo Homem de Pedra e começam a procurar na ala sul, mas sua atenção está concentrada nos estranhos em seu cofre. Com os guardas fora, eles trabalham sem impedimentos. Desembrulham um pacote, o pressionam contra a porta do cofre, acendem um pavio. Ele brilha mais do que a vela de qualquer Homem de Sebo, efervescendo, rugindo, e…

… e você está queimando, quebrado, rasgado ao meio, na mais completa desordem. As chamas percorrem você, todos aqueles milhares de documentos pegando fogo em um instante, velhos pisos de madeira alimentando aquele inferno. As pedras racham. Seu salão oeste desaba, e os rostos pétreos de juízes despencam na rua lá fora, esfarelando-se nos paralelepípedos. Você sente sua *consciência* se contrair à medida que o fogo o entorpece. Cada parte sua que é consumida não faz mais parte de você, é apenas uma ruína fumegante. Está lhe devorando.

Não é que você não consiga mais ver os ladrões — o carniçal, o Homem de Pedra, a garota nômade que lhe ensinou, por um breve momento, a sentir ódio. É que você não consegue mais vê-los com absoluta certeza. Eles tremeluzem, entrando e saindo de sua consciência, que rapidamente se fragmenta, enquanto se movem de uma parte sua para outra.

Quando a garota atravessa correndo o pátio central, perseguida por um Homem de Sebo, você sente cada passo, cada respiração ofegante de pânico enquanto ela tenta se afastar das criaturas que se movem bem mais rápido do que a mera carne humana pode esperar conseguir. Mas ela é esperta: faz um ziguezague de volta para dentro de uma área em chamas, desaparecendo de sua vista. O Homem de Sebo hesita em segui-la para dentro das chamas com medo de derreter antes do tempo.

Você perdeu o rastro do carniçal, mas o Homem de Pedra é fácil de avistar. Ele entra cambaleante na Alta Corte, derrubando os bancos de madeira onde os Lordes da Justiça e da Sabedoria se sentam quando estão em sessão. As almofadas de veludo da galeria de espectadores já estão pegando fogo. Mais perseguidores fecham o cerco. Ele é lento demais para escapar.

Ao seu redor, ao redor do que sobrou de você, o alarme se espalha. Um incêndio desse tamanho precisa ser contido. Pessoas fogem dos prédios da vizinhança ou jogam baldes de água sobre os telhados iluminados por fagulhas do seu inferno. Outros se reúnem para olhar boquiabertos, como se a destruição de uma das maiores instituições da cidade fosse uma atração para o divertimento deles. Vagões alquímicos correm por entre as ruas, carregando tanques de líquidos extintores de fogo, melhores do que água para lidar com uma conflagração desse porte. Eles conhecem os perigos de um incêndio na cidade; já houve grandes incêndios no passado, mas nenhum nas últimas décadas. Talvez, com as poções dos alquimistas e a disciplina da guarda da cidade, possam conter esse incêndio.

Mas para você é tarde demais.

Tarde demais, você ouve as vozes de seus irmãos e irmãs gritando, dando o alarme, despertando a cidade para o perigo.

Tarde demais, você percebe o que você é. Sua consciência encolhe, se refugia no seu receptáculo. É isto o que você é, talvez o que sempre tenha sido.

Você sente uma segunda emoção — medo — quando as chamas escalam a torre. Alguma coisa embaixo de você se quebra, e a torre se inclina subitamente para o lado, fazendo você balançar para frente e para trás. Sua voz estremece no tumulto, um sonoro chocalho de morte.

Seus suportes se quebram, e você cai.

CAPÍTULO UM

Carillon está agachada na sombra, os olhos fixos na porta. Tem sua adaga na mão; mais um gesto de bravata para si mesma do que uma arma letal. Ela já lutou, já cortou gente com essa adaga, mas nunca matou. Cortar e correr, é essa sua estratégia.

Nesta cidade tão cheia, não é bem uma opção.

Se um guarda entrar pela porta, vai esperar até que ele passe pelo seu esconderijo e então se esgueirar atrás dele e cortar sua garganta. Ela tenta se visualizar fazendo isso, mas não consegue. Talvez consiga se safar apenas assustando o guarda ou dando um cortezinho na sua perna para que ele não consiga ir atrás deles.

Se forem dois guardas, vai aguardar até que eles estejam prestes a encontrar os outros, assoviar um aviso e pular em cima de um deles. Certamente, ela, Mastro e Ratazana serão capazes de derrubar dois guardas sem se denunciar.

Com certeza.

Se forem três guardas, o plano continua o mesmo, só que mais arriscado.

Ela não deixa sua mente focar na outra possibilidade — a de que não serão humanos como ela, que podem ser cortados com sua faquinha, mas algo pior, como os Homens de Sebo ou os Cabeças de Gaivota. A cidade cultiva seus próprios horrores.

Todos os seus instintos lhe dizem para fugir, sair correndo com seus amigos, arriscar a fúria de Heinreil por voltarem de mãos abanando. Melhor ainda, não voltar, mas pegar o Portão da Viúva ou o Portão do Rio e sair da cidade esta noite, estar a vinte quilômetros de distância antes do amanhecer.

Seis. A porta se abre e são seis guardas, todos humanos, um dois três homenzarrões, vestindo roupas de couro acolchoado, carregando maças, e outros três com pistolas. Por um instante ela fica paralisada de terror, incapaz de agir, incapaz de fugir, presa de encontro à pedra fria das paredes velhas.

E então — ela sente o choque através da parede antes de ouvir o rugido, o estrondo. Sente toda a Casa da Lei se estilhaçar. Estava em Severast quando a terra tremeu, certa vez, mas não é a mesma coisa: é mais como um relâmpago e um trovão bem em cima dela. Ela avança para a frente sem pensar, como se a explosão a tivesse atingido fisicamente também, pulando no meio da confusão dos guardas.

Um deles dispara a pistola à queima-roupa, tão perto que ela sente as faíscas, a corrente de ar passando pela sua cabeça, estilhaços quentes de metal ou pedra chovendo nas suas costas, mas a dor não vem e ela sabe que não foi atingida mesmo enquanto corre.

Sigam-me, ela reza enquanto corre às cegas pelo corredor, entrando aleatoriamente em uma sala depois da outra, ricocheteando ao bater em portas trancadas. Pelos gritos atrás dela, sabe que alguns deles a estão seguindo. É como roubar fruta no mercado: um de vocês sai correndo escandalosamente, distrai o feirante, e os outros pegam uma maçã cada um e uma terceira para o que fugiu. Só que, se ela for apanhada, não vai escapar sem uma surra. Mesmo assim, sua chance de fugir é melhor do que a de Mastro.

Ela sobe correndo uma pequena escada e vê um brilho laranja embaixo da porta. Homens de Sebo, pensa, imaginando seus pavios flamejantes do outro lado, antes de se dar conta de que a ala norte inteira da Casa quadrada está em chamas. Os guardas estão logo atrás dela, então ela abre a porta mesmo assim, abaixando-se bastante para evitar a fumaça negra espessa que preenche o ambiente.

Contorna a sala em chamas pelas beiradas. É uma biblioteca, com longas fileiras de estantes repletas de livros com sobrecapas de tecido, cadernos de instituições cívicas, atas do parlamento. Pelo menos, metade é uma biblioteca; a outra metade *era* uma biblioteca. Livros velhos queimam rápido. Ela se cola à parede, avançando por entre a fumaça na base do tato, arrastando a mão direita ao longo dos blocos de pedra enquanto tateia à frente com a esquerda.

Um dos guardas teve a coragem de segui-la, mas, pelo som de seus gritos, ela imagina que ele seguiu em frente, achando que ela havia corrido na direção do fogo. Há um rangido, depois um estrondo, e uma chuva de fagulhas quando uma das estantes em chamas desaba. Os gritos graves do guarda para seus colegas se tornam gritos esganiçados de dor, mas ela não pode fazer nada por ele. Ela não consegue ver e mal consegue respirar. Luta contra o pânico e continua seguindo em frente até chegar à parede do outro lado.

A Casa da Lei é um quadrilátero de prédios que cercam um pátio gramado central, onde enforcam ladrões, e naquele momento o enforcamento lhe parece um destino melhor do que morrer queimada. Mas havia uma fileira de janelas, não havia? Na face interna do prédio, dando vista para o pátio. Ela tem certeza disso, tem que haver, porque o fogo se fechou em uma barreira atrás dela e não há como voltar.

Seus dedos estendidos tocam pedra quente. A parede lateral. Ela tateia e corre os dedos por ela, em busca das janelas. São mais altas do que se lembrava, e ela mal consegue alcançar o peitoril mesmo se esticando toda, na ponta dos pés. As janelas são chumbadas, com vidro espesso, e, embora o fogo tenha estourado algumas, aquela ali está intacta. Ela pega um livro em uma estante e o atira no vidro, sem nenhum resultado. Ele quica. Não há nada que possa fazer para quebrar o vidro dali de baixo.

Daquele lado, o peitoril tem uma largura de uns dois centímetros, mas, se ela conseguir subir ali, talvez possa empurrar uma das vidraças, criar uma abertura. Ela dá um passo para trás a fim de dar uma corridinha e pular, e uma mão agarra seu tornozelo.

— Socorro!

É o guarda que a seguiu. A estante em chamas deve ter caído em cima dele. Ele está rastejando, arrastando uma perna inutilizada e retorcida, e seu lado esquerdo está terrivelmente queimado. Bolhas vermelho-esbranquiçadas escorrem, e a carne do rosto está enegrecida.

— Não posso.

Ele ainda está segurando a pistola e tenta apontá-la para Carillon mesmo agarrado a seu tornozelo, mas ela é mais rápida. Pega o braço dele e levanta, puxa o gatilho pelo homem. O barulho, tão perto de seu ouvido, é ensurdecedor, mas o tiro destrói parte da janela atrás dela. Mais e mais vidraças caem, deixando uma falha no vitral que é grande o suficiente para ela se esgueirar, se conseguir subir até lá.

Um rosto aparece no buraco. Olhos amarelos, dentes marrons, pele toda esburacada — um sorriso de dentes incrivelmente afiados. Ratazana estende a mão envolta em trapos pela janela. O coração de Cari dá um pulo. Ela vai sobreviver. Naquele momento, o rosto monstruoso e deformado de seu amigo parece tão lindo quanto as feições impecáveis de um santo que conheceu um dia. Ela corre na direção de Ratazana — e para.

Queimado é um jeito terrível de morrer. Ela nunca pensou nisso antes, mas, agora que é uma possibilidade, parece pior do que qualquer coisa. Sua cabeça está estranha, e ela sabe que não está pensando direito, mas, entre a fumaça, o calor e o terror, estranho parece uma sensação muito razoável. Ela se ajoelha, passa o braço embaixo dos ombros do guarda, ajuda-o a se apoiar na perna boa e a mancar na direção de Ratazana.

— O que você está fazendo? — sibila o carniçal, mas ele também não hesita.

Agarra o guarda pelos ombros quando o homem ferido está ao alcance da janela, e o puxa pelo buraco. Então ele vem em busca dela e a puxa também. Os braços esguios de Ratazana não são tão duros ou fortes quanto os amaldiçoados músculos de pedra de Mastro, mas sua força é mais que suficiente para erguer Carillon para fora do prédio em chamas com uma das mãos e puxá-la para o frio abençoado do pátio aberto.

O guarda geme e rasteja pela grama. Já fizeram o bastante por ele, Carillon decide; um meio ato de misericórdia é tudo o que podem oferecer.

— Foi você que fez isso? — pergunta Ratazana, horrorizado e maravilhado, se encolhendo de susto quando parte dos prédios em chamas desaba.

As chamas se enroscam ao redor da base da imensa torre do sino que assoma sobre o lado norte do quadrilátero. Carillon meneia a cabeça, negando.

— Não, teve uma espécie de... explosão. Cadê Mastro?

— Por aqui.

Ratazana sai correndo, e ela vai atrás. Para o sul, pelas beiradas do jardim, passando pelas velhas forcas vazias, para longe do fogo, na direção dos pátios. Agora não há como obter o que eles foram pegar, mesmo se os documentos que Heinreil quer ainda existirem e não estiverem caindo como uma nevasca de cinzas brancas ao redor dela, mas talvez possam escapar, se conseguirem chegar às ruas novamente. Só precisam encontrar Mastro, achar aquele grande e coxo rochedo ambulante, e fugir.

Ela poderia deixá-lo para trás, assim como Ratazana podia tê-la abandonado. O carniçal era capaz de subir uma parede em uma fração de segundo; carniçais são escaladores prodigiosos. Mas eles são amigos — os primeiros amigos de verdade que ela tem em muito tempo. Ratazana a encontrou nas ruas depois que ela ficou à deriva naquela cidade e a apresentou a Mastro, que lhe deu um lugar para dormir em segurança.

Os dois também a apresentaram a Heinreil, mas isso não foi culpa deles — o submundo de Guerdon é dominado pela Irmandade dos Ladrões, assim como a indústria e o comércio são dominados pelos cartéis de guildas. Se eles forem apanhados, a culpa é de Heinreil. Mais um motivo para odiá-lo.

Há uma porta lateral à frente e, se ela não está enganada, essa porta se abrirá perto de onde entraram, e é lá que encontrarão Mastro.

Antes que consigam chegar, a porta se abre e sai um Homem de Sebo.

Olhos flamejantes em um rosto branco de cera. É um homem velho, tão gasto que está translúcido em algumas partes, e o fogo dentro dele brilha através de buracos no seu peito. Ele tem um machado enorme, que Cari nunca nem conseguiria erguer, mas ele o balança facilmente em uma das mãos e gargalha quando vê Ratazana e ela em destaque contra o fogo.

Eles se viram e saem correndo, cada um para um lado. Ratazana vai pela esquerda, escalando o muro da biblioteca em chamas. Ela vira à direita, torcendo para desaparecer na escuridão do jardim. Talvez consiga se esconder atrás de uma forca ou algum monumento, pensa, mas o Homem de Sebo é mais rápido que ela imagina. Ele tremula, um borrão de movimento, e está bem na frente dela. O machado balança, ela se joga no chão, para o lado, e a arma passa assoviando.

Mais uma vez, a gargalhada. Ele está brincando com ela.

Carillon se enche de coragem. Descobre que não deixou sua adaga cair. Ela a enfia bem no peito macio de cera do Homem de Sebo. As roupas e a carne dele são feitas da mesma substância, mole como cera quente de vela, e a lâmina entra fácil. Ele apenas ri novamente, a ferida se fechando quase tão rápido quanto se abriu, e agora a adaga está na outra mão dele. Ele a gira, golpeia para baixo, e o ombro direito de Carillon subitamente está negro e escorregadio de sangue.

Ela ainda não sente a dor, mas sabe que vai vir.

Volta a correr, meio que tropeçando na direção das chamas. O Homem de Sebo hesita, sem querer seguir, mas a cerca, a envolve, rindo enquanto avança. Ele lhe oferece opções de mortes — correr para dentro do fogo e morrer queimada, sangrar ali na grama onde tantos outros ladrões encontraram seu destino ou voltar e deixar que ele a desmembre com sua própria adaga.

Ela deseja nunca ter voltado a esta cidade.

O calor do incêndio à frente chamusca seu rosto. O ar está tão quente que respirar dói, e ela sabe que nunca esquecerá o cheiro de fuligem e papel queimado. O Homem de Sebo a acompanha, tremeluzindo para lá e para cá, sempre impedindo que ela escape.

Carillon corre para o canto a nordeste. Aquela parte da Casa da Lei também está pegando fogo, mas as chamas parecem menos intensas ali. Quem sabe não consegue chegar até lá sem que o Homem de Sebo a siga? Talvez até consiga chegar lá antes que ele arranque sua cabeça com o machado. Ela corre, segurando o braço ensanguentado, o tempo todo se preparando para levar uma machadada nas costas.

O Homem de Sebo gargalha e aparece logo atrás dela.

E então ela ouve um clangor, o tremendo soar de um sino, e o som eleva Carillon, ascendendo-a para fora de si mesma, do pátio e do prédio em chamas. Ela voa alto sobre a cidade, como uma fênix ressurgindo dos escombros. Atrás dela, abaixo dela, a torre do sino desaba, e o Homem de Sebo dá um grito ao ser esmagado pelo entulho incendiado.

Ela vê Ratazana andando pelos telhados, desaparecendo nas sombras que cobrem a rua da Misericórdia.

Ela vê Mastro andando desajeitado pelo gramado em chamas, na direção dos destroços flamejantes. Ela vê o próprio corpo, caído no meio da destruição, salpicado de escombros em chamas, olhos arregalados que nada veem. Ela vê...

Para um Homem de Pedra, a imobilidade equivale à morte. É preciso continuar se movendo, fazer o sangue circular, movimentar os músculos. Se não, as veias e artérias se tornarão canais escavados em pedra dura, os músculos se transformarão em rochas inertes e inúteis. Mastro nunca fica imóvel, mesmo quando está parado. Ele flexiona, contrai, se balança de um pé para outro. Mexe o maxilar, a língua, move os olhos. Tem um medo particular de que seus lábios e língua calcifiquem. Outros Homens de Pedra têm a própria linguagem secreta de batidas e estalos, um código que funciona mesmo quando suas bocas estão para sempre paralisadas, mas pouca gente na cidade fala essa língua.

Então, quando eles ouvem o trovão, ou seja lá o que for aquilo, Mastro já está em movimento. Ratazana é mais rápido, e Mastro segue como pode. Arrasta a perna direita atrás de si. Seu joelho está entorpecido e duro por trás da casca pétrea. Alkahest poderia curá-lo, se ele conseguisse um pouco a tempo. A droga é cara, mas reduz o progresso da doença, evita que a carne se transforme em pedra. Mas precisa ser injetada de forma subcutânea, e ele acha cada vez mais difícil perfurar a própria pele e atingir carne viva.

Mal consegue sentir o calor do pátio em chamas, embora imagine que, se tivesse mais pele no rosto, já estaria queimado pelo contato com o ar.

Ele observa a cena, tentando entender a dança das chamas e as silhuetas em rápido movimento. Ratazana some em um telhado, perseguido por um Homem de Sebo. Cari... Cari está lá, sob os destroços da torre. Ele atravessa cambaleante o pátio, rezando aos Guardiões para que ela ainda esteja viva, esperando encontrá-la decapitada pelo machado de um Homem de Sebo.

Ela está viva. Atordoada. De olhos arregalados, mas sem ver nada, resmungando para si mesma. Ali perto, uma poça de líquido e um pavio queimando se contorcem como uma cobra zangada. Mastro pisa no pavio, apagando-o, e depois pega Cari, tomando cuidado para não tocar sua pele. Ela não pesa quase nada, então ele consegue carregá-la com facilidade sobre um dos ombros. Ele se vira e sai correndo de volta por onde veio.

Cambaleia corredor abaixo, sem mais se importar com o barulho. Talvez tenham dado sorte; quem sabe o fogo afastou os Homens de Sebo. Poucos se atrevem a encarar um Homem de Pedra em uma briga, e Mastro sabe usar sua força e tamanho para tirar vantagem. Mesmo assim, não quer arriscar a sorte contra um Homem de Sebo. Pois seria uma questão de sorte — um soco dos seus punhos de pedra pode destruir as criações de cera da guilda dos alquimistas, mas eles se movem tão rápido que ele teria sorte se acertasse um único soco.

Ele passa marchando pela primeira porta que vai dar na rua. Óbvio demais.

Segue cambaleante até um imenso par de portas internas ornamentadas e as faz em pedacinhos. Do outro lado, uma sala de tribunal. Já esteve ali antes, percebe, muito tempo atrás. Ficou lá em cima, na galeria de espectadores, quando sentenciaram seu pai à morte por enforcamento. Vagas lembranças de ter sido arrastado por um corredor pela mãe, agarrado ao braço dela como um peso morto, desesperado para ficar, mas incapaz de dar nome ao seu medo. Heinreil e os outros, se aglomerando ao redor de sua mãe como uma invisível guarda de honra, mantendo a multidão à distância. Velhos com cheiro de bebida e sujeira, apesar das roupas ricas, sussurrando que seu pai havia pagado suas dívidas, que a Irmandade cuidaria deles, não importava o que acontecesse.

Hoje em dia, isso significa alkahest. A perna de Mastro começa a doer enquanto ele a arrasta pelo pátio. Isso nunca é um bom sinal — significa que está começando a calcificar.

— Parado aí.

Um homem aparece, bloqueando a saída do outro lado. Está todo vestido em couro e um meio manto verde sujo. Espada e pistola no cinto, e na mão um grande cajado de ferro com um gancho afiado em uma das pontas. O nariz quebrado de um lutador de boxe. Seus cabelos parecem estar migrando para o sul, fugindo da cabeça calva para colonizar a rica floresta de sua barba preta e espessa. É um homem grande, mas feito apenas de carne e osso.

Mastro arremete, correndo o melhor que um Homem de Pedra consegue. Parece mais uma avalanche, mas o homem dá um pulo para o lado e o cajado de ferro desce com força, bem na parte de trás do joelho esquerdo de Mastro. Ele tomba, cai de encontro à moldura da porta, esmagando-a sob seu peso. Só consegue evitar cair no chão enterrando a mão na parede, destroçando o estuque como se fosse folha seca. Deixa Cari tombar no chão.

O homem joga o meio manto para trás com um dar de ombros, e há um distintivo de prata espetado em seu peito. Ele é um caçador de ladrões autorizado, um caçador de recompensas. Recupera propriedade perdida, executa vingança sancionada para os ricos. Oficialmente, não faz parte da guarda da cidade, é mais um *freelancer* sob contrato.

— Eu disse "parado aí" — diz o caçador de ladrões. O fogo está se aproximando, a galeria superior já está queimando, mas não há um vestígio de preocupação na voz profunda do homem. — Mastro, não é? Filho de Idge? Quem é a garota?

Mastro responde arrancando a porta das dobradiças e jogando-a, dois metros e meio de carvalho maciço, em cima do homem. O homem se abaixa quando a porta passa, depois avança e enfia o cajado na perna de Mastro novamente, como se fosse uma lança. Desta vez, algo se quebra.

— Quem te mandou aqui, garoto? Diga, e talvez eu a deixe viver. Talvez até deixe você manter essa perna.

— Vá para o túmulo.

— Você primeiro, garoto.

O caçador de ladrões se move, quase tão rápido quanto um Homem de Sebo, e bate com força o cajado na perna de Mastro pela terceira vez. A dor sobe como um terremoto, e Mastro tomba. Antes que consiga se levantar novamente, o caçador de ladrões está nas suas costas, e o cajado desce para um quarto golpe, bem na coluna de Mastro, e todo o seu corpo fica entorpecido.

Ele não consegue se mover. Ele é todo pedra. Todo pedra. Um túmulo vivo.

Ele grita, pois sua boca ainda funciona, grita, implora, pede e grita para que o salvem ou o matem ou façam qualquer coisa, mas não o deixem ali, preso nas ruínas de seu próprio corpo. O caçador de ladrões desaparece, as chamas se aproximam e — ele supõe — ficam mais quentes, mas ele não consegue sentir o calor delas. Depois de um tempo, mais guardas chegam. Enfiam um trapo em sua boca, levam-no para fora, e oito deles o jogam em cima de um carrinho.

Ele fica deitado ali, respirando o cheiro de cinzas com palha suja, mas ainda consegue ouvir vozes. Guardas correndo de um lado para outro, multidões gritando e uivando enquanto a Alta Corte de Guerdon pega fogo. Outros gritando abram caminho, abram caminho.

Mastro percebe que está mergulhando na escuridão.

A voz do caçador de ladrões novamente.

— Um fugiu pelos telhados. Suas velas podem ficar com ele.

— A ala sul está perdida. Só vamos conseguir salvar a leste.

— Seis mortos. E um Homem de Sebo. Apanhado no incêndio.

Outras vozes, ali perto. Uma mulher, falando com uma fúria fria. Um homem mais velho.

— Este é um golpe contra a ordem. Uma declaração de anarquia. De guerra.

— As ruínas ainda estão muito quentes. Não vamos saber o que foi levado até…

— Um Homem de Pedra, então.

— O que importa é o que faremos a seguir, não o que podemos salvar.

O carrinho balança e eles jogam outro corpo ao lado de Mastro. Ele não consegue ver, mas ouve a voz de Cari. Ela ainda está murmurando para si mesma, uma torrente constante de palavras. Ele tenta grunhir, sinalizar para que ela saiba que não está só, mas seu maxilar travou na mordaça e ele não consegue emitir som.

— O que temos aqui? — diz outra voz.

Ele sente uma pressão nas costas — muito, muito levemente, muito distante, como a pressão que uma montanha deve sentir quando um pardal pousa nela — e depois uma agulhada de dor, bem onde o caçador de ladrões o atingiu. Sentindo mais uma vez as chamas percorrerem seus nervos, ele recebe com alegria a agonia dos ombros que começam a sair da paralisação. Alkahest, uma dose forte do bendito alkahest, vital, antirrocha.

Ele voltará a se mover. Ainda não é todo pedra. Ainda não se foi de vez.

Mastro chora de gratidão, mas está cansado demais para falar ou se mover. Pode sentir o alkahest se espalhando por suas veias, afastando a paralisia. Para variar, o Homem de Pedra pode descansar e ficar parado. O mais fácil, agora, é fechar os olhos, que não estão mais paralisados na posição aberta, e se deixar levar pelo sono provocado pelo murmúrio suave de sua amiga...

Antes da cidade era o mar, e no mar estava Aquele Que Cria. E o povo das planícies foi até o mar, e os primeiros que falaram ouviram a voz d'Aquele Que Cria, e contaram para o povo das planícies de Sua Glória e lhes ensinaram a adorá-Lo. Eles acamparam na margem e construíram o primeiro templo por entre as ruínas. E Aquele Que Cria enviou Suas bestas sagradas para fora do mar para consumir os mortos das planícies, de forma que suas almas pudessem ser levadas a Ele e vivessem com Ele em glória eterna nas profundezas. O povo das planícies se encheu de gratidão, e seus números aumentaram até que não podiam mais ser contados. As bestas sagradas também engordaram, pois todos que morriam na cidade lhes eram dados.

Então a fome chegou à cidade, e o gelo sufocou a baía, e a colheita nas terras ao redor murchou e se transformou em pó.

O povo estava faminto, e comeu os animais dos campos.

Depois comeu os animais das ruas.

Depois eles pecaram contra Aquele Que Cria e invadiram os templos e mataram as feras sagradas, e comeram de sua carne abençoada.

Os sacerdotes disseram ao povo: como agora as almas dos mortos serão levadas ao deus nas águas? Mas o povo respondeu: o que nos importam os mortos? Se não comermos, também morreremos.

E eles mataram os sacerdotes, e também os comeram.

E ainda assim o povo passou fome, e muitos morreram. Os mortos encheram as ruas, pois não havia mais bestas sagradas para levá-los para as águas profundas de Deus.

Os mortos encheram as ruas, mas eles não tinham casa nem corpo, pois seus restos foram comidos pelas poucas pessoas que restaram.

E o povo da cidade foi ficando menor, e se tornou o povo das tumbas, e eles eram poucos em número.

Por sobre o mar congelado veio um novo povo, o povo do gelo, e eles vieram para a cidade e disseram: vede, eis aqui uma grande cidade, mas está vazia. Mesmo seus templos estão abandonados. Vamos ficar aqui, e nos abrigar do frio, e erguer templos aos nossos próprios deuses.

O povo do gelo suportou o que o povo da cidade não conseguiu suportar, e sobreviveu ao frio. Muitos deles também morreram, e seus corpos foram enterrados em tumbas, de acordo com seus costumes. E o povo das tumbas roubou esses corpos, e comeu deles.

E assim o povo do gelo e o povo das tumbas sobreviveram ao inverno.

Quando o gelo derreteu, o povo do gelo se tornou o povo da cidade, e o povo das tumbas se transformou nos carniçais. Pois eles também eram, à sua própria e nova maneira, o povo da cidade.

E foi assim que os carniçais surgiram em Guerdon.

CAPÍTULO DOIS

—**A**corde. Dedos de pedra a cutucam até que desperte. Cari abre os olhos e vê o céu azul lá no alto. O som de ondinhas batendo. Ela se senta e faz uma careta de dor ao sentir o ombro reclamar. Alguém fez um curativo e fechou a ferida de adaga que o Homem de Sebo infligira nela. Estava bem-feito demais para ser obra de Mastro.

— Fiquei entediado esperando você acordar — diz Mastro, e dá de ombros. Ele começa a caminhar em um círculo ao redor da ilhota em que estão.

Uma ilha artificial, um pilar de pedra no meio de um tanque ou cisterna de água; um lago artificial cercado por muros altos. A céu aberto. A água é estagnada e marrom nos pontos em que não está iridescente de dejetos alquímicos. Uma gosma verde mancha as rochas. Olhando ao redor, ela divisa um portãozinho de ferro no muro.

— Onde estamos?

— Não faço ideia. Uma prisão para Homens de Pedra, acho eu.

Faz sentido. Mastro poderia botar aquele portão abaixo, mas para chegar lá teria que cruzar a água, e ele é pesado demais para nadar, e não há como saber a profundidade do lago. E Homens de Pedra também precisam respirar.

— Esta é a Ilha das Estátuas?

Ela tinha ouvido falar na ilha de Homens de Pedra da baía, uma colônia fundada quando a praga apareceu em Guerdon, para onde os doentes eram exilados e abandonados para petrificar. Ela passa as mãos pelo próprio corpo e rosto, com medo de também estar infectada pela maldição. Não consegue achar nenhuma excrescência rochosa, mas há dezenas de pequenas marcas doloridas de queimaduras no rosto e nas mãos, como se tivesse sido picada por vespas enfurecidas.

Mastro pensa na pergunta.

— Não. Eu ouvi os sinos da Sagrado Mendicante há alguns minutos, então acho que estamos em algum lugar do Arroio superior.

Cari estende a mão.

— Me ajuda a levantar?

Mastro não se mexe, só estala a língua em sinal de reprovação.

— Certo, certo.

Não toque um Homem de Pedra. Cada cidade que ela visitou tinha seus próprios costumes, regras e tabus, e, quanto mais rápido os internalizasse, melhor. Embora Carillon tivesse nascido em Guerdon, crescera no campo, longe da praga. Ela se levanta desajeitada, tomando cuidado para não colocar peso no braço machucado.

— Como foi que a gente chegou aqui?

— Um caçador de ladrões me capturou. Me jogaram em um carrinho e me drogaram. — Ele se espreguiça, e escamas de pedra raspam umas nas outras. — Eles também pegaram você. De Ratazana, eu não sei nada.

— Você disse a eles que não queimamos o salão?

— Dizer a quem? — Mastro pergunta. — Não vi ninguém desde que acordei.

Cari coloca as mãos em concha ao redor da boca e grita:

— Ei! Carcereiro! Estamos acordados e queremos café da manhã!

Mastro observa a posição do sol no céu.

— É um pouco tarde para o café.

— E almoço! — grita Cari.

Faz muito tempo desde a última vez em que teve três refeições certinhas por dia, ou mesmo uma só, mas não custa tentar. Do outro lado do muro, alguém dá uma gargalhada, mas não há outra resposta. Cari volta a se largar em cima da pedra menos desconfortável.

— Vamos alinhar direitinho nossas histórias — ela sugere. — A gente diz a eles que não queimou aquele lugar. Infernos, Ratazana e eu até resgatamos um dos guardas do incêndio.

— Mas alguns morreram.

— Não foi nossa culpa! Você não feriu ninguém, feriu?

— Eu tentei acertar o caçador de ladrões.

— Você estava fugindo para se salvar de um prédio em chamas — diz Cari. — E quer parar de andar em círculos?

— Não — diz Mastro.

— O negócio é que não queimamos o lugar. Teve uma espécie de explosão, talvez uma bomba alquímica.

Ela já viu em outros lugares as armas de guerra que os alquimistas podem fazer: fogos que nunca param de queimar, animais transformados em monstros enormes, fumaça-afiada, contágios de gelo. Armas alquímicas são o maior produto de exportação de Guerdon.

— Mas nós estávamos roubando. — Mastro dá de ombros. — Não faz sentido negar.

— Eles vão me enforcar por isso — diz Cari. — Não sei o que fazem com Homens de Pedra.

Eles não podem enforcar Mastro — seu pescoço está empedrado —, mas não fazer nada seria castigo suficiente. É só lhe negar alkahest por tempo bastante e ele ficará petrificado, e isso seria pior do que enforcamento. Morrer de sede, trancado na concha de pedra de seu próprio túmulo vivo. Esse é o futuro dele.

— Deixe que eu falo — diz Mastro. — Você fique quieta. A Irmandade vai nos tirar dessa.

— Eu não devo meu pescoço a Heinreil.

— Não vai chegar a esse ponto. Você tem que confiar nele. Confiar em nós.

Nós, ele diz. Confiar na Irmandade que o pai dele fundou e morreu para proteger. E ele tem razão: há uma boa chance de que a Irmandade consiga comprar a liberdade deles com propina. Mas isso significa que ela vai dever ainda mais a Heinreil, ficar ligada ao homem pelo resto da vida.

— Que se foda. — Cari estende um braço, fazendo um gesto para o lago turvo e as paredes brancas que constituem sua prisão a céu aberto. — Não vou arriscar tudo por aquele duende nojento com cara de rola. — Ela fala alto o bastante para ser ouvida ao longe, e quem quer que esteja do outro lado do muro acha isso totalmente hilário. Cari se vira na direção da gargalhada e grita: — Eu quero falar com alguém! Vamos lá!

— Não diga nada a eles — Mastro insiste.

De qualquer maneira, não há resposta. A água bate de encontro à ilhota, depositando um pássaro morto na margem. Mastro o empurra de volta para o lago com um pé cheio de dedos de pedra, e ele lentamente afunda no atoleiro. Cari se senta na pedra, fumegando de ódio. Coça o pescoço, irritada pela ausência do colar que costuma usar. Joga pedrinhas no lodo e fica vendo tudo afundar. Paciência não é sua maior virtude.

— Você falou dormindo de novo — ele diz depois de alguns minutos.

— Eu não falo dormindo — Cari retruca.

— Fala, sim. Uma história sobre carniçais e feras. Nem parecia você.

— Não lembro — ela replica, mas lembra, sim.

Como um sonho, envolto na torre do sino desabando ao seu redor, e veio aquela estranha lembrança vertiginosa, deslocada, como se ela tivesse caído pelos céus. Sua cabeça dói. Ela esfrega as têmporas, mas isso só substitui a dor por outra quando seus dedos tocam os pontos chamuscados da pele. Metal derretido, Cari percebe. Foi isso o que fez as queimaduras no seu rosto e nas mãos. Como os braços de um ferreiro, salpicos de metal quente da forja. Ela se inclina sobre a água suja, tentando ver se ficou muito queimada. A água é mais lama que espelho. Ela tateia as queimaduras maiores com o dedo.

— Você vai sobreviver — diz Mastro.

— Até me enforcarem.

— Não vão te enforcar — ele insiste, mas não pode ter certeza, e ela percebe a falta de convicção na sua voz.

No tempo do pai de Mastro, a Irmandade tinha cacife suficiente para assegurar que um caso como o deles jamais chegasse ao cadafalso. Mas sob o comando de Heinreil a história é outra. Heinreil não vai gastar o dinheiro em subornos ou advogados se o retorno não valer a pena.

Cari olha para o portão ao longe. Poderia nadar até lá — ela nada bem, passou metade da vida entre barcos —, mas o portão parece resistente e sem ferrugem, apesar do ambiente ao redor. Ela procura sua adaga e as ferramentas para arrombar portas, mas lhe tiraram tudo menos a camisa e as calças e, estranhamente, um dos sapatos.

— Que se dane — ela diz, meio para si mesma, e entra na água.

Seu ombro ferido não permite que nade com facilidade, todos os seus pequenos cortes e cicatrizes doem como se estivesse nadando em suco de limão, e quando mal avança três metros já lamenta a ideia, mas suas pernas ainda funcionam e ela vai batendo os pés pelo líquido viscoso. Cari se contorce de modo desajeitado para manter o ombro fora d'água o máximo que pode.

— Cari! — Mastro sibila, mantendo a voz baixa para evitar que o ouçam. — Volte!

Na metade do caminho, uma de suas pernas raspa em algum obstáculo, como um recife. Ela para, flutuando no lodo por um instante.

— O que foi? — Mastro pergunta.

Cari sonda tateando com os pés, esfregando-os contra o que quer que esteja ali, tentando discernir o formato. Quatro — não, cinco protuberâncias pontudas de uma coluna, outra ao lado, e uma coisa redonda entre elas.

Uma estátua, de braços levantados. Cari tenta dar a volta, esbarra em outra, e outra, e mais outra; um cemitério de Homens de Pedra.

— Nem queira saber.

Ela continua nadando, usando os mortos de pontos de apoio quando a dor passa do limite. Engole um bocado de limo, engasga, cospe. Isso foi um erro, pensa, mas não há como voltar atrás agora. Todas as marcas no seu rosto estão em chamas, uma constelação de agonia que quase eclipsa a dor constante no seu ombro.

Ela olha para trás, vê Mastro se mexendo nervoso na margem. Ele está longe demais para ajudar. Se deixar a ilha, vai afundar e se afogar.

Ela também não tem nenhuma vontade de se afogar. Respira fundo mais uma vez, equilibrando-se na cabeça do último Homem de Pedra, e depois nada o último trecho.

Ela chega ao portão e sobe na beirada estreita. Mastro solta o ar, e os pulmões fazem um barulho igual ao de um chocalho. Cari empurra o portão, sacode, e depois começa a escalá-lo. Quem sabe, equilibrada no alto do portão, consiga alcançar o topo do muro ao lado e subir, mesmo com um dos braços inerte?

Agora ela consegue ouvir os sons da cidade, abafados e distantes, mas presentes, o murmúrio das multidões, gritos e bramidos, o sibilar dos motores dos trens, o dobrar dos sinos da Sagrado Mendicante...

O Homem de Sebo está queimando baixo agora. Derretendo. Isso dificulta a concentração. Ele salta para outro telhado e erra o cálculo da distância, pousando mal, caindo todo escarrapachado em cima das telhas e escorregando para a rua lá embaixo, mas ele está tão leve, tanta carne de cera já se derreteu, que consegue impedir a queda facilmente. Como uma aranha deslizando pela superfície de um lago. *Sou uma aranha*, ele pensa, com uma parte de seu cérebro que amoleceu a ponto de permitir pensamentos bizarros.

Ele ri e faz troça da gente de carne lá embaixo. Eles desviam o olhar, ou abaixam a cabeça, ou apressam o passo. Têm medo dos Homens de Sebo, e isso é bom. Ele podia até descer lá e se divertir. Ser mais rápido que eles, mais forte, melhor — mais brilhante.

O cheiro de sangue faz com que se lembre da missão. Ele fez um talho no carniçal, então existe uma trilha de sangue para seguir. Seu nariz, entretanto, está pingando, se derretendo, entupido com a própria cera. Ele enfia dois dedos nas narinas (lembrando-se de abaixar o machado antes; ele não quer cortar a própria cabeça) e remexe bem, abrindo canais de fora até o interior oco onde seu eu-chama queima. Ele ajusta o nariz, remoldando-o para que fique mais digno. Em um raro momento de autorreflexão, o Homem de Sebo entende que queimou por tempo demais e precisa de um bom e demorado banho de imersão em um tanque de cera. Precisa de um pavio novo costurado em seu corpo, pois aquele ali está quase no final. O Homem de Sebo precisa comprar cada vida nova com as boas ações da anterior. Se ele não apanhar o carniçal, talvez os alquimistas não o refaçam. Vela ruim, reduzida a uma pocinha com um machado do lado.

Foco.

O Homem de Sebo respira fundo. A chama da vela em sua cabeça aumenta subitamente em um clarão com a entrada repentina de ar. Pão assando, cocô de vaca e sangue dos matadouros, fuligem de um milhão de chaminés, sal e óleo de motor, cheiros de frutas e açúcar queimado que poderiam lhe dar fome caso ele ainda tivesse um estômago — e sangue de carniçal, lento, espesso e docemente apodrecido. O carniçal passou por ali, e a trilha aponta direto para o Morro do Cemitério. O garoto está indo para a terra.

Morro do Cemitério, a velha cidade dos mortos, fica do outro lado do Morro do Castelo. É uma longa subida para um carniçal, especialmente à luz do dia. Especialmente um carniçal ferido. O Morro do Castelo é como uma muralha, dividindo os distritos do porto e da cidade velha dos subúrbios mais novos além. Não que o Morro do Cemitério seja novo; é antigo, mas, à medida que Guerdon expandiu, as pessoas passaram a construir casas dentro e em cima das tumbas de seus ancestrais, e agora os vivos e os mortos se aglomeram naquele cortiço. Carniçais são comuns ali, ao contrário de no resto da cidade.

Se o Homem de Sebo fosse novo em folha, sairia correndo pelas longas fileiras de degraus em ziguezague que sobem a face sul do Morro do Castelo. Subiria tudo correndo, seis ou oito degraus de cada vez, passando disparado pelos rostos vermelhos e afogueados de funcionários públicos e escriturários que estivessem subindo até as casas de seus superiores, passando por guardas e vigias vivos. Ele poderia até mesmo ousar escalar a própria face da encosta; alguma geração anterior do povo da cidade escavou os flancos do Morro do Castelo, fazendo túneis e salões na rocha dura, de modo que a subida é íngreme, mas não impossível, para um mero humano, e fácil para um Homem de Sebo novinho. Mas ele não é novo, então tem que procurar uma alternativa.

Lá embaixo, bem para a direita, um túnel corta um atalho, um lugar onde as linhas do trem subterrâneo que correm sob a cidade sobem à superfície. O Homem de Sebo salta de telhado em telhado, deslizando pelas telhas. Ele poderia ser um rato, ou um pássaro, ou um fantasma, para as pessoas sob os telhados que têm o sono perturbado por estranhos ruídos vindos do alto. Uma última corrida, depois um pulo, e o Homem de Sebo se agarra à lateral da boca de um túnel de pedra que engole a linha de trem.

Ali ele aguarda, inalando o cheiro do sangue do carniçal para poder seguir a trilha do outro lado. Cada inalação faz o pavio do Homem de Sebo brilhar mais, derretendo mais de seu corpo.

O trem passa trovejante, e o Homem de Sebo pula em cima dele. Claudicando agora — um lado está um pouco mais mole que o outro —, mas ainda rápido como um raio, ele se pendura na beirada do teto do vagão e entra por uma janela estreita. O vagão está meio cheio de marinheiros e trabalhadores noturnos a caminho de casa, mas ninguém ousa questionar a súbita entrada do Homem de Sebo. Mãos abafam exclamações de susto; gritos são engolidos. É negócio da guilda, sempre negócio da guilda — melhor não ficar no caminho deles.

Ele toma assento entre um marinheiro tatuado e uma estudante de manto cinza, que finge não notar a sorridente efígie de cera reluzente sentada ao lado dela. O Homem de Sebo cruza as pernas, descansando a adaga longa sobre os joelhos, e descasca a sobra de cera derretida de seus dedos para mantê-los ágeis.

O trem passa chacoalhando e rangendo por baixo do Morro do Castelo. O Homem de Sebo sorri com educação para seus companheiros passageiros e não corta nenhuma de suas gargantas. Os freios guincham quando chegam à Estação Terminal do Cemitério. Os túneis descem ainda mais, para os passageiros cujos negócios os levam para aquelas bandas. Um ramal da linha, a Linha Mortuária, para uma das grandes igrejas e seu poço de cadáveres. Em vez disso, o Homem de Sebo pega as escadas, subindo-as em dois pulos, passando pelo rosto chocado do bilheteiro em sua cabine e saindo para o ar frio da manhã no Morro do Cemitério.

Ele leva muito tempo, tempo demais para captar o cheiro do carniçal, minutos demais correndo ao longo de canos de drenagem na Praça da Despedida, tempo demais remexendo as pilhas de terra salpicadas de caixões perto do novo mausoléu dos Últimos Dias. O cheiro está vindo da parte mais antiga e profunda do Morro do Cemitério, as catacumbas e túneis dos carniçais. O Homem de Sebo não pode ter medo — ele não é capaz de tal emoção —, mas pode se preocupar e bruxulear ao pensar em ter que lutar contra muitos carniçais ao mesmo tempo. Carniçais são duros, como couro velho, em vez da carne macia e suculenta dos humanos. Mesmo assim, uma adaga rombuda também oferece certa diversão.

Mas ele nem precisava ter se preocupado. O carniçal não se refugiou no túnel principal, onde vive a maioria dos carniçais da cidade. O buraco do rato fica em outra cripta. O Homem de Sebo gargalha. Encontre o carniçal, mate-o, depois volte para os alquimistas, implore outra rodada no molde, um corpo novo em folha. Ele ousa ter esperança.

Desce por escadas de mármore até o interior da cripta. O cheiro de sangue é mais forte ali. Em breve ficará ainda mais.

O Homem de Sebo vira uma esquina para outra câmara, e há uma mulher ali. Humana, não carniçal, os traços iluminados somente pelo brilho que passa pela fina casca do Homem de Sebo. Pele como couro velho, cabelos cortados rente, olhos de um azul brilhante.

Ele sorri debochado para ela, com seu rosto disforme, levanta a adaga para ameaçá-la, mas ela nem pisca.

— Você é o imbecil que assustou todos os malditos carniçais? — ela pergunta. — Este lugar está mais quieto que...

Rápido como o bruxulear de uma chama, o Homem de Sebo fica ao lado dela, adaga em sua garganta.

— Não faça isso — ela diz, sem um sinal de medo na voz.

Ele não tem energia para ficar curioso a respeito dessa estranha mulher. Ela não é sua presa. Ele tenta falar, interrogá-la sobre o que ela viu, mas suas cordas vocais derreteram horas atrás e ele só consegue gorgolejar. Em vez disso, aponta para a trilha de sangue, gesticulando zangado.

— Deixe o carniçal em paz e caia fora, por favor.

Enfurecido, o Homem de Sebo solta a mulher e a contorna. Engatinhando, o buraco do nariz pressionando o chão, segue o rastro de sangue. Ele leva por uma porta de pedra ligeiramente entreaberta, e o Homem de Sebo se esgueira através dela, deixando as beiradas sujas de cera mole. Mais além, uma passagem pequena que termina em outra porta de pedra. Pesada, mas mesmo em seu estado desgastado o Homem de Sebo deve ser capaz de abri-la rapidamente. Ele se joga contra a pedra, sente a porta ceder muito levemente. Consegue sentir o cheiro do carniçal do outro lado, tão próximo que quase prova o gosto do sangue. O carniçal empurra de lá, tentando manter a porta fechada, mas nem mesmo os músculos fibrosos de carniçais podem competir com a força e a agilidade de um Homem de Sebo por muito tempo.

E então, atrás dele, a primeira porta começa a se fechar, raspando o chão. O Homem de Sebo se move, com a rapidez de um relâmpago, esticando a adaga para cortar o braço da mulher na cripta externa. O golpe raspa a armadura oculta por baixo das roupas dela. A mulher fecha a porta, e agora o Homem de Sebo está aprisionado no espaço estreito entre as duas criptas.

Ele quica de uma porta para a outra, batendo em cada uma delas, testando a força da pessoa do outro lado. O carniçal é mais fraco, ele deduz, e começa a empurrar aquela passagem. Ele se joga contra a porta várias vezes, mas o carniçal segura firme.

A chama do Homem de Sebo vai diminuindo, amarelando, escurecendo. As portas de pedra são hermeticamente fechadas, é o seu último pensamento.

Então a chama se apaga, e o Homem de Sebo é apenas uma estátua de cera, tão sem vida quanto qualquer outro cadáver no Morro do Cemitério.

— Então o que importa é o que escolhemos resgatar do prédio em chamas. É nos momentos de crise e desespero que revelamos o que realmente valorizamos.

Olmiah junta as mãos e sorri para a congregação. Ele acha que esse foi um dos seus melhores sermões até hoje — direto, inspirador, relevante, mas cuidadosamente calibrado para ser inteligível pela multidão. Só gostaria que seus superiores tivessem estado na igreja para ouvi-lo — essas coisas são sempre melhores quando vivenciadas em primeira mão —, mas o bispo Ashur está fora, em alguma reunião cívica emergencial, e Seril está prestando atendimento em hospitais, então, embora sua audiência mal tenha diminuído de tamanho, seu cacife político está muito reduzido esta manhã. A Igreja do Sagrado Mendicante é uma das mais antigas igrejas dos Guardiões em Guerdon e, portanto, supostamente uma das mais prestigiosas. Mas embora todos os homens possam ser iguais aos olhos dos deuses, ali no reino mortal as coisas são mais sutis e complexas.

Este sermão, com seus subtons políticos e alusões inteligentes ao incêndio da véspera, cairia bem melhor na Igreja de Santa Tempestade ou na Igreja do Sagrado Artesão, ou na capela dourada no salão da guilda dos alquimistas — que não é nenhuma das sete, mas tem muito mais influência. Pelo menos foi o que Olmiah ouviu dizer, normalmente de sua mãe, cujo conhecimento da hierarquia de igreja e sua política o assombra. Na pior das hipóteses, ele pode contar à sua mãe sobre o sermão quando acabar.

Seus olhos passam por toda a multidão além da linha das velas tremeluzentes, e pousam em uma mulher na primeira fila. Deuses superiores e inferiores, como ela é linda! Jovem e esbelta, ricamente vestida, cabelos louros reluzindo à luz das velas, joias brilhando em seu busto e, o melhor de tudo, uma expressão de atenção enlevada. Ela está transfixada pelas suas palavras, o espírito elevado.

Quem é ela? Discretamente, ele direciona o discurso para ela, pregando e rezando em sua direção de modo a poder admirá-la enquanto fala. Ela é claramente filha de algum rico aristocrata ou Senhor de Guilda, embora ele não consiga ver nenhum símbolo indicando de que família vem. Nem tampouco, para sua surpresa e preocupação, ele consegue ver qualquer guarda-costas ou acompanhante ao lado dela. A mulher está cercada pelo povo, uma joia no meio da lama, aparentemente sem se dar conta dos criminosos e mendigos que a espremem de todos os lados.

Claramente — e o pensamento lhe ocorre com tamanha clareza que ele quase perde o fio da homilia — ela é uma jovem de fé tão intensa e apaixonada que procurou a sua igreja. Suporta o fedor e a sujeira da gente ordinária, daqueles que estão abaixo dela, para ouvir as palavras do jovem sacerdote carismático cuja reputação obviamente se espalhou para além dos muros da Sagrado Mendicante, para seja lá qual for o palácio reluzente que aquela beldade chama de casa. Mas ah! — ela está em apuros, terríveis apuros. Seu espírito é tão refulgente, sua alma, tão pura que ela entrou naquele antro de corrupção sem perceber o perigo. Existem becos a menos de dois minutos de caminhada daquela igreja que o próprio Olmiah tem medo de descer sozinho. Como deve ser para essa bela garota, tão magrinha e delicada? Ora, no instante em que ela deixar a proteção de sua igreja, certamente será atacada por brutamontes, terá suas roupas finas arrancadas e sua nudez revelada ao mundo. As mãos rústicas de camponeses rasgarão o vestido dela, arrancando-o de suas pernas, de seus seios.

Olmiah perde o fio da homilia mais uma vez. Sua voz não é mais um trompete alardeando a fé em altos brados, mas um guincho torturado. A congregação irrompe em gargalhadas — todos menos a mulher, que sorri como a encorajá-lo. De modo até mesmo, ele ousa dizer, amoroso.

O sino da igreja soa, perturbando-o ainda mais. Olmiah franze a testa, imaginando se algum imundo moleque de rua se esgueirou no sino da igreja e começou a brincar com as cordas, mas ele percebe que seu sermão durou um pouco mais do que deveria, e já chegou o meio-dia. O sineiro da Sagrado Mendicante é cego e meio surdo. Seu trabalho, como o de muitos outros naquela paróquia, é um ato de caridade, e por isso Olmiah precisa perdoá-lo pela interrupção.

— Oremos! — grita Olmiah, grato pelo breve respiro que pode usar para reencontrar sua voz e seu lugar.

Cinquenta cabeças se abaixam — todas menos a da garota, que olha desafiadora para ele, um anjo rebelde em microcosmo.

Deuses inferiores, mas que criatura! Pensamentos tão ímpios que ele mal teria acreditado ser capaz de conceber jorram pela mente de Olmiah.

Obviamente ele não pode deixar que ela se vá. Não seria seguro. Ela precisa ficar dentro dos muros da Sagrado Mendicante até que um transporte adequado possa ser arranjado. Depois da cerimônia, a levará para seus aposentos privados — vai insistir nisso, dirá a ela que existem questões teológicas a discutir — e depois mandará uma carruagem levá-la para casa. Embora seja difícil encontrar uma carruagem em dia de mercado, então ela talvez tenha de esperar por horas. Talvez até passar a noite lá.

Como um bêbado, ele vai cambaleando até o fim da cerimônia, que já não tem a graça nem a convicção que tinha antes de avistar a garota, mas ela não parece se incomodar e as massas ordinárias também não sabem a diferença. Daria para vestir um burro com roupas douradas e ensiná-lo a zurrar no ritmo da homilia, e eles não saberiam a diferença entre o bicho e o bispo Ashur.

Ele dispensa a congregação, que se levanta e sai em bando porta afora. Primeiro a ala dos doentes, mantidos em separado do resto por benditas cordas vermelhas: doentes com a peste, veteranos amaldiçoados por deus, Homens de Pedra. Depois os outros, o povo comum do Arroio. Isso lembra a Olmiah a abertura de uma comporta que esvazia uma piscina, as águas lamacentas da multidão turbilhonando e se revirando antes de se derramarem no rio.

Deixando ouro para trás. Ela permanece sentada, olhos fixos nele, fulgurante e linda.

Ele vai cambaleante na direção do anjo. Ela se levanta para cumprimentá-lo. Sem dizer uma só palavra, ela pega sua mão, o leva de volta para as câmaras privadas nos fundos da igreja. Olmiah se atrapalha com a tranca da porta, sentindo o calor do corpo dela através da batina.

Está tudo indo bem melhor do que ele havia esperado. Por um momento, gostaria que sua mãe estivesse ali para ver. Agora ela não será capaz de olhar para ele com desprezo!

A porta abre. Eles entram na escuridão privada.

Ele se vira para a garota para perguntar seu nome, mas ela não está mais lá. Ela se despetalou como uma flor, toda a sua beleza e riqueza descascando, se desfiando, deixando apenas um emaranhado de caos e fome. Ele também está se desfiando, tiras de pele se soltando do braço, do rosto, de forma indolor, para caírem no vórtice rodopiante do Desfiador. Nervos, músculos, ossos se seguem, e fios da batina também, peças douradas reluzentes se fundindo no caos rodopiante que é tudo o que resta do vestido que ela usava.

O desfiar alcança seu torso, sua cabeça. Por um instante, sua visão fica impossivelmente alongada quando ela devora seus olhos.

Então tudo o que ele consegue pensar, para sempre, é nela. Compreende, naquele momento, que ela também foi vítima do Desfiador. Múltiplas vítimas, aliás — sua beleza foi tirada de uma mulher, sua graça de outra, suas roupas de uma terceira, os olhos de outra, tudo costurado. Agora ele adiciona os fios de sua existência à coleção do Desfiador e, nisso, encontra certa medida de união com a garota.

Os sinos continuam a soar, afogando qualquer ruído que ele pudesse fazer.

Mastro vê Cari nadar para longe da ilhota. Ele vai até a margem, para o precipício que cai para as águas turvas. Aprendeu a lidar com a frustração e a raiva desde que sucumbiu à praga, enquanto ela roubava porções de sua vida, uma a uma. Sabe que, se Cari começar a se afogar, não há muito o que ele possa fazer para salvá-la. Se mergulhar na água, vai se afogar também e haverá dois corpos no lago em vez de um. Ele fica olhando indefeso da margem. Não reza a nenhum deus, mas deseja com todas as forças que ela consiga chegar lá.

Ela afunda uma, duas vezes, engasgando com o lodo, mas com um impulso final Cari chega ao portão. Ela o agarra com uma das mãos e se ergue. Grita na direção do salão, e então começa a escalar.

Desde que começou a virar pedra, ele tem medo de altura, de cair. Mastro esfrega as mãos de nervoso enquanto Cari escala o portão, usando as barras como escada. Ela é baixinha demais para alcançar o topo do muro, mas tateia à procura de pontos onde se agarrar, rachaduras no cimento. Encontra uma, enterra os dedos nela, vai subindo. Meio metro mais próxima do topo. Mastro geme — daquela distância, não consegue ver as rachaduras, não consegue ver se ela tem um ponto seguro para se agarrar ou se o muro vai ceder e deixá-la cair.

Cari para bruscamente, o corpo inteiro paralisando.

— O jovem padre morreu — diz Cari. Sua voz está distante, como se ela estivesse recitando algo que sabe de cor.

Então ela se solta do muro e cai para trás, na água pantanosa, ainda em uma espécie de transe.

Mastro grita para ela para que acorde, que respire, que agarre o portão, mas Cari afunda sob a superfície e desaparece. Ele berra para qualquer guarda que exista ali naquela estranha prisão.

Som de passos correndo, e figuras aparecem no portão. Um deles é o caçador de ladrões, o homem que deu uma surra em Mastro na noite anterior — ou seja, lá há quanto tempo foi aquilo; Mastro percebe que podem ter se passado dias enquanto estava inconsciente e drogado com aquela dose potente de alkahest.

— Ela está na água — grita Mastro, e aponta.

O caçador de ladrões está com seu cajado de gancho, e o mergulha na água, virando-o de um lado e de outro até prender na camisa de Cari. Ele a engancha e puxa até o portão, depois a levanta. Ela cospe, vomita lodo marrom, mas está viva. O caçador de ladrões a leva para longe, e outro guarda, um gordo, volta a trancar o portão de ferro.

— Ela está bem?

Não há resposta.

Mastro volta a ficar só.

Horas se passam. O sol desaparece por trás de nuvens de chuva. Ele pega água suficiente nas mãos, que formam uma espécie de bacia de pedra, para saciar sua sede, mas ainda está faminto. Homens de Pedra mais velhos, ele ouviu dizer, param de sentir fome ou saciedade, e precisam lembrar quanto tempo se passou desde a última vez que comeram ou correm o risco de seus estômagos petrificarem ou estourarem.

Ele não tem nada para comer, então tira algum prazer de sua fome. É um motivo de orgulho que ainda esteja vivo por dentro.

Quando a noite vai caindo, o caçador de ladrões volta. Ele destranca o portão, empurra um barquinho, um esquife, para a água, e vai remando lago adentro. Quando está perto o bastante, joga um saco para Mastro.

— Achei que pudesse estar com fome.

Mastro não se mexe.

— Por que não me acompanha? Tem espaço bastante na minha ilha para duas pessoas.

O caçador de ladrões ri.

— Estou bem aqui no meu barquinho. A srta. Thay vai bem, aliás.

Ele não conhece aquele nome.

— Quem?

— A garota. Carillon.

Mastro sabia que Cari era diminutivo de Carillon, mas ela nunca quis falar de sua família, e ele não insistiu. Era uma fugitiva, isso ele sabia. Thay soa um pouco familiar, mas ele não consegue se lembrar de onde conhece o nome.

— Moça interessante — continua o caçador de ladrões —, mas ela não é membro da guilda dos ladrões, é?

Mastro dá de ombros.

— Eu mal a conheço — mente.

— Ah, há quem discorde de você — diz o caçador de ladrões, rindo de alguma piada interna. — Você a conheceu por intermédio de Heinreil, claro, e da Irmandade.

Um silêncio pétreo. Foi Ratazana quem apresentou Cari a Mastro — levou-a à sua porta certa noite, doente e tremendo como uma gatinha abandonada. Mas Mastro não vai incriminar Ratazana, a não ser que...

— Mas você deve ter conhecido bem o carniçal. O terceiro membro de sua ganguezinha.

Mastro cruza os braços e parece a porta de pedra de uma tumba se fechando.

— Ou aqueles que explodiram o cofre faziam parte da gangue também?

— Eu não sei nada disso. — Essa parte é verdade.

— Foi só uma coincidência que a coisa aconteceu ao mesmo tempo que sua invasão? — debocha o caçador de ladrões. — Acho que armaram para você, rapaz, e estão contando que você seja um idiota nobre e assuma a culpa. Como eu disse para a srta. Thay, estou solenemente cagando para você, para o carniçal ou para ela, ou para o que vocês estavam fazendo na Casa. Eu quero Heinreil.

— Não conheço ninguém com esse nome. Quero um advogado. É meu direito.

O caçador de ladrões suspira.

— Este foi um dos primeiros hospitais de quarentena, antes de enviarem as pessoas como você para a Ilha das Estátuas. Lugar vergonhoso. Não quero manter você aqui, mas não tenho escolha… não, a não ser que você me entregue Heinreil.

— Não.

— Ah, esqueci. Você é filho de Idge, não é? O grande homem, o herói que roubava dos ricos para dar aos pobres. O homem que não falava. O que aconteceu com ele? Me lembre, no que deu a coragem e a convicção dele?

Mastro não responde. Dá as costas ao homem.

— Então está bem. — O caçador de ladrões mete a mão no gibão e retira uma seringa de cobre; na ponta, uma agulha de aço grande e grossa o bastante para perfurar a crosta pétrea sobre a carne de Mastro. — Com que frequência você precisa de alkahest? Pelo jeito que você anda, está bem avançado. Toda semana? A cada cinco dias? Provavelmente com mais frequência, se ficar preso aqui dentro, com merda nenhuma para comer e sem espaço para se movimentar.

Ele balança a seringa sobre a água.

— Eu posso esperar até suas pernas travarem. Esperar até que não reste nada de você a não ser boca e olhos. Mas acho que na verdade eu nem vou precisar dos olhos. Só uma língua para me dar um nome.

Ele joga a seringa na ilha de Mastro. Ela bate e quica, mas Mastro consegue agarrá-la antes que role para dentro d'água.

— Meu nome é Jere — diz o homem. — Estou lhe dizendo isso para que você possa me agradecer.

Mastro fica ali em pé, sem se mexer, o alkahest seguro na sua mão esquerda como o tesouro que é.

— Tudo bem — diz Jere. — Vamos ver se vai me agradecer da próxima vez. E você vai, mais cedo ou mais tarde. Não seja tolo, garoto. Sua amiga Cari não é boba… e ela não vai voltar para cá.

CAPÍTULO TRÊS

— Meu nome é Jere — disse o homem. — Estou lhe dizendo isso para que você possa me agradecer.

Os dentes de Cari batem, ela treme como nunca. Está meio afogada e encharcada, mas não foi a quase morte que a assustou.

Foi o que a provocou. Como se alguma coisa tivesse atravessado a cidade e levado sua mente para longe. Os detalhes da visão já estão se desvanecendo, como um sonho que se esquece ao acordar, mas ela se lembra de estar em uma igreja, velha e escura, e de alguma coisa horrível despedaçando o jovem padre. Naquele momento, a coisa não pareceu real. Ela viu a cena de todos os ângulos, de cima, de baixo e dos lados. Talvez não exatamente visto. Naquele instante, lhe pareceu que estava vendo, mas...

— Eu era uma mosca em todas as paredes — ela diz para si mesma.

— De nada. — Jere abana a cabeça, incrédulo. — Aqui, antes que você congele. — Ele joga um saco de tecido cinza no colo dela.

— O que é isso?

— Uma muda de roupa. — Ele se senta em uma cadeira em frente a ela e se reclina, observando-a, esperando um espetáculo.

— Vire de costas — ela exige.

Já trocou de roupa em público, já esteve nua na frente de estranhos antes, não há espaço para a modéstia em um navio pequeno, mas não vai deixar esse caçador de ladrões ganhar em tudo.

— Dar as costas a uma garota que carrega isto aqui? — ele pergunta, sacando a adaga dela, sua querida adagazinha, de um bolso. Da última vez que a viu, a lâmina estava enterrada em seu próprio ombro, pelas mãos de cera do Homem de Sebo. — Você vai recebê-la de volta caso se comporte.

— Bom, é você quem está com a minha adaga agora, não eu, então vire de costas, cacete.

Jere ri e gira a cadeira. Ela tira as roupas molhadas com dificuldade, fazendo uma careta pela dor no ombro. As ataduras que cobrem o ferimento estão encharcadas por dentro e por fora, as manchas marrom-esverdeadas do lodo encontrando-se com o vermelho-marrom do sangue seco. Ela retira a atadura velha.

— Vou precisar de um curativo novo — ela diz.

— Outra pessoa vai cuidar disso.

A roupa que ele lhe deu é um manto cinza, com uma corda na cintura, como o hábito de um monge. Ela já viu outras pessoas na cidade usando essa roupa. Cari veste pela cabeça e se contorce para colocar a vestimenta. É grande demais para ela, mas é quente e seca. Também há roupas de baixo e um par de sandálias.

— Tem comida? — ela pergunta.

— Outra pessoa vai cuidar disso também.

— Obrigada, Jere — ela diz, debochando.

Ele se vira para ela.

— Normalmente, uma ladrazinha como você não vale meu tempo. Você nem sequer é uma cidadã... Eles a deixariam para os fabricantes de velas, mas você é tão magrela que não renderia nem um lampião. Mas o negócio é o seguinte.

Ele mete a mão em uma gaveta e retira de lá um grande livro-caixa com capa de couro. É igualzinho aos que existem na biblioteca da Casa da Lei. Ela viu centenas de livros idênticos àquele queimarem.

Jere nota sua surpresa.

— Este aqui não estava no arquivo. Que estranho: alguém havia consultado o livro com seus registros de nascimento na véspera, então ele estava na sala de leitura na ala sul, e por isso sobreviveu. Assim como você, Carillon Thay.

Ele abre o livro em uma página marcada.

— Nascida aqui em Guerdon há 23 anos. Pai: Aridon Thay, *daqueles* Thay. Mãe: desconhecida. Normalmente é o contrário, então vamos supor que a cegonha entregou você na mansão da família. Se eu soubesse que você tinha berço quando a prendi, teria posto você em uma cela mais agradável.

— Dê essa cela a Mastro — ela sugere. — Eu gosto da água.

— Isso está claro. Passei a manhã perguntando a seu respeito, srta. Thay, quando deveria estar descobrindo quem explodiu a Torre da Lei. Assim que pôde, sua família mandou você para morar no campo com uma tia. Parece que você não gostou muito de lá: aos 12, foi reportada como desaparecida. Naturalmente, os Thay têm mais o que fazer além de se preocupar com uma filha pródiga, já que estão sendo todos assassinados.

Ele faz uma pausa e olha para ela por um instante.

— Se você confessasse aquele crime, definitivamente valeria o meu tempo.

— Eu tinha quatro anos — ela diz.

Mal se lembra da maioria dos membros de sua antiga família, além de sua tia Silva. As memórias de seu avô Jermas, de voz severa, são mais fortes que as do pai, de quem ela se lembra apenas como uma presença pálida e distante.

Jere continua:

— Também não tem lá nenhuma grande herança: acontece que os Thay estavam com dívidas até o pescoço, embora isso só tenha vindo a público mais tarde. Mas você estava no mar. Partiu para Severast, e Mar de Fogo, e para os Dois Califados, de acordo com algumas histórias que ouvi nas docas hoje. Eu a chamaria de mendiga e ladrazinha barata, mas como você tem berço, vamos dizer *aventureira*, certo?

Ele fecha o livro gentilmente, mantendo a página marcada.

— Então, quatro meses atrás, você voltou para cá.

— Não por escolha. Houve uma tempestade e o capitão se abrigou aqui. Depois não me deixaram voltar a bordo.

— Porque você era uma clandestina.

— Eu me ofereci para trabalhar para pagar a passagem.

— Por que estava tão ansiosa para ir embora? — Jere pergunta.

Ela não tem uma boa resposta. Nunca se sentiu à vontade em Guerdon, nem em qualquer lugar perto dali. É como se a cidade inteira estivesse fazendo pressão sobre ela, soterrando-a embaixo de suas montanhas de alvenaria, sua história, suas multidões. Ela não gosta disso.

Como Cari não responde, ele continua.

— Agora, foi nisso aqui que eu me interessei: você se juntou com aquele garoto carniçal. Ele apresentou você ao Homem de Pedra, Mastro. E Mastro é um dos brutamontes de Heinreil. Então, você conhece Heinreil.

Ela fica quieta, como Mastro mandou que ficasse, mas é difícil engolir seu veneno. Heinreil roubou dela, porém, mais do que isso, humilhou Mastro, e Cari o odeia por isso. É terrível ver seu amigo inteligente ser tratado como um cão sujo, e ainda mais terrível ver Mastro suportando o tratamento, aceitando as chicotadas e as crueldades de Heinreil sem reclamar, por lealdade ao pai morto. Família nunca significou grande coisa para Cari, e uma família morta menos ainda.

— Ele mandou você roubar a Casa da Lei — diz Jere.

Ela se força a dar de ombros de um jeito casual, mas sabe que não está enganando ninguém.

— Ele armou para você.

Ela morde o lábio.

— Então me entregue ele.

Cari bem que gostaria. Faria isso em um piscar de olhos — mas não conhece a situação o suficiente. Ela não faz parte da Irmandade, então não conhece os segredos dela. E Mastro nunca a perdoaria. Ela meneia a cabeça, dizendo que não.

— Tudo bem — diz Jere. — Quem foi que arranjou isso tudo? Mastro? Foi Mastro?

Foi Mastro, mas ela não quer deixar que ele pague o pato. Está claro, pelo jeito como o caçador de ladrões está agindo, que tem mais alguma coisa acontecendo, e que ela está muito menos encrencada do que deveria. Deu sorte, mas não entende como. Talvez possa levar Mastro junto.

— Foi Ratazana — ela mente. — Ele conhece Heinreil. Mastro só estava ali para caso fôssemos avistados e precisássemos sair na base da força.

Jere solta um muxoxo.

— Uma pena esse garoto carniçal, então.

— O que aconteceu com ele?

Ela supôs que Ratazana havia escapado atravessando a cidade, e conseguido voltar ao refúgio da Irmandade.

— Pergunte ao Homem de Sebo. — Jere pega a adaga dela e a enfia em uma bainha. Então puxa um cordão preto pegajoso de algum tipo de dentro uma gaveta, e o amarra com força ao redor da adaga e da bainha, prendendo tudo no lugar. — Negócio inteligente, isto aqui. Os alquimistas é que fabricam. Você só consegue cortar com uma lâmina especial ou dissolver com produtos químicos. Usamos em prisioneiros hoje em dia. — Ele lhe entrega a faca amarrada. O cordão preto é elástico e ligeiramente úmido ao toque.

— Srta. Thay, a senhorita é para lá de culpada, mas não sou juiz nem júri, então não me interessa. Sua fiança foi paga, então a senhorita está livre.

— E Mastro?

— A dele não foi paga. Ele não está livre. — Jere levanta a voz. — Venha pegá-la, se realmente a quer.

O truque de Cari para parecer calma é se fazer vazia por dentro. Ela engole a si mesma, forçando todo o nervosismo e medo bem para o fundo, e finge que é uma estátua de metal, o modelo de uma garota. Então, quando chega a hora de fugir, ela solta tudo, e é como o chicotear de uma linha sob tensão, essa explosão elástica de velocidade que a coloca fora de perigo. Já fugiu de homens estranhos e de monstros em dezenas de cidades e portos pelos mares afora. Ela se move rápido demais para que os problemas consigam alcançá-la.

Desta vez, entretanto, não consegue julgar o momento certo de sair correndo. Esta situação não é igual ao resto.

Ele diz que seu nome é professor Ongent, esse homem que comprou sua recompensa do caçador de ladrões. Ele é velho, mas não frágil, com uma barriga redonda, barba igual a uma cerca viva malcuidada e pequenos óculos que lhe dão um ar de sapiência e dos quais ela não sabe se ele realmente precisa, pelo jeito que a espia por cima da armação. Assim como ela, ele está vestindo um manto cinza disforme, embora tenha um cinto trançado em dourado e azul e uma corrente de prata no pescoço. Ele lhe dá um sorriso caloroso.

— Receio que você tenha de deixar o nome de Carillon Thay aqui, criança — ele diz. — Isso atrairia atenção para você... e para mim, e acabei de investir muito dinheiro em você.

Da última vez que alguém fez isso, foi para vendê-la a traficantes de escravos em Ulbishe.

— Eu não uso mais esse nome mesmo. — O manto não tem bolsos, então ela procura um lugar onde possa colocar a faca inutilizada que fica escorregando para fora do cinto.

— Posso guardar isso para você? — Ongent oferece.

— Não, tudo bem. — Ela consegue enrolar a manga do manto folgado para trás para criar uma espécie de bolso para a faca. Não que vá conseguir usá-la, com a inteligente corda alquímica de Jere prendendo-a na bainha, mas o peso familiar é reconfortante.

Ongent e Jere têm uma conversa rápida e sussurrada — eles obviamente se conhecem. Cari não consegue entender bem quem manda ali, se eles são amigos ou se têm apenas um interesse comum.

— É melhor você não criar encrenca, garota — Jere grunhe para Cari.

Ela assente, fingindo estar com medo. Nunca cria encrenca, a encrenca é que corre atrás dela.

— Já arrumei acomodações para você na universidade — diz Ongent — e uma posição como assistente de pesquisa.

A grande bizarrice disso basta para fazer com que Cari siga Ongent para a rua. Está anoitecendo, então ele saca um pequeno lampião de brilho alquímico de sua bolsa e o balança. Ele emite uma bolha de luz esverdeada que enche a rua deserta de sombras assustadoras. Depois a conduz por um lance íngreme de degraus que sai do Arroio e vai na direção da rua Faetonte. Alamedas e becos escuros levam para as escadas, para dentro de um labirinto de casinhas e cortiços, e ela fica tensa ao passar por cada porta. Ongent arfa enquanto sobe a escadaria, como se tivesse apenas dando um passeio e sua única preocupação fosse chegar ao alto daquele morrinho, e não ser roubado e largado para morrer.

Ela contempla a possibilidade de roubá-lo e largá-lo para morrer.

— Vamos dar uma olhada nesse ferimento do seu braço amanhã — diz Ongent.

Cari flexiona o ombro, que dói.

— Vou ficar bem. Só preciso lavá-lo e colocar uma atadura nova. Não é um corte profundo.

— Não deve ser mesmo. Eles gostam de brincar com suas vítimas.

Ela se pergunta por que um acadêmico saberia tanto a respeito dos Homens de Sebo, ou talvez isso seja de conhecimento comum em Guerdon agora. Eles passam por um na entrada do metrô na rua Faetonte. Este Homem de Sebo é feito a partir de uma garota mais jovem que Cari, mas grotescamente esticada para preencher o molde de dois metros usado para fazer os monstros. A luz do pavio brilha por entre seus dentes compridos feito presas enquanto ela examina a passagem de Ongent. Cari permanece afastada: os monstros ficam violentos quando se sentem encurralados.

— E os ferimentos no seu rosto?

Ela quase havia esquecido a constelação de pequenas queimaduras onde o metal derretido da torre em chamas a atingiu. Ela passa os dedos por elas.

— Não é nada.

O professor solta um muxoxo, como que decepcionado. Faz uma pausa no meio da descida das escadas. Cari ouve o chacoalhar dos trens lá embaixo, o sibilar do vapor. As paredes da escadaria estão cobertas por cartazes, empastados um em cima do outro por uma cola espessa. Anúncios de curas milagrosas e videntes, cartazes de recrutamento para empresas de mercenários, avisos municipais de decretos e toques de recolher. Ele os descola, abrindo caminho por entre as cascas de papel até chegar no muro de pedra que existe por baixo.

— Sabe ler? — ele pergunta.

— Sei.

Uma herança da vida com tia Silva; aquela casa no campo era cheia de livros. Sua prima Eladora estava sempre com o nariz enfiado em um. Era só um ou dois anos mais velha do que Cari, mas sempre dava a impressão de já ter nascido na meia-idade e tediosamente responsável. Elas tinham se unido algumas vezes, aliadas contra Silva ou o vizinho que alugou a terra quando o pai de Eladora ficou doente. Na maior parte das vezes, elas brigavam.

Ongent puxa a última casquinha de pergaminho, revelando o muro da escadaria. Ele é feito de uma pedra esverdeada que parece úmida ao toque e está cheia de símbolos escavados.

— Sabe ler isto aqui?

Ela dá uma olhada, depois balança a cabeça.

— Não.

— Poucos sabem. Estes aqui são túneis de carniçais. Existem milhares deles sob a cidade. Muitos estão alagados ou abandonados. Outros são usados apenas pelos carniçais. Outros ainda, como este aqui, foram recuperados para fins cívicos, suas origens esquecidas exceto por aqueles que estudam a história da cidade. — Ele toca os símbolos de modo quase reverente. — Esta é minha vocação, minha área de estudo. Eu dou aulas sobre a história e a arqueologia de Guerdon.

Ele começa a descer as escadas, esperando que ela o acompanhe. Cari volta a olhar para os símbolos. Há algo de familiar neles, mas ela não sabe dizer o quê.

— Venha, por favor — ele chama.

Seus instintos lhe dizem para fugir: poderia subir voando as escadas e sumir na rua Faetonte, quem sabe segui-la de volta até as docas e se esconder como clandestina a bordo de algum navio rumo a terras distantes. Ao amanhecer, já não estaria mais ali. Mas ela deve a Ratazana e a Mastro, e quem sabe até mesmo àquele estranho professor. Deve a Heinreil algo mais, muito embora sua faca esteja envolta naquele laço alquímico. E, de qualquer maneira, tem um Homem de Sebo bem ali no topo das escadas.

— Um dos seus amigos é um carniçal, acredito eu — diz Ongent. Ele mantém a voz baixa, somente para os ouvidos dela, embora a estação esteja quase deserta. — Pedi para Jere fazer uma pequena investigação hoje — ele acrescenta à guisa de desculpas.

Ela dá de ombros.

— Ele discutiu história com você?

Cari ri, desdenhosa.

— Você já discutiu tópicos como a anarquia dos carniçais ou os Reis Varithianos com ele ou qualquer outra pessoa?

— Eu nem sei quem são.

— Suponho que você não tenha lido, digamos, *Uma avaliação crítica da era pré-Recuperação*, de De Reis. Eu escrevi o prefácio para a segunda edição, sabia? — ele acrescenta, corando de leve.

— Não.

— Então temos um mistério. Quando Jere encontrou você nas ruínas da Casa da Lei, você estava falando enquanto dormia. Mais especificamente, estava recitando a história de "Como os carniçais chegaram à cidade". É uma história que só os carniçais conhecem... e os poucos acadêmicos que se importam em estudar a cultura deles, claro.

Antes que ela possa responder, a estação se enche de nuvens de fumaça química acre e o trem chega. Eles entram a bordo em um vagão quase vazio. Cari faz uma careta; nunca esteve em um trem subterrâneo como este antes, e isso a desorienta. A ideia de estar sob uma cidade, movendo-se contra a vontade, afastando-se cada vez mais do céu aberto... é como um pesadelo de estar sendo enterrada viva.

— Talvez eu tenha ouvido essa história em algum lugar — ela tenta explicar, mais para si mesma do que para ele.

— É possível — Ongent admite —, ainda que improvável. Diga-me, Cari, você já... ouviu outras histórias?

— Eu já... eu desmaiei, na prisão, antes de cair na água. Também vi uma coisa nessa hora.

— *Viu* uma coisa? — pergunta Ongent. — Você também viu coisas antes, quando contou a história do carniçal?

— Não lembro. Acho que sim, mas não sei o quê.

Túneis de pedra verde, como aquele. O gosto de carne de cadáver. Um frio congelante. Figuras enormes, agachadas sobre pedras gigantescas.

— E a segunda vez? O que você viu? Outra história?

— Não... parecia um jovem padre numa igreja velha. Tinha uma mulher na multidão, e ele a desejava... mas ela... ela meio que se desfez e o comeu, e se tornou ele.

— Ora, então esta é uma tarefa para outro dia.

O trem bufa e guincha ao sair do nível baixo do Arroio, subindo uma inclinação subterrânea íngreme.

— Que tarefa?

— Encontrar essa igreja velha e ver se o jovem padre está mesmo morto.

Ele fala como se fosse uma coisa perfeitamente sensata e normal de se fazer.

— Mas e se foi apenas um sonho? — ela pergunta. Embora não tenha parecido um sonho, e sonhos não a fizessem desmaiar no pior momento possível.

— Então quem sabe, com o tempo, você possa voltar a ser Carillon Thay. Tenho amigos em muitos lugares de Guerdon, incluindo o parlamento, e eles poderão se tornar seus amigos também. Ou, se preferir, nos despedimos em bons termos e você pode deixar a cidade novamente e nunca mais voltar. — Ele sorri para ela, que não aprecia o gesto. — Mas não acho que tenha sido um sonho. Acho que você entrou em contato com alguma coisa... ou melhor, o contrário. Algo entrou em contato com você.

— Tipo o quê?

— Não faço ideia — ele diz alegremente, como se feliz por ter um mistério.

— Você já ouviu falar de acontecimentos assim antes?

— Ah, certamente existem diversos tipos de dons e maldições. Prodígios psíquicos, santos, feiticeiros, talentos espontâneos, abençoados por deus e coisas do gênero. Tenho certeza de que, com estudo, poderemos aprender mais sobre sua... condição. Agradeça por eu tê-la encontrado antes dos alquimistas... isso não teria sido agradável para você, acredite.

O trem emerge de um túnel e atravessa o viaduto da Duquesa, bem acima da marginal Cintilante, o jardim dos prazeres da cidade. Logo à frente fica o Bairro Universitário, espalhando-se pelos lados leste e norte do Morro Santo como se escorresse das catedrais reluzentes. Cari espia pela janela. Está longe das partes da cidade que conhece, e quer saber o traçado da região caso precise fugir. As catedrais dos Guardiões atraem seu olhar — três no alto do morro, todas feitas da mesma pedra branca e tão semelhantes que poderiam ter sido feitas pelo mesmo arquiteto —, e abaixo e ao redor delas, uma confusão de outros templos e igrejas. Além dos distritos dos templos ficam os salões e teatros da universidade, aglomerados onde couberam, fruto da necessidade imediata em vez de algum plano divino.

Tanto o Bairro do Templo quanto a universidade fluem para dentro da marginal Cintilante, criando uma estranha fronteira onde os reinos teológico e espiritual se misturam com o comércio desenfreado da cidade baixa. Ela olha para baixo, para ruas cheias de cafeterias, de fornecedores de artigos raros e curiosidades, de templos pobres e teatros obscenos que atendem tanto a intelectuais pretensiosos quanto aos mais básicos instintos dos estudantes. Do outro lado do rio Cintilante, acima das docas, paira uma névoa de fumaça multicolorida, que marca a divisa com o Bairro dos Alquimistas.

Ela avista um templo parecido com uma rosa, cristais afiados de quartzo captando os últimos raios do sol poente.

— Existe um templo para o Dançarino.

Ela sempre gostou desses templos, quando os visitava em outras cidades. O culto ao Dançarino buscava a divindade no movimento, na dança extática, no rodopio incessante. Cari chegou a ser uma iniciada no templo em Severast por alguns meses.

— Guerdon já teve muitos deuses, antigamente. Você nasceu durante os anos do Embate Sagrado, mas quando eu era jovem, as únicas igrejas na cidade eram as dos Guardiões, e as fés estrangeiras eram reprimidas. Claro, isso não tinha como durar, não com tantos imigrantes e comerciantes estrangeiros ganhando influência no parlamento, e os escândalos com as relíquias. O bloco da oposição tinha os votos para forçar um decreto de reforma, mas os defensores dos Deuses Guardados resistiam nas ruas. Tumultos, revolta civil, até mesmo assassinatos, mas subjacentes ao debate religioso havia tensões entre as famílias ricas estabelecidas e os poderosos recém-chegados. Poderia ser... — Ele para de falar quando percebe que Cari o está encarando. — Bem, você vai ter que assistir às minhas aulas, se quiser se passar por minha assistente de pesquisa.

Isso, ela pode prever sem nenhum dom misterioso de profecia, não vai acontecer. O trem freia com um guincho e Ongent se levanta, grunhindo com o esforço.

— Vamos.

Deixando a estação Peregrino, eles seguem uma rua tortuosa que contorna a universidade. Ela cheira a dinheiro: ainda está meio depauperada, mas os paralelepípedos foram lavados recentemente e os edifícios estão em bom estado de conservação. Ongent vai andando à frente, mais rápido agora que está em terreno familiar. Ele dobra uma esquina e sai na rua Desiderata, então a leva até uma pensão. É pequena para os padrões do povo rico que pode frequentar a universidade, é claro — mas o lugar que Cari divide com Mastro tem um décimo do tamanho, e ela só tinha tanto espaço porque ninguém mais se arriscava a compartilhá-lo com um Homem de Pedra contagioso.

Ela se pergunta como está Mastro naquela cela de prisão inundada, se Ratazana está vivo ou morto. Não confia na própria sorte. Parece traição.

Ongent bate na porta. Cari ouve passos rápidos. O som de duas trancas sendo puxadas, o rangido de uma trava mágica desarmando, então a porta se abre e uma garota espia por ela. Seu rosto redondo é familiar para Cari, mas ela leva um instante para situá-lo.

— Carillon?

— Não use o nome dela — Ongent recomenda ao empurrar Cari para dentro. — Lembre, Eladora, ninguém pode saber que ela é sua prima.

CAPÍTULO QUATRO

Ratazana, em um túnel.

Carniçais conseguem enxergar na escuridão, ver todas as cores além do preto. As ricas variações de sombra, os matizes sutis de túneis vazios, e a escuridão bocejante e resplandecente dos lugares mais profundos abaixo. Guerdon é maior embaixo do que em cima, em porões, passagens, calabouços e esgotos, nos passados esquecidos e enterrados da cidade, e todas as suas entranhas e artérias invisíveis, e mais profunda do que seus habitantes imaginam. O povo da superfície não passa de insetos rastejando sobre uma pele.

Ele se detém na escuridão, mas não pode ficar ali por muito tempo. Precisa voltar à superfície. Tem fome e consegue sentir o cheiro de carne morta naqueles túneis. Deveria voltar para a luz do sol, pagar pelo seu pão e carne no mercado, ou quem sabe apenas pegar alguns dos seus xarás e engoli-los inteirinhos, vivos e se contorcendo. Carniçais são comedores de cadáveres por natureza. Ratazana quer comer carne morta.

Mas a mudança também está na natureza dos carniçais, e ele não quer fazer isso. Então, põe de lado a fome, pensa na luz do sol e volta para a porta que dá para o túmulo na superfície. Ele precisa empurrá-la para que se abra, pedra raspando em pedra.

Com olhos de carniçal, ele avalia bem a forma do Homem de Sebo. Sua carne de cera é luminescente em sua visão, emitindo um brilho doentio das cicatrizes derretidas. Ele se abaixa e toca o pavio que se estende da espinha da criatura. Está frio e pegajoso, mas quando sua pele entra em contato há uma fagulha, uma emoção latejante que entorpece seu braço, e a forma de cera se mexe. A criatura ainda não está totalmente morta.

À guisa de experimentação, ele tenta enterrar as garras no pescoço do Homem de Sebo, se perguntando se consegue desmembrá-lo sem fazer muito esforço, mas a cera congelada agora está mais dura que mármore. Ele se recosta e lambe os dedos enquanto considera suas opções. Pode tentar queimá-lo, mas isso poderia reacender o pavio e trazer o monstro de volta à vida por tempo suficiente para matar Ratazana uma dezena de vezes.

A porta do outro lado da pequena passagem está manchada de cera depois que o Homem de Sebo tentou forçar a saída. É uma placa pesada de pedra, a tampa de uma tumba, mas ela é subitamente jogada de lado como se fosse feita de palha. A mulher lança seu lampião alquímico para a escuridão, alcançando Ratazana com sua luz dura.

— Oi, você aí. Pare onde está — ela diz, e então ergue a mão e recita uma frase na língua dos mortos.

Sua pronúncia é terrível, mas o sentido é claro para Ratazana, para qualquer carniçal. *Nós que cuidamos das almas chamamos você que cuida dos corpos.* Ela é uma agente dos Guardiões.

— E também — ela acrescenta —, eu ajudei você com essa vela do caralho. Então você me deve, certo?

Ratazana hesita. Depois do fiasco na Torre da Lei, precisa encontrar Mastro e Cari, reportar-se a Heinreil, quem sabe até receber seu pagamento. Mas também não pode ignorar a invocação da Guardiã. Ele a olha com desconfiança.

— O que você quer com os carniçais?

— Negócio da Igreja. Não é para o teu bico, só para o dos seus horrores ancestrais.

— Vá procurar outro guia. Estou ocupado.

— Vá se foder se você pensa que vou ficar gelando a bunda neste cemitério a noite toda — ela diz. — Além do mais, é melhor você não subir ainda. O morro está fervilhando de Homens de Sebo, e acho que você não vai querer aparecer agora.

Ratazana gela e se pergunta o quanto ela sabe a respeito de seus laços com a Irmandade.

— *Nós o invocamos e o comandamos* — ela acrescenta na língua dos mortos —, então obedeça a seu superior e me mostre como descer.

Heinreil é apenas um homem. Tem gente no mundo pior que ele. Os carniçais o punirão se ele irritar os aliados na igreja dos Guardiões.

— Tudo bem — concorda Ratazana —, mas fique por perto e acompanhe meu ritmo. E eu vou apenas levar você até eles lá embaixo: voltar é por sua própria conta. Não vou esperar você.

— Certo — ela diz, e estende uma mão enluvada. A pegada é incrivelmente forte. — Aleena.

— Ratazana. — Metade dos carniçais da cidade se autodenomina Ratazana.

— Esse não é o seu... — e ela diz uma palavra na língua dos mortos que mal e mal significa "seu verdadeiro nome", "seu nome de carniçal".

— Não é, mas isso não é *negócio da Igreja*, certo?

— Faz sentido.

Aleena pega suas coisas, enfiando um cobertor e os restos de uma refeição em uma bolsa. Ratazana avista um invólucro de pergaminho ornamentado e folheado a ouro entre seus pertences, aninhado ao lado de uma enorme pistola. Ele lambe os dentes quebrados com a língua áspera, imaginando quanto a Irmandade pagaria por aquilo. Aleena se estica, esfregando o pescoço, depois o pulso. Ela o flexiona, cautelosa, e parece satisfeita por não estar machucada.

— Espancada pela porra de um ornamento de mesa. Estou ficando velha.

Ratazana começa a descer o túnel.

— Espere. — Ela saca a pistola. — Há mais dessas velas do caralho por aqui.

Ratazana resmunga.

— Eles são como todos: entram, mas não saem. Você não vai precisar desse negócio, mas fique com ele à mão, se te faz se sentir mais corajosa. Só não atire nas minhas costas.

A porta se abre com um rangido. Aleena põe a pistola de volta na bolsa e pega o lampião.

— Isto não — diz Ratazana. — Confie em mim, há coisas que você não vai querer ver. Coisas que você não deve ver, também. Se levar esse lampião, vai deixar seus olhos lá embaixo. — Ele coloca a nota exata de ameaça lúgubre e humor sombrio na voz; é algo que já falou antes. Os anciões são muito ciosos de sua privacidade.

— Eu já estive aqui embaixo antes. E se alguma coisa quiser arrancar meus olhos, vou enfiar os deles em seus rabos, se tiverem rabos.

Mesmo assim, ela põe o lampião de lado. Eles descem para a escuridão. Ratazana a guia por uma rota tortuosa, pois não existem caminhos em linha reta ali embaixo, apenas uma escolha de labirintos. Ela tropeça em pisos irregulares e ossos soltos, tenta manter uma das mãos colada na parede do túnel, então ele a leva sob um dos esgotos da cidade, por caminhos onde uma coisa preta escorre pelas paredes, e depois disso ela mantém as mãos junto ao corpo. O único fio que a liga à superfície são as orientações pouco frequentes de Ratazana. Dejetos alquímicos deslizam pelas pernas dela, pilhas semivivas de pus de que brotam olhos cegos e bigodinhos peludos. Eles passam por seções abandonadas da cidade, e por algumas que ainda são habitadas. Uma porta os leva ao porão de uma taverna, e ele sussurra para ela que fique quieta quando passam por baixo de um salão repleto de estivadores fazendo seu desjejum. Ela consegue se mover de modo surpreendentemente silencioso quando quer, mas tirando isso é barulhenta como um javali do esgoto nos túneis. Ratazana sabe quando ela esbarra ou roça em um novo obstáculo por conta de cada novo palavrão.

Descem por entre túneis subterrâneos e linhas de esgoto, traçando o crescimento de Guerdon como os anéis de uma árvore.

Descem por entre os velhos túneis de carniçais — os túneis superiores, abandonados. À medida que a cidade acima cresce, os que estão embaixo vão cavando cada vez mais fundo, mantendo a distância entre eles e forçando as criaturas que jazem ainda mais abaixo a recuar para dentro da terra. Existem guerras na escuridão sobre as quais o povo da superfície jamais fica sabendo.

Descem por entre templos consagrados a velhos e esquecidos deuses, passando por pedestais vazios onde a escuridão está manchada, uma escuridão tão profunda que até mesmo Ratazana fica perturbado.

Eles chegam a um dos poços de cadáveres, e Ratazana pede uma pausa.

— Aqui você pode jogar um pouco de luz — ele diz, sorrindo em antecipação.

O lampião alquímico se acende, mais brilhante que o sol. Ratazana esperava um grito, mas fica decepcionado. A expressão de Aleena não muda por baixo da sujeira encrustada e das teias de aranha; ela não pisca nem desvia o olhar. Levanta o lampião, deixando seus feixes de luz explorarem as alturas do poço circular. Ele não é forte o bastante para chegar nem à metade do caminho, mas fica claro que lá no alto está um dos mausoléus da cidade. Dezenas de cadáveres pendem de cordas ou ganchos de carne. Líquidos químicos mantêm as moscas longe e mascaram parte do fedor. O chão é um tapete de ossos de dedos mastigados.

— Achei melhor a gente parar um pouquinho para almoçar — diz Ratazana, com um sorrisinho.

Aleena diminui o lampião até que emita apenas uma bolha pequena de luz ao seu redor, depois vai até um bloco de pedra.

— Nossa, você sabe mesmo como fazer uma garota se divertir. Ainda bem que eu trouxe a minha comida.

Ele sente o cheiro da comida dela. É nojenta, parece feita de pedaços de giz, quebradiços, finos e sem gosto. Ele deveria comer aquilo, mendigar umas migalhas da superfície em vez de se aproveitar daquele banquete sinistro que o cerca. Mas Ratazana não é tão forte assim.

Ele desaparece na escuridão e encontra um suculento osso de coxa. A fome carniçal o acomete, primordial, profunda e sombria, como se existissem infinitos túneis em suas entranhas que só podem ser preenchidos com cadáveres. Houve um tempo em que a mesa não era farta, quando tudo o que enviavam ali embaixo eram velhos murchos e de carne cinzenta, sem nada no corpo a não ser cinzas e a memória da tristeza. Houve tempos de fartura — tempos de praga, de guerra — em que aqueles poços ficavam lotados de corpos, e os carniçais inchavam como vermes gordos, as barrigas tão cheias que mal cabiam dentro dos túneis. Atualmente as coisas estão bem, mas Ratazana sabe que os anciões estão perturbados. Agora existem mais igrejas em Guerdon, templos para deuses estrangeiros, e eles não cavam poços de cadáveres como os Guardiões.

Enquanto ele come, observa a humana. A luz do lampião faz sua pele parecer doentia de tão branca. Ela aperta bem seu manto para combater o frio dos túneis — embora o calor da decomposição torne o poço quente como uma sauna. Ela come com gosto, apesar do ambiente ao redor, enchendo de comida sua figura atarracada. Faltam dois dedos em sua mão esquerda, e a pele repuxada ao redor da velha ferida diz a Ratazana que um golpe de espada os arrancou. Carniçais são anatomistas natos.

Ratazana arranca um dedo de um cadáver pendurado e começa a chupá-lo, os pedacinhos de carne e tendão deslizando para fora do osso e para dentro de sua boca. São mais três horas até os anciões, talvez quatro ou cinco, se ele precisar arrastar uma humana cega o caminho inteiro. E depois mais dez horas para retornar à superfície. Mas existem atalhos que pouparia duas ou mais horas desse tempo. Ele mastiga os ossinhos do dedo contemplativamente, rolando-os de uma bochecha para outra enquanto pensa na missão da noite anterior. A Torre da Lei desabando, envolta em fogo crepitante, o chão tremendo e se abrindo enquanto alguma coisa subia furiosa do subsolo. Homens de Sebo por toda parte, como riozinhos de cera derretida pingando por toda a cidade. Mastro, destacado contra o fogo, atravessando cambaleante o pátio. Ratazana não aposta muito nas chances do amigo, não hoje em dia. Não com a praga. Pensar na carne de Mastro se petrificando faz Ratazana ficar subitamente nervoso; cada pedaço de carne naqueles ossos do dedo parece um pedregulho entre seus dentes. Carniçais em geral não contraem a praga, ele lembra a si mesmo, mas ela ainda pode envenená-los. Ele cospe um pedaço particularmente duro, que faz um som metálico ao bater no chão.

Aleena levanta a cabeça com o ruído súbito, espiando a escuridão impenetrável do poço. Ela olha direto para Ratazana, mas obviamente não consegue vê-lo. Ele sorri para si mesmo, depois se abaixa e pega o pedaço de osso. Seus dedos o vasculham, desmontam e encontram um tesouro inesperado. Um pequeno anel de ouro. Os coveiros não devem ter visto. Um anel antigo, comprado na juventude, perdido nas dobras gordas da meia-idade. Humanos, ele pensa, enfraquecem com a idade, vão ficando mais lentos. Com carniçais é diferente.

Carillon é outra história. Ela podia ter escapado, se fosse rápida. Ela não conhece Heinreil, nem sabe como contactar o mestre da Irmandade. Poderia voltar à casa de Mastro ou simplesmente fugir. Ratazana a encontrou nas ruas quando ambos foram para cima da mesma bolsa que alguém tinha deixado cair e sentiu… pena é uma palavra superficial, que carniçais não usam. Interesse, talvez? Assim como Mastro, ela era um bolo de carne que ele podia mastigar e mastigar. Ela também foi boa com Mastro — tratou-o como se não estivesse morrendo, e para Ratazana esse tipo de gentileza conta pontos.

Ele se lembra das noites no quartinho de Mastro, quando se agachava em um cantinho ao lado da lareira e ficava ouvindo o amigo falar sobre algum assunto do dia, um escândalo ou novidade da guerra. Mastro fala como se estivesse no parlamento ou se dirigindo a uma multidão na Praça do Cordeiro. Cari, taça de vinho na mão e botas em cima da mesa, fazendo perguntas ou pontuando os voos de oratória de Mastro com leves ironias. Ratazana raramente fala nessas noites; ele gosta de fechar os olhos e escutar seus amigos falando, como vozes ecoando do alto. O calor do fogo suavizando seus músculos duros como couro, aquecendo seu sangue turvo.

Se essas noites lhe foram roubadas, é menos um laço com a superfície que ele tem. Quer dar logo essa tarefa por encerrada, quer saber se seus amigos estão vivos ou mortos. Impaciente, ele dá a volta por trás de Aleena. Seus cascos são silenciosos como os passos de um fantasma, mas ela ainda fica tensa quando ele se aproxima, aquela mão de três dedos se fechando ao redor de uma arma embaixo do manto. Ele para no limiar da luz.

— Hora de ir.

Ela olha ao redor, vendo os corpos pendurados, e suspira.

— Sagrado Mendicante, olhai por vossos filhos — ela reza, invocando um dos deuses dos Guardiões, e apaga a luz do lampião.

Alguma coisa farfalha ao longe, um braço inerte caindo, quem sabe, e ambos ficam paralisados por um momento, à escuta de algum perigo distante. Ratazana agarra a mão dela e a puxa na direção da próxima porta.

— Pra baixo.

Descendo novamente. O caminho agora é bem percorrido por carniçais que sobem para visitar os poços de cadáveres. Ratazana é um estranho no meio de sua gente; hoje em dia, apenas uns poucos carniçais se importam com a superfície. Mesmo assim, o caminho é traiçoeiro, escorregadio de gordura de cadáver e fungos. Grandes cogumelos florescem nos pisos dos túneis e trechos de tentáculos peludos brilham em um milhão de cores nos olhos de Ratazana, adaptados à escuridão, mas se desmanchariam em uma pelagem terrivelmente branca se o lampião de Aleena os tocasse.

Ele escolhe uma rota mais rápida, mas mais difícil. Escorregadia sobre as rochas. Eles se espremem, de vez em quando, por cavernas naturais, as bordas polidas pela passagem de carniçais. Por corredores cavados em pedra, construídos por povos esquecidos. Por seções abandonadas da cidade, e túneis que ele não visitava há anos.

Aleena tropeça e para. Ela estende a mão livre para baixo, e seus dedos tocam um trilho de metal ao longo do chão.

— Isto é uma linha de trem! — ela sibila, furiosa. — Nós andamos em círculo, seu merdinha!

Ela se liberta do braço de Ratazana e agarra o lampião. Luz brilha na escuridão. Ratazana recua, subitamente cego.

Aleena vê. Um vagão de trem, sujo e amassado como os demais, mas desconcertantemente familiar naquela câmara de formas distorcidas e cores em fuga. Trilhos com runas esculpidas correm ao longe, desaparecendo em uma boca de túnel de lábios úmidos. Estalactites de gosma ou geleia pendem do teto, reluzindo no brilho repentino. Não há plataforma, apenas um promontório escavado que sobe como uma prancha de navio até as portas do trem. Além disso, uma forma sobe e se move, uma onda de vermes branco-amarelados gordos, juntos e embolados.

Ratazana a segura e a puxa para trás do trem.

— Não são os *seus* trens — ele sibila por entre dentes quebrados e se amaldiçoa por ter arriscado aquele atalho.

— É um Rastejante — ela sussurra. — Eles não são... — ela vai dizer "perigosos", mas Ratazana a interrompe.

— Aqui embaixo eles são diferentes.

Ele pega o lampião dela e reduz a intensidade, mas é tarde demais, eles foram avistados. Ouvem um ruído molhado quando a colônia de vermes rola na direção deles. Vermes batedores vão à frente do corpo principal, rastejando sobre os cascos de Ratazana, as botas gastas de Aleena, pingando do teto do vagão do trem e escorrendo pelas costas de Aleena.

Ela recua, dobrando a esquina, bem no caminho da criatura. O Rastejante a engolfa como uma onda, seus milhões de dedinhos retorcidos se derramando em cima dela. Aleena some de vista embaixo da horda nojenta, sem ter tempo de gritar. Então os vermes abrem caminho, recuam. Ratazana meio espera ver o esqueleto limpinho de Aleena emergir, mas ela ainda está viva. Pegajosa e irritada, porém intacta.

Os vermes se empilham uns em cima dos outros, se embolam, construindo formas. Duas torres se erguem, depois se entrelaçam em um torso mais grosso, uma aproximação da forma humana. Braços se formam por um momento, depois começam a se animar, e um manto negro surge e é enrolado em torno da figura. Dedos-vermes grossos tiram uma máscara de porcelana branca do nada e a colocam no lugar, ocultando o horror que há por baixo. Feitiçaria do Rastejante — as colônias de vermes suportam muito melhor do que os humanos as tensões de lançar feitiços, e por isso criaram um nicho como feiticeiros de aluguel.

— Perdão — disse o Rastejante. — Não esperávamos encontrar um representante de sua mais sagrada igreja aqui embaixo.

Sua voz é estranhamente musical e calorosa, mas por trás dela Aleena identifica o som dos vermes se agitando e deslizando, como gordura quente em uma frigideira.

— O que, podemos perguntar, traz você a estes locais inferiores? — Ele estende a Aleena uma "mão" envolta em tecido e a ajuda a se levantar. Ela sente vermes serem esmagados e espremidos embaixo do tecido quando se põe de pé.

— Obviamente, estou aqui pela minha saúde. Meu médico mandou passar uns dias andando na merda. Teria sido bom saber que eu podia ter pegado o maldito trem — diz Aleena, lançando um olhar zangado para Ratazana.

— Gostou do nosso transporte? É extremamente veloz. Não está nos mapas públicos, claro. Temos um acordo com as autoridades. — O Rastejante se inclina para frente de modo conspiratório. — É uma viagem terrivelmente longa sem ele, sabe.

A máscara de porcelana gira para olhar para Ratazana, ainda agachado atrás do vagão do trem.

— Seu guia a desviou do caminho, pelo que vejo. A culpa não é sua, mas desse seu carniçal irresponsável. — O Rastejante avança na direção de Ratazana. — Os carniçais sabem que não devem nos irritar.

— Deixe o merdinha em paz — diz Aleena. — Fui eu que mandei que ele se apressasse. Tenho uma mensagem para os anciões dele.

— Podemos perguntar qual é a essência dessa mensagem? — O Rastejante se ergue, quase 2,5 metros agora, balançando enquanto olha para Aleena.

— Negócios da Igreja — ela responde. — Não é da sua conta. Vamos deixar você em paz.

— Somos extremamente bem informados em muitos assuntos — responde o enxame. — Quem sabe não podemos ajudar?

Ratazana se afasta sorrateiro do Rastejante, saindo da esfera de luz baça criada pelo lampião encrustado de gosma, recuando na direção de outra saída. A máscara não o está encarando, mas o Rastejante tem dez mil olhos, e a visão noturna deles é ainda melhor que a de um carniçal.

— Você pode nos contar ou nós podemos tirar a informação da carne dele.

Há um clarão de feitiçaria, e Ratazana cai esparramado no chão, um cheiro de cabelo de carniçal chamuscado pela queimadura em seu peito. Os vermes começam a rastejar na direção dele, boquinhas de dentes afiados mordiscando. Rastejantes e carniçais se alimentam de carne morta, mas por motivos muito diferentes. Os carniçais fazem isso por fome, mas os Rastejantes o fazem para consumir as memórias — ou talvez as almas — dos mortos. Cada um daqueles milhares de vermes contém uma vida inteira de conhecimento roubado dos mortos.

— Espere! — Aleena levanta as mãos, uma nota inesperada de medo na voz. — Eu não sei qual é a mensagem. Ela está na porra de um pergaminho. Aqui. — Ela tira a mochila das costas e se ajoelha.

O Rastejante para de avançar na direção de Ratazana. Membros e torso se rejuntam de modo que sua forma humana se vire na direção de Aleena mais uma vez. Ratazana solta o ar, aliviado. Quem sabe, se ela entregar o pergaminho selado ao Rastejante, ele os deixe partir. Eles poderão sair de lá e descer até os anciões para que Ratazana possa se desincumbir de sua maldita responsabilidade para com ela e depois sair para encontrar Heinreil e ser pago. Ou, melhor ainda, Aleena entrega o pergaminho, decide que não pode continuar a missão, e ambos retornam à superfície. Uma história para servir de alerta, sem que nenhum mal lhes tenha acontecido, e Ratazana nunca, nunca mais chegará perto do território dos Rastejantes novamente. Ele consegue ver um jeito seguro de sair dali.

Então Aleena saca aquela pistola da bolsa.

Merda, pensa Ratazana.

— Eu disse que não era da sua conta.

A arma ruge, bem mais alto do que qualquer arma daquele tamanho tinha o direito de soar. A máscara de porcelana se estilhaça, e a cabeça do Rastejante explode. Isso não vai matá-lo, claro, não vai sequer reduzir sua velocidade. Ele ataca Aleena cegamente, mas ela rola para trás e saca o que parece ser uma antiga espada curta ao pular de pé. *Espadas também não vão ajudar muito*, pensa Ratazana. É uma colônia, não uma criatura única. Matar um ou cem vermes só faz irritar o enxame. A melhor maneira de realmente ferir um Rastejante é...

A espada de Aleena irrompe em chamas. O que vem bem a calhar.

Ela balança a espada para cima do Rastejante, tentando incendiar seu manto, mas o monstro recua para longe, alongando obscenamente seu corpo embolado. Ela pula para a frente, a espada brilhando mais forte do que o lampião. O Rastejante recua, momentaneamente confuso. Ela não lhe dá tempo de usar sua feitiçaria, nenhum espaço para praticar sua magia. Ele arranca o manto que atrapalha e recua, afastando-se da lâmina incandescente.

Aleena avança, a luz de sua espada refletida nos olhos. Agora ela parece mais alta para Ratazana, crescendo de estatura enquanto avança, até que seja ela assomando sobre o Rastejante.

— Recue, sua pilha de caralhinhos de merda!

Ela se move com uma terrível deliberação, um passo pesado depois do outro, os pés grandes escolhendo os pontos de apoio um a um, sempre pisando em terreno estável. O Rastejante desliza, para, flui à frente dela. Ratazana se esgueira e foge, desviando entre os dois combatentes. Ali ele está fora de sua alçada; corre em busca de um esconderijo.

Um relâmpago surge do braço do Rastejante. O clarão ilumina a câmara, afastando as sombras. A força do raio desintegra o braço da criatura, fazendo com que ele se solte e se desfaça, vermes tombando aqui e ali ou queimando no efeito rebote. Aleena coloca sua espada flamejante entre seu corpo e o feitiço de relâmpago bem a tempo, mas ainda é obrigada a se ajoelhar enquanto seu milagre luta contra a feitiçaria de uma coisa ancestral e múltipla no próprio território.

As chamas de sua espada vão se apagando e morrem. A luz se desvanece. Agora, a única iluminação vem de seu lampião descartado.

Aleena luta para ficar de pé e para na beira daquele círculo de luz. Tem sangue escorrendo de seu nariz e ouvidos.

— Acha que isso foi inteligente? Meus sobrinhos vão usar você de isca pra pescar, está me ouvindo? Venha, pare de se esconder aí!

Da escuridão, o Rastejante responde. Sem sua máscara despedaçada, ele fala em um coro fuliginoso de vozes, sussurrando em mil outras línguas por sob suas palavras.

— Não fujas da argila da sepultura, mas engorde e instrua o próprio verme que mordisca, subsumido em sua totalidade, sempre nascido e sempre consumido pela mão morta que move o olho cego que vê…

Para os olhos de Ratazana — mas não para os de Aleena —, a cor da escuridão muda. Agora ele consegue ver formas nela, criaturas de sombra, reunindo-se ao redor da torre negra do Rastejante. Ele tem mais braços, que balançam e gesticulam, tecendo um feitiço maior.

O poder se adensa ao redor dele. A escuridão cai em sua direção, atraída pela feitiçaria. Não há mais nenhum ar na câmara, e Ratazana luta para respirar. As formas escuras se fecham sobre Aleena.

E então Ratazana encontra a alavanca do freio na carruagem do trem e a puxa. Com um guincho solene, o trem começa a se mover, primeiro devagar, mas depois cada vez mais rápido, descendo a inclinação como se também estivesse sendo atraído pelo feitiço do Rastejante. Pequenas fagulhas de azul pulam entre o chassis do trem e os trilhos sobre os quais o Rastejante se encontra. Ratazana se joga pela porta lateral, pousando com força, correndo de quatro.

O Rastejante desaba antes que o trem passe por cima dele. Dissolve-se em seus vermes constituintes, caindo de uma figura de três metros de altura para um grosso carpete ondulante em um segundo. O som de alguns dos vermes estourando quando o trem passa por cima deles se perde no rugido e clamor generalizados.

Ratazana agarra Aleena.

— Corre! — Ela grita no ouvido dele, que não vai discutir.

De mãos dadas, eles descem velozes os corredores, aleatoriamente, confiando nos instintos de Ratazana para achar os que vão para baixo.

Depois de não sabem quanto tempo, os dois diminuem de velocidade em consenso, recuperando o fôlego.

— Merda de Deus — diz Aleena. — Essa é a sua ideia da porra de um atalho? Vamos poupar tempo sendo sodomizados por vermes mágicos?

— Se você não tivesse acendido aquele lampião... — Ratazana sibila, mas ainda está lutando para respirar e não consegue terminar.

— Está bem — diz Aleena, desanimada. — Eu não estava esperando uma maldita estação de trem aqui embaixo, não é? Quando você desce nas malditas entranhas da terra para se reunir com uns horrores ancestrais de merda que vêm desde antes do nascer da história, você não pergunta se existe uma opção de transporte conveniente, pergunta?

Ratazana dá de ombros. Há coisas estranhas lá embaixo. Ele a avisou.

— Ai, caralho. — Aleena ergue os retalhos de sua mochila. O pergaminho sumiu.

*

Cari não gosta de reencontros. Retornar não faz seu tipo.

É igualmente bizarro para Eladora. Cari rapidamente percebe que Ongent não disse à sua prima nada a respeito de sua vida desde que deixou a casa onde viveram juntas na infância nem sobre sua estranha condição. Eladora parece achar que o professor a acolheu por caridade, que ele é um velhinho embromador de bom coração que mente para a universidade para pôr um teto sobre a cabeça de Cari. Ele simplesmente tirou Cari da prisão e a jogou ali, naquela casa silenciosa cheia de livros, portas fechadas e roupas bem dobradas, e depois se mandou para seus aposentos, subindo o morro na direção da universidade, deixando-a sozinha com Eladora.

Quase sozinha — há mais alguém na casa, em um sótão. Ela ouve passos, o ranger de algo se movendo, mas esse morador permanece invisível.

Eladora usa a educação como um calafate usa piche, passando pinceladas quentes dela sobre cada rachadura na conversa. Começa balbuciando sobre parentes em comum e pessoas que conheceram na infância. Cari não ligava muito para nenhuma dessas pessoas na época, e os anos não fizeram seu carinho aumentar. Há ainda o tabu dos assassinatos dos Thay, que Eladora foi treinada para não mencionar e sobre os quais Cari não quer falar, então qualquer discussão de família requer uma navegação cuidadosa.

A universidade começa como um tópico seguro. Eladora é uma das alunas de Ongent no Departamento de História. O professor Ongent é um mestre maravilhoso. Não é maravilhoso estar ali na grande cidade de Guerdon, com todas as suas paisagens e coisas estranhas? Ora, é até um pouco louco: às vezes, Eladora e suas amigas saem para se divertir na marginal Cintilante.

Fica claro que elas viveram em Guerdons muito diferentes. O sorriso polido de Eladora se congela enquanto ouve Cari descrever casualmente partes da cidade que ela jamais soube que existem. A certa altura, Cari menciona como o Homem de Sebo a esfaqueou, e Eladora deixa cair sua xícara de chá. Ela se quebra no chão, embora a expressão no rosto da prima não mude nem um pouco.

É divertido demais. Cari começa a contar à sua querida prima mais histórias sobre suas viagens para além-mar. Umas são verdadeiras, outras não, mas Eladora não tem como adivinhar. Eladora menciona os poços de luta com tons de horror; Cari um dia foi caçada por um verme mortal nos pântanos. Eladora possui um bracelete de jade azul; Cari se lembra de ter roubado uma carga de jade azul na costa de Mattaur. Há um rapaz na turma de Eladora de que ela gosta; Cari foi dançarina do templo em Severast por um tempo, e por aí vai.

A *pièce de résistance* acontece quando Eladora pergunta onde Cari estava se hospedando na cidade, antes de Ongent levá-la para ali, e Cari responde que estava dividindo um pequeno apartamento com um Homem de Pedra. Eladora subitamente se lembra de que tem algo urgente a fazer e bate em retirada para o banheiro. Cari ouve o som frenético de esfregação, e Eladora leva mais de meia hora para voltar. (Na manhã seguinte, quando Cari se levanta, descobre que a cozinha foi toda esfregada com um limpador químico, e as xícaras de chá que elas usaram foram jogadas na lareira, onde quebraram e queimaram.)

Eladora mostra a Cari o seu quarto. Primeiro andar, ao lado do dela. Há outro quarto no andar de cima, subindo uma escadaria estreita. Há fechaduras novas na porta, mas nada de chave. Nenhum livro nas estantes. Lençóis recém-lavados e mais três mantos como aquele que está vestindo dobrados em cima de uma cadeira.

— Parece até que estamos de volta à casa da mamãe, em Wheldacre — diz Eladora, muito embora não pareça nada disso. — É tão bom te ver de novo, Carillon. — Muito embora claramente não seja. — Mas você deve estar exausta.

Esta última afirmação é verdade.

A cama de Cari é maior e mais macia do qualquer outra que teve em anos. Sua barriga está cheia pela primeira vez em meses. Ela está quente, seca e segura, mas ainda é difícil pegar no sono. Ela se preocupa com Mastro, com Ratazana. Toda vez que quase adormece, ouve vozes no limite da sua consciência, sussurrando uma para a outra, chamando por cima dos telhados. Às vezes, é como se estivessem bem do lado de fora da sua janela.

Por fim, ela desiste. Pegando os cobertores, desce até o porão e faz uma cama em um canto escuro.

Por fim, ela dorme, e não sonha.

CAPÍTULO CINCO

Jere fica olhando o Homem de Pedra dormir. Homens de Pedra precisam dormir inquietos, mudando de posição de tantos em tantos minutos para garantir que não se calcifiquem pela imobilidade. Os doentes que Jere conhece empregam soluções elaboradas — serviçais que os cutucam para despertar de hora em hora, camas inclinadas nas quais eles vão lentamente deslizando, relógios, velas cronometradas e outros acessórios para ajudar no despertar. Outros simplesmente se treinam para conseguir dormir em breves cochilos ao longo do dia, nunca permanecendo parados por mais de meia hora por vez.

A maioria dorme de pé, para o caso de não conseguir mais se levantar. Nada mata um Homem de Pedra mais rápido do que ser imobilizado deitado.

Aprisionado na sua ilhota, Mastro não tem nada em que se recostar, nada que o desperte se ele dormir por tempo demais — nada a não ser seus próprios terrores. Ele acorda com um sobressalto a cada tantos minutos, levantando-se devagar e com dor para sacudir seus braços e pernas pétreos e checar se nenhuma junta travou durante o sono.

O garoto volta a acordar sobressaltado e vê Jere sentado perto da margem, no barquinho a remo.

— Desjejum — grita Jere, e joga um pacote de comida.

Mastro tenta apanhá-lo, mas ainda está abobado e lento de exaustão, e se atrapalha. O pacote cai no lago, espalhando água para todo lado. Afunda na beira da ilha. Jere poderia dar a volta remando e pegá-lo, mas ele não tem a menor intenção de chegar tão perto de seu prisioneiro. Tem muito respeito pela força do Homem de Pedra.

De qualquer maneira, a fome pode levar o garoto a entregar Heinreil.

Mastro se arrasta até a beira d'água, com medo de escorregar nas pedras com limo e deslizar para as profundezas. Ele pesca o pacote encharcado na água. O papel molhado se abre em sua mão e pedaços de pão saem flutuando pelo mar verde.

— Já está com vontade de falar? — pergunta Jere.

Mastro se senta com suas grandes costas de granito voltadas para o caçador de ladrões e começa a comer o que resta da refeição, que já não era grande coisa.

— Eu volto hoje à noite — grita Jere, e rema de volta para a margem.

Ele checa a caixa de seringas de alkahest no escritório antes de partir. Só resta uma. Vai precisar arranjar mais. Jere se gaba de ser capaz de dobrar a vontade do prisioneiro mais empedernido, mas aquele ali é filho de Idge. Idge, que desafiou a cidade e a guarda e aceitou a forca para proteger a Irmandade que fundou.

O arquivo da garota Thay ainda está em cima da sua mesa. Ele o pega e folheia, irritado. Um dia perdido com uma fugitiva mimada que não sabe nada a respeito da Irmandade. Mesmo assim, o professor ficou lhe devendo um favor, então não chegou a ser uma perda completa. Ele enfia o arquivo em um escaninho e leva consigo o livro-caixa de nascimentos e mortes da sala de registros destruída. Não sabe bem o que fazer com ele — oficialmente, não devia tê-lo tirado de lá, em primeiro lugar, mas aprendeu a confiar na própria sorte. Encontrar os registros relevantes intactos, em vez de incinerados com o resto... isso tem que significar alguma coisa, mesmo que ele ainda não consiga discernir o quê.

O próximo compromisso de Jere é em uma cafeteria na Praça da Ventura. É um lugar sofisticado, então ele coloca seu casaco de qualidade por cima das roupas de couro. Deixa o bastão com gancho pendurado no cabideiro da parede e, no seu lugar, pega uma bengala grossa com uma lâmina oculta dentro. O casaco tem uns bons bolsos grandes, grandes o bastante para esconder uma arma pequena, grandes o bastante para esconder as mãos de Jere, com todas as suas cicatrizes e dedos cheios de calos. Ele fez a barba mais cedo, mais uma concessão à qualidade. Compensa parecer respeitável na hora de se misturar com membros do parlamento.

Ele enfia a cabeça na sala de Bolind. O homenzarrão está jogado no catre como uma baleia encalhada, lendo um jornal.

— Estou indo. Fique de olho no filho do Idge ali.

— Muito bem, chefe. Pode me trazer um pãozinho doce, por favor?

— E eu tenho cara de garçom?

O jornal baixa para que Bolind avalie a aparência dele.

— Não, parece mais um gorila fantasiado de michê.

A cafeteria tem sido o verdadeiro escritório de Effro Kelkin há mais de quarenta anos. O velho ainda vai ao mercado toda manhã, apertando as mãos de seus apoiadores e fuzilando com o olhar os rivais, conferindo preços e as listas de carga dos navios da mesma maneira que um mendigo conta as moedinhas na sua tigela. Então ele vai até a sua mesa no salão dos fundos do Vulcano, onde, insiste a lenda, ele ainda toma café na mesma xícara, que é constantemente enchida.

Jere aprendeu mais a respeito de Kelkin pelo hábito do professor Ongent de dar aulas de história política do que através do próprio homem. Kelkin pode ser famosamente charmoso quando quer, mas Jere é um empregado, não um apoiador em potencial, então ele lida com o outro lado do homem, ácido como vinagre ruim.

Uma geração atrás, Kelkin era o político mais poderoso da cidade. Ele foi o arquiteto da coalizão industrial-liberal que desmantelou o poder teocrático no parlamento, o defensor dos comerciantes e investidores cujas fortunas fluíam pelas docas de Guerdon. Quando chegou ao poder, liderou uma cruzada contra "o crime, a corrupção e a dissidência". Nas palavras de Ongent, em vez de tentar curar as feridas do Embate, ele as cauterizou com fogo. Os Guardiões ainda o odeiam por isso, e sempre correm rumores de que Kelkin é secretamente membro de alguma seita ou culto subterrâneo. Após observar seu empregador há quase quatro anos, Jere, o Caçador de Ladrões, suspeita que os únicos deuses de Kelkin sejam o Dinheiro, casado com a noiva sagrada Comércio, e seus filhos gêmeos Ordem e Poder.

Esta é a cidade que você criou, pensa Jere, *uma cidade que suplantou você*. Hoje em dia, a velha facção industrial-liberal de Kelkin é uma minoria esquecida no parlamento — o poder está nas mãos dos Senhores de Guilda, especialmente os alquimistas, e a contenda de Kelkin com a Senhora de Guilda Rosha é famosa pela amargura. Alguns anos antes, Kelkin tentou suplantar os alquimistas em lei e ordem, e como resposta eles lançaram os Homens de Sebo nas ruas, tornando bem difícil ele ficar em pé de igualdade.

Mesmo assim, isso põe dinheiro de Kelkin no bolso de Jere, pois o velho político tenta provocar qualquer impacto que consiga sobre o crime organizado da cidade. Já existem solicitações para que os Homens de Sebo atuem com mais liberdade, que esses horrores de cera tenham mais autoridade para caçar criminosos.

Jere adentra o calor bem-vindo da cafeteria, abrindo caminho pela multidão de clientes até a mesa de Kelkin. Normalmente precisa esperar na fila por uma audiência, mas não hoje.

— Eu devia mandar pendurar você pelos polegares — sibila Kelkin.

— Aquilo lá foi um fiasco.

— Ainda não tomei café da manhã, chefe — Jere reclama —, então me dê um momento antes de dar seu chilique.

— Eu vou lhe dar de comer suas próprias entranhas, porra. Acha engraçado que a Casa da Lei ainda esteja em chamas?

— Claro que não. É evidente que isso foi um desastre. Mas a culpa é mais dos alquimistas que sua. Eles tinham velas queimando por todo o lugar ontem à noite e mesmo assim não impediram o ataque. Se não conseguem proteger a mais alta corte, então dificilmente podem solicitar que a segurança de toda a cidade seja posta em suas mãos, não é?

— Não estou lhe pagando para dar conselhos sobre políticas — Kelkin retruca. — E quanto a Heinreil?

Jere capta a atenção de uma garçonete, faz um pedido gesticulando. Ela faz que sim com a cabeça. Kelkin bate na mão de Jere com uma colher. Por dentro, Jere gargalha — ele aprecia a insolência do velho. Kelkin deve saber que Jere pode quebrar seu pescoço velho em um instante com as mãos nuas, isso para não mencionar a dezena ou mais de armas que o caçador de ladrões esconde debaixo da sobrecasaca.

— Havia duas gangues de ladrões de Heinreil na Casa ontem à noite. Um grupo, acho, estava tentando invadir o cofre do tesouro embaixo da torre. Foram eles que armaram a bomba, e parece que subestimaram o tamanho da explosão que provocaria. Ainda não tenho nenhum relatório dos alquimistas. Terei, mas estou apostando que esse primeiro grupo morreu na explosão. O segundo devia ser uma distração, para afastar os guardas do cofre. Um Homem de Pedra, uma ladrazinha sorrateira e um carniçal. Os Homens de Sebo pegaram o carniçal, mas eu apanhei os outros dois.

— Quem era a ladra? — perguntou Kelkin.

Jere considera cuidadosamente a resposta. Os Thay chegaram a fazer parte da coalizão de Kelkin, mas isso não quer dizer que também não fossem grandes inimigos dele, e Kelkin mantém um registro meticuloso de dívidas e favores e castigos devidos. Se ele mencionar a verdadeira identidade da garota, pode causar mais problemas. De qualquer maneira, Kelkin está lhe pagando para rastrear Heinreil, não Carillon Thay. Ela é a recompensa de Ongent. O campeão do livre comércio não pode culpar Jere por ter vários clientes.

— Apenas uma garota humana, que tinha acabado de chegar de Severast por barco. Não era sequer uma iniciada da Irmandade. Descartável.

Kelkin grunhe, irritado.

— Então você não tem nada.

— Tenho o Homem de Pedra, trancado no velho litosário lá pras bandas do Arroio. Ele era o líder do grupo e conhece Heinreil.

— Diretamente, ou através de um intermediário?

— Diretamente, acho eu. Ainda não o fiz falar, mas…

— Mas ele vai precisar de alkahest, sim. Sabia que os Guardiões o estão dando até mesmo para criminosos nas prisões? Doses por caridade. Moedinhas no prato de esmolas para os pobres indo direto para o bolso de

Rosha, e para quê? Mais uns dias miseráveis de vida para os mortos-vivos?
— Kelkin estala os dedos. — Vou fazer um acordo com Vang ou um dos outros magistrados, conseguir um mandado para que você possa manter o Homem de Pedra em custódia por mais um mês. Se você ainda não tiver arrancado nada dele, ele terá que ir para os tribunais ordinários... ou está pensando que ele nunca irá testemunhar contra Heinreil?

Heinreil não é a única pessoa que considera Mastro dispensável.

— Acho que consigo convencê-lo. Ele é teimoso e leal à Irman... à guilda dos ladrões, mas eu posso trabalhá-lo, convencê-lo de que Heinreil o vendeu para distrair os guardas, de que não é igual aos velhos tempos.

Kelkin assente.

— Vou conseguir um mandado de extensão para você.

Jere quase consegue ouvir o clique das contas do ábaco atrás das sobrancelhas peludas, a pena raspando no grande livro-caixa das dívidas. Um favor devido a um magistrado para manter Mastro sob a custódia de Jere por mais tempo; mais uma dívida de Jere, a ser paga em prata. E, como sempre, o acúmulo contínuo sobre a vasta dívida que Kelkin considera que a cidade tem para com ele.

— O que havia no cofre? — pergunta Jere. — Saber por que eles queriam invadir a Casa da Lei pode ajudar.

— Bem, vamos conseguir uma lista para você.

Eles deixam a cafeteria. Para um velho, Kelkin tem um passo assustador, andando como um besouro zangado. Jere avista a carruagem dele esperando na Praça da Ventura, mas o velho sai marchando a pé na direção da rua da Misericórdia.

O cheiro de cinzas. Manchas de fuligem nas janelas e nas paredes. O aspecto estranho da linha do horizonte sem a Torre da Lei se erguendo como uma sentinela sobre o distrito.

Eles passam pelos cadafalsos.

Passam por um memorial erguido pelos Guardiões, marcando o ponto onde prisioneiros condenados foram um dia leiloados para sacrifício humano a vários cultos, durante um dos flertes anteriores de Guerdon com as liberdades religiosas, muito tempo atrás. Os Guardiões usavam histórias assustadoras daquele mercado de sangue como argumento contra o plano de Kelkin para abrir a cidade aos deuses estrangeiros.

Eles passam por uma fileira de Homens de Sebo vigilantes, como uma fila de tochas ardentes marcando os limites do incidente.

Lá dentro, operários vasculham os escombros. Muitos, Jere repara, são Homens de Pedra. Quando a doença irrompeu pela primeira vez, há uns trinta e tantos anos, Kelkin ordenou que os infectados fossem reunidos e aprisionados em uma mina de sal nos arredores da cidade. Milhares morreram calcificados ali, e as Revoltas de Pedra derrubaram o governo da época. Até Jere sente um arrepio quando um dos monstros doentes avista Kelkin e o reconhece. Um rumor de descontentamento percorre a multidão.

Kelkin os ignora, passa por eles como se já estivessem calcificados.

Homens de Pedra estão sendo usados para escavar os restos porque as ruínas ainda estão quentes. Definitivamente uma bomba alquímica — os fabricantes de armas aperfeiçoaram fogos que nunca se apagam, ácido que pode corroer o casco de um navio, gases que cegam e sufocam. Soros de licantropia, nuvens de transmutação. A Bomba Filosofal.

Uma grande multidão se aglomerou na rua da Misericórdia, do outro lado da fileira de Homens de Sebo. Uma multidão menor, mas muito mais exclusiva, também se juntou daquele lado, sobre a grama enegrecida do pátio central. A Senhora de Guilda Rosha, a mulher mais poderosa da cidade, e seu representante no parlamento, Droupe, discutindo com um bando de Guardiões envoltos em mantos sobre a custódia dos restos do sino que um dia soou do alto da torre. Os Guardiões argumentam que ele era uma relíquia abençoada da igreja, apesar de estar instalado em um prédio civil; Rosha diz que a análise do metal revelará muito a respeito do tipo de arma utilizado. Quem decide, na ausência de uma autoridade mais elevada ou mais competente, é o chefe da guarda da cidade, Arthan Nabur. Jere espreita bem atrás na multidão, tentando ouvir, enquanto Kelkin vai azucrinar a vida de algum inspetor de polícia ou escriturário.

Para que lado Nabur vai pender? Jere está mais acostumado a apostar em que barata chegará ao alto da parede da taverna primeiro, ou nas lutas no Arroio, mas o conceito é o mesmo. Será que Nabur vai tomar partido contra a tomada da guarda da cidade pela guilda, defender os homens de carne e osso contra monstros de cera, ou será que vai correr para a aposentadoria nas boas graças de Rosha?

Nem tem graça. Nabur discorre o quanto aprecia a ajuda da guilda, como uma resolução rápida é importante para a reputação da cidade, como os Guardiões, ainda que sejam parte valiosa e estimada da hierarquia espiritual da cidade, não podem mais mandar nas autoridades seculares. Ele se arrasta tanto que Rosha perde o interesse e retruca que a guarda logo terá um relatório, assim que a análise dos restos estiver finalizada. Homens de Pedra carregam pedacinhos de alvenaria quebrada, fragmentos de sino estilhaçados e bocados de metal ainda molengos para cima de carroças cobertas à prova de fogo. Elas lembram a Jere uma fileira de carros fúnebres.

Ele vai precisar de uma cópia daquele relatório, de preferência antes que caia nas mãos da guarda. Marca o rosto dos alquimistas juniores que estão supervisionando as operações — um deles pode lhe servir de entrada. O problema dos alquimistas é que não se pode subornar pessoas capazes de transformar materiais básicos em ouro — neste caso, vendendo armas e remédios estrangeiros que curam tudo, mas o princípio é o mesmo. Ainda assim, ele encontrará um jeito.

Kelkin emerge no meio da multidão e lhe entrega uma lista rabiscada.

— Alguns milhares em moeda. Correntes cerimoniais e maças. Uma das espadas matademônios. Cópias de tratados e outros documentos legais. Evidências ligadas a casos em andamento... o culto das lulas, o incidente de Beckanore... — Kelkin murmura. — Tudo isso destruído, claro. Idiotas.

Kelkin se vira, prestes a reacender a discussão e crucificar Arthan Nabur — algo que Jere gostaria de ver —, quando se ouvem gritos e assovios do lado de fora. A fileira de Homens de Sebo avança, afastando a massa como uma tocha ardente enfiada no rosto de lobos rosnando. A linha se torna um ângulo, que aponta na direção de um beco na rua da Misericórdia.

A Senhora de Guilda Rosha e Nabur vão à frente, seguidos por uma multidão que inclui Jere e Kelkin.

Deixados por um momento sem supervisão, os Homens de Pedra param de trabalhar, mas não descansam. Em vez disso, percorrem as ruínas, sacudindo braços e pernas ou injetando o precioso alkahest uns nos outros. Uma semiestátua mais atrevida rouba a seringa do vizinho, e a briga que se segue é um show a mais para a multidão.

Com grande solenidade e pompa, Nabur examina a parede do beco.

— O que foi? O que você está vendo? — Kelkin pergunta, por ser incapaz de olhar por cima dos outros. Mas Jere é alto o bastante para ler a mensagem rabiscada no muro de tijolos.

ESTE NÃO É O ÚLTIMO.

Descendo e descendo.

Descem até que esteja fazendo um calor apodrecido, espesso de decomposição. Descem até túneis abertos a mordidas por coisas inomináveis, escavando a pedra como vermes de tumbas mordendo carne putrefata.

Ratazana é um carniçal jovem. Ele nunca vai ali embaixo, se puder evitar. Há estágios no crescimento da sua espécie, platôs estáveis na degradação que, de outra forma, é acelerada. Como um jovem carniçal, ele pode se passar por alguém da superfície na luz mortiça, pensar por conta própria, encontrar prazer nas coisas mundanas. Enquanto ficar na superfície, entre os vivos, imergir na vida livre e louca da cidade acima, ele pode prolongar sua juventude, pois carniçais não envelhecem como humanos.

Carniçais mais velhos vão ficando animalizados, viciosos, movidos por sua fome. Incapazes de se comunicarem a não ser por gritos e rugidos, interessados somente em encontrar carniça para comer — ou carne mais fresca, se não tiverem escolha. A luz do sol os queima, a cidade acima os repele. Ratazana detesta a senilidade dos carniçais de meia-idade, detesta a ideia de fazer parte de incontáveis hordas de carniçais ferais que se amontoam nas cavernas daquela região do submundo. A coxa de cadáver que ele comeu mais cedo repousa desconfortável em sua barriga, uma âncora que o arrasta para baixo.

O calor afunda na sua carne, formando uma camada ao redor dos ossos. O cheiro podre é invasivo, e afunda no seu cérebro. Seu estômago ruge, e ele se lembra exatamente da grande distância até o poço de cadáveres mais próximo. Demora um instante para se lembrar de que aqueles poços foram cavados pelo povo da cidade acima como um tributo — pagamento — ao povo carniçal e não fazem parte natural do mundo. Seus pensamentos estão lentos como piche.

Aleena caminha ao seu lado. Os túneis são estreitos demais para que ela possa brandir sua espada, mas ela tem uma faca e uma arma também. Esta última está vazia, mas ainda intimida. Os carniçais mais velhos se afastam dela, com respeito pela magia dos alquimistas — e as chamas violentas de santidade que bruxuleiam ao redor da faca.

Ela olha um túnel lateral que leva para baixo, onde cem pares de olhos famintos refletem a luz de sua lâmina. Um dos carniçais avança até a luz e rosna para ela, que sorri e dá um passo na sua direção. O carniçal some de volta nas sombras.

— Já estamos quase lá? — ela pergunta. — Porque os seus primos estão agindo como se eu fosse o jantar, e não uma emissária reconhecida da porra da igreja mais sagrada.

Ratazana balança a cabeça para clareá-la.

— Não vai demorar — ele diz.

Na verdade, não faz ideia. Navegar por aqueles túneis sem rastros é coisa feita na base do instinto. Ele não sabe se os caminhos mudam ou se ele simplesmente não tem lembrança consciente de qual é melhor. Precisa deixar o instinto guiá-lo, deixar sua mente vagar para o reino dos carniçais. Perder-se, pedaço a pedaço.

Virar fera não é a pior parte. É o que vem depois.

Um vento fétido sopra pelo corredor, e ele sabe que estão próximos. O corredor se alarga. Atrás deles, os carniçais mais velhos gemem e assoviam uns para os outros, mas não ousam seguir mais além. Aleena e Ratazana saem no túnel mais largo, que em pouco tempo se torna uma imensa caverna, muito maior do que a luz da lâmina incandescente de Aleena pode iluminar. Maior que o interior de uma catedral.

Pedestais gigantescos se erguem do chão cheio de ossos da caverna, e sobre cada pedestal está agachado um carniçal ancião.

Ratazana combate a necessidade urgente de recuar ou se prostrar diante desses monstros. Do outro lado do ciclo de vida dos carniçais, além do labirinto feral de instinto e fome cegos, há o domínio dos anciões. O menor deles deve ter cinco ou seis metros de altura, o crânio horrivelmente alongado na forma de um focinho canino, mãos retorcidas permanentemente em garras. Olhos brilhando com uma luz laranja. O instinto se transforma em feitiçaria para eles; lançam feitiços como carniçais mais jovens rasgam gargantas, ferindo a realidade. São devoradores de almas, psicopompos, devoradores dos resíduos dos mortos. A magia deles é como gordura congelada, transformada dos milhares de cadáveres que consumiram. Eles estão sentados de pernas cruzadas, olhando uns para os outros, comungando de maneiras que Ratazana não consegue nem começar a compreender.

As narinas resfolegam quando eles farejam Aleena. Um deles se inclina para a frente, grunhe alguma coisa em uma linguagem mais antiga que a cidade e que nem Aleena, nem Ratazana, nem nenhuma alma viva consegue falar.

Aleena embainha a faca, põe a arma de lado.

— Os Guardiões me enviaram — ela começa.

O carniçal ancião rosna, zangado com a falta de respeito. Além dele, outros anciões se mexem, despertando de seu devaneio. A feitiçaria sibila pelo ar como gás mostarda, ardendo nos olhos e no nariz de Ratazana. Ele quer fugir.

— Monges malditos com seus pergaminhos de merda. Hum. Eu tinha tudo isso anotado — resmunga Aleena, e tenta recitar a saudação correta de memória.

As palavras não foram feitas para línguas humanas, e Aleena tropeça nelas, como se estivesse tentando fazer um gargarejo com ossos de dedos na boca.

O ancião de olhos laranja vai se desdobrando lentamente, uma perna com pé de casco obscenamente comprida se estendendo até o chão da caverna, depois outra, esmagando crânios e esfarelando-os quando se levanta e assoma sobre eles. Suas mandíbulas se abrem demais quando ele boceja e ruge. Os anciões podem ser os protetores, sacerdotes e deuses de sua raça, mas não se importam em matar um carniçal. Ratazana se encolhe, antecipando o golpe assassino.

— Que se foda.

Aleena refulge com uma luz súbita. Angélica, transfigurada, seu corpo físico é um envoltório de vitral para a lâmpada incandescente lá dentro. Sua voz é como um coro de anjos.

— EU DEIXEI CAIR A PORRA DO PERGAMINHO, ESTÁ BEM? NÃO DÁ PRA BANCAR A BOAZINHA, CARALHO. — Cada palavra, um trompete ressonante. — MAS NADA MUDOU. OS ACORDOS QUE SUA ESPÉCIE FEZ COM A MINHA AINDA VALEM. NÃO SOU SUA INIMIGA, PORRA. — Ela inclina a cabeça. — VOCÊ NÃO ME QUER COMO INIMIGA.

O carniçal ancião se retrai, depois torna a se acomodar no pedestal. Uma língua amarela, cheia de escamas como um lagarto, lambe seus dentes afiados enquanto considera as palavras da santa. Então aponta um dedo torto para Ratazana, e subitamente sua boca não é mais sua. O carniçal ancião está falando através dele, palavras subindo, se esgueirando por sua garganta, e saindo pela boca.

— O acordo se mantém. O que você quer dos primeiros habitantes?

Os fogos de Aleena se apagam.

— Os Guardiões estão preocupados. Eles mandaram dizer que os prisioneiros estão batendo na jaula. Que estão inquietos. Será que os prisioneiros sabem algo que não sabemos?

Um divertimento gelatinoso, inumano vem com a ordem de falar, e Ratazana dá um sorriso de desprezo inconsciente.

— Muitas coisas. Eles são mais velhos que seus Guardiões. Mas nós vigiamos os portões. Os Desfiadores permanecem contidos. Furiosos, muito zangados, mas contidos.

— Todos eles?

Ratazana percebe que está dando de ombros.

— Conte-os, se puder. Sua cidade está vazia? Você ainda tem rosto para chamar de seu? Nós fizemos a nossa parte. Cuidem dos seus.

Enquanto ele fala, Ratazana capta um vislumbre dos pensamentos do carniçal ancião. Memórias de uma guerra mais antiga, de guerreiros santos encapuzados com armas incandescentes, queimando carniçais e Desfiadores, queimando qualquer coisa impura das profundezas. Eles não foram sempre minuciosos. Algumas coisas restaram, para apodrecer nas ruínas de templos e crescer no chão do matadouro. Imagens de Desfiadores arranhando com as garras os selos de pedra que contêm o resto daquele vil prisioneiro da horda.

Eles estão apavorados, pensa Ratazana.

Isso é um erro.

O carniçal ancião está em sua cabeça e pode ler seus pensamentos muito mais rápido e mais completamente que Ratazana pode ler os dele. Uma imagem-relâmpago de si mesmo como um rato, um tiquinho de pelo e carne, mijado e medroso, correndo furtivamente nos cantos, e o carniçal ancião como um predador gigantesco, resfolegando, farejando o ar, prestes a dar o bote. *Cale a boca e fique longe de assuntos que não lhe dizem respeito*, esta é a mensagem, e é uma mensagem que Ratazana entende. As periferias são mais seguras — ele não é integralmente um carniçal, nem um ladrão ou um valentão, ou, ainda, um agente da igreja dos Guardiões, mas está nas fronteiras de tudo isso. Sem compromisso, onde é mais fácil correr, e ele tem toda intenção de permanecer ali. Não faz ideia do que Aleena e os carniçais estão falando, de qualquer maneira.

O carniçal ancião abaixa o dedo, e o corpo de Ratazana volta a ser dele.

— Os Guardiões farão o que prometemos. Os mortos fiéis são seus — diz Aleena. Seus fogos se apagam, e ela faz uma careta ao acrescentar:

— Não que eles possam discordar.

O carniçal ancião chega a rir disso, um gorgolejo igual a um ralo chupando água, e se acomoda melhor no seu pedestal. Ele fecha os olhos e se junta aos seus irmãos em sua estranha comunhão.

Aleena suspira.

— Vamos. — Ela soa exausta.

— Por aqui — diz Ratazana, para sua própria surpresa.

Ele os leva por um túnel diferente. A rota de volta à superfície queima na sua mente. Aparentemente, os anciões também querem se livrar rápido de Aleena.

Os dois sobem em silêncio, avançando devagar por infinitos túneis de carniçais que sobem em espiral na direção da superfície.

*

A contragosto, Cari acha algumas partes da aula interessantes. Ela passa os primeiros minutos puxando a corda alquímica ao redor de sua adaga, se perguntando se por algum acaso ela teria enfraquecido da noite para o dia, mas continua forte como nunca. Então ela observa seus colegas de classe, sentados quietinhos em fileiras cinzentas, como se fossem cultistas em alguma igreja de aprendizado. A maioria é humana ou aparentada o bastante para passar por um humano; um Rastejante está sentado na primeira fileira, segurando sua máscara de porcelana com a mão enluvada para mantê-la no lugar. Ela viu coisas mais estranhas em Severast.

Alguns dos outros alunos olham de relance para ela, se perguntando quem é a recém-chegada. Cari retribui a encarada até que eles desviem os olhares. Sua compreensão da lei de Guerdon se limita aos aspectos práticos da vida de uma ladra de rua, que consistem basicamente em "não seja apanhada". Agora, ela não sabe ao certo em que ponto se encontra. O caçador de ladrões a libertou, graças à intervenção de Ongent — mas ele é um caçador de recompensas privado, não um membro oficial da guarda, então tecnicamente ela ainda é uma criminosa procurada. E também há os Homens de Sebo... mas ela não viu muitos *deles* na Cidade Universitária, e está achando isso ótimo.

Ongent não se dirige à plateia. Metade do tempo é como se estivesse falando consigo mesmo, ou tendo uma discussão pessoal com um aluno questionador, mas seu entusiasmo pelo assunto arrebata a classe. Cari só consegue entender fragmentos de sua fala — é sobre como edifícios podem mudar de função com o tempo. Ela mesma testemunhou isso, lá no Morro do Cemitério, onde os túmulos viraram casas para os vivos. Ratazana a abrigou lá por uma noite ou duas, antes de enviá-la para Mastro.

Ela queria que Mastro estivesse ali. Ele absorveria muito mais de aulas como aquela. Ele tem uma mente feita para estudar arquitetura, oratória ou a arte de governar, e não para surras em lojistas cobrando dinheiro de proteção.

O professor fala do Mercado Marinho, que costumava ser um templo para alguns deuses expulsos de Guerdon há muito tempo, e como ainda era possível ver vestígios da função original do edifício sob as tripas de peixe e as mesas de cavalete. Ele fala dos Jardins Farpados em Serran, como eles transformaram o palácio do antigo rei em um labirinto de armadilhas mortais para impedir que qualquer um cobiçasse a coroa; do declínio de partes do Morro do Castelo e como as pessoas colonizaram palácios abandonados e os transformaram em comunas; e então continua a discorrer sobre arquitetura, reis e dinastias dos quais ela nunca ouviu falar, e Cari perde o fio da aula.

Ela adormece, até que Eladora, de rosto vermelho, lhe dá uma cotovelada nas costelas. A reação instintiva de Cari é pegar a faca, mas felizmente ela está presa à bainha, então ninguém é esfaqueado e pouca gente nota. Cari resmunga um pedido de desculpas. Pensando bem, ela não tem dormido direito desde que chegou em Guerdon, embora na noite anterior tenha tido umas boas horas de sono no sótão. Sente falta do som do vento, do movimento das ondas. Ela boceja, tapando a boca com uma das mãos, tão limpa que quase não a reconhece como sua. Eladora tinha insistido que Cari tomasse um bom banho antes de ir para a universidade, para se limpar do Arroio e de qualquer vestígio da Praga de Pedra. Eladora ficara esperando do lado de fora com toalhas. Como nos velhos tempos na casa da tia Silva, as duas voltando aos hábitos aprendidos na infância.

Ongent sai do tablado, acompanhado por uma *entourage* de alunos e assistentes. Eladora arrasta Cari com eles. Um por um, Ongent lida com todos — respondendo à pergunta deste sobre ritos de Reis Varithianos, dizendo a outro quando submeter um ensaio, aconselhando um terceiro sobre quais livros consultar. Um a um, eles vão indo embora, até que só restam três — Cari, Eladora e um rapaz que segue atrás de Ongent como se fosse sua sombra. Há certamente um parentesco, eles se parecem o suficiente para que Cari suponha que o rapaz seja filho de Ongent, mas, enquanto o professor é todo barba, entusiasmo e gestos tresloucados, seu filho é reservado, até mesmo deprimido, e é tão econômico nos movimentos que lembra a Cari pensar um escorpião. Ela percebe que ele está armado. Assim como ela, está usando os mantos cinza de um aluno da universidade, uma relíquia dos dias em que aquilo era um seminário — veja, até ela consegue aprender coisas em uma aula —, mas ele tem uma bolsa de couro que mantém por instinto ao alcance da mão direita.

Cari observa o rapaz e repara que Eladora também olha fixo para ele, medindo-o de uma maneira bem diferente. Cari se depara com o olhar de Eladora e dá um sorrisinho de deboche; Eladora fica ainda mais vermelha e sai correndo atrás do professor, olhando para os próprios sapatos em vez de para o rapaz.

Ongent lidera o trio até seu estúdio. Eles vadeiam por entre pilhas de papéis e de livros que ameaçam desabar para encontrar lugares para se sentar. Mostruários com portas de vidro contêm insetos pregados em placas de madeira, pedaços quebrados de estátuas antigas, livros velhos com capas de couro, coisas dentro de jarros. Uma fileira de mapas, todos de Guerdon em diferentes estágios de sua evolução, estão pendurados nas paredes. Em cima da mesa há mais uma estátua, uma coisinha feia e atarracada de metal com um rosto debochado que apavora Cari por razões que ela não consegue entender. A sala não é pequena, mas está tão atulhada com as pessoas e papéis de Ongent que Cari se sente assustadoramente confinada. Esse não é seu lugar. Eladora repara no seu desconforto e retira uma pilha de livros de cima de um alpendre escondido, para que Cari possa pelo menos ver pela janela estreita o quadrângulo da universidade lá embaixo.

— Miren, vá buscar um pouco de chá para nós — Ongent ordena. O rapaz se esgueira porta afora. Eladora se oferece para ajudá-lo, rápida demais, ansiosa demais, deixando Cari sozinha com Ongent.

— Como você está, Carillon? — ele pergunta. Está sorrindo, mas ela é um dos insetos pregados em uma placa de madeira.

— Estou bem — ela diz, e acrescenta apressada: — Não tive nenhum sonho.

Ela sabe que devia estar enrolando, tratando a situação como um golpe. Ter visões em troca de dinheiro, o que Ongent obviamente tem muito. Mas a questão é muito íntima, com sua prima e sua família convergindo.

Ele não parece decepcionado com sua confissão. Apenas assente.

— A ausência de visões também é importante. Precisamos estudar você como se fosse um fenômeno, entende? O que eu quero que você faça, minha cara, é tomar nota cuidadosamente de, bem, tudo. Quando você tem visões e o que vê, claro, mas também onde está quando acontece, o que está fazendo. Anotar seus hábitos de sono, o que você comeu, com quem conversou. Sempre que sentir a menor pista de uma, ahn, revelação, registre-a.

— Não gosto de anotar coisas.

— Bem, está na hora de aprender um novo hábito. — Ele enfia a mão em uma gaveta, saca de dentro um caderno em branco e um lápis.

Ela os aceita, espada e escudo de uma luta de gladiadores na qual está mal equipada para o combate. Ongent sorri de orelha a orelha.

— Agora — ele declara —, você descreveu como, em uma de suas visões, viu um jovem padre em uma igreja velha, e como ele encontrou uma moça encantadora e sedutora que, como você colocou, se desfez em pedaços e o devorou. Mandei Miren dar uma xeretada hoje cedo, começando com a igreja mais próxima da sua antiga... residência no Arroio. E lá, na velha Igreja do Sagrado Mendicante, existem três padres. Um deles se chama Olmiah e, enquanto os outros sacerdotes lá são velhos e curvados como eu, ele não é muito mais velho que você. Além disso, várias pessoas se lembram de ter visto uma mulher linda e misteriosa que foi a uma única missa na igreja e nunca mais foi vista. Obviamente, não havia nenhuma testemunha que pudesse confirmar se a mulher de fato devorou Olmiah e assumiu sua forma... nenhuma testemunha a não ser você, quero dizer... mas eu certamente acho que isso sustenta o que você viu.

Cari estremece.

— Ele não falou com o sacerdote, falou? Se a coisa em forma de mulher souber que ela a viu matando aquele tal de Olmiah e assumindo sua forma, pode ir atrás dela.

— Não. Pedi a ele que fosse discreto. Entretanto, ele descobriu uma coisa interessante: a mulher estava na missa de Olmiah quando você caiu do muro. Não foi uma visão do passado, Carillon: era, eu acho, algo que estava acontecendo naquele exato momento.

— E agora? Vamos esperar que aconteça de novo?

— Precisamente. Eladora ou meu garoto Miren estarão sempre ao seu lado, vigiando você.

— Não gosto de ser vigiada. Fico incomodada.

Ongent se senta na beira da mesa e põe a mão no ombro de Cari. Ele faz isso como forma de acalmá-la, mas ela se afasta.

— Claro que sim, mas lembre, essas visões podem ser atordoantes. Você caiu de um muro e quase se afogou. Talvez tivesse escapado da Casa da Lei, em vez de cair inconsciente no meio de um prédio em chamas, se não tivesse tido aquela primeira visão. Pense nisso como uma condição médica, e em Eladora como sua enfermeira.

Isso não parece muito melhor para Cari.

— E isso me lembra... — diz Ongent, e tira uma caixa de ataduras e ferramentas cirúrgicas de uma prateleira. — Miren tem algum conhecimento de medicina. Vamos pedir que ele dê uma olhada no seu ombro.

Quando Miren e Eladora voltam, Cari deixa que ele troque o curativo da ferida enquanto o observa com atenção. Os movimentos dele com o bisturi são rápidos e certeiros, cortando as ataduras encharcadas com a graça que ela associaria a um batedor de carteiras. Os dedos dele, entretanto, são ásperos e grosseiros enquanto a empurra de um lado para outro — ele entende de anatomia, certamente, mas ela duvida que já tenha tratado de algum paciente antes. Depois que ele acaba de trocar a atadura, passa pomada nas cicatrizes de seu rosto.

— Muito melhor — proclama Ongent, examinando o trabalho de Miren. — Muito melhor mesmo.

CAPÍTULO SEIS

Este não é o último.

Uma ameaça? Um aviso? Uma declaração de guerra?

Ou uma distração? Jere havia suposto que a destruição da torre tinha sido um acidente, que os ladrões haviam superestimado o poder da bomba que usaram no cofre. Será que ele estava errado, ou outra pessoa estava tentando tirar vantagem do acidente fazendo com que parecesse deliberado? A cidade já está perturbada depois do incêndio; mais um desastre como aquele e as coisas podiam degringolar para um estado de caos.

Um inimigo interno, então? Quem lucra mais com a catástrofe? Os alquimistas, tentando solidificar seu controle sobre o parlamento e empurrar seus Homens de Sebo para as ruas? Fanáticos religiosos? Monarquistas, rezando para que os reis há muito desaparecidos da cidade voltem milagrosamente na sua hora de necessidade?

Ou será algum inimigo externo? Guerdon, apesar de toda a riqueza, é vulnerável. O Exército vigente é pequeno; a Marinha é conhecida por ser bem armada, mas ainda é bem menor que as forças combatendo na Guerra dos Deuses.

Isso não é problema meu, Jere diz a si mesmo. Kelkin o contratou para pegar o chefão do crime, não para salvar Guerdon de alguma conspiração sinistra, mas os dois podem estar interligados.

Ele relê a lista de conteúdo do cofre que Kelkin obteve. Dinheiro, uma espada matademônios, cópias de tratados, evidências ligadas a casos sob julgamento.

Fica tentado a relevar o dinheiro no mesmo instante — alguém que tivesse uma bomba alquímica tão poderosa poderia vendê-la por uma quantia maior do que o conteúdo monetário do cofre. Mas e se os ladrões não conhecessem o conteúdo do cofre? Ele repassa esse cenário na cabeça — eles conseguem uma bomba alquímica, decidem roubar o fórum da cidade em vez de um banco ou caixa-forte, achando que contém bem mais dinheiro do que existe realmente. Não faz sentido. Mastro, o carniçal e a garota Thay estavam ali como distrações, para atrair os guardas e os Homens de Sebo para longe. Heinreil planejou isso, e Heinreil não é burro. Eles sabiam no que estavam se metendo.

A espada matademônios... ele tenta se lembrar... as espadas foram forjadas em *ó no ano de tanto porque uma coisa mui temerosa aconteceu*. Demônios. Et cetera e tal. Ele não consegue sequer se lembrar de quem as fez. Elas são mantidas apenas para fins cerimoniais. A velha piada: *como você sabe que são espadas matadoras de demônios? Eu não estou vendo nenhum demônio aqui, você está?*

Um colecionador poderia pagar uma fortuna por uma espada daquelas. Um culto demoníaco maluco poderia pagar para que uma fosse destruída. ESTE NÃO É O ÚLTIMO... e existe mais de uma espada. Ele vai ter que perguntar a Ongent. O professor é seu especialista em questões históricas e sobrenaturais.

Cópias de tratados e documentos legais — não faz sentido. Costuma haver lucro em conhecer informações secretas, mas só quando elas são secretas. Se os ladrões tivessem planejado destrancar a porta do cofre sem deixar vestígios de sua presença, faria sentido, mas eles usaram uma bomba alquímica. Não há como isso ser sutil.

As evidências, então. É um truque antigo, destruir evidências físicas antes que possam ser apresentadas na corte. Funciona melhor, claro, quando a confiabilidade da guarda da cidade já está em dúvida — e isso é certamente verdade hoje em dia. Homens de Sebo não precisam de evidência se o pegam com a boca na botija. Mas isso só faria sentido se os casos em questão envolvessem o tipo de crime que os Homens de Sebo podem deter — assassinato, estupro, furto, incêndio criminoso e coisas do gênero. O caso do culto da lula fica na linha divisória, com seus afogamentos rituais e oferendas às profundezas; o incidente de Beckanore é uma picuinha territorial entre Guerdon e a nação vizinha de Velha Haith, e não é obviamente relevante. Embora uma das disputas com relação a Beckanore seja que o exército de Velha Haith conseguiu novas armas alquímicas que não foram vendidas pelos comerciantes regulares da guilda. Provavelmente intermediários ou contrabandistas, e enquanto Heinreil sem dúvida tem uma mão no contrabando, nenhuma das evidências lá tem qualquer chance de ligá-lo ao crime.

Nada faz sentido. Não só isso não o aproxima de Heinreil, como o envolvimento do criminoso torna tudo isso ainda mais confuso. Heinreil não é fanático, não é idiota, e não tem tendência a cometer erros. Jere enfia a lista no bolso e desce o morro na direção das docas.

O professor Ongent não é o único expert que Jere pode convocar.

Quando se trata de questões alquímicas ou militares, ele tem Dredger.

O território de Dredger é a Ilha do Picanço, que faz parte do arquipélago de ilhotas rochosas que pontilham a baía, perto da Ilha das Estátuas. Ele não conseguiria executar seu ofício singular na cidade, afinal. A especialidade de Dredger é morte indireta. Os alquimistas guardam com eficiência as fórmulas de suas armas alquímicas, mas os efeitos podem ser vistos por todo mundo. Fogos que queimam sem parar, nuvens venenosas que circulam por semanas ou até mais tempo, uma gosma que corrói metal. Depois de uma luta ou cerco vencidos com armas alquímicas — e quem tem dinheiro para comprar armas alquímicas provavelmente já venceu —, o campo de batalha fica marcado com resíduos venenosos. Os alquimistas, claro, podem lhe vender contra-agentes, mas é mais barato chamar Dredger. Às vezes ele até paga.

Ele arrasta os restos para seus pátios, onde sua mão de obra — em maior parte Homens de Pedra moribundos ou outros infelizes desesperados —

peneira os escombros em busca de restos ainda utilizáveis. Bolsões de gás venenoso. Pedaços ainda incandescentes de metal queimando. Transmutações que ainda não cessaram. Ovos não chocados. Eles coletam essas sobras de morte e as reembalam, e Dredger as vende.

Embora seus pátios principais fiquem na Ilha do Picanço, na baía, Dredger raramente põe os pés naquele inferno. Ele trabalha em um complexo muito menos contaminado na margem; o traje protetor emborrachado com suas manoplas articuladas, capacete de cobre e aparato de respiração ofegante é só para impressionar os clientes, ou pelo menos é o que Jere pensa. Na verdade, ele nunca viu Dredger tirá-lo, e, até onde sabe, embaixo daquele capacete pode haver um Rastejante ou alguma monstruosidade apodrecida alquimicamente. Ele já trabalhou com coisas mais estranhas.

Ao ver suas roupas finas, um dos membros da equipe de Dredger confunde Jere com um comprador em potencial e o conduz rapidamente para o escritório do chefe. Dredger ri quando o vê. O som é de alguém se afogando no esgoto.

— Este homem não tem dinheiro — diz Dredger. — Nunca tem dinheiro. Só traz problema. Da próxima, atire nele assim que o vir.

Jere mostra uma garrafa de vinho de néctar, um licor enjoativo de tão doce, de que Dredger gosta.

— Estrangule-o assim que o vir — Dredger emenda — e depois reviste o corpo. Sente-se, Jere.

O serviçal vai embora. Dredger dá a volta na mesa com pés pesados, agarra a garrafa, a levanta de encontro à luz e deixa que o líquido viscoso escorra dentro do vidro.

— Você já experimentou o negócio que estão fazendo lá no Picanço? — pergunta Dredger. — É basicamente alga marinha fermentada e resíduos químicos, mas os Homens de Pedra não param de beber. Eles conseguem até ficar bêbados com aquilo. Até mesmo os que têm os estômagos já calcificados.

— Deuses, não. Eu gosto de ter olhos.

— Eu perguntei se você já bebeu, não se cheirou. Aquilo ali se bebe melhor usando um funil, para não correr o risco de que caia nada na sua pele. — Dredger tranca a garrafa em uma gaveta. — Então?

— Então. A Casa da Lei.

— Imaginei que você viria me procurar para falar disso.

O traficante de armas saca uma esfera de metal ornamentada, com cerca de trinta centímetros de diâmetro, feita de placas interligadas. Seus dedos enluvados a manipulam, pressionando travas e fechos ocultos, depois retorcem até que a esfera se desmancha em suas mãos. Ele espalha as entranhas metálicas em cima da mesa; um augúrio, com mangueiras e tanques em vez de entranhas e órgãos.

— Esta é uma carga para usar em cercos. Flogisto e fogo elemental, mantidos em tanques separados, liberados quando o pavio *aqui* queima, está vendo? Faz um estrondo poderoso, o suficiente para derrubar uma muralha da cidade, e aí você consegue um fogo muito quente e difícil de apagar.

— Foi isso o que derrubou a Casa da Lei? — pergunta Jere.

O capacete de Dredger emite cliques e assovios quando um fluxo de gás é acionado.

— Se colocasse um destes embaixo da Casa da Lei, você não derrubaria simplesmente a torre do sino: a rua da Misericórdia seria uma cratera funda o bastante para afogar uma baleia.

— As baleias não vivem na água?

— A cratera, nesta situação hipotética, está cheia de fogo, lembra?

— Seria o bastante para assar uma baleia, então.

— O que importa é que ela estaria mais do que morta. Um poder explosivo demasiado grande. — Dredger balança a cabeça, como se lamentasse a ineficiência de certos grupos sem nome.

— Então usaram outra coisa?

— Deviam ter usado, mas não. Eu senti a terra tremer e vi as chamas. Foi uma explosão de flogisto, sem dúvida.

Jere levanta o envoltório da bomba.

— Uma versão menor? Ou dá para ajustar isto para um alcance menor?

— Elas não vêm em tamanho menor. Normalmente, o flogisto apenas queima: ele usa qualquer coisa como combustível, pode queimar no gelo, até mesmo em um vácuo, mas você não consegue aquele som maravilhoso de explosão. — Ele acena com a luva para o conjunto complexo de pequenos tanques. — É tudo o que este negócio faz: sincroniza a liberação para que você possa fazer o flogisto queimar, e é isso o que te dá a explosão.

Dredger faz a mímica da ação, os dedos como um spray de flogisto se espalhando no vácuo central da esfera, entremeando-se por entre o punho fechado que então se abre para indicar uma explosão devastadora.

— Mas você tem razão. Dá para conseguir uma explosão menor a partir de uma destas... mas só se souber o que está fazendo.

Ele pega a esfera de Jere, a vira de lado e aponta para um painel.

— Você precisa perfurar aqui, e em oito outros pontos na esfera, e remover exatamente a mesma quantidade de água de fogo de cada tanque. O flogisto elemental é uma coisa feia e requer equipamento especial para manusear. Essa porcaria quer escapar, e é um prisioneiro complicado. Precisa ser mantido sob pressão, mas não pode ser muita pressão. É mais leve que o ar e incendeia o céu, se escapar. Deixe-me colocar a coisa assim: quando temos um pouco disso nos pátios, eu tiro umas férias, só para o caso de o vento estar soprando para o lado errado quando... — Mais uma vez, as mãos se abrem. Mais uma vez, a catástrofe.

— Certo. Digamos que você soubesse fazer isso tudo, e quisesse explodir um cofre de banco. Faria sentido usar uma carga de flogisto?

— Se você souber fazer isso tudo, também vai saber centenas de meios mais fáceis e seguros de abrir um cofre. É como tentar esfaquear silenciosamente um pobre coitado em um beco com uma... uma artilharia. É loucura.

ESTE NÃO É O ÚLTIMO, pensa Jere.

— Então, supondo que ele sabia o que estava fazendo... — ele começa.

— Ele?

— Eles — corrige Jere. Ele. Heinreil. — Supondo que não estamos lidando com idiotas, eles escolheram essa bomba por um motivo, e esse motivo era explodir a Casa da Lei... mas só aquele prédio. Eles não queriam provocar grandes danos no resto da cidade.

— É o que imagino — diz Dredger. — Eu sei que os alquimistas tiraram as ruínas do cofre para análise e descontaminação, e vão levar semanas para fazer um pronunciamento, mas aposto aquela garrafa de vinho de néctar contra toda a zurrapa desta cidade que eles vão concordar comigo.

— Será que a bomba poderia fazer parte do mesmo carregamento de armas que foi contrabandeado para Velha Haith?

Os óculos mecânicos de Dredger emitem cliques e giram, o equivalente de um olhar maldoso para Jere. Sempre que o contrabando de armas alquímicas é mencionado no parlamento, a guarda cria problemas para Dredger. Ele está sob suspeita de envolvimento. O que é muito justo, considerando-se que ele é um contrabandista de armas alquímicas.

— Talvez — Dredger disse finalmente. — O material era coisa de alta qualidade das fábricas. Mas não ouvi nada a respeito dos haithianos usando bombas de flogisto: elas são armas de cerco. Eles precisam de minas marítimas, berradores, sementes de ácido, esse tipo de coisa defensiva de grande alcance.

Ele gesticula com as luvas pelo tampo da mesa, como se ele fosse um grande trecho de mar ou terra e estivesse queimando tudo com uma nuvem de veneno. Jere lutou na Guerra dos Deuses quando era mais jovem e mais burro; ele se lembra de bombardeios desse tipo, tão horríveis quanto a fúria de qualquer deus.

— Uma última pergunta — diz Jere. — É fácil conseguir uma dessas bombas?

— Difícil como o inferno, a menos que você esteja disposto a pagar. Elas não nascem em árvores, não é mesmo?

— Imaginei. Suponho que você não tenha ouvido falar de mais nenhuma sobrando, certo?

— Quem me dera. Há uma guerrinha adorável acontecendo em Mattaur, que está praticamente implorando uma bomba dessas. Diga a Heinreil que se ele quiser ganhar dinheiro de verdade, é pra falar comigo.

— Eu nunca mencionei esse nome — diz Jere.

— Estou concorrendo com os alquimistas. Preciso estar bem informado. Falando nisso, diga a Kelkin que, se ele quiser poupar o dinheiro da cidade, me contrate para limpar as ruínas da Torre da Lei em vez da guilda. Meus rapazes farão isso por um décimo do preço. Diga a ele para jogar a ideia no parlamento, hein?

Jere se levanta.

— Se eu algum dia vir tão augusto cidadão, direi a ele.

— Eu sou um homem de negócios respeitável — diz Dredger.

Jere estala os dedos.

— Ah, você não teria nenhum alkahest de sobra, teria? Tenho um Homem de Pedra no último estágio sentado numa cela e preciso manter a carne dele viva até ele começar a falar. Ainda tenho um frasco, mas o garoto é teimoso.

— De sobra? Não. Metade dos Homens de Pedra na cidade vêm bater à minha porta, procurando trabalho. Preciso de todos os frascos que tenho. — Dredger considera o pedido por um momento, brincando com a bomba desmontada. — Posso lhe fazer um bom negócio por algumas doses, se você me der um ou dois dias.

— Não, se eu não conseguir que ele fale em uma semana, será problema do Nabur. Mas obrigado mesmo assim.

Dredger não precisa saber que Kelkin prometeu combinar com um magistrado a prorrogação do limite costumeiro de uma semana que um caçador de ladrões pode deter um prisioneiro.

Jere se despede, desce apressado as escadas e sai nos becos e ruelas estreitas do Arroio. ESTE NÃO É O ÚLTIMO, a pichação prometia, mas a bomba usada na Casa era rara e cara. Será que a próxima vai ser outra coisa? Ou ele estaria dando muita importância ao grafite de algum galhofeiro?

Heinreil sabe. Encontre Heinreil, e as respostas sairão quando Jere o atingir com força suficiente. Ele é um investigador simples.

Jere se afasta das docas, passando por uma fileira de templos.

Ele passa pela Igreja do Sagrado Mendicante. O aglomerado de fiéis na porta está a cada dia menor, já que prosélitos de outras fés os atraem, seduzindo-os com promessas de caminhos mais fáceis para a salvação, com deuses mais prontos para interceder.

Ali perto, um dançarino do templo pula e rodopia, nu apesar da garoa fria que cai por todo o Arroio. O êxtase simples do Dançarino não encontra muito valor na cidade mercantil de Guerdon.

Um Rastejante se dirige à multidão com sussurros, chamando os curiosos para que se aproximem e aprendam a sabedoria secreta dos vermes. Os vermes são um fenômeno relativamente recente na cidade; eles só apareceram há cerca de, o que, vinte anos? A experiência de um mago que deu errado, dizem uns, ou uma praga desenterrada em alguma escavação arqueológica no Arquipélago. Os vermes nem sequer têm uma religião ou templo — eles vendem um pós-vida de liquidação, em que parte de seus pensamentos e memórias sobrevivem como comida de vermes em vez de se reunirem aos Deuses. Naturalmente, a pergunta "quanto de você sobrevive nos vermes e quanto é apenas uma pilha de vermes que se contorcem e fingem ser você por tempo suficiente para liquidar suas propriedades?" fica em aberto. Os alquimistas devem estar realmente passando para negócios de feitiçaria, pensa Jere, se os Rastejantes precisam se vender nas esquinas dessa maneira.

Tambores e címbalos anunciam a chegada de um grupo do Templo dos Últimos Dias, e isso significa encrenca. Ele olha de relance para os telhados, e, como esperava, avista várias formas tremeluzentes se aproximando, saltando de prédio em prédio. Os Homens de Sebo, reunindo-se como fazem antes de qualquer luta, como se a questão religiosa fosse um furúnculo que pudesse ser lancetado com suas facas afiadas.

Também não é problema meu, ele diz a si mesmo. Jere pega um beco lateral para evitar o Últimos Dias, cortando pelos fundos dos armazéns da rua do Peixe. Ele sabe bem que suas roupas boas o marcam como alguém de posses, mas todos no Arroio conhecem Jere, o caçador de ladrões. Ninguém vai ser burro o bastante para…

… ele se desvia, mas a pedra ainda atinge seu flanco, doendo, tirando-lhe o fôlego. Os agressores avançam. São três filhos da puta, um em cima de um telhado, mais dois no nível da rua. Ele não reconhece nenhum: o grandalhão definitivamente é novo na cidade, e o do telhado tem a pele de bronze e os lábios roxos de Jashan. Um marinheiro, ele imagina, batalhando por um dinheiro extra para pagar a taverna. O terceiro é magro feito um varapau, os lábios repuxados sobre dentes afiados, nas garras do vício de corvil, gim de barril ou alguma outra droga.

Escolheram o sujeito errado.

Ele se deixa afundar na sarjeta, geme como se fosse incapaz de se mover. O Grandalhão olha de esguelha para o Viciado, então avança, porrete na mão, a ganância evidente no seu rosto. O Marinheiro levanta outro pedaço de tijolo. O Viciado fica para trás, nervoso.

O Grandalhão se aproxima o bastante e Jere dá um pulo, puxando a lâmina de dentro da bengala. Ele segura a bengala oca na outra mão, usando-a para defletir o golpe assustado do Grandalhão, enquanto enterra a lâmina na coxa de seu inimigo — não fundo o bastante para cortar uma artéria, mas o suficiente para fazer o homem berrar como um porco no abate. Então Jere torce a lâmina curta, e o Grandalhão cambaleia para a esquerda, direto no caminho do tijolo que o Marinheiro joga. O Grandalhão cai.

O Viciado se agacha e recua. Jere bate no Grandalhão com a bengala, só para garantir que ele fique no chão. Nenhum sinal do Marinheiro.

De trás, Jere ouve um assovio. Um hálito quente vaporiza o ar. O fedor de peixe e carniça.

Um Cabeça de Gaivota.

Ele se joga para a frente para fugir do alcance daquelas lâminas curvadas em forma de gancho que a fera gosta de usar. Ela grita furiosa e se joga em cima dele. Jere consegue vislumbrar um borrão de penas rançosas e grudentas, um corpo humanoide bem musculoso, olhinhos pretos cheios de ódio e loucura. Um bico que baba saliva ensanguentada. Cabeças de Gaivota não vivem muito — não são criaturas naturais, mas sim o produto de experiências alquímicas descontinuadas. Depois de alguns anos, elas simplesmente se desintegram. A dor constante os torna brutalmente agressivos, assim eles costumam arranjar empregos como mercenários, capangas, matadores de aluguel.

E assassinos.

Jere saca a pistola do bolso e a descarrega no peito do Cabeça de Gaivota à queima-roupa. É um calibre pequeno, e, de qualquer maneira, Cabeças de Gaivota se agarram à vida com a louca tenacidade de uma criatura que, para começar, nem deveria existir. O tiro mal a desequilibra, mas é o suficiente para Jere botar sua espada entre ele e o monstro.

O monstro solta um guincho de frustração. Ele finta para a direita e para a esquerda, mas a ponta afiada da espada o rastreia sem erro. A mão de Jere tem um alcance maior, então, se o monstro atacar, vai ser transpassado antes de chegar a ele.

Onde estão o Marinheiro e o Viciado? Jere não pode tirar os olhos do monstro por um instante para verificar.

O Cabeça de Gaivota anda em um círculo, os pés com garras batendo com cliques nas pedras molhadas do calçamento. Jere segue cada passo, sabendo que, se escorregar ou tropeçar, a coisa o matará em um segundo.

Eles gostam, Jere sabe, de rasgar a garganta e sugar o jato de sangue quente que jorra. Aquelas espadas curvas são usadas como ganchos de carne, para pendurar corpos de cabeça para baixo de modo a que todo o sangue escorra.

— Jacks! — grita o Marinheiro lá do alto.

Ecoa som de pés correndo no beco atrás de Jere, acompanhado pelo som do Marinheiro subindo apressado pelo telhado do armazém — o Viciado e o Marinheiro estão fugindo. O Cabeça de Gaivota hesita, e então se junta a eles batendo em retirada. Ele agarra o Grandalhão ao fugir, levantando-o como se fosse um saco de batatas. Jere não sabe se ele está resgatando seu colega caído ou pegando uma refeição em potencial.

Seus agressores somem. Um instante depois, o beco se enche de luz de velas quando três Homens de Sebo chegam, cabeças queimando brilhantes. Então eles também somem, em perseguição ou para realizar alguma outra tarefa.

Jere recupera a bengala, coloca a espada de volta no lugar e tenta entender o encontro. Se eles só queriam dinheiro, por que não assaltá-lo em um beco, em vez de emboscá-lo assim? E por que trazer um Cabeça de Gaivota?

Bolind dobra a esquina correndo, sem fôlego. O rosto parece um tomate maduro, mas a arma enorme que traz na mão não treme enquanto ele vasculha os becos próximos.

— Chefe? O senhor está bem?

— Estou. Os velas os assustaram. — Ele franze a testa. — Como sabia que eu estava em apuros?

— Moleques de rua passaram correndo pelo escritório, gritando que o grande caçador de ladrões estava levando uma surra na rua do Peixe. Quem foi?

— Três humanos e um Cabeça de Gaivota. Todos estranhos.

Bolind se ajoelha, examina a trilha de sangue deixada pelo agressor ferido.

— Vou pegar um cachorro, podemos seguir...

— Deixe pra lá — diz Jere. — Os Homens de Sebo estavam bem atrás deles. Vamos deixar a elite da cidade lidar com isso por enquanto.

Bolind franze a testa, não abaixa a arma.

— Tem certeza?

— Sim. Tenho trabalho a fazer.

De volta ao escritório, e alguma coisa está fora de ordem. Documentos foram mexidos — muito de leve, mas o suficiente para ele reparar. Há um cheiro estranho no ar. Ele saca a espada, andando cautelosamente pelo edifício deserto. Ele verifica o gabinete de armas, seu cofre de documentos, seus arquivos.

Verifica tudo mais uma vez. E outra.

Nada. Não falta nada, nada mudou.

Ele desce o corredor de celas vazias, abre a porta que vai dar na câmara alagada. O Garoto de Pedra ainda está ali, ainda caminhando em círculos infinitos ao redor da ilhota.

— Ei — grita Jere. — Viu alguém hoje?

— Não — responde Mastro.

— Ouviu alguma coisa estranha?

— Não.

— Quer falar sobre Heinreil?

— Não.

— Boa noite, então.

A ilha artificial tem 41 passos de diâmetro. Um pouco mais, se ele vadear dentro da água, arriscando-se na beirada cheia de limo ao longo do precipício. Risco é uma coisa que um Homem de Pedra precisa julgar a cada passo. Carne saudável se cura. Pedra é mais difícil de quebrar, mas nunca se cura. Mesmo assim, a água é empolgantemente fria e dolorida contra a crosta de sua perna esquerda, onde encontra seu caminho por entre as placas e gela sua carne. Sua perna direita, entretanto, se arrasta atrás dele, um peso morto, e está insensível ao frio.

Da próxima vez que o caçador de ladrões trouxer o alkahest, Mastro decide, ele não vai se dar ao trabalho de injetá-lo na sua coxa. Vai encontrar outro ponto, mas acima em seu torso. Mais um risco — a substância química, o veneno que detém o progresso da doença, tem uma potência limitada, e ele precisa pesar a possibilidade de restaurar a perna contra o risco de perder mais partes do seu corpo. No fim, a doença vai vencer — não existe cura —, mas gerenciada de modo adequado, e com alkahest suficiente, ele pode resistir por anos.

Comparado a isso, resistir ao interrogatório de Jere é fácil. Mastro mal consegue prestar atenção nas palavras, deixa que elas passem assoviando por seus ouvidos surdos de pedra, ameaças quebrando como ondas suaves nos penhascos de granito da sua determinação.

O caçador de ladrões finta e se esquiva nas perguntas. Em dado momento, ele ameaça reter o alkahest se Mastro não cooperar. No instante seguinte, promete uma sentença reduzida, dicas de emprego. Ou então Jere afirma que eles pegaram Ratazana, que o carniçal já contou tudo, e que Mastro está se punindo por nada. Truques tão antigos que Mastro mal ouve. Ele não vai entregar o mestre da Irmandade ao caçador de ladrões, e ponto final.

Sua lealdade foi comprada pela Irmandade há muito tempo, depois que a cidade enforcou seu pai. Homens velhos, cheirando a álcool e colônia, apertando firmemente sua mão e dizendo que suas dívidas foram pagas, que cuidariam de sua família. Olhos tristes, todos eles, tristes e cansados. Um deles visitava aquela casa no Morro do Porco, modesta, mas melhor que a maioria na cidade, todos os meses para prestar seus respeitos à mãe de Mastro e entregar a ele um cheque ou um maço de notas. Eles sempre colocavam o dinheiro na mão dele, mesmo quando ainda era criança. O homem da casa, um homem da Irmandade.

Um dia, isso havia significado alguma coisa. Seu pai tinha lhe contado a história da Irmandade como se fosse uma história de ninar, fazendo com que parecesse romântica e heroica. Campeões do povo. A Irmandade é mais velha que as igrejas que outrora governavam a cidade, mais velha que as guildas, mais velha que os alquimistas. Ladrões vendiam produtos roubados quando Guerdon era um paraíso pirata fedorento, não o semirrespeitável porto industrial que é agora. Existem distritos onde a Irmandade ainda é respeitada, onde as pessoas ainda se lembram do que os ladrões fizeram por suas famílias nas gerações passadas. Onde as pessoas se lembram da lealdade.

A Irmandade o defendeu mesmo quando todos o abandonaram, quando os primeiros fragmentos de pele irritada se soltaram em flocos e esses flocos brilharam ao sol, como lascas de quartzo. Eles pararam de colocar o dinheiro em sua mão, então. Mastro teve que deixar o respeitável bairro do Porco, descer para ficar com sua laia, com os monstros e tudo o que havia de estranho no Arroio, mas a guilda encontrou um lugar para ele. E trabalho. E alkahest, o anjo cáustico.

Manter a cabeça baixa e seguir em frente com obstinação eram da natureza de Mastro mesmo antes da pedra. Ele foi de imperturbável para impenetrável. A cidade avançou e mudou ao seu redor, e o mesmo aconteceu com a Irmandade. Os velhos se foram. No lugar deles ficaram criaturas como Heinreil, mais rápidas, como lagartos. Apertos de mão frouxos e úmidos, olhos vidrados e insensíveis, porém mais capazes de sobreviver no novo ambiente. O último ato de um longo drama que começou muitos anos antes do nascimento de Mastro.

Heinreil não era o mestre que Mastro teria escolhido, mas era o mestre mesmo assim, bem como o apartamento esquálido no Arroio não era a casa modesta no Morro do Porco, mas ainda assim era a Irmandade cuidando dos seus.

Lembrou-se de uma noite, apenas alguns dias atrás. Heinreil foi ao seu apartamento à noite. Uma batida leve na porta, uma convocação que conseguia ser também desdenhosa. Ele entrou, passando por Mastro, sem olhar para o Homem de Pedra, e girou inspecionando o cômodo. Mastro se lembra de como engoliu sua irritação, de como se lembrou de que aquele não era seu quarto, não de verdade, mas que pertencia à Irmandade.

O guarda-costas de Heinreil entrou atrás do mestre. Mastro teve que recuar para dar espaço para o monstro atravessar a porta. O Cavaleiro Febril passou seu corpanzil blindado pela entrada, fuzilando-o por trás de visores de vidro grosso. O traje de contenção de aço que ele usava mantinha seu corpo podre unido, ou talvez fosse para proteger todo mundo das toxinas em seu corpo. Vazamentos de fluidos incrustavam as placas de aço com manchas de uma gosma repelente. Aquela horrível máscara facial, um crânio de latão polido decorado com carne derretida. Diziam que o Cavaleiro Febril fora ferido na guerra por uma arma alquímica ou ira divina, e que a máscara podre de pele solta que ele usa por cima do capacete é na verdade o seu próprio rosto, que ele rasgou fora em sua agonia. Fosse o que fosse o Cavaleiro Febril, ele era terrivelmente forte e imensamente cruel. Mastro nunca tinha visto o Cavaleiro lutar, mas viu as consequências. Crânios esmagados com tanta força que se abriram, derramando cérebros como se fossem cerveja de um barril quebrado.

— Você está sozinho aqui? — Heinreil sabia a resposta, claro, e não era realmente uma pergunta, mas tudo o que Heinreil dizia era de alguma forma retórico, uma piada que não era feita para o resto do mundo entender.

— Você está aqui — Mastro respondeu.

— Recebi informações de fontes confiáveis dizendo que você tem um hóspede.

A Irmandade cuida dos seus.

Mas se você não fizesse parte da Irmandade, eles também cuidavam de você.

— Ela estava doente, Heinreil. Ratazana a encontrou nas docas e teve pena. Ela vai se mudar em breve.

— Ela tem batido carteiras, meu garoto. Está no nosso território, e não está jogando de acordo com nossas regras. Você sabe o que tem que ser feito.

— Eu vou resolver.

— É por isso que estamos aqui — Heinreil disse suavemente. Ele deu uma volta pelo apartamento, examinando os pertences de Mastro com as mãos enluvadas. De dentro de uma caixa pesada, ele puxou uma resma de papéis manuscritos. — Deuses inferiores. — Sentando-se, ele folheou as páginas, virando cada uma com reverência. — Eu não via isso há anos. Não fazia ideia de que você estava guardando.

Mastro quis correr e arrancar o manuscrito de seu pai das mãos de Heinreil, mas o Cavaleiro Febril bloqueou seu caminho, como se o desafiasse a tentar. Ele transformou seu lampejo de raiva em um dar de ombros desinteressado.

— Eu relia de vez em quando. Para me lembrar dele.

— Ah, Mastro, e fazia bem. Fazia mesmo. Um grande homem.

Heinreil virou mais algumas páginas e parou. A caligrafia havia mudado na metade da página, da grafia compacta, porém, legível de Idge para um rabisco mais desajeitado.

Antes que o mestre pudesse fazer uma pergunta, a porta do apartamento se moveu. Heinreil colocou o manuscrito de volta na caixa enquanto o Cavaleiro Febril se preparava para agir.

A porta se abriu. Cari, com olhos brilhantes demais e uma garrafa pela metade na mão.

— Merda. Mastro, o que está acontecendo?

O olhar dela se fixou no Cavaleiro Febril, um tremor incomum em sua voz. A reputação de brutalidade do Cavaleiro faz com que os Homens de Sebo pareçam cordeiros gentis. A garrafa escorregou de seus dedos quando ela pegou a faca.

— Experimente — disse o Cavaleiro Febril. Vapor sibilou de sua armadura em antecipação.

Heinreil levantou-se da cadeira.

— Cari, não é? Não tenha medo, garota. Você está entre amigos. — Ele apanhou a garrafa intacta e colocou-a de volta em segurança em uma prateleira.

— Sei. Sou amiga de muitos monstros.

— Vou pagar a porcentagem dela, Heinreil — disse Mastro. — Não há necessidade disso.

— Receio que haja — disse Heinreil. — A Irmandade tem acordos e entendimentos com os poderes constituídos. Nós não podemos permitir ladrõezinhos de sarjeta correndo por aí como gatos de rua. Cari, você pode pagar a dívida conosco por bem...

— Vá se foder.

— Ou podemos pegar o que nos é devido.

— Eu não vou ficar. Tem um navio saindo para o Arquipélago em três dias. Estarei nele. Vou-me embora e não volto nunca mais.

— Você já nos roubou — disse Heinreil.

Sem aviso, o Cavaleiro Febril avançou e agarrou Cari pelos antebraços com suas manoplas enormes. Ela gritou quando ele lhe torceu os braços, forçando a faca a cair da mão e esmagando seus pulsos. Ele a levantou no ar com uma só mão.

Heinreil pegou a faca, passou o polegar ao longo da lâmina bem azeitada.

— Receio que o que você fez não vá ficar sem resposta.

— Não — Mastro grunhiu. — Eu disse que vou pagar.

— Você está numa situação boa com a Irmandade. Quem cometeu o crime foi ela — disse Heinreil. E então: — Ah. O que é isto?

Ele pressionou a lâmina da faca contra a garganta de Cari, e então a usou para pescar o cordão de um colar que ela usava. A ponta da faca seguiu ao longo do cordão, esticando-o até que um amuleto emergiu de dentro da camisa de Cari. Aos olhos de Mastro, parecia uma joia de azeviche ou alguma outra pedra negra.

— Isso não. Porra, não, isso não! Isso é meu! Mastro, por favor, não deixe!

Heinreil puxou o cordão, arrancando-o.

— Vou considerar isso uma parcela do pagamento.

Ele deixou o amuleto balançar por um momento, brilhando à luz da lâmpada, depois desaparecendo como em um passe de mágica. Cari tentou se soltar das garras do gigante, chutando e cuspindo em Heinreil.

— Não deixe! — ela implorou.

— Se você se mexer — disse o Cavaleiro Febril —, ela quebra.

— Mastro, segure sua convidada — ordenou Heinreil.

— Não posso.

— Mas que consciencioso. — Heinreil pegou um cobertor e jogou-o para Mastro, que o enrolou em torno das mãos e gentilmente conteve Cari.

— Eles vão te matar — ele sussurrou. — Não vale a pena.

— É meu. Minha mãe me deu, é tudo o que me resta dela.

— Isso pertence à Irmandade — disse Heinreil — e, com o tempo, se você merecer, pode lhe ser devolvido. Mastro vai lhe contar o que o pai fazia com aqueles que desafiavam a Irmandade. Ele fazia o que tinha que ser feito, e eu também faço.

— É tudo o que eu tenho — repetiu Cari, a voz embargada.

— Eu vou recuperá-lo — Mastro prometeu. — Mas agora não é a hora.

O Cavaleiro Febril fez um ruído de escárnio e se afastou em direção à porta, observando Cari e Mastro com cautela. Flexionando as manoplas blindadas, desafiando Mastro a atacá-lo.

Heinreil suspirou.

— Ah, garoto, não faça promessas assim. — Ele se virou para sair, curvado como se carregasse um fardo pesado. — Entrarei em contato. As coisas estão em movimento. As forças estão se alinhando — falou, citando Idge. — Entrarei em contato.

E então, alguns dias depois, a convocação para a Torre.

CAPÍTULO SETE

Quando Eladora está nervosa, não para de falar. Ela agarra firme o braço de Cari enquanto caminham, apenas duas estudantes passeando pelo Bairro Universitário. Nada para ver aqui, apenas duas garotas sem rumo, esperando que uma delas tenha uma visão impossível, esperando a cidade se erguer e se derramar inteira dentro de seu cérebro. Nada para ver, apenas duas garotas, e Miren andando atrás como um cão de guarda mal-humorado. Cari tenta prestar atenção nele, mas Eladora a distrai.

Agora ela relata o que aconteceu depois que Cari fugiu, com uma acusação velada de que a prima era uma vaca ingrata por não apreciar a casa que a tia Silva lhe deu. É a terceira vez que Cari ouve essa história nos últimos dois dias.

— Nós escrevemos para a guarda, claro, para ver se você havia aparecido *aqui*. Chegamos até a contratar um caçador de ladrões para procurar você, como se fosse uma ladra qualquer, e é claro que mamãe estava absolutamente envergonhada por ter praticamente um bandido bisbilhotando pela casa e fazendo perguntas. Ele parecia pensar que éramos responsáveis de alguma forma, dá pra acreditar nisso? Como se estivéssemos mantendo você no porão, forçando você a costurar para nós...

— Eu deixei um bilhete — murmura Cari.

— Bem, isso não é lá uma explicação que se apresente, não é? Você acabou de dizer que se sentia inquieta. Que se sentia *desconfortável*. O que foi realmente desconfortável, deixe eu te dizer, foi participar da cerimônia de lembrança de dez anos e todo mundo me confundindo com você. Um monte de gente que eu não conhecia chegando e me oferecendo condolências pela morte de meu *pai*, enquanto ele estava sentado bem ali do meu lado, vermelho feito uma vela de beterraba. E outras pessoas sussurrando que de algum modo nós éramos *responsáveis*, como se tivéssemos entrado sorrateiramente e assassinado todos eles.

— Mas não foi? — Ela não tem certeza se quis dizer isso como piada ou farpa, mas já ficou claro que Eladora não tem muito senso de humor quando o assunto é esse. Cari também pensa que ela não devia achar graça, sendo seu pai e a família e tudo o mais, mas eles já eram estranhos para ela quando vivos, e ainda são agora que estão mortos.

Eladora claramente quer se livrar dela, mas precisa vigiar Cari para o professor Ongent. Ela cumpre o acordo, mas puxa Cari bruscamente por uma rua lateral, fazendo-a tropeçar dolorosamente.

— Mas que coisa horrorosa de se dizer. Mamãe ficou *arrasada*. E onde você estava? Por aí, fazendo sabem os deuses o que em algum navio estrangeiro.

Para ser sincera, Cari não consegue se lembrar de por que estava tão motivada a partir. Faz tanto tempo, e tudo o que ela gosta de lembrar da casa da tia Silva é o sótão, e o labirinto de barracões nos fundos, onde ela passava horas explorando. Ferramentas quebradas, caixotes e barris vazios. Outros objetos estranhos da existência anterior da casa como uma fazenda, agora totalmente deslocados em sua nova encarnação como casa de campo. Cari se lembrava do fascínio que sentia por essas coisas descartadas; cicatrizes enferrujadas sob a pele do lugar. Ela se lembra das palestras de Ongent sobre arqueologia, mas ele reduzia o passado a algo que tinha acontecido, a uma ladainha morta de ações já realizadas e cidades já arruinadas. Era como se o professor estivesse enterrando alguém vivo. Isso a faz pensar em Mastro.

O que quer que procurasse, Cari já sabia então que não acharia na casa de campo de Silva nem nos livros de instrução e filosofia bem-intencionados que sua tia a forçou a ler. Os únicos livros que ela havia gostado de ler foram aqueles que descreviam outras terras, do outro lado do mar.

Miren aparece ao seu lado, quieto como uma sombra.

— Está sentindo alguma coisa, Carillon? Não posso deixar de s-sentir que você não está *tentando* — diz Eladora. — Não vou fingir que entendo, mas acho que você poderia ser mais diligente e se esforçar. Você tem escrito no seu diário? Sua caligrafia é atroz, mas isso não é razão para não fazer anotações diligentes. Você não está qualificada para dizer o que é significativo ou não.

— Não — admite Cari. Ela deveria mentir, pensa, inventar algo, caso Miren retorne ao pai e coloque um fim a essa estranha indulgência. Ela aprendeu que Miren também mora na casa da rua Desiderata — embora ele deva ter alguma maneira de entrar e sair em segredo, porque ela nunca sabe ao certo quando ele está em casa, quando está ouvindo. A tensão da decepção está começando a desgastá-la. Ela já está aguentando isso há dois dias, e escapar da prisão assustadora do caçador de ladrões vale só um pouco mais a pena do que ser obrigada a não estrangular Eladora. Agir como uma aluna de boa formação é algo que deixa Cari mais nervosa do que qualquer assalto, mas ela sabe que seria tola se desistisse por nada e sem entender o que aconteceu com ela naquela noite quando invadiram a Torre. Talvez ela pudesse inventar mais alguma coisa a respeito dos carniçais.

— Bem, está vendo? — Eladora funga.

Irritada, Cari se desvia do rumo planejado da caminhada pela periferia da universidade, virando à direita numa encruzilhada, e não à esquerda. Os sapatos pretos de Eladora fazendo clique-claque nas pedras do calçamento para alcançá-la. Miren, como se fosse a sombra de Cari, segue o ritmo sem esforço. Há uma momentânea escuridão sob um arco, então uma mudança no zumbido da multidão quando emergem numa rua no Morro Santo. O cinza do manto dos estudantes diluídos pelo preto dos padres. Barulhos de pregoeiros de rua, vendedores de relíquias, mendigos aos montes.

Cari puxa o capuz; qualquer um daqueles aleijados que pediam esmolas poderia vendê-la para Heinreil. Ela acelera o passo, marchando pela rua São Barchus quando ela sobe pelo lado oriental íngreme da encosta; os prédios à direita dela têm dois conjuntos de entradas principais. Um deles se abre aqui em São Barchus, mas, entrando e descendo vários andares, encontra-se uma segunda abertura para o Caminho das Flores. Cari vira à direita e começa a descer uma escadaria absurdamente íngreme.

— É quase meio-dia — reclama Eladora. — Devíamos parar...

ONDE ESTÁ O ABRIDOR ONDE ESTÁ NOSSO IRMÃO NOSSO EU NOSSA SOMBRA

O barulho estilhaça Cari. Infinitamente mais alto, infinitamente mais próximo que um trovão. Ela cambaleia, sabendo que deve ter levado um tiro à queima-roupa na cabeça. Nada mais poderia fazer um ruído tão consumidor. Ou isso, ou a cidade foi atingida por alguma arma alquímica do juízo final; uma bomba de dragão, como a que atingiu Jashan. Ela começa a tatear o rosto, procurando por sangue, uma ferida aberta de entrada. Talvez todos os seus ossos tenham sido reduzidos a pó pela explosão.

— ... para... — diz Eladora, sem prestar atenção à completa aniquilação de Cari.

Quinhentos e noventa e quatro pares de pés andam sobre o corpo de Cari. Vermes se contorcem sob sua pele, reunindo-se numa grande convocação dentro de seu estômago. Correm pelos seus braços estendidos. Deslizam pelas cavidades de suas pernas. Sua coluna é uma corda puxada por gigantes num cabo de guerra, fazendo sua cabeça tilintar. Ela tem 120 metros de altura, balançando vertiginosamente pela cidade. Ela pode sentir o cheiro da fumaça acre que vem das fundições dos alquimistas, ver as ilhas na baía, os pequenos pontos de navios negros contra o brilho estonteante do sol do meio-dia nas águas.

— ... almoçar...

Duas figuras, uma muito velha e cega, uma delas um homem e a outra, uma mulher. Batinas de padre novamente. Será que eles serão assassinados, desfiados diante dos olhos dela? Ela não aguenta olhar. A mulher veste malha embaixo da batina. Ela consegue sentir cada elo, cada rebite. Sentir o peso da espada curta em seu cinto, a arma amarrada à sua perna direita.

Ela sabe que a mulher está cansada e tomou banho recentemente, lavando a poeira das ruas e dos túneis subterrâneos; ela pode sentir o cheiro de água doce, o incenso persistente que cerca o homem mais velho, e o cheiro mais fraco de urina de sua vergonhosa incontinência. Ela conhece a fraqueza nas pernas dele, os frágeis ossos doloridos de pássaros que mal o sustentam, o pânico do coração dele enquanto escuta — mas não consegue ouvir o que a mulher está dizendo. As palavras se perdem para ela.

A mulher levanta a cabeça e olha para Cari — como ela consegue, quando a perspectiva de Cari está fragmentada um milhão de vezes?, mas ela consegue mesmo assim — e se transforma em fogo na visão.

Cari está caída no chão. As pernas dela parecem cordas molhadas. Tem consciência de que está ferida, sangrando e toda machucada. Caiu descendo toda a escadaria? Não: Miren está lá, ele a pegou antes que ela caísse para a morte. Ela tenta falar, sente gosto de vômito. Eladora, chocada, busca um bloco de notas como se Cari fosse um espécime a ser observado. Uma multidão sussurra, boquiaberta.

A sensação doentia de um milhão de formigas rastejando pela sua barriga, pelas suas veias, fervilhando em seu coração, subindo em solene procissão pela sua espinha. **ATENÇÃO ESCUTE SANGUE DO MEU SANGUE FILHA DA MINHA FILHA RETORNADA AO RETORNO**

— Me tire daqui — Cari implora. Seu crânio está prestes a se partir. Ela está vendo triplicado, ou mais, como se o mundo tivesse sido estilhaçado em prismas. Outra onda de náusea a percorre, uma onda tripla, sobreposta, conflitante. Tem a impressão de estar gritando, mas não tem certeza. Não consegue mais sentir seu corpo, ela é grande demais, com formas duras como pedra que não lhe pertencem empurrando sua carne e seus ossos para fora do caminho. Em sua confusão, ela só consegue pensar que deve ter pegado a praga de Mastro.

Miren e Eladora a levantam, começam a carregá-la morro acima — é o caminho mais curto para a universidade, porém a dor vai ficando intoleravelmente pior a cada passo. Três martelos golpeiam a sua cabeça, sem parar.

— Pra baixo, pra baixo — ela sibila. Não tem certeza se eles a ouviram, não tem certeza se ainda tem língua para falar. Ela ficou cega, mas sente o calor do sol em seu rosto se alterar, mudar de posição, e percebe que eles entenderam. Ela agradeceria aos deuses se pudesse.

Eles vão cambaleando ladeira abaixo, descendo por ruas íngremes e cascatas de escadarias, descendo até a marginal Cintilante. Visões se chocam e guerreiam na mente de Cari, mas a cada passo a pressão vai diminuindo até que, de repente, ela some e tudo é silêncio.

Miren sente seu alívio e a solta. Eladora tropeça sob o peso repentino, e Miren as empurra para um beco. Suas mãos, agora livres, pairam perto de sua faca enquanto ele observa as poucas pessoas na multidão que acompanharam a descida apressada deles, que poderiam ter visto mais do que uma estudante bêbada ao meio-dia na sombra das igrejas mais sagradas da cidade.

Cari cospe para tirar o gosto de vômito da boca. O coração está acelerado, e ela se sente exausta, mas o que quer que tenha sido aquela visão — ou visões — não parece ter tido outros efeitos além de uma terrível dor de cabeça. Ainda assim, ela está ali jogada no lixo, sentindo-se como um vaso quebrado. Todos os seus caquinhos estão colados de volta, mas ela não tem certeza se eles estão encaixados como antes.

Eladora rabisca em seu caderno.

— Precisamente... meio-dia.

— Eu estava falando?

— Mais ou menos. A maior parte era coisa sem sentido. Anotei tudo.

— Deixe eu ver.

Eladora esconde o bloco de notas.

— O professor Ongent deveria ver primeiro.

Cari está fraca demais para discutir no momento.

— Tudo bem.

— Você viu alguma coisa? — pergunta Eladora, a caneta tremendo.

— Um coral... mais coisas de igreja. Por que estou vendo igrejas?

— Os deuses estão chamando os pródigos de volta — sugere Miren. É a primeira vez que ele fala na presença de Cari. Sua voz é mais estridente do que ela esperava, mais jovem, com mais humor.

— Não estou convencida. — Cari olha na direção do Morro Santo. A luz do sol que se reflete no mármore branco das três grandes igrejas a desorienta, e ela não consegue suportar o pensamento de voltar à universidade por ali.

Miren a ajuda a se levantar. Ela se apoia nele e deixa que a conduza a um café de esquina. Eladora pede pelos três, e a comida ajuda. Cari devora tudo. Eladora mordisca delicadamente um sanduíche e deixa metade no prato. Miren disseca sua refeição, separando a carne do pão e do recheio, empurrando as entranhas para a beira do prato de modo que todos os elementos fiquem separados e nenhum toque o outro, e depois come um por um. Cari rouba as sobras de Eladora e as come também. Depois de um tempo, se sente mais ela mesma novamente.

— Vamos voltar para a universidade — insiste Eladora, levantando-se da cadeira. Um dos funcionários se aproxima e ela paga a conta com uma moeda que pagaria a parte de Cari do aluguel na casa de Mastro por praticamente um mês.

— Ainda não — diz Cari. Ela sai pela marginal Cintilante, tomando o longo caminho para casa, longe das terríveis presenças no Morro Santo. Eladora a segue como um cachorrinho nervoso, implorando para que ela não vá por ali, com medo das ruas perigosas. Cari sente um prazer amargo com o medo de sua prima; Eladora fugiria gritando do Arroio. Miren segue as duas à distância, aparentemente perdido em seus pensamentos.

Eles chegam à rua do Filósofo, a principal via, e as multidões ali são grandes. Uma procissão de carroças passa sacolejando pelas ruas. Cada carroça traz o símbolo da guilda dos alquimistas. Bandeiras vermelhas sinalizam perigo, e as multidões abrem passagem para as carroças, como gelo fino derretendo na presença de uma tocha. Cari sente um eco estranho do que a afetou quando os sinos da igreja tocam. As carroças estão cobertas, mas ela pode adivinhar o que está dentro delas: os escombros e detritos da Casa da Lei. As pequenas feridas no seu rosto começam a queimar e uma terrível sensação de enjoo começa a subir do seu estômago.

Eladora está olhando para ela estranhamente.

— O que foi?

— Você está chorando — diz Eladora. Cari toca a bochecha e percebe que está molhada, as lágrimas salgadas escorrendo pelas queimaduras e cicatrizes. Ela não chora há anos, não desse jeito. *É uma procissão fúnebre*, pensa, e precisa se forçar a olhar as carroças para se lembrar de que elas estão cheias de escombros, não do cadáver de alguém importante para ela. Como se Cari tivesse pessoas que fossem importantes para ela.

As carroças avançam, atravessando devagar a marginal Cintilante, descendo a colina em direção ao Bairro dos Alquimistas. As chaminés e torres de resfriamento do lugar aumentam a partir desse promontório de pedra que cospe no porto. Nuvens de fumaça amarela pairam sobre as torres, refletidas nas águas barrentas da baía. As novas catedrais da indústria da cidade, maiores e mais grandiosas do que aqueles pequenos templos no Morro Santo, eclipsando os deuses dos Guardiões. Clarões de flogisto. Sibilos de ácido.

O medo toma conta de Cari, um terror como ela nunca conheceu antes, um medo *externo*, que não é natural. Com um instinto de ladra, ela morde o lábio para não gritar. O sangue escorre por seu queixo enquanto ela olha os dedos estendidos daquelas chaminés, e por um momento sua pele queima com um calor impossível, um banho abrasador tão quente que ela sente como se estivesse derretendo. O sol se põe, e Cari começa a cair novamente.

Então Miren a agarra pelo braço e a puxa para dentro de um beco na hora em que Homens de Sebo passam marchando, seus rostos avermelhados perscrutando a multidão em busca de criminosos conhecidos. O filho do professor não se arrisca com sua carga e a conduz pelas ruas secundárias e caminhos secretos da marginal Cintilante, de volta ao escritório úmido de seu pai, com vista para o quadrado verde do quadrilátero.

Eladora está absolutamente transbordando de informações.

— O *primeiro* ataque dela foi ao meio-dia, professor. Ela caiu rolando pelos degraus perto da Padaria Fenton. Ela estava vocalizando de novo, mas não entendi nada. Pode ter sido prototaeniano, então, talvez, se anotássemos foneticamente, o senhor poderia...

Ongent sorri condescendente.

— Eladora, seja boazinha e me traga o exemplar da biblioteca da *Arquitetura sagrada e secular no Período de Cinzas*, de Thalis, por favor.

— Mas eu anotei. — Eladora estende sua resma de papéis, um suborno para comprar sua entrada no escritório do professor.

Ongent pega os papéis dela gentilmente, mas com firmeza, e a leva até a porta.

— Não precisa se apressar. Temos a tarde toda.

Eladora lança um olhar suplicante para Miren, que assumiu posição ao lado da porta e está limpando as unhas com a faca. Ele não levanta a cabeça quando o pai fecha a porta na cara de Eladora.

Ongent volta-se para Cari, que está parada em pé, nervosa, no meio do quarto. A dor de cabeça passou, mas ela ainda se sente fraca, e os olhos ainda ardem por causa das lágrimas.

— Então, aconteceu duas vezes — diz Ongent. — Não mais que isso?

— Sonhos, talvez. Eu não me lembro deles. Hoje foi a primeira vez desde a prisão que eu... — Cari procura o termo certo — me perdi.

Ongent faz um gesto ansioso para ela se sentar. Ela tem que tirar pilhas de papéis e outras porcarias do sofá para encontrar um lugar. Ongent fica em pé, com as mãos atrás das costas na janela, e então inspira com força. É um gesto que Cari reconhece da manhã anterior, que costuma marcar o início de uma aula. Ela boceja involuntariamente.

— Existem forças elementares e espirituais além do reino estritamente físico — começa Ongent. — Diferentes culturas têm diversas maneiras de descrever e canalizar ou usar essas forças. Você pode chamá-las de magia, feitiçaria ou bênçãos de deuses, ou obra de demônios. Sem controle, essas forças interagem destrutivamente com o reino físico, e por isso precisam ser cuidadosamente contidas ou moldadas em formas benéficas. Feitiçaria, por exemplo, é a arte de impor estrutura à força elementar bruta. Um feiticeiro atrai essas forças selvagens para o mundo físico e, ao fazer isso, ele as canaliza através de sua mente, onde as molda e orienta para uma configuração útil, o que o leigo chamaria de feitiço. Da mesma forma, a alquimia envolve evocar a magia latente em certos resíduos físicos e, juntamente com catalisadores e a própria vontade do alquimista, provocar reações que moldem e canalizem essa energia.

Ongent parece estar se divertindo, como se estivesse contando uma longa piada sem um desfecho discernível. Cari sabe que esse tipo de teorização mágica é novo e controverso. Uma geração atrás, Ongent, o herege, estaria queimando na fogueira. Queimaria ainda hoje, se dissesse esse tipo de coisa em Ishmere ou Ul-Taen. Em vez disso, Ongent, o professor, é bem pago para colocar tudo em pequenas caixas abstratas. Cari desconfia de respostas simples. As ruas ensinaram a ela que sempre há uma complexidade invisível emaranhada nas coisas mais simples.

— Agora, nos voltamos para os deuses: não para orientação ou proteção, mas como cobaias. Divindades, demônios e outras entidades sobrenaturais podem ser considerados estruturas autoperpetuadoras no caos elemental. Eles podem ser estruturas que naturalmente se agregam, ou talvez tenham sido inconscientemente moldadas pela fé cega de muitas gerações. Essas estruturas autoperpetuadoras podem canalizar energia elemental através de almas congruentes: ou, em outras palavras, os santos manifestam as bênçãos sagradas dos deuses.

— Você acha que eu sou uma santa? — Cari bufa, tentando fazer pouco caso, mas o pensamento a assusta. Havia um santo no templo onde ela dançou em Severast. Quando o Dançarino o possuía, ele levitava, membros em espasmos loucos, olhos revirando atrás da cabeça. Ele usava uma máscara ritual especial para impedi-lo de engolir a língua. Os sacerdotes mais velhos interpretavam as linhas e curvas que a dança de seus membros traçava no ar, discerniam o futuro em seus movimentos involuntários. Ela estava lá quando o Dançarino quebrou o rapaz. Ouviu a coluna dele estalar, a cabeça pender para trás, mas ele continuou dançando e dançando no ar por horas, um fantoche horrendo manipulado por forças invisíveis.

E a Guerra dos Deuses: ela nunca ousou chegar muito perto, mas ouviu histórias. De como alguns deuses enlouqueceram com sede de sangue e terror, e transformaram seus milagres e santos em armas terríveis. Não há poder sem um preço, e ela precisa saber o verdadeiro custo dessas visões.

— É uma possibilidade. A maioria dos santos são adeptos de uma fé ou outra, mas os caminhos dos deuses são estranhos e insondáveis. Você pode ter atraído a atenção de um deles. Como uma magnetita capturando uma pedrinha que por acaso fosse rica em, ahn, ferro.

— Eu continuo sonhando com igrejas — ela admite. — A Sagrado Mendicante... e algum outro lugar dos Guardiões. — Os Guardiões eram a fé dominante na cidade antes das reformas. Uma geração atrás, eles é que teriam queimado Ongent.

— De fato. — Ongent se senta ao lado dela, desconfortavelmente próximo. — Carillon, eu não vou mentir para você. Esse seu dom é perigoso. As autoridades da cidade desaprovam santos desconhecidos e feitiçaria não autorizada. E o mais importante: a menos que você aprenda a controlar isso e canalizar corretamente, pode até pôr em risco sua vida e a segurança daqueles ao seu redor. Se eu continuar minha pesquisa e Eladora seguir tomando notas tão diligentes, talvez eu consiga descobrir a natureza do seu dom, para aprender que poder está tentando falar através de você, mas vai levar tempo.

— Existe um "ou" aí. — Cari pode ouvir a hesitação em sua voz.

— Existe uma alternativa. Eu mesmo tenho um pequeno talento mágico. Com sua permissão, podemos tentar uma divinação juntos. Um ritual para, ahn, manifestar quaisquer conexões espirituais que você possa ter inconscientemente.

Todo instinto em Cari diz para ela correr. Ongent está perto demais dela, fazendo muita pressão. Ela consegue sentir o cheiro dele, poeira e suor de velho mascarados pela fumaça do tabaco. A Cari de alguns dias atrás teria logo apanhado a faca ou corrido para a porta, mas ela não pode fugir disso, pode?

— Tudo bem.

— Ótimo, ótimo. Espere só um momento. — Ongent se levanta com dificuldade do sofá e dá a volta na sala, coletando pedaços de parafernália ritual. Um crânio, algumas jarras de vidro, um instrumento de bronze com muitas lentes e alavancas, uma caneta dourada. — Pode limpar essa mesa, por favor? — Faz um gesto na direção de uma pilha de livros e papéis ao lado do sofá. Cari levanta um dos livros e descobre que de fato há uma velha mesa maltratada embaixo. Ela joga os papéis no chão. A superfície da mesa é de madeira lustrada, marcada com runas de prata.

— Não gosto de alardear — murmura Ongent. — A taumaturgia ainda é encarada como um campo de estudo questionável, mesmo nestes nossos tempos liberais. Vá para a alquimia, é o que eles dizem aos alunos mais promissores, negligencie os fundamentos e a teoria histórica e apenas siga o dinheiro. Bah! — Agora ele está falando sozinho, enquanto coloca o equipamento em cima da mesa. Ele gira uma roda da engenhoca de bronze e as órbitas oculares do crânio começam a pulsar com uma luz roxa tremeluzente.

— Digamos que você descubra qual deus está tentando falar comigo. E aí? Consegue parar isso? Eu vou à igreja deles, me apresento e peço que me ajudem?

— Excelentes perguntas, minha querida, e todas elas estão previstas neste trabalho. Vamos dar um passo de cada vez. — Ele apaga o lampião acima do quadro negro, mergulhando a sala na escuridão, exceto pelo brilho roxo do crânio. Sua luz faz a pele de Cari parecer fantasmagórica; Ongent é uma forma indistinta. Ela ouve sussurros, vozes muito calmas e baixas, mas deve ser sua imaginação. Alguma coisa corre por entre os papéis que ela empurrou de cima da mesa. A sala fica lotada, numinosa, como um templo momentos antes da manifestação de uma divindade. Cari senta-se na beira do sofá e luta contra o desejo avassalador de se ajoelhar.

Ela está muito perto de entender.

Lembra-se de uma escadaria na casa de tia Silva, uma escada nos fundos que levava a um antigo conjunto de quartos construído por algum residente anterior que agora era supérfluo às necessidades da casa. Aqueles quartos estavam atulhados de coisas estranhas: velhas ferramentas agrícolas, livros velhos, tesouros antigos, os ossos dispersos do pensamento. Algumas das ferramentas estavam enferrujadas e afiadas, e Silva mandou que ela não fosse explorar lá. Quando criança, Cari ficava deitada no seu quarto, imaginando maravilhas nos quartos proibidos lá em cima, mas, quando ela realmente subiu, abriu a porta no topo da escada e olhou, não havia nada lá além de poeira e lixo. Quando criança, ela acreditava que algum poder ou presença havia fugido quando ela se aproximou. O que quer que houvesse de extraordinário era frágil demais para suportá-la, ou então ela não havia feito os devidos preparativos ou oferendas para seduzi-lo a ficar. Ela tem este mesmo sentimento agora: o de que está se aproximando de algo terrível, frágil e divino.

Ongent atravessa a escuridão. Ela ouve um estrondo quando ele bate o joelho na mesa.

— Ai! Ou, ou, ou.

Ele vai mancando até a janela e a abre. A luz inunda tudo. O clima de maravilhamento desaparece, substituído por outra coisa. Ela está exposta, descoberta. Pisca e vê as imagens residuais de insetos estranhos do tamanho do seu punho se contorcendo na mesa ao lado dela, pregados por lanças brilhantes. Eles não são reais, tampouco os rostos que espiam na janela atrás de Ongent. Ela acha que o crânio a está tornando mais capaz de perceber forças invisíveis.

Ele se senta pesadamente no sofá ao lado dela.

— Você está pronta, Carillon?

Ela fecha os olhos, apertando-os com tanta força que os sente doer. Quando volta a abri-los, as alucinações se foram, e há apenas Ongent sentado ali, segurando o crânio brilhante, seu rosto uma máscara de terna preocupação.

— Sim. Vamos tentar isso.

— Segure esse talismã, por favor. Não solte. — Ele lhe entrega o crânio. É quente ao toque. Pequenas gavinhas de energia arcana crepitante saem rastejando das órbitas oculares e se enrolam por entre seus dedos.

Ongent murmura algumas palavras. Nada acontece. Ele ajusta o instrumento de bronze, abre um pequeno frasco com algum unguento cáustico, que espalha sobre o tampo polido do crânio, e tenta mais uma vez.

Mais uma vez, nada.

— Mas alguma coisa teria que…

— Shh.

Ongent se levanta, caminha de volta para a janela, aparentemente perdido nos seus pensamentos. Ele fica olhando para a cidade.

— Continue segurando o crânio — ele ordena.

Ela fica sentada ali, se sentindo muito estranha, segurando o crânio e ouvindo os sons que vêm do quadrilátero da universidade pela janela, a respiração pesada de Ongent. Nada continua a acontecer.

Então ela sente o impacto, que a arrasta para baixo e para cima simultaneamente. Ela vê a cidade de uma dúzia de ângulos diferentes, sobrepostos. Minúsculas coisas de muitas patas percorrem seus ossos. A água bate na sua barriga. Sua mão esquerda está pegando fogo, mas a mão direita, segurando o crânio, nada sente. Vozes gritam e rugem em seus ouvidos. E há *mais* dela do que deveria haver, como se ela tivesse membros ou órgãos que desconhecesse, uma cauda que se desenrola e vai até a escuridão lá embaixo.

A perspectiva de Cari fica descolada e confusa. Ela está olhando pelas órbitas do crânio em suas mãos agora, olhando para seu próprio rosto. Ela vê sua boca se movendo, palavras despontando de dentro dela como grandes larvas, mas ela não tem ouvidos e só consegue ver. Mal se reconhece, com o rosto limpo, cabelo escovado e as vestes cinza de estudante. As pequenas cicatrizes refulgem com uma luz que não é natural. Ela quer gritar um aviso para si mesma, mas esse crânio sequer tem mandíbula. Ongent aparece por trás de Cari — por trás dela, um instante fora de seu corpo e ela já está se esquecendo de quem é, subsumida naquela correnteza. Ele coloca as mãos nos seus ombros, sussurra algo para ela ou para a coisa que está falando com sua boca.

Ela tenta retornar ao seu corpo, mas cai. Tudo fica não só escuro, mas ausente. Sem olhos. Ela desce pelas camadas de Guerdon, sentindo as ondas baterem nos baluartes de sua coluna, o peso dos armazéns, os templos sagrados, os mercados fervilhantes, e abaixo deles todos o submundo, labiríntico e frio como uma tumba. E depois, mais profundo ainda. Ela tem a sensação de estar caindo a uma velocidade terrível, terrível, nas profundezas. Sente gosto de lama e sujeira, um lampejo de sabor metálico, químico, depois pedra, pedra, pedra e sangue. Sente um rumor acelerado em seus ouvidos como se fosse um milhão de vagões do metrô gritando pelos túneis. Vermes rastejam sobre sua pele, depois sob ela, arrancando a carne de seus ossos.

E então ela está em um salão estranho, um templo, sem luz, mas que ela consegue ver através de muitos olhos. Uma presença está ao seu redor, como uma sombra em sua alma. Sua pele fica fria e dura como ferro. Sua boca — suas bocas — fala sem se mexer.

DESÇA, FILHA

É a voz dela, um coro composto pela sua voz, mas também é algo que escorre espesso e completamente inumano. A presença ameaça sobrecarregá-la. Ela está se afogando nela. Em pânico, ela retrocede...

... e há uma faca na sua garganta, o aço frio pressionando seu pescoço, sangue escorrendo da ferida. Mãos jovens e fortes a agarram. Miren a arrasta para longe do professor Ongent, que está deitado, atordoado, no chão de seu estúdio. Seu nariz está quebrado, seu rosto, arranhado pelas unhas de Cari. Fragmentos do crânio mágico são triturados pelos seus pés.

Miren a levanta, depois faz algo com o próprio joelho e o resto da perna que transmite uma dor incrível na região lombar dela, e as pernas dela adormecem. Ele pressiona a faca mais fundo e rosna — literalmente rosna, um ruído animal que é de alguma forma uma pergunta — para seu pai.

— Está tudo bem, Miren. Pode soltá-la. Devagar. — O professor se ergue, senta-se numa cadeira e limpa o nariz ensanguentado com um lenço manchado. Miren torce Cari novamente, agarrando seu ombro com uma das mãos e enterrando os nós dos dedos nas costas dela, fazendo com que o braço direito fique dormente e mole. Ele a joga de volta no sofá e fica lá entre ela e Ongent, olhos brilhantes, narinas queimando com a respiração ofegante, um cão de guarda provocando um intruso para que ouse cruzar o limiar.

Silêncio, pontuado pelo professor recuperando o fôlego ruidosamente, por Cari xingando baixinho. Miren faz parte do silêncio, parte indistinguível dele. Ele atravessa a sala como um fantasma e fecha a janela, apagando o mundo exterior. Ele ainda está com a faca na mão, e Cari o observa desconfiada.

— Bem — diz Ongent —, isso foi esclarecedor.

— Foi mesmo? — diz Cari. — Eu acabei de ver... Eu não sei. Posso beber alguma coisa?

— Certamente. — Ongent sorri para ela, mas o sangue que cobre seu rosto não a tranquiliza muito. — Miren, por favor, leve Carillon e... espere, não. Vá buscar Eladora e faça com que ela leve Carillon para casa. Depois volte aqui imediatamente. Temos trabalho a fazer.

Miren sai, a adaga desaparecendo sob suas vestes cinza. As próprias vestes de Cari estão cobertas de sangue — na maior parte o do professor, e um pouco dela. Ela tenta escondê-lo nas dobras.

— Desculpe pelo seu nariz — ela murmura. Desculpas nunca foram fáceis para ela. — E pelo seu crânio.

— Não faz mal, não faz mal. As Dinastias Ul-Taen costumavam sacrificar uma criança antes de cada invocação, como defesa contra divindades vingativas. As Muralhas Fantasmas foram erguidas em torno de Khebesh para protegê-la de invasões semelhantes. No grande esquema das coisas, criança, considerando as forças envolvidas, um nariz e um pequeno espectro taumatúrgico são realmente pequenos sacrifícios.

— Então funcionou? Você descobriu qual deus… — Cari hesita, como se o ato de perguntar completasse algum encantamento e tornasse seu destino inevitável.

— Ah, não, receio que não — diz Ongent. — As energias envolvidas eram potentes demais para meu pequeno aparato aqui ser capaz de contê-las. Preciso repetir o experimento em uma escala maior, receio. Mas — Ele volta a sorrir, e é ainda mais horrível — isso prova minha teoria! Alguma força divina fala através de você, Carillon Thay, e eu posso ajudar você a domá-la.

CAPÍTULO OITO

Ratazana, nas paredes.

O clube está lotado esta noite. O ar está denso com os cheiros dos humanos, os aromas colando-se a eles e os identificando. Para os sentidos aguçados do carniçal, cada pessoa está envolta numa mortalha de seus feitos passados. Os marinheiros são fáceis de localizar. Encharcados de sal, fustigados pelo vento e, sob esses cheiros, os vestígios exóticos de portos distantes. Especiarias e haxixe de Severast. Peixe, queijo e leite azedo de Velha Haith. De Ishmere, da Guerra dos Deuses, incenso de campo de batalha, o cheiro acre da feitiçaria. Nativos de Guerdon — trabalhadores das docas, principalmente — têm um cheiro diferente por baixo do suor, um forte fedor alquímico saído das chaminés das fábricas. Ele está em todas as partes de Guerdon hoje em dia.

Ele também consegue localizar os ladrões. São os que têm fedor de medo.

Ele espreita nas margens da grande sala barulhenta, longe do bar lotado no meio, longe do anel de mesas de madeira à meia-luz. Heinreil mandou que eles se encontrassem aqui depois do trabalho na Casa da Lei, mas ele está um dia atrasado para esse compromisso, graças ao seu desvio inesperado para as profundezas com Aleena.

Tem estado agitado desde que se separou da santa dos Guardiões, depois que eles voltaram à superfície. Saindo de outro túnel de carniçal sem nome e sem luz para um trilho de metrô familiar, espremendo-se contra as paredes na hora que um trem passava trovejando, cuspindo faíscas azuis de seu motor alquímico. Ela lhe agradeceu pelo serviço, resmungou que todo o seu dinheiro se fora com sua mochila rasgada e saiu pisando duro em direção às luzes da plataforma mais próxima. E pronto, seu dever para com os carniçais anciões estava cumprido.

Os pensamentos invasivos do ancião ainda se contorcem como fios quentes em sua cabeça, como se pensar neles arranhasse os tecidos cerebrais de Ratazana. Ele quer uma bebida forte — ou melhor ainda, um bom bocado de carne morta — para colocá-lo nos eixos, mas eles não servem carniçais aqui.

Ratazana não gosta deste lugar. Gente demais, olhos demais. E ele também precisa ficar de olho nos olhos de vermes, graças a Aleena. O que ele estava pensando, irritando os Rastejadores?

Ele examina a multidão de seu esconderijo. Mastro deve ser fácil de localizar se estiver aqui. Todo mundo dá ao Homem de Pedra bastante espaço: uns por respeito, a maioria por medo de contágio. Mastro costumava vir muito aqui na época que Ratazana o conheceu. Um rapaz, procurando o fantasma de seu pai. Ele já teve muitos amigos. Velhos amigos da família, herdados de Idge. Tantas recontagens de histórias sobre o pai de Mastro e seu sacrifício. Ratazana ficava entediado, meio adormecido num canto, mas o jovem Mastro estava sempre enlevado, sempre atento, como se prestasse seus respeitos da única maneira que podia.

Não foi apenas a doença que afastou todos esses amigos. A estrela de Heinreil subiu, e Mastro não lutou por seu lugar. O círculo dele foi minguando, até restarem apenas alguns velhos e um carniçal. Pulchar se aposentou para administrar um restaurante. Starris, sem dentes e babando, sentado em um banco em algum lugar no Morro Santo. Daj entrou numa briga com um Cabeça de Gaivota e nunca mais acordou.

Cari também não gosta desse lugar. Uma péssima primeira impressão: um marinheiro safado a agarrou na primeira vez em que Mastro a trouxe aqui, e ela foi rápida na hora de pegar sua faca. Talvez rápida demais, pensa Ratazana. Não precisava fazer aquilo, não com um Homem de Pedra lá para protegê-la. Eles já tinham poucos amigos, não precisavam fazer mais inimigos.

Cari é muito mais difícil de avistar que Mastro, mas ele tem certeza de que ela não está ali também. Ratazana foi no quartinho que os dois compartilhavam no Arroio, mas não havia ninguém lá, e pelo cheiro ela não havia voltado desde que a Torre desabou. Onde será que eles estão?

Uma espécie de explosão, disse Cari.

Ratazana assobia baixinho por entre dentes afiados. Será que os Homens de Sebo pegaram seus amigos? Será que ele foi o único a escapar? É por isso que eles não estão ali? Ninguém na multidão sabe de nada — e, se o filho de Idge tivesse sido preso e levado para a prisão da Ponta da Rainha, todos saberiam. Aconteceu outra coisa com eles.

No andar de cima, uma porta se abre por um momento, derramando luz e risos no salão principal, e Ratazana ouve uma voz familiar por um momento. Tammur, um dos velhos membros da guilda.

Ele sai de mansinho para o andar de cima. Por costume, o anel superior dos quartos é reservado para membros importantes da guilda, para Heinreil e seus camaradas. Assim como os túneis mais baixos, e aquela caverna gigante com os pilares hexagonais, são para os carniçais mais velhos, pensa Ratazana, o que faria do balcão do bar, com suas torneiras, o antro dos devoradores de cadáveres ferozes e de olhos enlouquecidos, e as ruas do lado de fora as criptas superiores do Morro do Cemitério. A cidade consome a si mesma e se repete vez após vez.

Ele abre a porta uma fresta, entra como um rato, quieto, sem ossos e extremamente magro.

Lá dentro, velhos ladrões jogam cartas. Um jogo casual para passar o tempo, as mesmas mãos sem nada de especial percorrendo pela mesa, o cacife aumentando e diminuindo, mas ninguém está ganhando muito. A atenção deles está tão presa ao jogo que a maioria dos jogadores não percebe Ratazana entrar.

Mas um deles percebe. Um Rastejante, com pseudomãos enluvadas de vermes amarrados atados pulsando suavemente enquanto ele examina suas cartas, segurando cada uma diante do rosto mascarado, como se esse fosse o único lugar de seu corpo que tem olhos. Pelos símbolos roxos em seu manto, seu nome é Nove Luas Caindo. É um feiticeiro da Irmandade. Os vermes se derramam de suas mangas e seu colarinho e apontam suas cabeças truncadas para Ratazana quando ele começa a circular pela sala. Assim como os carniçais, os Rastejantes são uma nação à parte na cidade, acima e abaixo. Não chegam a fazer realmente parte deste reino da superfície de mortais, luz solar e vida. Comedores de carniça, ambos. Místicos, ambos, a seu modo, ex-psicopompos *freelancers* que engordam com a energia espiritual dos mortos sem deuses.

É claro que ninguém contrataria um carniçal como feiticeiro. Os carniçais só se tornam devidamente místicos quando ficam velhos e esquisitos, como os anciões. Rastejantes são feiticeiros, todos eles, tecendo feitiços da mesma maneira que tecem formas humanoides a partir de vermes.

Será que aquele ali sabe que Ratazana tentou matar um de seus irmãos? Até onde o carniçal sabe, podia até ser o mesmo Rastejante. Todos têm o mesmo cheiro, todos têm a mesma podridão nojenta e um leve toque de ozônio. Mas a criatura não se move; apenas joga o Seis de Facas e recolhe o cacife. Imita o riso humano tão perfeitamente que é assustador. Provavelmente o riso de algum morto que os vermes comeram. Tudo o que ele foi, consumido e digerido pela colônia Rastejante.

Ratazana se aproxima de outro jogador de cartas.

— Ei, Tammur.

Tammur quase deixa cair as cartas com o susto.

— Deuses inferiores. Não me interrompa quando estou jogando, por favor.

Tammur. O último membro do círculo interno de Idge a permanecer ativo na guilda. Hoje em dia, Tammur é conselheiro, solucionador de problemas, quase legítimo. Possui muitos navios e armazéns ao longo do Arroio — poucos deles em seu nome, claro, e nenhum que pudesse ser rastreado até a guilda. Ele passou para o lado de Heinreil anos atrás, mas Mastro ainda o considera um amigo.

Ele joga uma moeda no espaço vazio no meio da mesa, e depois vira para Ratazana.

— Todos pensamos que os Homens de Sebo tivessem pegado você. Você foi o único a escapar, sabia?

— E Mastro?

— Está sob custódia. De Jere Taphson, não da guarda... por enquanto. Não se pode fazer muito pelo garoto agora, receio.

Um dos outros jogadores resmunga.

— Ele virou pedra. O que é que Heinreil vai fazer por ele? Você não pode subornar a praga para sair do garoto.

— A Irmandade cuida dos seus — responde Tammur, citando as escrituras das ruas. — Quando ele for levado até um magistrado, faremos o que pudermos por ele... assim como faríamos por qualquer companheiro de boa vontade. Faça seu jogo, Hedan.

Hedan rosna de frustração, depois apanha a aposta mínima possível e baixa as cartas. Nove Luas Caindo aposta o dobro sem hesitar, tranquilo e confiante em suas cartas. O quarto jogador, uma mulher tatuada que Ratazana não conhece, leva um tempo pensando.

— E Cari? — pergunta Ratazana.

— O sebo ou a forca — Hedan gargalha. — E não vai demorar.

— Ouvi dizer que a doce Cari encontrou um benfeitor — diz Tammur.

— Alguma ideia de quem possa ser? — Esta última pergunta é dirigida a Ratazana, mas Hedan fornece sua própria resposta muda, empurrando lascivamente a virilha contra a mesa e grunhindo.

Ratazana tenta pensar no que Tammur quis dizer. Tudo o que ele consegue imaginar é que ela esteja engrupindo algum otário. Pelo menos ela está fora da cadeia.

— Sua vez, Tam — diz a mulher. Uma marinheira, supõe Ratazana, um dos parceiros de negócios de Tammur do outro lado do oceano.

— Mastro disse que me pagariam — insiste Ratazana.

— Vou dizer a Heinreil... — começa Tammur.

— Dizer a ele o quê?

A porta se abre e Heinreil entra a passos largos. Dois guarda-costas caminham ao seu lado, e outros dois esperam no corredor lá fora. Atrás dele vem o Cavaleiro Febril, a armadura tilintando, líquidos de cor clara sibilando através de tubos ou se derramando sobre o chão, deixando marcas na madeira. Vislumbres de carne translúcida e cheia de cicatrizes por entre as fendas. O quebra-pernas de Heinreil, que está ali para botar a tropa nos eixos.

Heinreil puxa uma cadeira, coloca-a entre a mulher e Tammur, pega cartas e, sem olhar para elas, joga três moedas de ouro em cima da mesa.

— O carniçal quer ser pago pela Torre da Lei — diz Tammur suavemente, sem levantar a cabeça.

— O carniçal conseguiu aquilo para o qual foi enviado?

— As circunstâncias mudam. Torres explodem.

— Ele conseguiu o que pedimos? Não, não conseguiu. — Heinreil olha com irritação para Ratazana. — O que você ainda está fazendo aqui? Cheira como se tivesse trepado com um esgoto. Saia.

Ratazana desaparece nas sombras, mas não vai embora. Se Heinreil percebe sua presença, não demonstra.

É novamente a vez de Tammur, que aumenta a aposta.

— Nós precisamos divulgar que o lance da Torre não foi coisa nossa. A guarda está espalhando isso. Dizendo que foi vingança por Idge, talvez, ou um trabalho malfeito no cofre do tesouro.

— Este não é o último. — A bravata de Hedan está totalmente contida, afastada pela presença de Heinreil e do Cavaleiro Febril. — Era o que estava escrito. Numa parede. Estão todos falando.

— Ah, estão mesmo? Que pena — murmura Heinreil.

— Fanáticos — acrescenta a mulher. — Foi assim que a Guerra dos Deuses começou. Loucura gera loucura, que gera... uma divindade indesejada. — Ela flexiona o pulso. Suas tatuagens lembram feitiços de proteção. Algumas quase parecem brilhar aos olhos de Ratazana. Ele pisca; talvez isso seja um efeito residual persistente da comunhão com o carniçal ancião.

— É isso, Heinreil? — pergunta Tammur. — A Guerra dos Deuses está vindo para Guerdon?

— Sem chance. — Heinreil tira uma carta, depois se inclina para trás e mostra a mão para um de seus guarda-costas, que sorri. — É ruim para os negócios. Ainda assim, coloque mais homens nos armazéns: se as coisas degringolarem e houver pânico, garanta que nossos lugares estejam seguros. Vou transportar mais carga para o Arquipélago.

— Seria melhor transportarmos pessoas — diz Tammur.

Guerdon está apinhada de refugiados que fogem da Guerra dos Deuses, ansiosos para comprar passagem para a fronteira segura e intocada do Arquipélago — uma cadeia de ilhas através de um oceano tão devastado por tempestades que só pode ser alcançada com segurança por navios com modernos motores alquímicos.

— A Myri aqui tem um velho navio de passageiros que poderíamos reaproveitar — sugere.

Heinreil boceja.

— Não estou interessado.

— Tam prometeu que você me daria uma audiência justa — a mulher diz de modo precipitado. — É um bom navio, em condições de navegar. Ele consegue chegar no Arquipélago em…

— Eu não me repito — avisa Heinreil. — Se quer fazer negócios na minha cidade, lembre-se disso. — Ele se vira para Tammur. — O que eu preciso de você é uma auditoria completa: quanto dinheiro em espécie nós temos à mão, e o quanto podemos levantar, caso seja necessário?

Myri se senta, fumegando, dentes cerrados, sinalizando claramente seu desagrado. Ratazana estreita os olhos: ela está exagerando, dando um showzinho. Tammur suspira.

— Vou olhar os livros. Quanto devo reservar para os magistrados?

— Nada. Será investimento estrangeiro, através de agentes locais lá. Você não precisa se preocupar com nossas sanguessugas locais.

— Não estou falando da auditoria. Mastro.

— Se Taphson não bater nele nem quebrá-lo, e ele realmente chegar vivo ao tribunal — reserve vinte, mas não toque nisso a menos que tenhamos certeza de que o garoto ainda pode trabalhar. Podemos alegar compaixão e mandá-lo para a Ilha das Estátuas por cinco mil se ele for virar pedra.

Tammur compra outra carta, mas desiste. Mais duas rodadas. Hedan tenta ficar no jogo, tenta desafiá-lo, mas está claro que ele não tem nada e os outros três o sangram todinho. Myri ainda está no jogo, mas só tem algumas moedas à sua frente.

— Eu não devia jogar com Rastejadores — Hedan resmunga, com nojo. — Não consigo ler a expressão de uma maldita máscara.

Nove Luas Caindo obedece à deixa e remove seu rosto de porcelana. Vermes se contorcem nas sombras de seu capuz. Eles formam um sorriso pálido e de lábios finos.

Heinreil não se assusta.

— O que vai ser? Paga pra ver ou aumenta a parada?

O Rastejante enfia a mão dentro de sua túnica sombria. Puxa uma bolsa e a abre em cima da mesa. Rubis e esmeraldas caem de dentro dela, uma fortuna em pedras.

Sem dizer uma palavra, Myri coloca suas cartas viradas para baixo sobre a mesa e junta as mãos, a cabeça inclinada. Mais uma vez, suas tatuagens ondulam e brilham fracas.

— Eu não carrego esse tipo de dinheiro — diz Heinreil. — E Rastejadores não jogam cartas. A menos que haja uma boa razão para isso. O que você quer?

— Uma bugiganga. — A voz do verme é como um coro deslizante. — Uma coisinha de nada.

— Quando um feiticeiro diz que algo é uma bugiganga, significa que vale muito mais do que parece. Magos poderiam aprender muito com mágicos de rua. Aprender como enganar os otários. — Heinreil pensa por um momento, depois enfia a mão dentro de sua jaqueta e puxa uma pequena ficha presa por um cordão.

Ratazana reconhece aquilo. O amuleto de Cari.

Heinreil coloca o pequeno talismã sobre o montinho do cacife.

— Adicione mais uma coisa: me diga por que você quer isso.

— Se você ganhar — Rastejante murmura.

O talismã cai.

— Pago pra ver.

O Rastejante coloca suas cartas na mesa e, ao fazer isso, sussurra um feitiço. A realidade se contorce e se dobra sob a força da sua magia. Probabilidades se distorcem. A onda de mudança passa por Tammur, por Hedan, pelos guarda-costas sem que nenhum deles perceba. A maioria dos humanos não consegue perceber feitiçaria sutil como aquela. Normalmente Ratazana também não, mas seus sentidos estão de alguma forma aguçados depois de suas experiências nos túneis.

É por isso que ele pode ver as tatuagens de Myri brilharem de leve, como se o sangue dela estivesse em chamas. Ele pode vê-la se esforçar contra a mudança, vê-la agarrá-la e segurá-la, depois engoli-la, forçando o feitiço a provocar seus efeitos de distorção da realidade dentro dela, em vez de nas cartas. Ela engasga de dor, e então sorri sangrando por entre os dentes cerrados enquanto Heinreil revela suas cartas.

Uma jogada vencedora.

Blindada por Myri contra a tentativa mágica do Rastejante de tapeação. Ela tinha sido plantada ali, pensa Ratazana, e ele se pergunta como foi que Heinreil antecipou o esquema do Rastejante. Ele estremece, ciente das forças que se movem invisíveis ao seu redor, conectando sua amiga a acontecimentos de maior importância.

Heinreil raspa o montinho do cacife. Embolsa o talismã de Cari e empurra os três maiores rubis para Myri. Ele se levanta e se dirige ao Rastejante.

— Você e eu precisamos bater um papinho. O resto de vocês, pra fora.

Aparentemente, esse resto não incluía o Cavaleiro Febril, nem Myri, ambos os quais permaneceram com Heinreil. Ratazana segue Tammur como uma sombra.

Ele quer ouvir na porta, espreitar e ver se consegue qualquer coisa da confissão de Nove Luas Caindo, mas outro dos guarda-costas de Heinreil o agarra primeiro, o leva para baixo, passando pelo salão e de volta para as ruas.

— O chefe tem outro trabalho para você.

CAPÍTULO NOVE

Entrar na casa da rua Desiderata pela porta da frente ainda parece errado para Carillon. Todos os seus instintos dizem para ela ir pelos fundos, pela entrada dos empregados, ou subir o muro da parede lateral e entrar por aquela janelinha. É um lugar para roubar, não um lar. Mas Eladora veio andando de braços dados com ela desde a universidade, agarrando-se a ela como um torniquete, tagarelando o tempo todo, um fluxo nervoso de palavras que Carillon nem se dá ao trabalho de fingir que ouve, embora seja grata pelo apoio literal de Eladora. Ela ainda se sente extremamente fraca e trêmula.

Elas entram e seguem até a pequena cozinha. Eladora coloca sua bolsa pesada sobre a mesa e arregaça as mangas; É a própria tia Silva na cozinha de Wheldacre, projetada vinte anos através do espaço e do tempo. O chá ferve, a sopa borbulha no fogão.

Cari fica sentada ali, na normalidade doméstica, e pensa sobre como foi cair naquele abismo sem luz. Algum deus arrancou a alma dela do corpo e a arrastou para baixo. Uma folha sendo puxada pelo esgoto, era isso que ela era. Minúscula diante do divino. Ela se agarra firme à borda de madeira áspera da mesa, como se pudesse se segurar ao mundo material apenas pela força.

— Diga-me, o professor achou minhas anotações úteis? Você vai me dizer se tiver outro episódio, não é? Na verdade, eu devia realmente estar com meu caderninho de notas à mão. Melhor estar preparada. — Eladora vasculha a bolsa de couro, empilhando livros sobre a mesa ao lado de Cari até encontrar o que procura. Ela olha para Cari e desaparece em outro quarto, retornando com uma almofada. — No caso de você ter um ataque e cair do banquinho, tente cair em cima disto.

Cari brevemente contempla sufocar sua prima com a almofada.

— Bem, diga-me, o que o professor falou? — pergunta Eladora.

Cari tenta levar a coisa na brincadeira.

— Você tinha razão. Sou uma santa.

— Ah. — Eladora dá um passo para trás, como se estivesse esperando Cari irromper em chamas ou começar a manifestar ectoplasma por toda a cozinha. — Que… incomum. Sem dúvida, é algum d-deus estrangeiro. — Ela fala como se Cari tivesse pegado herpes em algum porto distante.

— Talvez. Tudo isso só começou depois que voltei a esta cidade de merda — diz Cari.

Ela revira esse pensamento na cabeça. Faz muito sentido. Ela teve mais que seu quinhão de experiências estranhas desde que fugiu de Guerdon há tantos anos, mas nenhuma delas envolvia visões sobrenaturais de desgraçar a cabeça, enviadas por algum velho deus cego. Talvez isso até explique a antipatia que sentiu pela cidade por toda a vida; quando criança, na mansão do avô Thay, ela nunca se sentiu confortável. Um sentimento que era como um zumbido constante de abelhas que só ela podia ouvir. Ir para a casa da tia Silva no campo tinha sido um imenso alívio — mas mesmo lá, a alguns quilômetros de Guerdon, ela estava inquieta, desconfortável, como se houvesse algo em seu encalço.

Dedos invisíveis tateando pelo campo, procurando um brinquedo perdido. Levantando-a como o santo dançarino de Severast. Quebrando-a ao meio.

Um plano se forma.

— Eu estou destruída, El. Vou pra cama — anuncia.
— Mas estou fazendo sopa — protesta Eladora.
— Mais tarde eu esqueço.

Ela desce até seu pequeno ninho no porão, onde paredes espessas bloqueiam os sons da cidade. Ainda não é tarde, os relógios mal bateram as seis da tarde, mas Cari se enrosca toda, fecha os olhos, e tenta ignorar a cidade, que quebra sobre ela como uma onda.

Meia-noite. A casa está inerte e silenciosa; ela não consegue ouvir ninguém na rua do lado de fora, a não ser uma cantoria ao longe na marginal Cintilante.

Cari vai de mansinho até a cozinha. A bolsa de Eladora ainda está em cima da mesa, mas o caderno dela se foi. Típico: sua prima não é útil nem mesmo quando está sendo furtada. Cari olha para a pilha de livros ao lado: alguns deles podem valer uma fortuna, ela reflete, mas não tem ideia de quais, e todos são muito pesados.

Folheia um deles enquanto toma sopa fria. Desenhos arquitetônicos de igrejas e catedrais, esboços de Guerdon em ruínas. Fotos de alguma guerra civil, combates nas ruas, a cidade em chamas. Cavaleiros empunhando espadas com a marca dos Guardiões, patrulhando linhas nas cinzas que antes eram grandiosas vias. Cari reconhece alguns dos edifícios. Na página, eles são ideais, formas perfeitas. Ela se pergunta o que seus arquitetos mortos há tanto tempo diriam agora ao vê-los manchados de fuligem e grafitados, ofuscados pelas chaminés e torres da indústria.

Virando uma página, ela se depara com uma ilustração de um poço vertical, forrado com mármore, que se estende da cripta de alguma grande igreja até a terra abaixo. Na base do poço, dança uma matilha de carniçais famintos. O artista, talvez cansado de desenhar infinitas formas geométricas e arquitetura arrebatadora, abusou do detalhe nessas ilustrações, e seus rostos caninos estão vívidos de alegria e fome. Ela se preocupa com o que aconteceu com Ratazana. Será que os Homens de Sebo o pegaram? Lembra que Ongent lhe fez perguntas sobre seu amigo carniçal, se ele havia conversado com ela sobre as eras anteriores da cidade. E Mastro, ainda...

Garota imbecil, devaneando quando devia estar agindo. Irritada, ela fecha o livro e o empurra sobre a mesa. Acha uma faca afiada numa gaveta e passa um minuto tentando cortar o laço alquímico pacifista de sua própria adaga, mas o material preto volta a crescer assim que ela o danifica. Ótimo. Enfia a adaga na bolsa de Eladora e mete a faca no cinto. Saqueia os armários da cozinha em busca de comida e sobe sorrateira, ignorando o próprio quarto. Existem outros dois — o de Eladora e o quarto de Miren no sótão, no topo de uma escada estreita.

Miren não vale o risco.

O quarto de Eladora, então. Pressionando a orelha contra a porta, Cari pode ouvir a respiração uniforme da prima. Ela tenta a maçaneta. Trancada. Suas ferramentas de arrombamento estão espalhadas pelas ruínas da Torre da Lei, ela lembra, ou talvez na casa do caçador de ladrões. A faca de cozinha pode funcionar, mas não é o ideal.

A inspiração vem de súbito. Ela volta para a cozinha, faz um pequeno ajuste e volta.

Ela bate na porta.

— Eladora?

Agitação, confusão murmurada.

— Eladora? — ela pergunta novamente.

— Carillon — murmura Eladora meio sonolenta. Então, acordando subitamente: — O que houve? O que está acontecendo? Você teve outro ataque?

— Não consigo fazer o fogão funcionar. — Ela põe a dose suficiente de lamentações patéticas na voz, imitando a própria Eladora.

— Ah, pelo amor de Deus. Me dê um momento. — Um passo arrastado, depois o clique da fechadura.

— Desculpa — diz Cari. — Estou morrendo de fome.

— Eu ofereci mais cedo, mas não importa. — Eladora sorri e esfrega os olhos. — Vai demorar alguns minutos.

— Desço já — Cari diz. Ainda meio adormecida, Eladora desce aos trancos e barrancos. Cari a ouve se atrapalhar com o fogão, xingando porque ele não acende. Levará alguns minutos para ela perceber a válvula que Cari fechou completamente.

Roupas primeiro. Cari invade o guarda-roupa de Eladora, passando por meia dúzia de roupas e vestidos cinzentos idênticos que já estavam fora de moda na época da tia Silva. Ela não está procurando moda, apenas praticidade. Nem vestidos mal-ajambrados, nem vestes cinza são adequados para o que ela tem em mente. Ela encontra um par de calças que podem caber, e outras roupas que ela pode adaptar. Pra bolsa com eles. Ela pode usar isso tudo até penhorar e achar algo melhor, ou tecnicamente pior, mas mais parecido com suas roupas preferidas. E, ei, o que é isto? Uma caixa de moedas, escondida onde ninguém jamais pensaria olhar, na parte de trás do guarda-roupa. Pra dentro da bolsa também.

Uma rápida varredura do cômodo. Mais moedas, o suficiente para comprar passagem para Severast, talvez, se ela não se importar em comer ratos no porão do navio. E, numa gaveta ao lado da cama, uma pequena pistola alquímica. Cari faz uma pausa ao ver isso: não combina com a imagem mental que ela tem de sua prima. A arma foi disparada algumas vezes, a julgar pelas manchas no cano. Um talismã de segurança para uma garota do campo nervosa na cidade grande? Algo que tia Silva teria insistido para ela usar? Ou estaria ligado ao seu trabalho com o professor Ongent?

Pra bolsa com ela.

Então janela afora e noite adentro. Cari se encarapita no peitoril estreito da janela, examinando a rua abaixo, respirando a ar noturno. Olha para a cidade amortalhada. O luar no porto transforma a fumaça sobre o Bairro dos Alquimistas numa névoa roxa. O grande vulto do Morro Santo à sua direita, com suas catedrais brancas como três caveiras alinhadas numa prateleira. A maior parte da cidade à sua esquerda, a marginal Cintilante descendo até as docas e o Arroio. Ela procura o lampejo revelador de velas em cabeças de cera, vestígios dos Homens de Sebo. Esse é o seu último medo — que um dos esses horrores a encontre antes que ela saia da cidade.

Ela balança instável no peitoril da janela no momento em que outra visão surge dentro de seu cérebro, mas ela está pronta para isso, ou talvez seja menos intenso desta vez. De qualquer forma, ela consegue se firmar ainda mais ao vcr…

Outra rua da cidade. Não muito longe. Ainda na marginal Cintilante. A perspectiva dela está terrivelmente distorcida, como se ela estivesse vendo aquilo de uma dúzia de ângulos de uma só vez, e sentindo também: o gotejamento da água da chuva na sarjeta, o calor sibilante do lampião a gás, e os passos pesados do vigia noturno. Humano; afinal, é a marginal Cintilante, um lugar quase distinto. Ali não existem monstros-gaivotas esquisitos nem bonecos de cera psicóticos, não mesmo, mas se o vigia despontar na esquina e olhar para cima, ele poderia olhar diretamente para Carillon.

Com uma estranha visão duplicada, ela pode ver a luz distante da lanterna do guarda com seus próprios olhos, refletida nas vitrines das lojas no final da rua, e ela pode ver a lanterna diretamente através dessa visão divina ou seja lá o que for.

A rua — a outra rua, aquela em que ela não está, mas que ainda consegue impossivelmente ver — está quase vazia. Apenas mais uma pessoa, subindo a comprida escadaria íngreme do metrô. Um rapaz, também humano, usando vestes de padre.

Ela o reconhece na mesma hora. É o padre da Igreja do Sagrado Mendicante, o que ela viu antes — sendo devorado por uma coisa monstruosa sombria.

O vigia se aproxima da coisa que parece um padre. O padre sorri e lhe dirige uma saudação, e Cari, de sua divina perspectiva, pode sentir a coisa mudar na hora em que ela faz isso. Ela pode sentir a coisa formar pulmões e garganta no instante em que abre a boca, sentir o gosto do ácido na sua língua recém-nascida.

— Tenha uma boa noite. — O vigia assente e passa.

A coisa vira a esquina e caminha para a rua Desiderata, em direção a Carillon. Olha bem para ela e a reconhece.

Naquele instante, ela conhece seu nome, seu título: Desfiador.

Por um momento, ela está fora da cidade. Ela não passa da sombra de uma sombra, uma escuridão residual escondida embaixo de uma pedra. As pedras estão rachadas e gastas, parte de alguma ruína antiga. Geada no chão: é inverno, o inverno passado, a época em que Carillon voltou a Guerdon. A escuridão se contorce, consome insetos, e com eles aprende a criar pernas. Ele rasteja para fora de seu esconderijo, arrebata um pássaro, arranca-lhe asas e olhos, costurando uma forma a partir de fios de carne e espírito dissolvidos. Então, de longe, o Desfiador a vê. Ele veio à cidade para encontrá-la.

A visão termina, e ela está de volta inteiramente em sua própria forma, a consciência de volta à ladra no peitoril da janela. Olhando para o fim da rua, ela vê a figura do padre de pé nas sombras, examinando as frentes das casas. Ela se encosta mais rente à parede, deslizando de volta para o quarto de Eladora sem ser vista. Pela hesitação do Desfiador, ela imagina que ele não pode senti-la agora que está sem essa perspectiva divina, agora que não está mais em comunhão com qualquer divindade que gosta de mandá-la passear por Guerdon e contar-lhe histórias sobre carniçais mortos há muito tempo.

— Carillon? — Eladora sussurra do corredor. — Se você me acordou na calada da noi... — Ela vem até a porta, vê o quarto saqueado e dá um grito agudo. — Em nome dos deuses, o que você fez com as minhas coisas?

Cari bate a janela.

— Cale a boca! Aquela coisa da Sagrado Mendicante está aqui. Está me procurando.

O rosto de Eladora nubla-se em confusão. Fica claro que Ongent e Miren não compartilham tudo com ela.

— Vá chamar Miren — ela diz.

— Ele saiu. Numa tarefa para o professor Ongent.

— Tranque as portas — ordena Cari. Como Eladora não se move rápido o bastante, Cari a agarra pelo braço e a empurra na direção das escadas. — É coisa de santo. Algo profano. Vá logo!

Obedecendo finalmente, Eladora desce cambaleante. As trancas pesadas batem com um estrondo. A porta é trancada e reforçada, o que a Cari pareceu algo suspeito quando ela chegou. Agora, ela também acha que isso é prudente.

Cari verifica a rua lá fora, espiando meio de lado pela janela, tomando cuidado para não se revelar. O padre sobe lentamente a Desiderata, indo de porta em porta, ziguezagueando de um lado da rua para o outro. Do lado de fora de cada porta, ele apenas faz uma pausa por um longo momento, encostando o corpo nela. Ele está fazendo alguma coisa, e Cari não consegue descobrir o que é até que ele chega mais perto. O padre vai até a porta, cobrindo o buraco da fechadura e a fenda da caixa de correio com seu corpo, e estremece. Cari vê sombras movendo-se para dentro da casa, rápidas como um chicote, manchando de sangue o lado de dentro das janelas. Uma vez ela viu um polvo num tanque de vidro no mercado em Severast, e aquelas sombras a fazem se lembrar de seus tentáculos deslizando sobre o vidro.

A coisa-sacerdote se recompõe, sugando seus tentáculos de volta à sua forma. Cari tem certeza de que todos os outros naquela casa e em todas as casas ao longo da rua daqui até a esquina estão mortos.

O padre se vira e começa a atravessar a rua em direção a Cari. Nem todas as trancas do mundo são capazes de deter o Desfiador.

A opção, então, é fugir. Ela verifica a janelinha no corredor que tem vista para os fundos da casa, por sobre quintais e becos, para o vulto distante da Estação Gethis. Pequenas luzes rastejam sobre os telhados. Os Homens de Sebo estão em bando esta noite, facas brilhantes em suas mãos, procurando criminosos para estripar e cortar, cegos para o perigo muito pior na porta de Cari.

A decisão dela foi tomada antes mesmo que ela percebesse. Cari retorna ao quarto de Eladora, inclina-se para fora da janela. A pequena pistola de Eladora tem um tremendo coice para seu tamanho. A cabeça do padre explode em um borrifo de gosma colorida. Tentáculos translúcidos como vidro liquefeito brotam da ruína de seu crânio, chicoteando cegamente a casa. O recuo da arma joga Cari de volta no chão do quarto, fazendo-a cair desajeitada. Ela se arrasta para o corredor e fecha a porta de Eladora com um chute, depois segura a porta fechada com o pé enquanto os tentáculos a empurram. Ouve gritos lá de baixo, mas é o som de Eladora enlouquecendo de terror, e não sendo feita em tiras pela coisa lá fora.

Cari não espera que a pequena pistola cause grande estrago no Desfiador. Ela sabe — mas não entende como sabe — que seria preciso uma arma muito maior para causar algum dano real. Sabe — por instinto, por intuição, como uma memória de infância — que o Desfiador pega formas emprestadas porque é inerentemente informe. Não tem ossos para quebrar nem órgãos para arrebentar. Não sangra. Nas infinitas e escuras catacumbas embaixo do mundo, os Desfiadores se contorcem, deslizam e se banqueteiam. É um espírito tornado carne, a sombra projetada por um deus sombrio, uma forma roubada reunida a partir de sangue seco e os restos de sacrifícios. Uma coisa de pesadelo.

Mas aqui é a rua Desiderata. A orla do Bairro Universitário, na parte boa da marginal Cintilante. Isto aqui fica perigosamente perto de ser uma parte de alta qualidade da cidade. Quebre a paz da noite com uma pistola no Arroio ou em Cinco Facas e ninguém se importa. Mas atire com uma arma aqui e alguém percebe.

E, hoje em dia, algumas *coisas* percebem.

A luz se derrama sobre o ombro de Cari por um instante, como se alguém tivesse acendido uma fogueira do lado de fora da janela. Passos correm pelo telhado da casa, em um ritmo inumanamente rápido. Os Homens de Sebo chegaram.

Cari desce correndo as escadas. Eladora ainda está de pé na frente da porta, paralisada como uma estátua, soltando esse grito estridente. Ela está bem ao lado da caixa de correio.

— Pra trás! — grita Cari, e ela corre para a frente, mas é tarde demais.

Uma mão branca e fina passa pela fresta da caixa de correio e se dissolve em mil tentáculos ondulantes, na direção de Cari e Eladora. Alguns dos tentáculos têm olhos humanos, Cari nota naquela fração de segundo entre vê-los e ser devorada por eles. Outros têm dentes.

De repente, a caixa de correio brilha com um poder misterioso.

A porta da casa explode em luz azul. O uivo de Eladora é abafado pelo desumano rugido de dor do Desfiador numa centena de bocas diferentes. A força da explosão joga Cari ao pé do corrimão. Ela pega Eladora e a atira corredor abaixo como se fosse uma boneca. A porta estava protegida, imagina Cari, por algum feitiço de Ongent. Ela não entende porra nenhuma de magia e, depois de hoje à noite, nem sequer tem a intenção de chegar perto disso.

Ela se levanta. Cambaleia. Sangue escorrendo da boca, nariz, e sente como se tivesse levado um chute no estômago, mas nada parece quebrado. Ela agarra a bolsa de Eladora e levanta a prima, que está atordoada.

Manchas vermelhas se espalham por sua camisola, que um dia foi branca. Mas ela ainda está viva.

Lá fora, através dos destroços ardentes da porta, ela vê a poça incolor e fervilhante do Desfiador se contorcendo no meio da rua. Ele perdeu toda a forma — não resta mais nada do padre da Sagrado Mendicante, ou da mulher bonita, ou de qualquer outro dos rostos que ele roubou antes de chegar a Guerdon. Três Homens de Sebo montam guarda do lado de fora, como cópias um do outro a partir do mesmo molde, cada um deles com o mesmo sorriso maníaco, a mesma faca levantada. À espera de algo carnudo para esfaquear. O Desfiador faz a vontade deles, assumindo a forma de algum ogro do submundo, uma massa bruta imensa com olhos de inseto. Tentáculos vítreos com arestas afiadas feito navalhas saem de seus braços e flancos, cortando através da carne de cera.

As feridas dos Homens de Sebo se fecham tão rapidamente quanto são abertas, assim como a gosma alquímica na adaga de Cari.

As figuras de cera apunhalam, rápidas como raios, mil pequenos cortes na barriga do Desfiador. Que também se curam quase instantaneamente.

Não é que eles não consigam machucar um ao outro. Só vai demandar muito esforço.

O Desfiador se joga para a frente, agarra um dos Homens de Sebo e o arreganha, puxando os braços de cera para a esquerda e para a direita. Então brota um tentáculo maior do peito e corta a figura de cera em duas partes iguais, expondo a medula espinhal tratada de seu pavio. A luz do Homem de Sebo se apaga, e ele morre.

Os outros dois entram em frenesi, enfiando suas facas o mais fundo que a força inumana deles consegue na substância mutável do Desfiador, cavando sulcos profundos no monstro mais rápido do que ele consegue curar. Todas as três criaturas se movem mais rápido do que o olho humano é capaz de seguir: é como uma briga de gatos com facas e tentáculos.

Cari não vai por aquele caminho. Nada sai por aquela porta sem ser feito em pedacinhos sangrentos. Ela desce acelerada o corredor até os fundos da casa, puxando a atordoada Eladora junto. Passa pelo pequeno pátio de paralelepípedos nos fundos da casa, por baixo de um varal de roupa, pula uma mureta até o beco atrás da casa. Mais luzes correm por telhados distantes à medida que mais Homens de Sebo são atraídos pela briga. Os dois sobreviventes na luta estão brilhando agora, como fogueiras.

As sombras do beco são frias e servem para se esconder. Cari segue meio que carregando Eladora o mais longe que pode, para além do beco e atravessando a rua do Peregrino até outro pátio protegido. Já é seguro o suficiente. Ela desenrola os braços moles da prima de seu pescoço e deita Eladora num canto tranquilo. O rosto de Eladora está terrivelmente machucado e o sangue escorre de um corte na testa, mas sua coloração é boa e ela está respirando com regularidade. Está até semiconsciente.

— Carillon?

— Shhh, shh. Só fique deitadinha assim, está tudo bem. Tudo vai ficar bem.

— Essa é a minha bolsa... — Eladora toca a bolsa de couro no ombro de Cari.

— Eu só preciso que você me empreste ela um pouco.

— Você vai estragá-la — Eladora murmura sonolenta. — Você estraga tudo o que é bom.

Quanta gentileza, pensa Cari.

— É sua mãe em você. Silva sempre dizia isso... nas sombras, sussurrando... — Eladora volta à inconsciência. Cari se endireita. Olha de relance para a direita, novamente para a Desiderata, apenas a tempo de ver um clarão branco de luz como um raio, e então outro e mais outro. Gritaria e vidro quebrando. Tantos Homens de Sebo que até parece que a cidade inteira está pegando fogo.

Não é problema dela.

Não é a cidade dela.

Ela desaparece na noite. Abaixo, descendo em direção às docas e o mar, e foge.

CAPÍTULO DEZ

Você aprende a dormir em qualquer lugar durante uma campanha. Quando você não sabe quando terá a próxima chance de descansar, aproveita cada oportunidade o melhor possível. Na antiga companhia de Jere havia um cara, um pequeno severastiano chamado Marlo, que alegava ter dormido durante a maior parte da Batalha da Floresta Branca enquanto estava na linha de frente. O Santo de Mãos Sangrentas vinha arrebentando as árvores no seu caminho, brandindo sua espada da morte sagrada que mata vinte homens a cada golpe, e 21 caíam. É preciso uma dedicação especial para se deitar e adormecer cercado pelos cadáveres de seus camaradas destruídos por um deus, mas Marlo conseguiu.

Jere aprendeu o truque com ele, mas perdeu a habilidade nos últimos anos. Ser soldado é fácil: há alguém para lhe dizer para onde ir, o que fazer, e você pode simplesmente abaixar a cabeça e seguir ordens. Caçar ladrões é outra história. Jere está cansado até os ossos depois de um dia percorrendo a cidade, mas não consegue acalmar sua mente.

De manhã, ele cuida do caso Beckanore: conversa com contatos no exército, visita o povo de Velha Haith que morava na cidade. O pessoal de Velha Haith queria construir um forte marítimo na ilha de Beckanore e dizia que a cidade de Guerdon havia lhes cedido a ilha em algum tratado antigo. O parlamento lhes mandou que enfiassem suas reivindicações no rabo necrosado da Coroa de Haith, só que em linguagem mais diplomática, e agora Velha Haith estava fazendo todo tipo de ameaças. Navios de guerra navegando de modo suspeito perto das rotas comerciais de Guerdon, a queima "misteriosa" do mosteiro quase totalmente abandonado em Beckanore. A maioria delas não daria em nada — Velha Haith tinha problemas maiores em outros lugares. Eles queriam que o forte do mar os defendesse contra os Ishmere ou quem quer que eles estivessem combatendo naquele mês; contra armadas de onda e tempestade abençoadas pelos santos. A última coisa que Velha Haith queria era irritar a cidade neutra de Guerdon, e a última coisa que Guerdon queria era ter que abrir mão de sua neutralidade de venda de armas imensamente rentável e se envolver.

Explodir a Casa da Lei inteira para acabar com essa disputa — por mais satisfatório que fosse — não parecia provável.

Dredger estava olhando para a bomba alquímica, então Jere tentou tirar isso da cabeça por um momento. Armas alquímicas em grande escala... pior que os malditos deuses, pensou Jere. Pelo menos, quando um santo ou feiticeiro, ou mesmo a porra de uma manifestação viva no campo de batalha, ataca, você pode vê-lo chegando. Eles querem te matar. É mais honesto. Alquimia mata de forma indiscriminada e invisível. Sem espadas ou balas, sem feitiços explosivos, apenas uma pitadinha de poeira no ar que entra em seus pulmões e sufoca você ou uma chuva que penetra na sua pele e transforma suas entranhas em mingau preto, podre e grudento.

Marlo, lembra Jere de repente, morreu dormindo. Tirou uma soneca em chão contaminado por alguma bomba de alquimia e nunca mais acordou. Quando alguém o cutucou, os dedos da pessoa perfuraram sua caixa torácica. O veneno no chão havia sugado toda a força dele e o transformado em algo com a consistência de papel molhado.

ESTE NÃO É O ÚLTIMO nas paredes ao redor dele, ou na sua mente.

Bombas de alquimia explodindo na cidade. Ele revira esse pensamento em sua mente. Nem mesmo Kelkin, o Kelkin das piores hipóteses, jamais havia sugerido essa ideia na conversa de ontem. O bombardeio da Casa da Lei como um teste, um ataque preventivo para outra cidade ou país que atacasse o grande prêmio de Guerdon. A cidade inteira como Marlo, indo dormir e nunca mais acordando, envenenada em suas camas. Poeira que não se vê no ar, veneno na água. Horrores invisíveis.

Por fim, ele voltou ao Pulchar's, ao beco ao lado do restaurante, com as lixeiras cheias de restos e ratos, com o cheiro de carne e cebolas fritas. Pulchar havia sido um ladrão da guilda anos atrás, antes de Heinreil assumir o comando. Ele passou pelos expurgos e pelas noites ruins muito bem. Aposentar-se para administrar um restaurante era muito melhor que se engasgar com seu próprio sangue em um beco. Jere esperou até o velho sair para fumar. Ficou repassando a conversa na sua cabeça repetidas vezes.

— Qual é o especial desta noite, Pulchar?

O velho cuspiu.

— De novo? Deuses inferiores. Vá alimentar um carniçal.

Jere bateu seu cajado de ferro numa lixeira transbordante.

— Talvez eu vá. Talvez eu volte com alguns dos meus rapazes. Quem está comendo aqui esta noite? Quantas recompensas?

Pulchar fechou a porta da cozinha atrás de si, desceu o beco, abaixou a voz.

— Eu te dei o trabalho da Casa da Lei, não dei?

— A Casa da Lei, sim. Peguei uma menina de rua miserável, os Homens de Sebo pegaram outro. E, sim, eu estou com o garoto do Idge sentado numa das minhas celas. — Pulchar se encolheu ao ouvir isso; ele fazia parte do círculo interno de Idge antigamente e ainda devia alguma lealdade à memória de Idge. — Claro, você disse que seria uma invasão. Não que toda a porra do prédio ia explodir. Quase chamusquei minha barba, sabia?

— Eu não sei nada disso — sibilou Pulchar. — Ouvi falar que ia ser um roubo, não um maldito ataque a bomba.

— Você acha que foi Heinreil?

Pulchar olhou para trás, deu uma longa tragada no cigarro.

— Não sei. O que foi roubado? O que eles estavam procurando?

— Me diga você.

— Talvez. Talvez. Eu sei que Heinreil estava transportando armas alquímicas. Nós nunca mexemos com esse tipo de coisa quando eu trabalhava, mas hoje em dia, com a guerra tão perto… — O cozinheiro parou. — Já estamos em guerra? Eles vão atacar Guerdon?

— Onde Heinreil está conseguindo as armas? Para onde ele as está transportando?

— Só ouço o que dizem no jantar. Eu não estou mais na Irmandade, estou?

— Se você ouvir alguma coisa…

— Vou guardar para mim. Que se foda, volte com seus valentões. Traga as criaturas de cera também, não dou a mínima. Estou farto disso!

Jere tentou outra tática.

— Muito justo. Eu já estou com o garoto do Idge. Vamos ver se ele chega aos pés do pai. Meus deuses, pedra. Que maneira terrível de morrer. Como eu disse a ele, tudo o que preciso é de uma língua para falar e o resto dele pode esfriar…

— A cura do alquimista…

— É cara, e eu tenho que comer, igualzinho aos seus clientes aqui. Me. Dê. Algo. — Jere bateu o cajado no chão três vezes, pontuando suas exigências.

— Isso é tudo que tenho, está bem? Nunca mais quero ver você depois dessa.

— Sua comida é uma merda, então também não volto aqui para comer.

— O boato que corre é que Heinreil está procurando o Bode Ven.

— E quem — perguntou Jere — é o Bode Ven?

— E você ainda se diz caçador de ladrões, que merda… O Bode Ven, cara. Porra, ele roubou a Alta Catedral, não lembra? Roubou todos aqueles cálices sagrados, mantos cheios de pedrarias, essas coisas. Foi o maior saque em cem anos.

— Ah, certo. — Foi muito antes da época de Jere. — O que aconteceu com ele?

Pulchar deu de ombros.

— Se eu soubesse, teria dito a Heinreil, não a você. Deve ter bebido até morrer, esse é o meu palpite. Apesar de que...

— Continue.

— Ven costumava dizer que o que ele roubou não era uma fração do verdadeiro tesouro. Disse que o maior prêmio em Guerdon estava na igreja, bem na frente de todos, mas que ninguém nunca viu. Talvez ele tenha encontrado a religião.

— Certo. — Jere revirou os olhos. — Já ouviu a frase "este não é o último" recentemente?

— Alguém escreveu isso num muro perto da rua da Misericórdia depois da queda da Torre. Sim, todo mundo ouviu isso. — Pulchar lançou a ponta do cigarro em um canto, assustando um camundongo. — Então, qual é o próximo lugar a queimar?

Gritos do lado de fora. O toque alucinado de sinos ao longe. Jere rola para fora da cama e espia pela janela suja e pequena. Um aglomerado de luzes velozes à distância e, em seguida, um clarão azul brilhante e um som de trovão. Lá na ponta da igreja, no final da marginal Cintilante, aparentemente ao lado da universidade. Outro atentado? O próximo a queimar?

Ele geme ao se levantar. Porra, está ficando velho. Seu flanco dói onde aquela pedra o atingiu no dia anterior. Ele calça as botas, pega uma capa. Fica na dúvida se leva o cajado, mas não quer agravar a lesão nas costelas puxando esse bastão enorme, então acaba pegando a bengala com a faca escondida. Carrega a pistola e a arma reserva. A faca na bota também, e está pronto para uma noite na cidade.

Da porta ao lado, ele ouve os passos firmes do Homem de Pedra, ainda circulando infinitamente em torno de sua prisão na ilha. Merda, pensa Jere, ele tem mesmo uma dívida para com Pulchar. Jere corre para um baú e retira um frasco de alkahest. É o seu último: vai ter que arrumar mais, talvez consiga que Kelkin pague por isso. Ele sopesa o vidro na mão num daqueles momentos de devaneio filosófico exausto em que a pessoa fica depois de acordar, quando ainda está meio que vagando pelos caminhos do sono. Ele imagina a cidade como um Homem de Pedra, com o medo a congelando, trancando lá embaixo, sepultando suas multidões vivas dentro da pedra morta dos edifícios. Ele é o alkahest ou a arma que fere?

Vai até a porta ao lado, empurra o barquinho para a água e segue sobre as cabeças de homens mortos. Pela primeira vez, fica inquieto com o pensamento de que está dormindo a dez metros de distância de uma sepultura em massa. É difícil lembrar que aquelas estátuas misteriosas já foram humanas um dia.

O Homem de Pedra — o Homem de Pedra que ainda está vivo — faz uma pausa ao ver Jere.

— O que está acontecendo? — pergunta Mastro.

— Mais atrocidades de seu amigo Heinreil. Quer conversar sobre isso?

— Não.

— Pense mais um pouco. Eu posso ficar fora por um bom tempo, talvez até amanhã o dia todo. — Jere joga o frasco de alkahest para Mastro. — Este é o último que eu tenho. Você pode querer esperar um pouco antes de usar. Talvez realmente não precise dessa perna. Talvez você possa se virar com apenas um braço. Não sei… o que mais está disposto a dar a esse homem?

— A ele, não — Mastro responde taciturno. — À Irmandade.

— Como se houvesse diferença. — Jere deixa o Homem de Pedra com seus pensamentos; talvez seja essa a noite em que ele finalmente ceda, mas parece cada vez menos provável. Jere aprendeu a ler a linguagem corporal de Mastro, e o Homem de Pedra fica transtornado sempre que o nome de Heinreil é mencionado, mas não fala nada. Ele é realmente o filho de Idge por baixo dessa concha pedregosa. Seu pai protegeu a Irmandade de Kelkin recusando-se a falar, recusando-se a negociar após sua prisão. Se Mastro faz a mesma coisa, ESTE NÃO É O ÚLTIMO. Se Heinreil está por trás do atentado, ESTE NÃO É O ÚLTIMO.

Das ruas, ele tem uma visão melhor da carnificina lá na marginal Cintilante. Metade da cidade acordou para ver os fogos de artifício. Os clarões são menos frequentes agora, mas há um círculo de prédios em chamas. O mapa da cidade, traçado em chamas vermelhas ao longo da face escura da encosta: rua do Peregrino, Desiderata, Reduto.

Ele chama um táxi. A raptequina — a coisa derivada de cavalos presa a arreios — rosna para ele. Os alquimistas as preparam em cubas, da mesma forma que os Cabeças de Gaivota. Mais rápidas e mais fortes que os cavalos e, o mais importante para o trabalho na cidade, eles cagam menos. Mas têm que ser alimentadas com carne. Jere já retirou os pertences de várias vítimas de assassinato dos comedouros. Não sobrou nada dos corpos, nem ossos.

Ele paga o dobro ao taxista para chegar lá rapidamente. A fera sibila e ruge ao atravessar trovejante as ruas, as mandíbulas nervosas limpando o caminho de bêbados e curiosos. Jere checa novamente a pistola, desliza a lâmina para fora da bengala a fim de garantir que ela não prenda. Percebe que está se preparando para a guerra, como costumava fazer antes de uma batalha. Ele quase consegue ouvir Marlo roncando ao seu lado, o velho grito de guerra do mercenário.

Ele sobe a rua principal e entra na marginal Cintilante. Sinos distantes de carros de bombeiros, respondidos pelo toque frenético dos sinos das igrejas no Morro Santo. A ruas estão mais cheias ali, o táxi diminui a velocidade até um trotar arrastado, apesar do rosnado da raptequina. O taxista grita para as pessoas darem passagem, mas elas não têm para onde ir. Logo à frente, há um cordão formado pela guarda da cidade bloqueando as estradas, com alguns Homens de Sebo para dar suporte.

Jere desmonta e paga o taxista, depois abre caminho através da multidão, usando seu tamanho e força para abrir passagem até os guardas. Um deles o reconhece e o deixa passar, acenando para os Homens de Sebo que piscam em sua direção, sangue nos olhos de cera imóveis. A rua além do cordão está grossa de cinzas, grudenta de pedaços de gosma branco-avermelhada que Jere finalmente reconhece como sendo pedaços de carne de Homem de Sebo, arrancados dos homens de cera destruídos por alguma força tremenda. Os pedaços amolecem quando o calor dos prédios em chamas chega até eles. Alguns dos restos se contraem e parecem se afastar do fogo, mas ele não sabe dizer — e não quer saber — se estão apenas rolando a colina à medida que derretem, ou se ainda existe uma pavorosa aproximação de vida nesses pedaços desmembrados.

A rua Desiderata é um campo de batalha.

Ele está até o tornozelo em cera. Todo o lado leste destruído pelo fogo, casas devastadas até virarem esqueletos pretos. O lodo alquímico dos bombeiros pinga, pungente e cáustico, das ruínas fumegantes até empoçar, escorrer e se juntar aos rios de cera derretida. Todas as obras dos alquimistas se misturando e descendo por um bueiro pluvial. Umas poucas figuras com trajes de alquimistas andam pelas ruas como aves pernaltas, carregando turíbulos de lodo, procurando focos de incêndios remanescentes. *Eles não estão usando Homens de Pedra*, pensa Jere distraído — a situação é menos perigosa do que o que houve na Torre da Lei, ou será que eles simplesmente não querem trazer a praga até esta parte da cidade?

No meio da rua, há um grande buraco ou cratera. Não parece uma explosão de bomba. Em vez disso, é como se algo tivesse arrebentado a rua e descido freneticamente na direção dos esgotos abaixo. A fumaça sobe das bordas ainda quentes do buraco; bolhas de lodo borbulham nas pedras queimadas e quebradas do calçamento. Por uma porta aberta, Jere consegue ver uma das casas perto do buraco. Um guarda se ajoelha diante de uma massa vermelha no chão e a cutuca com seu cassetete, vomita ao encontrar um rosto. Jere não pode ter certeza na penumbra, mas apostaria que aqueles restos eram as vísceras trituradas das pessoas que moravam lá, picadas pelas mesmas lâminas que desmembraram todos aqueles Homens de Sebo.

Ele segue em frente. Ouve o som de choro vindo de um beco. No final, sentadas em um degrau, duas pessoas. Uma moça de camisola, uma capa de guarda enrolada nos ombros. Ela está chorando agarrada ao companheiro, um rapaz magro de roupas escuras. Quando ele vê Jere, se separa da garota, escapando de seus braços. Ela funga, limpa o nariz e tenta se recompor quando percebe que não estão mais sozinhos. Ela tira as mãos dos olhos e Jere vê um enorme vergão na testa, como se tivesse sido atingida com uma maça.

Miren. O filho do professor. Não admira que a garota esteja chorando, se está procurando conforto com aquele garoto frio.

— O que aconteceu? — pergunta Jere.

— Meu pai foi preso. — Miren diz isso com naturalidade; nenhum vestígio de preocupação. — Ele me disse para procurar você. Ele quer vê-lo.

— Quem o prendeu? A guarda ou…? — Os Homens de Sebo não têm autoridade para prender ninguém, não oficialmente. Eles são o apoio da guarda, feitos para prevenir crimes e manter a paz, nada mais. Mas metade dos Homens de Sebo da cidade devem estar agrupados naquelas poucas ruas ou em pedaços sob seus pés.

— A guarda.

— Certo. O que aconteceu? Você sabe?

A garota na porta se levanta, mas Miren está de volta ao seu lado antes que ela possa falar, abruptamente solícito e tranquilizador, forçando-a a se sentar novamente e a acalmando. Miren olha para Jere e balança a cabeça.

— Eu não estava aqui quando tudo começou. Algum tipo de monstro, como uma maré de gosma negra.

Seja lá que merda for aquela, pensa Jere. Para ameaças sobrenaturais obscuras, Ongent é seu informante, mas o professor está sob custódia. Ele faz uma anotação mental para checar com Dredger assim que tiver chance.

— E a ladra? — ele quase diz *Thay*, mas Ongent pediu que ele não mencionasse essa parte da história dela, e Homens de Sebo têm ouvidos iguais aos de morcegos.

— Ela f-fugiu — gagueja a garota, tremendo. — Eu não sei pra onde. Ela roubou minha bolsa — acrescenta petulante.

— Vou ficar de olho nela — murmura Jere. A garota Thay é um problema pequeno em comparação com a devastação na rua lá fora, mas é irritante. Ele a soltou sob a guarda do professor; ele e Ongent são responsáveis por seus futuros delitos. Ela provavelmente vai rastejar de volta para Heinreil e implorar por outro trabalho, ou então dar o fora novamente com a maré da manhã.

Voltando à rua principal. Os incêndios estão sob controle na maior parte, e os Homens de Sebo — tanto os mortos quanto os vivos — desapareceram, uns derretendo nas sarjetas, os outros se fundindo com as sombras. Só restaram alguns guardas nervosos por perto. Vestes pretas recolhendo os mortos e bombeiros lavando o lodo.

A guarda não o deixa entrar na casa do professor. Mas está vazia, de qualquer maneira. O professor foi levado para o fortim da guarda, na Ponta da Rainha. Jere pega carona com um dos vagões de vigia que partem. As multidões também se dispersaram, mas ainda há uma energia doentia no ar, adrenalina azeda percorrendo as ruas. O sono da cidade foi perturbado; como algum animal gigante com tendões de pedra e nervos feitos de pessoas vivas, Guerdon anda de um lado para o outro, testando os limites de sua jaula. Haverá mais problemas hoje à noite. Brigas nas docas, talvez. Confusões nas tavernas e saques, especialmente se a maioria dos Homens de Sebo da cidade parecem correr pelos telhados na marginal Cintilante. Pior, se as pessoas pensarem que o que aconteceu na Desiderata foi outro atentado.

No fortim, eles se recusam a deixar Jere ver o professor. Ele grita, pede favores, ameaça, nada adianta. Nem mesmo velhos amigos o ajudam. Frustrado, ele sai para o pátio para desanuviar a cabeça — e lá está a resposta. Uma carruagem com o brasão da nobre casa de Droupe. Droupe, membro do parlamento; Droupe, no bolso dos alquimistas. De suas conversas com Kelkin, Jere sabe que a única coisa que levaria Droupe à cidade baixa depois da meia-noite seria uma ordem da guilda dos alquimistas. Os alquimistas querem conversar com Ongent antes de qualquer outra pessoa.

Jere volta para dentro, encontra um banco quieto na sala de espera e se deita. O sono vem fácil. Ele ainda tem mil perguntas passando por sua cabeça, mas agora tem uma batalha na qual se concentrar. Uma batalha para vencer.

Nem mesmo o exército de guardas e prisioneiros que adentra o fortim após os tumultos do cais o acorda.

CAPÍTULO ONZE

Deslizando sobre as pedras escorregadias do calçamento, descendo as colinas na direção do Porto. Cari se restringe aos becos, a escolha dos ladrões, se mantendo fora das ruas principais. Homens de Sebo passam correndo a cada minuto, saltando de telhado em telhado a caminho da marginal Cintilante. As luzes dos monstros estão brilhando forte com alarme, e eles queimam as sombras ao passarem, forçando Cari a se agachar ou se colar bem a uma parede para não ser vista. Os Homens de Sebo têm outros assuntos hoje à noite, no entanto.

Sons de trovão percorrem a cidade.

O Desfiador não a está seguindo. Ainda está lutando contra os Homens de Sebo. Ela reza a todo deus que conhece para que os dois horrores cancelem um ao outro, o lodo preto *versus* a cera carnuda, formas sem forma cortando e fatiando umas às outras até que a chuva as lave. Não é problema dela. Não é a cidade dela. Cada passo a leva para mais perto do mar e da fuga. Sempre tem um navio chegando e partindo de Guerdon. Os refugiados vêm de navios das terras destruídas pela Guerra dos Deuses, e os navios voltam carregados de mercenários e químicos de guerra oferecendo seus ofícios. Transportadores de grãos de Severast e suas planícies ensolaradas, navios carregando peles e âmbar de Varinth, comerciantes de Paravos e das Terras do Pôr do Sol.

Qualquer um serve. A mochila que ela roubou de Eladora é tranquilizadoramente pesada, o suficiente para comprar passagem. A cidade adere à pele de Cari. A areia penetra em seus poros e envenena seu sangue. Ela quer lavar o corpo, libertar-se de Guerdon e sua santidade indesejada. O mar aberto irá curá-la. Ela voltará a ser anônima, esquecida, capaz de ser quem ela quiser ser. Oeste, ela decide. Ela navegará para o oeste, longe de Guerdon e longe dos terrores sobrenaturais da Guerra dos Deuses, para as novas terras do Arquipélago. Ela agarra a faca por via das dúvidas, e sua mão roça na textura do cordão de borracha. Pode conseguir outra faca, lembra a si mesma.

Ela contorna a borda das Novas Docas. Os navios que atracam ali são grandes cargueiros, de propriedade das guildas. Ela poderia ser capaz de entrar como clandestina num deles, mas não está disposta a arriscar, não quando existem opções melhores. As tavernas e os cortiços da região do cais vomitam seu conteúdo na rua, quando as pessoas saem a fim de olhar a pirotecnia na marginal Cintilante. Clarões de luz e chamas. Sinos tocando à distância para soar o alarme. Com sorte, Eladora está fora da linha de fogo. Ongent terá que achar outro prodígio fascinante para fazer suas experiências; se a maldição de Cari desaparecer tão misteriosamente quanto se manifestou quando ela deixar a cidade, ela ficará feliz em nunca mais voltar a Guerdon.

Gavinhas frias deslizam por seu cérebro, congelando o interior de seu crânio. Sua pele se arrepia. Desta vez, ela reconhece o início da visão, e pode se preparar para isso. Ela para subitamente, se agacha na sombra de uma porta e envolve os braços em volta da cabeça quando algum deus esquecido desce do céu e invade sua mente com uma marreta. Esta não é uma visão, é um apelo, uma explosão de emoção crua, de saudade, solidão e terror. Cari está no ventre de um navio a milhares de quilômetros de qualquer pessoa que ela já conheceu, numa terra estranha e aterrorizante. Ela não tem amigos, não tem dinheiro, nada em que se apoiar. Vai morrer de fome nas ruas, ser estuprada e assassinada em um beco, morrer fria e sozinha. Cari é jovem de novo, na escuridão da mansão Thay. Seu pai, pálido e nervoso, se recusa a olhar para ela, fala com ela como se acalmasse um cão raivoso. Ela está sozinha. Cari está doente, febril, amontoada em cobertores encharcados de suor no porão fedorento de um navio. Através da dor aguda na cabeça, através da névoa espessa, ela ouve dois tripulantes falando sobre se devem jogá-la ao mar antes ou depois de ela morrer. Ela está fraca, sem amigos, sozinha.

Volte, dizem as visões. Volte para nós. Você não é nada sem nós.

O uivo em seus ouvidos deve ser uma alucinação, ela diz a si mesma enquanto cambaleia colina abaixo. Ninguém mais ouve o uivo. Algumas pessoas riem da garota bêbada ou louca, tropeçando cegamente em direção ao mar.

Ela os rejeita novamente. Ela não precisa de ninguém, nunca precisou de ninguém. Assim que chegar aos navios, poderá ir para onde quiser. Deixar Guerdon com todos os seus emaranhados e estranhezas para trás. Procurar sua fortuna no vasto mundo além.

E então, quase como uma reflexão tardia, uma última visão atravessa sua mente.

Mastro, na prisão. Ainda dando voltas na ilhota para manter seus membros flexíveis. No centro da ilha, numa pequena prateleira de pedra, há um frasco de alkahest, só que não é alkahest. Para os olhos dela, está manchado de preto, corrosivo e venenoso, como uma víbora prestes a dar o bote. Isso está horrivelmente errado. Mesmo de tão longe, mesmo visto através de alguma estranha revelação divina à distância, só de olhar para isso ela já sente mal-estar. Ela quer desviar o olhar, escapar desse contágio, mas a visão a mantém ali.

Com três passos estrondosos, Mastro atravessa a ilha e pega o frasco. Ele flexiona os blocos que são seus dedos, fazendo pequenas escamas de pedra caírem das articulações. Essas mãos são fortes o suficiente para quebrar ferro e, embora o frasco seja de bronze resistente, ele o pega com o máximo de cuidado possível. Rotaciona o frasco para que a agulha de aço aponte para baixo e depois o posiciona sobre uma fenda na armadura de pedra do quadril.

Cari grita um aviso para o amigo, mas ela não está lá, não naquele instante. Ele não a ouve. Um milagre, mas não outro.

A agulha perfura a pele mais macia sob a pedra, atravessando a incrustação endurecida como verrugas cinzentas que pressagiam a petrificação. Ele pressiona o êmbolo, e o líquido inunda suas veias.

Ela o vê ficar tenso na expectativa do alkahest. Ele o descreveu para ela uma vez como ácido quente, uma dorzinha boa embaixo da pele. Isso o lembrava de que ele ainda estava vivo, ainda era carne, ainda não tinha se tornado todo pedra. Ele gostava da dor.

Não desta vez. Suas costas arqueiam. Seus membros se agitam como pilares que caem num terremoto. Ele tomba, esmagando o chão como a Torre da Lei caindo sobre Cari. Os barulhos que ele faz não são nada humanos. Ele se debate, rolando e grunhindo. Se ele rolar até a borda da ilhota, ela percebe, não conseguirá impedir seu afogamento.

A visão desaparece.

— Saia da frente, idiota! — Quatro homens grandes, trabalhadores das docas, passam por ela carregando caixas pesadas, com passos pesados e irritados. Mais à frente está um navio, as chaminés recortadas pelo luar. Fede a peixe e óleo podres, suor e sal. Ela está nas docas.

Ela ainda estava vendo dobrado. Sacode a cabeça para voltar ao normal. Todas as suas visões até agora têm sido reais. Ela estava certa sobre a morte do padre na Sagrado Mendicante, sobre o Desfiador vindo encontrá-la na casa de Ongent. Ongent afirmava que sua história sobre os carniçais estava correta, também. As outras visões, ela não entende, mas não tem motivos para duvidar delas. Sejam quem forem esses deuses, eles estão jogando limpo quando invadem seu cérebro. Eles não tentaram — ou não conseguiram — mentir para ela.

Então Mastro está morrendo. Envenenado. Naquela prisão fedorenta aos fundos do Arroio. Ela não viu mais ninguém nessa visão. Nenhum sinal do caçador de ladrões ou seus capangas. Mastro está morrendo sozinho.

Ele pode sair, ela diz a si mesma. Ele só precisa contar ao caçador de ladrões como derrubar Heinreil. Só precisa falar. Comprar sua liberdade e destruir o bastardo do Heinreil ao mesmo tempo. Mastro também o odeia, então isso deveria ser fácil. Não deveria ser problema dela.

Ela viu a agulha perfurando sua pele viva, sentiu o gosto do veneno se espalhando pelo sangue dele. Sentiu sua coragem imbecil, frustrante, fora de lugar. Ele não vai ceder.

Os estivadores depositam as caixas em uma pilha com outras iguais e se juntam à cadeia de trabalhadores que passam caixas prancha acima. O navio está sendo carregado no escuro, de modo que ela pode pegar a maré do início da manhã. Pelo aspecto da nave, rumo às novas terras a oeste, o Arquipélago, a Costa de Prata e as Hordingers.

Ela abre a bolsa e pega o saco de moedas. Pesa em sua mão.

No final da prancha, há um homem com uma capa de chuva encerada, gritando ordens. Tudo o que ela precisa fazer é caminhar até ele, entregar-lhe o dinheiro e pedir uma cabine. Ela pode subir a bordo, se enroscar na cama e ouvir o rangido do casco e das ondas até ela sair de Guerdon. As visões desaparecerão quanto mais ela se afastar da cidade. Ela estará livre.

Ela não precisa ficar. Ela escolhe fazer isso.

Mais rápido agora, não mais tropeçando, subindo o morro até o labirinto do Arroio. Acelerando na direção dos problemas.

Do lado de fora, o antigo litosário parece abandonado, mas Cari sabe, por suas experiências nas ruas, bem como pela aula do professor Ongent, que a cidade encontra novos usos para cascas antigas. Palácios se tornam comunas; as torres de vigia são transformadas em defumadouros ou cortiços. Quando as chuvas frias escorrem pela cidade, lavam as pessoas das ruas para dentro de qualquer abrigo que elas consigam encontrar. Então, existem duas razões pelas quais esse prédio ainda pode parecer abandonado.

Primeiro, é um litosário. Os dias de pânico com a Praga da Pedra podem estar no passado, e a maldição dos Homens de Pedra agora é apenas mais um risco, outro fato da vida, mas as pessoas ainda temem o contágio. Os alquimistas têm a cura, sim, mas o alkahest é caro. Um frasco de pasta cáustica aplicado na pele protege contra o contágio, mas esse pote custa o salário de um mês para um trabalhador. O litosário não tem Homens de Pedra agora, a não ser um, mas as pessoas têm medo de partículas invisíveis da doença incrustradas nas paredes de pedra bruta.

Se fosse esse o caso, entretanto, não haveria pichações nas paredes e os corredores internos do edifício estariam entupidos de corpos podres e cheios de vermes e lodo das piscinas espalhado por todo canto. Havia pessoas se abrigando ali, ela imagina, apenas alguns vagabundos sem-teto e sem ter para onde ir. Como ela ao chegar em Guerdon. É o Arroio; qualquer lugar seco está bom nas noites frias.

Mas não há ninguém lá agora, o que implica a segunda possibilidade: que o prédio esteja vigiado. Ela nunca viu ninguém exceto Jere, o caçador de ladrões, durante seu breve encarceramento, mas ele está mantendo Mastro lá há vários dias. Ele deve ter ajuda.

Do outro lado da rua, ela observa a porta da frente fechada do litosário com sua pequena fenda para visualização e grelha para fala, a fim de que as pessoas pudessem visitar seus parentes aflitos pela doença sem arriscar tocá-los. O busto de um homem de rosto severo olha para fora de seu nicho acima da porta. Outro tipo de homem de pedra, este criado belo e perfeitamente liso, mas alguém quebrou seus olhos e tentou apagar o nome embaixo do busto. Ela só consegue ler a primeira letra, um K. Não é algo que Cari teria reparado antes, mas ela claramente absorveu algo das aulas do professor porque observa que não há nenhuma simbologia religiosa ao redor do busto. É uma resposta cívica aos horrores da praga, construída há trinta anos, no seu auge.

O litosário não tem janelas no nível do chão, e todas as do segundo andar estão emparedadas. O lugar poderia conter um exército de guardas.

Cari circula pelo prédio. Esta parte do Arroio está quieta agora. Ainda há incêndios na marginal Cintilante, mas eles estão sob controle. As ruas e vielas próximas estão quase vazias. Esta é a hora do ladrão, quando as pessoas honestas dormem.

Um momento de dúvida: e se Mastro não estiver lá? Ela está baseando tudo isso numa visão. Elas têm se provado verídicas, mas Cari ainda tem medo de confiar nelas. Jere é um caçador de ladrões, um caçador de recompensas, não faz parte da guarda da cidade. Ele caça criminosos procurados e os vende para a guarda. Como membro da Irmandade —

um membro real, não a associação frouxa de Cari —, há um preço pela cabeça de Mastro. E se Jere o vendeu, então Mastro estará na Ponta da Rainha. Inacessível atrás dos muros altos.

Ela completa seu circuito do litosário. É maior do que ela esperava, um grande labirinto de quartos. Uma seção foi recuperada pela cidade e transformada num cortiço, mas ainda é um grande labirinto de enfermarias e celas, capelas e salas de reunião. Salas de alimentação, onde costumavam abrir as mandíbulas congeladas de vítimas da praga para enchê-las de sopa de cebola e mantê-las vivas quando perdiam o uso de seus membros, suas bocas. Existem várias outras entradas no térreo, mas todas estão emparedadas, exceto uma, que está bem trancada. A porta é nova e resistente. Ela não vai entrar por ali. Isto está demorando demais. Há muitos olhos desconfiados no Arroio. Pelo menos se ela for pega por Jere, há uma chance de que ele a devolva para Ongent. Se for a guarda, ela poderá se safar com uma surra. Um Homem de Sebo, ou o grupo de Heinreil, e ela acaba morta numa sarjeta.

Ela rasteja de volta para o cortiço, a preocupação gelando seu estômago. O cortiço não tem porta da frente, só um arco que dá para uma escada sem iluminação. Ela entra sorrateira; sabe que a maneira de evitar ser notada é agir como se pertencesse ao lugar. Andar como se fosse a dona da coisa toda, mas as pessoas que moram aqui também não andam com orgulho. Assim como ela, andam sorrateiras, se curvando, se escondendo. A escada cheia a mijo. Grafites obscenos nas paredes se misturam a delírios religiosos. Esse lugar é melhor do que onde ela ficou quando chegou na cidade e pior do que o pequeno apartamento no qual ficou com Mastro. Ela sobe três lances da escada e encontra uma janela fechada com tábuas que deveria dar para o telhado do litosário. Sem dúvida, eles a pregaram para evitar a lembrança do hospital da peste ao lado.

Vozes ecoam escada acima. Bêbados na rua, discutindo. Ela fica paralisada, até que suas vozes vão se desvanecendo quando eles passam pelo arco. Num dos quartos do cortiço, alguém se mexe, grita um xingamento grogue para os celebrantes e depois volta a dormir.

A faca de Cari ainda é inútil como arma enquanto está presa pelo cordão alquímico, mas ela tem a faquinha de cozinha que pegou emprestada de Eladora. Consegue arrancar uma das tábuas da janela antes de quebrar a lâmina barata. Abaixa a tábua cuidadosamente no chão depois de afrouxá-la e arranca mais uma tábua. Esgueira-se pela brecha, se contorce e consegue ir descendo até o telhado coberto de musgo do litosário.

Cai de quatro. O verde sujando de limo os seus dedos, as palmas das mãos, a batina do seu manto acadêmico cinza idiota. Seu ombro dói onde o Homem de Sebo a esfaqueou, mas as ataduras que Ongent colocou nela continuam firmes e ela não acha que a ferida tenha reaberto.

Ela se pergunta como vai tirar Mastro desse lugar, ainda que o resgate da prisão da ilha. Afinal, um Homem de Pedra não consegue subir em telhados assim. Seu peso esmagaria essas telhas velhas podres, mesmo que ela de alguma forma conseguisse fazer com que ele subisse. Sair ao nível do solo pode ser a única opção. Mastro pode lidar com alguns guardas sem dificuldades, aqueles grandes punhos rochosos poderiam transformar um Cabeça de Gaivota em pasta com um só golpe, mas eles fazem muito barulho. Chamam muito mais atenção, provocam muito mais problemas.

Talvez os Homens de Sebo estejam todos mortos. Talvez cada figura de cera da cidade tenha convergido para a rua Desiderata e sido feita em pedacinhos pelo Desfiador. Talvez ela e Mastro simplesmente consigam sair pela porta.

Distraída, ela coloca seu peso na telha errada.

E escorrega, caindo, deslizando para uma queda pura e simples. Três andares até se espatifar nas pedras do Arroio. Ela consegue se segurar ao bater na calha velha, o braço agora coberto com mais lodo e merda de pombo. Cari se puxa de volta para o telhado e vai andando com mais cuidado desta vez.

O telhado é uma confusão de ângulos e chaminés antigas. Ela estava inconsciente quando Jere a carregou para fora da cela na água. Diabos, ela estava inconsciente quando a colocaram lá também, nas duas vezes abatida por suas visões. Se estivesse acordada, poderia ter percebido a rota tomada por Jere e sido capaz de descobrir onde o teto aberto da câmara inundada se situa em relação à porta da frente. Merda, merda, merda. Ela nem pode ter certeza de que Mastro esteja naquele litosário. Jere poderia tê-la trazido de alguma outra prisão até seu escritório quando a vendeu para Ongent.

Do outro lado da cidade, os sinos tocam. Três da manhã.

A Sagrado Mendicante não está tocando. É a igreja mais próxima. Ela devia ser capaz de ouvir seus sinos com mais clareza do que todo o resto, mas a igreja está silenciosa. A última vez que ela ouviu esses sinos foi pouco antes de sua visão do Desfiador consumindo o padre gordo.

A resposta a atinge como uma das visões, mas não há dor nem disjunção, apenas reconhecimento.

Os sinos. São os sinos. Os sinos estão de alguma forma lhe dando as visões. As outras igrejas, como as três no Morro Santo e as que estão além, estão muito distantes para atingi-la como antes. Ela pode senti-los, o ar frio da noite crepitando com seu poder indesejado, sua visão inumana e dolorosa, mas não estão martelando em sua cabeça desta vez.

Com cuidado, ela se levanta. Os ladrilhos viscosos produzem instabilidade, mas ela não pode se ajoelhar nem se prostrar por isso. Não agora.

Então ela ouve os sinos. Abre-se à visão deles. Tentando controlar isso desta vez, agora que a cacofonia deles está reduzida.

Ela está olhando a si mesma do outro lado da cidade. Consegue se ver como se estivesse olhando através de um telescópio, apesar da distância, apesar da escuridão. É como se o prédio sobre o qual ela está, todo o seu tijolo, sua pedra, madeira e telhas de óbvia má qualidade fossem apenas fantasmas, e ela, a única coisa real e viva lá. Ela não tem olhos, mas sua atenção se desloca por uma fração. Lá, do outro lado do telhado, atrás daquela cumeeira, está um quadrado aberto para o céu. E ali, cercado por água que parece nublada e pálida em sua visão, está Mastro.

Ela chegou tarde demais.

Sua perspectiva volta ao seu próprio corpo de supetão. Ela é Cari de novo. De alguma forma, o toque distante dos sinos soa para ela como um rosnado frustrado.

Ela dispara pelo telhado, sobe a cumeeira tropeçando e para na beirada da cela da água. Está muito escuro para ver, embora imagens residuais remanescentes da visão sobreposta à escuridão lhe mostrem o contorno da ilhota. Ela pode ouvi-lo, soprando gemidos abafados de agonia pelos lábios congelados.

Ela chegou tarde demais, mas tenta de qualquer maneira. A parede da cela é muito lisa para subir ali em cima, mas ela desce o máximo possível, oscila pendurada por um momento, pernas finas despontando da túnica cinza rústica, e então se deixa cair na água. É como bater numa parede de gelo, mas isso interrompe sua queda, e ela retorna à superfície batendo as pernas e sai pingando, escondendo-se no meio da multidão congelada de Homens de Pedra mortos. Mastro geme, um som que parece um deslizamento de terra, as placas na garganta roçando umas nas outras. Ela não consegue entender nenhuma palavra. Ele tenta rolar na direção dela, mas outro espasmo o toma de assalto e o derruba novamente, como se mãos invisíveis o contivessem à força. Ela observa o portão de ferro por alguns momentos, imaginando se algum dos guardas de Jere ouviu o som de sua queda na água, mas os corredores do lado de fora estão silenciosos. Ela nada. O portão está trancado, como antes, mas há um espaço estreito entre o topo do portão e o fundo do arco, largo o suficiente para ela se espremer.

Encostados à parede, estão o barquinho de madeira e um remo, e uma chave pendurada num gancho acima. Ela se permite ter esperanças de que vai ser fácil.

Conduz o barco até a ilha.

Mastro tenta dizer algo, talvez o nome dela, mas está convulsionando dentro de sua concha de pedra. Seus olhos não param de revirar. Ela vislumbra a língua dele, que está toda escamosa, coberta com finas placas de pedra.

— Sou eu — sussurra —, Cari. Eu voltei. Vou tirar você daqui. Fique quieto, ok?

Cari não tem certeza de como consegue — ela mais força o barco por baixo dele do que qualquer outra coisa —, mas consegue. Antes de se afastar, ela vê a seringa de alkahest. Parece com todas as outras. Ela a pega. Ainda meio cheia de veneno. Ela puxa o êmbolo de volta e a agulha recua para dentro de sua proteção, como uma cobra retirando suas presas, e a coloca cuidadosamente em sua bolsa. Pode ser importante mais tarde.

Mastro geme quando ela coloca a bolsa perto dele, tentando instintivamente rolar para longe do veneno.

Atravessar o pequeno lago deixa seus nervos à flor da pele. Uma convulsão e Mastro poderia fazer o barco em lascas ou rolar pela borda até a água negra e fria abaixo. Ele é pesado demais para flutuar, e ela jamais conseguiria arrastá-lo para fora sozinha. Uma convulsão, e ele se afoga.

Chegar ao portão eleva os espíritos de ambos. Ela o tira do barco, como o grande pedregulho inválido que ele é, e consegue descer metade do corredor, até não suportar mais o peso dele. Cari rosna de frustração — por ter chegado tão perto de resgatar Mastro apesar de tudo e ter conseguido apenas levá-lo menos de dez metros para longe de sua cela. E tudo porque ele não quis entregar a merda da Irmandade dos ladrões como deveria.

— Volto num minuto — diz Cari, abaixando-o para encostar na parede. Sua pele formiga onde o braço de pedra se apoiou sobre o ombro, a nuca e a bochecha. Ela corre os dedos sobre a pele, e eles saem ensanguentados por causa de minúsculos arranhões abrasivos. As marcas de queimadura da Torre da Lei também espetam, doloridas. Um súbito medo de contrair a Praga de Pedra a acomete, e ela irracionalmente culpa Eladora por esse medo.

Mastro consegue levantar a cabeça, triturar algumas palavras.

— Você... fez... acordo? — A voz dele é horrível, como se estivesse vindo do fundo da terra, enterrada viva na lama sugadora e presa por pedregulhos.

— Não — rebate ela. — E, mesmo que eu tivesse feito, foda-se. Estou tentando salvar sua vida. — Ela se afasta, olhando de relance as salas vazias à esquerda e à direita pelos arcos vazios. Então chega a uma porta de madeira encaixada num arco antigo. O escritório de Jere. Ela pressiona o ouvido, não ouve nada. A porta não está trancada.

Papéis, livros e outras porcarias sobre a mesa. Na parede, dois ganchos apoiando um cajado pesado revestido de ferro que parece perfeito como uma muleta para Mastro. Ela o retira dali e coloca ao lado da porta enquanto continua procurando. Armários com mais papéis. Em seguida, a mesa. Ela se lembra de Jere consultando um grande livro-caixa vermelho, resgatado das ruínas da Casa da Lei. Esse livro contínha registros de nascimento. Foram esses registros ou suas visões que atraíram a atenção do professor Ongent?

Ela verifica a mesa. O livro-caixa sumiu. Há uma caixa contendo uma bola de gosma preta, macia como manteiga quente, a mesma substância alquímica com a qual Jere prendeu sua faca, e um frasquinho de líquido púrpura que deve ser o solvente, o qual ela mete no bolso. Uma arma. Outras ferramentas que ela não reconhece.

— Você é a garota Thay.

Uma voz desconhecida. De homem. Seu hálito cheira a bebida, mas ele ainda não está tão bêbado. A mão direita dela encontra a arma.

Ela se vira. Um homem, ficando careca, barrigudo, mas de ombros largos, colete de couro. Suas mãos estão levantadas, braços abertos, como se estivesse tentando evitar ameaçá-la.

A recíproca não é verdadeira. Cari, àquela distância, não tem como errar. Ela aponta a arma para o rosto gordo do homem gordo.

— Estou aqui para buscar meu amigo — ela diz. Então acena para a cadeira de Jere ao lado da mesa. — Sente-se. — Ela pode usar o material alquímico para amarrá-lo, Cari pensa, é para isso que serve.

O gordo não se mexe.

— Não, querida, você não vai pegá-lo. Ele vai ficar ali até quebrar, e esse dragão aí não está carregado.

Ele parte para cima dela. Ela puxa o gatilho, mas nada acontece, e então suas mãos a seguram com a força de tenazes. Ela se contorce, chutando e mordendo enquanto ele a levanta no ar. Ele abraça a cintura dela com um braço forte, prendendo seu braço esquerdo, virando-a para longe dele, e a mão direita do homem está no ombro direito dela, dedos sondando o ferimento de faca, rasgando os pontos. A arma inútil cai no chão.

O gordo a bate na mesa, fazendo com que ela perca o fôlego, e depois se senta em cima do seu peito, prendendo-a com o corpanzil. Ela não consegue se mover, não consegue respirar.

— Ei, ei, ei — ele diz, como se estivesse tentando acalmá-la. Ela se contorce, luta, mas não consegue se libertar. Até volta sua mente para dentro, tentando uma barganha com qualquer que seja a força sobrenatural que lhe envia as visões. Porra, qual é o objetivo de ser uma santa se não a ajudarem em momentos como aquele?

Mas ela não é abençoada com força sobrenatural. Não conjura o fogo do inferno.

— Ei, ei. — Mantendo-a presa, ainda montado na barriga dela, ele se abaixa e mexe na mesa. Ele vai amarrá-la com aquele material alquímico.

Todo o edifício treme com o rugido de Mastro. A porta de madeira se despedaça quando o Homem de Pedra entra cambaleando na sala. O gordo está tão aterrorizado que se mija bem em cima de Cari. Ele retira o peso de cima dela ao pegar a arma no chão, tentando enfiar um cartucho alquímico nela.

Exausto pelo esforço de se arrastar ao longo do corredor, Mastro desaba como um pilar num terremoto, mas antes mesmo disso Cari já está em movimento. Ela se levanta, e o gordo meio que desliza desajeitadamente para fora da mesa, as pernas emaranhadas. Ele ainda está tentando usar a arma, mas ela coloca os dedos na bola de gosma preta na gaveta primeiro e a joga para baixo com força, colando a mão dela, a mão dele e a arma no chão, tudo ao mesmo tempo.

Ela torce e puxa fora a mão quando a gosma preta começa a endurecer. Pula por cima da forma de Mastro no instante em que ele bate no chão com um choque que lembra um terremoto, e agarra o cajado pesado. A mão dela, ainda incrustada com a gosma, está colada ao cajado, mas tudo bem. O gordo peleja para se levantar, mas a gosma o pegou direitinho. Por mais que tente, ele não consegue se defender com um braço colado ao chão. O cajado é difícil de manipular para alguém com o tamanho de Cari, mas ela o desce com o máximo de força que consegue bem na nuca do gordo, e ele desaba.

— Alk — geme Mastro. Alkahest. Ele precisa de alkahest.

Há um pequeno baú perto da porta. Está trancado, mas ela revista o gordo inconsciente e encontra uma chave que serve. Está vazio. O frasco venenoso foi o último.

— Aqui não há nenhum. Encontraremos um pouco assim que sairmos daqui.

Mastro geme novamente, numa agonia sem palavras, mas, com a ajuda dela, consegue se erguer.

Algumas gotas do líquido púrpura dissolvem os laços que prendem a mão dela ao cajado. Ela empurra a cabeça de metal da vara sob a axila de Mastro, para que ele possa se apoiar nela. Ele range quando Mastro coloca todo o seu peso sobre ele, mas resiste bem.

— Vamos.

Enquanto eles cambaleiam em direção à porta, em direção à cidade, ela derrama o resto do frasco roxo em sua adaga. A gosma preta derrete, revelando o aço puro e afiado da lâmina abaixo.

CAPÍTULO DOZE

A boca do esgoto é antiga, conectando o canal profundo que corre sob o Morro do Castelo até o porto. Nos dias de hoje, a maior parte dos dejetos da cidade é desviada para novos túneis que capturam o esgoto dos milhões em Guerdon e o leva para o leste, despejando-o no mar além das Rochas de Shad. Esse túnel está em grande parte seco agora. Ratazana está agachado ao lado de um portão enferrujado e observa os navios. Mesmo com a visão noturna dos carniçais, as águas frias são de uma escuridão que a tudo consome, pontuada por detritos flutuantes e lixo.

Ratazanas — do tipo peludo de quatro patas — passam correndo pelos cascos de Ratazana. Ratazanas não temem carniçais. É a presença dos outros ladrões que as assusta. Ele levou seis dos bandidos de Heinreil pelos esgotos até aquele lugar.

O alvo deles é um navio de carga, o *Amonita*. Ele está atracado a uma boia na beira do canal de águas profundas. Está um pouco abaixo da superfície, totalmente carregado. A competição por espaço nas docas de

Guerdon é feroz, então os proprietários do *Amonita* o levaram para aquele cais, como um cachorro que esqueceram acorrentado num pátio, para esperar até que eles estejam prontos para partir. Com a Guerra dos Deuses a todo vapor lá no leste, os navios geralmente viajam em comboios para proteção contra a ira divina e monstros do mar sagrado. Santos Kraken, seus corpos outrora humanos grosseiramente deformados e inchados, ossos macios como mingau.

Se o *Amonita* estivesse carregando algo realmente de valor, estaria numa doca vigiada, não exposto aqui. Ratazana não sabe o que eles estão fazendo aqui, mas é assim que a Irmandade moderna funciona. Heinreil tem seus planos e ordens, e ou você os segue, ou o Cavaleiro Febril aparece.

Os outros ladrões saem do túnel. Pelos padrões deles, estão até silenciosos. Ratazana se encolhe de tanta cacofonia. A única ali com alguma discrição é Bolsa de Seda. A carniçal deixou de lado seus trajes absurdos de costume, os vestidos e chapéus de penas nos quais gasta todas as moedas que pode roubar, para que talvez, só uma vez, consiga passar por humana em um quarto escuro. Em vez disso, está vestida como Ratazana, em trapos e farrapos roubados dos mortos, embora o rosto dela esteja coberto de pó e maquiado para disfarçar seu aspecto carniçal característico. Ratazana não sabe se todo o fingimento a ajuda a permanecer na superfície, se ajuda a adiar que ela vire fera — mas ela é uma carniçal, e isso significa que é silenciosa. Ela está na retaguarda, certificando-se de que nenhum dos outros se perca no escuro.

Ratazana gostaria que eles tivessem conseguido perder Myri. As tatuagens dela brilham na escuridão enquanto ela escala o portão. Ele se pergunta que mágica ela usa — e por quanto tempo consegue fazê-la funcionar. Todo feiticeiro humano tem que ter um desejo de morte. Os seres humanos não são feitos para realizar feitiços, e isso acaba por matá-los de uma maneira ou de outra. Agora mesmo, o novo bichinho de estimação de Heinreil parece calmo e controlado, mas é só uma impressão. Ratazana suspeita que ela está ali apenas para ficar de olho nos outros ladrões, lembrar a eles que Heinreil não deve ser questionado.

Os outros três são Cafstan e seus filhos. Uma família da Irmandade, quatro ou cinco gerações agora, e sem dúvida os netos de Cafstan estão sendo ensinados a bater carteiras antes mesmo de saberem andar. Todos os três estão carregados com pacotes pesados que emitem um som metálico quando são colocados no chão.

— O que é isso aí? — sibila Ratazana.

Cafstan dá de ombros.

— O chefe quer que a gente troque os cofres reais por estas cópias falsas. Assim eles não vão saber que foram roubados até muito depois de terem ido para mar alto.

Ratazana revira os olhos. Esse tipo de detalhe complexo demais e controlador é típico de Heinreil. Não existem mais assaltos simples.

Bolsa de Seda se junta a ele na boca do túnel.

— Querido, nem ligue. Perguntas não respondidas só vão lhe dar rugas.

— Nenhum guarda — diz Ratazana. Ele está vigiando o convés do navio há alguns minutos e não viu a menor atividade.

— Bem, então vamos lá — ordena Myri. Ela tira a luva direita e flexiona a mão. Faíscas roxas e gordas se arrastam ao redor dos seus dedos, e há um chiado repentino no ar.

— Luar. — Ratazana espera até que as nuvens voltem a passar na frente da lua, e então ele e Bolsa de Seda rastejam pela borda cheia de limo e lambida pelas ondas direto até o mar. Logo acima da boca do túnel, há uma pilha de pedras e, escondido ali num nicho, um barquinho de madeira. Os dois carniçais o desamarram, conferem e depois o colocam para flutuar sobre a água. A Irmandade costuma usar essa boca de túnel para contrabando.

Com a ajuda da Bolsa de Seda, os outros quatro conseguem descer para o barco.

— Deixamos os pacotes lá em cima — sussurra Cafstan. — Vocês pegam.

Os dois carniçais voltam. Os pacotes pesados estão lá. Ratazana dá uma olhadela para dentro. Cilindros de gás de metal, tampados com válvulas e torneiras. Parecem novos em folha. A julgar pelo peso deles, também estão cheios. Uma farsa muito elaborada para pouco ganho.

Eles abaixam os pacotes. O barco só tem espaço o suficiente para quatro; o trabalho dos carniçais agora é esperar até que os outros voltem. Os meninos de Cafstan grunhem com esforço ao empurrar o barco para as águas imundas do porto e remarem na direção da sombra do cargueiro.

— Vai demorar um pouco — diz Bolsa de Seda. Ela se senta na beira do túnel de esgoto, balançando as pernas nuas no limo. Retira um pacote embrulhado em pano de uma mochila. — Vai um sanduíche aí?

O nariz de Ratazana franze com o cheiro de grãos queimados, de plantas que entopem tripas, de carne bovina burra, sem gosto, doente e sem alma nenhuma. Ele devia comer a comida da superfície, mas não tem estômago para tanto.

— Não estou com fome.

Bolsa de Seda mordisca a crosta de um de seus sanduíches, delicadamente, afastando com gestos atrapalhados as migalhas que caem em seus trapos. Ela não fala de boca cheia. Por fim, engole com esforço e diz: — Você esteve lá embaixo. Eu sinto o cheiro em você.

Ratazana assente.

— Até o fim. — Até os anciãos.

— Se descer com muita frequência, vai ter que ficar lá embaixo, lembre-se disso. Você ainda é jovem, querido. Eu lembro de você quando ainda chupava ossinhos dos dedos e as tetas das que morreram no parto. Você vai virar fera bem rápido se continuar visitando os anciãos. — Ela se move desconfortável, olhando para o túnel atrás deles como se estivesse esperando um dos gigantes lendários sair do submundo ali mesmo. — Você deveria ficar longe deles. Tem amigos aqui em cima, não lá embaixo. O garoto do Idge, eu gosto dele. E aquela garota estrangeira, a nervosinha. O que aconteceu com ela?

— Se foi. — Ratazana está irritado só de pensar nisso. Ainda nenhuma notícia de Cari, e Mastro continua na prisão.

Bolsa de Seda termina o último sanduíche. Ela tira um pequeno espelho e verifica sua maquiagem pesada.

— Que pena. Que pena.

No porto, ele espia figuras se movendo no convés do *Amonita*. Os dois carregando sacolas pesadas devem ser os meninos de Cafstan, descendo até o porão para fazer a troca. Caixotes alquímicos falsos no lugar dos reais. A terceira figura deve ser Myri, a feiticeira. Ela está na popa do navio, e os olhos de Ratazana, que foram tocados pelo ancião, captam o tremeluzir da magia. Ele se esforça para ver, imaginando que encrenca ela está aprontando agora.

— Por que você desceu? — pergunta Bolsa de Seda.

— A mensageira da igreja precisava de um guia.

Bolsa de Seda solta um uivo leve, achando graça.

— Você é um bom moleque de recados. Eu cuspo na igreja. Não podem me comprar com algumas carcaças cinzentas fibrosas jogadas de um poço. Eu lembro quando a igreja não deixava gente como nós ir à superfície, nunca. Muitas vezes fui espancada pelos malditos guerreiros sagrados dos Guardiões por colocar o pé fora do Morro do Cemitério. Bendito seja o libertador, o sr. Kelkin. Ele colocou as coisas em ordem, colocou, sim.

— Eu não vou fazer aquilo de novo. Peguei um atalho e dei de cara com um ninho de Rastejador. Ele não gostou.

— Só vocês dois, e você não está morto? — Bolsa de seda parece surpresa.

— Acontece que a mulher da igreja era uma maldita santa. Espada flamejante e tudo.

— Ugh. — Bolsa de Seda estremece. — Eles costumavam ter muitos desses bastardos, e eram os piores. Você pode passar batido pela maior parte das igrejas, mas não pode se esquivar dos santos. Não dos milagreiros deles. Poucos deles têm andado por aqui ultimamente, e agradeça aos deuses inferiores por isso. Sem Guerra dos Deuses aqui, por sorte.

Ratazana dá de ombros. A Guerra dos Deuses está sempre distante de Guerdon. Ela pega armas de alquimistas e mercenários, cospe dinheiro, refugiados e más notícias. A ideia da Guerra dos Deuses chegando à cidade é tão absurda quanto um rio que corre para trás.

Humanos são lentos. Tão lentos. O que eles estão fazendo naquele navio? Por que estão levando tanto tempo? Ratazana fica inquieto, correndo para frente e para trás ao longo da borda do túnel. Ele fareja o ar e sente cheiro de queimado. Gritos distantes e sinos tocando loucamente. Tem alguma coisa acontecendo na cidade. Bolsa de Seda também ouve.

— Tumultos — ela adivinha. Inconscientemente, ela esfrega uma cicatriz velha no ombro. Partes da cidade estão esperando uma desculpa para entrar em erupção, para transformar em ação o medo e o ódio que elas têm dos Homens de Sebo. E, quando a cidade se revolta, os carniçais geralmente são os que mais sofrem. Existem alguns deles na superfície, e ninguém confia nos comedores de cadáveres. Ratazana arreganha os dentes. Que venham. Ele tem excesso de energia para gastar, frustração, preocupação e os efeitos remanescentes de seu contato com o carniçal mais velho. A boca dele se enche de bile preta.

— Fique de olho para ver se não aparece nenhum navio da guarda — diz Bolsa de Seda, e então desce apressada até a beira da água, esperando que os outros ladrões voltem.

Ratazana passa os olhos por todo o porto. A guarda da cidade tem uma doca na Ponta da Rainha e canhoneiras que usa para patrulhar o rio e o porto. E se os tumultos os convocarem, há uma boa chance de que eles achem os ladrões no *Amonita*, porque Cafstan e seus filhos são tão lentos, caralho, que merecem ser pegos.

Finalmente — finalmente! — há movimento no cargueiro. Um dos rapazes do Cafstan, descendo uma corda para o barco abaixo. Depois o outro, e ele está meio que carregando alguma coisa. É Myri. Ratazana não sabe dizer se ela está ferida ou passando mal, e então percebe que ela deve estar exaurida por qualquer mágica que lançou. O garoto Cafstan a ajuda a descer pela corda, e ele mesmo vai em seguida.

Na direção de Ponta da Rainha, Ratazana ouve a buzina de um navio soar, a tosse estrangulada de um motor. Luzes, um holofote brilhando mais forte que o amanhecer.

O barco de Cafstan começa a se mover, mas eles estão indo na direção errada. Deveriam estar voltando direto para a costa, para a boca do túnel onde Ratazana e Bolsa de Seda esperam, mas eles tomam um desvio para o cais onde o *Amonita* está atracado. Eles passam apenas um instante lá, apenas o tempo suficiente para Myri tocá-lo com uma mão estendida. Há um surto de energia e Ratazana quase entra em pânico, pensando que eles se entregaram. Então ele se lembra de que o feitiço foi invisível para todo mundo: supondo-se que o navio da guarda não possua nenhum feiticeiro a bordo, nem lentes tháumicas. Ele esfrega os olhos, imaginando se essa habilidade de enxergar magia algum dia irá desaparecer ou se seu contato com o ancião deflagrou alguma mudança permanente nele.

O holofote percorre a costa, mas, deuses inferiores misericordiosos, a canhoneira da guarda vira o nariz corrente acima. Ela está indo em direção às docas da cidade, em direção aos tumultos. Seu motor ruge quando ela corta a água, criando uma cicatriz branca de luar atrás dela nas águas negras.

Em comparação com isso, o barquinho de Cafstan é um fantasma. Ele atinge a costa. Ratazana se abaixa e os ajuda a subir. Primeiro Myri — ela está com frio e tremendo, punhos cerrados com força, mas não está ferida.

— Vamos, puxe os outros — ela retruca. — Temos que voltar depressa.

— O que está acontecendo? — pergunta Ratazana.

— Os armazéns da rua Sedge estão pegando fogo.

A rua Sedge corre paralela ao Beco do Gancho. Tammur — e através de Tammur, a Irmandade — é dono da maior parte do Beco do Gancho. Armazéns abarrotados cheio de bens roubados. Se o fogo não os atingir, pode ser que os saqueadores o façam.

Abaixo, os Cafstans descarregam o barco e, assim que terminam Bolsa de Seda o puxa para fora da água e o coloca de volta no seu nicho escondido. Os irmãos Cafstan entregam a primeira bolsa para Ratazana. Eles estão sorrindo, rindo um para o outro, brincando e se provocando, parecendo se divertir.

O velho Cafstan sobe em seguida, bufando com o esforço. Um de seus filhos começa a seguir, mas o peso de sua mochila o faz escorregar nas pedras viscosas. Ele gira e cai desajeitadamente, raspando o material contra a rocha. Ouve-se o barulho de vidro quebrando, e subitamente o garoto está pegando fogo.

As chamas ardem azuis e verdes. Flogisto, o fogo dos alquimistas. O mesmo calor impossível que Ratazana lembra da Torre da Lei. Os gritos do garoto Cafstan são indescritivelmente altos na enseada protegida. Seu irmão, estúpido e corajoso, o agarra e o puxa de volta para a água. Se aquilo fosse fogo normal, talvez funcionasse, mas aquela é uma das armas alquímicas. A água apenas alimenta as chamas.

O holofote da canhoneira segue em direção a eles, como o dedo de um deus acusador. Cafstan olha horrorizado, paralisado, um de seus filhos se debatendo na água, fogos azuis e vapor parecendo espectros devorando sua carne. O outro garoto e Bolsa de Seda ainda estão lá embaixo, mas o fogo está entre eles e a entrada do túnel. O outro garoto também está gritando, toda a diversão esquecida.

Meio distraído, Ratazana percebe que os meninos devem ter pegado parte da carga do *Amonita* para eles próprios e enchido os bolsos com um dinheirinho extra. Flogisto decantado dos recipientes para garrafas de vidro, um desvio do plano original. Mas agora não é hora de recriminações, isso é para mais tarde — se eles não derem o fora antes que o navio da guarda se aproxime deles, nada vai importar.

O calor do homem em chamas é tremendo. Através das chamas, Ratazana pode ver o irmão dele tropeçando nas águas rasas, meio cego, segurando a mão mutilada. Se Bolsa de Seda conseguir se aproximar dele, talvez possam resgatar um deles. Cafstan passa uma perna por cima da borda, como se descer para aquele inferno fosse ajudar.

— Segure ele — Myri diz com rispidez, e Ratazana obedece, fechando os braços ao redor do velho. Ele tem que se esforçar para conseguir segurá-lo.

Myri dá um passo para a borda. Suas tatuagens brilham, a luz pálida e tênue contra o fogo do inferno azul-esverdeado. Ela aponta para o menino em chamas, e ele desliza para trás, empurrado por uma força invisível. Desliza, ainda gritando, para as águas mais profundas, e então afunda como uma pedra, as águas negras o engolindo. Ele ainda fica visível por alguns momentos, como uma estrela cadente caindo na escuridão.

O outro garoto está mutilado, meio cego, mas ainda vivo. Talvez Bolsa de Seda consiga carregá-lo.

Mas ela não pode carregar os bens roubados *e* o garoto.

Myri toma a decisão por eles. A feiticeira aponta para o outro garoto Cafstan e forças invisíveis o arrastam também, correndo pelas ondas e mergulhando abruptamente embaixo delas. Ao contrário de seu irmão, ele não está contornado pelo fogo azul, então desaparece imediatamente.

Ratazana abafa os gritos de Cafstan.

Bolsa de Seda sobe o penhasco carregando as três bolsas. Entre os dois carniçais, eles são capazes de levar tanto Cafstan quanto os bens roubados de volta ao abrigo do túnel. Myri vai logo atrás, com as mãos à frente dela, como se estivesse segurando algo para baixo, algo que está se esforçando para subir novamente. A mão esquerda fumega e a pele cria bolhas como se estivesse queimada.

O feixe de luz da canhoneira ilumina a boca do túnel atrás deles, mas não há mais vestígios de sua presença, exceto algumas marcas de queimaduras recentes nas rochas, invisíveis àquela distância.

Assim que eles se põem a salvo, Cafstan cai no esgoto e fica lá, chorando. Ratazana lança um olhar para Bolsa de Seda, mas ela apenas dá de ombros. Nada pode ser feito. Só resta continuar indo para o armazém, e ficar lá. Sem os Cafstans para ajudar a carregar as bolsas de alquimia roubada, eles precisam dividir a carga entre os dois carniçais.

As bolsas estão sensivelmente mais leves que as supostamente vazias que eles tinham trazido na ida.

CAPÍTULO TREZE

Mesmo com o cajado, caminhar é uma agonia. Seus membros são de pedra, imóveis, insensíveis, ou estão queimando, ardendo, líquidos incandescentes, sem força ou controle, apenas agonia percorrendo seu corpo. Todos os seus músculos se transformaram em serpentes raivosas, rasgando e mordendo-o por dentro. Ele tenta resmungar, pedir a Cari que o deixe morrer, que fuja, mas sua língua se rebela e o maxilar trava.

Seu pai resistiu. Seu pai foi torturado pela guarda. Envenenado, drogado, espancado. Ele não falou. Foi enforcado, sem ter dito nada. Até agora, Mastro podia se apegar a isso, imitar o martírio do pai. Ele sabia que ia morrer, mas pelo menos na prisão de Jere poderia ser como Idge, e não dar aos bastardos a satisfação de dobrá-lo.

Agora, Mastro enfrenta a perspectiva aterrorizante de não morrer. Dois minutos ao ar livre fazem mais para quebrar sua determinação do que todas as privações da cela da prisão. Ele se apega a Cari como um homem se afogando.

Eles descem ruas que se erguem e caem como ondas de pedra quebrando na costa da noite. Vozes distantes, gritos, e ele não sabe dizer se está realmente ouvindo isso ou se é apenas uma memória. Os canais de seu pensamento estão calcificando, ele pensa, a Praga de Pedra penetrando lentamente em seu cérebro.

Seu pai resistiu. Seu pai foi torturado pela guarda. Envenenado, drogado, espancado. Ele não falou. Foi enforcado, sem ter dito nada.

Ele não desistiu da Irmandade. Idge, não. Ou foi Mastro que não — qual deles? E qual Irmandade? Ele tem nove anos de idade, está sentado na escada da casa grande, ouvindo o pai jogando cartas com os outros, querendo desesperadamente fazer parte do círculo deles. Ele os ouve fazendo planos para mudar a cidade. Novos edifícios brotando no Arroio, nas sombras do Morro do Castelo. Protegendo as pessoas das crueldades do parlamento. Até a mudança do parlamento. Rindo, mas não negando completamente, a ideia de que um dia Mastro ou alguém como ele estaria no parlamento, uma voz para os oprimidos.

Ele tem nove anos, e fica ali meio escondido no pé da escada olhando para dentro, e todos os rostos são de Heinreil, vermelhos e sorrindo. Todos, exceto Idge, ainda na cabeceira da mesa, mas há uma corda no seu pescoço, a língua inchada como uma lesma roxa forçando caminho para fora da boca, olhos esbugalhados, a pele de cera verde-amarelada e o cheiro de merda.

Eles descem ruas que se erguem e caem como ondas de pedra quebrando na costa da noite. Vozes distantes, gritos, e ele não sabe dizer se está realmente ouvindo isso ou apenas se lembrando. Os canais de seu pensamento estão calcificando, ele pensa, a Praga de Pedra penetrando lentamente em seu cérebro.

Seu pai resistiu. Seu pai foi torturado pela guarda. Envenenado, drogado, espancado. Ele não falou. Foi enforcado, sem ter dito nada.

Eles estão pedindo que ele faça alguma coisa. Ele não vai — não vai falar. Não vai desistir. Melhor morrer aqui. Homens de Pedra não se dobram.

Os canais de seu pensamento estão calcificando, ele pensa, a Praga de Pedra penetrando lentamente em seu cérebro.

Ouve uma voz, ecoando como se gritasse por um túnel muito comprido. Cari.

— Empurre!

Ele está encostado em algo sólido e de madeira. Uma porta. Empurra e a fechadura quebra, as portas se abrem e ele cai pesadamente sobre um piso de mármore. Ecos dentro e fora. Cari o arrasta pelo mármore, tirando-o da rua, e então as portas se fecham novamente. Ele ouve uma barra cair e, depois, a escuridão.

Silêncio frio e quietude. Repousante. Ele sabe que deveria se levantar, que ficar deitado é a morte para um Homem de Pedra e que ele está correndo o risco de que mais articulações se calcifiquem, mas a dor é suportável pela primeira vez em uma eternidade e ele está muito cansado. Os canais de seu pensamento estão calcificando, ele pensa, a Praga de Pedra penetrando lentamente em seu cérebro.

Ele quer, demais, que a Irmandade diga dele o mesmo que disseram sobre seu pai. Ele quer que velhos calados de preto passem na casinha de sua mãe e lhe digam que seu filho morreu bem, assim como seu pai. Mas um deles será Heinreil, ou talvez todos. Ele mentirá. Dirá à mãe de Mastro que seu filho era covarde ou traidor. Dirá a ela que ele ainda está vivo, vivo para sempre em uma prisão de pedra. E irá jogá-la nas ruas, cortará sua garganta e ungirá a si mesmo senhor da Irmandade no sangue da viúva de Idge.

— Você ainda está aí?

A voz de Cari. Ele não consegue enxergar. Os olhos dele viraram pedra? Isso acontece, fragmentos escamosos que se espalham pelas bordas e depois viram essa película branca por cima do olho inteiro, selando o buraco. A cegueira é um novo horror.

— Eu tenho alkahest. Role de costas.

Ela puxa as placas do peito dele, mas ele é muito pesado para que ela consiga movê-lo. Com um esforço tremendo que abre novos tipos de dor, ele consegue se virar. Ele não está cego. O luar que atravessa algumas janelas altas brinca sobre um teto esculpido com representações de deuses e santos. Eles estão em uma igreja.

Cari encontra uma brecha nas placas, logo acima do coração. Ele sente uma dor aguda, mas bem-vinda, e depois o alkahest — alkahest real, não o veneno que Jere lhe deu — flui através dele. Ele estremece e tem convulsões, mas, quando os tremores passam, se sente melhor.

— Onde estamos?

— Sagrado Mendicante. Eles tinham uma dose de alkahest na sacristia. Para os fiéis mais pobres, acho. — Ela coloca a bolsa num banco próximo, e ela tilinta com moedas. — Não tenho certeza se você se qualifica em ambos os casos, mas foda-se.

Mastro tenta se sentar, mas isso leva mais alguns minutos para acontecer.

— E se… descoberto? — ele consegue dizer. Falar está mais fácil do que antes, mas ele ainda sente que seus pulmões precisam empurrar pedregulhos caídos sobre seu peito.

— Sim, sobre isso. — Cari olha em volta, depois na direção da torre do sino. — Tenho certeza de que todos aqui foram comidos por um monstro.

— Como… sabe?

— Volto em um minuto, ok?

Os passos dela vão sumindo na escuridão fria.

Mastro fecha os olhos, sente o coração bater, bombeando sangue e alkahest através dele. Sente a cura alquímica dissolvendo a pedra, amolecendo tendões e articulações, corroendo as principais bordas da praga. Ele percorre seu cérebro e, com facas afiadas de dor, escava os canais de seu pensamento, permitindo que ele pense claramente pela primeira vez em muito tempo. Como água pura da chuva lavando detritos numa sarjeta.

E, sob os escombros, por baixo da calcificação que pressionava em sua mente, ele encontra algo quente e brilhante. Raiva.

A torre da Sagrado Mendicante é uma coisa atrofiada. Duas torres menores que a rodeiam se elevam quase da mesma altura que o campanário, dando à igreja um aspecto corcunda. Uma igreja para o Arroio como a cidade pensa que a região deveria se comportar: humilde, simples, simplória, pateticamente agradecida pelas bênçãos que lhe são concedidas do alto.

A torre dá para as três grandes catedrais no Morro Santo, uma insignificante aproximação terrestre de sua glória celestial.

A escada que vai até os sinos é muito estreita e instável. Mastro jamais conseguiria subi-la. Cari não se importa — ela quer fazer a peregrinação sozinha. Numa pequena antessala na parte inferior da escada, ela encontra um casaco velho e algumas outras roupas. Ela se troca apressada, feliz por se livrar dos mantos de estudante ensopados de mijo. Ela volta a se sentir mais como ela mesma — mas até mesmo a Cari das ruas, a ladra furtiva e andarilha, precisa lidar com as novas circunstâncias.

Mesmo que ela esteja certa, e o Desfiador tenha assassinado todos os outros na igreja, eles ainda não podem ficar aqui. Também não podem voltar ao seu pequeno casebre. Mastro é um criminoso fugitivo e ela — bem, se a guarda pegá-la, ela estará à mercê de Ongent, e não sabe até onde pode confiar no professor. Ela também não confia nesse dom, nesse poder estranho.

São os sinos. Isso acontece quando os sinos tocam. Então, vamos lá dar uma olhada em um sino, ela pensa.

Depois, de volta ao plano original: até as docas, até um barco. Talvez Mastro vá com ela. O dinheiro que ela roubou de Eladora não é suficiente para cobrir tanto a passagem quanto o suprimento de alkahest, mas eles podem roubar passagens ou virar clandestinos se for necessário.

Mais uma volta da escada, e ela está a céu aberto, numa varanda estreita que dá a volta aos sinos.

Luar brilhante, forte e branco por cima dos telhados. Daquele ponto, a rua Desiderata fica escondida atrás do ombro do Morro Santo, de modo que ela não consegue saber se está acontecendo alguma coisa lá, embora ela possa ver uma fina coluna de fumaça. Mais perto dali incêndios queimam as docas. Um armazém, incendiado nos tumultos.

Ela respira fundo e depois se vira.

Um único sino paira ali, forjado a partir de um metal preto que foi riscado e sulcado. Ele já tinha sido outra coisa, ela imagina, outra forma de metal que foi derretida e moldada na forma de um sino.

Com muita coragem, ela vai até a superfície de metal. Ela a toca com cuidado, esperando que seja quente ou doloroso ao toque, tensionando-se em antecipação a alguma descarga mágica ou revelação, mas nada acontece. É apenas um sino, imóvel e frio.

Ela passa os dedos sobre o metal, sentindo cada imperfeição. Não derreteu de modo regular. Os traços de sua forma anterior ainda podem ser sentidos mesmo na nova forma da coisa. Esta parte aqui era uma mão, ela consegue dizer. Aquelas ali eram runas. Eles não conseguiram destruir o que quer que fosse, então eles o aprisionaram.

Ela é a santa de um deus preso e truncado.

Não apenas um deus. Um panteão. Existem dezenas de sinos de igreja na cidade. Mas que tipo de deus?

Só há um jeito de descobrir.

Cari se apoia contra uma parede, põe um pé no sino, e empurra. Ela não deve ser forte o suficiente para tocar a campainha, mas ele se move, balançando suavemente para longe dela até que não possa ir mais adiante e o badalo bate no sino... e Cari cai de joelhos. Assim tão perto, não são imagens, são sentimentos, gostos, sensações explodindo sob sua pele.

Na sua visão, a cidade queima. Uma maré de Desfiadores sobe, esgueirando-se das profundezas. Deuses de Ferro Negro agachados no alto de torres impossíveis, uivando por adoração, por oferendas para sua terrível glória. Padres envoltos em mantos, com os braços mergulhados até os cotovelos no sangue de sacrifícios, facas vermelhas cortando fora o coração de seus inimigos para serem jogados em braseiros em chamas. A fumaça de um milhão de corações ardendo paira sobre Guerdon como um manto rubro. A morte alimenta a morte. Uma mulher se ajoelha diante desses ídolos, uma suma sacerdotisa, bela e terrível. Ela aperta um medalhão nas mãos manchadas de vermelho, e ele floresce com uma luz horripilante, um fogo incolor. Transfigurada no derramamento de sangue, tornada divina pelo massacre, Carillon se reconhece.

Ela sente o desejo avassalador de se prostrar perante dessa divindade. De adorá-la. De se tornar seu veículo, seu canal para o mundo mortal. Mais que uma santa; uma avatar.

Que se foda tudo isso.

Se a coisa no sino quiser mantê-la em Guerdon, vai ter que fazer melhor. *Mostre-me Heinreil*, ela exige.

Ela não vê nada, mas não é como se nada acontecesse. É a diferença entre ter os olhos fechados e abri-los na escuridão. Heinreil está de alguma forma bloqueado dela, ocultado. Ela rosna de raiva e empurra o sino novamente. *Mostre-me alguma coisa!*

O sino toca, e Carillon vê tudo.

O som do sino vai morrendo pouco a pouco. As vibrações ondulam pelos ossos da Sagrado Mendicante, através de sua pele de pedra. Mastro, ali deitado, vai recuperando suas forças. Já consegue sentir a dose de alkahest perdendo o efeito, o que é muito rápido. Um frasco deveria durar uma semana para ele, até duas se ele for cuidadoso e não agravar a doença. Se ele estiver trabalhando, talvez três dias no mínimo. Se a doença progrediu para a próxima etapa, na qual ele precisa de suprimentos quase constantemente, isso vai ser um problema.

Ele ouve os passos de Cari enquanto ela circula, verifica a barra na porta, tentando ouvir se alguém vem investigar o barulho.

— Você tocou o sino? — ele pergunta. Ele percebe que sua voz está mais forte.

— Sim. — Ela parece bêbada ou atordoada. Não consegue parar de coçar o colarinho, o pescoço. Uma contração nervosa.

— O "porquê" — ele diz, a voz saindo num chiado — estava implícito.

Ela se ajoelha ao lado dele na escuridão, com cuidado para manter os joelhos nus afastados da pele dele.

— Uma coisa estranha está acontecendo comigo, Mastro — ela começa, e inicia por aquele momento que ele testemunhou, quando ela tentava escapar do litosário saindo do lago de homens mortos, mas foi atingida por uma visão. Quatro noites e uma vida atrás. Ela conta a ele sobre como Ongent comprou sua liberdade, a família dela e o que aconteceu com eles, as visões, o experimento do professor, o Desfiador e os Homens de Sebo, e sua visão do alkahest envenenado.

Quando ela acaba, Mastro recosta a cabeça no chão duro e fica olhando fixo para o teto distante. Ele fica em silêncio por muito tempo.

— Você quer usar isso? — ele pergunta, por fim.

— Sim! — ela sibila, os olhos brilhando na escuridão. — Vamos derrubar Heinreil. Ele nos vendeu, envenenou você.

— Você não pode provar isso — diz Mastro.

— Eu vou provar. Nós vamos. Vamos provar que ele nos vendeu, tentou envenenar você, e aí a Irmandade se volta contra ele. Você assume. E então… deuses, o que não poderíamos fazer então, com a Irmandade nos apoiando? Assim que eu descobrir como usar isso sem quebrar minha cabeça…

— Se.

— Talvez a gente consiga fechar um acordo com o professor Ongent ou então encontrar alguém mais que entenda dessa merda de santidade. Ainda não sei. Mas eu consigo.

— E eu posso atravessar paredes com um soco ou lutar contra um Cabeça de Gaivota, mas ainda estou doente, Cari.

— Mas você não desistiu, desistiu? Podia ter apenas se sentado e nunca mais se mexido, ido para a Ilha das Estátuas, parado de tomar alkahest. É a mesma coisa aqui. Fodam-se os deuses, ou os sinos, ou seja lá o que for, mas vou pegar as coisas deles e transformá-las numa arma.

— Nunca é fácil assim. — Ele agarra a outra ponta do cajado e a estende para ela. — Me ajude.

Em vez disso, ela envolve o pulso dele com duas mãos magras, carne pálida tocando a pedra.

— Você sabe que não deve — ele murmura, mas quase consegue sentir o toque dela na pele. Ele inverte o cajado, fincando a ponta de ferro no chão e usando a vara como apoio. Com a ajuda de Cari, ele se levanta devagar. Sua cabeça gira, mas a dor praticamente passou por enquanto.

— Nós não vamos ficar aqui.

— O padre morreu.

— O… Desfiador — Ele usa o nome da criatura com hesitação. — pode voltar. Ou o… sineiro, para ver o que aconteceu. E eu estou faminto. Posso andar o suficiente para encontrar comida. Vamos.

Cari hesita.

— Vamos precisar de dinheiro. Eu tenho algum, mas vi prata e joias quando fui procurar alkahest. Me dê uns dois minutos para limpar este lugar.

— Roubar igreja dá azar. Não é como a Irmandade faz as coisas. Vamos, conheço pessoas que vão nos ajudar. — Ele retira a barra pesada da porta com uma das mãos, e leva Cari para fora.

Eles deixam para trás a igreja quase vazia.

CAPÍTULO CATORZE

O café na sede da guarda na Ponta da Rainha é tão ruim quanto Jere se lembra. Não importa quanto Guerdon mude, existem verdades estabelecidas nas quais se pode confiar. Todo o resto parece estar rodopiando no caos, então ele consegue um conforto sentimentaloide no sabor ácido da bebida. Imagina que ela deva ser basicamente feita dos restos que escorrem dos tanques dos alquimistas. Os vagões de combate a incêndio saíram em bando esta manhã, se é que se pode chamar esta hora logo antes do amanhecer de manhã propriamente dita. A cidade não dormiu. Ela cambaleia, bêbada, na direção do novo dia, sem ter certeza de nada e procurando briga.

Jere se espreguiça. Está feliz por não estar mais no rodízio da guarda. Manter a ordem nesta cidade não é mais problema dele. Como é mesmo que Droupe a chama, uma panela de cozido que precisa ser observada caso ferva e transborde? Parece mais com uma das perigosas misturas de elementos instáveis dos alquimistas. À espera de um fósforo para ativá-la.

Um guarda. Bridthen. Jere trabalhou com ele há alguns anos. Sabe que ele gosta mais de apostar com cartas do que deveria. Bridthen está sempre precisando de um dinheiro extra.

— Você pode vê-lo agora — sussurra Bridthen. — Cinco minutos, está bem?

Jere acaba de tomar o café, sabendo que vai se arrepender disso em algumas horas, sabendo que precisa disso agora. Ele segue Bridthen pelos corredores e escadas familiares, até as celas. Elas estão abarrotadas de pessoas presas no tumulto da noite passada, vinte prisioneiros amontoados num espaço feito para dois, mas Ongent merece um quarto próprio. Um professor de história velhinho não se encaixa no perfil dos hóspedes habituais da guarda.

Ongent está deitado sobre um minúsculo palete de palha, braços cruzados atrás da cabeça, mas não está dormindo. Encara o teto, olhos um pouco vidrados. Drogas? Não é o vício habitual de Ongent. Jere não sabe se o professor tem algum. Para um... informante? Consultor? Amigo? Qualquer que seja a palavra que se aplique ao relacionamento deles, Jere percebe que sabe pouco dos motivos pelos quais Ongent estaria disposto a cultivar uma associação com um caçador de ladrões. Jere pode comprar alguém como Dredger com moedas, Pulchar com ameaças. O que Ongent quer?

— Não queira ficar deitado aí — diz Jere, apontando para a cama. — Você não sabe o que está rastejando por lá. Coisas com muitos olhos e ouvidos. — Ele espera que o professor entenda o que ele quis dizer, que o lugar está com escutas. — O senhor está bem?

— Nunca estive melhor, meu caro — diz Ongent. — Realmente vibrando de alegria.

— Eu fui à sua casa na marginal Cintilante ontem à noite. Muitas figuras de cera mortas, edifícios queimados e um grande buraco no chão. Miren e aquela sua aluna estão bem, a propósito. Apenas abalados.

Ongent senta-se reto e olha fixamente para Jere.

— Você garantirá que *todos* os meus alunos estejam seguros, não? Alguns deles estão muito nervosos, especialmente após os recentes ataques. Havia duas meninas naquela casa, além do meu filho.

Ele está mais preocupado com a maldita Carillon Thay, percebe Jere, do que com o fato de que ele mesmo está na prisão.

— Eles estão bem — diz Jere. — Vou ficar de olho neles. Agora, diga-me, o que aconteceu?

— Realmente não sei. Miren veio correndo até mim com o aviso de algum tipo de ataque sobrenatural na rua Desiderata. Os Homens de Sebo já estavam lá quando cheguei, lutando, mas não faço absolutamente nenhuma ideia de com o que lutavam. Eu disse a Miren para se certificar de que Eladora estava segura, e aí eu... bem, o senhor sabe que eu tenho um pequeno envolvimento com feitiçaria. Ocorreu-me que eu talvez pudesse ajudar com um pouco de magia. Tolo, absolutamente idiota em retrospecto, mas eu estava tomado de empolgação. Eu nunca fui à guerra, Jere, nem fiz nada de perigoso na minha vida, então, quando surgiu a oportunidade, não pude resistir à tentação.

Jere estremece.

— Foi o seu feitiço que causou todo aquele dano?

— Ah, nossa, não. Eu não tenho nem de longe esse tipo de poder. Receio que, quem quer que fosse o atacante, respondeu da mesma forma e com força imensamente maior. Felizmente, atingiu os Homens de Sebo, não a mim. Eu estava na periferia de sua explosão e sobrevivi com apenas alguns hematomas. — Ongent chega a sorrir. — Para ser honesto, foi bastante divertido.

— O que era o agressor? Descreva-o.

— Eu não sei o que era. Ficava mudando de forma. Não me lembro de ter visto algo assim. Foi horrível. — A voz do professor estremece. — A coisa se foi?

— Como eu disse, há um grande buraco na frente da sua casa. Para mim, é como se algo estivesse tentando escapar, mas não faço ideia de se escapou ou se foi morto.

— Os Homens de Sebo saberão.

Jere balança a cabeça.

— Não houve sobreviventes. Eu contei mais de duas dúzias de figuras de cera, todas apagadas. Pode ser que os alquimistas consigam reconstituir alguns deles, recuperar suas memórias dessa maneira, mas, pelo que ouvi, isso leva tempo. O senhor é a única testemunha sobrevivente. — *Além de Carillon Thay.*

Bridthen bate na porta.

— Acabou o tempo.

— Conte a eles exatamente o que você acabou de me contar. Tente se lembrar de tudo o que puder sobre o agressor.

— Certamente. Dever cívico, e tudo o mais. Jere, sinto muito por toda essa confusão. Eu sei que foi idiota da minha parte experimentar minha pequena feitiçaria. Você acha que ficarei aqui por muito tempo?

— Eles vão interrogar você, depois outros guardas vão interrogar você, e depois eles vão deixar os alquimistas tentarem. Isso vai levar alguns dias, mas posso falar com os magistrados e garantir que os guardas saibam que o senhor é uma testemunha e não um criminoso. Para que levem o senhor para algum lugar melhor, com menos insetos espreitando.

— Obrigado. Isso é muito reconfortante — diz Ongent. — Você vai dar uma olhada nos meus alunos, não é? E me faça um último favor, Jere. No meu escritório na universidade há um livro, *Arquitetura sagrada e secular no Período de Cinzas.* Miren pode te mostrar. Vou precisar de algo para ler enquanto ajudo a guarda com seu inquérito. — Ongent pisca, obviamente achando toda essa situação muito mais engraçada que Jere. Vinte Homens de Sebo mortos não é motivo de riso, mesmo sem a ameaça de algum monstro desconhecido à solta pela cidade ou o atentado a bomba que destruiu a Torre da Lei. E Carillon Thay, o ponto em comum entre os dois incidentes. Ele gostaria de saber exatamente por que Ongent estava tão disposto a pagar a recompensa da menina, acolhê-la sob seu teto, mas não pode perguntar agora sem dar muito na vista para a guarda.

— Eu o trago quando puder — diz Jere.

Ele pega uma saída lateral do bloco de celas, uma escada de fundos usada apenas pela guarda. Ela o conduz por um pórtico até um pátio com vista para o porto, onde sopra um vento frio. Um par de canhões ornamentais que há muito caíram em desuso apontam para o mar, protegendo Guerdon contra inimigos desaparecidos. Os alquimistas constroem armas melhores agora e, de qualquer maneira, quem vai atacar uma cidade que fabrica armas para todos os lados da Guerra dos Deuses? Os alquimistas e armeiros são escrupulosos a respeito de permanecer em neutralidade e vender para qualquer um que tenha dinheiro para comprar suas bombas, venenos e monstros.

Jere observa as gaivotas voarem em círculos sobre o porto e pensa em monstros.

Algo antigo, algum predador de uma época passada atraído pelo sangue e pela carne da cidade lotada? Ou algo novo? Eles fazem seus próprios monstros hoje em dia, Homens de Sebo, Cabeças de Gaivota e outras coisas, criando-os em grande profusão nos tanques. O complexo industrial dos alquimistas fica a leste, do outro lado da baía, e os mares lá fora estão manchados de amarelo e vermelho por causa dos vazamentos. Será que alguma coisa escapou de um laboratório e deslizou para as ruas da cidade?

Isso não é problema seu, ele se lembra. Ele não faz mais parte da guarda. Até que alguém coloque uma recompensa pela cabeça do monstro, isso é tudo uma perda de tempo.

Uma escada estreita e íngreme, cortada na lateral do penhasco, desce em ziguezague daquele promontório até as docas abaixo. Dali, ele consegue ver um navio de carga com destino à Costa de Prata flutuando no porto, esperando a maré virar e levá-lo para o mar, alguns rebocadores e barcos de pesca menores, e uma barcaça que se dirige para uma das ilhas. Ele se pergunta distraído se é um dos barcos de Dredger.

Jere se apressa para o tumulto matinal dos mercados de peixe, quando os barcos que estavam fora a noite toda voltam com a maré da manhã. Os cheiros são lampejos de memórias da infância; qualquer uma dessas crianças correndo e rindo no meio da multidão poderia ser o Jere de trinta — deuses, está mais para uns quarenta — anos atrás, antes das guerras, da guarda e de muitas madrugadas. Ele para num pequeno estande para comprar pão fresco e um café melhor.

Pega um jornal deixado por outro cliente e está lá na primeira página. ESTE NÃO É O ÚLTIMO, rabiscado em giz num muro de tijolos em um beco.

O fato é que Jere reconhece aquele muro, aquele beco. É na esquina de onde ele encontrou o filho de Ongent e aquela aluna da sua última noite.

E ontem à noite, não havia nada escrito naquela parede. O que significa que foi adicionado *após* o ataque, quando toda a rua estava cheia de membros da guarda e de Homens de Sebo.

O que significa que tudo isso é um trabalho interno.

Os escritórios da universidade estão quase vazios a esta hora da manhã, e a porta do escritório de Ongent está trancada. Jere gasta alguns minutos infrutíferos procurando nos velhos corredores de pedra e escadas com cheiro de mofo por um porteiro, depois avista a assistente de Ongent, aquela garota pálida, atravessando o gramado lá fora. Seu rosto está manchado de preto e azul por hematomas. Ele se abaixa por uma porta lateral para encontrá-la.

— Bom dia.

Ela pula, nervosa como uma gata de rua.

— O que você está fazendo aqui? O professor está aqui?

— Ele ainda está sob custódia, senhorita…

— Duttin. Eladora Duttin.

— Jere Taphson. Veja, o professor queria que eu desse uma olhada num livro que está no escritório dele. Você teria por acaso uma chave?

Ela tem.

— Eu estava indo lá agora mesmo. S-sinceramente, eu não sei mais para onde ir. A rua Desiderata está toda fechada, e o professor está na prisão, e Miren foi procurar Carillon. — O último nome carrega muito veneno.

— Eu também estou procurando por ela.

— Ela roubou minha bolsa. E quase cinquenta soberanos. Eu não sei se você deve procurar numa cervejaria ou um navio ou num… templo de dançarinas. — Eles chegam à porta do estúdio, e Eladora força a chave na fechadura como se estivesse esfaqueando alguém num beco. — Ela aparece, bagunça tudo e depois desaparece. Duas vezes já.

— Duas vezes?

Eladora empalidece sob os hematomas.

— Deixa pra lá — diz ela.

— Você já a conhecia?
— Qual livro?
— Algo sobre cinzas. Arquitetura sagrada e secreta?
— *Arquitetura sagrada e secular no Período de Cinzas.* Este lugar geralmente não é tão bagunçado. — Ela procura nos restos dos experimentos taumatúrgicos de Ongent.

Ele consegue deduzir.
— Você é prima dela?

Eladora bufa.
— Como você sabia?
— Você vem de família rica, mas não muito. Você conhecia Carillon Thay há muito tempo, mas ela só voltou à cidade há poucas semanas. Você não é amiga dela, mas cresceram juntas. E ela não tem irmãos vivos.
— Ela fugiu quando eu tinha 14 anos.

Jere se encosta numa mesa enquanto Eladora vasculha as estantes de livros.
— Sua mãe é uma Thay?
— Ela nunca fala sobre esse lado da família. Não falava nem mesmo antes dos assassinatos. — Eladora diz isso com naturalidade; a tragédia é antiga. Um tecido resistente de cicatrizes ou com apenas uma casquinha de ferida por cima, Jere imagina.
— O que você acha que aconteceu? — ele pergunta.
— A guilda dos ladrões os assassinou por dívidas não pagas. — A história oficial.
— Sabe — diz Jere —, eu conheço algumas pessoas que estavam na Irmandade naquela época, e todas juram por tudo o que é mais sagrado que não eram eles.
— São ladrões, sr. Taphson. Por que esperaria honestidade deles?

Ela encontra um livro pesado embaixo de papéis no sofá e o leva até ele em triunfo. Jere o pega e começa a folhear. Eladora dá um gritinho horrorizado pela maneira descuidada com que ele trata o livro. Páginas intermináveis de texto denso, intercaladas com alguns diagramas arquitetônicos, pedaços de edifícios diagramados como cortes de carne. Que possível relevância esse livro poderia ter? Então ele vê, e escancara o livro.

Perto do começo, há uma cópia em relevo do que Jere lembra vagamente ser uma escultura famosa de uma das grandes igrejas dos Guardiões. De um lado, cavaleiros heroicos e santos com halos ardentes combatem pelas ruas em chamas. Do outro, uma série de fanáticos e loucos, olhos esbugalhados, levados a um frenesi pelos gritos de seus sacerdotes infernais. Na vanguarda deste profano exército, no entanto, estão demônios horríveis, descritos como uma mistura de membros, uma anatomia insana, feita de retalhos, cheios de presas e garras, ou então como figuras humanas distorcidas com rostos maliciosos. Ao redor desses demônios há uma malha de linhas finas, como rabiscos de criança. Como fios. *Ficava mudando de forma*, disse Ongent.

— Eu não sou de ler — diz Jere. Ele vira o livro para que Eladora possa ver o que ele está vendo. — O que está acontecendo aqui?

— É a Guerra do Ferro Negro. Ano 1454 da cidade? — Ela recita de memória. — O exército abençoado veio para purificar a cidade perversa, e somente o sangue poderia lavar os pecados dos Deuses de Ferro Negro. Os santos entraram em Guerdon cingidos em fogo sagrado, e passaram um terço da população no fio da espada. Os Deuses de Ferro Negro engordaram com o sofrimento e emprestaram poder a seus sacerdotes jurados de sangue e, das profundezas, chamaram os Desfiadores, comedores de forma, que caíram sobre os exércitos dos abençoados e provocaram uma grande confusão, pois aqueles que caíram ressuscitaram em aparência, embora fossem apenas cascas ocas mantidas como escravas. No entanto, os santos não ficaram consternados e vieram para o lugar chamado Misericórdia, onde derrubaram os templos de Ferro Negro.

Ela vira algumas páginas e mostra um esboço de uma estátua. É de forma humanoide, forjada a partir de algum metal escuro, e, embora suas feições sejam as de uma mulher bonita, ele sente uma repulsa instintiva.

— O culto aos Deuses de Ferro Negro governou Guerdon até que os Guardiões os derrubaram. A cidade foi muito danificada na guerra: distritos inteiros destruídos por fogo e cerco. Mas ela estabeleceu a base da cidade moderna. Eles removeram todas as partes queimadas, derrubaram os 12 templos e construíram as sete igrejas dos Guardiões e alguns dos maiores prédios cívicos em seu lugar. A Reconstrução pós-Cinzas é realmente um período fascinante, historicamente falando. Rejuvenesceu Guerdon sob o domínio dos Guardiões, embora De Reis argumente que os teocratas Guardiões fossem na verdade um obstáculo ao crescimento da cidade. O professor Ongent concorda com ele, mas a maioria das pessoas ainda se apega à *História de Guerdon* de Pilgrin como — rá! — escritura sagrada.

Ele tira o livro das mãos dela antes que ela possa começar a falar de estilos arquitetônicos.

— Eu tenho que ir. Obrigado por isto.

— E o professor? Miren disse que você seria capaz de resolver tudo com a guarda, libertá-lo.

— É para lá que estou indo. Para encontrar um homem que conhece os magistrados.

— Eu irei com você — declara Eladora. — E vou deixar claro que o professor é uma vítima inocente em tudo isso. Me dê um instante para deixar um recado para Miren. — Ela pega caneta e papel numa gaveta em cima da mesa e começa a escrever. Mesmo com pressa, sua caligrafia é excelente.

Jere enfia seu jornal dentro do livro à guisa de marcador e vagueia pela sala. Ele cutuca os fragmentos do crânio do experimento do professor e os outros livros sobre a mesa. Olha pela janela. Lá embaixo, na sombra do arco, olhos vigilantes. Batina de padre, cabeça careca, nariz quebrado. Um Guardião. Como se uma das pequenas figuras da gravura tivesse ganhado vida, embora Jere não consiga imaginar aquele homenzinho seguindo algum santo cingido de fogo, cheio de fé e vigor. Não, Jere imagina que o padre é frio como uma tumba.

Jere cria padrões com pilhas de ossos. Coloca um livro em um ângulo específico na mesa. Deixa papéis soltos numa pilha que se inclina para aquela janela.

— Srta. Duttin? Há alguém vigiando esse escritório. Eles podem tentar invadir. Quero que dê uma boa olhada ao redor e memorize o lugar de tudo o que puder. Dessa forma, se o professor tiver convidados, ficaremos sabendo.

A caligrafia fina de Eladora se desintegra em um rabisco nervoso.

— Não devemos chamar os porteiros da universidade ou a guarda?

— Sua voz estremece.

— Não. — A porta tem feitiços de proteção por dentro, sem dúvida desenhados pelo professor. Linhas e curvas elegantes de prata os conectam à fechadura. Jere umedece o dedo indicador com a língua, toca as runas, sente-as fervilhar. Elas ainda estão vivas.

— E o meu bilhete? Eles saberão que eu estive aqui.

— Eles já sabem. Eu me pergunto quando começaram a vigiar.

Os dedos de Eladora roçam contra uma pesada lâmpada de mesa.

— Poderíamos esperar por eles e…

— Tenho por hábito não considerar agressões com o estômago vazio. E não irritar pessoas poderosas, a menos que seja preciso. De qualquer forma, posso estar errado. — Ele não está, mas prefere continuar nessa linha em vez de confrontar o padre.

Eladora pega o bilhete e o dobra.

— Vou deixar com um dos funcionários. — Ela pega um maço de papéis na mesa — ela não veio com eles, e Jere consegue distinguir os garranchos de Ongent neles — tranca a porta atrás de si e enfia a chave no bolso. Em seguida, deixa a carta com um jovem professor assistente de olhos sonolentos, que olha cansado para o bilhete e promete entregá-lo a Miren. Então eles saem, descendo corredores laterais e portas traseiras, e saem por entre as multidões matinais que descem para a estação de trem. Jere espera para ver se estão sendo seguidos, mas parece que o padre estava trabalhando sozinho.

— Qual parada? — pergunta Eladora.

— Praça da Ventura.

Uma parede palpável de irritação, mais forte do que qualquer feitiço de proteção, circunda Effro Kelkin. Não há peticionários hoje; ninguém ousa se aproximar de sua mesa na sala dos fundos do café. Seu assistente atual paira perto da porta como um homem apanhado em campo aberto durante uma tempestade feroz, aterrorizado com a possibilidade de qualquer movimento atrair um raio. Kelkin troca de assistentes e secretárias como quem consome lenha para a lareira.

Jere sorri e manda o garoto sair.

— Ele vai querer me ver.

Aliviado, o garoto foge para a sala principal da cafeteria lotada. Kelkin levanta a cabeça, mas seu rugido instintivo de repreenda morre nos lábios quando vê Jere e Eladora.

— Bom dia, chefe — diz Jere.

— Deuses inferiores. — De modo improvável, a atenção de Kelkin se concentra em Eladora. Ele franze a testa em pensamento, depois estala os dedos. — Você é a filha de Silva Thay. Que nome ela lhe deu? Parece nome de remédio. Elsinore, Elamira, El...

— Eladora Duttin, senhor. — Confusa, Eladora faz uma mesura. — Mas o senhor está correto, minha mãe se chamava Silva Thay antes do casamento. — Sua voz diminui de volume quando ela diz a última frase, como se não quisesse admitir sua relação com os infames Thay em público. Infelizmente, o café é barulhento e Kelkin é meio surdo, ou pelo menos finge ser.

— Fale mais alto. E sim, sim, Duttin. Ela se casou com um caipira piedoso e foi criar galinhas. Prazer em conhecê-la.

Claro, pensa Jere. Os Thay estavam entre os maiores apoiadores de Kelkin antigamente, quando ele estava promovendo todas as suas reformas e reconstruindo a cidade. Acabando com o predomínio da igreja dos Guardiões em tudo. Kelkin deve ter conhecido Eladora — e Carillon Thay, aliás — quando eram bebês. Agora que isso lhe foi apontado, Jere quer dar na própria cara por ter levado tanto tempo para ver: Eladora e Carillon se parecem o suficiente uma com a outra para marcar seu parentesco.

Kelkin indica uma cadeira para Eladora, empurra um prato de doces na frente dela.

— Agora sente-se e fique quieta. Taphson, traga-me boas notícias. Diga-me que o Ladrão de Pedra quebrou e te entregou Heinreil.

— Ainda não. — Kelkin geme, mas Jere continua. — Primeiro, eu preciso de um favor. Eladora aqui é aluna do professor Ongent.

— Quem?

Eladora fala prestativamente por trás de um bolinho.

— Ele é o titular da cadeira Derling de História na universidade, e dá aulas sobre questões urbanas antigas ligadas a...

Kelkin a interrompe.

— E?

— Ele é o dono da casa na rua Desiderata que foi atacada ontem à noite. A guarda o pegou por lançar feitiços. Pode solicitar que um magistrado intervenha antes que eles quebrem os dedos dele no torno?

Kelkin faz uma anotação.

— Vou investigar. O comitê de ordem pública está reunido esta manhã em sessão de emergência para discutir a rua Desiderata. Vou falar com alguém sobre o seu professor mais tarde.

— Sobre esse assunto. — Jere desliza o jornal para Kelkin, com a notícia sobre o ataque à rua Desiderata voltada para cima.

— Eu leio as manchetes, porra — retruca ele. — Meu cachorro pode me trazer o jornal matutino, Taphson, e ele é bem mais barato que você. Mija menos no chão também. Por que mesmo eu emprego você?

— Estive lá ontem à noite — diz Jere suavemente. — Eladora também. — Ele bate com o dedo na fotografia, o muro com ESTE NÃO É O ÚLTIMO escrito nele. — E isto não estava lá.

— Quando você esteve lá?

— Logo após a luta. Eladora esteve lá o tempo todo, desde o começo do ataque. Estava lá quando os Homens de Sebo apareceram, quando o professor tentou feitiçaria, quando a criatura fugiu ou explodiu e tudo acabou.

— A rua Desiderata — diz Kelkin cuidadosamente — foi isolada. Ninguém foi autorizado a entrar ou sair sem a guarda e a permissão dos Homens de Sebo.

— Sim. Então, quem quer que tenha deixado essa mensagem o fez com o conluio de um ou outro grupo. Ou a guarda sabia, ou os meninos de vela sabiam.

O rosto de Kelkin fica muito sombrio. Seus olhos faíscam como pederneiras sob as sobrancelhas espessas. Sua raiva está concentrada, como um espadachim que coloca toda sua força e fúria em um único impulso controlado.

— Mas você não tem provas. Apenas seu testemunho.
— Não, ainda não. Escute, chefe, eu posso lidar com Heinreil e seus ladrões. Um dia, vou levar Heinreil aos magistrados. Ele é um bastardo escorregadio, mas eu sei lidar com ele. Corrupção desta escala na guarda, aí já é outra coisa. E os Homens de Sebo, os alquimistas... dinheiro sujo é apenas o começo. Vou precisar do dobro da taxa de costume. — O dinheiro é importante para Jere. Uma razão pela qual ele e Kelkin trabalham bem juntos é que ambos conhecem a virtude bem como o valor do pagamento. Quando Jere era mercenário, arriscava sua vida por moedas. Está disposto a fazer o mesmo aqui, mas o acordo tem que ser sacramentado. O salário mostra que Kelkin aprecia a coragem e o sacrifício de Jere. O professor Ongent pode ter apenas uma fração da riqueza de Kelkin, mas não valoriza o dinheiro da mesma maneira. Ongent sempre esteve bem de vida, Jere sabe, então lida com favores, e segredos e um verniz de amizade, e pouca, porém preciosa, moeda. Kelkin oferece uma transação honesta. É um juramento cínico.

Kelkin assente imperceptivelmente, depois bufa de raiva. Ele desconta em Eladora a irritação pelo preço mais alto que Jere cobra.

— Você não devia ter trazido ela — devolve ele. Toma um gole de café; suas mãos estão tremendo. Jere nunca o viu tão agitado, e está prestes a piorar.

— Você é especialista em história pré-Cinzas e guerras sagradas, certo, chefe? — Jere mostra a Kelkin o livro do estúdio de Ongent e aponta para a ilustração do Desfiador. — Foi isso que atacou a rua Desiderata na noite passada... e cortou algumas dezenas de Homens de Sebo no caminho.

Kelkin olha a ilustração e fecha os olhos. Por um momento, ele é um velho. Sua boca se move, sua língua lambe lábios cinzentos, sussurra algo que pode ser uma oração. Uma estranha visão nos lábios do homem famoso por quebrar o domínio da igreja em Guerdon. Ele passa a mão sobre o livro, folheia-o.

Ao longe, os sinos tocam pela cidade. Dez horas da manhã. O parlamento está aberto. Em qualquer outro dia, Kelkin estaria correndo, pisando duro na direção do tambor no Morro do Castelo, arrastando suplicantes atrás de si como folhas caídas carregadas no furacão de seu aborrecimento. Agora, porém, ele está paralisado em sua cadeira como um Homem de Pedra em estado terminal.

— Tem certeza? — ele diz finalmente. — Você está cem por cento certo de que era um servo dos Deuses de Ferro Negro, *porra*?

— Eladora aqui viu.

— Hmm? — Jere cutuca Eladora. Garota pateta.

— Não vi muito — diz Eladora —, mas... mas eu acho que era isso mesmo. O professor saberia com certeza. Assim que o senhor tirá-lo da custódia, tenho certeza de que ele poderá ajudá-lo.

— E como está a sua MÃE? — ruge Kelkin, atacando Eladora com uma fúria tão inesperada que Jere instintivamente se levanta, mão indo para a bengala da espada. — Ela está bem? Diga-me, ela lhe deu EDUCAÇÃO RELIGIOSA? — Tão zangado que saliva voa de sua boca.

Eladora está atordoada. Ela gagueja, mas não consegue encontrar palavras. Começa a chorar com grandes soluços.

— Deuses inferiores, Effro. O que é que foi isso? — pergunta Jere. Ele entrega um guardanapo a Eladora.

Kelkin resmunga e tenta ignorar a garota que chora.

— Acho que exagerei.

— Acho que sim.

— Vou falar com um magistrado. Passe na casa amanhã à noite. Não — Kelkin se corrige —, na noite seguinte. Às nove. Continue trabalhando nesse grafite, a ameaça de mais ataques. E Heinreil. Deixe o professor comigo por enquanto. Preciso me apressar.

Ele sai correndo. Sua secretária sofredora segue depois, deixando Jere sozinho com Eladora. Seus soluços se tornam um tremor silencioso.

— Me d-desculpe — ela consegue dizer, abanando-se com uma mão. — É só que, só que... tudo. O professor, e essa coisa, e Miren e... Carillon, e minha mãe, e... tudo.

Jere aproveita a única parte em que pode confiar para dizer algo.

— Kelkin vai tirar o professor. Ele é um grande homem no parlamento.

Eladora pega outro guardanapo.

— Eu sei muito bem quem é Effro Kelkin, sr. Taphson. Presto muita atenção à política. — Ela limpa o rosto, esfrega o nariz. O guardanapo sai vermelho de sangue de seus machucados e cortes. Ela o dobra com nojo. — E sua estatura diminuiu muito ultimamente, então me perdoe se eu não tiver a fé que o senhor tem na influência dele.

— Por que ele perguntou sobre sua mãe?

Eladora começa a arrumar o prato de Kelkin, alinhando garfo e faca, escovando as migalhas de seus bolinhos e formando uma pilha.

— Não faço ideia. Minha mãe é, ah, fervorosa em sua fé. Ela é Safidista.

Os Safidistas são uma ramificação dos Guardiões, lembra Jere. Quando ele era um garoto crescendo na cidade, havia apenas a igreja dos Guardiões. As reformas de Kelkin abriram a cidade para outras religiões e também permitiram que uma centena de seitas derivadas dos Guardiões florescessem e começassem a incomodar as pessoas nas ruas. Atualmente, o principal interesse de Jere na religião é puramente profissional. Ele só se importa com as que são suscetíveis a inspirar crimes, ou iniciar brigas de rua, ou assassinar pessoas. Os Safidistas não se enquadram em nenhuma dessas categorias, a menos que você conte incêndio criminoso acidental. Ele lembra vagamente alguns incidentes em que os Safidistas atearam fogo a si mesmos com espadas infundidas com flogisto. E eles também queimam seus mortos, em vez de entregá-los aos sacerdotes como outros Guardiões fazem.

— Safidistas... querem ser santos, certo?

— Oferecer toda a alma à vontade do divino. — Ele imagina que ela esteja citando alguma coisa. Provavelmente pegou isso de Ongent; metade do que o professor diz é uma citação de algum livro ou soa como se fosse.

— Ela sempre foi Safidista?

— Não sei. Ela ficou mais comprometida depois que Carillon saiu. Concluiu que era culpa dela que Carillon fosse tão, hum, rebelde. Então, eu recebi o benefício de sua... determinação.

— E ela lhe deu uma "educação religiosa"?

— Rá. Ela tentou. Você acha que um Safidista teria algo a ver com o professor Ongent? Os Safidistas acreditam que todos deveríamos ser escravos subservientes dos deuses dos Guardiões. Que existe apenas uma fé verdadeira, a deles. O professor estuda toda a história de Guerdon. Todos os seus muitos deuses. E eles são todos iguais.

Jere olha para a ilustração, ainda aberta em cima da mesa. Santos dos Guardiões e demônios do submundo dos Deuses de Ferro Negro, lutando até a morte. Ele percebe, subitamente, que a batalha representada ocorreu aproximadamente no mesmo lugar onde a cafeteria fica hoje.

— "E eles vieram para o local chamado Misericórdia" — ele diz. Essa coisa de citação é contagiosa, aparentemente. — Como assim, os deuses deles são iguais?

— Todos eles são constructos mágicos autossustentáveis. Eu não finjo que entendo a feitiçaria, nem a matemática, mas é verdade. Deuses, todos os deuses, eu acho, são apenas feitiços em constante andamento. Como rodas d'água movidas pela passagem de almas, talvez. A oração os fortalece, e também o *residuum*, a porção da alma que permanece no cadáver após a morte. Os deuses não são oniscientes nem onipotentes, apenas muito diferentes de nós. Mais poderosos em algumas coisas, mas presos a padrões de comportamento que não podem mudar, então eles não são realmente sencientes, suponho. Santos são p-p-pontos de congruência entre o nosso mundo e o deles. — Eladora faz uma pausa, respira fundo. — É o que o professor diz. Suponho que seja um tipo de educação religiosa, mas não é exatamente o que minha mãe tinha em mente.

— Você está subestimando os deuses.

— Você está entre os fiéis, sr. Taphson?

— Não. Mas eu vi a Guerra dos Deuses. — Cidades derretendo como gelo sob um maçarico. Exércitos dos mortos. Santos loucos empunhando relâmpagos como lanças. — Onipotentes me parece o termo certo.

— Se os deuses deles fossem todo-poderosos, eles não precisariam que seus adoradores travassem uma guerra — Eladora diz baixinho.

— E eles não precisariam comprar armas dos alquimistas nem contratar mercenários, suponho. — A riqueza da cidade e sua neutralidade na Guerra dos Deuses são dois lados da mesma moeda. Jere se pergunta como seria se os deuses dos Guardiões se juntassem ao conflito. O pensamento é absurdo, até ridículo. É como confundir um canhão com uma chaminé só porque ambos são tubos que lançam fumaça.

— Suponho que não. — Eladora fecha o livro, depois fala apressadamente. — Sr. Taphson, minha mãe desaprova fortemente meus estudos com o professor Ongent, tanto que não estamos mais nos falando, já há algum tempo. Ela não me sustenta mais financeiramente. Tenho algumas economias, mas Carillon pegou todo o meu dinheiro, e todo o resto está na rua Desiderata e eles não me deixam voltar lá. O professor está na prisão, eu… eu não sei onde Miren está. Ele costuma desaparecer por semanas, e eu, eu… — As lágrimas ameaçam voltar, mas ela se recompõe. — Eu não sei para onde ir e não tenho dinheiro.

Comoção lá fora. Jere se levanta — ele é mais alto que a maioria dos clientes por uma cabeça — e consegue ver a porta. Bolind está ali, segurando a parte de trás da cabeça, gritando com um dos garçons da cafeteria. Bolind deveria estar vigiando o prisioneiro. Jere xinga baixinho, depois pega um punhado de moedas e as joga na mesa em frente a Eladora.

— Se Miren não aparecer hoje, vá ao meu escritório. Ele fica no antigo hospital da peste no Arroio. E cuide para chegar antes de escurecer. Há muito espaço lá.

— O litosário?

— Eu levaria você para lá agora, mas preciso resolver isto. Cuide bem desse livro.

Ela recolhe as moedas.

— Estou em dívida com você.

— Está, sim. Você pode me agradecer mais tarde. Boa sorte. Espero que o garoto de Ongent apareça, mas eu não contaria com isso.

O Rapaz de Pedra se foi. Carillon Thay esteve ali.

Bolind tem sorte de estar vivo. Mastro poderia ter esmagado todos os ossos do seu corpo. Jere está tentado a fazer o mesmo. Dois prisioneiros, ambos de imenso valor, e ele os deixa passear. Eles até roubaram o cajado de Jere, e ele pode ver o maldito simbolismo nisso, muito obrigado.

Ele os rastreou até a Igreja do Sagrado Mendicante, onde forçaram a porta. Depois disso, poderiam ter ido a qualquer lugar da cidade. Ele os encontrará novamente, se ainda estiverem em Guerdon, mas levará um tempo, e as coisas estão escapulindo por entre seus dedos.

Bolind emerge das sombras da torre do sino, segurando um manto cinza.

— Eu achei isto. Parece que ela trocou de roupa.

Jere grunhe em reconhecimento. Sacode a túnica, mas não há nada de interessante nela.

— E isto — diz Bolind. Ele segura uma seringa vazia de alkahest. — Parece que um deles invadiu a sala dos fundos para encontrá-lo.

— Eu dei uma dose a Mastro ontem à noite. Ladrões de merda. — Jere tamborila os dedos na bengala, sentindo falta do peso familiar de seu cajado. Bolind, ainda jurando que seu crânio está fraturado, senta-se num banco e examina cuidadosamente sua cabeça roxa com dedos manchados de preto. O roubo e o uso imediato do alkahest podem significar que Mastro está em pior estado do que Jere suspeitava, se ele está precisando de uma segunda dose do medicamento tão cedo. Alkahest não é tão difícil de encontrar na cidade, mas, se o Rapaz de Pedra precisar de uma dose todos os dias ou a cada dois, talvez ele cometa um deslize e se revele. E se a garota Thay ficar com ele, em vez de fugir, Jere também pode pegá-la.

Ir atrás deles ou trabalhar na misteriosa mensagem ESTE NÃO É O ÚLTIMO? Aquela que implica tanto a guarda da cidade quanto os Homens de Sebo no ataque a bomba à Torre da Lei e nos assassinatos da rua Desiderata?

A igreja escurece de repente. Uma figura na porta, delineada contra a luz da manhã que entra no Arroio. De aspecto digno, trajando um manto.

— Meus céus, o que aconteceu aqui?

Era um dos padres.

— O senhor teve um arrombamento durante a noite. Um par de ladrões. Um deles era um Homem de Pedra, e eles roubaram seu alkahest.

— Profanar a casa dos deuses, mesmo quando alguém está em grande necessidade, é uma coisa terrível. Terrível mesmo. A Sagrado Mendicante é humilde e despretensiosa. Ele pede caridade, mas não espera, e assim atrai o melhor no coração dos outros. — O padre se aproxima de Jere, estende a mão gorducha. — Eu sou Olmiah, um dos Guardiões desta igreja. O que você pode me dizer sobre eles? — O forte cheiro de um perfume de mulher e, por baixo, um fedor pavoroso, como se o padre tivesse pisado num monte de esterco.

— Jere Taphson, caçador de ladrões — diz Jere, curvando-se em vez de apertar a mão. Ele não quer ser apanhado numa longa conversação. — Devo me apressar em busca deles, Guardião, mas meu associado Bolind aqui tem algumas perguntas para você. Nós sabemos que eles levaram alkahest, mas se notar que algo mais está faltando…

— É claro, é claro. Ah, mas você está ferido — diz o padre ao ver Bolind. — Entre na sacristia, tenho curativos e pomadas em algum lugar aqui. — Bolind oferece gemidos de gratidão.

— Tudo bem — diz Jere. — Quando terminar aqui, vá buscar o máximo de gente do velho bando que puder e faça com que eles relatem. Nós vamos precisar de corpos nas ruas. — O velho bando é uma mistura de colegas veteranos, ex-membros da guarda, aventureiros e outros que Jere sabe que pode confiar, pelo menos enquanto as moedas de Kelkin continuarem fluindo. Bolind assente e estremece. — Vá, vá.

O grandalhão segue o padre para as sombras da sacristia. Jere faz uma pausa no limiar, subitamente perturbado por um pressentimento.

Acima dele, os sinos da Sagrado Mendicante soam, marcando o meio-dia.

CAPÍTULO QUINZE

A casa de Mãe Soturna é uma velha barcaça transformada em uma casa flutuante, amarrada na beira do que antes era um canal, mas que agora está tão entupido de ervas daninhas e lixo que é quase um terreno sólido. Ainda assim, o barco adernou para o lado com o peso de Mastro, quando ele subiu a bordo, e Mãe Soturna insistiu em fazê-lo dormir bem no meio, na pequena cozinha. Cari se enroscou em cima de um banco nas proximidades e dormiu feito um bebê. Não era lá um barco muito bom, mas ela passou metade da vida no mar, e a cabine apertada lhe era mais confortável do que a rua Desiderata jamais fora.

Ela acordou com o som de gaivotas andando no teto.

Mastro está quase invisível na escuridão, um caroço imóvel. Ela não consegue dizer se ele está dormindo ou apenas ali, parado.

— Bom dia — ela diz.

— Não consigo me mexer — sussurra ele em resposta. — Pedra.

— Merda. — Ela se ajoelha ao lado dele. Tem que pressionar o ouvido na boca dele para entendê-lo.

— Tive uma convulsão. Tentei pedir ajuda, mas não consegui falar.

— Deuses, eu não ouvi. Sinto muito.

—Alkahest. — Ele cospe a palavra, parecendo envergonhado e furioso.

— Vou encontrar um pouco — ela promete, embora não tenha ideia de onde.

Ela corre para o convés. Não há sinal de Mãe Soturna, que parece ser uma velha amiga da família de Mastro. Ela os acolheu, sem questionar, na noite anterior, e os encheu de cuidados como tias de verdade deveriam fazer. Há um pequeno retrato emoldurado de um homem que parece Mastro — ou como Mastro seria se não estivesse coberto de feridas pedregosas — pendurado na parede da cabine. Deve ser Idge. Eles estão cobrando dívidas antigas para ficar aqui.

Há três outros barcos, igualmente atolados por mato. Um desfiladeiro de cortiços, pendendo sobre o canal. Rostos nas janelas a encaram, acompanhando a nova invasão em sua vizinhança. Cari mantém a cabeça baixa, deixando o cabelo cair sobre o rosto. As marcas de queimadura do sino derretido na Torre da Lei ainda estão ali, num vermelho ardente, uma marca fácil de ver para quem estiver procurando. Ongent, os ladrões de Heinreil, a guarda, os Homens de Sebo... o Desfiador.

Ela desce do barco e atravessa a margem de concreto, segue a velha trilha de cavalos rio acima. Passa por um motor alquímico enferrujado que um dia arrastou barcos ao longo do canal. Suas chaminés a fazem se lembrar dos Homens de Pedra petrificados e afogados no litosário, bocas abertas em gritos mudos, as mãos estendidas para a superfície enquanto se afogavam.

Ela entra num labirinto de becos, no extremo oeste do Arroio.

É virar à direita, e ela estará em território familiar. Pode ver a torre da Sagrado Mendicante à distância, um marco que assombrou seus sonhos e suas horas de vigília nos últimos cinco dias. É passar por ela e virar para a Praça Pollard, e ela chega ao pequeno apartamento que dividia com Mastro num cortiço. Há uma lojinha de poções nas proximidades, vendendo remédios cura-tudo picaretas; era lá que Mastro comprava seu alkahest. Ela não pode voltar lá. Deve haver alguém de Heinreil vigiando.

Então ela vira à esquerda, ao longo da borda da Ponta da Rainha voltada para a cidade. Novas fileiras de casas geminadas regimentadas, em fileiras serrilhadas ao longo da encosta. Cari tem vontade de se dar uns tapas por jogar fora seus trajes de estudante na igreja — o manto cinza chamaria menos atenção aqui do que o traje atual. Existem portões e barreiras de patrulha entre o Arroio e a Cidade Nova, onde a guarda manda de volta os indesejáveis. Passar por eles de fininho costumava ser fácil, mas ela ouviu histórias de que existem Homens de Sebo nas ruelas laterais, esperando lá para pegar qualquer batedor de carteiras ou salteador que pudesse sair da escória do Arroio para incomodar os não-muito-nobres-porém--mesmo-assim-melhores-que-você da Cidade Nova.

Cari levou muito pouco consigo quando fugiu da casa de tia Silva. Pegou algumas roupas e dinheiro — assim como quando fugiu da filha de Silva, ela percebe, e esse pensamento é engraçado e triste ao mesmo tempo. Ela pegou o amuleto preto, a única lembrança física que já teve de sua mãe. Também levou consigo anos de lições de Silva sobre comportamento adequado, postura, dicção e como ser uma dama. *Aja como se fizesse parte do lugar, e a maioria das pessoas não ficará olhando para você.* Então ela se empertiga ao se aproximar do portão, passa os cabelos para trás e adota a cara adequada de desprezo. Ela praticamente provoca os guardas para que a detenham, para que perguntem sobre seus negócios ou seu rosto cheio de cicatrizes.

E, se isso não funcionar, há o peso confortável de sua faca afiada.

Nem a graça social nem a faca funcionariam num Homem de Sebo, mas ela tem sorte, e todos os guardas são humanos. Apenas uma olha duas vezes para Cari, mas não a impede.

Uma fileira arrumadinha de lojas e, no final, uma botica. Dentro, uma mulher gorda olha para ela de um banquinho alto atrás do balcão, como uma gaivota de olhos vidrados vendo peixes morrerem nas águas rasas. Fileiras atrás de fileiras de jarros atrás dela, todos rotulados de forma muito organizada. Uma porta para uma despensa nos fundos.

A mulher a princípio supõe que Cari queira um abortivo, e franze a testa fingindo pena.

— Não, alkahest — Cari a corrige.

A boticária traz uma jarra pesada de vidro repleta de uma gosma clara. É o tipo errado de alkahest. A substância vem em duas formas: o líquido injetável de que Mastro precisa, em suas seringas de metal com agulhas que perfuram pedra, e, como pomada cáustica, uma gosma com ardência purgativa feita para ser esfregada na pele de quem entra em contato com Homens de Pedra, para evitar infecções. Cari nunca se incomodou com a precaução antes. Apenas se lavava depois de roçar em Mastro quando se lembrava, e até agora tinha se safado.

Mas ela não conhece o termo técnico da forma injetável.

— Aquele tipo da seringa. — A mulher franze o cenho um pouco mais. Comprar a pomada não é assim tão incomum: muita gente em Guerdon tem obsessão em evitar o contato com a praga, mesmo agora. Carillon se lembra de ter visto uma jarra meio vazia da pomada no armário de remédios de Eladora lá na rua Desiderata. A seringa é apenas para Homens de Pedra com a forma avançada e incurável da praga. Não é o tipo de gente, hoje em dia, que seria encontrada numa loja daquelas.

A mulher dá o preço, e Cari quase engasga. É três vezes mais do que ela esperava. Ela pode pagar com o dinheiro roubado de Eladora, mas não por muito tempo, não se Mastro precisar da droga quase diariamente agora. Ela entrega o dinheiro, rezando para que isso seja algum efeito colateral do veneno de Heinreil que logo desaparecerá, e que ele volte a uma dose a cada duas semanas, se for cuidadoso.

— Você precisa assinar — diz a mulher. Ela empurra um grande livro-caixa em cima da mesa. A última entrada data de quatro anos antes. Um aviso impresso no topo da página fala sobre protocolos da peste aprovados pelo parlamento, sobre como cada surto deve ser relatado à guarda.

Eladora Duttin, escreve Cari, e dá simplesmente o endereço da universidade.

— Este perfume também. — Barato, mas não desagradável, e necessário. O cheiro do canal estagnado já gruda nas roupas de Cari, marcando-a. Se ela precisar se mudar para outras partes da cidade sem atrair atenção, pode precisar mascará-lo. — E baga-de-salgueiro. E um copo de água, por favor.

Baga-de-salgueiro é um analgésico comum para dores de cabeça e febres. O ombro de Cari ainda dói, mas o que ela realmente quer é água do quarto dos fundos. A mulher faz uma careta, mas cede. Ela deixa a porta entreaberta para ficar de olho em Cari, e isso permite que Cari a espie também, prestando atenção na disposição das coisas no local, caso precise voltar aqui e roubar alkahest em vez de comprá-lo para economizar dinheiro.

A boticária volta com um dedo de água em um copo e a importantíssima seringa. Cari coloca o perfume e o alkahest na sua bolsa, com cuidado para manter a seringa cheia longe da que ela pegou do litosário, aquele que ainda tem um pequeno resíduo de veneno. Toma cuidado, também, para não deixar que a boticária veja. Cari sente que já chamou atenção demais.

Um Homem de Sebo caminha atrás dela na rua, seguindo seus passos tão de perto que ela pode sentir o calor da vela na nuca. Seguindo-a até que Cari volte para o Arroio.

Mãe Soturna deve estar de volta. A condensação escorre pelas janelas no lado de dentro do barco e, quando Cari abre a porta, é recebida por uma parede de vapor e pelas risadas de terremoto de Mastro. Ele ainda está preso no chão, incapaz de se mover, mas a velha o apoiou numa caixa para que ele pudesse se sentar um pouco. Mãe Soturna limpa ao redor dele, esfregando todas as superfícies com um trapo embebido em um balde de água escaldante. O rosto enrugado tão vermelho quanto o lenço escarlate na cabeça, pequenos anéis de prata no nariz tilintando enquanto ela esfrega. Ela está usando um par surpreendente de luvas pretas de borracha que chegam até os ombros dela, do tipo usado por sopradores de vidro ou operários de fundição. Cari se lembra de ver homens usando luvas como aquelas nos estaleiros ao lidarem com resíduos alquímicos.

— Você conseguiu? — Mãe Soturna pergunta com rispidez. — Passe para cá.

Cari entrega a seringa de Alkahest. Habilmente, Soturna torce e tira a tampa, expondo o aço brilhante da agulha. Ajoelha-se ao lado de Mastro.

— Há outro par de luvas no balcão — ela diz a Cari. — Coloque-as e ajude a empurrá-lo para a frente.

Cari se ajoelha ao lado dela e encosta o ombro nas costas largas de Mastro.

— Tudo bem, eu dou conta.

Soturna bufa, mas não discute. As duas juntas alavancam o peso morto de Mastro para a frente e para cima, expondo uma rachadura na sua cobertura de pele. Soturna conduz a agulha através da crosta mais fina sem hesitação e pressiona o êmbolo até o fim. Mastro faz uma careta de dor, estremece, depois se recosta e sorri.

— É bom. É bom. Já consigo sentir meus joelhos. Me dê um momento.

— Você já fez isso antes — Cari diz para Mãe Soturna.

— Meu marido e uma das minhas filhas. Já faz muito tempo, mas ainda tenho o dom. Você deveria ter mais cuidado, querida. Para isto se espalhar, só precisa um toquezinho de nada, e você pode não ter a cura por perto. — Mãe Soturna coloca a tampa de volta na seringa. — Um revendedor de ferro-velho costumava pagar dois cobres por uma desta vazia. Pode render mais agora, com a guerra. Você está se sentindo melhor, Mastro?

Mastro se abaixa e segura o tornozelo direito, depois puxa a perna em direção a si, de modo que o joelho se dobra bruscamente. Há um estalo audível quando cascas semelhantes a seixos racham e pequenos filetes de pus aquoso misturado com cascalho vão cascateando por sua panturrilha. Ele sorri apesar da dor.

— Como se fosse novo.

Satisfeita, Mãe Soturna começa a limpar o líquido.

— Tem algumas roupas ali também, para vocês dois. Cari, tem ensopado na panela ali. Mastro e eu já comemos.

Cari encontra um funil manchado de ensopado ao lado da panela. O final estreito brilha com o sangue de arranhões recentes. Eles devem ter tido que forçá-lo entre as mandíbulas travadas de Mastro. Ela enche sua própria tigela com o caldo ralo de peixe e senta-se à mesa, subitamente faminta.

— Temos dinheiro — lembra-se de dizer entre os bocados. — Para as roupas, e por nos deixar ficar aqui.

Mãe Soturna faz um gesto de desdém.

— O filho de Idge é sempre bem-vindo aqui.

Mastro se levanta, fazendo o barco balançar violentamente. Ensopado quente cai na mão de Cari. Ela lambe, não quer perder uma gota. Mastro se inclina contra o fogão, testando sua capacidade de ficar de pé. Flexiona os dois pés e começa a andar de um lado para o outro. A cabine da casa flutuante tem apenas três de seus grandes passos, e ele tem que se dobrar quase em dois, mas está se movendo novamente.

— O filho de Idge não cabe aqui — ele murmura.

— É da guarda que vocês estão se escondendo? — pergunta Mãe Soturna. — Ou das velas?

— De ambos — admite Mastro —, mas também da Irmandade. Por enquanto.

Cari olha para Mastro. Ela conheceu Mãe Soturna menos de dez horas atrás, e embora a velha tenha lhes dado todo o abrigo possível, ela não a conhece nem confia nela. Se Soturna os trair para Heinreil antes que estejam prontos...

— Ah, Mastro? Tem certeza de que sabe o que está fazendo? Sete ou oito anos atrás, quando tudo era incerto, esse era o tempo. Lá quando eles estavam procurando um líder depois que o velho Bill, o Peleiro, morreu. Você era o príncipe na linha de sucessão, mas não fez nada. — Soturna dá uma risada sinistra de decepção e preocupação. Ela raspa um pedaço de ensopado de peixe seco com uma unha amarelada.

— Eu estava doente — disse Mastro. — E, de qualquer forma, agora não tenho escolha. Heinreil tentou me matar.

— A Torre da Lei? — Para uma lavadeira velha, Soturna é incrivelmente bem informada, pensa Cari.

— Não só. Ele contrabandeou veneno para o escritório do caçador de ladrões. Foi o que quase acabou comigo ontem à noite. Mostre a ela, Cari.

Cari mostra a seringa envenenada. Soturna nem se dá ao trabalho de examinar.

— Eu nunca ouvi falar de um veneno que se mistura com alkahest. Tudo isso vale talvez dois cobres — ela retruca. — Ele vai apenas dizer que foi o caçador de ladrões, ou que o alkahest era um lote ruim, ou algo assim. Pode provar que foi ele?

Cari prende a respiração. Neste momento, todas as provas dela se baseiam em suas visões sobrenaturais. Sua santidade indesejada e incerta.

— Ainda não — diz Mastro —, mas não posso recuar agora. — Há uma triste noção de dever na maneira como ele fala, e Cari não gosta disso.

Ela está louca por esta luta, ansiosa para derrubar Heinreil. Mastro tem uma razão muito maior para odiar o líder e muito mais a ganhar com o conflito, mas ele está protelando. Cari sabe que há uma centelha de raiva em algum lugar atrás daquele rosto cinza, mas está sufocada pela pedra.

— Bom — diz Soturna —, suponho que não seja da minha conta. — E diz para Cari, em tom normal de conversa, como se fossem duas velhas amigas batendo papo: — Eu não sou da Irmandade, querida, sabe? Não mesmo. Depois da praga, entretanto, ficamos em dívida com Idge. Não que ele cobrasse, veja bem; não, ele era um homem generoso. Via os roubos da Irmandade como saldo positivo. Ele tirava dos que tinham tudo.

Cari examina distraída a pilha de roupas velhas enquanto Mãe Soturna e Mastro conversam. Fofocas, principalmente, sobre pessoas que Cari não conhece, com tons de negócios. Uma relação de membros da Irmandade e ladrões que não estão felizes com Heinreil, ou não confiam nele, ou que ainda têm uma lealdade mais forte a Idge. Planejando encontros, mas Soturna tem razão, tudo isso é em vão até que eles tenham provas.

As visões de Cari, supondo que ela possa controlá-las, não são suficientes por conta própria. Ela não é membro da Irmandade, então sua voz não tem peso com os outros ladrões e, de qualquer maneira, o que ela vai dizer? Que o remanescente reformulado de um deus morto sussurrou verdades invisíveis diretamente em seu cérebro? Eles precisam de provas que todos possam ver.

— Onde você conseguiu essas luvas? — pergunta Cari. As roupas na pilha são velhas e esfarrapadas, passadas muitas vezes. As luvas de borracha em cima do balcão parecem novas.

— Um dos filhos de minha filha trabalha no pátio de Dredger.

— Ele conhece algum alquimista? — pergunta Cari. *O veneno*, ela pensa. *Deve haver uma cura.*

CAPÍTULO DEZESSEIS

Eladora Duttin leva dois dias para resolver um mistério que assombrou Guerdon por séculos.

Ela sai da cafeteria segurando o precioso exemplar de *Arquitetura sagrada e secular* numa das mãos e sua bolsa na outra. A universidade ainda demorará dez dias para pagar seu salário, mas ela gasta duas de suas poucas moedas — moedas emprestadas, não vai receber caridade de um caçador de ladrões — com uma passagem de trem de volta até a Estação Peregrino. Eladora prefere pensar na cidade como umas poucas ilhas de segurança ligadas por linhas de trem e ruas bem iluminadas. Ela nunca passa por becos ou ruas secundárias se puder evitar.

A rua Desiderata ainda está fechada. Da esquina, ela consegue ver a janela do seu quarto, ver os destroços explodidos da porta da frente — e a cratera ainda fumegante na rua do lado de fora. Nada da guarda da cidade ali, apenas os Homens de Sebo com suas peles translúcidas e seus olhares malignos de sempre. O mais próximo está parcialmente derretido e parece estar curvado. Rudes mesmo na sua morte-vida, ou meia-morte, ou seja lá qual for o estado horrível em que existem.

Ela não pode ir para casa.

Ela se dirige instintivamente ao escritório do professor Ongent, mas depois se lembra do aviso de Jere de que o seminário está sendo vigiado. Ele lhe disse para procurar sinais de que algum intruso tivesse invadido e revistado o escritório, mas o pensamento de abrir a porta e encontrar alguém lá a aterroriza. Em sua imaginação, é um Cabeça de Gaivota, imundo e berrando, bico babando de saliva sanguinolenta, olhinhos pretos e loucos, enquanto a faz em pedaços.

Não, ela não vai voltar para lá.

Ela vagueia pelas multidões do meio da manhã. Lojistas varrendo detritos das calçadas do lado de fora de suas lojas, amaldiçoando os tumultos da noite passada. Estudantes, decepcionados pelo fato de que as aulas não foram canceladas depois da batalha na rua Desiderata. Ela imagina Miren aparecendo no meio da multidão, deslizando até ela como uma sombra ágil, nunca falando, mas dizendo tanto com seu... bem, talvez não dizendo, mas insinuando com a ausência de...

Ela só quer Miren lá, como algum vestígio de seu mundo acadêmico bem ordenado. Sente falta dos dias em que ela e o professor falavam por horas sobre a história da cidade, ou sobre notícias do exterior, ou fofocas da universidade — Ongent tem um apetite perverso por escândalos e boatos —, e Miren sentaria ali no canto, perdido em seus próprios pensamentos. Às vezes Eladora devaneia sobre algum dia Miren sair desse sombrio labirinto introspectivo e a ver esperando por ele. Sem dúvida o professor era muito parecido com seu filho naquela idade — meditativo, com o peso do mundo em seus ombros magros. Provavelmente leva tempo e sabedoria para cultivar a leveza jovial do professor. Ela só precisa ser paciente e compreensiva.

Seria muito mais fácil se Miren estivesse ali, para protegê-la das multidões. Há cinco — não, há seis anos ela vive em Guerdon, e ainda acha a cidade estressante. Mesmo ali, logo abaixo da estrada que leva para a universidade, ela se sente uma intrusa. Ela quer voltar para a faculdade, se esconder entre salas e lugares familiares, mas esse casulo seguro também se foi.

Com os pés doendo e com sede, ela para em uma cafeteria. Mais algumas moedas se vão. Eladora chegou à cidade com dinheiro suficiente para se cuidar nos primeiros anos, embora tivesse que gastá-lo com cuidado. Começou a dar aulas para outros alunos antes que o dinheiro acabasse e depois o professor Ongent a recrutou como assistente. Ela nunca teve que se preocupar com a falta de dinheiro. Agora, está à deriva. Como um naufrágio invisível. Sem um tostão, além de algumas moedas emprestadas.

Ela percebe, ao se sentar, que aquele é o mesmo café para onde eles levaram Carillon depois que ela teve seu ataque estranho ao meio-dia. Na época, seu orgulho de ser iniciada em um nível mais profundo da pesquisa de Ongent superou sua irritação com o retorno de sua prima. Agora, ela gostaria que Carillon nunca tivesse voltado. Por que ela não podia ter se afogado no mar como um castigo dos deuses, como a mãe de Eladora alegou que tinha acontecido com ela?

Carillon, uma santa. Essa é a piada mais estranha de todas.

Depois que Carillon partiu, a mãe de Eladora, Silva, ficou mais fervorosa em suas crenças. Silva acreditava que a santidade era uma bênção dos deuses, uma recompensa para os piedosos. Jejuava, orava e, às vezes, até se feria em suas devoções, e se certificava de que sua filha passasse por tudo isso também. Dos 14 aos 17 anos, Eladora chorava todas as noites envergonhada por não ser escolhida pelos deuses dos Guardiões, como se fosse sua própria culpa que sua alma não estivesse inflamada com a luz divina.

Ela começou a ler outros livros além do *Testamento dos Guardiões*. Livros modernos, livros que falavam dos deuses como outro modo de ser, em vez de serem inefáveis e eternos, livros que atribuíam números e estatísticas ao divino. Trabalhos sobre reificação, sobre taumaturgia. Livros que argumentavam que a santidade era o resultado de congruência espiritual ou permeabilidade etérica ou simplesmente a atenção cega de deuses sem noção, que era uma bênção tanto quanto ser atingido por um raio.

Os sinos do meio-dia tocam novamente em coro na coroa tripla de torres no topo do Morro Santo, e Eladora tem uma ideia. É tão óbvia, tão simples, que ela desconfia. Ela lê *Arquitetura sagrada e secular*, relê certas passagens, consulta as anotações que preparou para Ongent. Ela procura uma falha em sua ideia, analisa-a com todas as ferramentas que possui, mas não encontra nada para refutá-la.

Ela se imagina dando uma aula sobre sua ideia. No início, imagina que está dando a palestra para Miren, mas ele finge desinteresse mesmo nisso. Pelo contrário, é o professor que a ouve, batendo palmas com entusiasmo enquanto sua aluna alça voo. Ela quase pode ouvir sua voz perguntando a ela:

— Qual é o maior mistério não resolvido do Período de Cinzas?

Guerdon caiu sob o domínio dos terríveis Deuses de Ferro Negro, assim nomeados porque essas divindades foram encarnadas — *infundidas*, talvez — como estátuas feitas de metal. Ao assumir a forma física, eles foram capazes de se banquetear com as almas daqueles que foram sacrificados e ficaram mais poderosos. Deuses da carniça, com tanta fome que não podiam suportar a menor distância entre boca e carne. Chafurdando no assassinato.

Eles ficaram com ainda mais fome. Exigiram mais e mais sacrifícios, até que o povo da cidade se voltou contra eles. Os deuses dos Guardiões — até então deuses rústicos menores das vastidões selvagens — aumentaram e abençoaram a terra com muitos santos, cujas espadas flamejantes e ira divina expulsaram os adoradores dos Deuses de Ferro Negro e seus servos hediondos, os Desfiadores disformes. E assim a cidade foi libertada da tirania dos deuses carniceiros. Pelos padrões modernos, foi uma guerra civilizada e sã. Adoradores e santos lutaram e morreram, mas houve pouca intervenção divina direta, nenhuma das loucuras contagiosas que marca a Guerra dos Deuses através dos mares.

Mas o que aconteceu com os Deuses de Ferro Negro? O Testamento diz que foram destruídos, e isso foi aceito como verdade por séculos, mas a teoria teomântica moderna sugere que isso é impossível. A Guerra dos Deuses prova isso: veja a devastação de Khenth e Jadan. Suas divindades beligerantes destruíram umas às outras, mas deuses são imortais. Eles continuavam voltando, cada vez mais distorcidos e menores em estatura, ambos os panteões destroçando um ao outro até que os deuses não passavam de horrores em farrapos, e todos os seus adoradores foram arruinados além do ponto da ressurreição. Deuses não morrem facilmente, seus espasmos agonizantes são coisas de pesadelo, mas a derrota dos Deuses de Ferro Negro foi marcada por um período de prosperidade, reconstrução e expansão.

— Mas — zomba seu imaginário Ongent — onde então estão os Deuses de Ferro Negro? Se eles nunca foram destruídos, para onde foram?

Ela pensa em Carillon tropeçando ao meio-dia, quando os sinos tocaram das catedrais no Morro Santo. Sua prima se curvando ao som, as visões colidindo através dela. Uma pontada de ciúmes com o pensamento de que os Deuses Guardados, os deuses gentis e sábios de juventude de Eladora, escolheram Cari como seu veículo — e então um sentimento igualmente indigno de superioridade presunçosa quando se tornou claro que os deuses de Cari eram coisas selvagens e sórdidas.

Esses deuses dela deviam estar ali bem próximos em Guerdon, mas escondidos.

A visão ao toque do meio-dia.

Os sinos. Eladora se lembra de dias de festa na igreja da vila. Sua mãe e os outros fanáticos Safidistas tomaram a igreja às vezes, reunindo-se lá e orando em devoção frenética, como se dias inteiros de oração e flagelação pudessem invocar a santidade. Certa vez, Silva fez Eladora tocar os sinos por horas, puxando com força a corda áspera até suas mãos sangrarem. Aquela igreja de vila era pequena, mas mesmo assim ela se lembra do terrível peso e do tamanho de seus sinos.

Qual deve ser o tamanho dos sinos de Guerdon? Feitos, ela agora tem certeza, de algum metal preto. Os Deuses de Ferro Negro estavam aprisionados em seus próprios corpos. Da mesma maneira que um dos circuitos taumatúrgicos simples de Ongent não funcionaria se você rabiscasse por cima das runas mágicas, também uma divindade encarnada se tornaria inútil ao ser refeita em outra forma. Os Deuses de Ferro Negro não perderam nada de seu poder — eles ainda mantêm a energia da alma de dezenas de milhares de sacrifícios —, mas não podem expressá-lo, não podem se mover nem pensar. Não podem nem gritar em agonia, exceto uma vez a cada hora.

A sombra da mãe de Eladora a acusa de blasfêmia, de contradizer a escritura sagrada. *Muito bem, mãe*, pensa Eladora. *Vou comparar meus livros didáticos com seus pergaminhos sagrados, e veremos quem vence.*

Para a biblioteca, sua fome e exaustão esquecidas junto com seu medo. Se o observador misterioso que estava espionando o escritório de Ongent está lá, ela não o vê. Ela está tão ansiosa para provar sua teoria que chega às portas duplas de carvalho da biblioteca antes de se lembrar do perigo potencial.

Sua desgraçada infeliz! Como ousa? Você deve se ajoelhar diante dos deuses, não os questionar! A voz de sua mãe ecoa de uma distância muito grande na memória de Eladora, mas, pela primeira vez, não a faz se encolher.

Quantas igrejas foram construídas na Reconstrução? Cem? Mais? Os vitoriosos Guardiões forjaram todos os Deuses de Ferro Negro de uma só vez ou foi um processo mais lento? Eles apenas reforjaram os deuses no molde simples de um sino, ou qualquer objeto grande de metal daquela época era uma prisão em potencial para uma divindade do mal? Eles usavam apenas igrejas ou escondiam os deuses em outros lugares também? Ela imagina que todos os Deuses de Ferro Negro devem ter sido ocultados em lugares elevados, torres, pináculos, nada subterrâneo. Não com os Desfiadores ainda à espreita nas profundezas.

Ela começa relendo livros familiares que tratam da Reconstrução, depois mergulha nos arquivos da igreja. Alguns dos arquivos cívicos foram destruídos quando a Casa da Lei queimou, mas, durante a maior parte dos últimos trezentos anos, Guerdon foi governada pela igreja dos Guardiões.

A Casa da Lei. Originalmente, ela lembra, uma igreja. Os alquimistas tiveram que se encarregar dos restos depois que ela queimou. Algum tipo de contaminação persistente das armas usadas para destruir o edifício ou uma descarga mágica da destruição do sino lá? Tudo bate direitinho: a Casa da Lei era originalmente a Igreja da Misericórdia Divina, onde servos arrependidos dos Deuses de Ferro Negro derrotados foram autorizados a implorar por suas vidas perante um júri de santos flamejantes. Foi construída 16 anos após a queda de Guerdon — e, ela descobre, a torre do sino foi terminada quase dois anos antes do resto da estrutura.

As sete grandes igrejas da Reconstrução: as três Catedrais da Vitória no Morro Santo, São Vendaval no porto, protegendo os pescadores e marinheiros, a Sagrado Artesão à sombra do Morro do Castelo, a Sagrado Mendicante no Arroio e a Casa dos Santos, onde a mãe de Eladora a tinha levado tantas vezes. Ela se lembra de andar descalça pelo caminho pedregoso da entrada daquela igreja, ouvindo os sinos tocando lá no alto. Aquele também seria um dos esconderijos de Ferro Negro?

Você vê agora, mãe? Não as mãos invisíveis dos deuses, estendendo-se para abençoar os fiéis, mas outra Guerra dos Deuses, uma guerra secreta. Do outro lado do mar, os deuses vivos usam seus adoradores como armas, abençoando-os com poderes hediondos e uma santidade impensável, atirando titãs deformados um na direção do outro. Todos em Guerdon sempre dizem com orgulho que a Guerra dos Deuses nunca chegou às suas margens, como os Guardiões são divindades gentis, amorosas e civilizadas, ao contrário dos tiranos loucos de outras terras. Mas e se, pergunta Eladora, Guerdon já lutou e venceu sua Guerra dos Deuses menor, e por trezentos anos eles têm vivido numa cidade ocupada?

Todas as sete grandes igrejas datam dos primeiros cinquenta anos da Reconstrução. Ela mergulha nos arquivos da igreja que estão armazenados em cofres labirínticos sob a biblioteca principal, corredores empoeirados iluminados apenas pelo piscar ocasional de uma lâmpada etérica primitiva. Marcas de fuligem no teto traçam os caminhos de monges e escribas mortos há muito. Os registros dos Guardiões são extremamente completos e bem conservados. Na sua busca, descobre livros contábeis assinalando o custo dos materiais de construção, dos trabalhadores, dos vários especialistas e artesãos empregados no edifício. Acha cópias de cartas escritas há muito tempo entre mestres pedreiros e sacerdotes, discutindo a ornamentação das casas do divino. Encontra as plantas das fundações para os poços de cadáveres que caem nas profundezas abaixo de várias das igrejas mais antigas. Descobre cartas e outros documentos que descrevem a disputa por esse negócio com os carniçais, como os fiéis choraram quando o Patros declarou o fim da cremação para todos, exceto para os sacerdotes ordenados. Ela encontra cópias dos sermões originais de Safid.

O que ela não acha é qualquer referência à fabricação dos sinos de igreja. Essa ausência é a prova que ela tem.

Sete igrejas, além da Casa da Lei. Os templos de outras religiões podem ter muitos sinos em cada igreja, mas as dos Guardiões geralmente soam apenas uma nota tristonha. Então, ela contabilizou oito sinos, oito Deuses de Ferro Negro. Havia, de acordo com todos os contos e testamentos, entre 12 e vinte divindades monstruosas em Guerdon antes da queda. Isso significa que deve haver mais lá fora. Eladora não ouve os porteiros na biblioteca acima tocando seus sininhos, avisando que o prédio está fechando para o dia. Cercada por livros e iluminada por luz artificial, ela não presta nenhuma atenção quando a noite cai sobre a cidade, nem quando o sol nasce novamente 11 horas depois.

Onde mais? Lugares altos, conectados à igreja, construídos nos primeiros anos da Reconstrução. Ela compila uma lista, pondera e compara possibilidades, faz suposições bem pensadas. Às vezes, as respostas são claras: o farol da Rocha do Sino, por exemplo, é um candidato tão óbvio que ela sente que está sendo ridicularizada por algum padre há muito morto. Eles começaram a construir essa torre um ano após o fim da guerra, e não só tem um farol, mas um sino para advertir os navios que se afastem para longe dos recifes. Outros candidatos são mais especulativos. Há uma capela na antiga fortaleza no Morro do Castelo, por exemplo, que data do período certo, mas ela não consegue encontrar nenhuma referência sobre ela ter um sino. O prédio do seminário — o próprio seminário onde fica o escritório de Ongent, onde ela trabalhou todos os dias nos últimos dois anos — tem um sino velho sobre o arco, mas ela acha que é muito pequeno e baixo para ser um local provável para um deus oculto. O antigo mosteiro de Beckanore é ainda mais complicado. Foi quase totalmente abandonado nas últimas décadas, mas, nos primeiros dias da Reconstrução, era muito mais importante. As frotas dos Guardiões se reuniram lá antes de bloquearem o porto. E, antes disso, era uma fortaleza dos Deuses de Ferro Negro: sua queda foi uma das primeiras vitórias da rebelião. E aquele mosteiro tinha um sino.

Não, ela pensa. *Não pode ser um deles*. Ele foi arrasado pelo exército de outra cidade-estado, Velha Haith, como parte de uma pequena escaramuça territorial. E isso foi há mais de um ano, não foi? Muito antes disto tudo começar. Se houvesse um sino lá, se os sinos realmente significassem alguma coisa, então o que aconteceu depois de Beckanore?

Ela lê e escreve como uma mulher possuída, como uma santa abençoada, como uma estudante de graduação na noite anterior ao exame final. É só quando se levanta para esticar seus membros doloridos que ela percebe há quanto tempo está ali embaixo. Ela está tonta por falta de comida.

Eladora descobre que ainda está irritada com a sopa. Ela fez sopa para ela mesma e Carillon na noite anterior — não, duas noites atrás. É uma coisa pequena e mesquinha, mas ainda incomoda. Tentou receber sua prima indesejável de volta em sua casa. Uma segunda intrusão de Carillon, na verdade: a primeira foi há muito, muito tempo, quando os Thay enviaram sua filha mais nova para morar no campo. Eladora mal se lembra daqueles dias; ela tinha apenas alguns anos, e Carillon era ainda mais nova, mas ela se lembra da mistura de empolgação e ressentimento que sentiu por ter uma nova quase irmã compartilhando tudo na casa de campo. E agora, novamente, Carillon entrando à força na nova vida de Eladora, a que ela criou para si mesma desafiando sua mãe. Eladora confia no professor Ongent, mais do que confia, mas por que trazer Carillon, entre todas as pessoas do mundo, para a casa da rua Desiderata?

— Você tinha razão — diz Cari na memória de Eladora. — Eu sou uma santa.

Essa memória faz Eladora parar no ato. Ela começou com as visões de Carillon e, a partir desse ponto, surgiu sua teoria de que os Deuses de Ferro Negro ainda estão presentes em Guerdon, apenas transformados e limitados por suas encarnações atuais.

Se isso é verdade, no entanto, significa que Carillon é uma santa dos Deuses de Ferro Negro. Se isso é verdade, então Carillon é… incomensuravelmente perigosa.

— Está tudo bem — sussurra a memória de Cari. — Você vai ficar bem.

Ela precisa de provas antes de poder fazer tal acusação. Prova de que está no caminho certo, prova de que sua especulação sobre deuses perdidos e sinos escondidos não é uma bobagem completa. Prova de que sua prima é ou não um monstro. Eladora recolhe apressadamente suas anotações e sobe cambaleante, piscando na luz do amanhecer que passa pelas janelas da biblioteca. Um porteiro confuso a vê e a deixa sair. Ela caminha rapidamente morro abaixo, para fora da universidade e atravessando a marginal Cintilante, passando por partes da cidade que nunca ousaria visitar normalmente.

A cidade nada dentro e fora ao seu redor, desaparecendo como uma visão. Ela não consegue parar de ver os ossos da história para qualquer lado que olhe. Os nomes de ruas lembram batalhas famosas, reis há muito perdidos e políticos há muito mortos; a curva de uma estrada espelha o rio enterrado profundamente que corre abaixo dela. Carruagens passam por um posto de guarda que parece incongruentemente fora do lugar, a menos que você saiba, como Eladora sabe, que aquele posto de guarda em particular marca a localização de um antigo portão da cidade. O portão e as paredes que o sustentavam se foram há quase setecentos anos, mas a forma deles permanece, uma cicatriz deixada na consciência coletiva da cidade.

A enorme massa do Mercado Marinho se ergue diante dela. Como uma baleia encalhada, o maior mercado da cidade é um enorme edifício de pedra escura desgastada pelo tempo, enfeitado com bandeiras e faixas coloridas. O cheiro de peixe é maior até mesmo que o fedor das multidões. Eladora só veio aqui com Miren ou outros amigos, nunca se atreveu a enfrentar os estreitos becos e corredores entre as barracas por conta própria. Os gritos dos peixeiros, açougueiros e outros comerciantes ecoam no telhado abobadado do imenso edifício.

Era um templo antes de ser um mercado. Todo mundo que estudou a história da cidade sabe disso.

Um templo no meio da cidade.

Ali, acima daquela barraca que vende rodas de queijo, não é um plinto vazio que servia de base para alguma estátua titânica?

As canaletas no chão escoam tripas de peixe e sangue dos açougues, mas esses sulcos são tão velhos e desgastados que devem ser anteriores ao mercado em muitos e muitos anos. As lajes são originais do edifício: e que tipo de templo precisa de canais para escoar sangue?

No meio do mercado, ela olha para cima. Muito, muito acima dela, pendurado no ápice daquele vasto telhado abobadado, esquecido e despercebido pelos milhares que circulam por ali todos os dias, ela vê um sino de ferro preto.

INTERLÚDIO

Arla anda pelo vale destruído em passos de sete léguas. Onde ela pisa, a terra queimada explode de vida, brotando capim-navalha e árvores vampiras em profusão. Ela cheira o ar novamente, provando o sal do oceano e o fedor mais fraco de motores alquímicos. Alguém está vindo! Intrusos que buscam profanar os templos de seu eu divino, assassinar os adoradores que são o sangue de sua vida. Simbiose: eles são o corpo da deusa, e ela é a alma deles.

Arla volta-se para o leste, em direção à costa. Sua bênção é um véu de um verde escasso sobre uma paisagem chamuscada, uma mortalha fúnebre, e ela chora.

Onde suas lágrimas caem, náiades assassinas aparecem. Por um momento, são suas filhas, lindas e alegres, seus corpos aquosos brilhando nus à luz do sol enquanto saltam em busca de rios desaparecidos. Quando não conseguem encontrar suas casas, caem na lama e surgem em suas formas de guerra, como criaturas de lama e arame farpado, e seguem no rastro dela.

Isto é o que eles fizeram comigo, Arla pensa — ou pensaram por ela, através dela. Há muito que sua mente deixou de ser apenas dela. Ela é uma santa, o canal para sua deusa se manifestar no mundo mortal. Para se vingar das feridas infligidas por seus inimigos. Antigamente, no tempo da avó de Arla, a deusa abençoava o vale com boas colheitas e bom tempo, e o povo do vale lhe era grato. Eles lhe ofereciam sacrifícios de peixe e música, e ela se sentia satisfeita e fez conhecer sua alegria pelas moças que escolheu para serem suas santas, suas sacerdotisas.

Os deuses profundos de Ishmere levaram os mares para lutar em suas guerras. Então os ladrões de Haith ocuparam o vale e exigiram um tributo cruel. Então os monstros sem nome que vieram de longe sitiaram o povo de Haith, afastando-os dali, mas eles então se voltaram contra o povo do vale. Enquanto Arla recita sua ladainha de ódio, ela sangra quando novos cortes se abrem em sua carne deformada, um milionésimo ritual de escarificação.

Sua carne mortal é uma prova da ira justa do divino.

E no ano seguinte, quando a deusa abençoou o vale com uma boa colheita, surgiu uma colheita de lanças nos campos de milho, e nos pomares brotaram granadas. O clima ameno foi forjado num único dia de sol abrasador, um dardo ardente que concentrava todo o calor das fontes brilhantes da deusa e dos longos verões quentes e abundantes de outono num lampejo de calor que atravessa os navios de guerra de Haith, derretendo seus cascos de metal. Dias cinzentos de nenhuma estação discernível preencheram as lacunas no tempo.

O povo do vale estava agradecido, mas não tinha peixe para sacrificar, e todas as suas canções eram tristes. A deusa deles os amava ainda assim, mas estava com raiva e magoada pelas ações dos invasores. Ela fez sua raiva e sua dor conhecidas através das mulheres jovens que ela escolheu para serem suas santas, suas guerreiras.

Quando Arla se aproxima da costa e dos restos de sua cidade santa de Grena, libera sua forma de guerra. A deusa se retira parcialmente, levantando a terrível pressão de distorção da realidade que mantinha a forma inchada da santa. Arla encolhe, tornando-se algo mais próximo da mulher mortal que ela foi outrora.

Ela nota, e a deusa engole seu medo e dor no instante em que nota, que seu braço direito se foi novamente. Uma explosão de canhão na última escaramuça com os haithianos, ela lembra vagamente. Não importa. Os brotos verdes da primavera já brotam em seu ombro, e eles vão crescer em nova carne. Não há um fragmento dela que não tenha renascido nesta guerra.

Seus adoradores — adoradores da deusa, Arla se lembra — se aglomeram ao seu redor quando ela entra na cidade. A terra não pode mais cultivar comida que os alimente, mas a deusa não se esqueceu deles. Enquanto ela atravessa a multidão, a turba faminta estende a mão para tocar a barra de seu manto. Um único toque é suficiente para reviver o conteúdo de seus estômagos. Algumas sementes ou folhas semidigeridas — ou, para os sortudos, um pedacinho de carne — brotam de volta à vida. Outros não comem há tanto tempo que não há muito neles para a magia da deusa trabalhar, mas há sempre algo para ser abençoado e nutrido, algum corpo estranho ou flora intestinal. Barrigas incham e as pessoas regurgitam alegremente.

Nem todos sobrevivem à sua bondade. Alguns explodem por dentro quando uma cornucópia entra em erupção dentro deles. Caules altos de milho brotam de seus estômagos e empurram suas gargantas, suas órbitas oculares, para fora, Maçãs e bagas se derramam de suas bocas, sufocando-as. Eles vomitam vinho. Mortos por bênçãos frutíferas, eles tropeçam atrás de Arla como sua comitiva ou se espalham pela multidão para alimentar aqueles que não puderam alcançar a santa. Seus mortos abundantes.

Seus generais esperam por ela na torre mais alta. Eles se prostram diante dela quando ela entra.

Arla abre a boca. Hoje, sua voz é o zumbido das abelhas na clareira da floresta, o mugido do gado nas pastagens e o tilintar acelerado dos riachos da montanha. Nenhuma dessas coisas ainda existe na zona de guerra do vale, mas o padrão da deusa é derivado deles e, desse padrão, eles podem ser trazidos de volta ao mundo mortal. Quando a Guerra dos Deuses for ganha e o mundo inteiro for vale, haverá abelhas, vacas gordas e água potável novamente.

Agora, porém, a guerra.

— Quem invade o meu vale? — ela pergunta.

Pois ela — ela a deusa, não Santa Arla, deve haver uma distinção — pode ser onisciente ou onipotente, mas não ambas ao mesmo tempo. Ela precisa de seus mortais para sustentá-la com adoração, mas também para cuidar dela quando ela concentra seu poder ou lutar por ela quando ela divide sua atenção.

— Uma flotilha de navios de guerra. Eles não estão usando nenhuma bandeira, senhora, mas...

— São os homens de Haith! — ela declara. A deusa sabe disso ou meramente supõe? Os navios estão no mar, e ela é a deusa do vale. Uma divindade local para um povo menor — por ora. É por isso que seus servos leais trabalham nas fronteiras de seu domínio, rolando enormes pedras marcadoras a norte e sul pela terra sem deuses. O vale cresce um pouco a cada dia, e ela também.

A deusa engole o momento de dúvida de Arla. Eles são mesmo haithianos.

Haith está em retirada, pensa um de seus generais, *eles não podem ser haithianos*. Pensa, não diz, mas ele está na presença de uma deusa em sua ira. Ela consegue ler o pensamento dele antes que chegue à sua língua.

Sua língua mentirosa se torna uma cobra. O cabelo dele, cobras. Os intestinos dele, cobras.

Ela toma a cadeira dele na mesa de conferência, afastando o pó e a pele que descascou da coisa arruinada que era um homem, e começa a tecer um chicote longo com as cobras.

— São os homens de Haith — ela diz — e eu irei para o mar e os destruirei antes que possam machucar meus filhos.

Mais dúvidas borbulham em alguns de seus generais. Os invasores haithianos estão no limite de seu domínio, onde os poderes dela são mais fracos. Arla já está ferida: ela se lembra do braço desaparecido e percebe que está tecendo cobras com uma mão mortal e um braço feito de videiras e espinhos. Os haithianos têm seus próprios monstros divinos, bem como terríveis armas alquímicas e legiões de soldados experientes, vivos e mortos-vivos. Haith é sinônimo de disciplina, de tradição marcial.

Ela deixa um pouco mais da deusa fluir para dentro de si. É transfigurada.

Algumas dúvidas desaparecem.

Outras se tornam cobras.

O que importa se essa santa morrer? Arla é uma mulher. Tem mais delas, não tem? Centenas, talvez milhares, talvez dezenas de milhares. "Muitos" é conceito suficiente para os deuses. Deuses não podem morrer. Na pior das hipóteses, ela pode ser diminuída se todos os seus adoradores forem mortos, mas ela tem seus redutos e seus refúgios. Ela criou estoques de poder divino; ela pode fazer nascerem novos adoradores do solo de seu vale, se necessário.

O povo de Haith não tomará sua terra.

Com sua arma feita, Arla se levanta. Ela deixa a torre, deixa a cidade, caminhando pelo leito seco do rio há muito morto em direção aos destroços do mar.

Ela se torna a forma de guerra novamente, fica gigante. Coloca seu poder no chicote das cobras, e elas incham, se debatem e sibilam, veneno letal pingando de mil presas. Ela canta uma nova ladainha de guerra. Suas palavras estão escritas na terra, musgos brotando nas pedras queimadas em forma de letras. Seus sacerdotes rastejam atrás dela, coletando revelações no furacão de sua passagem. Eles vão reunir os mortos e enterrá-los de acordo com a sua maneira, afundando-os com pedras sagradas nos pântanos da parte inferior do vale, para que as almas apodreçam e se fermentem no vinho que a sustenta.

Os homens de Haith se escondem em navios de ferro, então ela dá a suas cobras a capacidade de envenenar o aço com sua mordida, de fazer com que ele apodreça tão rápido quanto carne morta.

Os homens de Haith têm armas alquímicas, então ela se cinge numa armadura de lama do rio e pedras, impenetrável.

Os homens de Haith são numerosos e robustos, mas são mortais — e neste momento, nesta forma de guerra, Arla não é. A deusa a sustenta. Nenhuma arma mortal pode destruí-la.

Ela vai vadeando para dentro do que antes era o oceano. Ela consegue ver os navios no horizonte. Eles estão tão longe, ela tem que nadar em vez de vadear. Náiades de lama vão à sua frente como batedoras, cada qual vestida em sua própria concha hermeticamente selada. Não seria bom para suas filhas se misturar com esses antigos mares contaminados.

Os navios não abrem fogo quando ela se aproxima. Eles são tão pequenos, como brinquedos de criança flutuando numa poça, que ela ri. Ela não precisa invocar seu dardo de verão sólido nem sustentar suas náiades de lama através das profundezas. O chicote será mais do que suficiente para lidar com esses pequenos intrusos. Um golpe será o bastante para dividir qualquer uma dessas pequenas canhoneiras em duas.

Eles estão perdidos?, ela se pergunta. Refugiados de alguma frota derrotada, que se refugiaram em seu porto seguro? Antes, ela poderia ter recebido generosamente aqueles que procurassem o santuário no seio do vale, mas não pode mais ser misericordiosa. O padrão da deusa não mais admite a possibilidade de misericórdia.

Os invasores em seu vale devem morrer. Que seus espectros gritem e levem a notícia de sua ira de volta a quaisquer deuses que os reivindiquem!

A nave principal se vira para ela. Uma escuridão dentro dela. Uma bomba.

Arla se prepara para a dor, mas é inimaginavelmente pior do que ela espera. Ela está esfolada, desfeita, queimada. *Chegou a hora*, ela pensa. A hora de sua morte. Nem mesmo sua forma santa pode suportar essa explosão. A bênção da deusa não pode sustentá-la. Ela sente seus membros estalando e queimando, seus olhos derretendo. Ela morre.

A onda de explosão passa sobre ela, e Arla ainda está viva.

Arla bate na água — a água! — dura e quase desmaia com o choque. Ela luta para alcançar a superfície, batendo as pernas e o único braço. Ela perdeu a forma de guerra. Ela é apenas ela mesma agora. Pedaços de lama de náiades dissolvidas passam por ela. Tudo dói como se ela estivesse pegando fogo. *Deusa, me ajude*, ela reza, mas não há resposta.

Ela não consegue alcançar a superfície. Está longe demais. Ela suspira, engole água, engasga. Afogando.

Uma sombra passa sobre ela, quando a canhoneira se aproxima. Rostos olham para ela. Ela está muito longe para ver quem eles são, essas testemunhas de sua morte.

Pela primeira vez em sua vida, Arla está sozinha ao morrer.

CAPÍTULO DEZESSETE

A diferença entre ser um mercenário e um ladrão era te dizerem em quem bater. Como mercenário, raramente havia muita espera entre ser contratado e conseguir esmagar o crânio de algum bastardo. A velha regra sobre a vida de um soldado ser dividida entre cinquenta por cento do tempo esperando entediado, quarenta por cento marchando e transportando coisa e só dez por cento do tempo se cagando era verdade nos dois casos. Ficar sentado esperando em Guerdon era tão frustrante como fazê-lo a meio mundo de distância. Quanto à parte da marcha, Jere estava com os pés feridos depois de um dia viajando pela cidade, perseguindo contatos na Guarda. Nenhum deles sabia nada sobre o grafite na rua Desiderata — ou, se sabiam, não estavam dispostos a conversar.

E então Bolind, o filho da puta gordo, aparentemente adormeceu depois de voltar do Mendicante em vez de buscar mais gente para procurar Mastro e a garota Thay. Jere tirou alguns minutos para gritar de frustração com o homem antes de ordenar que ele saísse na noite seguinte, vasculhando bares e prostíbulos, para reunir as poucas lâminas semiconfiáveis com as quais podem contar para vasculhar o Arroio em busca dos prisioneiros foragidos. Mais tempo perdido, e a trilha está esfriando. A única coisa positiva era que a assistente de Ongent não piorou as coisas aparecendo no litosário. Talvez o rapaz que ela admira, Miren, tenha finalmente se esgueirado para fora de algum beco e prestado atenção nela.

Jere quer bater em alguém. Não, ele quer que lhe digam em quem bater. Se o deixarem decidir sozinho, ele daria na cara gorda, preguiçosa e imbecil de Bolind, e depois na de Miren, só porque o garoto é o infeliz mais espancável que Jere já conheceu — e aí talvez ele dê um passeio pelo Arroio e simplesmente comece a quebrar cabeças. Ele nem está com seu cajado favorito de quebrar cabeças. Ontem foi um desastre, mesmo antes de ele pensar sobre a ameaça de antigos monstros de gosma de outrora ou do que quer que Kelkin e Eladora estivessem falando.

O dia combina com seu humor. Chuva cinzenta estrondoa nos telhados, chocalhando e escorrendo das calhas em um milhão de pequenas torrentes. As ruas são rios. Ventos frios uivam, arrancando telhas e gritando nas janelas. No porto, o mar está branco com ondas agitadas pelo vento, lançando os navios para lá e para cá como brinquedos. Raios brilham sob nuvens escuras, como a ira de algum deus distante. As ruas estão quase vazias. Você não mandaria um Cabeça de Gaivota para a rua num dia como este.

Jere veste sua capa mais pesada e enfrenta o clima. Pega a rua principal que circunda a margem do Arroio, a cordilheira estreita que leva à Ponta da Rainha e ao quartel-general da guarda lá fora. Ele vai falar com Ongent, ver se o professor pode dar mais algumas dicas sobre o monstro Desfiador e aquele livro. Existe uma conexão entre a guilda dos ladrões, entre Mastro, Heinreil e o que Kelkin realmente o contratou para fazer, e todas aquelas histórias de deuses e monstros, e essa conexão é Carillon Thay.

O frio do vento desliza através de sua capa como um batedor de carteiras, encontrando a pele debaixo das roupas.

Quando ele se aproxima da cidadela, dois vigias da guarda o avistam. Quais são os nomes deles? Garça e... e... Garça e *puta que pariu, é muito cedo, só me dê um café e me diga em quem bater*. Há um Homem de Sebo também, como reserva, usando um absurdo capacete de lampião de vidro para proteger sua chama animada dos ventos. Mas não é tão fácil assim extinguir um Homem de Sebo: Jere viu uma vez um marinheiro bêbado pegar um pavio queimando para apagá-lo em vez de ser preso. A chama ardeu e atravessou sua mão.

— Jere Taphson? — diz o guarda sem nome. — O diretor-chefe da prisão de Guerdon solicita e obriga você a…

— O chefe quer uma palavrinha, Jere — interrompe o Garça. — Eles estavam prestes a enviar mensageiros para procurá-lo.

— Gostaria que as minhas caçadas fossem tão fáceis. Tudo bem, vamos ver o que sua graça deseja.

Garça e… Aldras! Aldras é o nome do garoto. Veio de barco de refugiados de Mattaur há alguns anos — começam a andar ao lado de Jere, obviamente felizes por ter uma desculpa para sair desta tempestade e escoltá-lo até outra porta lateral da fortaleza da guarda. Jere olha a ala da prisão; isso podia ser algum tipo de ardil do diretor Nabur para fazer Jere perder seu tempo, para que ele não possa falar com Ongent.

Entrando na fortaleza principal e subindo até o palácio do diretor. Jere gostaria de estar com seu cajado quebrador de cabeças, em vez de ter que carregar sua bengala-espada chique. A bengala é muito apropriada aqui, é elegante, refinada e muito limpa. Jere a leva consigo quando tem que lidar com qualidade. O cajado é bruto, pesado e deixa marcas satisfatórias em pisos de madeira polida, como aquele. Levá-lo ali para dentro deixaria Nabur puto, e esse é um dos grandes prazeres da vida. A bengala faz parecer que Jere está vestido para ver seus superiores.

Pelo menos ele está pingando por todo o chão limpo.

Nabur está tomando café da manhã quando fazem Jere entrar.

— Ele veio sem reclamar? — Nabur pergunta ao Garça.

Garça bate continência.

— Sem problemas, senhor.

O bigode de Nabur cai. Ele limpa um grão de poeira inexistente de seu uniforme reluzente, demonstrando irritação.

— Mandei trazer você aqui, Taphson, como cortesia.

— O senhor não deveria. Não tenho nada para o senhor.

Nabur o ignora.

— Tive várias reclamações de meus vigias sobre seu assédio e sua invasão na rua Desiderata. Sinto nojo por ver você, ahn, fazer pouco de uma tragédia.

Jere fica tenso, imaginando se isso é um prelúdio para que eles o culpem pela mensagem na parede.

— Eu tolero sua caça de recompensas e trabalho mercenário porque sinceramente não me importo se um criminoso ataca outro. O que me preocupa — e aí eu me torno *intolerante*, você entende — é quando suas pequenas caçadas saem da cidade baixa e entram nos lugares onde vive gente de verdade.

A guarda não sabe quem escreveu a mensagem? Nabur tinha visto a importância dela na rua da Misericórdia, no primeiro ataque a bomba.

A boca de Jere se move no instante em que o cérebro revira esse pensamento.

— Ei, eu estava lá em assuntos pessoais, não caçando um ladrão. O professor Ongent é amigo meu, e foi a casa dele que explodiu. Por falar nisso, por que diabos ele ainda está sob custódia? Ele é vítima aqui.

— O caso dele ainda está sendo processado — Nabur diz com rispidez. Kelkin claramente ainda não fez sua mágica, o que irrita Jere. O velho está bobeando.

Nabur embaralha alguns papéis em sua mesa. — Você afirma que estava lá em assuntos pessoais…

— Eu não afirmo, porra. Eu estava mesmo. Ou eu estou preso aqui, ó diretor-chefe?

— … em assuntos pessoais — ele repete. — Alguma das suas caças recentes estava lá naquela noite?

Jere escolhe suas palavras com cuidado.

— Não que eu tenha visto.

Nabur empurra uma folha de papel por sobre a mesa. Ela está coberta de texto jurídico densamente impresso e selado na parte inferior com dois símbolos — o próprio selo de Nabur como diretor da cadeia da cidade e o selo dourado do chefe da comissão parlamentar do legislativo, sr. Droupe.

— Você levou dois ladrões da Casa da Lei. Nós decidimos que queremos ficar com eles. Este é um mandado parlamentar para entregá-los.

Mastro e Carillon. Nenhum dos quais está sob minha custódia neste momento.

— Que palhaçada, Nabur. Você está atropelando minha licença, e pra quê? Dois ladrõezinhos que não sabem nada sobre o ataque a bomba.

— Isso não é você quem decide. A guarda da cidade deseja interrogar esses prisioneiros, e você os transferirá para nossa custódia.

— E se eu tiver recebido uma recompensa por eles?

Nabur funga.

— Nenhum dos dois chegou aos tribunais. Se algum cliente pagou uma recompensa por eles e não fez acusações, bem, isso é altamente irregular e deve ser relatado. Então, onde eles estão?

— Eu vou recorrer. Apelar aos magistrados.

— É mesmo? — Nabur parece genuinamente surpreso, e então sorri. — De qualquer forma, você tem apenas dois dias para acusá-los ou soltá-los. Você realmente vai colocar isso perante os magistrados e colocar em risco sua licença de caçador de ladrões, para ter mais dois dias com dois ladrões que, diz você, não sabem de nada?

Minha licença vai acabar mesmo assim se descobrirem que vendi uma prisioneira que depois fodeu comigo e Ongent e libertou o outro prisioneiro da minha própria prisão.

Jere se força a sorrir.

— Estou seguindo meus princípios. — Ele empurra a carta de volta sobre a mesa. — Fique com ela. Vou apelar.

— Se esses dois souberem alguma coisa sobre a bomba na Casa da Lei, eu o responsabilizarei por tudo depois disso.

— Tá, tá.

Uma batida na porta. Entra um jovem oficial em um uniforme naval impecável.

— Senhor, houve um acidente no porto. Um cargueiro rompeu as amarras e encalhou na Rocha do Sino. — O oficial engole em seco. — Senhor, o navio devia estar carregando armas. As rochas estão em chamas, e os vapores estão soprando para a terra.

— Deuses. — Nabur se levanta, balança, senta-se novamente. — Mande um mensageiro até a guilda dos alquimistas e peça a ajuda deles. Vamos precisar... precisar limpar o porto, não é? E a que distância da margem? E... houve alguma mensagem?

— Mensagem, senhor?

ESTE NÃO É O ÚLTIMO, é com isso que você está preocupado, pensa Jere. A guarda definitivamente não sabe o que está acontecendo.

— Algo mais? — pergunta Jere.

Nabur olha para ele como se não conseguisse lembrar quem ele é.

— Não. Não. Saia.

Jere não perde tempo. Abre caminho a empurrões pelos enxames repentinos de oficiais da guarda e mensageiros, pela multidão olhando para o porto agitado pela tempestade. O preto das nuvens de tempestade se misturou com uma mancha amarelo-mostarda fétida que se espalha a partir da Rocha do Sino. Se essas nuvens chegarem à costa, quem sabe quantas pessoas morrerão?

Ele se pergunta quanto tempo levará até a cidade ser avisada de que esse desastre não é o último.

CAPÍTULO DEZOITO

A chuva tamborila no telhado do armazém como dedos na tampa de um caixão. O mundo está enterrado vivo por nuvens.

Ratazana se levanta de seu recanto adormecido entre duas caixas e desliza em direção à porta lateral do armazém. Ele é atraído pela chuva. Deseja senti-la em sua pele, fazê-la correr em rios secretos descendo os canais de sua pele enrugada e podre, lavar a sujeira e o fedor de esgoto dela. A chuva é uma coisa do mundo da superfície, desconhecida nas profundezas dos carniçais.

Seus companheiros sentinelas ainda estão dormindo — todos, menos o velho Cafstan, que não dorme desde que seus filhos morreram. Ele está sentado, fitando cegamente os punhos ensanguentados. O velho espancou um possível saqueador até a morte quando os tumultos chegaram ao Beco do Gancho. Ratazana não tem o que dizer para o homem, apenas um desconforto silencioso. Ele sente a perda da morte dos meninos Cafstan, mas, para um carniçal, isso mais se aproxima da fome que da tristeza. *Eu os teria comido*, ele quer dizer para o pai, *e ficado satisfeito. Pareciam bou carne*. Mas ele vive na superfície há tempo suficiente para saber que às vezes é melhor ficar calado.

Myri, a feiticeira, se foi, e já foi tarde. As caixas do *Amonita* foram com ela, de manhã bem cedo. Carniçais não sentem pesar; o pesar é uma função do luto, e eles também não ficam de luto. Não conseguem. Assim que a mulher tatuada levou a bolsa para fora do armazém, Ratazana afastou as caixas de sua mente. Myri não ficou para retirar as mercadorias dos armazéns danificados. Músculos e tendões de carniçais não se cansam facilmente, mas depois de um dia transportando caixas e caixotes, até mesmo os membros de Ratazana ficam doloridos, e Bolsa de Seda está enrolada numa rede em algum lugar nas vigas. Alguns outros humanos estão sentados ao redor, metade cochilando, ouvindo a chuva, felizes por estarem lá dentro. Em algum momento, Tammur vai chamar a todos e colocá-los no trabalho novamente na base do chicote. Mais caixas a serem movidas. A escória da Irmandade.

Ele sai para a viela ao lado do Beco do Gancho, respira bem fundo. Há algo estranho no ar, um cheiro pungente e acre que vem soprando com a tempestade. Cheiro de alquimia. Ele se esgueira ao redor do armazém, vê a mancha amarela no céu preto.

— Ei.

Uma tremenda sensação de alívio borbulha nele, levantando um peso que ele carregava desde o Morro do Cemitério. O fedor químico no ar mascarou o perfume dela. As roupas são diferentes. O rosto dela está diferente, marcado com uma constelação de sardas e mais velho do que deveria ser. Até a voz dela está um pouco diferente, como se houvesse um eco muito distante, mas ainda assim ele reconhece Carillon.

E algo mais.

Aos seus olhos, Cari está manchada pela escuridão, como sangue seco. Ele sente seus dedos enrijecerem, preparando suas garras. Sua boca parece estranha, sua língua percorre dentes desconhecidos. A presença dela é desconcertante, literalmente; Ratazana se sente atrapalhado e confuso pelo turbilhão mágico ao redor de Cari.

— O que é você? — ele quer saber, tentando entender os impulsos conflitantes. — Eu consigo ver... — Palavras humanas lhe faltam, e ele sussurra uma palavra que nem conhece na língua secreta dos carniçais. Um novo medo se instala nele: ele não está mais preocupado que Carillon possa estar morta. Em vez disso, uma parte dele está alarmada por saber que ela ainda está viva.

— Merda. Dá pra ver? — Ela olha para si mesma, como se tentasse dizer o que mudou. — Quando a Torre da Lei caiu, isso me marcou. — Ela toca uma das pequenas marcas no rosto, uma queimadura de cicatrização lenta. — É algum tipo de santidade. Não sei exatamente. Ninguém sabe. Eu tenho tido essas visões. Foi assim que eu te encontrei.

Ratazana tenta falar, mas ele ainda não consegue formar palavras humanas por alguma razão. Cari entende o sibilar dele como um pedido para continuar. Ela abaixa a voz, para que seu sussurro mal possa ser ouvido naquela tempestade.

— Vou explicar mais quando puder, mas ouça: Heinreil tentou matar Mastro. Ele o envenenou, tentou fazer com que parecesse alkahest de má qualidade, mas foi tentativa de assassinato. Mastro vai fazer o que deveria ter feito anos atrás e retomar a Irmandade.

— Como…? — Sua língua se rebela, e ele engasga com a fala humana. De alguma forma, Cari percebe o que ele estava tentando perguntar, e fala por ele.

— Como está Mastro? — ela diz. Ratazana assente, não querendo confiar em suas palavras.

Ela franze a testa e esfrega o pescoço.

— Ele está mal. Muito mal. Dei duas boas doses a ele, mas não é o suficiente. Vamos ter que descobrir que veneno era, encontrar o antídoto, mas precisamos contra-atacar também. Mastro vai conversar com amigos do pai dele para convencê-los a ficar do nosso lado. Precisamos da sua ajuda. Você está dentro?

Cari nunca fez parte da Irmandade. Ela só estava em Guerdon há algumas semanas. Não é um membro jurado. Nem Ratazana, tecnicamente, mas ele anda com eles há anos e sabe como são. Sabe que a proposta de Carillon é loucura. Heinreil assumiu a Irmandade sem problemas, de dentro, depois de demolir cuidadosamente qualquer oposição. Demorou anos, mas Heinreil tinha paciência. Ele não precisava cortar gargantas.

Mastro está começando praticamente do nada, e Cari não tem paciência. Não tem como isso acabar sem sangue nas ruas.

Mas eles são seus amigos. Ele luta contra esse medo, quebra seus ossos e enfia tudo na garganta.

— Do que você precisa? — ele diz, as palavras grossas na sua boca.

— Mande uma mensagem para Tammur. Diga a ele que Mastro quer conversar. Diga a ele que o encontraremos na sala dos fundos do Touro de Ashur hoje à noite. O problema é que Heinreil tem alguém vigiando Tammur. Um dos trabalhadores das docas, cabelos escuros, orelhas grandes, uma delas está sem um pedaço. Tem cheiro de cebola, usa uma chave numa corrente pendurada no pescoço.

A descrição corresponde a um dos outros guardas. Ratazana não sabe o nome do homem, não trocou nem duas palavras com ele. Ele se pergunta como Cari sabe que esse homem é o espião de Heinreil ou como é que ela tem uma descrição tão detalhada, mas não o nome dele.

— Touro de Ashur hoje à noite. Certo. Eu digo a ele.

Cari o abraça impulsivamente. O carniçal se encolhe; ele não gosta de ficar preso, mas, mais do que isso, de repente está extremamente consciente da força de seus membros. Um pouco de pressão, e ele poderia quebrar a coluna da garota. Um giro de cabeça, um estalar de mandíbulas e a garganta dela já estaria aberta, o sangue do coração jorrando sobre o beco, misturando-se com a chuva que cai do telhado do armazém. E com esses pensamentos estranhos, a necessidade súbita e avassaladora de descer às profundezas do mundo, submergir no esquecimento da escuridão, dos túneis e da matilha, para provar as almas fugazes dos mortos e se fortalecer com elas.

— Você vem também — ela sussurra. — Eu te deixo entrar pela porta dos fundos.

Ele não faz aquelas coisas. Ela é amiga dele. Ele retribui o abraço, gentilmente, ancorando-se ao mundo da superfície.

A tempestade continua a uivar. Cari estremece e sussurra:

— Eu tenho que ir. Antes dos sinos tocarem. Preciso estar pronta.

*

Os dias chuvosos pertencem aos Homens de Pedra. Não importa o quão fria a chuva ou cortante o vento, Mastro mal sente. Existem baleeiros nas Hordingers que são tripulados quase completamente pelos Homens de Pedra. Quando Mastro contraiu a doença pela primeira vez, ele considerou ir embora para o mar com eles, vivendo os poucos anos de mobilidade que lhe restavam no meio do gelo e da neve. Talvez, ele pensa, pudesse ter encontrado Cari lá fora no mundo, em vez de aqui em Guerdon.

Depois de dias andando em círculos intermináveis ao redor do perímetro da ilhota no litosário, a liberdade de esticar as pernas é estranha, irreal. Ele se sente à deriva, inseguro. Ele tinha seu plano: um plano terrível, um plano triste, mas mesmo assim um plano. Ele ia morrer em custódia, segurar sua língua contra todos os truques e torturas que o caçador de ladrões ou a guarda pudessem reunir. Ele ia segurar sua língua até ela ficar petrificada demais. Morrendo pedregoso e silencioso como Idge, como seu pai. Mastro, o monumento vivo à famosa recusa de Idge.

Se ele tem que morrer desta doença, desejava que fosse nos seus próprios termos. Para fazê-lo com dignidade e certa dose de poesia.

Agora seu plano se foi, dissolvido no veneno cáustico da tentativa de assassinato de Heinreil, e ele está seguindo o plano de Carillon. Não faz ideia de se vai dar certo. Será que o nome de seu pai ainda carrega tanto prestígio quanto antes? Todo mundo na Irmandade fala muito no grande sacrifício de Idge, mas a lealdade a ele conta para algo mais? Mastro sabe que ele não se parece mais muito com seu pai, não com essa máscara de pedra semiformada sobre o que um dia já foi seu rosto.

A tempestade esvaziou as ruas do Arroio, então é fácil evitar pessoas que possam reconhecê-lo enquanto ele sai em suas tarefas.

A noite toda ele ficou arando a terra, nas palavras de Cari. Visitando casas, bares, lojas, tabacarias, casas de apostas, puteiros. Em cada lugar, uma variação do mesmo discurso que Mastro pratica desde que tinha 12 anos. *Eu sou filho de Idge. Você se lembra dos bons tempos, quando meu pai estava no comando, quando a Irmandade significava algo, quando impedimos que as guildas industriais e o parlamento fizessem picadinho dos pobres. Quando a Irmandade provia para muitos em vez de enriquecer uns poucos.* E então, dependendo de com quem ele estava conversando, relembraria seu pai, ou condenaria a tentativa de assassinato de Heinreil, ou falaria sobre o futuro. Quando ele vacilava, sugeria ter alguma vantagem secreta, um novo ângulo que iria mudar tudo.

Poderia até ser verdade.

Ele adverte a todos com quem fala para não falar e não fazer nada por ora, que ele está apenas realizando uma sondagem, mas ele sabe que a notícia chegará aos ouvidos de Heinreil. Alguns vão deixar isso escapar, outros oferecerão a informação na esperança de uma recompensa futura. Ainda assim, há muita insatisfação com a liderança de Heinreil, e repetidamente eles pegam a mão de Mastro — sua mão de pedra e verrugas, sua mão doente —, a apertam e dizem a ele que estavam esperando alguém ter a coragem de enfrentar Heinreil.

Orgulho e ambição são como fogo. Alimente-os e eles crescerão. Mastro passou os últimos anos da vida, desde que ficou doente, pisando nesses fogos, tentando sufocá-los debaixo da pedra e da dúvida. A doença havia comido sua carne, então ele permitiu, até encorajou, que ela também comesse suas ambições, até que ele estivesse frio e oco.

Pela primeira vez, desde que ele consegue se lembrar, Mastro se permite sonhar.

Sua próxima parada é no pátio de Dredger. O neto de Mãe Soturna, o alquimista aprendiz, irá encontrá-lo lá. Existem muitos outros Homens de Pedra trabalhando no pátio, e mais um pode se misturar à multidão cinzenta andando desajeitada sem chamar a atenção. Ele passa por um pequeno pátio entre duas dependências, protegido da chuva por um toldo de lona, onde Homens de Pedra sozinhos ou em dupla se injetam com a ração matinal de alkahest.

Alguns dos que trabalham aqui são relativamente saudáveis, apesar da praga. Têm a pele protetora de pedra, segundo estágio, mas por baixo ainda são quase totalmente de carne. Como Mastro costumava ser. Uma dose de alkahest a cada mês ou mais é o suficiente para deter o progresso adicional da doença. Você pode durar anos assim, se tiver sorte.

Outros quase se foram. Terceiro ou quarto estágio. Estátuas ambulantes, a doença corroendo suas entranhas, transmutando tripas, pulmões e coração em pedra. Eles precisam de alkahest apenas para ficar funcionais por mais um ou dois dias, antes de serem tomados por completo e precisarem confiar inteiramente na caridade de outras pessoas ou ir para a Ilha das Estátuas.

O último truque cruel que a doença exerce sobre eles é lhes dar força. Os Homens de Pedra ficam cada vez mais fortes à medida que vão se transformando em pedra. Mastro viu homens moribundos derrubando edifícios, atravessando paredes. Com toda essa força, mas cegos, surdos, aleijados e incapazes de a usarem. Dredger, o dono dos pátios daqui, os coloca para trabalhar como cavalos de tração, arrastando enormes cargas de sucata pelas docas. Mais barato que os motores de alquimia ou as raptequinas.

Uma cara cinzenta sai cambaleando para fora de um galpão e entra no caminho de Mastro. Tateando cegamente, arranhando-o, gemendo alguma coisa. Ele não consegue decifrar uma só palavra, é como pedras moendo uma na outra quando o outro Homem de Pedra — ou Mulher, ele não sabe dizer — tenta falar. Mas o gesto é claro o suficiente. O Homem de Pedra estende o braço até onde consegue e vira a palma da mão como uma nadadeira. Os dedos se fundiram. Um sulco profundo cortado na pedra da palma marca onde este Homem de Pedra segura as correntes de metal dos caminhões de sucata. Preso a esse sulco, um frasco de alkahest.

O Homem de Pedra aleijado o estende para Mastro.

— Quer que eu a injete em você? — pergunta Mastro. Seus próprios dedos estão rígidos e lentos, a perna repentinamente dormente. Ele também precisa de uma dose, mais cedo do que esperava. Lesões aceleram a doença, e aquele veneno ainda queima em suas veias.

O Homem de Pedra resmunga impotente, irritado. Geme de novo. Mastro percebe que o Homem de Pedra está completamente cego, que seus olhos estão cobertos de crostas. Mastro pega a dose de alkahest e a coloca no bolso, caso um dos outros trabalhadores tente roubar uma preciosa segunda dose. Ele mesmo poderia sair com ela — o pensamento lhe passou pela cabeça —, mas não é como a Irmandade age. Não rouba dos necessitados, mas os ajuda, estamos juntos nisso — e essa última parte da frase é certamente verdadeira. Apesar da sua doença, Mastro não é o pior caso neste pátio.

Ele agarra a cabeça do cego com uma das mãos e — com o máximo de cuidado possível — pinça a pedra que está em cima de um dos olhos, afastando-a. Ela ainda não está sólida, é mais uma espécie de crosta emborrachada com escamas rochosas embutidas. Exposto, um olho olha de volta para Mastro da face da rocha. Ele se arregala de horror porque o Homem de Pedra não o reconhece e, de repente, teme que Mastro pegue o alkahest.

— Está tudo bem. — Mastro saca o frasco novamente, tomando cuidado para garantir que seja a seringa cheia de alkahest e não a amostra de veneno. — Eu vou te aplicar. — Ele torce o pescoço do Homem de Pedra para o lado, encontra a rachadura mais funda que consegue e depois insere a agulha. Mastro é forte o suficiente para dobrar barras de ferro, mas tem que lutar para empurrar a ponta através da pele do homem.

A adrenalina do alkahest, do outro lado. A mão de Mastro treme quando ele devolve o frasco vazio. Ele conclui que vai precisar de mais uma dose naquele dia.

O outro Homem de Pedra tritura uma palavra que pode ser um agradecimento, mas então uma sirene soa, anunciando uma mudança de turno. Os Homens de Pedra cambaleiam, tropeçam e saem mancando, um chão de caverna de estalagmites em marcha através da cortina cinza da chuva.

O neto de Soturna trabalha nos laboratórios no outro extremo do pátio, junto ao mar. Mastro se arrasta pela lama em direção ao prédio comprido e baixo.

O céu para além do prédio está manchado de amarelo, apesar da tempestade. Uma nuvem mostarda se ergue de uma pequena ilha no meio do porto. A Rocha do Sino. Tem um farol velho lá, ele lembra. O farol é invisível a essa distância, e a própria ilha é um borrão escuro, mas a pluma de gás amarelo está chegando de lá. Uma pequena multidão se reúne no píer atrás dos laboratórios, alquimistas mascarados com macacões de couro ao lado de estivadores pedregosos e marinheiros, olhando para a nuvem bizarra.

Comoção. De um dos prédios atrás de Mastro, dois homens emergem. Um deles é atarracado e veste um traje de borracha com um capacete de bronze que esconde todas as suas feições. Por um momento, Mastro se pergunta se ele é um monstro como o Cavaleiro Febril, o notório capanga de Heinreil, mas então se lembra de histórias sobre Dredger. Um tipo muito diferente de monstro. O outro é alto e barbudo e... merda, é Jere, o caçador de ladrões!

Mastro fica paralisado, dá graças a todos os deuses que estiverem ouvindo por ter deixado aquele cajado marcante lá no barco de Soturna. Há outros Homens de Pedra ali, muitos, e a visibilidade é reduzida a nada naquela chuva. Ele fica parado como uma estátua, apenas mais um vendo a tempestade irromper em Guerdon.

Jere e Dredger correm para o píer e desaparecem por uma escada. Ouve-se o rugido do motor de um barco por cima da tempestade, e eles estão fora, indo para os dentes do vento e das ondas.

Mastro usa a distração para se esgueirar pela porta traseira dos laboratórios. O neto de Soturna, Yon, pálido e magricelo, cheio de manchas nos dentes de tanto chupar a mangueira de borracha de sua máscara respiratória.

— Aqui dentro, aqui dentro — ele pede, apontando para uma pequena despensa. Ele segue Mastro, tomando cuidado para evitar contato físico, apesar de o lugar ser muito apertado. — A vó disse que você tem uma amostra que quer testar?

— Sim. — Mastro entrega a seringa maltratada. Um pouco de seu sangue e cascalho fino ainda se agarram ao final da agulha. O alquimista a limpa e depois espreme as últimas gotas numa proveta. O líquido é o azul-leitoso pálido do alkahest, o mesmo cheiro pungente.

— Ora, ora — diz Yon, segurando a proveta contra a luz. — Isto não é bom.

— Por quê?

— A maioria dos compostos, você mistura com o alkahest e eles se decompõem. Solvente universal, certo? Injete e você até pode passar um pouco mal, mas quase nem notaria junto com a merda de sempre que se sente com alk. — Yon olha para Mastro cautelosamente. — Você...

— Doeu como o fogo costumava doer.

— Certo. — Yon coloca a proveta numa prateleira e tira um punhado de frascos de líquido do bolso. — Não há muitas coisas que se pode misturar com alkahest que ainda funcionem depois, e a maioria delas mataria você de cara.

Heinreil queria que Mastro sofresse.

Yon despeja um dos reagentes no copo, e o líquido azul fica escuro e rançoso. Ele solta um assobio baixo.

— O que é isso? — pergunta Mastro.

Yon olha para o chão em vez de encontrar o olhar de Mastro.

CAPÍTULO DEZENOVE

Em algum lugar, cinquenta braças ou mais embaixo do barco de Dredger, jazem os restos de Pal, tio-avô de Jere. Ele era pescador, na época em que o porto de Guerdon não estava tão envenenado com o escoamento das fábricas dos alquimistas que eles precisassem importar peixes de cinquenta milhas costa abaixo. Ele saiu uma noite para verificar puçás de lagosta com seu amigo Otho, que contou a Jere essa história. Um nevoeiro surgiu de repente, tão espesso que eles não conseguiam ver a luz do farol. Mas conseguiam ouvir o sino tocando na penumbra. Tudo o que eles precisavam fazer era se orientar a fim de que o som do sino ficasse mais fraco, lhes dizendo que estavam navegando para longe da Rocha e de todos os seus recifes, mas havia alguma coisa diabólica no ar naquela noite. Não importa para que lado Pal se virasse, ele achava que o sino estava ficando cada vez mais alto. Ele arrastou o leme para a esquerda e para a direita e, então, mais uma vez para a esquerda, cada vez perdendo mais a paciência e virando de novo quando o sino amaldiçoado começava a tocar mais perto. No fim, Otho afirmou, Pal subitamente enlouqueceu e se atirou sobre a amurada para se afogar. O nevoeiro se dissipou no mesmo instante e Otho trouxe o barco para a costa, mas Pal nunca mais foi visto.

Hoje, ao meio-dia, a penumbra está mais espessa do que qualquer neblina natural, e eles não conseguem ouvir o sino.

Dredger, debruçado sobre os controles da lancha, ruge alguma coisa para ele. Jere não consegue entender as palavras através da máscara respiratória de borracha que ele está usando, então ele se aproxima, subindo por rolos de corda, pedaços de tubulação e outros detritos que atulham o convés.

— Óculos de proteção, na caixa ali! — grita Dredger, acenando com uma mão enluvada na direção de um armário. Está pouco além do alcance de seu braço dele, mas nesses mares ele não ousa deixar o timão por um instante.

Dentro do armário, existem dois pares de óculos de proteção pesados com um conjunto complicado de lentes. Um deles tem um acessório ainda mais complicado na parte traseira, projetado para olhos que têm mais em comum com tomadas para lâmpadas do que qualquer coisa humana. Jere os entrega a Dredger, que os prende em seu capacete e ajusta. A luz pisca no vidro.

— Assim está melhor — ele grita sobre o vento. — Talvez não morramos neste exato minuto.

Jere coloca o outro par, deslizando-os sobre os óculos de sua própria máscara. A penumbra amarela das ondas e do nevoeiro se transforma num verde transparente doentio, maculado por milhares de pequenos flocos de neve cintilantes. Ele pode ver rochas tanto acima quanto abaixo da superfície, embora os óculos de proteção transformem o mar agitado num turbilhão mais caótico que machuca sua cabeça. Ele ainda não consegue ver a Rocha do Sino, mas, se eles continuarem indo para a parte mais densa da nuvem, a encontrarão lá.

— Há uma razão, Jere — murmura Dredger —, pela qual eu faço coleta de salvamento depois da batalha, e não durante ela.

— Isto não é uma batalha — diz Jere, mas ele não tem tanta certeza. Ele veio correndo da Ponta da Rainha e exigiu que Dredger o levasse até a Rocha do Sino, no coração da nuvem de gás. Aquela é a terceira catástrofe a atingir Guerdon em uma semana. ESTE NÃO É O ÚLTIMO, rabiscado após os dois anteriores. Se houvesse uma intenção única por trás dos três eventos, então Jere queria chegar ao local do mais recente antes da guarda, antes dos Homens de Sebo, antes de qualquer um, exceto talvez dos autores.

Pelo menos, meia hora atrás, ele queria isso.

Aqui, agora, ele não tem tanta certeza. A máscara protetora que Dredger lhe emprestou é inadequada e lembra seus últimos dias no exército, antes que ele decidisse que a Guerra dos Deuses não era mais um lugar para meros mortais lutarem. A lancha de Dredger parece minúscula comparada com o movimento das ondas, e o fedor das nuvens é avassalador.

Ele apura os ouvidos, tentando ouvir o som do sino por sobre o uivo do vento, mas não consegue. Começa a se perguntar se eles passaram da marca e foram além da Rocha do Sino para o mar aberto, e ao mesmo tempo Dredger vira bruscamente para bombordo.

— Ali?

Os óculos de proteção, seja lá o que eles forem, parecem mostrar objetos de metal melhor do que qualquer outra coisa. Dredger está sólido como sempre na visão de Jere, mas suas próprias mãos são fantasmagóricas e é difícil distinguir as pedras do mar. Há outro barco a distância, maior, mantendo posição ou talvez encalhado, Jere não sabe. E aquele outro navio lá, na costa da ilha?

— Me leve mais perto! — ele grita para Dredger.

— Não consigo ver o...

A lancha de repente dá um tranco e raspa em algum obstáculo submerso. Jere prende a respiração, mas outra onda os levanta e os joga em mar aberto em vez de bater e arrebentar seu casco nas pedras.

— Pedras — termina Dredger. — Isso é loucura.

Por um momento, porém, através dos óculos, Jere avista a borda distinta da Rocha do Sino, e o pequeno cais usado para atender o farol.

— Volte pra me buscar depois da tempestade — grita Jere, e antes que Dredger consiga argumentar, ele pula no mar.

Um frio chocante, e sua máscara se enche de água do mar quase instantaneamente. Ele a arranca e agarra a alça com os dentes. Braçadas poderosas o aproximam da margem. Ali, a sotavento da ilha, as águas são um pouco mais calmas, mas ele ainda quase afogado quando chega à costa, sangrando e machucado depois de ser arremessado contra as rochas.

Lutando para sair da água, ele respira fundo e isso quase o mata. Seu peito queima com o veneno. Ele luta para conseguir pôr a máscara de novo. Se não fosse pelos ventos, ele suspeita que sua inspiração teria sido fatal. Um afundamento na água do mar não melhorou o estado da máscara, e o aparato respiratório gorgoleja sempre que ele inala.

As lentes dos óculos rapidamente ficam cobertas com uma pasta de poeira amarela e água do mar, de modo que ele tem que atravessar a ilha meio cego na penumbra venenosa.

A Rocha do Sino é em sua maior parte uma base de rocha quase plana, pouco acima da superfície do oceano em um dia calmo. Agora, com a tempestade que a fustiga, ela desaparece sob as ondas a cada respiração. Se Jere estivesse do outro lado da ilha, de frente para o impacto total da tempestade e mais abaixo, não teria como evitar ser sugado para as profundezas ou esmagado contra as pedras. A morte certa, em vez de simplesmente arriscar a morte a cada passo por aquele lado protegido.

Há uma espécie de passarela, uma faixa estreita de concreto com corrimões de ferro, correndo entre a enseada de suprimentos onde ele desembarcou e o farol. Ele a encontra, mais pelo toque que pela vista, e se arrasta ao longo dos corrimões. O nevoeiro fica mais denso, uma névoa amarela que rapidamente se transforma em lama de mostarda na chuva. As partes mais altas das rochas expostas estão manchadas como pintas de leopardo, a camada amarela pontilhada com as marcas de borrifos do mar selvagem. Suas botas deslizam por um lodo de algas moribundas e gosma de um marrom amarelado.

Foi uma ideia terrível para caralho.

Uma forma gigante aparece à sua frente. O farol. Graças aos deuses. Mas em vez de ir em frente, em vez de correr para o abrigo da porta, ele se agacha e observa. Ondas quebram por cima dele. Água gelada chocando-se contra o peito, martelando a respiração para fora de seus pulmões. Mais difícil respirar pela máscara agora.

Ele consegue ver figuras se movendo através do nevoeiro. Cabeças de inseto, olhos bulbosos: mascaradas, como ele. Correndo para longe do farol, indo para leste na direção do segundo barco que Jere vislumbrou. De repente, desaparecem atrás das pedras.

E então o farol explode.

Pedaços de entulho caem em cascata através da névoa amarela como meteoros. A ilha parece se inclinar para um lado, e Jere é apanhado pelas ondas, caindo, se afogando. Então o trovão bate, e ele fica surdo.

Ele está de volta ao campo de batalha, na Guerra dos Deuses. A ira de um santo guerreiro. Vingança divina chovendo ao seu redor.

Ele acha que pode estar gritando quando as ondas o agarram novamente, o empurram ainda mais através das rochas, rasgando sua carne em tiras. Sua máscara ameaça escorregar, ele a agarra e então uma terceira onda o encontra enquanto suas mãos se atrapalham com as tiras. Ele não consegue se segurar, a onda o leva...

Para além da borda.

Jere é apanhado antes de atingir o mar, agarrado por um braço forte e puxado para cima de uma rocha. Tem mais alguém lá, pressionando para baixo, arrastando-o para uma posição estável. Uma forma familiar, mas quase invisível através da chuva e da gosma nos óculos de Jere. No começo ele acha que é a ladrazinha, Carillon Thay, mas então reconhece Miren.

Jere olha confuso para o garoto. O que o filho do professor está fazendo neste fragmento de ilha no meio de uma tempestade, no meio de uma nuvem de veneno? Ele não pode ter vindo no outro barco. Por falar nisso, ele não está usando máscara. Devia estar vomitando os pulmões.

Um som de algo rachando vem da direção do farol. Jere levanta a cabeça e vê que a explosão não destruiu completamente o edifício, apenas abriu um buraco em seus andares superiores. Agora algo racha e quebra lá, e cai com força, aterrissando com um espadanar de água titânico e um clangor nas rochas. Amassado, deformado, mas ainda intacto: o sino preto do farol da Rocha do Sino.

Quando ele olha para trás, Miren se foi.

Zonzo, imaginando se está morrendo ou se ficou louco, Jere se aproxima devagar das ruínas do farol mais uma vez. O nevoeiro está limpando um pouco, enquanto os ventos da tempestade vão rasgando a nuvem. Os homens mascarados se aglomeram ao redor do sino, amarram cabos nele. Eles o estão roubando. Como Jere suspeitava, eles têm outra lancha, como a de Dredger, mas maior, mais nova, ancorada no ponto mais próximo da costa da ilha para o farol. Eles arrastam o sino sobre as rochas e até o convés da lancha.

Há outro navio, naufragado e encalhado, entre Jere e a outra lancha. É um pequeno cargueiro, bem maior que ambas as lanchas. Foi ele que rompeu as amarras à noite. Suas madeiras estão inchadas, e a nuvem amarela venenosa escapa arrotando por suas escotilhas e pelas fendas no seu casco. Gás de um cadáver podre.

A lancha parte, rumo ao mar em alta velocidade, desaparecendo na escuridão da tempestade, o prêmio todo arrebentado escondido debaixo de uma lona rabiscada com feitiços de proteção e símbolos de aviso. Jere está sozinho na ilha.

Ele cambaleia em direção às ruínas do farol, pensando vagamente que poderá encontrar abrigo lá. Talvez Miren tenha ido para lá. Talvez ele consiga encontrar algo que os intrusos mascarados tenham deixado para trás, alguma pista para sua identidade. Qualquer lugar é melhor do que ali fora naquela tempestade. A nuvem de veneno amarelo está diminuindo agora, soprada para o interior pelos ventos que fustigam suas roupas ensopadas. Nada entre ele e o furioso céu preto.

Ele consegue chegar talvez no meio do caminho na direção do farol antes de ele explodir novamente. Essa explosão é ainda maior: ela arrasa o local. Jere se joga atrás de uma rocha no momento em que a nuvem de poeira e detritos chega até ele. Ele é ferido pelo menos em dois lugares, sente dor no flanco e no pé, mas não pode se preocupar com isso agora. A explosão continua queimando, como um vulcão, sacudindo a ilha. *Bomba de flogisto*, ele pensa, assim como a que destruiu a Torre da Lei, mas esta aqui não tem restrições.

Há uma explosão secundária, uma onda de fogo queimando através da chuva torrencial. Fogos queimando com uma cor verde lúgubre na superfície da água quando o pó venenoso queima. O centro da ilha é morte, nada pode sobreviver lá. Jere recua até a margem, apanhado entre o rugido do mar agitado lá embaixo e a tempestade de merda alquímica flamejante e venenosa que antes era um farol.

Dê um passo à frente e morra como os outros rapazes da companhia mercenária, queimado por armas alquímicas e pela ira dos deuses. Morra gritando em chamas.

Recue e morra como o tio Pal, frio, preto e silencioso.

Ou, pensa Jere, *ao abismo com isso tudo*. Vá mais para o lado, porra, e desça até o cargueiro naufragado. A nuvem de veneno é mais espessa lá, mas está muito menor do que era antes, ele ainda está segurando sua máscara de gás, e talvez haja algo que ele possa usar.

A explosão irrompe novamente — o que *caralhos* os alquimistas põem em suas bombas? — e há um estrondo quando parte do penhasco se quebra e desaba no oceano. Todo o cargueiro se desloca no recife. Ele vai escorregar e afundar ou quebrar antes que a tempestade estie. Partes do navio se desprendem, deslizando para fora do convés escorregadio da chuva para cair no mar ou colidir com a praia. Jere espia através da penumbra, tentando entender o que está vendo pelos óculos de proteção. Ele pode ver a âncora do cargueiro com mais clareza do que qualquer outra coisa, e perto dela...

Um barco a remo, mais ou menos intacto.

Uma oração de agradecimento aos Guardiões vigilantes vem espontaneamente aos lábios dele. Ele corre pela praia envenenada e escala o navio moribundo. Prendendo a respiração o tempo todo — ele precisa mergulhar na parte mais espessa da nuvem de veneno para chegar ao barco a remo, e sua máscara respiratória já não está funcionando mais —, ele solta o barco, o chuta para a água e sai remando.

A tempestade o arrasta para longe da Rocha do Sino, o gira de tal modo que ele não sabe dizer onde está. Rodeado por montanhas inchadas de água preta. As ondas arrancam um remo de suas mãos, então ele deixa cair o outro e deita de bruços no barco, tentando usar o peso do corpo para evitar que ele vire. Ele rola para frente e para trás por uma eternidade, afogando-se e cuspindo enquanto a água da chuva ou do mar ou ambas enchem o pequeno recipiente de madeira que sustenta sua vida.

E então, a luz penetrante de um holofote, gritos, e alguém o está agarrando, e ele acha que Miren de alguma forma voltou, mas é Dredger, Dredger e alguns dos trabalhadores do estaleiro, puxando-o para a lancha.

Dredger grita obscenidades e ameaças no ouvido de Jere, mas ele está fora da tempestade e não vai morrer hoje, então elas soam como música.

CAPÍTULO VINTE

Os sinos de Guerdon tocam muitas vezes todos os dias. Todas as igrejas soam o virar de cada hora, suas badaladas são os batimentos cardíacos da cidade. Alguns sinos têm suas próprias tarefas especiais. Pela manhã, e novamente ao crepúsculo, o sino de São Vendaval toca para marcar a mudança da maré. O sino do Sagrado Ferreiro anuncia a abertura e o fechamento dos portões da cidade — portões que ninguém usa mais, porque as paredes foram derrubadas séculos atrás, e a cidade se expandiu vinte vezes além daqueles limites originais. Lá no alto, no Morro Santo, eles tocam três vezes ao dia para convocar os fiéis à oração, e às vezes também soam para funerais e casamentos. Um toque funesto quando o corpo é entregue aos cuidados dos monges que o levarão para os Guardiões, e tilintares alegres e loucos.

Haverá mais funerais que casamentos nos próximos dias, imagina Cari. A nuvem de veneno chegou com a maré inchada pela tempestade. Quando chegou à costa, estava difusa e fraca demais para causar muitos danos propriamente, mas o pânico foi pior do que os vapores sufocantes. Cari viu pelo menos dois corpos: um marinheiro, que caiu de seu navio e se afogou quando a tripulação fugiu pela prancha, e uma criança pisoteada na evacuação do Mercado Marinho. Ela viu mais uma dúzia quando os sinos falaram com ela.

Também viu homens soando o alarme. Ela os viu correndo ao longo das docas, gritando que uma nuvem de veneno estava chegando. Como eles sabiam? Ela marca seus rostos, procura por eles nas visões engendradas pelas badaladas.

Durante todo o dia, ela percorreu os caminhos secretos da cidade com objetividade, explorando os limites de seu dom. Armada com um jornal recolhido de uma sarjeta, a lista de casamentos e anúncios de funeral encharcada de chuva porém legível, ela é empurrada contra o invisível mundo que se abre para ela quando os sinos tocam.

Ela aprendeu que, se estiver muito perto de um sino, é difícil ouvir o que ele está tentando mostrar a ela. Se estiver longe demais, então todos eles a pressionam de uma só vez, e é uma cacofonia indecifrável.

Ela aprendeu que não pode chegar perto do Morro Santo. Igrejas demais, sinos demais. Mesmo quando ela se prepara para ele, o choque psíquico é esmagador. Ela se afastou do Morro Santo naquela manhã, vomitou o café da manhã numa sarjeta e chorou quando visões incompreensíveis de fornalhas e canos atravessaram seu cérebro como pontas de metal quentes.

Ela aprendeu que o sino da Sagrado Mendicante é malicioso e cheio de segredos, e está mais consciente que os outros. Ela receia de alguma forma ter despertado o espírito do sino quando o tocou. Desde então, ele a tem chamado pelo nome quando toca. Uivado o nome dela por sobre os telhados. Se mais alguém na cidade compartilha esse dom, já sabe quem ela é agora.

Ela aprendeu que o sino de São Vendaval foi projetado para balançar livre ao vento, e por isso começa a gritar para ela quando o vento aumenta. Mesmo antes do nevoeiro amarelo atravessar as docas, ela já se encolhia a cada trovão e mudança no vento. O sino de São Vendaval, ela suspeita, esqueceu o que foi um dia — ficar tão perto daquela igreja a deixou com um mapa de padrões do clima no entorno do porto marcado a fogo em sua pele.

Ela aprendeu que o sino da Capela da Viúva lá em cima em Bryn Avane se lembra dos Thay. As visões ali estão misturadas a fragmentos de memória indesejados e inesperados. Ela foi procurar pelos segredos de Heinreil e voltou com o conhecimento de como o pai dela fumava na varanda nos fundos da mansão Thay, ou como tia Silva — tia Silva! — dançava até o amanhecer e depois entrou de mansinho pela porta dos fundos, para que ninguém notasse que ela havia saído sem uma acompanhante.

Ela aprendeu a apreciar melhor a dedicação dos sineiros da cidade.

O que ela não aprendeu, entretanto, é tudo o que precisa saber. Existem pontos cegos em suas visões, pessoas e partes da cidade que ela não consegue ver. E o frustrante é que Heinreil é um deles. Ele é invisível até mesmo para sua visão divina emprestada. Ela chuta telhas para fora do telhado de tanta frustração. Poderia tentar se aproximar da Sagrado Mendicante novamente, mas tem medo de ser *reconhecida* pelo sino, que é o pensamento mais imbecil ela já teve, mas do qual não consegue se livrar.

Ela acha difícil espionar o professor Ongent. Vislumbres de uma cela de prisão, austera, mas muito mais limpa do que qualquer prisão pela qual ela já passou, e ele só sentado olhando pela janela de volta para ela, como se soubesse que ela o estava observando. A visão dela pisca e muda para alguma nova paisagem sempre que ela tenta focar nele; muito embora a coisa seja como se ela tivesse uma dezena de globos oculares gigantes no alto de torres pela cidade, ela só consegue ver Ongent pelo canto do olho.

Miren é tão esquivo quanto Heinreil, mas de uma maneira muito diferente. Com Heinreil, é como se ela estivesse tentando se ver. Sempre que ela o sente — sempre que os sinos o sentem, ela se corrige — ela olha, e ele já se foi. Miren é o oposto — ela o vê com muita frequência, em lugares em que ele não pode estar. As visões não são, bem, visões, no sentido de que ela não está realmente *enxergando*. Às vezes até são, mas outras vezes são impressões confusas, gostos e sons, e a sensação de que ela está lá, ou de que ela é o prédio, a identidade de Cari se dissolvendo e fraturando a cada toque do sino. Imagens de Miren se sobrepõem a tudo o mais.

Um dia, ela ouviu falar de um capitão severastiano que ofendeu um deus da peste num templo do sul, dando remédio a uma mulher que estava morrendo. Os sacerdotes do deus ameaçaram o capitão, dizendo que o deus mandaria a Mosca Caçadora atrás dele. Aterrorizado, o capitão deixa a cidade do sul e navega para o norte. Na manhã seguinte, ele saca seu telescópio e olha para ver se ele está sendo perseguido, e vê uma mosca gigantesca ao longe. A Mosca Caçadora está atrás dele. Ele olha para o norte e a mosca está lá também. Ele navega para o oeste, o leste e por todo lado, mas não importa para onde ele vá, toda vez que olha pela luneta para verificar, a mosca ainda está lá, grande como uma nuvem de tempestade e feia como os pecados que a geraram. O navio gira e gira em círculos até a tripulação morrer de fome e cair morta.

E então a mosquinha salta de cima da lente do telescópio e vai pôr seus ovos nos olhos dos mortos.

Miren é a mosca em sua visão.

É quase um alívio quando ela consegue assumir o controle do dilúvio de visões e fazer os sinos lhe mostrarem outras pessoas. Eladora, por exemplo. Cari espia a prima trabalhando na biblioteca da universidade. Ela parece tão exausta e assustada que Cari sente pena. Através da visão, ela pode sentir a respiração ofegante e quase em pânico de Eladora, a fome em seu estômago com a qual ela não está acostumada, e a alegria misturada com o terror que ela sente ao pesquisar livros velhos. Isso lembra Cari do dia em que ela mesma fugiu da tia Silva, a mistura de felicidade e apreensão que sentiu aos 12, enquanto descia as encostas ensolaradas em direção ao pequeno porto, em direção ao primeiro navio que a levaria através do mar para o mundo inteiro.

— Está tudo bem — Cari diz a Eladora na visão. — Você vai ficar bem.

Então ela parte, na velocidade do pensamento, para outras visões. Luta para recuperar o controle, para afastar a inundação de imagens do nevoeiro amarelo, dos becos estreitos, e dos homens discutindo no parlamento, e pescadores amontoados nas portas esperando a tempestade passar, e pregadores no Mercado Marinho, e bebês gritando no Hospital da Cidade, e um concerto no teatro no Fio de Prata, e um recrutador mercenário treinando meninos de fazenda perto do Portão da Viúva e milhões de milhões de milhões...

E o sol se põe atrás da corcova do Morro do Castelo, e, um por um, os sinos silenciam pela cidade enquanto a noite lança seu manto sobre Guerdon. Os ecos são tudo o que Cari ouve. Os ecos não têm poder, nenhuma voz sobrenatural ou visões. Ela permanece ali em cima do telhado, vendo as luzes se acenderem do outro lado da cidade. Lampiões alquímicos brilham como estrelinhas nos bairros mais ricos; em outros lugares os acendedores de lampiões andam pelas ruas em caminhos familiares, acendendo os lampiões a gás. Outras partes, como o Arroio, caem em sua própria escuridão, iluminadas por algumas lanternas espalhadas e pelo aglomerado de luzes ao longo do porto.

Ela está mais cansada do que consegue se lembrar de ter estado algum dia. Seus membros não doem assim desde que ela morava no templo do Dançarino, e passava dias inteiros imersa na dança de êxtase místico do deus. Suas mãos não têm força para segurar o cano de esgoto enquanto ela desce. Mais do que isso, porém, ela sente como se sua alma estivesse gasta, esticada ao limite. É difícil para ela se encolher, se restringir à forma da mulher que agora anda apressadamente, cabeça baixa, mãos nos bolsos, descendo em direção aos canais.

Cari se pergunta o quanto de si mesma ela deixou à deriva nos telhados e calhas em toda a cidade. Sua consciência expandida para cobrir Guerdon, puxada para um lado e para o outro pelos demônios furiosos e exigentes nas torres dos sinos. Ela não acha que saiu incólume disso. Foi um dia incrivelmente longo. O tempo diminui de velocidade nas visões; ela vive vidas inteiras entre as badaladas.

Ela descobre que as visões perduram no fundo de sua mente muito tempo depois. Passando por uma gráfica, ela olha por uma janela fechada e sabe que o proprietário imprime secretamente um boletim sedicioso criticando a corrupção do parlamento, sabe disso porque ele os armazena num cemitério com vista para a São Vendaval.

Ela vê uma mulher carregando uma cesta de roupa para lavar e sabe que o marido está tendo um caso com a sobrinha dela, que ele está com ela agora no quarto dos fundos de uma pousada próxima, corpos nus bombando e ofegando, e por algum motivo ela pensa em Miren.

Ela se detém para comprar um lanche de um vendedor ambulante que manca e o reconhece. Sabe onde ele mora, para onde ele vai. Sabe que ele veio em um navio de refugiados, fugindo da Guerra dos Deuses. Sabe que ele acorda gritando e que parte de sua perna direita foi transformada em ouro vivo por uma das divindades de Ishmere, o Bendito Bol, um deus da prosperidade que se tornou combatente. Que ele comprou passagem para sua família cortando seu pé transmutado e o vendendo, ainda quente e dourado manchado de sangue, a um capitão de um navio mercante. Sua barraca não ganha dinheiro suficiente para pagar as taxas de proteção exigidas pela Irmandade, então uma vez por mês eles enviam um Cabeça de Gaivota com um martelo e um formão para cortar outra tira do toco.

Cari sabe tudo isso. É demais para ela, demais para caber no seu crânio.

Ela entrega uma moeda, ele lhe dá um prato cheio de papa e peixe frito, embrulhado em um jornal do dia anterior. Como se ela não soubesse tudo sobre ele por dentro. Ele reza para os Guardiões hoje em dia, em vez de para os deuses de sua terra natal. O Bendito Bol é louco, assim como a Aranha do Destino e a Rainha-Leão e até o Grande Umur, o Conquistador, mas pelo menos eles ouviam. Apenas os sinos ouvem suas orações nas igrejas dos Guardiões.

Controle-se, ela diz a si mesma. A cada vez que os sinos tocam, ela vai obtendo mais controle sobre o que eles mostram a ela. Logo, ela e Mastro terão o poder de destruir Heinreil. Os ladrões não podem dizer não a uma garota capaz de ver dentro de todas as casas da cidade, espionar todos, conhecer todos os seus segredos.

E depois... depois ela vai poder deixar a cidade novamente e nunca mais ter que ouvir seus sinos.

Visão duplicada quando ela se aproxima do canal. O que ela vê lutando com o que ela se lembra de ter visto de várias perspectivas diferentes. Ela vigiou o barco do canal o melhor que pôde nas visões, e tem certeza de que a Irmandade ainda não os encontrou.

Mãe Soturna está no convés, fumando. Fazendo sua própria vigia.

— Você não precisava comprar essa porcaria ishmeriana — diz ela. — Eu teria cozinhado algo para você.

— Amanhã, talvez, se ainda estivermos aqui — diz Cari se desculpando, embora esteja feliz por ter algo para comer com um pouco de tempero. Ela desenvolveu um gosto por especiarias enquanto viajava. — Mastro voltou?

— Ele deu uma deitadinha. Não tinha comido nada, pobrezinho.

Cari toca o cabo da faca para se tranquilizar. Uma deitadinha? Homens de Pedra não se deitam se puderem evitar. Quietude é a morte, foi isso o que Mastro explicou a ela à exaustão. Sempre que seu corpo assenta, calcifica. Algo está errado.

Ela passa correndo por Mãe Soturna, indo em direção às escadas para dentro da cabine do barco.

— Não esqueça as luvas! — a velha grita. Penduradas logo na entrada da porta, como mãos que agarram, estão os dois pares de luvas industriais. Cari passa por elas furiosamente; ela viveu com Mastro por meses em quartos quase tão confinados quanto a casa flutuante e nunca pegou a praga.

Mastro está deitado onde estava ontem à noite, no espaço aberto entre o banco e a pequena cozinha.

— Cari. — Ele não olha para ela quando ela entra, apenas para o teto.

— O que há de errado?

— Nada. — Ele rola, fazendo uma careta. — Eu só estou cansado.

Ela oferece a mão para ele.

— Bem, levante-se. Vamos encontrar Tammur esta noite. Ratazana vem também.

— Só um momentinho — diz ele, imóvel. Ela já o viu com esse humor antes, quando ele está sentindo dor. Ele se desliga, age como um autômato. Cede à pedra mais do que deveria.

Hoje à noite, ela não tem paciência para isso.

— Não temos tempo. Você me disse o quão importante Tammur é: ele é o único da velha gangue de Idge que ainda tem algum poder. Nós precisamos dele, então levante-se.

— Tem um pouco de alk?

— Não, porra, não tenho. Você tomou uma dose ontem à noite. Vamos.

Ele tenta se levantar por conta própria e falha, deslizando de volta com um estrondo que balança o barco. Cari se ajoelha e tenta levantá-lo, mas Mastro a empurra para longe.

— Não me toque! Eu consigo me levantar.

— Tudo bem. — Ela vira as costas e o ignora furiosamente enquanto devora seu peixe frito. Não dá ouvidos aos sons de ofegar e gemer de Mastro lutando para se erguer.

Cari se vira. Mastro está de pé, encarando suas próprias mãos incrustadas de pedra.

— O garoto da Soturna lhe disse algo útil?

— Não. Vamos lá, vamos ver Tammur.

— Certo. Certo. — Ele sai da cabine do barco e se endireita. Pega um meio-manto e joga em volta dos ombros. — Vamos.

Se a garçonete no Touro se pergunta sobre o estranho grupo reunido na sala dos fundos, não demonstra. Tammur paga o dobro a ela, de qualquer forma. Ela ainda faz cara feia para Ratazana quando ele passa por ela, franzindo o nariz pelo fedor do carniçal.

Pela maneira como o velho cumprimenta Mastro, seria até possível achar que Tammur e não Ratazana era amigo do Homem de Pedra há anos. Embora, Ratazana pondera, Tammur conheça Mastro há mais tempo: conhecia seu pai, o que quer que isso significasse. Carniçais não têm família como os humanos; seus filhotes nascem depois de três meses, do tamanho de ratos, e amadurecem na escuridão dos túneis subterrâneos. Ratazana não tem ideia de quem era seu pai, e tudo o que lembra de sua mãe é o cheiro dela. Nenhum dos dois significa nada para ele.

Ele vê que Mastro está tentando impressionar Tammur. Não admitindo fraqueza nem deficiência. Entrando a passos largos, sem mancar. Pedindo vinho num copo frágil, não nos copos de ferro que eles costumam reservar para Homens de Pedra. É uma atuação, mas Mastro está colocando tudo o que tem nela.

— Agora, meu garoto, para onde vai ser? Esse tempo maldito criou uma confusão danada em tudo, e só os deuses inferiores sabem quando qualquer um dos meus navios vai zarpar. Você vai ter que ficar pianinho lá no Arroio por mais…

Mastro o interrompe.

— Eu não estou aqui para tratar de passagens. Eu vou ficar.

— Você acabou de escapar do caçador de ladrões. Você é um homem procurado, Mastro. Se tivesse ido a julgamento, talvez pudéssemos ter feito algo, subornado um magistrado, conseguido uma sentença menor, pedindo que outra pessoa levasse a culpa, mas você fugiu.

— Eu não tive escolha. Heinreil tentou me matar.

— Isso — diz Tammur, pensativo — não é algo que se diga de modo leviano.

— Nós, todos nós três, estávamos na Casa da Lei — diz Cari. — Heinreil nos enviou para roubar registros de propriedades ou uma merda assim. Nós fomos uma distração enquanto os rapazes dele explodiam a Torre.

— A Irmandade não teve nada a ver com isso — diz Tammur. Então, como se estivesse pescando o pensamento em alguma piscina profunda em seu cérebro: — Pelo menos foi o que Heinreil me disse. E o que lucraríamos com destruir a Torre… ou matar vocês?

— Não! — diz Cari. — Ele está com um esquema só dele em andamento. Está apenas usando a Irmandade, ferrando completamente com vocês…

— Doce menina — diz Tammur. — Você não é membro da Irmandade. Eu não sei se você está trepando com Mastro ou se só está aqui porque foi expulsa por seja lá quem tenha te aceitado, mas eu estou tendo uma conversa com meu afilhado, então, cale a boca.

Cari leva a mão à faca, mas a mão de Mastro se fecha em torno de seu pulso num instante.

— Não. — A mão dele é muito maior que a dela, ele pode fazer um anel de dedos de pedra ao redor do braço magro dela sem tocar sua pele. Para Tammur, ele diz numa voz tumular: — Carillon salvou minha vida. Foi ela quem me libertou do litosário. E ela é…

— Uma santa — diz Ratazana, lambendo o focinho. — Ela pode ver coisas, Tammur. Conhece todos os segredos da cidade.

Tammur olha para ela desconfiado, a testa franzida, como um receptador avaliando bens roubados, pesando qualidade e valor contra quão quentes eles são, quão perigosos. Ele levanta as mãos.

— Está certo. Desculpe... Carillon, não é? Eu falei demais. Por favor, me mostre seu dom.

— Não posso. Não agora. — Cari sente as bochechas queimarem.

— Vamos começar de novo, sim? O que você quer? — pergunta Tammur.

Mastro hesita. Sua mandíbula se move, mas nenhuma palavra sai. Carillon fala por ele.

— Vamos expor Heinreil. Ele está matando membros da Irmandade e entregando o resto de vocês.

— Nós? Ou você, Mastro? Se você quer a cadeira do mestre, eu quero ouvir isso de você.

— Eu quero — diz Mastro, a voz espessa. Seus ombros se curvam. — Vou desafiar Heinreil. Tribunal das Sarjetas. — A corte dos ladrões: uma reunião de toda a Irmandade, a dura justiça dos oprimidos. Batizada com o nome do método preferido de execução da Irmandade: no passado, os culpados de terem ofendido a Irmandade eram pendurados nas calhas dos telhados como um aviso público.

— Tribunal das Sarjetas — Tammur repete. — Se ele tentou te matar, sem uma boa razão, então você certamente tem o direito. Mas você precisará de mais que... — Ele faz uma pausa, como se a palavra fosse desagradável — essas "visões". Ninguém gosta de Heinreil, mas isso não importa quando todo mundo está sendo pago.

— A Irmandade é mais do que negócios.

— Idge deveria ter entrado no parlamento. Apesar de que lá eles são mais bandidos do que qualquer um de nós. Ninguém vai se voltar contra Heinreil por princípios. Você vai precisar de apoio.

— É por isso que viemos até você — diz Cari. — Você é o segundo na Irmandade... ou deveria ser. Está cuidando das coisas desde os tempos do Idge.

— Não venha me dar lições — Tammur olha para ela fuzilando. — Isso não é da sua conta.

Cari se senta e fecha os olhos. Ela está olhando para dentro, Ratazana imagina. Curioso, ele a encara, lembrando-se de sua violenta reação ao encontrá-la mais cedo. Agora, diante de seus olhos, ele consegue sentir poderes invisíveis se movendo ao redor de Cari, dando a volta nela, estendendo-se na direção dela. Involuntariamente, ele começa a rosnar. Tammur olha para ele, bufa com desdém.

— Tammur — diz Mastro, cansado. — Posso contar com você?

O homem mais velho toma uma bebida. Bochecha o líquido como se tentasse expulsar um gosto ruim, depois engole.

— Não — ele diz finalmente. — Pelo menos, não ainda: e por lealdade à memória do seu pai, vou lhe dizer o porquê. Vocês estão tentando montar um golpe contra um mestre estabelecido e seguro em o quê, dois dias? Três? Seu nome conta para alguma coisa. Você provavelmente tem alguns esquentadinhos do seu lado também. Não é o suficiente. Você diz que quer isso, mas eu não acredito em você. Você quer ser Idge. Nós tínhamos Idge. E eles o enforcaram. Não precisamos de outro. Quer meu conselho? Vá embora. Vá para o Arquipélago, ou entre para uma empresa mercenária, ou desça até o pátio de Dredger e peça trabalho em navios. Estou lhe dizendo isso para seu próprio bem.

Mastro se levanta, fazendo uma careta de dor. Há um estalo audível como se alguém tivesse quebrado um paralelepípedo com um martelo.

— Eu não pedi seu conselho, Tammur. Pedi sua ajuda e sua lealdade. Heinreil tenta me matar e trai a Irmandade, e seu conselho é engolir tudo e ir embora? Não. — Ele aponta em direção à porta. — Saia.

— Você acha que pode mandar em mim, seu merdinha cheio de si? Eu te criei como meu próprio filho até você...

A pressão invisível na sala quebra como uma tempestade, batendo com um estrondo nos ouvidos de Ratazana. Cari fala:

— Você jogou um moribundo no porto no Beco do Gancho nove anos atrás, e o viu se afogar. Seu neto tem um cobertor azul, e você bateu na mãe dele porque ela não conseguia impedir o bebê de chorar duas noites atrás. Você quase bateu na criança também, mas em vez disso jogou um de seus brinquedos na parede e o quebrou. Você está tomando pílulas para os nervos; Seu médico está tapeando você.

Tammur faz cara de quem levou um tiro.

— Você esperava que a bruxa do mar, Myri, dormisse com você — continua Cari, com os olhos ainda fechados. — No andar de cima de uma casa em Valder, é 27, nove, 32, quatro...

— Deuses inferiores — diz Tammur. — Cale a boca dela.

Mastro não se mexe. Ratazana se inclina para a frente e — *rasga a garganta dela, deixe seu sangue jorrar sobre a mesa* — puxa o braço de Cari.

— Cari, volte. Cale as visões — ele sibila. Ela assente, morde o lábio, aperta a mão retorcida dele. A pressão psíquica ao seu redor se desvanece.

— Viu? — diz Cari. O sangue brota do lábio dela e desce pelo queixo. O que mais ela viu, se pergunta Ratazana, que ela não ousou revelar?

— Ainda é tolice — diz Tammur, mas ele está abalado. — Uma puta loucura. Me dê um tempo para pensar nisso, certo?

— Não pense demais — diz Cari, rindo como se estivesse bêbada. — Dezessete.

Tammur desce as escadas pisando duro, cambaleando, com estrondo. O barulho de sua passagem é como o trovão distante da tempestade que vai sumindo ao longe.

— Uma combinação? — pergunta Ratazana. Ele se afasta de Cari, observando-a com atenção. Sua própria sede de sangue fora do normal diminuiu ao mesmo tempo em que ela abandonou sua conexão com o que lhe dava as visões. A sala é muito pequena para ele agora; ele quer estar lá fora novamente, na chuva. A sala é tão pequena que parece um túnel.

— Sim, para o cofre dele. — Cari enxuga o queixo. — Consegui ver mesmo sem os sinos estarem tocando. Mas preciso de uma bebida, porra. — Ela pega a taça de vinho de Tammur e a enxuga, depois começa a beber a própria taça. — Isso realmente deu certo. Vamos conseguir fazer Tammur trazer todos que quiserem ouvir. Encontramos aquele alquimista, rastreamos o veneno até Heinreil. Essa é a nossa prova. Eles nos dão os números que precisamos para ganhar no Tribunal das Sarjetas.

— Ela ergue o copo como se estivesse fazendo um brinde. — Aquele filho da puta vai cair.

— Cari — diz Mastro, mas ela não escuta.

— Mastro Idgeson, senhor da Irmandade. Carillon, a santa dos ladrões. E Ratazana, vamos bolar um título para…

— Cari — Mastro volta a falar. — Não consigo me mexer.

CAPÍTULO VINTE E UM

INTERROGATÓRIO DO PRISIONEIRO N.º 9313

I: Indique seu nome para o registro.

P: Aloysius Ongent.

I: Endereço?

P: O antigo seminário.

I: Mas você também é o arrendatário do número oito, rua Desiderata?

P: Sim.

I: Profissão?

P: Sou titular da cadeira Derling de História na Universidade de Guerdon.

I: Você pratica feitiçaria, professor?

P: Eu brinco um pouco. Tenho uma licença, é claro, e a papelada toda deve estar em ordem.

I: Você brinca. Não se consideraria um poderoso adepto.

P: Eu não consideraria nenhum humano um poderoso adepto hoje em dia. A feitiçaria mudou. O trabalho realizado sobre reificação nos últimos dois séculos significa que é muito mais seguro e mais conveniente abordar a feitiçaria por meios físicos — alquimia, amuletos, motores etéricos, proxiates, adeptos cultivados em tanques e coisas do gênero — do que tentar feitiços usando métodos antiquados. O aprendiz de nível médio na guilda dos alquimistas, por exemplo, pode comandar feitiçarias que superam quase tudo já tentado em...

I: Você não se consideraria um poderoso adepto, então?

P: Não.

I: Três noites atrás, você estava na rua Desiderata. Me conte o que aconteceu naquela noite.

P: Quantas vezes mais devo repassar isso? Esta é, pelas minhas contas, a sexta vez que me fazem essa pergunta. Sétima, na verdade. Duas vezes pela guarda, uma vez por Jere e depois por um sujeitinho do parlamento, então mais uma vez pela guarda, e depois pela magistrada Qurix ontem de manhã — e ela disse que eu estaria livre para ir embora em seguida. Por que ainda estou aqui? Você é da guarda ou...?

I: Dezessete pessoas desapareceram na rua Desiderata, professor. Doze Homens de Sebo foram danificados para além de qualquer conserto, e o dobro desse número foi mutilado. Você responderá a estas perguntas por muito tempo, aqui ou em outro lugar. Diga o que aconteceu naquela noite.

P: Ah, pelo amor de Deus. Eu estava jantando na sala comum dos funcionários no seminário quando meu filho Miren chegou e me avisou de uma perturbação...

I: Por que ele foi atrás de você e não chamou a guarda?

P: Os Homens de Sebo já estavam lá. Ele supôs que eu viesse a ser necessário depois, não que eu tivesse que, bem, interceder.

I: O que ele te disse?

P: Que havia uma briga acontecendo na rua entre os Homens de Sebo e um intruso.

I: Ele te disse quem era o intruso?

P: Não. Ele não sabia o que era.

I: Você é o professor de história da universidade.

P: Sim.

I: Você sabe o que era aquilo?

P: Não. Deveria?

I: "Pois apressou-se das profundezas a destruição, e eles engoliram as hostes dos vivos e tomaram deles a cangalha da forma, e ofereceram suas almas aos Deuses de Ferro Negro."

P: Tradução de Pilgrin, não é? Eu sempre preferi a de Mondolin. "E das profundezas eles chamaram os Desfiadores, comedores de forma, que caíram sobre os exércitos dos abençoados e causaram grande confusão, pois aqueles que caíram ressuscitaram de aparência, pois eram conchas ocas." Você quer dizer que a criatura era um dos lendários servos dos Deuses de Ferro Negro?

I: Diga-me você.

P: De acordo com as histórias, todos eles foram destruídos — tanto deuses quanto monstros. Dito isso — você leu meu artigo sobre arquitetura cloacal pós-Cinzas? —, nossos ancestrais no período imediatamente após a guerra estavam muito, muito preocupados com a segurança de lugares subterrâneos. Existem portões e fortalezas de tamanho tremendo nas profundezas da cidade. Por que você acha que o antigo castelo foi abandonado como uma estrutura defensiva, e eles construíram esta nova cidadela numa península estreita? Não foi apenas para controlar o porto, foi? Foi porque o Morro do Castelo estava comprometido, cheio de túneis. Mas acho que você sabe disso tudo.

I: Você reconheceu a criatura quando chegou?

P: Meu caro, eu mal a vi. Ela estava lutando com todos aqueles Homens de Sebo. Tudo o que consegui ver eram facas e chamas dançantes. Não ia parar para examiná-la.

I: O que você fez então?

P: Como eu disse, eu brinco. Conheço algumas, ah, invocações vigorosas. Som e fúria, realmente, mais do que qualquer outra coisa. Nunca tinha lançado uma delas antes, mas minha casa e minhas protegidas estavam em risco, então eu...

I: Protegidas? Sua casa estava com algum feitiço de proteção? O que você estava esperando?

P: [suspira] Protegidas, "jovens estudantes sob meus cuidados". Eladora Duttin, por exemplo.

I: Mais ninguém?

P: Meu filho Miren também mora lá. Outros alunos, de tempos em tempos. Alunos de graduação, entrando e saindo como moscas domésticas.

I: Havia mais alguém presente naquela noite?

P: Eu não sei. Possivelmente. Amigas da faculdade de Eladora, talvez.

I: Professor — brincar até se tolera. Tapeação, não. Tampouco associação a poderes proibidos.

P: Associação! Mas que grandessíssima bobagem! Você não sabe o que está falando! Volte para os seus mestres na igreja e diga-lhes que se me ameaçarem novamente eu os trarei perante o parlamento!

I: Você tem menos amigos do que pensa. Não são os Guardiões que o ameaçam. Diga-me, professor, você se lembra de Uldina Manix? Ela se lembra de você.

CAPÍTULO VINTE E DOIS

A sala dança em torno de Jere, girando e balançando como uma casca de ovo num ralo. Ele suspeita que deve estar morto e desencarnado. Feito em pedaços pela explosão. Como se o bombardeio de artilharia que matou muitos de seus companheiros na Guerra dos Deuses tivesse acontecido novamente, adiado por dez anos e fora do alvo por mil quilômetros.

Ele se mexe. Tudo dói, mas ele sente a dor através de uma névoa de morfina. Foi o corpo de outra pessoa que sofreu o grosso do impacto. Ele sente um pouco de pena por esse cara.

Há um curativo ou venda tampando seus olhos. Ele estende a mão e o retira.

— Acho que você não devia tentar se mexer. — Voz de mulher. Hesitante.

— Onde… — É o que ele consegue falar. A boca está seca.

— Onde o quê? Hum. Seu homem Bolind está na outra sala. Devo buscá-lo? Onde você está? De volta ao seu escritório no — O desgosto em sua voz trai a identidade de Eladora para Jere — litosário.

— Água.

— Ah! Claro. — Um momento depois, ela pressiona uma xícara de encontro aos lábios dele.

— Eu posso fazer isso sozinho. — Ele pega a xícara, derramando metade dela sobre o peito com as mãos trêmulas. Ele arranca o curativo. Deuses inferiores, como seus olhos ardem. Uma gosma amarelada misturada com lágrimas rola bochechas abaixo. Eladora enxuga seu rosto com um lenço, mas ele a afasta.

— Não fique em cima de mim.

— Desculpe.

Ela se encolhe e se retira para o outro lado do quarto — do quarto dele. Ele está de volta ao seu quarto no escritório; um pequeno catre, um baú de viagem, sobretudo pendurado num cabide perto da porta, ao lado de onde sua bengala-espada normalmente fica pendurada. E que agora está no fundo do mar.

— Como eu cheguei aqui?

— Aquele homem estranho de capacete...

— Dredger.

—... trouxe você até a porta. Ele estava junto com uma médica. Bem, ela disse que era médica. Deixou um remédio para você. — Eladora pareceu duvidar. — Ela disse que você teve sorte de estar vivo. Não disseram o que aconteceu com você.

— Fiz uma pequena viagem à Rocha do Sino para ver qual era o problema.

— Ah! — Um som de papéis sendo embaralhados. — E o que você achou lá?

Lembrança de figuras mascaradas no nevoeiro amarelo. O sino caindo no chão com um estrondo.

— Não tenho certeza. O vazamento de gás foi uma distração, mas não sei quem eram os filhos da puta. — Ele faz uma pausa, tentando separar a memória real de algum sonho febril. — Você viu seu garoto? Miren?

— Não. Você o viu? Ele está bem?

— Deixa pra lá. — Jere peleja para se sentar. Fazer isso desloca algo em seus pulmões, e ele engasga, cospe pedaços de catarro amarelado e arenoso. Eladora sacode o lenço do outro lado da sala, como se isso fosse útil. — Caralho, que inferno.

— Aqui, tome um pouco disto. A doutora disse que ajudaria. — Uma colherada de remédio amargo; ele dissolve a gosma lamacenta em sua boca e provavelmente também uma camada de esmalte dentário.

— Como você não apareceu... Foi ontem à noite? Imaginei que Miren ou o professor tivessem voltado. Nenhum sinal?

Eladora torce as mãos.

— Não. O professor foi transferido. Não sei se ele ainda está preso, mas não está mais na prisão da Ponta da Rainha. E eu não vi Miren. E não foi ontem à noite, foi duas noites atrás. Você ficou inconsciente por quase 15 horas.

— Bolind! — ruge Jere.

Nenhuma resposta da outra sala. Eladora vai até a porta e confere.

— Ele não está aqui — diz ela.

— Pedaço inútil de banha. E quanto aos outros?

— Outros? — repete Eladora. — Não há mais ninguém aqui. Eu não vi ninguém além de você e Bolind neste lugar horrível.

Ele tinha mandado Bolind convocar a equipe de rua e enviá-los para procurar Idgeson e a garota Thay. Talvez eles estejam todos fora, dando um sacode em informantes e procurando nos cortiços o Rapaz de Pedra e a ladra. Ou talvez Bolind seja um pedaço ainda mais inútil de banha do que Jere teme, e ainda não tenha feito o que lhe foi ordenado. Será que o grandalhão perdeu a coragem?

— Merda dos deuses. Certo. Espere aí, eu perdi uma noite. Isso significa que eu deveria encontrar Kelkin hoje às nove.

— Já passa das sete — diz Eladora.

Um rugido inarticulado de frustração e cuspe amarelo. Jere luta para se levantar, falha, volta a afundar, tossindo. Há um curativo nas costelas que está vermelho e pingando, e outro na mão esquerda que está segurando dedos quebrados. E suas entranhas parecem as tripas de um Homem de Sebo, como se todos os seus órgãos tivessem derretido parcialmente e colado uns nos outros.

— Ah, deuses... — Seu juramento se perde em outra crise de vômito de gosma amarela. Ele toma outro gole do remédio, depois reconsidera e bebe metade da garrafa. Consegue se sentar ao lado do catre, fraco como uma criança.

— Poderia me ajudar a me vestir? — ele pergunta a Eladora.

Eles encontram Bolind na cela ocupada até pouco tempo por Mastro. O grandão anda com uma graça surpreendente, subindo agilmente as pedras escorregadias, mãos se movendo como um adivinho.

— O que você está fazendo, porra? — grita Jere da porta.

Bolind levanta a cabeça e a gira de uma maneira que lembra a Eladora um animal. Uma cobra, talvez, preguiçosa mas perigosa.

— Procurando por pistas.

— Ele acha que é detetive agora — Jere murmura baixinho para ela. Então, em voz alta: — Alguma notícia do velho bando?

Bolind pisca lentamente.

— Não. Eles ainda estão procurando. O vazamento de gás dificultou ainda mais as coisas ontem.

— Eu tenho uma reunião com Kelkin. Volto em algumas horas.

— Eu irei com você — diz Bolind. — Tenho algumas coisas para falar.

— E você está sentindo cheiro de jantar grátis. Tudo bem, mas fique de boca fechada. E isso vale para você também, srta. Duttin.

A Eladora de hoje se pergunta o que a Eladora de uma semana atrás pensaria dela. Há uma semana, ela nunca teria ousado ir ao Arroio a qualquer hora que fosse. Agora, está andando pelas aterrorizantes ruas escuras no crepúsculo, quase não se encolhendo com os gritos distantes — e, deuses, isso são *tiros*? Pequenas faíscas de chamas correm sobre os telhados, Homens de Sebo são atraídos pela violência. Chamas atraídas por mariposas.

A Eladora de uma semana atrás teria franzido a testa para suas roupas. Ela fugiu da rua Desiderata sem nenhum de seus pertences — *Carillon está com mais coisas minhas do que eu*, ela pensa amargamente — e não se arriscou voltar lá nem sequer para uma muda de roupa desde então. Sem dinheiro para comprar roupas também. Teve que se contentar com o que conseguiu pegar no litosário, então está vestindo um gibão de couro e calças. Ela se pergunta quem foi o dono dessas roupas: algum criminoso pego pelo caçador de ladrões, ela imagina. Elas até que cabem direitinho, e, quando ela se vê no vidro quebrado da vitrine de uma loja, fica impressionada com o quão parecida está com Carillon.

Ela parece quase perigosa. Se a Eladora de uma semana atrás passasse por ela, atravessaria a rua para se esconder dessa rufiã armada em trajes de aventureira.

Bolind caminha atrás dela, uma sombra silenciosa como Miren costumava ser. Miren, no entanto, é jovem, magro, bonito de um modo meio depressivo e tem cheiro de água de rosas; Bolind é enorme, e sua espantosa feiura é sublinhada por uma rosa de hematomas que floresce em sua bochecha. Ele cheira a água estagnada.

Jere, ao lado dela, é o único que tem a aparência de quem deveria estar indo ao jantar na casa de um cavalheiro. Ela encontrou um bom terno no guarda-roupa dele. Meio fora de moda, e precisou de uma boa esfregada para remover várias manchas não identificáveis das calças. Jere dizia que era seu terno de tribunal. Ele caminha com um certo gingado, abrindo caminho à frente deles. Aquela parte do Arroio está cheia, há uma espécie de cidade de tendas surgindo ali, pessoas que fugiram da nuvem venenosa do dia anterior aglomerando-se em barracos e albergues. A guarda disse que a nuvem já era praticamente inofensiva no momento em que chegou à costa e que não há razão para as pessoas não voltarem às suas casas nas docas. Cortiços precários para refugiados da Guerra dos Deuses. Alguns deles, ela sabe por seus estudos recentes, foram construídos como centros de descontaminação divina, onde os recém-chegados a Guerdon poderiam ser mantidos até se mostrarem livres de milagres perigosos. Existe uma teoria de que a Praga de Pedra foi trazida no início da Guerra dos Deuses. Agora, há um campo de concentração na baía, na Ilha Hark.

Jere abre passagem através da multidão para ela. Ninguém quer ficar no caminho do infame caçador de ladrões. É somente quando eles passam pelos Homens de Sebo sentinelas na entrada da estação de metrô, quando as multidões desaparecem de repente e eles ficam sozinhos nas escadas, que Jere de repente desacelera e tosse, se apoiando em Bolind enquanto recupera o fôlego. O frasco de remédio que ele recebeu da médica de Dredger já acabou, mas ele o encheu de licor medicinal e toma um gole. Ele oferece o frasco a ela, que recusa, bem como Bolind.

No trem, ela revisa suas anotações. Vai até a página onde listou prováveis candidatos para os Deuses de Ferro Negro ocultos e desenha um asterisco ao lado do farol da Rocha do Sino, traçando uma combinação com o sino ao lado do Mercado Marinho. Ela coloca pontos de interrogação ao lado das três catedrais no Morro Santo e na Igreja do Sagrado Mendicante. A caneta dela faz uma pausa ao lado do mosteiro de Beckanore. Ele foi destruído há mais de um ano, mas ainda pode ser relevante. Ela desenha um rabisco de indecisão.

— O que você tem aí? — pergunta Bolind, inclinando-se.

— Não importa — retruca Jere, ríspido. — Assim que terminarmos com o Kelkin, você vai voltar ao Arroio para encontrar Mastro. Se nós não o pegarmos até amanhã à noite, estamos fodidos. Nabur tem a porra de um mandado para os dois.

Bolind não se abala.

— Eu vou encontrá-lo.

O trem sai chacoalhando da boca do túnel, sobre o viaduto do Morro do Cemitério. O cemitério da cidade é um vazio negro embaixo deles, um abismo sem estrelas entre as luzes do Morro do Castelo atrás deles e Bryn Avane à frente.

Os três desembarcam e pegam uma carruagem. Somente servos caminham na orgulhosa Bryn Avane. O motorista franze a testa para as roupas de Eladora e ela se encolhe, mas Jere apenas bate seu bastão no teto da carruagem e menciona o nome de Kelkin, e eles partem. Na carruagem apertada, ela está pressionada contra Bolind, e algo no toque faz sua carne recuar. Ele sorri para ela, mostrando um bocado de dentes alarmantemente afiados.

Ela prefere olhar pela janela, observando as mansões, galerias e jardins murados. O símbolo da guilda dos alquimistas está marcado acima de metade das portas: os novos ricos neste que é o mais rico dos distritos.

— Se Kelkin perguntar — sussurra Jere, consciente de que os cocheiros de Bryn Avane são famosos por ouvir as conversas dos passageiros —, diga a ele que sabemos onde Mastro e sua prima estão, e estamos apenas esperando por uma oportunidade de pegá-los. Caso contrário, encha o bucho com a comida dele e fique quieta. Deixe ele falar. Ele está no parlamento, ele gosta disso.

— Casa do sr. Kelkin — anuncia o cocheiro.

É uma grande mansão, velha e coberta de vegetação. Grades de ferro enferrujado sustentam uma cerca viva espessa e malcuidada. A mansão se estende até onde os olhos não mais alcançam; a maioria das janelas está fechada e não é aberta há anos. Eladora acredita que três quartos dela não são utilizados e se pergunta por que um homem famoso por ser tão pão-duro teria tantos quartos vazios.

Jere toca a campainha na porta da frente, fazendo Eladora se encolher. O som ecoa nas profundezas da grande casa velha. Som de passos arrastados. Um lacaio velho abre uma fresta na porta, apenas o suficiente para que os três entrem espremidos. Uma única lâmpada queima na imensidão do corredor. Tapetes vermelhos esfiapados, escadas que sobem para as sombras. Um relógio contando as horas na escuridão.

O lacaio pigarreia.

— O sr. Kelkin está inevitavelmente atrasado e envia suas desculpas. Se os senhores me seguirem...

Ele desce o corredor mancando, e eles vão atrás, passando por pôsteres retratando o horizonte de Guerdon, as torres, os pináculos e as fábricas. Até o litosário tem seu lugar de destaque. As imagens parecem erradas para Eladora, mas é só quando eles chegam a uma porta que ela se lembra do porquê.

— Eu já estive aqui antes! Esta é a mansão Thay! — A lembrança daquela porta fez parte de sua mobília mental a vida inteira, uma lembrança que ela nunca entendeu. Ela era clara na época, e parecia muito maior, mas ela se lembra de ter passado engatinhando por aquela porta, rindo enquanto a babá ia atrás dela, depois explodindo em lágrimas quando o avô olhou para ela. Mesmo agora, tantos anos mais tarde, Eladora está subitamente nervosa na hora de entrar no próximo aposento.

O lacaio inclina a cabeça.

— O sr. Kelkin comprou a casa da propriedade do falecido Jermas Thay. Os servos também. Eu servi ao seu bisavô, srta. Duttin, e seu avô depois dele.

— Ah! — Eladora se pergunta se deve fazer uma reverência. Os olhos úmidos do antigo empregado são difíceis de ler.

— Pensei que todos na casa tivessem sido mortos — comenta Jere — quando os Thay foram assassinados.

— Todos na casa principal, sim. Na noite em questão, eu estava dormindo nos aposentos dos empregados que ficam ao lado do prédio principal. A porta de conexão estava trancada do outro lado. Quando conseguimos arrombá-la, era tarde demais para fazer qualquer coisa exceto combater o incêndio.

Jere olha ao redor do corredor, examinando-o como se fosse uma cena de crime. Eladora segue seu olhar, imaginando os intrusos quebrando a porta da frente, varrendo a casa com facas, massacrando todos que encontrassem, ateando fogo na ala da família na parte de trás da mansão.

Sua mãe Silva já tinha partido àquela altura, casada com um agricultor de situação inferior à dela. O casamento por amor tensionou as relações com o resto da família. Aquela visita à cidade da qual Eladora se lembrava era uma memória em grande parte feliz para a criança pequena, exceto por aquele breve encontro com seu avô aterrorizante. Mas quando sua mãe Silva recordava aquela noite — geralmente quando estava bêbada —, contava a humilhação de ir implorar a Jermas por dinheiro. Silva ainda não sabia, pensa Eladora, mas àquela altura Jermas estava bastante endividado, a fortuna da família desperdiçada em maus investimentos e navios que afundaram. A Guerra dos Deuses os arruinou à distância, enquanto os deuses do comércio enlouquecidos se voltavam para a guerra e transformavam moedas e balanças de pesar em espadas.

— Por favor, sentem-se. — O criado abre a porta que dá para uma sala de estar bem decorada. — Tenho certeza de que o sr. Kelkin chegará em breve. Eu informarei vocês assim que ele chegar.

— O sr. Kelkin — diz Jere — guarda uma garrafa de bom conhaque naquele armário ali.

— Precisamente — diz o lacaio. Copos tilintam. Ele coloca um na frente de Eladora primeiro. Ela nunca bebe, fica enjoada, mas essa era a Eladora de uma semana atrás, e ela deixa o lacaio derramar uma dose em seu copo. O licor é liso e pegajoso, desce pela sua garganta e deixa um fogo quente em seu rastro.

Jere estica as pernas, fazendo uma careta de dor, deslocando o peso do corpo para ficar confortável. Ele toma sua bebida de um gole só. Para aliviar a dor, ela imagina, e toma outro gole. Ela se pergunta o que Miren diria se a visse agora, tão diferente da estudante de pós-graduação pudica que ele conhecia. Claro que ele não diria nada, não ele, mas talvez olhasse para ela de uma maneira diferente.

Os sinos tocam à distância. Kelkin está atrasado.

Os sinos a fazem pensar em Carillon. Ela tinha três ou quatro anos quando o resto da família foi assassinado. Tinha estado doente, alguma queixa dos pulmões, e o médico recomendou o ar fresco do campo, então eles a enviaram para ficar com Silva. Uma criança tosse, Eladora reflete enquanto olha para o âmbar quente de sua bebida pela metade, e tudo muda. Não que ela preferisse que Carillon tivesse ficado ali e morrido junto com o resto dos Thay, mas se não houvesse Carillon, não haveria ataque do Desfiador e o professor não teria sido preso, Miren não teria desaparecido e ela não estaria ali.

Espere, não. O Desfiador já estava à solta, não? Ela tinha ficado ouvindo do lado de fora da porta do professor quando ele estava conversando com Miren e Cari, e ouviu que estava comendo pessoas na Sagrado Mendicante antes do ataque. Eles ficaram sabendo a respeito por intermédio de Cari, e a criatura seguiu-a ou Miren de volta à rua Desiderata.

Ainda assim. Ela percebe tacão copo vazio e estende a mão para pegar a garrafa e enchê-lo. Jere pega a mão dela.

— Já chega para você. Isto aqui é trabalho, lembra?

— Não é meu trabalho — diz ela.

— Você está aqui porque permiti, e vai dormir debaixo do meu teto esta noite. Então é praticamente isso.

— Você pode até pensar assim — retruca Eladora, e derrama mais um pouco em seu copo. Jere o toma dela e bebe tudo.

— Me agradeça mais tarde — diz ele, zombando. Eladora não sabe como responder e apenas o encara.

— Ele chegou — murmura Bolind, se levantando. O som de cascos nos paralelepípedos, rodas chocalhando e parando lentamente. Eladora se levanta e tenta parecer apresentável, apesar de estar vestida como uma ladrazinha qualquer. Ela está feliz porque Kelkin trocou todos os quadros nas paredes. Ela não suportaria a sensação de ser observada por antepassados arrogantes, olhando-a por sobre suas molduras douradas.

Lá fora, uma discussão. Kelkin repreendendo o velho lacaio. Uma tempestade batendo contra uma velha pedra assolada pelas intempéries.

O parlamentar abre a porta bruscamente.

— Quem é aquele ali? — ele exige saber, olhando para Bolind. Ao lado de Kelkin, há um cachorro pequeno numa guia, puxando-a com força e rosnando para os intrusos. A bolinha de pelos e dentes luta para se aproximar de Bolind.

— Um dos meus homens — Jere responde suavemente.

— Você põe a mão no fogo por ele?

— Ele está comigo há anos.

Bolind se afasta e gesticula para o assento que acabou de desocupar, e a bebida intocada na mesa ao lado. Kelkin entrega a guia do cão para o lacaio, que — com algum esforço — puxa a ferinha porta afora. Eles ainda conseguem ouvi-la arranhando a porta e rosnando do lado de fora.

Kelkin se senta e Bolind se funde de volta às sombras como o melhor serviçal da cidade. Kelkin esvazia o copo de um gole só e o enche de novo.

— O consenso majoritário do comitê de ordem pública, conforme refletido em suas recomendações à câmara da cidade, é que todos nós seremos assassinados em nossas camas por uma turba sanguinária liderada por espiões e assassinos de Velha Haith. Alguns dos membros mais jovens e imbecis propuseram trancar-nos a todos no parlamento e cercar o prédio com soldados "até que a crise passe".

Kelkin cospe mais ou menos na direção da lareira, e o bolo de catarro esbranquiçado e espesso cai ao lado do pé de Eladora. O cuspe a faz pensar no Morro Santo, um monte branco subindo de dentro de um mar vermelho.

— Encontraram mais grafites perto do cais onde estava o cargueiro que colidiu com a Rocha do Sino. Eu não vi você lá — diz Kelkin para Jere.

— Eu estava na Rocha do Sino.

Isso cala a boca de Kelkin. Ele se recosta na poltrona e gesticula para que Jere continue.

Eladora percebe como Jere se demora em suas descrições do perigo físico em que se meteu, e como as perguntas investigativas de Kelkin vão direto ao xis da questão. Isso a faz se lembrar do professor Ongent massacrando um ou outro estudante despreparado.

No meio da conversa, o lacaio entra e lembra a Kelkin que o jantar está esperando. O som do cachorro ganindo vaza pela porta aberta. Kelkin declara que não vai sair dali, e que o jantar pode muito bem ir até ele. Agora, as mesinhas laterais e até mesmo o chão ao redor dos quatro estão cheios de bandejas e pratos, em sua grande parte intocados.

Jere chega à parte da narrativa em que descreve como os intrusos removeram o sino da Rocha do Sino e o levaram embora.

— O sino? — Kelkin pergunta ríspido. — O que diabos eles querem com um sino?

Eladora não consegue se conter.

— E-e-eu tenho pesquisado sobre esse assunto.

Kelkin levanta um dedo.

— Um momento. Jere, mais alguma coisa relevante?

— Eles explodiram o resto do farol para cobrir seus rastros. Eu quase fui feito em pedaços; estava tão perto da explosão quanto estou da sua porta da frente, por isso…

— Então você sobreviveu e veio até aqui. Muito bom. Próximo. Duttin, o que você descobriu?

Jere tenta interromper, reclamar sobre o chefe da guarda e algum assédio jurídico, mas Kelkin o ignora.

— Primeiro os fatos.

— Não tenho certeza se são f-f-fatos — diz Eladora —, mas as evidências são convincentes. — Ela levanta seu maço de papéis, se atrapalha na busca pela página marcada no livro *Arquitetura sagrada e secular*. Mostra a ilustração das estátuas de Ferro Negro, os deuses famintos em sua nova forma física. O ódio encarnado.

Ela começa como começaria uma aula na universidade.

— A q-questão da disposição eventual dos a-a-avatares capturados do panteão do Ferro Negro é absurda. Comecei olhando as obras de Rix e Pilgrin, mas descobri que eles estavam preocupados principalmente com as implicações místicas e teológicas da conversão em massa para a fé dos Guardiões depois da guerra. Pilgrin, por exemplo...

— O que isso tem a ver com o sino na Rocha do Sino? — pergunta Kelkin. Sua mão treme quando ele faz a pergunta.

— Minha tese é que os Deuses de Ferro Negro foram reforjados em sinos e escondidos, à vista de todos, pela cidade.

— Na Torre da Lei? Na Rocha do Sino?

— Ambos foram construídos num período de dez anos após a derrota dos Deuses de Ferro Negro.

— O que você poderia fazer com um desses sinos? — perguntou Kelkin.

— O que eu poderia fazer? — Eladora hesita. — N-n-nada.

— Então você, não. Um feiticeiro. Um adorador dos deuses.

— Eu não sei. Eu não sou especialista em taumaturgia. O professor Ongent... ele fez algum trabalho nessa área e pode... se o senhor tirá-lo da prisão...

— Rá. O nome dele foi mencionado na reunião de segurança pública. Seu professor se associou a um grupo muito questionável em sua juventude. Taumaturgos não licenciados, vendedores de relíquias, arqueoteólogos. Ele está sob suspeita de ser um agente de potências estrangeiras.

— Isso é um absurdo — protesta Eladora.

Kelkin enche sua taça novamente. Ele bagunça o bigode e torna a alisá-lo. Um gesto nervoso. Então, diz:

— Há outro assunto que pode estar conectado. Isso é inteligência militar, lembre-se, embora sem dúvida já vá ser publicado em todos os jornais daqui a um ou dois dias. Velha Haith tomou o Vale Grena.

O nome não significa nada para Eladora, mas, pelo jeito como Jere começa a respirar com dificuldade, ela acha que é um movimento significativo na Guerra dos Deuses.

— Eles não vão conseguir dar conta. Tentaram antes. A deusa local é uma vadia cruel. Ela...

— Ela está morta — diz Kelkin. — Mortinha. Sem precipitação, sem terremotos celestiais. Simplesmente morreu.

— Deuses não podem morrer — diz Eladora. — Não desse jeito.

Ongent descrevia um deus como sendo um canal de rio, um curso no qual a energia espiritual flui. O rio pode aumentar e diminuir, romper suas margens e inundar a terra, ou ser desviado para alimentar um moinho, ou represado para dar água a terras agrícolas. As pessoas podem beber do rio... ou se afogar nele, como santos.

Bloqueie o rio na sua nascente, de alguma forma pare as chuvas que o alimentam e, quem sabe, ao longo do tempo — ao longo de muito tempo — ele irá diminuir a ponto de se tornar um riachinho, uma corrente lamacenta de divindade amarga e abortada.

Mas um rio não para simplesmente.

— Há relatos de que havia uma canhoneira na baía — acrescenta Kelkin.

— Se Velha Haith tem uma arma mata-deuses, acabou — diz Jere. — Eles venceram a guerra.

A guerra durava tanto tempo porque os deuses são duros de matar: tudo o que se pode fazer é triturá-los, deformá-los e diminui-los até que não passem de fantasmas. A outra opção é fazer com que um deus trave uma luta contra outro, e isso é sem dúvida pior. Um século de combates cruéis, porém lentos, ou um dia de fogo do inferno e loucura além da imaginação: escolha seu veneno.

— O comitê está convencido de que estamos a um mês do surgimento de uma força de invasão haithiana à nossa porta. Que os ataques à Torre da Lei e à Rocha do Sino foram atos de sabotagem e terror por agentes haithianos em nosso meio. Eu tive que lutar para impedir que eles mandassem a guarda deter todos os estrangeiros na cidade. — Kelkin gira sua bebida no copo e olha para uma gravura do parlamento no alto do Morro do Castelo pendurada na parede como se pudesse destruir seus inimigos políticos só com pura raiva. — Quarenta anos de progresso, e eles tentam destruir tudo da noite para o dia.

— Você não acha que os ataques são de Haith? — pergunta Jere.

— É o que eu estou pagando a você para descobrir, seu idiota! — ruge Kelkin. — Mas não: isso não faz sentido. A Casa da Lei podia ser um alvo válido, e suponho que eles possam tirar vantagem de um ataque não relacionado, tentando convencer as pessoas que eles também foram responsáveis pela rua Desiderata. Mas roubar o sino da Rocha do Sino? Não, junte isso com… ah, a pesquisa de Eladora, e tudo aponta diretamente para algo que tem a ver com os Deuses de Ferro Negro.

— O que o senhor vai fazer? — Bolind sussurra. Eladora tinha esquecido de que ele estava lá. Ao que parecia, Kelkin também.

— Já tive o suficiente disso do comitê. Me perguntando "o que deve ser feito" e não me dando nenhuma maldita resposta, porque não é a pergunta certa. — Kelkin pega uma coxa de frango fria e a parte ao meio para chegar até a carne. — Jere, havia alguma coisa que pudesse identificar quem estava na Rocha do Sino? Suponho que qualquer evidência que pudesse ter restado foi destruída junto com o farol?

— Eles tinham máscaras de gás e bombas alquímicas. Poderiam ser sapadores de Haith. Eles eram humanos, ou algo próximo disso. Talvez zumbis haithianos? Estou imaginando que esses tais Desfiadores também não ficariam muito incomodados com uma nuvem de veneno. Nós poderíamos rastrear o cargueiro naufragado e ver quem era o dono. Talvez algo assim.

— Eu esperei quase dois anos para você me trazer a cabeça de Heinreil. Você há de me perdoar se eu não tiver confiança nessa solução.

Jere ignora a farpa.

— Tudo ainda remonta à Torre da Lei. Foi lá que tudo começou, e isso vincula Heinreil a tudo.

— Não foi lá que começou — argumenta Eladora. Ela folheia suas anotações, encontra sua lista de lugares prováveis onde eles poderiam ter aprisionado um Deus de Ferro Negro. — O mosteiro de Beckanore. Pode ter existido um sino lá.

Kelkin geme.

— E isso nos traz Velha Haith novamente. Poderia explicar por que os haithianos tomaram Beckanore, se havia um sino lá e eles sabiam disso. Faz mais sentido que aquele absurdo de base naval. Talvez sejam espiões haithianos. Deuses inferiores, eu não vou entrar de novo nesse maldito comitê e dizer àqueles imbecis que eles tinham razão.

— Isso seria dar muito crédito a Haith, não? Pelo que me lembro, eles são estritamente magia das antigas e um bando de deuses da morte. Não são flexíveis taticamente.

Eladora vira uma página do livro e coloca o dedo em cima dos cultistas dos Deuses de Ferro Negro envoltos em seus mantos.

— Será que... Bem, se um dos monstros deles sobreviveu, alguns de seus adoradores também não poderiam ter sobrevivido?

Kelkin a encara, depois ri.

— Eu precisava estar mais bêbado antes de ter essa conversa com você — ele diz. Ele enche de novo a própria taça e bebe metade dela.

Jere conta com os dedos.

— Então, o sino de Beckanore, supondo-se que exista um: é roubado. O mosteiro caiu sem luta, certo? — Kelkin assente. — E então eles explodem a Torre da Lei, destruindo o sino. Talvez tenham cometido um erro. Dredger, meu especialista em equipamento militar, me diz que essas bombas são traiçoeiras, talvez tenha provocado um impacto maior do que eles esperavam.

Kelkin zomba.

— Se algum espião haithiano conseguir roubar um sino gigante de no meio da minha cidade sem ser notado, então para o inferno com ele, entrego as chaves da minha casa agora mesmo.

— Tudo bem, eu não sei. Mas aí o terceiro sino, o da Rocha do Sino, esse eles acertam. O cargueiro que rompeu a atracação parece um acidente, e a nuvem de veneno os esconde enquanto eles pegam o sino. Em seguida, outra explosão para destruir o farol completamente. Se alguém se desse ao trabalho de vasculhar os destroços...

Destroços. Os carrinhos de metal quente passando no meio da marginal Cintilante. Dredger reclamando da guilda e seus preços. A bomba de flogisto, habilmente modificada...

Jere bate com o punho na mesa, assustando o cachorro, que começa a uivar novamente do outro lado da porta.

— É uma maldita operação de resgate! A coisa toda: eles estão extraindo dos sinos algo perigoso, mas que ainda é útil. Deuses inferiores, Effro, é a guilda dos alquimistas.

Kelkin não fala. Ele se levanta, começa a andar de um lado para o outro.

Eladora sente-se paralisada. Mesmo de sua posição protegida na universidade, ela conhece o poder e o alcance da guilda. A riqueza dela financia metade dos departamentos da universidade. O comércio de armas dela alimenta a economia de Guerdon. O partido deles, Cidade Progressista, tem maioria no parlamento. Eles possuem os jornais, as gráficas, os hospitais. Eles fazem alkahest e os outros remédios e reagentes dos quais a medicina moderna e a taumaturgia dependem. A Marinha de Guerdon não navega mais a vela: ela é impulsionada por motores alquímicos e está armada com armas alquímicas. São eles que fazem os Homens de Sebo. Se forem eles que estão atacando Guerdon, ela não tem certeza do que pode ser feito. Quem pode confrontá-los?

Deve ser assim que uma pessoa se sente na Guerra dos Deuses: presenciando as grandes forças invisíveis que sustentam o mundo repentinamente se tornarem loucas e cruéis.

Ela levanta a mão, lutando contra o medo de trair a confiança do professor Ongent. O pensamento de que ela está prestes a provocar uma encrenca para Jere não lhe ocorre.

— Há algo mais. Minha prima, Carillon. Ela está… conectada aos sinos. Acho que ela pode ser uma santa do Ferro Negro.

— Isso não é… ah, para o abismo com isso! — Jere desiste de tentar interromper. — Ela é a ladra que prendi na Torre da Lei, Kelkin. Ela é outra Thay.

Kelkin faz uma careta, mas não há sinal de que ele esteja surpreso.

— Ela teve algum tipo de ataque enquanto estava sob custódia, disse que teve uma visão. O professor Ongent a tirou de minhas mãos — ele pensou que ela pudesse ser útil para seus estudos. Ela não sabia de nada útil a respeito de Heinreil, então não achei que ela valesse alguma coisa. Eu juro que não sabia que ela estava envolvida nessa confusão até…

— Até quando?

Jere passa a mão pelo cabelo, estremece.

— Até que ela tirou o filho de Idge da minha prisão. Vou recuperá-los, tenho homens trabalhando nisso, mas...

Kelkin o encara furioso.

— Olha, eu vou encontrá-la, está certo? Só preciso de mais tempo.

— Não há mais tempo. — Kelkin suspira, pega seu copo, volta para a lareira. Pesando suas palavras. Então, ele continua:

— Isto não sai desta sala, entendeu? — exige.

Eladora assente.

— Eu conheci Jermas Thay no seminário... — diz Kelkin.

CAPÍTULO VINTE E TRÊS

Foi necessária uma dose de alkahest injetada diretamente na coluna vertebral de Mastro para que ele pudesse sentir as pernas novamente. Com uma segunda dose, já era capaz de cambalear até uma cadeira. Uma terceira o fez descer as escadas do Touro. Tomou uma quarta quando estavam quase na barcaça de Mãe Soturna e insistiu em ter uma quinta à mão antes de subir a bordo. Cari tinha encontrado uns alquimistas de rua que forneciam a droga a um preço horroroso — quadruplicado, sem dúvida, porque eles precisavam tirar Mastro das ruas antes que alguém avisasse Heinreil, a guarda ou o caçador de ladrões. Eles poderiam conseguir dinheiro com Tammur, ela pensou, mas teriam que fazer isso na surdina, sem anunciar a fraqueza de Mastro.

A barcaça parecia muito pequena e frágil à luz do amanhecer quando eles chegaram. Mãe Soturna torceu o nariz ao ver Ratazana, mas não disse nada e, em vez disso, se preocupou com Mastro, ajudando-o a se sentar em algumas almofadas que ela espalhou no chão, ignorando seus protestos de que ele era feito de pedra e um chão almofadado não era diferente de uma cama de pregos para ele.

Eles dormiram, exaustos, Cari enroscada no banco, Mastro deitado no chão. Se Ratazana dormiu, ele o fez à moda dos carniçais, fora no convés, olhos abertos e fitando a escuridão da pequena cabine. A cidade acordava ao redor deles, gaivotas gritando lá no alto, e gritos vindos das docas e dos mercados. Pescadores voltando lá de cima da costa, descobrindo a mais nova tragédia da cidade ao chegarem nas docas desertas, cobertas pelas manchas amarelas deixadas pela nuvem de veneno.

Quando Cari acorda, Mãe Soturna se foi, mas o cheiro de curry quentinho da panela no fogão preenche o quartinho. Ela sacode Mastro até acordá-lo, chama Ratazana para dentro. Serve o desjejum no crepúsculo. Mastro consegue se levantar por conta própria, mas não consegue se alavancar numa posição de sentado no banco. A coluna dele está paralisada novamente e mais uma vez estão sem alkahest.

Ratazana quebra o silêncio.

— É o veneno, não é?

— Sim — diz Mastro.

— Merda — amaldiçoa Cari. Sem Mastro, não haverá como reunir as pessoas para se oporem a Heinreil. Ele é popular na Irmandade por seus próprios méritos, mas, o mais importante, é o filho de Idge, um símbolo de como as coisas costumavam ser.

Ela não se permite pensar em Mastro realmente morrendo. Não pensa que seu único amigo de verdade na cidade pode deixá-la sozinha, exposta à fúria muda e incompreensível dos sinos. Ela tem que se concentrar em aspectos práticos, agarrar-se a eles, ou estará perdida.

— Tudo bem. Está tudo bem. Nós podemos dar um jeito nisso. Tem que existir um antídoto.

— Não existe. Yon disse que não há contra-agentes. — Mastro fecha os olhos. — Ele disse que não havia como saber com que rapidez o veneno vai funcionar. Ele disse que pode levar semanas, mas que provavelmente levaria muito menos.

— Quão rápido? — pergunta Ratazana.

— Alguns dias, talvez. — E depois, mais baixinho: — Desculpe.

— A culpa não é sua — diz Cari. — O filho da puta do Heinreil fez isso, e vai ter troco. Não se atreva a se desculpar por isso...

— Não estou me desculpando por isso. Me desculpe por não ter insistido que você entrasse num navio e fosse embora, Cari. Me desculpe por ter deixado você arrastar Ratazana de volta para isto. Desculpe por ter pensado sequer por um maldito instante que isto era uma boa ideia, qualquer parte disto, que eu poderia…

— Poderia o quê? Poderia pegar o que quisesse? Poderia ser quem você nasceu para ser? — Cari se levanta do seu banco de um salto. — O que você acha que ia acontecer?

— Não importa.

— Você achou que poderia ser o mestre! Você achou que poderia melhorar esta cidade, certo? — Os olhos de Cari ardem com lágrimas de raiva.

— Sim. E eu não deveria.

— Caralho, Mastro! Qual é o sentido de apenas ficar aí deitado?

Mastro dá de ombros.

— Eu pensei que estava doente e que iria virar pedra e morrer. Acontece que é exatamente isso que vai acontecer. — Ele suspira. — Eu só queria deixar algo para trás. Algum legado. Mas isso não vai acontecer.

— Isso é tão… — Cari fervilha, tentando encontrar as palavras para transmitir o quão frustrantemente imbecil seu amigo está sendo.

— Cari — adverte Ratazana, calmo. — Isso não tem a ver com você nem com sua… situação. Ou seus planos. É decisão de Mastro.

— Eu nunca disse que tinha a ver comigo — diz Cari.

— Tudo isso aconteceu por causa de suas visões — Ratazana sibila. — Não o veneno, mas todo o resto, Mastro indo atrás de Heinreil, tentando assumir a Irmandade. Se ele tivesse descansado depois de sair de prisão, então talvez não tivesse piorado. Pra todo lugar que você vai, as coisas se tornam um inferno. Eu olho pra você e vejo… — A voz dele foi morrendo até virar um rosnado.

— Eu não pedi isso.

— "Isso" — repete Ratazana. — Você nem sabe o que é isso. Santidade? De que deuses? Quem você acha que está lhe enviando essas visões, Carillon? Por que você?

— São os sinos. Eles são deuses mortos.

— Eles não estão mortos — Ratazana sussurra. — Os carniçais sabem.

— Já chega! — diz Mastro. — Nada disso importa. Nada disso importa. Ratazana, deixe ela em paz e pare com essas bobagens místicas de carniçais. Não combina com você. Cari, talvez ele tenha razão: esse professor tentou descobrir o que está acontecendo com você e você fugiu. Você subiu até a Sagrado Mendicante e tentou encontrar Heinreil em vez de qualquer outra coisa. Não é uma ferramenta ou um dom. É... Não sei o que é, mas nem você sabe.

Ele está tentando afastá-la, Cari deduz. Ele acha que ela é não é forte o suficiente para vê-lo morrer, para vê-lo calcificar célula por célula, membro por membro, até que ele não passe de alguns órgãos vivos numa tumba de pedra. É uma maneira horrível de morrer, e ele está certo, o instinto dela é fugir. Mas aquela Cari morreu quando a Torre da Lei caiu em cima ela.

Os sinos tocam muito longe, mas ela não tem certeza se eles estão na sua memória ou lá fora na cidade.

— Conheço alguém que pode ajudar — ela diz.

Cari segue a mesma rota de uma semana atrás, embora não seja a mesma mulher. Até a Estação da rua Faetonte, e um passeio de trem sacolejante sobre a marginal Cintilante até a rua Peregrino. Ela tem vontade de se estapear por ter sido livrado das vestes de estudante; ela se destaca entre as multidões de estudantes nesse trem como uma gata de rua em meio a um bando de pombos. Um Homem de Sebo torce o pescoço para encará-la quando ela passa, cabeça girando como uma coruja, sem juntas e emborrachada.

A rua Desiderata está vazia, fechada. O buraco na estrada sumiu, coberto com concreto fresco, mas as casas da rua estão todas abandonadas e cobertas por tábuas. Um vigia entediado patrulha para cima e para baixo, tossindo, encolhido num sobretudo contra o frio da noite.

Mas o professor Ongent não mora aqui. Ele apenas possuía a casa e a mantinha para uso de seu filho e alunos... e de seus animais de laboratório. Ele morava mais perto da universidade. Cari passa pelas ruelas e becos atrás da Desiderata para subir a encosta em direção às torres cinzentas da universidade.

Não era assim que ela queria fazer. Depois que deixou a casa flutuante de Soturna, ela encontrou um lugar seguro para se esconder e esperou até a próxima hora cheia, em que os sinos tocaram. Exigiu que lhe mostrassem Ongent, mas eles não cooperaram. Ela viu o professor em uma salinha, mas era como olhar para algo através de um vidro quebrado enquanto este estava sendo forçado para dentro de seus olhos. Fragmentos que a faziam sangrar quando olhava para eles, como se a visão a cortasse. Ele está vivo, mas ela não conseguia descobrir onde. Da última vez que ela havia olhado, ele estava numa cela na prisão da Ponta da Rainha, mas ela imaginou que já o teriam soltado àquela altura. Pela experiência de Cari, gente de qualidade não fica na prisão.

Àquela hora da noite, o campus da universidade está silencioso. Algumas luzes queimam nas janelas altas, mas todas as bibliotecas e salas de aula estão trancadas. Ela faz uma pausa fora da janela que dá para o escritório do professor, lembrando do experimento. O crânio taumatúrgico explodindo em suas mãos, a sensação de que ela era uma represa contendo imensos poderes. Agora, ela quer repetir o experimento, usar aquele poder.

Os santos deveriam ser capazes de curar as pessoas com um toque, de acordo com as histórias da tia Silva.

Cari não é uma santa muito boa, mas pode improvisar.

Uma tosse, o clarão de um cigarro à distância. Do outro lado do gramado, nas sombras da escola de medicina, alguém a observa. Ela vê um rosto magro, uma cabeça calva, um grande anel de prata numa das mãos. Ela continua andando, acrescentando certo balanço aos seus passos como se estivesse um pouco bêbada. Deve ser apenas alguma aluna fazendo um atalho pelo campus de volta ao seu dormitório.

Ela vira a esquina ao lado do departamento de história. A porta lateral que leva às escadas que sobem para o escritório de Ongent está trancada. Ela continua andando, e ouve o barulho de passos logo atrás. Ela continua se movendo, mas procura suas armas.

A mão dela se fecha em torno da faca.

Sua mente se estende. Os sinos não estão tocando agora, mas ela descobriu que nem sempre precisa disso. Os poderes que a abençoaram, que tentaram assumir o controle dela, estão sempre lá fora, em seus poleiros ou celas de prisão em toda a cidade, e ela pode sacudir suas gaiolas se se concentrar.

Ela tropeça.

É como se estivesse em dois lugares ao mesmo tempo.

Ela está caminhando ao lado do edifício de história, mão roçando a parede de pedra áspera para manter o equilíbrio na escuridão, mas ela também está se observando do topo do Morro Santo, da torre do sino de uma das catedrais. Tão longe, mas ela pode ver com perfeita clareza através da escuridão, através dos edifícios intermediários, ver seu pequeno corpo frágil como uma chama branca tremeluzente e a forma escura se aproximando por trás.

Ela nunca o viu antes, mas já o viu antes. Um clarão, um resquício de memória. Ele está conversando com Ongent. Na cela da prisão na Ponta da Rainha. Interrogando-o. O professor cheio de bravata no começo, depois encolhido, com medo. O homem não bate nele. Não precisa. Ele está com a vantagem.

Pela borda da sua visão: ele tem uma arma. Ela consegue sentir o gosto das substâncias químicas amargas em suas câmaras, sentir a forma da bala.

— Carillon Thay — ele grita, e isso a traz de volta ao seu corpo, tão certo quanto nomear um demônio o vincula a uma única forma nas histórias que tia Silva costumava ler para ela à noite. Ela agarra sua faca com mais força e dispara a correr. O arco à frente atravessa o antigo seminário, e vai dar no quadrilátero principal. Haverá pessoas. Ele não vai ousar dar um tiro nela ali.

Ele também está correndo, os passos trovejando atrás dela, casaco ondulando como asas, mas ela é mais rápida. A abertura do arco diante dela, com sua promessa de segurança.

O segundo observador aparece bem em frente a ela do seu esconderijo na sombra do arco. Ela bate no peito dele e recua. Anéis duros de armadura de malha por baixo do casaco. Ele a segura antes que ela possa desabar no chão, mãos agarrando seus antebraços como se fossem grilhões, girando-a

O primeiro homem, o interrogador, diminui a velocidade. A arma de volta ao seu bolso.

— Eu não fiz nada — ela protesta.

Ele a ignora. Dá um passo à frente e enfia a mão por dentro de sua blusa, apalpando grosseiramente o pescoço, a gola, os seios.

— Vá se foder — ela começa a dizer, mas a mão de alguém se fecha em sua boca.

— Ela não está com o negócio? — O segundo, aquele que a segura, tem uma fala surpreendentemente mansa. Hálito quente em sua orelha enquanto ele a segura, bem presa. A única coisa que ela consegue pensar que eles podem estar procurando é o seu amuleto.

— Leve-a para dentro — ordena o primeiro homem. Cari é arrastada para uma porta no túnel do arco, que dá para um corredor. Mais escritórios da universidade, o departamento de teologia. Eles a forçam a descer até a terceira porta, empurram-na para dentro, entram junto e trancam a porta atrás deles.

— Onde está o professor Ongent? — Cari exige saber.

— Os alquimistas o pegaram. Ele é um idiota. Devia ter levado isso para os profissionais.

— E são vocês? — pergunta Cari.

— Fazemos isso há muito tempo — diz o interrogador, olhando ao redor do escritório. Uma mesa pesada, uns armários, umas cadeiras, uma lareira com um tapete na frente. — Por aqui.

Cari não se move, então o segundo sujeito torce o braço dela atrás das costas. Dor. Um chute, e ela cai em cima do tapete.

O interrogador saca sua arma.

— Se você só tivesse ficado longe de Guerdon… Deuses me perdoem. — Ele aponta a arma para a testa dela. Grotescamente, o outro homem começa a cantar baixinho, um hino aos Guardiões que Cari reconhece desde a infância. Uma oração.

A porta se abre quando alguém se joga contra ela com força total. Uma forma escura, pequena, masculina, é tudo o que ela vê. A mira do interrogador vacila, apenas o suficiente para Cari ter tempo de se abaixar.

A arma dispara logo atrás dela, ensurdecendo-a. Um trovão na parte de trás do crânio.

A faca ainda está em sua mão, e ela a usa para atacar. A arma cai na grelha, subitamente salpicada de vermelho brilhante. Ao lado dela, dedos. O interrogador nem sequer pisca. Sua bota pega Cari direto no peito. Costelas se quebram e ela cai esticada no canto, sem conseguir respirar.

Vê seu salvador e o segundo sujeito lutando.

Miren. É Miren. Sua faca stiletto apunhala, uma vez duas vezes três vezes, mas, como o interrogador, o outro homem está usando armadura embaixo do casaco, e não se fere. Ele também tem o dobro do tamanho de Miren, então quando a coisa se transforma em luta livre, está tudo acabado. Ele pega Miren como fez com Cari, pegando o garoto como se fosse uma criança, e o joga em cima da mesa. Miren amolece.

— Mate os dois — ordena o interrogador. Ele pega sua arma com a mão boa e enfia a mutilada no casaco.

O segundo sujeito também saca uma pistola alquímica. Ele fecha a porta quebrada para abafar o som do tiro.

Miren desliza para fora da mesa, gemendo, e cai ao lado de Carillon. Ele sorri. A mão dele agarra a dela.

E eles desaparecem.

Kelkin limpa a garganta com um pigarro e começa a falar. Não é como os discursos dele no parlamento, que são salpicados de fogo e veneno. A voz dele é baixa, confessional. Eladora tem que se esforçar para ouvi-lo.

— Naquela época, os Guardiões administravam tudo na cidade. Guardiões, bah. Eles mantiveram Guerdon na idade das trevas. Outras religiões foram banidas. Impostos para a manutenção de tetos de igrejas e túmulos de santos. Nós éramos como o irmão mais novo de Velha Haith, uma teocracia retrógrada. Eu estava cego para isso. Vim aqui para ser padre, dá pra acreditar? Eu era esperto o suficiente, suponho, para um garoto gago e cheio de sardas, mas o único livro da vila de onde eu vim era o *Testamento dos Guardiões*, então eu não sabia de nada. Entrei no seminário com toda a intenção de me tornar um Guardião fiel e de perpetuar a política sábia e benéfica da igreja de manter Guerdon acorrentada. — Isso durou uma semana. Eles permitem que você entre na biblioteca após a primeira semana.

Eladora sorri com isso: ela se lembra da emoção de ganhar sua própria chave da biblioteca, de todo aquele conhecimento se abrindo para ela. Jere está olhando para Kelkin e não prestando atenção a ela, então, com grande ousadia, ela rouba outro copo de conhaque.

— A biblioteca naquela época, aliás, era apenas uma sombra do que é agora, mas eu ainda era capaz de ler além dos textos aprovados. Eles abriram meus olhos, e eu não fui o único. Havia toda uma geração de nós, jovens, inteligentes e estúpidos ao mesmo tempo. A cidade estava pronta para a mudança. A velha ordem estava começando a se derreter, e nós nadamos na água derretida. Parei de ir a sermões sobre as virtudes dos deuses e comecei a participar de reuniões com teólogos, comerciantes, taumaturgos, transmutadores, reformadores radicais do livre mercado. Havia uns boatos vindos da teologia aplicada de que eles haviam feito grandes avanços na alquimia, mas que os Guardiões os proibiram de continuar as pesquisas. Começamos a protestar, exigindo que eles acabassem com a proibição. Tudo parecia parte da mesma mudança. Os taumaturgos pegaram o antigo misticismo da feitiçaria e o destruíram, dando-lhe uma moldura de racionalidade, assim como os reformadores queriam assumir o parlamento dos Guardiões, com seu ritual vazio e suas práticas podres, botá-lo abaixo e torná-lo racional.

"Eu conheci Jermas no final de uma dessas reuniões reformistas. Não consigo me lembrar do que era aquela reunião em particular, e realmente não importava. A mesma multidão de rostos de qualquer maneira, não importava sobre o que o orador estivesse divagando: abolir o index de livros banidos, reforma do ato de votação ou engenharia taumatúrgica. Começamos a conversar sobre o partido reformista no parlamento. Naquela época, existia um partido de reforma, a concessão dos sacerdotes ao que passava por democracia. A oposição digna e respeitável, um cão sem dentes que rosnava quando lhe era ordenado. Queríamos um movimento de reforma real, mas sabíamos que a igreja nos esmagaria se tentássemos.

"Então tivemos a ideia de reformar os reformistas. Nos esconderíamos nossa verdadeira agenda dentro deles. Saí da universidade, comecei a trabalhar como um escriba e depois redator de discursos para Turcamen Gethis. Ele era perfeito: voz maravilhosa, cheio de convicção, mas tão senil que não fazia ideia do que estava dizendo, então ele apenas lia o que foi colocado à sua frente. E um assento seguro, além disso.

"Jermas forneceu o dinheiro. Eu fiz o trabalho. Nosso primeiro sucesso foi a suspensão a proibição de pesquisas alquímicas. Os alquimistas fundaram uma guilda. Eu fiz um discurso na cerimônia. Falei gaguejando o tempo todo, e ele foi merecidamente esquecido. Eu me pergunto se Rosha lembra que eu estava lá quando o maldito império dela começou. Tudo o que ela tem, deve a mim!

"Bah. Não importa. Isso tudo se passou há cinquenta anos."

Jere franze a testa. Nada do que Kelkin revelou até agora é escandaloso ou controverso.

— O que é que há, chefe? O que tudo isso tem a ver com os malditos sinos? Por que o segredo?

— É para contextualizar, está bem? Só desastres naturais e pragas surgem do nada, leva tempo para as pessoas foderem com tudo. Ela entende — retruca Kelkin, apontando um dedo na direção de Eladora como se a esfaqueasse. — Isso vem se formando há muito, muito tempo.

Jere grunhe, claramente impaciente, mas se recosta na cadeira e faz como se estivesse atento.

— Onde eu estava? — murmura Kelkin.

— A legalização dos alquimistas — oferece Eladora.

— Sim, sim. — A voz de Kelkin fica mais forte quando ele fala de seus dias de glória. — Os alquimistas precisavam de comerciantes. Os comerciantes precisavam de um porto aberto. E um porto aberto significava que eles não poderiam impedir outras religiões. E, quando isso aconteceu, não sobrou muita coisa aos Guardiões. Abandonamos o antigo partido da reforma, nos rebatizamos como Liberais Industriais e fomos ao trabalho. Eu implorei a Jermas que defendesse o parlamento, que tivesse um papel mais ativo no partido, mas ele recusou. Partiu para o negócio de ganhar dinheiro. Nós nos afastamos um do outro: suas doações para os Libs Inds vinham precisas como um relógio, mas falávamos cada vez menos. Não dei muita atenção a isso. A reforma não parou, nem deveria, na porta da igreja ou nos portões do parlamento. Eu estava determinado a melhorar a cidade inteira. Eu trouxe os Atos Terrestres, reformei a Marinha, acabei com os dízimos da igreja.

Ele bate no peito enquanto recita a ladainha de suas ações.

— Deixei os carniçais saírem à superfície. Também combati o crime organizado. Trinta malditos anos atrás, tínhamos Idge. Agora temos Heinreil. Escória, sujando minha cidade. Eu nos mantive fora da guerra, e nos mantive neutros, mesmo quando ela se tornou a Guerra dos Deuses. Eu detive a maldita Praga de Pedra. Estava ocupado. Jermas me pedia um favor de vez em quando, e eu o ajudava quando podia, mas nada fora do comum. Eu sabia que ele estava envolvido na guilda dos alquimistas, no comércio de armas, mas até aí metade da cidade também estava.

Kelkin faz uma pausa. Sua tagarelice desaparece, sua voz abaixa de volume. Eladora inclina-se na direção dele para ouvir melhor; Jere também. Apenas Bolind parece indiferente.

— Então, recebi uma carta não assinada. Ela dizia que Jermas Thay fazia parte de um culto clandestino, que ele está convocando demônios e conduzindo toda espécie de rituais. As descrições da carta eram detalhadas. Havia listas de nomes, não apenas da família Thay, mas também taumaturgos picaretas, dissidentes e até criminosos. Padres excomungados. O autor da carta disse que ele ou ela simplesmente queria atrair minha atenção para o assunto, mas a ameaça era clara: se eles fossem para a guarda ou para os jornais com isso, eu estaria arruinado. Muito embora Jermas e eu não fôssemos mais próximos um do outro, nossas carreiras estavam interligadas. Um julgamento público por heresia ou feitiçaria ilegal teria me arrastado para baixo também.

"Mas não houve menção de chantagem. Nem quaisquer exigências. Eu não fazia ideia do que o autor da carta queria. Eu esperei, e nunca mais veio carta alguma. Eu esperava que pudesse ser um maluco estranhamente bem informado, mas o perigo era muito urgente para eu não fazer nada. Comecei a trabalhar a lista de nomes e encontrei uma linguista chamada Uldina Manix. Ela era respeitável, estabilizada, de boa família. Ela confirmou o conteúdo da carta, nos disse que Jermas a havia contratado para traduzir alguns livros que escaparam de queimar durante a Guerra do Ferro Negro. Manix tinha visto e ouvido coisas nesta mansão, e Jermas a pagou para ficar quieta. Mas quando nós a pressionamos, ela recuperou a consciência e começou a falar. Nos deu mais nomes.

"Jermas Thay era... Ainda não tenho certeza se ele adorava os Deuses de Ferro Negro ou se achou que poderia usá-los de alguma forma, mas ele estava fazendo coisas impensáveis mesmo assim. Sacrifício humano. Pior. Eu sabia que, se fosse até a guarda, tudo acabaria para ele e para mim. Eu mesmo poderia ter ido falar com Jermas, mas que bem isso teria feito? Nada jamais mudava a cabeça daquele homem quando ele decidia a fazer algo, não importava o que fosse. Até mesmo aquela loucura profana.

"Então eu fiz a única coisa que podia fazer. Eu fiz o que vamos fazer esta noite."

CAPÍTULO VINTE E QUATRO

Kelkin insiste em dirigir a carruagem ele mesmo, e dirige como se quisesse bater, disparando pelas encostas íngremes do Morro do Cemitério e pelas ruas estreitas da baixa marginal Cintilante em alta velocidade. Ele usa o chicote sem reservas, açoitando os flancos escamosos da raptequina para forçá-la a avançar até que ela grite de dor. Em seu interior, cada chacoalhar sobre os paralelepípedos envia um novo choque de dor através dos ossos machucados de Jere. O rosto de Eladora está branco de medo. Apenas Bolind parece indiferente, embora sua grande barriga ondule obscenamente no ritmo da passagem sacolejante da carruagem.

Eles não estão indo para o topo do Morro Santo, como Jere pensava que iriam. Os palácios dos Guardiões estão lá em cima, bem acima da cidade, mas Kelkin pega a estrada que circunda o pé da colina. Pela janela, Jere pode ver as chaminés do Bairro dos Alquimistas e o palácio brilhante da sede da guilda. Em algum lugar daquela vastidão industrial desolada está o professor Ongent. Em algum lugar ali, também estão os restos do sino da Torre da Lei, e, se eles estiverem certos em suas suposições, o sino da Rocha do Sino.

Deuses e Monstros. Pelo menos, pensa Jere, a estranha Guerra dos Deuses local de Guerdon foi contida até agora. Nem mesmo suas experiências na Rocha do Sino foram tão terrivelmente, assustadoramente anormais quanto as coisas que ele viu quando era mercenário. Segundo todos os relatos, o Desfiador é um horror, uma coisa pavorosa. Jere ainda não o viu. Tenta imaginar uma horda deles sitiando a cidade, mas sua única imagem mental é a ilustração no livro de História de Eladora, e ela parece simplesmente tinta derramada sobre uma foto de alguma antiga batalha com espadas e lanças.

A maneira como Eladora falou sobre a rua Desiderata, entretanto, lhe disse o suficiente. Foi da mesma maneira que outros veteranos falavam sobre a guerra.

A garota Thay é uma santa. Uma rachadura no mundo que esses Deuses de Ferro Negro podem aumentar até que seja grande o suficiente para eles passarem. Ongent viu isso antes de Jere, antes de qualquer outra pessoa. O pensamento nauseante de que tudo isso é de alguma forma sua culpa nasce no cérebro de Jere e desce se arrastando pelo peito para se estabelecer no estômago, congelando seu coração no caminho. Se ele tivesse mantido a garota Thay em custódia, então eles poderiam ter contido essa ameaça. Não teria impedido os atentados a bomba, mas o relato de Eladora sugere que Carillon está de alguma forma conectada ao Desfiador. Se eles matassem o Desfiador, talvez tudo acabasse antes de realmente começar. Assustasse os Deuses de Ferro Negro de volta aos seus sinos.

— Ei, Bolind.

O homenzarrão não se mexe. Jere o cutuca, e Bolind abre um olho. O bastardo estava realmente dormindo numa hora daquelas?

— O quê?

— Você trouxe aquele seu canhão de mão? — Bolind gosta de usar uma pistola absurdamente grande, o suficiente para derrubar um Cabeça de Gaivota com um tiro.

— Nah.

— O que você trouxe?

Bolind fica quieto por um longo momento, depois ergue o punho fechado e sorri — uma velha piada deles, mas que agora apenas irrita Jere, até o jeito como o sorriso muito largo de Bolind brilha.

A carruagem faz uma curva acentuada para a esquerda, descendo por desfiladeiros de alvenaria. Edifícios industriais, depois pedras amareladas quando eles param num tranco.

— Período Inicial da Reconstrução — diz Eladora, apontando para uma porta velha. — Construído logo após a guerra com os Deuses de Ferro Negro.

Kelkin prende a raptequina num poste e lhe dá um saco de comida. Restos de carne vermelha se espalham pelo chão logo abaixo.

— Por aqui. — Ele os leva até a porta velha e a empurra. Está destrancada. Assim que todos saem da rua, ele a fecha atrás deles. A porta dá para um pequeno pátio, cercado dos dois lados por altos edifícios sem janelas, e no terceiro pela parede íngreme do Morro Santo. Ali existe outro arco que parece desagradavelmente para Jere uma entrada de esgoto.

— É para lá que estamos indo, presumo.

Kelkin resmunga.

— Oh alegria, oh êxtase — murmura Jere com todo o entusiasmo de um homem subindo o cadafalso.

O portão também está destrancado. O túnel mais adiante é seco e frio, e segue direto para a encosta da montanha, correndo embaixo do Morro Santo. Kelkin endireita os ombros e marcha para a escuridão. Eladora estremece e vai atrás dele.

— Fique aqui, está bem? — diz Jere para Bolind. — Vigie a carruagem, garanta que ninguém nos incomode.

— Eu deveria ir com vocês.

— Agora não é o momento para essa conversa. — Bolind precisa de um bom chute para lembrá-lo do motivo pelo qual Jere o emprega, e que não é por sua inteligência brilhante nem pela capacidade tática. Mas não agora. — Fique — ordena Jere, como se diria a um cachorro, e ele então segue Eladora túnel adentro. Ele olha para trás e vê Bolind em pé lá no arco, uma escuridão mais profunda contra o crepúsculo do quintal.

À frente, Kelkin segura um lampião. O feixe oscilante bate nas paredes; santos de olhos mortos os vigiam enquanto caminham.

— Pare de tremer, menina — Kelkin diz a Eladora com rispidez. — Não há nada aqui embaixo que vá te comer.

— Estes são túneis de carniçais — diz ela, e Jere se pergunta a respeito. Ele não entende nada de arquitetura ou arte, mas sabe que túneis de carniçais estão cheios de merda e carniça, e cobertos por aquelas esculturas assustadoras de pedra verde que eles fazem com pedaços de osso. Esse túnel o lembra uma cripta de igreja.

Outra luz, à frente, respondendo à de Kelkin.

Eles emergem numa sala circular, uma encruzilhada sob a colina. Três outros túneis correndo nas outras três direções cardeais.

Dois padres esperam ali. Um velho e um jovem. O jovem segurando um lampião, o mais velho encarapitado num banquinho ao lado do corredor.

— Alegra-te, ó irmão — diz o velho. — É nosso filho pródigo que retorna. Você já ouviu a verdade do Testamento, Effro?

Kelkin ignora a saudação zombeteira.

— Só vocês?

— Por ora. Enviamos uma emissária lá para baixo, mas ela ainda não retornou. O que quer, sr. Kelkin?

— Estes aqui são Jere Taphson, caçador de ladrões, e Eladora Duttin, historiadora. Eles estão me ajudando em minhas investigações sobre os ataques recentes.

O padre velho se levanta devagar, divisa Eladora e Jere na penumbra.

— A srta. Duttin também esteve presente na rua Desiderata — continua Kelkin. — Ela identificou a criatura que matou 17 pessoas e vários Homens de Sebo como um Desfiador, um servo dos Deuses de Ferro Negro.

— E nós mantemos a cidade segura de milhares deles. Existem portões nas profundezas, sr. Kelkin, que devem ser constantemente guardados para que as hordas não atravessem. Esta é a nossa vigília. Um de nossos vigias está chegando; você pode ouvir a garantia dos seus próprios lábios de que nenhum Desfiador escapou.

— Eu o vi — protesta Eladora, mas Kelkin a silencia.

— Uma questão mais urgente — diz ele — são os Deuses de Ferro Negro propriamente ditos. Seus antecessores os ocultaram pela cidade. Um estava na Torre da Lei; outro, na Rocha do Sino.

Os dois padres se entreolham. O padre mais jovem — o bispo Ashur, Jere de repente reconhece o rosto belicoso do homem — faz uma carranca.

— Por que não? Que todo mistério sagrado seja arrastado para fora e vendido no mercado. A culpa disso é sua, Kelkin. Você nos rasgou, você nos feriu, e agora você se preocupa quando os chacais vêm comer nossa carcaça!

Kelkin se eriça todo; ele e Ashur são velhos inimigos.

— Vocês esconderam demônios aprisionados por toda a minha cidade e mantiveram isso em segredo por trezentos anos. Não ouse tentar transformar isso em virtude! Você sabe o que sacrifiquei por sua igreja, o que fiz para manter a cidade segura. Qual é a diferença entre você e Thay, afinal?

O padre mais velho levanta a mão.

— Chega. Como você pode ter certeza de que nossos atacantes sabem sobre os sinos? Fomos informados pela guarda que a Rocha do Sino foi um acidente. Um cargueiro carregando armas alquímicas se soltou e explodiu nos recifes.

— Eu estava lá — diz Jere. — Eles entraram e pegaram o sino intacto, depois explodiram o farol para cobrir seus rastros.

— Quem fez isso? — Ashur exige saber.

Jere faz uma pausa e Kelkin preenche o silêncio.

— A guilda dos alquimistas.

Jere percebe que está esperando que Ashur rejeite a sugestão como absurda, que ele grite com Kelkin, que diga que de forma nenhuma os alquimistas podem ser responsáveis. Jere não vai com a cara dos alquimistas ou suas criaturas como Nabur ou Droupe — ou, diabo, com suas criaturas de verdade, como os Homens de Sebo —, mas a guilda é um dos pilares da cidade. Se ele tiver razão e eles estiverem por trás dos ataques, então a coisa vai ficar muito, muito pior.

— A Senhora de Guilda Rosha veio à igreja, há alguns anos, com uma proposta. — Ashur diz, lentamente. — Eles se ofereceram para comprar o mosteiro em Beckanore. Disseram que queriam construir uma estação de pesquisa lá, um campo de testes. Eles até se ofereceram para mudar a capela e a torre do sino de volta a Guerdon à custa deles, por respeito às nossas tradições. Ela propôs que o sino fosse instalado na igreja da sede da guilda. — Ele cospe. — Vaca traiçoeira.

— Patros — diz Kelkin, dirigindo-se ao padre mais velho. *Deuses*, pensa Jere, *esse é Patros Almech, o Guardião-Mestre em pessoa.* — Eu posso consertar isso. Não é o mesmo que aconteceu com Jermas Thay. Podemos fazer um inquérito público, passar pelo parlamento. Prender Rosha, se for necessário. Diabos, eles vão implorar para serem acorrentados: melhor um julgamento do que a turba os fazendo em pedaços nas ruas. Tenho o seu apoio?

Almech aperta as mãos uma na outra.

— Você não pode revelar a verdade sobre os Deuses de Ferro Negro. Esse segredo nós devemos guardar.

— E se chegar a um confronto, se Rosha resistir, vamos precisar de seus santos para lutar contra os Homens de Sebo. Quantos você tem a postos?

— Uma.

— Uma? — ruge Kelkin.

Ashur retruca:

— O que você esperava? A santidade é um dom dos deuses, e os nossos são muito, muito fracos. Deuses Guardados são o que prometemos, e Deuses Guardados são o que temos. Nós os mantemos famintos e inativos, dando-lhes apenas o suficiente para sustentá-los e nada mais. Você sabia disso; e ainda assim abriu a cidade para outros deuses, dividiu um suprimento já insignificante de almas entre todos os cultos hedonistas depravados e as crenças bárbaras!

— Você enviou uma dúzia contra os Thay.

— Vinte anos de negligência e fome se passaram desde então.

— Poderíamos reunir outros quatro ou cinco de missões no exterior e no interior, com o tempo — diz Almech —, e talvez, com orações e sacrifícios, implorar por outra bênção. Mas não mais.

— Bem — diz Kelkin —, é melhor orarmos para Rosha não resistir às exigências do parlamento, então.

— E o Desfiador? — pergunta Eladora novamente.

E de repente Jere sente que está sendo enterrado vivo, como se houvesse um peso sufocante de terra fria pressionando sua cabeça, sua pele, forçando os lábios a se abrirem, a terra gelada descendo pela sua garganta. Sua boca se move por conta própria.

— NÃO PASSOU PELOS PORTÕES NEGROS.

Kelkin pragueja e se afasta de Jere. Eladora solta um gritinho assustado.

— Está tudo bem — diz a voz de uma mulher —, é apenas esse filho da puta.

Duas figuras se aproximam por outro ramal do túnel. Uma mulher, humana, vestindo armadura, segurando um lampião. O outro é grande, corpulento, maior que um gorila, duas vezes a altura dela, usando os membros anteriores para se locomover. Focinho de cachorro, olhos verdes reluzentes, o cheiro de carne podre: um carniçal ancião.

Olhos verdes se fixam em Eladora, e a terrível pressão cede, libertando Jere. O carniçal transfere sua atenção para Eladora, e Jere vê a garganta dela apertar, o pânico enchendo seus olhos enquanto a coisa fala através dela. É horrível ouvir aquela voz gemida e gelatinosa sair de sua garganta.

— ESTA AQUI TEM LAÇO DE SANGUE COM A ARAUTO DELES.

Está falando de Carillon. Jere fica tenso, mas percebe que não há nada que possa fazer. Aquele carniçal mais velho é gigantesco, assustadoramente forte. Seu fedor enche o corredor estreito como um miasma. Se o monstro partir para cima de Eladora ou Kelkin, Jere não tem armas, exceto uma pequena pistola escondida. Ele poderia gritar por Bolind, mas esta é a única vez que o idiota gordo não trouxe aquela sua arma enorme.

Eladora congela, um coelho diante de um lobo. Ela consegue apenas emitir um gemido baixinho, repetidamente, até que o carniçal se apodera de sua voz outra vez.

— ELA ESTÁ PERTO DA ÁGUA. HÁ UM HOMEM DE PEDRA LÁ. ELE ESTÁ DOENTE E MORRENDO. — O carniçal dá um sorriso obsceno, como se estivesse satisfeito consigo mesmo. — EU VOU GUIAR VOCÊS.

Um Homem de Pedra, com Carillon. De alguma forma, o carniçal sabe onde eles estão. Mastro anda por aí com outro carniçal mais jovem, não é? Camundongo, Ratazana ou coisa assim. Obviamente, o filhote mais jovem vendeu Mastro.

O pensamento de Kelkin é semelhante.

— Seja bem-vindo às terras da superfície, ancião. Sua ajuda neste assunto é mui benéfica, e a longa amizade entre nossos povos deve perseverar para sempre.

O carniçal responde com os próprios lábios de Kelkin, como os sacerdotes avisaram.

— ENVIE-NOS A MEDULA DOS SEUS PAIS E MÃES, E SEREMOS BONS AMIGOS. ESTRANGULAREMOS SEUS DEUSES, VELHOS E NOVOS.

Kelkin fica roxo de indignação e luta para falar. A mulher de armadura golpeia o carniçal mais velho na pata traseira, como se estivesse mandando um cachorro descer e parar de arranhar um hóspede.

— Ei, já chega. — O carniçal rosna para ela, o primeiro som que ele faz com a própria boca desde que chegou. — O monstrinho sabe falar, juro. Ele só gosta de assustar as pessoas. Ela leva a mão ao próprio peito.

Kelkin se recompõe.

— Aleena Humber, não é? Santa Aleena da Chama Sagrada.

— Pelos meus pecados, sim.

Patros se volta para o carniçal mais velho.

— Você tem certeza de que esse Desfiador não passou pela sua vigilância? — O carniçal inclina sua cabeça em um gesto de respeito e concordância. — Louvados sejam os deuses — diz Patros. — Deve ser um sobrevivente dos tempos de trevas, não o início de uma nova invasão. Nossos santos mataram muitos fugitivos no passado. Talvez este seja o último.

— Ele é atraído pela garota — diz Ashur. — Encontre-a e nós encontraremos a abominação.

Kelkin bufa.

— Bom, bom. Se, ah, nosso aliado estiver disposto, ele pode mostrar aos meus homens onde está a garota Thay. — Aleena olha para o bispo Ashur como se estivesse buscando confirmação, e o sacerdote assente. — Nós vamos colocá-la novamente sob custódia. Há uma reunião de emergência do comitê de segurança pública amanhã. Vou apresentar tudo isso lá e enviar um ultimato a Rosha. Ela não pode ficar contra mim, a igreja *e* a multidão que ela atiçou. Ah, esta é uma luta pela qual andei esperando — diz o velho com alegria, olhos reluzindo, imaginando Droupe e os outros apoiadores da guilda dos alquimistas sendo destroçados no parlamento. Sua empolgação é contagiosa: Jere imagina que um escândalo desse tamanho poderia derrubar a Senhora e quebrar o poder monolítico de sua guilda. Kelkin poderia entrar novamente e retomar o controle do parlamento. Subir novamente e levar junto apoiadores como Jere.

Inferno, eles poderiam sair dessa *vencedores*.

— E o Desfiador? — pergunta Eladora.

— Prenda a garota Thay e Idge primeiro. O Filho de Idge — Kelkin se corrige. — Aí nós vamos caçá-lo.

— Eu posso matá-lo, querida — acrescenta Aleena. — Ainda não conheci o que não posso matar.

De alguma forma, essa é a melhor coisa que Jere ouviu a semana toda.

Ashur levanta alguma objeção técnica ou teológica ao plano de Kelkin, e a discussão começa, o velho político e o jovem teólogo brigando, tudo isso intercalado com a ocasional interrupção mordaz do carniçal ancião, mas Jere sabe que o básico do plano está ali. Haverá alguns minutos de negociação antes de eles finalmente concordarem. O túnel está sufocante com o fedor do carniçal.

Jere pega o braço de Eladora.

— Vamos. Vamos deixar a carruagem a postos. — Ela hesita, olhando para Kelkin. Jere a puxa junto. — Acabou, acabou. Bem, não completamente, mas Kelkin vai resolver o resto.

— Ar fresco, porra — Aleena resmunga, seguindo-os. — Segunda vez em uma semana que me mandam lá pra baixo falar com os malditos carniçais. E aí eu te pergunto, é tão difícil colocar uma linha de etérgrafo de merda passando pelo Morro do Cemitério? Você sabia que os Rastejadores têm sua linha de trem particular? Aqueles vermes de tumba filhos da puta têm transporte próprio, e eu tenho que andar todo o caminho do Morro Santo para o cu de merda da cidade, e depois ainda voltar. Você faz alguma ideia, porra, de quantas escadas existem lá embaixo? Carniçais amam suas misteriosas escadas ancestrais descendo infinitamente para dentro de sua maldita cidade cheia de merda e cogumelo. Da próxima vez, vou pedir que cortem minha garganta e me joguem pra dentro de um poço de cadáveres. — Ela resmunga enquanto caminham de volta para o pátio. — Pelo menos dessa vez esse puto grandalhão me encontrou no meio do caminho. A meio caminho do fundo de merda dos esgotos, veja bem, mas ainda assim...

A mente de Jere dá voltas. Mastro e Carillon de volta às suas celas: deuses, vai valer a pena só para ver a expressão de Nabur quando ele vier com seu mandado. Kelkin, administrando a cidade novamente. Ongent, fora da cadeia e com uma dívida enorme para com Jere. Inferno, talvez ele até consiga dar uma fatia a Dredger, como ele disse, este é um problema de resgate.

— Do que aquela coisa estava falando, quando falou sobre a medula de nossos pais? — ele pergunta a Eladora.

É Aleena quem responde.

— Você sabe que eles comem nossos mortos, certo? Se você tem um funeral na igreja, depois que todo o choro termina e todo mundo se escafedeu pro pub, eles jogam você num grande poço e o os carniçais comem tudo. Comem a medula e o resíduo da alma. É uma espécie de tributo, sabe. Em troca, eles vigiam aqueles malditos portões enormes lá embaixo, onde o resto daqueles Desfiadores filhos da puta estão presos até o dia do juízo final.

— Ah. — Sua memória volta ao funeral de sua mãe. Se ele soubesse que as freiras gentis que tomaram a custódia do corpo dela estavam prestes a dar seus restos mortais de comer aos carniçais... ele dá de ombros. Os antigos ensinamentos da igreja ecoam em sua mente, lembrando-lhe que o corpo é apenas uma casca. E ser comido por carniçais é um final melhor do que algumas das coisas que ele viu na guerra.

Aleena dá de ombros.

— Eles não falam muito sobre isso hoje em dia. Não desde que Kelkin deixou as outras religiões entrarem na cidade. É um pouco... — Ela acena uma mão, vagamente. — Desencorajador, eu acho.

— Mas os sacerdotes são queimados — acrescentou Eladora. — E os Safidistas. É mais tradicional. Nos versículos mais antigos do Testamento, os espíritos de fogo levam as almas dos mortos para os céus.

— Safidistas imbecis, orando pela santidade. Se soubessem o que ser uma santa fez aos meus joelhos, viriam com outra cantile... — Aleena para de falar.

Então as chamas irrompem de sua espada desembainhada e o túnel brilha com luz sagrada. Ela ruge com uma voz que é como a luz do sol deslumbrante rompendo entre nuvens:

— QUE PORRA É ESSA, CARALHO?

A coisa que corre na direção deles para atacá-los tem o corpo de Bolind, mais ou menos, mas tem o rosto da raptequina que puxou a carruagem de Kelkin, e uma juba de delicados cabelos dourados, garras e tentáculos florescendo como as pétalas de uma flor. Eladora grita e grita, reconhecendo-o da rua Desiderata. O Desfiador.

Jere não tem seu cajado, nem sua bengala-espada. Apenas uma bengala comum. Ele a porta como uma lança, apontando-a para o que poderia ser a garganta do Desfiador. A criatura se contorce, se dissolve, passa por ele como um fio d'água. Um de seus tentáculos roça seu braço estendido e...

Sangue por toda parte. Dor.

Ele está de joelhos, segurando o braço estilhaçado. Não sabe dizer se ainda tem uma mão, é só uma bagunça de osso, pele esfolada e sangue jorrando. A dor é uma coisa distante, um vasto continente de agonia e ele está flutuando na sua costa, apartado e remoto, mas ele sabe que está lá e a maré o leva para aquela praia de vidro quebrado.

O Desfiador passou por ele, e também por Aleena. Gritos. Urros. O rugido gutural do carniçal. Trovões ecoando túnel acima. Calor de fogo. Todos esses sons, sensações, estão tão distantes. Ele acha que o túnel ficou imensamente longo e ainda está crescendo, levando-o embora.

Ele suspeita que Jere é uma das pessoas que gritam.

Eladora o arrastando, o puxando, meio que o carregando para o ar da noite. Escorregadio de sangue, ele desliza das mãos dela, e ela olha horrorizada para as próprias mãos vermelhas. As tropas do Deus da Mão Sangrenta estão chegando, avisa Marlo, e eles precisam cavar aqui. Jere perdeu a mochila, seu rifle. Ele tem que dizer a Marlo que perdeu o rifle.

Não, isso foi na Guerra dos Deuses, muito longe e muito tempo atrás.

Mais explosões. Bombas alquímicas explodindo nas proximidades. Estamos no alcance da artilharia, avisa Marlo.

Eladora está puxando ele, mas suas pernas estão a milhares de quilômetros de distância, e Jere não consegue se mexer. Ele diz para ela correr, mas não consegue falar porque seus pulmões estão cheios de água.

Kelkin. Kelkin estava naquele túnel. E os bispos. O que aconteceu com eles?

Ele deveria ir atrás deles, descobrir, mas não pode. Seus membros não se mexem. Ele cai, observa o jorro de sangue da ruína de seu braço. Como a maré, jorrando e recuando. Jorrando e recuando.

Desça até as ondas comigo, diz Tio Pal.

O tempo passa. O jorro de sua mão diminui e depois para.

Movimento. Luz de velas. Mais gritos distantes.

Mãos — mãos mais fortes, suaves e horríveis ao toque — o agarram. O pátio está se enchendo de pessoas. Um Homem de Sebo o levanta, um cachorro moribundo atropelado por uma carruagem, o carrega em direção a um carrinho. A cabeça de Jere balança para trás, e lá, ainda fresca na parede, está a última coisa que ele vê.

ESTE NÃO É O ÚLTIMO.

CAPÍTULO VINTE E CINCO

Relutante em se arriscar a dormir, Mastro tenta andar, mas seu peso inclina o barco flutuante de um lado para o outro, fazendo com que a água imunda do canal vá entrando aos poucos pelas laterais. A hospitalidade de Mãe Soturna não vai tão longe assim, então Mastro volta para a praia e anda pelas ruas de Guerdon, Ratazana ao seu lado, fugindo de sombra para sombra. Conscientes de olhos vigilantes, eles caminham em direção às docas, para bairros meio abandonados por aqueles que fugiram da nuvem de veneno do dia anterior.

Mastro se cobre com uma capa emprestada, mas ainda assim é reconhecido. Gestos furtivos, um código de ladrões, torcendo por ele. Ele responde da melhor maneira possível com mãos que parecem lajes. Outros apenas passam por ele — ele passou despercebido ou foi visto até demais? O mandato de Heinreil como mestre não fez nada para ajudar essas pessoas: a miséria do Arroio é um contraste ainda mais flagrante com relação a outras partes da cidade hoje em dia, muito mais do que quando

Mastro era jovem. E isso não leva os refugiados em conta, os milhares que cruzaram mares ou deus para escapar dos horrores da guerra.

— Você está andando melhor agora — murmura Ratazana. — Como está a dor?

— Dolorida. Mas é bom. Se dói, é carne.

Ratazana bufa achando graça.

— Deveríamos sair das ruas. Muitos olhos. Ir até o Morro do Cemitério, talvez. Podemos nos esconder melhor lá em cima.

Mastro levanta o rosto para o céu. Uma chuva leve está soprando da baía, cuspindo nos telhados, lavando o veneno deixado pela tempestade. A chuva está maravilhosamente fria, e, quando as gotas correm pelo seu rosto e seu queixo, ele sabe quais partes de sua pele ainda estão vivas e quais são de pedra.

— Não. Por aqui.

Subindo a colina, em direção ao seu apartamento. Ele não se atreveu a voltar ali desde que fugiu da prisão, pois é provável que esteja sob vigilância da guarda ou dos homens de Heinreil. Agora, porém, ele está meio enlouquecido. Tomado por uma nostalgia quase raivosa que atropela tanto a sua cautela quanto os sussurros irritados de Ratazana. Conforme eles sobem as ruas vão ficando cada vez mais cheias. Mais gestos de apoio — de rostos nas janelas, de jovens de gangues à espreita nas portas, de putinhas nas tavernas. Ele cumprimenta cada um com um aceno de cabeça.

Ratazana os nota também.

— Acho que Tammur espalhou a notícia.

— Pois é. — *Com Idge era mais fácil*, pensa Mastro. Tudo o que ele precisava fazer era ter coragem, recusar-se a ceder, suportar ameaças e tortura. A qualquer momento, ele poderia ter escolhido ceder e trair a Irmandade aos magistrados, mas preferiu esperar e lhes negar a vitória. Apesar de toda a dor, a escolha era dele. Mastro não tem escolha. Não importa o que ele decidir, não importa o quão forte for sua vontade ou quanta coragem puder reunir, a hora de sua morte é determinada pela progressão cega de sua doença.

Ratazana faz sinal para Mastro parar na próxima esquina. O carniçal espreita ao redor, quase invisível nas sombras. Mastro espera, mudando de um pé para outro, flexionando as mãos para mantê-las funcionando. Ele precisa tomar cuidado: à medida que seu corpo se calcifica, sua força cresce. Ele poderia quebrar as costelas de alguém só de roçar de passagem por elas na rua, embora qualquer nativo de Guerdon costume dar muito espaço a um Homem de Pedra contagioso, de qualquer maneira. É outra razão pela qual eles não podem ficar por muito mais tempo na casa-barco de Soturna.

Ratazana retorna.

— Tudo limpo — ele rosna, desconfiado de que não haja ninguém vigiando o antigo apartamento de Mastro.

Há uma semana — apenas uma semana —, os três se encontraram lá para se preparar para o trabalho na Casa da Lei. Mastro se lembra de ficar agachado no beco do outro lado da rua da Misericórdia, vendo as patrulhas de Homens de Sebo passarem, em duplas, com toda a atenção voltada para a porta lateral. Sabendo que, se seus amigos não abrissem a porta a tempo, ele seria pego. Naquele momento, ele tinha depositado sua confiança em Ratazana e Cari, para abrirem a porta para ele. Ele sente um lampejo de frustração: com o novo poder de Cari, há todas as chances de ele derrotar Heinreil, tornar-se mestre. Realizar seus sonhos.

Outra coisa que a praga devorou.

Eles atravessam a rua. A porta está destrancada, e é evidente que a sala foi revistada às pressas. Pertences espalhados pelo chão. Podia ter sido qualquer um: a guarda, os homens de Heinreil, a garotada da rua, talvez até Cari tenha voltado aqui. Nenhuma das coisas de Mastro foram levadas, obviamente. Para começar, ele não tinha mesmo muita coisa, e também ninguém quer coisas que ficaram tão perto de um Homem de Pedra. As roupas de Cari estão espalhadas pelo chão, sua grande bolsa sem forma foi rasgada e seu conteúdo, jogado no chão.

Todos os pequenos tesouros de Cari se foram, lembranças de uma vida em viagem. Mastro se lembra dela lhe mostrando, timidamente, um por um, quando começou a confiar nele um pouco. Uma pulseira de pedras de âmbar, sagradas para o Dançarino. Moedas de Lyrix. Um panfleto de algum teatro em Jashan. Uma pedra lisa e brilhante que ela jurou por tudo de mais sagrado que era uma escama de dragão. A joia da coroa era seu amuleto, que lhe fora enviado por sua família.

Agora que ele sabe quem era a família dela, faz mais sentido que Heinreil tivesse levado o amuleto dela. Um presente dos Thay pode valer uma fortuna.

Tudo se foi agora: mas Cari não é a única que escondeu tesouros ali.

Curvando-se dolorosamente, Mastro se inclina e raspa a palha e a sujeira do chão, revelando uma pedra pesada com uma argola incrustrada. Ele a resgatou de uma doca quando foi demolida. É mais fácil erguer a pedra do que costumava ser, e ele consegue puxá-la com uma das mãos.

Do pequeno buraco abaixo, ele pega um frasco de alkahest, algumas moedas e um punhado de papéis. Um manuscrito iniciado por seu pai e quase terminado por Mastro. Ele pode rastrear o progresso de sua doença pela letra, quando mudou de caneta para algum implemento mais resistente, as letras se tornando maiores e mais infantis conforme seus dedos petrificados foram perdendo a destreza.

Ele se pergunta o que Idge teria achado da cidade agora, mais estranha e monstruosa do que costumava ser.

Ratazana fareja o ar na sala, e depois pega um dos sapatos de Cari e o inala. Mastro ri.

— O quê?

— Nada. — *Carniçais são carniçais*, pensa Mastro. Para manter um como amigo, você tem que lembrar que eles só estão lá pela metade, a outra metade é uma criatura predatória e agitada, impulsionada pelo instinto.

— Veja, ela até cheira diferente agora — murmura Ratazana. — Porra, santos dão problema o tempo todo.

— Sabe, ela poderia ter fugido em vez de voltar para me tirar da cadeia.

— Ainda pode.

— Se ela fizer isso, eu não vou culpá-la. Ela deveria ir. Fugir dessa santidade. Você tem razão: é perigoso. — Mastro pausa, folheia o manuscrito. — Tive muito tempo para pensar nisso quando estava na prisão. Tive algumas ideias sobre como terminá-lo. Como sua caligrafia?

— Uma merda.

— Talvez eu peça a Cari quando ela voltar — decide Mastro. Ele dá uma olhada no apartamento, procurando algum motivo para ficar. E não encontrando nenhum. — Vou esperar por ela na Soturna, e amanhã eu me mudo.

Quando eles emergem do cortiço, Ratazana olha para a rua.

— Eu preciso voltar para o armazém — ele murmura, e com isso se vai, sorrateiro. Essa também é a natureza dos carniçais; eles são sobreviventes a todo custo. Ratazana mantém suas opções em aberto trabalhando nos armazéns de Tammur. Se o golpe de Mastro falhar, poderá voltar ao serviço de Heinreil sem nenhum remorso ou arrependimento. Ratazana vai ficar bem.

Eles precisam se mudar amanhã. Para onde? Algum outro esconderijo, talvez em algum lugar visto por Carillon numa visão. Mastro prevê que vai ser arrastado pela cidade, de sótãos aos esgotos, seu caminho ditado pelo toque dos sinos e pela disponibilidade dos alquimistas de rua. Não é o que ele quer. O que ele quer está nas palavras que seu pai escreveu, sobre a Irmandade e o que isso poderia significar para a gente comum da cidade.

Com papéis e alkahest agarrados em sua mão, Mastro desce em direção às docas. A chuva está mais forte agora, uma chuva que esvazia as ruas e faz nascer riachos de terra. A água ameaça encharcar o precioso manuscrito, então ele para num mercadinho. As prateleiras estão mais vazias do que o normal; além do fechamento do porto, compras de pânico. Uma boa época para contrabandistas.

Outros clientes se abrigando da chuva o espiam curiosamente, observando-o pelos espaços entre as cestas de legumes molengos e batatas podres, ou por entre as grandes jarras de vidro quadrado transbordando com algum líquido vermelho que os alquimistas insistem ser um alimento químico. Lojas como essa costumam banir Homens de Pedra com base em questões de saúde, mas o dono aqui é amigo da Irmandade, outro amigo do pai de Mastro. Ainda assim, Mastro não força as boas-vindas e não toca nos produtos, para não macular cestas inteiras com seu toque. Ele chama um dos garotos da loja para pegar um saco e faz o garoto trazer o que Mastro quer. Algumas cebolas, algumas cenouras e alguns dos vegetais deformados e descoloridos que os alquimistas criam em tanques que nunca viram solo nem luz naturais.

Alimentar Guerdon é uma preocupação constante para o parlamento. A cidade costumava importar alimentos abençoados pelos deuses, mas a guerra pôs um fim a isso. Eles tiveram que proibir produtos de Grena, lembra Mastro, depois que se descobriu que os vegetais divinos traziam junto uma maldição e se transformavam em veneno com o toque de qualquer um que tivesse fornecido armas para o povo de Ishmere. Agora, o único alimento seguro é doméstico, e parte dele é quase intragável.

Enquanto entrega a sacola a Mastro, o balconista sussurra:

— O Cavaleiro Febril está procurando por você.

Mastro assente e enfia os papéis e o alkahest por cima da comida. Mastro já o enfrentou antes. Não é de surpreender que Heinreil envie o Cavaleiro para procurá-lo depois que o veneno falhou.

Uma dor no estômago de Mastro o lembra que o veneno ainda não falhou. Quanto tempo, ele se pergunta, antes de precisar daquela dose de alkahest na bolsa? E de quantas precisou na última semana? Nove? Dez? Essa devia ter sido a maior parte do suprimento de um ano.

Talvez seja por isso que Mastro pega a bolsa e desce a encosta do morro, cabeça erguida, agora sem tentar esconder o rosto. Ficar ereto faz a perna doer menos, o faz mancar menos. Ele caminha de volta para o canal.

O Cavaleiro Febril espera por ele na casa-barco de Soturna com outros dois capangas, humanos. Um segurando Mãe Soturna na ponta da faca, o outro no barco, revistando-o exatamente como revistaram o apartamento de Mastro.

Quando Mastro se aproxima, o segundo homem pula para a margem e joga algo pequeno no barco atrás dele. Um sinalizador. O barco pega fogo num instante, queimando chamas brilhantes, chamas verdes e azuis que devoram a tinta colorida da cabine, luzes azuladas doentias dançando na superfície poluída do canal. Soturna solta um grito agudo que parece o assovio de uma chaleira fervendo.

O Cavaleiro da Febre sibila ao ver Mastro. O clangor da armadura, tubos de suporte de vida borbulhando quando ele inala. Seu capacete com cara de caveira girando para encará-lo, as lentes nas órbitas oculares dançando com as chamas refletidas. Histórias das atrocidades do Cavaleiro percorrem a mente de Mastro. Dizem que o Cavaleiro fez um homem devorar a própria esposa, forçando-o a comer pedaços de sua carne crua até que o homem pagasse suas dívidas. Que a armadura articulada do Cavaleiro esconde um número desconhecido de lâminas e armas, ilegais — fantasmas-relâmpago e pior —, e ele escolhe os meios de execução que você mais teme. Que o Cavaleiro está tão devastado de tantas doenças e fluidos ácidos que ele vai explodir quando morrer, que se ele sangrar em você vai te matar na hora com os venenos no sangue dele, e é por isso que ninguém ousa lutar com ele.

A menos que você já esteja morto, pensa Mastro. Ele coloca a sacola em cima de um cabrestante, como quem coloca uma coroa de louros numa sepultura.

— Idgeson — sibila o Cavaleiro. — Venha sem lutar e não precisaremos estripar a velha. — Os olhos de Mãe Soturna estão bem fechados, e ela está tremendo. Ela é incrivelmente magra na mão do brutamontes, seus membros lembram gravetos velhos.

Mastro dá um passo à frente, sentindo nos próprios membros uma força com a qual não está acostumado. A maldição irônica da Praga de Pedra: quanto mais perto você estiver da petrificação, mais forte se torna. Ele está mais lento do que gosta, mais desajeitado, mas muito forte esta noite.

Ele olha para cima. Rostos olham para ele dos prédios ao redor, por trás de cortinas que se mexem e de varandas distantes. Ninguém respira uma palavra sequer nem quer admitir que está lá, mas há muitas testemunhas do que está prestes a acontecer.

— Volte para Heinreil — diz Mastro, avançando em direção ao Cavaleiro Febril, aprisionando o guerreiro entre si e as águas do canal. — Diga a ele que vou vê-lo no Tribunal das Sarjetas, diante da Irmandade inteira. Diga a ele que não vamos aceitar valentões como você tratando pessoas assim.

— Sangre ela — ordena o Cavaleiro Febril.

Mastro dá outro passo, enfiando o pé no chão, fazendo-o tremer. Ondulações no canal fazem pequenas ondas, espirrando contra as margens, contra o casco da casa flutuante.

— Machuque ela — diz Mastro, mantendo o tom leve, quase zombando —, e eu vou arrancar seus braços.

A mão do ladrão treme. Ele olha para o Cavaleiro Febril em busca de uma garantia de força. Irritado, o Cavaleiro meio que se volta para o capanga...

... e essa é a abertura de que Mastro precisa. O Homem de Pedra irrompe numa corrida brusca, cobrindo a curta distância entre eles num segundo. O Cavaleiro grunhe e puxa a espada, sua armadura sibilando quando as seringas mergulham automaticamente em sua pele, vomitando alguma outra droga. Mastro ajusta seu ataque minuciosamente para colocar uma das mais duras placas pedregosas de sua pele entre sua ainda vulnerável carne viva e a ponta da lâmina. Ele bate na espada, defletindo-a, sentindo-a deslizar pelo corpo sem encontrar lugar onde penetrar. Um instante depois, ele colide com o Cavaleiro Febril, e ambos caem para trás.

Caem sobre os destroços da casa flutuante em chamas, atravessando-os, mergulhando no mar frio.

A maior parte do canal não é tão profunda. Mesmo quando foi ele escavado, tinha apenas oito pés de profundidade, e hoje em dia está assoreado e cheio de lixo, então há apenas dois ou três pés de água estagnada na maioria dos pontos. Ali, porém, eles estão perto de onde o canal encontra as águas do porto, por isso ele é mais profundo, e o peso combinado de Mastro e do Cavaleiro Febril envolto em aço é suficiente para afundar na lama.

O Cavaleiro Febril mete as garras nele, como um animal, se debatendo aterrorizado. Mastro persiste, mantendo seus braços presos ao redor do inimigo. Ele se lembra das estátuas submersas no litosário, os braços esticados em direção à superfície, afogados onde ficaram paralisados. Ele será tão implacável quanto a pedra.

Ele imagina que consegue sentir o calor do corpo doente do Cavaleiro através da armadura, através da água.

Ele não consegue ver nada, mas consegue saber que está em cima do Cavaleiro Febril, um peso morto, empurrando o outro homem para dentro da lama fria.

O Cavaleiro começa a se debater com mais violência. Sua cabeça esmaga a bochecha de Mastro, quebrando a pedra da carne dele. Chutes machucam sua perna direita, que já não funciona direito. Mastro resiste, bem como seu pai, muito embora toda a cidade tenha visto a grande recusa de Idge e ninguém possa ver o martírio de Mastro na escuridão do canal.

Alguma coisa cai espirrando na água próxima. Então outra coisa, e mais outra, como chuva.

O Cavaleiro Febril faz um último esforço para afastar Mastro. Talvez ele tenha encontrado apoio contra o fundo sólido do velho canal, perdido por séculos no escuro e no lodo. Ele quase consegue, forçando os dois a voltar para a luz dos fogos acima.

Mastro vislumbra um rosto como um crânio esbranquiçado, com pintas roxas, olhos esbugalhados. Os dedos do Cavaleiro Febril se cravam nos flancos, nos ombros de Mastro. As águas do canal devem estar ficando vermelhas, ele pensa, por lavarem todo o sangue das mãos do Cavaleiro.

Os próprios pulmões de Mastro começam a queimar e congelar ao mesmo tempo. Ele sabe o que isso significa — não consegue respirar, e logo não terá pulmões para respirar; mesmo que conseguisse, apenas duas cavidades ocas na pedra de seu peito. *Desculpe, Cari*, ele pensa, *não estarei por perto para ser o que você quer que eu seja.*

O Cavaleiro Febril para de se mover. Mastro o solta, tenta apoiar bem os pés, mas desliza na lama e afunda como, bem, uma pedra, caindo novamente. A lama do canal deve ser como uma cama macia.

Mais uma coisa espirra nas proximidades. A ponta de uma vara com gancho. O cajado de Jere, aquele que Cari roubou, recuperado da ruína do barco. Ele pega seu braço e o puxa para a borda. Mãos, agarrando-o, levantando-o. Seu rosto rompe a superfície da água, e ele engole ar. Uma multidão apareceu nas margens do canal, uma hoste de santos. O pessoal dos cortiços, arrastando Mastro para fora da água.

Mais dois salpicos quando eles jogam os outros dois ladrões na água. Ao contrário do líder, eles flutuam ao invés de afundar, mas a saraivada de pedras e o lixo jogado em cima deles devem fazer com que eles desejassem poder. Um deles é levado na direção dos destroços em chamas e grita enquanto queima.

Eles levam Mastro até a margem, onde ele pode se pendurar no banco e acaba se arrastando para fora. Eles comemoram quando ele se levanta.

Uma gangue de catadores — as crianças dos canais, que vasculham o lodo em busca de moedas, sucata e outros tesouros — agarra o cajado com gancho e vai pescar o cadáver do Cavaleiro Febril. Eles arrastam a carcaça horrível até a margem, dedos ágeis puxando sua armadura. Um deles arranca o capacete do Cavaleiro de sua cabeça medonha e dá a Mastro como um troféu.

Ele o levanta, e a multidão grita seu nome, assim como gritou o nome de Idge vinte anos antes.

Não é como cair ou voar. É como ser espremida.

A pressão na cabeça de Cari se expande, se intensifica, até que todo o seu corpo é esmagado até se tornar um ponto. Ela não consegue ver a sala do escritório no seminário, não consegue mais ver os dois agressores, porque — ela supõe — seus globos oculares explodiram como uvas maduras sendo espremidas. Ela sente todo o peso da cidade em cima dela.

Miren está lá também. Ela está ciente dele, sabe que não está sozinha quando a cidade inteira gira e a esmaga.

Ela deveria entrar em pânico. Ela deveria gritar. Ela não tem a capacidade de fazer nenhuma das duas coisas.

Ela gira. Leva um tranco. E é vomitada de volta à realidade. Cari tropeça quando retorna à existência, batendo os joelhos num armário de madeira. O cheiro de poeira. Tetos baixos, badulaques: o sótão de alguma casa grande, talvez. Uma pequena luz etérea acesa ao lado de uma cama.

Miren solta a mão dela, se afasta dela. O rosto dele está ruborizado. Mais animado do que ela jamais o viu antes. Ela também está respirando com dificuldade. Ela se sente instável. Meio que se pergunta se se recuperou adequadamente, como se tivesse deixado algo lá na universidade, ou se acabou misturado com Miren quando eles...

— Que porra foi essa? — ela consegue perguntar.

— Um truque que meu pai me ensinou — diz Miren, observando-a com cautela. — Nem sempre funciona. Às vezes, eu consigo meio que entrar e sair, mas só quando a cidade me permite.

Cari não é especialista em taumaturgia, mas ela sabe que teleporte não é algo que possa ser feito facilmente. Ela viu faquires nos mercados que fingiam poder atravessar paredes ou pular em uma cesta e sair em outra, mas aquilo era apenas prestidigitação. Na verdade, entrar e sair da realidade pertence mais ao reino dos santos e deuses do que à feitiçaria dos mortais, até onde ela sabe.

Suas roupas parecem desconfortavelmente apertadas, como se ela tivesse voltado um pouco errada. Ela ajeita a blusa e pega Miren olhando para seus seios como se nunca tivesse visto um par deles antes.

— Onde estamos?

Miren se afasta rapidamente, perdendo sua graça habitual na pressa de sair de perto dela. Tropeça até a cama e abre um armário ao lado. Ataduras, pomadas curativas, frascos de comprimidos ordenadamente organizados e rotulados. A maior parte do sótão está cheia de lixo, espalhado aleatoriamente em torno do quarto enorme de teto baixo, mas a pequena ilha de Miren é organizada com disciplina militar. Lençóis perfeitamente arrumados com dobra militar, remédios alinhados como soldados numa prateleira, facas na outra.

— Não tenho certeza — ele responde de costas para ela. — Eu nunca vi isso aqui do lado de fora. Acho que é uma das casas mais antigas da Cidade Nova, na rua do Comércio. Ninguém nunca vem aqui. Eu encontrei por acidente. Nem sempre controlo para onde vou. Normalmente, vou aonde quero, mas às vezes é como uma onda que bate e me carrega.

É o discurso mais longo que ele já fez na presença de Cari.

— Eu nunca consegui carregar ninguém antes — acrescenta, ainda olhando de modo estranho para ela, como se a visse pela primeira vez. Ele morde o lábio, e Cari sente um gosto estranho na boca, como se pudesse provar o sangue dele. — Eu... simplesmente sabia que funcionaria com você.

— Como você me encontrou? — ela pergunta. Tia Silva sempre dizia para ela não questionar as bênçãos dos deuses, mas Cari tem a sensação de que, se os deuses lhe enviaram um cavalo de presente, então eles provavelmente estão executando um esquema criminoso de comércio de cavalos.

— Eu estava vigiando você — responde Miren.

Isso não é reconfortante.

— Por quê?

— Meu pai me disse para te encontrar depois que você fugiu. Só fui encontrar seu rastro ontem à noite, e então segui você de volta àquela casa flutuante.

— Cadê Eladora?

Miren dá de ombros.

— Não sei. Eu estava procurando por você.

— Você não conseguiu tirar seu pai da prisão? — Ela precisa falar com Ongent; na verdade, essa revelação sobre Miren torna a conversa ainda mais urgente. Talvez feitiçaria possa curar Mastro; o professor é claramente mais especializado do que finge ser, e Cari tem acesso a poder mágico suficiente para...

... na verdade, ela não sabe o quanto está trancado dentro dos sinos. É outra coisa que ela quer conversar com Ongent. Sua cabeça está flutuando, a pele arrepiada. Ela tira a jaqueta e as botas, sentindo o frio bem-vindo do ar noturno em sua pele.

Miren balança a cabeça.

— Eu tentei! Como já disse, normalmente não consigo carregar outras pessoas comigo e, de qualquer maneira, ele não deixaria a prisão da guarda. Ele não fez nada de errado e queria, queria esperar até que o deixem ir. — Ele tira sua capa, saca um par de facas e as alinha com as outras na prateleira. Recusa-se a encontrar o olhar de Cari, mas lança olhares cautelosos para ela quando ela se aproxima, como um animal nervoso. Lambe os lábios.

Incorporar fatores inesperados em seus planos fica mais fácil com a experiência. Tudo é uma arma se você estiver disposta a usá-la, ela diz a si mesma.

— Os alquimistas estão com ele agora — diz Cari, seguindo-o até a cama. — Estou ficando melhor no controle das visões. Talvez eu possa descobrir exatamente onde ele está, o suficiente para você se teleportar lá pra dentro. Ou teleportar nós dois. Ou... — Ela não está realmente interessada em falar mais. Está cansada de fazer planos, de tentar manter a cabeça no lugar sob a pressão de se preocupar com Mastro, sobre o futuro, sobre a virada estranha que aconteceu na sua vida. Ela sempre se sentiu mais à vontade agindo por impulso, e o impulso que a percorre agora — que percorre os dois — é forte demais, primordial demais para resistir. Ela avança para ele e o leva para a cama. Separando-se apenas o suficiente para ir tirando a roupa, lutando um com o outro, como se estivessem tentando voltar àquele ponto de união. A cama range sob o peso deles, e no fundo de sua mente ela torce para que não haja ninguém acordado na casa abaixo, porque ela está prestes a fazer muito barulho.

Miren se atrapalha, inexperiente, mas ela o guia para dentro e para fora, encontrando o ritmo mútuo no compasso do toque de sinos distantes.

CAPÍTULO VINTE E SEIS

Enquanto viver, Eladora nunca se lembrará do intervalo entre o momento em que a coisa no túnel investiu contra ela e quando Aleena a encontrou e a carregou, sem esforço, até a sala dos fundos de uma taberna medonha em algum lugar na baixa marginal Cintilante. A santa coloca duas canecas de lata de alguma coisa marrom e fedorenta na frente de Eladora.

— Beba — Aleena ordena, e segue o próprio conselho, drenando seu copo de um gole só. Ela faz uma careta com o gosto. — Tome tudo. Isso vai fazer seu estômago entrar em equilíbrio com a cabeça e o coração. Todos vão ficar igualmente fodidos.

Distraída, a santa faz a caneca em pedaços, rasgando o metal com os dedos como Eladora arrancaria pétalas de uma flor.

— Ele está morto — diz Aleena. — O Desfiador.

Eladora tenta dizer algo, mas tudo o que sai é um soluço. Ela tenta novamente.

— Aquele é o que… antes…

Rua Desiderata.

— Mortinho. Quando eu esfaqueio algo, ele permanece esfaqueado. E queimado. — Aleena joga outro pedaço de metal da caneca em cima da mesa. — O carniçal grandão também está morto.

Clink.

— Assim como sua santidade, o Quadragésimo Segundo Patros de Guerdon, Mestre Guardião dos Deuses Verdadeiros e Misericordiosos, Almech, o Bem-Amado.

Clink.

— Taphson também. Eu sinto muito.

Eladora se sente vazia demais para chorar. É verdade que ela mal conhecia Jere, mas ele foi gentil quando ela se sentiu abandonada, e lhe deu ouvidos quando ela implorou para que ele ajudasse o professor. Não era certo que fosse morto dessa maneira.

— Quanto ao bispo Ashur, ou Kelkin, não sei. Acho que eles ainda estão vivos, talvez. O túnel desabou parcialmente. Eles podiam estar do outro lado. Ou talvez embaixo, e nesse caso...

Clink. Clink.

— Você vai terminar isso? — Ela aponta para a bebida intocada de Eladora.

Eladora empurra a caneca sobre a mesa.

— Por que você veio atrás de mim?

Aleena toma um gole.

— Eles criavam falcões perto de onde eu cresci. Eram bosques cheios de caça, e os nobres iam lá para caçar com falcões. Quando eu era menina, achava que eram animais mágicos. Eu os observava da cerca viva, não éramos permitidos no campo, e os via subir. Como se estivessem indo pegar o sol e trazê-lo. Fortes e rápidos, sim, mas também sábios e bonitos. — Ela olha para Eladora, que está confusa e exausta demais para interromper. — Quando eu tinha... uns 15 anos? Mais jovem do que você, de qualquer maneira, os deuses dos Guardiões me escolheram. O Cavaleiro do Vendaval desceu do céu mais alto e me ungiu com fogo e raios. Santa Aleena, a invencível. Eu não sei por que me escolheram. Os Safidistas...

— Eu não sou Safidista — murmura Eladora, instintivamente.

— Os Safidistas falam sobre fé, boas obras e alinhar a alma com a vontade dos deuses. Eu não fiz nada disso. Apenas aconteceu. Bendita seja a sabedoria divina deles. De qualquer forma, eu me tornei uma maldita heroína das fábulas, certo? Convidada para todas as festas mais chiques, pude caçar com falcões com todos os senhores e senhoras.

Aleena suspira.

— Acontece que os falcões são violentos pra caralho. Comedores de rato imundos que arrancam seu olho se você chegar muito perto. Os deuses são assim. À distância, você acha que eles são sábios e fortes, mas... nossos deuses, os Deuses Guardados, porra, eles são burros como falcões. São feitos todos de instinto, puro reflexo, sem reflexão. Ou talvez como vacas. Vacas bonitas feitas de fios de luz solar, de prata e cristais feitos de almas... — A voz de Aleena engasga. — Você não pode vê-los como eu. Porra, eles são tão lindos que parte meu coração, e tão imbecis, caralho, que eu quero esmagá-los. E nós os tornamos assim, os mantivemos burros, fracos e dependentes de nós. É a coisa certa a fazer, eu sei, eu sei. Melhor um Deus Guardado do que um selvagem, certo? Mas... — A voz de Aleena vai morrendo. Toma um gole da bebida de Eladora e acrescenta:

— Que se foda tudo.

— Isso não responde à minha pergunta.

— Não, não responde. Eu só queria dissipar quaisquer ilusões que você pudesse ter de que eu seja, sei lá, abençoada com uma sabedoria especial, insight ou qualquer coisa. Eu consigo arregaçar esses Desfiadores tenebrosos, mas os deuses não estão me dizendo o que fazer. Estou improvisando essa merda toda, assim como o resto de vocês.

— Mas então *por que* você veio atrás de mim?

— Três razões. — Aleena levanta a mão esquerda, estende o dedo indicador. *Só poderia haver três razões*, pensa Eladora, *ou ela precisaria de outra mão para continuar a contagem da mão dilacerada.* — Razão um: você sabe o que diabos está acontecendo aqui, tanto quanto qualquer outra pessoa. Sinos, alquimistas e Deuses de Ferro Negro, certo? Eu não tenho a imagem completa. Nem você, eu acho, mas você tem pedaços que eu não tenho.

Aleena termina a segunda bebida.

— O que nos leva ao número dois. Eu saí de lá porque o lugar estava repleto de gente da guarda e daquela merda de homens-vela, não guardas da igreja. E, pelo que ouvi, a guarda está mancomunada com os alquimistas. Isso significa que teremos que passar por cima deles. Comitê de segurança pública, certo?

— Mas não existe... quero dizer, não é contra isso que a igreja deveria lutar?

Aleena chama a atenção do bartender e mais duas bebidas aparecem. Ela pega uma e fica girando a caneca especulativamente.

— A guarda da igreja tem visto tanta ação nos últimos trinta anos quanto o pau sagrado do Patros. E, sim, eu sou a escolhida dos Deuses Guardados, mas olhe para mim: sou apenas uma mulher. O que vou fazer, marchar até a guilda dos alquimistas, abrir as portas a chutes e invadir o local sozinha? — Há uma luz nos olhos de Aleena que perturba Eladora.

— A reunião do comitê é logo de manhã cedo — diz Eladora.

O comitê acabou por se reunir antes mesmo disso. Uma sessão de emergência, os funcionários informam quando elas chegam ao prédio do parlamento antes do amanhecer, em resposta aos eventos da noite anterior. Mensageiros passam por Eladora e Aleena, enviados para buscar Effro Kelkin e os outros membros do comitê desaparecidos.

— Merda. Espere aqui, está bem? — diz Aleena. Seu hálito fede a bebida, e Eladora quer dizer a ela que isso é inadequado quando a intenção é se dirigir a um subcomitê parlamentar. A santa desaparece por um corredor lateral onde Eladora tem certeza de que o público não deveria ir.

Ela se senta em um banco duro em um saguão no edifício labiríntico, consciente do quanto suas roupas são inadequadas, dos olhares de desaprovação dos balconistas e recepcionistas. Ela se senta do jeito mais comportado que consegue, cabeça inclinada, mãos cruzadas ordenadamente sobre o exemplar de *Arquitetura sagrada e secular* que ela arrastou pela cidade.

Ela percebe que, em algum momento, a capa do livro foi borrifada de sangue. Sangue de Jere. Ela a cobre com o cotovelo e sorri para um funcionário que passa. É importante estar aqui, diz a si mesma. Precisa falar com eles sobre os Deuses de Ferro Negro, sobre a importância dos sinos, a suspeita de traição da parte da guilda dos alquimistas. Sobre a prisão injusta do professor Ongent, sobre o sacrifício de Jere. Ela queria ter caneta e papel, para poder dar forma a alguns de seus pensamentos e descobertas. Trazer ordem para o caos que surgiu ao seu redor na última semana.

Ela se remexe no assento duro e descobre que a manga está grudando na capa do livro.

— Você precisa disso?

Eladora olha para cima. Uma mulher lhe oferece um lenço. Eladora toca seu próprio rosto, descobre que está molhado de lágrimas. Ela se atrapalha tentando achar o próprio lenço, mas os couros de rua que Jere lhe emprestou não têm uma coisa dessas.

Ela aceita o lenço da mulher e enxuga os olhos.

— Obrigada.

— Não é nada. — A mulher sorri. Eladora não consegue adivinhar sua idade: sua pele tem o brilho de cera dos tratamentos alquímicos. Ela está elegantemente vestida, a túnica simples acentuada pela corrente de membro de uma guilda, longos cabelos ruivos trançados e empilhados num design elaborado, preso no lugar por um alfinete de ouro. — Por favor, há mais alguma coisa que eu possa fazer? Você parece extremamente chateada.

— Não... não, não é nada. Estou bem. Obrigada.

A mulher estala a língua.

— É evidente que você não está bem. Ainda assim, a oferta continua de pé. O que está lendo?

Eladora cruza cuidadosamente os braços sobre o livro.

— Uma história da arquitetura.

— Histórias — declara a mulher — são escritas sobretudo por idiotas ou fraudes. Os preconceitos dos outros vão desviá-la do seu caminho. Estude a cidade, tire suas próprias conclusões.

Um funcionário aparece sem fazer barulho.

— Senhora de Guilda, o comitê deseja lhe falar.

Senhora de Guilda, pensa Eladora, reconhecendo de repente a mulher. A Senhora de Guilda Rosha, diretora da guilda dos alquimistas e mulher mais poderosa de Guerdon, levanta-se do banco, alisa a túnica e entra na câmara do conselho. Metade das pessoas no aposento a seguem, uma comitiva de escribas, advogados, conselheiros e guarda-costas.

Eladora começa a segui-la também, sem pensar. Talvez possa abordar Rosha, revelar o que está fazendo com os Deuses de Ferro Negro, ou simplesmente pedir a libertação de Ongent. Ela não sabe o que vai dizer assim que alcançar Rosha — mas ela nunca chega lá. Aleena aparece pela porta lateral e agarra o braço de Eladora.

— Mudança de planos. Ande.

Não é exatamente andar, mas ser arrastada por um trem de carga. Eladora suspeita que, se tentasse se soltar das garras de ferro da santa, ela quebraria seu braço.

— O que está acontecendo? — sussurra Eladora.

— Esses putos filhos da puta nos foderam. — Aleena leva Eladora por mais uma porta naquele labirinto, a fecha e depois casualmente arranca a maçaneta para impedir que alguém as siga. — O comitê de segurança pública se reuniu sem Kelkin para lhes dar alguma aproximação de coragem, ainda que fraca. "Recomendamos que as propostas existentes de entregar tarefas não essenciais da guarda sejam implementadas": eles venderam a porra da cidade para os alquimistas. Admitiram que a guarda é uma merda em absolutamente tudo, então estão deixando os comedores de velas mandarem na porra toda. Lei marcial, a ser aplicada pelos Cabeças de Sebo. Todo mundo fora das ruas para evitar tumultos, tudo bloqueado. E os alquimistas podem pegar os sinos restantes sem pedir licença.

— Mas... você matou o Desfiador! E foram os alquimistas que explodiram a Rocha do Sino! E talvez a Torre da Lei também.

— Sim. Infelizmente, todo mundo que poderia ter feito isso alguma merda a respeito acaba de ser demitido e substituído por uma maldita vela ambulante. Bem, quase todo mundo.

Elas chegam a uma porta, pesada, coberta de ferro. Eladora pisca surpresa. Ela já viu isso antes; há um esboço de uma porta igual a essa no livro que traz consigo. Uma das portas que dá a túneis antigos correndo por baixo da cidade, portas fortificadas e protegidas por feitiços após a derrota dos Deuses de Ferro Negro.

— ABRA ESTA PORRA AGORA — Aleena ruge com a voz de um coro angelical. Sua espada emite um brilho branco, e a porta se abre. Explosões sulfurosas de fcitiços de proteção sendo desativados. — Você vem? — ela pergunta ríspida para Eladora.

Ela faz uma pausa no limiar, lembrando-se da terceira razão. E aí segue a santa escuridão adentro.

— Motivo número três — Aleena disse na noite anterior —: eu assassinei a maior parte da sua família.

Ratazana está inquieto. Carniçais não dormem como os humanos, mas ele era incapaz de se enrolar em algum canto escuro e descansar seus ossos. Ele está com fome, e as sobras que consegue reunir não o satisfazem. Ouve Mastro na sala ao lado, remexendo papéis, grunhindo de dor de vez em quando. Igualmente sem sono. A derrota muito pública do odiado Cavaleiro Febril pelas mãos de Mastro lhes conquistou muitos novos amigos: todos que deviam dinheiro à guilda, para começar.

O barco de Mãe Soturna não pôde ser recuperado. Ela foi morar com o neto. Mastro está ficando em um quarto de cortiço. O edifício está superlotado, dez ou 12 por cômodo, mas eles têm o lugar só para eles. Seja para homenagear o herói do momento, seja para ficar longe do Homem de Pedra doente e moribundo — de qualquer maneira, Ratazana acolhe a calma depois de horas de visitantes e suplicantes. Matar o capanga de Heinreil trouxe à tona a rivalidade de Mastro com o líder da guilda. Não há como voltar atrás agora.

Tammur marcou uma reunião num restaurante com alguns outros ladrões. Ainda não era o Tribunal das Sarjetas, mas estava quase lá. Mastro e Tammur conversaram por horas, falaram tanto que Ratazana podia ouvir a mandíbula do seu amigo estalando enquanto calcificava. Mais alkahest, injetado bem no pescoço de Mastro. Dinheiro emprestado de Tammur.

Uma luz rosada ao leste delineia os pináculos do Morro Santo. É a hora de quietude antes do amanhecer. Parte dele se pergunta onde Carillon está, mas ele está no mau humor típico dos carniçais, e não é capaz de se preocupar. É uma pergunta abstrata, fria e desapegada... e muito secundária à sua própria fome.

Comida. Ratazana se levanta, desce as escadas e sai para a rua. Em direção às docas, para uma fileira de edifícios que estavam desertos quando a nuvem de veneno da Rocha do Sino chegou à costa. Ele não sabe ao certo o que está procurando. Uma gaivota morta, talvez, ou um gato, rígido como uma escova. Algo inteiro e morto.

Farejando no lixo. Passando por salas abandonadas e quase vazias. Ratazana encontra um rato embaixo do assoalho de um quarto, corpo contorcido, o pelo amarelado de tanto veneno. Ele limpa o pó e dá uma mordida. A carne é fibrosa e podre, e ele permanece insatisfeito.

Passos por perto, macios como sombras. Uma parede espessa de perfume mascarando a podridão. Bolsa de Seda está aqui. Ela está toda vestida na maior elegância: um vestido de baile descartado e remendado, um enorme chapéu de abas moles, até o leque de uma dama. Mas seus pés estão descalços: nenhum sapato humano caberia em seus semicascos.

— É um mundo de rato-come-rato — diz ela ao ver a refeição dele.

Ele joga o cadáver meio mastigado e sussurra uma saudação.

— Teve alguma emoção ontem à noite? — ela pergunta.

— O Cavaleiro Febril veio atrás de nós. Mastro o matou. — O estômago de Ratazana ronca ao pensar no cadáver do Cavaleiro Febril. Eles o empurraram de volta ao canal depois de tirar sua armadura, mas talvez ele possa pescá-lo.

— Ah, que bom! Um sujeito horrível, aquele. Então, seu amigo está indo para o Tribunal das Sarjetas?

Ratazana assente. Desconfiado — Bolsa de Seda nunca se interessou muito pela política da Irmandade.

— E você vai ficar ao lado dele?

— Vou.

Ela se abana, pensando, e depois diz:

— Você está com fome? Venha comigo.

Ela o leva até um porão e puxa um embrulho de lona para fora do seu esconderijo. Dentro está o cadáver de um velho. Intocado.

Bolsa de Seda toca o rosto do corpo, suas pálpebras encarquilhadas, suas bochechas pálidas e enrugadas, com reverência.

— Seu coração não aguentou. Ele se escondeu aqui do veneno. — Ela usa o leque para esconder os lábios quando os lambe. — Eu não o toquei. Posso dividir, se quiser.

— Não tem poços de cadáveres por aqui — resmunga Ratazana, e estende a mão para pegar o braço do homem.

Bolsa de Seda dá um tapa na mão dele, repreendendo-o.

— Com respeito! Não somos comedores de carniça. Eu não como gente morta mofada só porque estou com fome, e você também não deveria.

— O que mais tem lá?

— Coisas de psicopompos. — Bolsa de Seda tira as luvas e as coloca delicadamente em cima de uma cadeira quebrada. Enrola as mangas. Retira um guardanapo da bolsa e o abre em cima do colo. Então enfia as garras na caixa torácica do homem e puxa. Ela se abre como uma fruta madura. Bolsa de Seda separa habilmente os fragmentos de osso, músculo e tecido pulmonar até encontrar o coração. Ela o oferece a Ratazana.

— Apenas um pouco do coração e do cérebro — ela diz ao começar a descascar a pele do crânio. — É respeitoso. Não coma demais. E quando terminar, tomaremos chá ao sol na Praça do Cordeiro, como gente da superfície.

— Ocupado — murmura Ratazana enquanto mastiga a carne. Mas Bolsa de Seda tem razão: os mortos frescos o comovem, alimentam uma fome mais profunda do que mero sustento. Nos túneis abaixo do Morro do Cemitério, a cabeça e coração são reservados para os anciões; ele viu carniçais mais velhos carregando sacos de tributo dos poços para os lugares profundos abaixo.

À medida que sua fome diminui, ele consegue pensar novamente. Heinreil sabe onde eles estão agora. O instinto de Ratazana é encontrar outro esconderijo para Mastro, no caso de Heinreil enviar mais problemas para cima deles, mas o tempo de guardar segredo pode ter acabado. Mastro se declarou abertamente contra o mestre, e tem apoio suficiente para lançar um desafio. Heinreil precisa encontrá-los no Tribunal das Sarjetas ou arriscar uma guerra nas ruas, e isso vai forçar mais apoio para o campo de Mastro.

— Vejo você no Tribunal das Sarjetas? — ele pergunta a Bolsa de Seda. A carniçal não tem muita influência na Irmandade, mas todo voto conta.

— Não é muito minha praia. E... não me leve a mal, mas aquele pobre rapaz doente deveria ir para a Ilha das Estátuas e não balançar o barco com esse desafio tolo. Estou surpresa que o sr. Tammur o tenha sequer recebido.

Ela não sabe das visões de Cari, claro, a arma secreta deles. Ratazana sente aquela estranha onda de raiva novamente. Seu flanco dói subitamente, uma dor aguda que passa rapidamente. Ele esfrega o peito, imaginando o que está sentindo. A outra carniçal nem percebe.

Ele cata fiapos de músculo dos dentes enquanto ouve sem muita atenção Bolsa de Seda tagarelar sobre seus amigos humanos.

De volta ao quarto do cortiço, ele encontra Mastro curvado sobre as notas de Idge mais uma vez, analisando-as. Deixa o Homem de Pedra trabalhar em paz.

Carillon encontra seu caminho até o novo esconderijo por volta do meio-dia. Ele se pergunta se ela os encontrou através de suas visões, ou se simplesmente perguntou a alguém onde o filho de Idge estava. Ratazana a cheira enquanto ela ainda está no corredor. Um cheiro desconhecido, jovem e masculino, perfumado para mascarar aromas mais fracos de sangue, reagentes alquímicos, água-súbita, poeira do sótão.

Ratazana bloqueia a porta quando ela tenta entrar, rosna para o desconhecido. O homem não recua, apenas sorri debochado.

— Ratazana! Está tudo bem. Ele é bom — diz Cari.

— Quem é?

— Miren. Ele é o filho do professor de que te falei. Ele pode...

— Você está trepando com ele. — Sexo não significa nada para Ratazana, mas ele aprendeu que os humanos geralmente o associam a laços fortes. E ele decidiu que não gosta do estranho.

Cari faz cara feia. Os seres humanos preferem copular em particular, ele lembra.

— Ahn, acho que sim. Escute, ele pode nos ajudar. Eu preciso falar com Mastro.

— Só você. — É um esforço de vontade para Ratazana se afastar da porta, para deixar Cari passar e entrar no quarto de Mastro. Quando ela está muito perto, ele consegue sentir o gosto dos dentes, sentir as garras desembainharem. Algo no novo poder de Cari não bate bem com ele, e ele tem a mesma sensação quando está perto de Miren. Um instinto assassino.

Ratazana sorri amplamente para o recém-chegado.

— Eu sou Ratazana — diz ele, posicionando-se do outro lado da porta novamente, barrando-o com o braço.

Miren dá de ombros.

— Eu sei. Eu vigiei você no armazém no Beco do Gancho. — E com isso ele se contorce, mais rápido do que qualquer humano tem o direito de se mover, e mergulha sob o cotovelo de Ratazana para a sala mais adiante. Dá as costas a Ratazana e segue atrás de Carillon para o quarto de Mastro.

Ratazana quer abrir a garganta de Miren — ver se um cadáver fresco é tão satisfatório quanto o que Bolsa de Seda lhe mostrou —, mas engole sua raiva e segue o garoto para dentro da sala.

— O professor pode curar você — diz Cari. — Nós só precisamos tirá-lo da prisão. — Ela está andando para cima e para baixo, cheia de energia, transbordando de fragmentos de insights de suas visões. Mastro está sentado no chão, imóvel, imerso em pensamentos.

— Ele não está na prisão. — Miren se empoleirou no quarto, no lado oposto de Ratazana, perto de Cari. — O Bairro dos Alquimistas.

— Não é mais fácil que a prisão — murmura Ratazana. O Bairro dos Alquimistas é uma cidade independente, proibida a não ser para os alquimistas e suas criações e servos. Ele nunca esteve lá dentro, embora a tenha espiado dos telhados, e rastejado pelos esgotos e canos embaixo dela.

— Talvez. — Mastro fecha os olhos. — Cari, você viu onde ele está sendo detido, certo?

— Mais ou menos. É... é como olhar para uma tempestade de poeira.

— Descreva o edifício.

Ela faz isso da melhor maneira possível, tentando colocar a perspectiva alienígena dos sinos em palavras.

— O que está mais perto dele ao leste?

— Pátio de carga.

— Dê-me detalhes.

Eles vão e voltam, construindo uma imagem da área. Mastro tem um dom para a arquitetura, a compreensão do espaço de um Homem de Pedra. É preciso saber quantos passos dolorosos são necessários para atravessar aquele pátio, que passagens são estreitas demais para serem usadas sem esbarrar em outro transeunte e arriscar contágio. Cari fica frustrada com o interrogatório e grita que eles estão desperdiçando tempo, mas Mastro quer saber tudo, é inflexível. Descreva o quintal novamente. Descreva o portão. Descreva a distância entre janelas. Quantos passos para aquela porta, para aquele arco? Quanta cobertura?

Ratazana perde o interesse pelas palavras, apenas ouve as vozes de seus amigos. Em seu devaneio, eles parecem estar falando de algum lugar acima do solo, e ele está bem lá embaixo.

As vozes se calam. Mastro apenas fica lá, imerso em pensamentos.

Eles esperam, e o estômago de Ratazana ronca.

Eles esperam, até que, com estalos de pedra, Mastro se levanta.

— Ratazana — diz ele —, precisamos que você volte para o Morro do Cemitério.

Mastro explica o plano para ele, e ele ri, um riso longo e profundo, e não consegue abandonar a sensação de que o morto que acabou de comer também está dando risadas.

CAPÍTULO VINTE E SETE

Agora, pensa Mastro consigo mesmo, é quando tudo dá errado. Ele empurra seu carrinho em direção ao portão dos alquimistas. Seus membros pedregosos, recém-injetados de alkahest, não sentem o peso do carrinho sobrecarregado.

O Bairro dos Alquimistas de Guerdon é como uma nova cidade, uma nova fortaleza. Costumava ser terra entregue a curtidores, tingidores. Leprosos e carniçais, também, os imundos e indesejados da cidade. Agora é o motor que guia Guerdon para o futuro. A sede da guilda é a catedral deste novo bairro, reluzindo com seu mármore e vidro, mas não ostentosa. A maior parte dela também está cuidadosamente escondida atrás de paredes e dos edifícios circundantes. Os arquitetos tiveram o cuidado de garantir que as torres da sede da guilda não ofuscassem a capela do Guardião que fica ao lado dela. Seu tamanho e beleza só podem ser vistos claramente quando você está bem perto.

Os alquimistas não precisam se gabar.

Atrás da sede da guilda, se derramando do alto da colina para a costa, estão as fábricas, chaminés e canteiros químicos, os estaleiros de construção e fábricas de munição. E os canteiros de cera, claro. As usinas de plastificação.

O alvo é um portão lateral, então Mastro evita a estrada principal que atravessa a marginal Cintilante. Dali ele já consegue ouvir gritos e comoção; a distração pode ser útil. Carillon avisou que suas visões não são precisas dentro do Bairro dos Alquimistas, então ela não sabe exatamente onde está o professor Ongent. Encontrá-lo pode exigir mais tempo do que eles previram.

Talvez mais tempo do que eles dispõem. Para Mastro, esse é um pequeno sacrifício: sem a cura que Cari acredita que o professor pode oferecer, ele imagina que estará morto em uma semana. Ou pior que morto, trancado no caixão de seu próprio corpo. Sua preocupação é com os outros.

Ele avista Ratazana pelo canto do olho. O carniçal faz um sinal de mão. Está na hora.

Mastro empurra o carrinho virando a esquina, e o portão aparece logo à sua frente. É enorme, feito de aço rebitado, resistente o suficiente para deter um Homem de Pedra. Além disso, ele está protegido: não por Homens de Sebo, apenas humanos com espingardas, observando-o de uma passarela no topo da muralha-cortina. Meia dúzia, e tem mais nos arredores — e muitos Homens de Sebo também.

Um dos guardas no topo do portão grita para ele:

— O que você quer?

— Alk. Alk — Mastro consegue enunciar, trancando sua mandíbula como um Homem de Pedra nos estertores finais da doença.

— A guilda não é instituição de caridade. — O guarda ri. — Tente a igreja.

Em resposta, Mastro retira a cobertura de lona de cima do carrinho. Há um Homem de Sebo morto em cima de uma pilha de lixo. Foi o que perseguiu Ratazana nas catacumbas embaixo do Morro do Cemitério, por isso ele está intacto e sem danos além de ter seu pavio apagado.

Homens de Sebo são caros. Eles têm muitas virtudes, entre as quais terem uma rapidez inumana, serem totalmente leais e praticamente indestrutíveis. É só refazê-los com intervalos de poucas semanas, e eles ficam bons como novos. Mas criar um do zero exige que um ser humano seja derretido e refeito nos tanques. Você faz isso decompondo as pessoas aos seus elementos mais básicos. Criminosos condenados, invasores no Bairro dos Alquimistas... até os doentes e moribundos, negociando os últimos poucos dias de sua vida e uma eternidade de loucura e horror por um insignificante pagamento às suas famílias.

— Onde você conseguiu isso? — o guarda diz ríspido. — Danificar propriedade da guilda é crime!

— Encontrei. Assim. Alk? — Mastro diz rangendo os dentes.

Outro guarda, um oficial, assente.

— Traga-o para dentro e lhe damos uma dose como pagamento. — Ele sinaliza para alguém dentro das muralhas. Uma sirene toca, e ouve-se o rugido sibilante de um motor alquímico. O portão estremece e começa a se mover, deslizando ao longo de trilhos de metal, abrindo uma lacuna larga o suficiente para Mastro empurrar o carrinho. E ele o faz.

Do outro lado do portão, há um grande pátio aberto, ladeado por edifícios industriais de algum tipo. Tanques e canos passam por cima e através da alvenaria como insetos de latão, carrapatos gigantes de metal se alimentando da luz do sol. No outro lado, além de uma enorme estrutura sem janelas que poderia ser um armazém, uma estrada desce em direção a guindastes distantes que lembram a Mastro bichos-pau. Ele já os viu antes, no lado do mar, elevando-se enormes sobre as docas particulares dos alquimistas. À sua esquerda, há outro caminho mais estreito que as visões de Cari afirmam levar à própria sede da guilda.

— Para trás — ordena um dos guardas, não querendo chegar muito perto de um Homem de Pedra contagioso. Mastro obedece, recuando alguns metros atrás.

Agora.

Dentro do carrinho, escondida sob uma segunda lona, Cari acende o pavio do Homem de Sebo. No mesmo momento, Ratazana se levanta no telhado em frente, bem na linha de visão do Homem de Sebo.

Quando o pavio pega fogo, o Homem de Sebo volta à vida. A pele de cera dura como pedra amolece numa animação repelente. Sua cabeça queima novamente, e dentro dela uma aproximação química da consciência explode.

Para o Homem de Sebo, é ainda uma semana no passado. Não se passou nenhum tempo para desde que Ratazana o aprisionou numa tumba sob o Morro do Cemitério. Até onde ele sabe, ainda é a noite em que a Torre da Lei ardeu, e ele ainda está perseguindo Ratazana.

E ele vê sua presa do outro lado da rua.

O Homem de Sebo ganha vida, faca brilhando. Todo mundo sabe que não se fica entre um Homem de Sebo e seu alvo, mas é exatamente onde estão os guardas infelizes. Os sortudos são os que tombam como pinos de boliche enquanto o Homem de Sebo salta do carrinho e corre pela rua para perseguir Ratazana. Os azarados são esfaqueados e dilacerados no caminho dele.

Duas coisas acontecem na confusão.

Primeiro, o carrinho tomba para a esquerda, e Cari e Miren caem para fora dele. Cari percebeu numa de suas visões que havia uma fileira de caixotes à esquerda do portão, e os dois desaparecem na fenda entre a parede e as caixas antes que alguém os veja. Eles estão dentro.

Segundo, Mastro dá mais um passo para trás e, em seguida, pisa duro no trilho de metal que guia o portão. O impacto viaja perna acima até atingir a articulação do quadril, e ele sente a dor e o súbito frio entorpecente quando se calcifica um pouco mais. O trilho cede, dobrando, impedindo que os guardas fechem o portão.

Mastro finge ser burro e fica balançando pelos próximos minutos, sem deixar que suas preocupações apareçam no rosto. Ele não olha por cima do ombro para ver o Homem de Sebo perseguindo Ratazana pelos telhados da marginal Cintilante. Ele não olha na direção das sombras para onde Cari e seu novo amante foram. Fica apenas olhando imbecilmente os guardas gritando com ele.

Aliás, ele não mexe um músculo externamente ao pensar em Carillon dormindo com outra pessoa. Sexo não tem sido uma possibilidade física de Mastro há muito tempo, mas ele desfrutou da inesperada intimidade de compartilhar um pequeno espaço com uma mulher quando viveu com Cari. A amizade deles se aprofundou mais rápido do que achava possível.

Ele pega as memórias, as testa como uma faca contra seus nervos. Há uma dor distante e fraca, nada mais.

Não importa, ele diz a si mesmo. Afasta esses pensamentos por ora. Provavelmente estará morto em alguns dias de qualquer maneira e, mesmo que escape desse destino, ainda é pedra.

Os guardas gritam com ele, exigem saber onde ele encontrou o Homem de Sebo, então falam sobre ele como se não estivesse lá e discutem como consertar o portão. Mastro se oferece para dobrar o trilho de volta, e vai andando desajeitado em direção ao portão novamente. Mais guardas se agrupam em volta para contê-lo. Os espectadores se aglomeram ao redor da cena, espiando para dentro dos recintos particulares da guilda. Mais guardas, mais oficiais da guilda. Rumores começam no meio da multidão sobre Homens de Sebo fugitivos e loucos. Carrinhos e carros puxados a cavalo chegam, mas o portão está travado.

Toda a confusão para desviar a atenção de Cari e Miren. Tudo o que Mastro precisa fazer é ficar ali e manter a distração.

Outro carrinho chacoalha quintal adentro, descendo a pista lateral da entrada principal, seguido por um segundo e um terceiro. Todos trazem a mesma libré, a marca da guarda da cidade. Mastro os reconhece instantaneamente: são carros de prisão, para transportar prisioneiros. Eles levaram seu pai para a Casa da Lei num deles. Todos os três estão abarrotados, superlotados de prisioneiros.

O comboio segue em direção a uma das fábricas do outro lado do pátio. Uma grande porta se abre quando ele se aproxima, e Mastro vislumbra enormes tonéis borbulhantes, sente o cheiro de ácido e cera derretida. É a usina de plastificação, onde eles fazem Homens de Sebo.

Não há muitos prisioneiros condenados em toda Guerdon. Eles devem ter esvaziado as celas da prisão na Ponta da Rainha, ele percebe, agarrado todos os punguistas, bêbados e mendigos e enviado para o outro lado da cidade para serem transformados em gordura e cera de vela.

Um dos alquimistas joga para ele um frasco de alkahest.

— Vamos, saia daqui. Pare de ficar olhando embasbacado. Você já causou problemas suficientes. — Ele aponta na direção do portão aberto e atinge Mastro com uma vara, como se fosse um fazendeiro pastoreando uma vaca perdida. — Vá andando, seu idiota!

Lentamente, de modo muito deliberado, Mastro enfia a agulha de alkahest no próprio flanco. Pressiona o êmbolo, sente o solvente fazer sua mágica em suas articulações congeladas. Então começa a andar pela multidão. Os guardas que eles têm ali também são humanos — os alquimistas não gostam de mostrar sua cara monstruosa para a cidade, a menos que seja necessário — e eles não conseguiriam impedi-lo, mais do que poderiam impedir uma avalanche.

Ele começa a correr, atravessando o pátio a passos estrondosos, como o soar de algum sino da destruição. Quando os guardas percebem o que ele está fazendo, é tarde. As armas estalam e fervilham, e ele tem uma fração de segundo para imaginar o quão à prova de balas ele é hoje em dia antes dos tiros o atingirem.

Ele cambaleia sob a saraivada, mas segue em frente. As costas são atingidas por tiros de espingarda, mas ele não sente nenhuma dor real, apenas o arrepio gelado de mais calcificação. As balas estão ricocheteando em sua pele pedregosa, mas o impacto está danificando a carne por baixo, transformando mais partes dele em pedra a cada bala.

Ele chega ao carrinho do meio e afunda os dedos no metal, arrancando sua lateral. Passa a outra mão nas correntes que prendem os prisioneiros no lugar, estourando elos ou arrancando-os inteiramente dos parafusos que os seguravam no chão. Os prisioneiros se espalham pelo quintal. Alguns caem, outros correm, alguns se escondem para fugir dos disparos. Uma mulher corajosa bate no motorista e o puxa para baixo. Ela sobe novamente, queixo vermelho, chaves na mão e a orelha do motorista nos dentes.

Mastro aponta para a última carroça, grita num rugido para que ela leve os prisioneiros para lá, depois corre até o que está mais próximo da usina de plastificação.

Ele rasga o carrinho ao meio.

Uma menina novinha, coberta com a sujeira das sarjetas e das celas de prisão, talvez de sete ou oito anos de idade. Ela olha para ele com olhos vazios e desesperados. Cansada demais para gritar. Ele rasga as correntes e a liberta.

— Corra — ele diz, e depois lidera a investida de volta para o portão aberto. Outra saraivada de tiros de espingarda, mas ele suporta o grosso: melhor ele do que qualquer outra pessoa. Ele pode suportar.

Talvez, pensa por um momento, possa até ganhar.

E então vêm os gritos agudos dos Homens de Sebo, dezenas deles, talvez centenas, saindo aos montes da usina de plastificação. A mesma faca stiletto na mão de cada um deles.

Um Homem de Sebo pousa na frente dele e enfia a faca em seu peito, encontrando infalivelmente o espaço entre duas de suas placas de pedra.

O Bairro dos Alquimistas assombrará os pesadelos de Cari por anos. Canos sibilam e gorgolejam como o intestino de um homem estripado. O ar é quente e espesso com fumaça. Por entre vigias forradas com vidro espesso pintado de verde, ela pode espionar as coisas crescendo dentro dos tonéis — Cabeças de Gaivota embrionários, raptequinas, órgãos sem corpo. Uma coisa que pode ser o coração e sistema circulatório de um homem passa flutuando por uma janela, como uma água-viva medonha que esguicha sangue a cada espasmo das artérias. Em outro tanque, centenas de caules crescem de um tapete rico em nutrientes no chão, como cordas de algas marinhas. Cari leva um momento para reconhecê-los como uma safra de medulas espinhais prontas para serem torcidas em mechas e mergulhada em gordura de sebo para fazer mais Homens de Sebo.

O pior de tudo, porém, é a vertigem. Ela não sabe se esse é algum efeito colateral de sua santidade, ou apenas uma medida da pura intensidade da pressão arcana que circula por essas máquinas, mas ela se sente arrastada para um lado e para o outro por ondas invisíveis, como se estivesse se afogando em energias invisíveis. Miren também sente isso, consegue ver por sua respiração subitamente mais pesada.

— Acho que é por aqui — diz ela, indicando uma escada. Tentando conciliar suas visões fragmentadas deste lugar com a realidade física. Miren a segue pela escada.

— Está dando uma boa olhada? — ela sussurra para ele enquanto sobem.

Ele franze a testa, não responde. Cari bufa achando graça. Eladora pode até ficar encantada com o ar entediado e misterioso de Miren, mas não ela. *Ele precisa aprender a conversar melhor*, ela pensa. *Não pode simplesmente se fiar em suas habilidades de luta, um corpo bonito, o poder do teleporte e, deuses inferiores, o sexo ontem à noite...*

Ela erra um degrau e quase escorrega, batendo o joelho contra a escada. Miren a firma com uma das mãos.

— Calma — ele diz entre dentes.

Eles deixam o reino dos tanques para trás enquanto escalam. Uma janela à frente deixa entrar luz natural, e através disso ela consegue ver o pátio bem abaixo. Mastro é fácil de detectar, e ele está cercado por guardas. A distração está funcionando.

A escada termina numa escotilha que os leva a um lugar chamado, tranquilizadoramente, de sala de descontaminação. *É um pouco tarde para isso*, ela pensa. Saem num corredor que lembra a universidade para Cari. Salas pequenas abarrotadas de livros e papéis. Algumas estão vazias, mas há pessoas trabalhando na maioria delas. Conversas baixas e murmuradas misturadas a cânticos, mas todas estão tão concentradas em seus trabalhos que passar por elas é fácil.

Um nível acima, outro corredor, mas este está muito mais vazio. Os quartos aqui são maiores e têm cheiro de dinheiro. Ela imagina que esses livros estão cheios de contas, lucros e perda — principalmente lucro — em vez dos símbolos alquímicos em seus equivalentes no andar de baixo.

Outra janela permite que ela volte a se orientar. A visão do porto por essa janela é familiar o suficiente para desencadear uma sensação de *déjà vu*: ela já viu aquela vista, ou algo muito parecido, em suas visões. Eles estão muito perto do professor Ongent, e isso a perturba. Ela preferiria que o professor estivesse sendo mantido em alguma cela úmida. Manter um prisioneiro no luxo não faz sentido para ela.

Miren agarra a manga dela e aponta para frente. Há um guarda de sentinela do lado de fora de um dos quartos. Humano, novamente, o que ao mesmo tempo a tranquiliza e a preocupa. O professor, de acordo com os rumores que correm pela cidade, explodiu o Desfiador e todo um esquadrão de Homens de Sebo com feitiços explosivos. Certamente isso justificaria um Cabeça de Gaivota ou algo assim, no mínimo, em vez de um humano... que de repente está esparramado no chão, com Miren em pé sobre ele. Cari nem o viu se mexer. Ela não sabe dizer se o guarda está morto ou apenas inconsciente e, neste exato momento, ela não dá a mínima.

Miren tenta a maçaneta. Está trancado.

— Pai — ele sussurra urgentemente pelo buraco da fechadura —, afaste-se. Eu vou arrebentar a porta.

Cari revista o guarda (que ela percebe agora que está inconsciente, e a mancha vermelha escorrendo pela parte de trás do crânio sugere que ele não vai acordar tão cedo) e encontra uma chave. Ela impede Miren de derrubar a porta e colocar todos os outros guardas da usina no encalço deles... ou, pelo menos, todos os outros guardas que não estão discutindo com um Homem de Pedra no pátio lá fora. Ela está particularmente confiante neste aspecto do plano: qualquer coisa que dependa de Mastro ser teimoso tem que funcionar.

A chave dá um estalo, e eles entram.

O professor parece estar um tanto desgastado pelo encarceramento. Seus olhos perderam um pouco do brilho, e ele cambaleia como se estivesse um pouco bêbado. Um braseiro queima no teto, fora de alcance, e a fumaça dele faz a cabeça de Cari girar. Algum tipo de sedativo, ela imagina.

— Você a encontrou! — ele diz para Miren. — Muito bem, garoto!

Miren não diz nada, mas seu rosto brilha à luz da aprovação paterna.

— O senhor consegue andar? — pergunta Cari. Ela puxa o guarda inconsciente para dentro do quarto, com a intenção de empurrá-lo embaixo da cama para escondê-lo, mas ele está deixando uma trilha sangrenta no chão, então ela apenas o deixa cair como um rato morto.

— Sempre em frente — diz o professor, cambaleando em direção à porta. Miren corre para o lado dele e pega seu braço. Ela segue os Ongent até o corredor.

Tudo está indo conforme o planejado até agora. Agora eles precisam achar o caminho para os fundos do Bairro dos Alquimistas. Lá, existe um muro alto e praticamente impossível de escalar que corre ao longo da lateral do Beco da Poeira. De qualquer maneira, não pode ser escalado do chão, mas eles vão começar do topo, e Miren tem uma porção de corda pendurada no ombro. Ninguém nunca desce até o Beco da Poeira, então suas chances de serem vistos é mínima. Em seguida, é só se esgueirar rapidamente até um cais, onde um dos amigos de Ratazana está esperando com um barco a remo.

Uma janela à frente brilha com uma súbita luz ardente, e algo passa correndo por ela, descendo o muro do lado de fora.

— Homens de Sebo — Cari avisa aos outros dois.

Ela ultrapassa os Ongent e espia pela janela.

Caralho.

O pátio do lado de fora parece uma fogueira. Dezenas de Homens de Sebo convergindo para o que parece ser um tumulto. Não, ela se corrige quando avista os carros de prisão virados: uma fuga. E no meio disso está Mastro, balançando seus grandes punhos de pedra. Há muitos Homens de Sebo entre ele e o portão, muitos.

— O que é isso? — pergunta Miren.

— Você pode, hum, se teleportar? — Falar sobre o estranho poder dele é algo que a deixa tão sem graça quanto discutir as próprias visões.

— Não aqui, e não com meu pai.

Não há tempo para discutir. Não há tempo para pensar. Cari morde o lábio, sente gosto de sangue.

— Tudo bem, você continua. Tire o professor daqui.

Miren assente e sai correndo sem olhar para trás. Ela não tem certeza se ele tem confiança na capacidade dela de sair daquele lugar sem ele ou se simplesmente não se importa. Ela também não tem certeza de qual das duas coisas prefere que seja verdade.

O professor fica agitado quando vê que estão deixando Cari para trás. Ela pode ouvi-lo ficar confuso, insistindo que voltem para buscá-la. Cari deixa que Miren se vire com o velho drogado e desce por outro corredor, confiando em alguma combinação sua visão fragmentada e sorte. Subir, ela pensa. Eu preciso subir.

Correndo pelo labirinto de edifícios que cercam o pátio. Cada janela que ela passa lhe dá um vislumbre do caos no pátio abaixo. Ela corre, abandonando qualquer tentativa de discrição, atravessando portas e subindo escadas em disparada.

Ela atravessa uma ponte com paredes de vidro, uma passarela entre dois edifícios. Pela janela, vê uma escada de metal que corre do lado de fora da próxima estrutura da fábrica, até um telhado plano. E lá em cima — se ela conseguir chegar lá em cima, talvez possa salvar Mastro, salvar tudo.

A porta do outro lado da ponte está trancada, mas, quando ela chega perto, ela se abre e um alquimista mascarado emerge, usando um capacete protetor e trajes metálicos com feitiços de proteção. Ela se abaixa e passa batido por ele — vê seus olhos atrás do vidro, arregalados de surpresa — e entra correndo no aposento em frente.

Ele é enorme. Uma vasta fábrica, cheia de passarelas e gruas. Sem janelas, o ambiente iluminado por baixo por lagos de metal derretido borbulhando em cadinhos. Pendurados no vazio diante de Cari, suspensos por correntes com runas inscritas, como moscas numa teia de aranha, dois sinos. Um está em mil pedaços retorcidos, reconstruído fragmento de sucata por fragmento de sucata como um quebra-cabeça. O outro está intacto, embora amassado e danificado. Ambos são feitos de metal preto, assim como o da torre da Sagrado Mendicante.

Um é o da Torre da Lei. A proveniência do outro, ela não consegue adivinhar, mas sente o cheiro do mar por um instante.

À esquerda dos dois sinos, o quebrado e o intacto, está outra teia de aranha que deve ter segurado outro sino antes. Essa está vazia, as correntes penduradas sobre os vapores que vêm de baixo. Aquele prisioneiro se foi.

Abaixo dos dois sinos restantes, no meio daquele oceano de fogo e alquimia, existe um molde, como o que os alquimistas usam para transformar carne mortal nos medonhos Homens de Sebo. Dezenas de alquimistas trabalham como formigas em gruas abaixo do sino intacto, montando algum tipo de moldura ao seu redor. Os alquimistas estão todos vestindo roupas de proteção, com feitiços, com cuidado para não se aproximar demais do deus aprisionado dentro do sino.

Eles cobriram o badalo da campainha com cobertores grossos, para que o deus não possa gritar quando o abaixarem às chamas.

Cari vê tudo isso num instante. Ela continua correndo: isso é grande demais para ela. Ela sabe, instintivamente, que se os dois deuses no aposento a virem, sua atenção combinada, suas demandas por resgate e a libertação a deixarão louca. Ela não se detém para pensar, apenas continua correndo.

Todo esse metal derretido. Todos esses fornos. Isso significa que há um risco de incêndio. Isso significa que eles estão prontos para que algo dê errado.

Por outra porta, depois outra em rápida sucessão. O prédio tem paredes duplas, um prédio de contenção, e agora ela está do lado de fora, numa varanda precária bem acima do pátio. Ali há uma escada que vai dar no telhado. Ela olha para baixo, pela grade de metal da varanda, e vê Mastro cercado por faíscas de Homens de Sebo. Alguém está gritando bem abaixo dela, um grito que é interrompido bruscamente por uma faca.

Ela sobe. Os degraus de metal são escorregadios de chuva e gélidos. Seu pé escorrega uma, duas vezes, mas ela se recupera como se estivesse sendo apoiada por mãos invisíveis. A atenção parcial de algo diferente de anjos.

Agora ela está no telhado, e lá está. Um tanque enorme, parecido com uma cisterna para captar água da chuva, mas fechado. Seu cheiro é familiar — ele está cheio da espuma imunda, daquelas de entupir os pulmões, que os alquimistas usam para combater incêndios. Canos levam para dentro do edifício abaixo, mas há uma mangueira comprida enrolada logo ao lado. Cari puxa parte dela e corta o resto fora com a faca. Ela não necessita de precisão para isso.

Ela encontra uma válvula e a vira. O tanque gorgoleja, a mangueira entra em convulsões e, em seguida, a gosma extintora de incêndio cai em cascata sobre o pátio, um borrifo de alta pressão igual a uma cachoeira caindo sobre pedras.

Os Homens de Sebo nem têm chance de gritar. Eles simplesmente param. A gosma apaga todos eles num instante. Eles caem em bando, se embolando no chão para serem sepultados na gosma. Ladrões em fuga se arrastam pelas correntes de espuma verde, indo na direção do portão ainda aberto. Ainda há Homens de Sebo lá embaixo: ela consegue ver suas luzes aglomeradas na entrada da fábrica de tonéis de sebo, onde eles se reúnem na porta aberta, rosnando e ameaçando seus inimigos com suas facas, mas incapazes de pôr os pés lá fora.

Ela ouve Mastro gritando lá embaixo, convocando os ladrões, dizendo a eles para onde correr.

Cari se recosta no metal frio do tanque, sorrindo. Ela conseguiu. A mangueira fica mole quando o tanque seca.

Então o primeiro Homem de Sebo aparece no topo da escada. Seu sorriso é horrivelmente brilhante quando ele passa por cima da mangueira, evitando quase delicadamente as pequenas poças químicas. Cari ameaça cortá-lo com a faca, mas a coisa é muito rápida: dedos de vela se fecham na mão dela, prendendo-a. Aparece outro Homem de Sebo, e mais outro, e ambos a agarram e derrubam.

Uma mulher segue o trio de Homens de Sebo. De meia-idade, com cabelos avermelhados e um vestido que realmente não é adequado para escalar telhados. O vento açoita o vestido, ameaçando arrastá-la para a borda e arremessá-la para o pátio abaixo, então ela se segura firmemente ao corrimão.

Ela levanta a voz, que é rica e culta, imperiosa, mas não rude.

— Carillon Thay? — A mulher não parece surpresa. — Meu nome é Rosha. Eu dirijo a guilda. Preciso falar com você. Se eles a soltarem, promete não fazer nada idiota?

Cari assente, e os Homens de Sebo a soltam. Eles ficam de pé ao redor dela com as cabeças inclinadas em ângulos estranhos e inumanos para manter as chamas das velas protegidas do vento repentino.

— Eu sei sobre você, Carillon. Sobre sua conexão com os sinos. Sabe o que eles são? Os remanescentes dos Deuses de Ferro Negro. A igreja os derrotou e os capturou. Ela os refundiu como sinos para aprisioná-los. — A mulher Rosha dá um passo em direção a Carillon, hesitante como se estivesse com medo dela. — Estamos abordando o mesmo problema por diferentes finalidades, Carillon. Eu encontrei uma maneira de destruir os Deuses de Ferro Negro, fazer o que a igreja não conseguiu. Para descartar com segurança o poder deles. Você pode ajudar. Me ajudar. Isso vai libertá-la das visões, e eu vou fazer você ficar rica.

Cari olha para o pátio abaixo.

— Você transforma pessoas nessas malditas velas.

— Eu não vou fazer isso com você. Nem com seus amigos. Ah. — Rosha faz uma pausa por um instante, como se estivesse ouvindo algo que Cari não consegue ouvir. Cari passou algumas semanas como parte de uma trupe de teatro, e ela reconhece aquela expressão: alguém está falando com Rosha. Alguma voz no ouvido dela. — Seu amigo Mastro terá o melhor tratamento para sua condição. Todo o alkahest de que precisar. Quanto aos seus crimes... eu sou dona da guarda da cidade, querida, você não precisa se preocupar com eles.

— E em troca? Para que você precisa de mim?

— É difícil de explicar.

— Então tente, porra.

Rosha gesticula com as mãos.

— Você é viajada. Viu a Guerra dos Deuses. Não diretamente, acredito, mas sabe como ela é terrível.

Ela tem razão. Guerdon é uma ilha de sanidade em comparação com algumas das coisas sobre as quais Cari ouviu falar, em terras onde os deuses enlouqueceram de terror ou sede de sangue.

— Você pode imaginar o que ela fará com esta cidade se chegar aqui. Nós desenvolvemos uma arma que pode atacar os deuses diretamente. Matá-los no reino espiritual em vez de massacrar seus adoradores no físico. É muito mais limpo. Mas eu preciso de você e sua conexão com os Deuses de Ferro Negro para extrair o poder deles, para otimizar o rendimento. Realizamos um teste de disparo alguns dias atrás, e os resultados foram positivos, mas na extremidade inferior da nossa projeção de eficiência. Foi o suficiente para destruir uma semideusa, mas com apenas uma dúzia ou mais de sinos, precisamos levá-los ao rendimento de um panteão o mais rápido possível.

— Você explodiu a Torre da Lei para chegar ao sino lá dentro.

Rosha abre bem as mãos, indicando que foi vítima das circunstâncias.

— A igreja se recusou a ouvir. Tivemos que tomar uma ação drástica para proteger a cidade. A neutralidade de Guerdon é precária: a guerra está chegando perto demais para permanecermos neutros para sempre. Nós precisamos dessas armas.

— Você fez isso comigo. Essas visões só começaram depois que a porra da torre caiu em cima de mim.

Rosha balança a cabeça. Estranhamente, seus cabelos não são afetados pelo vento, é como se estivessem colados na sua cabeça. Nem um fio fora do lugar.

— Não, Carillon. O incidente, ahn, ungiu você, mas você nasceu para esse poder.

Os Homens de Sebo riem disso. Rosha faz uma careta de irritação e acena para que recuem.

— Tudo pode mudar para você, Carillon Thay. Ajude-me. Você pode despertar as energias nos sinos com mais eficiência do que os métodos que usamos, persuadir os Deuses de Ferro Negro para despertarem parcialmente antes que nós os refaçamos.

Carillon abre a boca para falar, no entanto, antes que ela possa dizer qualquer coisa, os sinos no Morro Santo soam as horas. Cari se segura para a visão que começa a se construir no limite de sua percepção, mas o mundo se rasga bem na frente dela e Miren está lá, entre ela e Rosha.

Sem hesitar, ele enfia sua faca bem no peito de Rosha. Esfaqueando repetidamente, descontroladamente, penetrando nela várias vezes. Não há sangue, e a Senhora de Guilda parece ilesa. Miren então abre a garganta dela, e cera branca flui da ferida. Ela gorgoleja algo, mas tudo o que sai de sua boca é mais cera branca. Rosha dá um passo para trás e cai da borda.

Os Homens de Sebo avançam para cima de Miren. Ele é rápido, mas eles são três, e não há para onde correr. Ele está morto se Cari não fizer nada.

Então ela avança, esquivando-se entre os Homens de Sebo. Agarra a mão de Miren, gritando com ele. Ele não reage rápido o suficiente, e os Homens de Sebo se aproximam. Só há uma saída.

Cari pisa fora da borda, puxando Miren com ela.

Ambos estão caindo agora, caindo atrás de Rosha. A Senhora de Guilda se espalha no pátio à frente deles, quebrando como uma vela caída. Sem órgãos, sem sangue: apenas a duplicata de cera de uma mulher.

A visão envolve Cari ao mesmo tempo que Miren a toma em seus braços e *salta*.

CAPÍTULO VINTE E OITO

—Vamos! Vamos! — Ratazana desliza de um telhado e dispara para ficar ao lado de Mastro. A perna direita do Homem de Pedra não consegue mais suportar seu peso, então Ratazana ajuda a apoiá-lo. — Cortaram você — ele acrescenta ao ver a ferida profunda no peito de Mastro.

— Não é nada. — O fluxo de sangue praticamente parou. Pequenas lascas de pedra branca em contraste com o vermelho. Em breve, a carne ferida ficará petrificada por completo. Obviamente, se cortaram um pulmão, então o órgão inteiro logo irá pelo mesmo caminho também. Mastro precisa permanecer resiliente a esse respeito: o veneno o matará em alguns dias de qualquer maneira.

Os dois descem cambaleando a ladeira o mais rápido possível, passando por becos íngremes na direção do porto. À distância, os gritos de alegria de ladrões libertados, correndo pelas ruas para o anonimato seguro do Arroio, deixando rastros de espuma alquímica para trás como correntes quebradas.

Eles chegam a um cais. O crepúsculo se fechou em torno deles, tornando cada passo traiçoeiro. Mastro hesita na beirada, consciente das águas subitamente profundas. Ratazana saca uma pequena lanterna de baixo de uma pilha de trapos, acende-a e a acena num padrão ondulado. Recebe a resposta de um sinal correspondente de um dos barcos na baía.

Mastro cambaleia, recosta-se em um cabrestante de ferro fundido. Ele sabe que deveria ficar de pé, continuar se movendo para garantir que sua perna não trave novamente, mas está exausto. A adrenalina se torna pesada como chumbo em suas veias.

— Eu vi o que você fez — diz Ratazana. — Eles vão falar disso por anos.

— O que mais eu poderia fazer?

Ratazana dá de ombros.

— A maioria das pessoas simplesmente iria embora. Dizer que merdas horríveis assim acontecem. Eu sou um comedor de cadáveres, dependente de certo grau de fatalismo, sabia? Mas... — O carniçal passa a língua pelos dentes, depois estende a mão para Mastro apertar. — Mas isso foi corajoso. E idiota. Principalmente corajoso.

Mastro aceita o aperto de mão, tomando cuidado para não apertar demais. Ele mal sente a pressão dos dedos de Ratazana nos dele e não conseguiria distinguir as mãos escamosas com garras do carniçal das de uma mulher de pele macia.

— Estou devendo uma a Cari depois disso. Todo mundo está devendo a ela. Você a viu escapar?

— Sim. — Ratazana parece prestes a dizer algo mais, sobre Cari e Miren e o resgate literalmente milagroso do garoto, mas o ruído de um motor alquímico se aproximando torna a conversa impossível. A lancha a motor para ao lado do cais. Yon, o neto de Mãe Soturna, no timão; ele pegou emprestado o barco dos pátios de resgate, insistindo que ninguém daria pela falta. Há três outros ladrões a bordo, os rapazes de Tammur, e ali, encolhido num cobertor, olhos brilhando de excitação, um velho que deve ser o professor Ongent.

Nenhum sinal de Cari ou Miren. Se as coisas tivessem corrido conforme o planejado, eles também estariam ali.

Mastro entra desajeitado a bordo, quase virando a lancha. Um dos ladrões grita para que ele rasteje até o meio, mas não ousa tocar um Homem de Pedra. Mastro se arrasta e acaba ao lado de Ongent. O motor do barco ruge e eles se afastam para a baía.

— Você deve ser Mastro — grita Ongent no ouvido de Mastro. — Carillon falou de você! É muito bom conhecê-lo!

Mastro assente, sem saber o que dizer. Ongent trabalha com Jere, o caçador de ladrões, e Mastro imagina que ele falou um pouco mais sobre o Homem de Pedra do que Cari teria falado. Cari sabe quando ficar quieta.

— Miren me contou sua proposta. Vai ser interessante! — continua Ongent. — Taumaturgia aplicada! Você já leu a *Análise transacional do Grimório de Khebesh*?

O barco desliza pelas águas escuras, apagado e sem ser visto. Não há sinal de perseguição vinda do Bairro dos Alquimistas, nem da guarda da cidade. Eles tiveram sorte; não há necessidade de pegar as armas roubadas escondidas embaixo de lonas na lancha. Yon guia o barco e atravessa a baía, apontando para o pátio de Dredger na extremidade marítima do Arroio, à esquerda da torre de São Vendaval.

Quando se aproximam da doca, um holofote os apunhala. Uma dezena de figuras armadas espera por eles nas docas, recortadas contra a luz ofuscante. A maioria é irreconhecível, mas a que está no centro é inumanamente volumosa em sua armadura. Dredger, o dono do pátio.

— Esse barco é meu, Yon — ele grita. — Tenha a gentileza de estacioná-lo antes que eu corte seus malditos dedos, seu ladrãozinho. — Yon empalidece, olha para trás, como se pedisse orientação a Mastro. Dredger ergue um canhão alquímico tão grande que não ficaria deslocado num navio de guerra.

— Tente fugir. Eu estava querendo testar este filho da puta aqui.

Yon hesita. A lancha balança para cima e para baixo, a poucos metros da doca.

— Não sei se vocês estão trabalhando para Heinreil ou Tammur — continua Dredger —, e não dou a mínima. Pro maldito barril de lixívia negra com todos vocês. Qualquer chefe que lhes compre uma pele nova, é esse que vocês têm que seguir.

Um dos homens de Dredger aponta para Mastro, diz algo muito baixinho de modo que mais ninguém ouve, mas está claro que ele reconheceu o Homem de Pedra.

— Você aí atrás! Levante-se. Estou mandando se levantar!

Mastro fica de pé. O cano do canhão de Dredger se move para apontar direto para o peito dele.

— Então é isso! O bom filho à casa retorna! Não se preocupe, tenho certeza de que eles têm sua antiga cela pronta. Yon, se tiver a outra a bordo, a garota fugitiva, talvez você consiga ficar com um polegar ou algo assim.

— Ah! — Ongent peleja para se levantar e vai andando até a frente. — Sr. Dredger, não é? Temos um amigo em comum. Eu sou Aloysius Ongent, professor de história. Nós dois trabalhamos, pelo que entendo, com o sr. Taphson. Posso lhe dar uma palavrinha?

Dredger faz um gesto. Yon aproxima o barco da margem, e dois dos homens de Dredger avançam, prontos para tirar o professor do barco e depositá-lo na doca. Ao andar na direção da amurada, Ongent tropeça e cai em cima de um dos homens de Tammur. De sua perspectiva, Mastro vê o professor pegar algo do cinto do ladrão, mas Dredger não vê o truque de mão. Mastro não se move, consciente da arma apontada para ele. A arma parece grande o suficiente para matá-lo, mesmo agora.

Eles tiram o professor do barco. O velhinho parece absurdamente pequeno e frágil ao lado da corpulência blindada que é Dredger, um barraquinho de madeira caindo aos pedaços ao lado de uma fábrica arrotando fumaça. Mastro ouve o nome Taphson novamente, e murmúrios sobre dinheiro. Ele está tentando subornar Dredger, o que até poderia ter funcionado por uma contravenção menor, mas não por aquilo. Dredger está irritado, e faz que vai afastar o professor com um empurrão… e Ongent move-se com agilidade, desviando-se para o lado e deslizando uma faca entre a armadura de Dredger e um dos tubos que percorrem sua superfície.

Naquele bote de cobra, Mastro vê uma verdadeira semelhança entre Ongent e Miren pela primeira vez.

O professor não corta o tubo, mas torce a faca de modo que ele fica levantado, exposto, pronto para ser cortado com a menor pressão. Quando um dos guardas de Dredger se move em sua direção, Ongent se levanta e aperta a mão num gesto arcano — há um repentino arrepio no ar, um estalo de energia —, e o guarda congela no meio do caminho, olhos esbugalhados de terror repentino quando o feitiço o prende no lugar.

— Não — diz Ongent. — Eu *insisto* em recompensá-lo pelo uso do seu barquinho. Na verdade, já terminamos com ele, e agora o devolvemos a você. Intacto, como pode ver. — Ele acena com a mão cerrada para o barco, um gesto indicando que Mastro e os outros deveriam desembarcar imediatamente. Yon e os ladrões se encolhem quando o punho brilhante aponta para eles. — Venham, senhores. Sejam rápidos.

A faca no tubo do pescoço de Dredger não vacila.

Dredger faz um som gorgolejante, como se estivesse morrendo, e Mastro se pergunta se a mão do professor escorregou na escuridão e cortou algo vital. Então ele percebe que é o riso do alquimista.

— Que se foda — diz Dredger. — Diga a Taphson que ele pode me mandar a conta. Vá em frente.

Uma manobra para tentar manter a dignidade. Mastro se permite imaginar Heinreil fazendo uma concessão semelhante para preservar a Irmandade, mas é mais provável que o velho bastardo se apegue ao poder pelo máximo de tempo que puder. Mas esse é um problema para amanhã, então ele volta sua atenção para o problema mais premente de sair da lancha sem virar tudo. Sua perna direita está completamente imóvel agora, e seu ombro esquerdo também está travando. Ele acaba deixando a impressão de sua mão direita no cais enquanto se arrasta para fora, dedos afundados em sua superfície pastosa. Ele não é um ladrão sorrateiro. As impressões começam a se encher de água da chuva imediatamente.

Ongent mantém sua velha e excêntrica rotina acadêmica, conversando com Dredger como se não estivesse com uma faca na garganta do homem, como se não estivesse segurando um guarda em correntes invisíveis.

Mastro aparece ao lado dele e tira a arma de Dredger.

— A Irmandade fez negócios com o senhor no passado, e acho que nenhum de nós quer mudar esse arranjo. Assim como o professor disse, pagaremos o aluguel do seu barco e iremos embora sem problemas. Certo?

As lentes de Dredger estalam e zumbem enquanto ele examina o Homem de Pedra.

— Você nem consegue andar, garoto. No fim das contas, sua palavra não conta para nada.

— Mas conta hoje à noite.

Mastro ejeta o cartucho alquímico da arma, uma pequena ampola de flogisto embalada em madeira e espiralada com runas de amortecimento. Ele devolve a arma e a munição para Dredger — um gesto de respeito — e depois sai mancando pelo quintal em direção à saída e às ruas do Arroio.

Eles marcham de volta para o bloco residencial, que se tornou um quartel-general para o que quer que seja esta coisa, esta coisa que Mastro agora lidera. Uma Irmandade fragmentada, um memorial aos ideais de Idge, um abrigo do caos da cidade. Um velório permanente para o Cavaleiro Febril, talvez. Mastro precisa andar lentamente pelos becos, arrastando a perna manca, parando a cada poucos minutos para recuperar o fôlego ou encontrar algo em que se apoiar.

Ratazana corre de um lado para o outro, levando mensagens de Tammur e dos outros ladrões. Ele pode fazer a jornada em uma fração do tempo, correndo sobre os telhados. A maioria dos que escaparam dos tanques de sebo estão descendo, engrossando as fileiras dos apoiadores de Mastro. Alguns dos capangas de Heinreil mudaram de lado: não é possível que estejam esperando um acordo melhor com Mastro, então devem ter deduzido que a mudança está no ar. Ela tem o cheiro do resíduo sulfuroso da nuvem da Rocha do Sino.

Ratazana volta, diz a Mastro que Cari está de volta à frente deles. Tirada de perigo por Miren. Ratazana rosna ao dar a notícia, deixando clara sua opinião sobre o novo amante de Carillon. Mastro sente uma pontada inesperada de ciúmes. Solidão mata Homens de Pedra mais rápido que a praga. Enlouquecidos pela incapacidade de tocar, sentir o toque do outro, eles param de tomar as precauções e se machucam. Ou vão para a Ilha, ou simplesmente desistem e caminham para o oceano. Intimidade de qualquer espécie foi outra coisa que a doença lhe roubou, outra parte de sua vida congelada e quebrada pela praga.

Cari, em sua estranha combinação de negligência egocêntrica e bondade, não o temia. Não importava quantas vezes ele ou a cidade a lembrassem de tratá-lo como uma infecção ambulante, um câncer pedregoso que poderia destruí-la, ela persistiu em tratá-lo como um amigo. (Ele se pergunta agora, brevemente, o quanto da estranheza dela pode ser atribuído à sua conexão com os sinos, aos Deuses de Ferro Negro. As visões acordada são novas, mas ele não sabe contar o número de noites sem dormir que passou andando de um lado para o outro, ouvindo-a chorar em seus sonhos conturbados.)

Nunca se atreveu a abraçá-la — ela pode não ter medo da Praga de Pedra, mas Mastro há muito prometeu nunca transmitir essa maldição a outra alma viva se pudesse evitar; mesmo quando fazia vigilância pela Irmandade dos ladrões, ele era cuidadoso, até solícito, com relação àqueles a quem ameaçava. Se precisava aplicar uma surra, o que era raramente necessário devido à sua força, sempre tomava cuidado para manter a pele pedregosa longe da maltratada. Ele nunca abraçou Cari. Talvez, pensa, devesse ter abraçado.

Ele pega a dor do ciúme e da perda e a acalenta enquanto anda; seu coração, pelo menos, ainda não se transformou em pedra.

Eles chegam à margem do canal e viram à esquerda, seguindo as águas estagnadas em direção ao porto. Passam pelas ruínas enegrecidas da casa flutuante de Mãe Soturna. O túmulo do Cavaleiro Febril.

Talvez atraído pela menção de Carillon, Ongent aparece ao lado de Mastro. Sorrindo como se isto fosse uma excursão organizada, uma expedição antropológica para ver como a outra metade vive. Andando a passos de bebê em seu roupão como um velho senil, um avô desmemoriado que escapou dos seus cuidadores. Entre a rua Desiderata e o jeito como Ongent lidou com Dredger, está claro que Ongent é muito mais que um estudioso sem noção. Ainda assim, a dor crescente no peito de Mastro o lembra que ele ainda quer viver e, para isso, precisa da feitiçaria do professor.

— Bem — diz Ongent —, isso foi revigorante, se assim posso dizer. Por quanto tempo você acha que a guilda dos ladrões pode nos proteger dos alquimistas?

— Não muito. E é a Irmandade. — Normalmente, seria possível se esconder, submergir no Arroio, no Morro do Cemitério ou em algum outro bairro pobre da cidade. Eles têm um bom número de esconderijos e casas seguras, uma série de aliados e apoiadores que ajudaria a escondê-los. Mas agora, com a Irmandade dividida entre as facções de Mastro e Heinreil, há todas as chances de que os Homens de Sebo já estejam no encalço deles. Inferno, eles podem chegar no cortiço e já encontrá-lo incendiado pela chama das velas.

— Bem, então — diz Ongent — aos negócios! Me disseram que o alkahest não é mais um tratamento adequado para a sua... doença. — O professor acena vagamente para o ombro calcificado de Mastro. — E aquela jovem Carillon, ah, me ofereceu para ajudar no uso da feitiçaria. Isto é um sinal do quanto ela o estima, meu rapaz! Ela fugiu da minha casa e foi direto para você. Eu preferia que ela tivesse pedido minha ajuda então, em vez de, ah, precipitar os acontecimentos até este ponto. Mas não importa! Vamos deixar o passado para trás.

— Certo — diz Mastro, manobrando a si mesmo e ao professor em torno de uma grande pilha de merda de raptequina que Ongent aparentemente não tinha notado.

— Oh! Ah! Obrigado! Agora, na minha carreira andei pensando um pouco, pensando muito, para ser franco, na questão de canalizar poder divino por intermédio de constructos taumatúrgicos, e acredito que isso seja viável, pelo menos em teoria. Mas teria um risco bastante considerável. Para ela, para você... e para mim. Você está familiarizado, eu diria que não, não querendo supor nada deletério sobre a sua educação, com a Teoria das Formas?

Mastro frequentou uma escola excelente — e cara — por insistência de sua mãe, enquanto viviam em Hog Close.

— Deuses têm mais poder do que os mortais podem conter, e Cari tem uma linha direta com os Deuses de Ferro Negro. Você está esperando acessar uma pequena fração do poder dos deuses através dessa linha e usá-lo para me curar. — Ele para. — Ninguém está forçando você a fazer isso, você sabe. Se for embora agora, eu vou deixá-lo ir. Tem minha palavra.

Ongent bate palmas animadamente.

— Que bobagem! Eu não perderia isso de jeito nenhum. Vai ser fascinante! Contudo… gostaria de pedir, digamos, um favor?

— Pode pedir.

— Se todos nós sobrevivermos, eu gostaria de continuar trabalhando com Carillon. O dom dela oferece um meio incomparável de, ah, explorar a história da cidade. Eu me preocupo que o instinto dela seja o de desaparecer novamente, fugir em vez de lidar com uma situação desagradável ou difícil. Mas ela ouvirá você, se pedir para ela confiar em mim.

Antes que Mastro possa responder, eles são avistados. Ladrões fugitivos, felizes por estarem vivos, felizes por terem escapado dos tanques de sebo, rodopiando ao redor deles, às gargalhadas. A multidão os empurra para uma luz quente. Alguém empurra uma bebida na mão de Mastro. Eles o carregariam nos ombros se pudessem levantá-lo. Em vez disso, ele é conduzido para uma sala grande no porão do cortiço. Ongent se perde na multidão, e é substituído por Tammur, nervoso e suado no alvoroço, tentando lhe dizer alguma coisa sobre a mudança no submundo da cidade. O apoio está fluindo para o filho de Idge, o único homem que se levantou contra os alquimistas, contra a tirania.

Tammur pede a Mastro que se dirija à multidão, mas ele não pode. É muita gente, mas, mais do que isso, ele se sente distante deles. Como se eles fossem efêmeros, coisas feitas de teias de aranha e espírito, um tipo diferente de ser para ele. Ele não tem nada em comum com eles, e eles interpretaram seus atos de desespero, seu perverso desejo de morrer, como algo completamente diferente, um gesto de desafio ou um movimento numa guerra. Sua boca está cheia de pedras.

— Você tem que dizer alguma coisa — pede Tammur.

Com um esforço supremo, Mastro se levanta. Fala. Palavras forçam seu caminho para passar pela represa em sua boca, entupida de pedrinhas, saindo em rajadas. Ele não faz ideia do que está dizendo, mas eles adoram. Eles o adoram. A história de como ele liderou o ataque ao Bairro dos Alquimistas, como resgatou os presos nas jaulas, já é uma lenda. Idgeson! Idgeson!

Ele sai mancando quando há uma pausa na celebração, encontrando o caminho para o quarto apenas pela memória. Seus olhos estão lacrimejando, e a água sai com pedacinhos pontudos de areia. O duto lacrimal esquerdo se calcificou, ele percebe, e seu olho esquerdo está perdendo a visão. Toda vez que pisca, consegue sentir a poeira arranhando seu globo ocular, e o globo ocular ficando incrustado com uma fina película de mármore.

Não há cama. Ele se abaixa no chão, tateia em busca de alkahest. Pode enfiar a seringa no canto do olho, talvez salvar a visão desse lado.

A dor no seu peito aumenta.

CAPÍTULO VINTE E NOVE

Eladora segue Aleena pelos túneis. A mulher é incansável, seu ritmo é como um metrônomo, passadas pesadas carregando-a escuridão adentro. Eladora está exausta e completamente perdida. Elas já andam em círculos por esses túneis há horas, dias, mais até. A cidade acima certamente desmoronou ao pó. O sol é uma lembrança.

Os túneis de carniçais nesta parte da cidade foram colonizados pelo povo da superfície. Alguns foram transformados em adegas ou depósitos, trancados atrás de portas de madeira. Outros estão sendo usados como abrigos: Eladora não vê ninguém, mas há cobertores esfarrapados, cinzas de fogueiras, grafites. Ela acha que são em grande parte recém-chegados que na verdade moram ali mesmo; os habitantes locais não invadiriam o reino dos carniçais, nem mesmo aquela província distante, tão perto da superfície.

Ela está cansada de túneis de carniçais. Ela se encolhe toda vez que dobram uma esquina, de algum modo esperando Jere sair cambaleante da escuridão, estendendo para ela a massa vermelha disforme que era sua mão, como se esperasse que ela a consertasse. Ou para ver o Desfiador, escorrendo das sombras como gordura que esfria numa frigideira.

Aleena está resmungando consigo mesma, ou comungando com os deuses. Eladora não ousa interrompê-la, nem mesmo pedir para que pare por um minuto.

Agora que teve muito tempo para pensar a respeito, Eladora não tem certeza de ter tomado a decisão certa. Para onde está indo com aquela santa assassina? A confissão de Aleena — de que ela matou a família Thay, assassinou Jermas Thay e todos os seus filhos e netos naquela mansão agora pertencente a Kelkin — é um fato quase grande demais para caber na consciência de Eladora. Ela tenta conciliar as memórias que tem de seus tios, de seu avô, com a acusação de Aleena de que eles eram servos dos Deuses de Ferro Negro, mas não consegue conter as duas ideias em sua cabeça ao mesmo tempo. É impensável que a tragédia de sua família sequer se aproxime de um ato de justiça.

Notícias dos assassinatos são a primeira coisa de que Eladora se lembra em sua infância; a memória de seu pai barrando as portas da fazenda, de sua mãe com o rosto pálido, mas não chorando, ajoelhada no meio da cozinha e rezando. E Carillon, com três ou quatro anos de idade, correndo e brincando. Eladora lembra-se de ter se ressentido das risadas de sua prima, sentindo que aquilo era inadequado diante da tragédia. Eladora também não entendeu os assassinatos, claro — durante semanas, acreditou que todos em Guerdon haviam sido assassinados, talvez todos no mundo, e que não havia restado nada além das paredes da casa da fazenda.

Nos anos seguintes, seus medos tomaram a forma de assassinos e ladrões, espreitando em sua janela com facas para roubá-la e matá-la. Ela tem uma nova forma para seus medos agora, desta vez disforme. O Desfiador, todo dentes e escuridão.

Ela poderia, pensa, ir para casa. Voltar para sua mãe. Correr para a segurança da casa velha.

Desta vez, ela entende o perigo, pelo menos um pouco. Os Deuses de Ferro Negro e sua hoste de Desfiadores. Guerra nas ruas, entre a igreja e os tenebrosos Homens de Sebo e sabem lá os deuses quem mais. E além e acima de tudo, do outro lado do mar, a Guerra dos Deuses. A possibilidade — o professor Ongent diria a inevitabilidade — de alguma divindade beligerante alcançar a cidade, a realidade se derretendo sob a terrível *atenção* do divino. Mas de que vale o entendimento sem a capacidade de fazer qualquer coisa para ajudar?

— Tudo bem — diz Aleena. Elas chegaram a uma junção nos túneis. O ar do caminho esquerdo é visivelmente mais tóxico, e o piso se inclina para baixo bruscamente. — Na ausência de uma revelação divina, não consigo pensar em nada melhor para fazer do que voltar para a terra de merda e carniça e buscar outro carniçal ancião. Mas não sei se os bastardos vão ouvir. Não depois que o primeiro foi morto assim que chegou. Vou ter que voltar.

O horror deve ser evidente no rosto de Eladora, porque Aleena solta uma gargalhada.

— Ah, eu não vou te levar lá pra baixo comigo. A questão é: o que fazer com você? — Aleena bate os dedos no punho da espada, pensativa, e parece tomar uma decisão. — Tudo bem, por aqui.

À direita, e para cima e para cima: uma longa e cansativa subida ao longo de degraus íngremes que serpenteiam através da pedra. Há muito que Eladora perdeu a noção de onde poderiam estar na cidade, mas elas sobem por tanto tempo que devem estar dentro de uma das grandes colinas de Guerdon, dentro do Morro do Castelo ou do Morro Santo. Ela deduz que não podem ter ido além disso. Chegam a outra porta reforçada, protegida por feitiços e trancada, bloqueando as escadas. Aleena tem a chave daquela. Dobradiças oxidadas rangem.

— Para onde estamos indo? — Eladora consegue perguntar. Sua boca está mais seca que os túneis empoeirados.

Aleena a conduz através de uma adega, e sobem, estranhamente, por uma alfaiataria. Através de grandes janelas de vidro, tirando a que está quebrada e fechada com tábuas, Eladora pode ver que ainda é noite. Elas ficaram escondidas nos túneis o dia todo. As pilhas de roupas em cima das mesas, as máquinas de costura enfileiradas, os manequins da loja com suas roupas elegantes, tudo é inconcebivelmente sinistro a uma hora daquelas. Fazem Eladora se lembrar de um livro de histórias que leu quando criança, antes que sua mãe o confiscasse porque não era mais considerado espiritualmente inspirador pelos Safidistas. Uma história dizia respeito a pequenos duendes que se infiltravam na oficina de um sapateiro à noite para fazer sapatos para ele. Ela de repente se preocupa em não perturbar duendes-alfaiates, e os imagina voltando-se para cima dela com suas agulhas afiadas e tesouras. Estrangulando-a com linha.

Aleena passa por uma porta, volta quase imediatamente.

— Ele não está aqui. Deve estar na casa de Sinter. — Olha ao redor da sala. — Quer pegar uma muda de roupa? Leve o que precisar, mas seja rápida, caralho. — Ela vai até a frente da loja, onde pode ficar vigiando a rua vazia lá fora sem ser vista.

— Sem pagar?

— Eu conheço o dono — diz Aleena. — Deuses inferiores, como conheço. Ele é um dos pequenos quebra-galhos da igreja. Ele trabalha para Sinter, o bastardo que estamos indo ver. Esta loja é apenas uma fachada, e acho que isso faz dela propriedade da igreja. Solo sagrado.

Eladora olha em volta da loja em pânico, incapaz de se decidir. Os couros e as roupas de rua que ela pegou emprestados de Jere são mais adequados a correr em túneis e becos do que qualquer coisa ali. Ela ignora as roupas mais chiques — não que ela tenha qualquer interesse nessas frescuras, sendo a acadêmica séria que é, e pega um traje de estudante novo. Aleena o enfia num saco e devolve a ela.

— Vamos.

E saem para a rua. Estão em algum lugar na marginal Cintilante, na parte alta dos flancos do Morro Santo. Elas não podem estar mais do que a algumas ruas de distância do Bairro Universitário, pensa Eladora, não mais que a algumas centenas de metros da rua Desiderata, mas ela não reconhece os prédios ou as lojas. Um clamor distante na direção do porto. Luzes inundam o céu acima do Bairro dos Alquimistas.

— Sinter é um padre Guardião. Não ministra aos fiéis, é claro, a menos que envolva quebra de pernas como penitência. Ele lidera seus espiões, os truques sujos e as inquisições deles. O filho da puta também queria me liderar, quando começaram a ficar sem santos. Mas ele está do nosso lado, certo? — Aleena quase soa como se estivesse tentando convencer a si mcsma.

Aleena a leva através de mais becos, até outra porta. Um homem alto as deixa entrar, olhando com desconfiança para Eladora quando ela passa. O homem lembra Bolind — a mesma solidez, a mesma força temível. Mas Bolind era o Desfiador disfarçado, então a semelhança não a tranquiliza.

No andar de cima, até uma sala maior, onde há outros, dois homens e duas mulheres. As janelas estão fechadas, o ar espesso de tanta fumaça. Há uma arma na mesa ao lado de uma das mulheres.

— Merda — diz um dos homens. — É ela. — Ele está olhando para Eladora, não Aleena, e parece aterrorizado.

— Não é, não — retruca o outro homem. — É a assistente do Ongent, Duttin. — Eladora o reconhece: careca, nariz quebrado, olhos brilhantes. Era ele quem estava vigiando o estúdio do professor, o espião dos Guardiões. Ele gesticula para elas com uma bandagem pesada na mão. — Entre, Aleena. Estávamos discutindo a morte dos deuses.

Cari acorda, zonza para variar. Em geral, ela desperta facilmente, mas agora se estica, como um gato, ainda meio adormecida. Sua perna se pressiona contra a de Miren. Ele resmunga e rola na cama apertada. Ela volta a se recostar e desliza uma mão para acariciar as espáduas dele. Sorri ao se lembrar da noite. Mais uma vez, o teleporte criou aquela estranha intimidade com Miren, esse senso atemporal de união que ela desesperadamente tentou recapturar assim que eles emergiram de onde quer que ele a tinha trazido. Ela não conseguiu chegar lá, mas a tentativa trouxe seus próprios prazeres.

Ela pode ouvir o ruído distante da celebração lá embaixo. Parte dela está furiosa com Mastro por se arriscar tanto na guilda dos alquimistas, mas compensou. Ele provou que está pronto para lutar pela Irmandade. É mais do que Heinreil jamais fez. Cari imagina que, se escutasse os sinos, se deixasse os Deuses de Ferro Negro carregarem sua consciência pela cidade inquieta, ela veria mais ladrões descendo para o Arroio sozinhos, em duplas, em trios. Chegando para prestar obediência ao novo senhor do submundo, o único que poderia protegê-los dos Homens de Sebo ensandecidos. Ela se lembra da cara de fuinha de Heinreil sorrindo para ela quando ele arrancou o amuleto de sua mãe do seu pescoço.

Heinreil não vai continuar sorrindo por muito tempo. Ela vai ver o mestre cair de todas as torres de igreja da cidade.

Cari não quer deixar o calor da cama, mas quer participar da comemoração lá embaixo. Ela se vira, olha para o rosto adormecido de Miren. Mais suave agora, mais jovem. Ela se pergunta o que é mais próximo da verdade: o rosto inocente do garoto adormecido ou o silencioso guarda-costas e assassino que ele se torna ao servir ao pai. Ou outra coisa, a coisa que ela vislumbra quando ele a transporta pela cidade, como uma contrapartida física das visões.

Parte de seu cérebro grita para ela correr, ficar longe, mas há uma conexão inegável entre eles, uma afinidade que ela não consegue entender. E ela precisa economizar energia para outras lutas. Então não pense nisso, ela diz a si mesma, apenas aproveite.

A mão dela desce pelo flanco dele. Ela empurra o cobertor para o lado, deixando o luar brilhar sobre seus corpos nus. Ela levanta a perna por cima dele e...

A mão dele se fecha ao redor da garganta dela, empurrando-a para longe dele. Ela engasga e cai de volta na cama. Num piscar de olhos, ele está em pé ao lado da cama, olhos brilhantes de fúria.

— O que você está fazendo? — ele sibila. Seu olhar dispara por um momento na direção de suas facas, dispostas ordenadamente ao lado do emaranhado das roupas de ambos no chão.

— Eu queria mais — Cari diz com voz rouca, esfregando o pescoço. Ela sabe que o hematoma já está surgindo. — Porra, você me machucou.

— Bem, então não me toque — retruca Miren. Ele pega as roupas, começa a se vestir.

— É de madrugada. Aonde você vai?

— Meu pai está aqui. — Com isso, Miren sai pela porta, suas facas preciosas desaparecendo em suas mangas como um truque de mágica.

Cari se enrola no cobertor e volta a se deitar, tremendo de raiva. Está furiosa com Miren, mas com raiva de si mesma também, e não sabe por quê. Envergonhada, furiosa, cheia de energia inquieta. Ela vira para um lado, vira para o outro, levanta-se e meio que se veste, tranca a porta e volta para a cama. Levanta-se novamente: ela se lembra de ter apanhado uma garrafa de vinho mais cedo, quando eles chegaram, um drinque comemorativo para marcar o resgate bem-sucedido de Ongent. O vinho é ruim, mas melhora no terceiro ou quarto gole.

Ela podia descer para a festa, encontrar Mastro e Ratazana, comemorar com eles. Ouvir Mastro insistir que agiu por impulso, que nunca parou para pensar no que estava fazendo até depois de ter realmente feito. Ela sabe que é verdade, mas isso não muda o fato de que seu amigo tem talento para fazer amigos, para inspirar os outros. Ele pode ter resgatado os ladrões por compaixão e não de maneira calculada, mas era a coisa certa para fazer em ambos os casos. Ratazana diria a ele isso, sempre assistindo do lado de fora. Vendo coisas que os outros não veem. Ratazana a viu, a encontrou nas ruas quando ela estava perdida ali, desesperada e sozinha.

E Ratazana não gosta de Miren. Ela ergue a garrafa para seu amigo ausente, brindando sua perspicácia enquanto esfrega o pescoço.

Ela percebe que está esperando. Esperando a virada, quando tocarão os sinos para marcar a hora. Ela poderá espionar Miren e Ongent então, se quiser, ou procurar Heinreil. Ou procurar Rosha, a Senhora de Guilda dos alquimistas. Será que existe uma verdadeira Rosha, uma Rosha de carne e osso, um modelo para a duplicata de cera que caiu do telhado? Será que de algum modo ela se transformou em sebo? Ou se tornou um *molde*, para poder criar infinitas cópias de si mesma? O pensamento de Rosha se emaranha em pensamentos sobre sinos. Ela é o corpo que caiu do telhado, ou uma coisa inumana de metal frio, remota e repugnante, projetando-se no mundo por meio de uma máscara humana?

Ela mesma, Cari percebe, está esperando para deixar seu corpo e andar com os deuses. Os mesmos deuses que fizeram o sangue correr nas ruas, que criaram os Desfiadores. Ainda com fome de sangue e sacrifício mesmo em suas formas confinadas e truncadas.

Os sinos começam a tocar.

Ela se levanta correndo, meio caindo da cama, batendo a janela com força para fechá-la. Ela enrola o cobertor caído na cabeça para eliminar o ruído. Agarrando as tábuas do assoalho, as pernas da cama, tentando se segurar no chão, ancorar sua alma para que ela não seja arrancada e arremessada através dos céus, voando de campanário em campanário, esticada e rasgada pelos dedos de ferro negro frio.

SANGUE DO MEU SANGUE ARAUTO DO NOSSO RETORNO FILHA IRMÃ

— Vão embora — ela grita, ou tenta.

Vômito quente na boca, crânio preso num torno. Uma sensação avassaladora de pânico — uma visão súbita de homens com picaretas, quebrando pedras. A Igreja do Sagrado Mendicante cercada por uma gaiola de andaimes. O sino — o deus — sendo abaixado até o chão.

Mais uma visão. Um círculo na escuridão. Um portão. E, mais além, um mar agitado de caos. A hoste de Desfiadores, milhares deles, estendendo a mão para ela.

— Vão embora, caralho!

A hora vira. O martelar em sua cabeça é substituído pelo martelar à sua porta.

— Cari? — Voz de Ratazana. — Abra já essa porta, agora.

— Espere um instante.

— Mastro precisa de você. Temos que ir agora.

Tammur, falando com ela em tom baixo e urgente, avisando-a sobre o quanto precisam de Mastro — o quanto a situação deles é precária. De como ele arriscou tudo nessa aposta contra Heinreil. Do jeito que ele fala, a impressão é de que Mastro é um cavalo de corrida que de repente ficou manco. Ou um navio, uma coisa que precisava ser reparada. Eles encontraram Mastro quando perceberam que ele não estava mais ali na comemoração. Ele tinha desmaiado no próprio quarto e mal respirava. Acharam que estivesse morto quando o encontraram, até Ratazana chegar e ouvir o raspar fraco de um pulmão em funcionamento. Não havia tempo a perder.

Ongent, mexendo em fios e pincéis, desenhando círculos de ligação e runas de proteção no chão do banheiro anexado para o que ele chama de segunda experiência. Absurdamente alegre, como se ainda estivessem em seu escritório lá seminário, e todo o caos dos últimos cinco dias não tivessem acontecido. Miren no canto, ignorando Cari, sem dar indicação de que ele compartilhou a cama dela nas últimas duas noites, quase invisível nas sombras. Mas ela acha que ele deve ter contado para o pai, a julgar por algumas insinuações de Ongent.

Ratazana anda nervoso de um lado para o outro. Lutando contra o desejo de fugir, ela imagina, mas às vezes ele move a cabeça dessa maneira pesada que é tão diferente de Ratazana, seu olhar vai se tornando velho e sério, e há uma luz nos olhos que assusta Cari. Rapidamente, desliza para fora do quarto, não querendo ficar para a invocação.

E Mastro, deitado no chão, sufocando. Seu pulmão direito calcificado por inteiro, e seu esquerdo parcialmente de pedra. Ela consegue ouvir: toda vez que ele inspira, há um som de raspagem; um saco de papel cheio de pedras sendo arrastado sobre rochas. Falar é difícil, mas ele consegue dar um sorriso de Homem de Pedra para Cari quando ela se ajoelha junto a ele. Ela aperta sua mão, se inclina e sussurra em seu ouvido.

— Confie em mim, ok? Não nos deuses, não no professor. Sou eu. Eu estou dirigindo este espetáculo. — A mão dele aperta a dela, cuidadosa, apesar da dor, para não esmagar seus ossos. Ela se endireita, vira-se para Ongent. — Pronto?

O professor gesticula para um ponto no chão no meio do diagrama que desenhou.

— Devo me ajoelhar, ou me sentar, ou…? — pergunta Cari.

— Ajoelhar seria, ah, um pouco como uma súplica. Nós viemos aos Deuses de Ferro Negro não como adoradores, mas como ladrões, para roubar seu poder e usá-lo para nossos próprios fins, sim? Acho que ficar em pé ali seria melhor. A menos que você ache que vá desmaiar, e nesse caso… ah, obrigado, meu garoto. — Miren se moveu para ficar ao lado dela, pronto para pegá-la, os pés escolhendo agilmente um caminho seguro por entre as runas. Cari faz uma careta, mas não discute. Miren, por sua vez, é inexpressivo.

— Tudo certo. Carillon, essa invocação é a mesma da experiência que tentamos na semana passada. Você lembra?

— Sim. Você tinha uma espécie de crânio. Ele explodiu.

— Nesta experiência revisada, eu sou ao mesmo tempo invocador e canalizador. O feitiço facilitará o seu acesso ao poder arcano acumulado dos Deuses de Ferro Negro adormecidos, e também vai abrir uma conexão para mim. Então eu poderei canalizar esse poder através de você para os meus próprios constructos de feitiçaria: neste caso, um feitiço de cura. Feitiços curativos são extremamente ineficientes e raramente fornecem benefícios duradouros, mas, neste caso, deveremos ter acesso a uma fonte de poder incomensuravelmente maior do que qualquer coisa que eu mesmo pudesse canalizar.

— E se for demais?

O professor bate na própria testa.

— Então novamente uma espécie de crânio irá explodir. — Ele enrola as mangas. — Vamos começar.

— Espere. — Mastro sussurra. — Cari.

Ela se ajoelha ao lado dele novamente. Falar é imensamente difícil para ele. Ele precisa inspirar para pronunciar cada palavra, forçá-la a passar por lábios e garganta congelados.

— Apenas cure... veneno. Não... pedra. Não... muito longe.

— Mas se conseguirmos fazer você ficar inteiro...

— Eu sou... Homem de Pedra. Só... não quero... morrer... desfeito.

O último esforço é demais para ele. Seu olho esquerdo se fecha; ela não consegue ver o direito sob a placa de pedra.

Cari se endireita, toma seu lugar no diagrama. Ela queria que Ratazana voltasse. Respira fundo.

— Tudo certo. Pode fazer.

CAPÍTULO TRINTA

Eladora não sabe dizer se a casa é pequena ou grande, nem se é mesmo uma casa. A porta lá embaixo na rua é modesta, mas o edifício parece interminável. Cômodos dão em outros cômodos; corredores viram em ângulos inesperados. Ela acha que eles conectaram várias casas para criar aquele esconderijo.

Uma das mulheres leva Eladora para uma cozinha e a faz ajudar a montar pratos de comida. As mãos de Eladora tremem enquanto ela empilha pedaços de pão preto e frutas sobre uma bandeja. A mulher — "me chame de Isil", ela disse, de uma maneira que faz Eladora ter certeza de que o nome verdadeiro dela não é esse — conta as facas antes e depois. Eladora sente como se tivesse cometido uma gafe; devia ter tentado roubar uma faca para se armar? Carillon certamente teria pegado uma.

— Por favor, estou extremamente cansada — diz Eladora. — Onde vou dormir? — É verdade: ela está exausta e suja depois de um dia andando por túneis com Aleena, e havia passado a noite anterior cochilando na sala dos fundos de uma taberna. Mas, na verdade, ela quer saber se é prisioneira. Se a levarem para uma cela ou um quarto sem saída, saberá.

A mulher apenas dá de ombros.

— Traga essas garrafas também — diz ela, apontando para três garrafas de um líquido de cor âmbar em cima de uma prateleira elevada. São altas demais para Eladora alcançar, então ela pega uma banqueta para subir. A banqueta balança e ela desliza para o chão, torcendo o tornozelo. Uma das garrafas bate no chão e quebra.

— Merda — diz. Algo dentro dela também se quebra. — Porra caralho merda. — Eladora está chorando agora, lágrimas escorrendo de dentro dela como se ela fosse um vaso rachado. Chorando por sua antiga vida na universidade, por Ongent, Miren e a vida que ela perdeu, chorando por ter sido arrastada pela cidade como bagagem indesejada, chorando de puro terror e exaustão. O líquido da garrafa quebrada rasteja para fora do vidro quebrado em direção a ela, como o Desfiador no túnel, uma maré negra rasgando Jere e Patros em pedaços nos túneis sob o Morro Santo. O terror dos deuses a captura, e ela treme incontrolavelmente.

— Pare com isso! — Isil grita subitamente. — Fique quieta. — Ela para em frente a Eladora, sem saber o que fazer. — Pare com isso! — repete. — Pare ou eu vou machucar você.

— Tenta-tenta-tenta — geme Eladora. Até mesmo tentar dizer "tentando" está além de suas forças nesse dilúvio de terror. Isil pega uma colher de pau e a levanta, depois reconsidera e a abaixa. Pega uma das bandejas e sai da cozinha rapidamente, deixando Eladora sozinha.

Tente escapar, parte dela implora. Levante-se e corra! Mas ela não faz ideia de como sair daquela parte da casa confusa, muito menos como escapar para as ruas. Ela não tem para onde ir, de qualquer maneira. Mesmo os lugares seguros como o seminário estão corrompidos agora. Sinter e seus espiões a vigiaram lá.

Ela não tem para onde ir, ninguém vai vir socorrê-la, e não faz sentido chorar. Ela se levanta e se recompõe. Tira as garrafas sobreviventes da prateleira superior e leva a segunda bandeja para a outra sala.

*

Há outro estranho lá quando ela volta, um homem com rosto bexiguento e cabelos avermelhados que Sinter apresenta como Lynche. Ele fede a produtos químicos, como se tivesse nadado nas águas poluídas da baía, e o único assento livre na sala fica ao lado dele. Mas Eladora prefere se aproximar de Aleena e ficar atrás dela.

— Tudo certo? — murmura Aleena para ela.

— Não.

— Merda, tem razão.

Sinter se levanta, um bilhete na mão enfaixada.

— Notícia dos nossos mestres. O bispo Albe é o Patros em exercício, e ele não tem colhões para agir. Ele permitiu que os alquimistas colocassem Homens de Sebo como guardas em todas as catedrais do Morro Santo.

— Eles cercaram a Sagrado Mendicante e São Vendaval também — acrescenta uma mulher magra caolha.

— Quantos… quantos outros sinos existem? — pergunta Eladora. — Quantos Deuses de Ferro Negro?

Sinter ri.

— Se você tivesse perguntado isso há uma semana, eu teria que te matar. Talvez ainda tenha. — Ele olha para a carta na mão com um nojo perplexo, amassa-a e a joga para o lado. — Treze, no total. Oito aqui na cidade, agora que a Torre da Lei e a Rocha do Sino se foram. As sete igrejas antigas, além do Mercado Marinho. E isso significa que os alquimistas podem fazer muito mais daquelas bombas.

Isil levanta a mão.

— Chefe… isso é o pior? O Patros está morto. O parlamento está no bolso dos alquimistas. Por que lutar contra isso? É tão ruim se os alquimistas usarem os Deuses de Ferro Negro, os deuses dos nossos inimigos, para matar um monte de deuses estrangeiros insanos? Todos nós vimos a guerra. Ninguém vai chorar se ela acabar.

— É verdade — diz Sinter. — Mas eu não vou entregar todo o poder nesta cidade de bandeja para Rosha. A igreja dos Guardiões construiu esta cidade, e é nosso trabalho protegê-la.

— E quanto tempo vai demorar levar fazer mais dessas bombas, hein? — A pessoa que faz a pergunta é um homenzinho com o sotaque do Arquipélago e tatuagens azuis rastejando ao redor dos pulsos. O cheiro de seus cigarros queima os olhos de Eladora. — Assim que os deuses descobrirem quem atacou o Vale Grena, eles virão para cima de nós. Porra, aposto que Ishmere já sabe, se é que estavam prestando qualquer atenção em Beckanore. Nossa neutralidade está mais fodida que uma dançarina do templo.

— Precisamos de uma alavancagem — diz Sinter. — Sugestões?

— Vamos atacar — responde Isil. — Consiga que a Marinha fique do nosso lado: eles seguirão a bandeira da igreja se a erguermos alto o bastante. Os alquimistas não têm tantos Homens de Sebo, não se estão reunindo todos os mendigos aleijados e vagabundos no Arroio para transformar em mais velas. Pegue o Bairro dos Alquimistas e os restos dos sinos.

— Os ladrões entraram — diz um homenzarrão sentado ao lado de Sinter. Ele fala muito suave. — Mas não foram muito longe.

Aleena se anima.

— Que ladrões?

— Os do Arroio. Eles tentaram invadir o Bairro dos Alquimistas. Soltaram um bando de prisioneiros no início desta noite.

— Desde quando Heinreil está brigando com os alquimistas? Ele é homem de Rosha — diz Isil.

— Não era Heinreil — insiste Lynche, quase com raiva. — Foi o bando de Idgeson, de fora do Arroio.

Sinter meneia a cabeça.

— Os alquimistas mostraram que estavam dispostos a usar armas alquímicas dentro de Guerdon quando explodiram a Rocha do Sino. Por que eles se contiveram quando os ladrões foram pra cima deles? Por que usar Homens de Sebo quando poderiam ter usado poeira de ressecar ou um fantasma-relâmpago ou…

Eladora fala com relutância:

— Idgeson e Cari são amigos. Se ela estivesse lá…

— Carillon Thay — diz Aleena, e Sinter assente. — Ela estava lá. E Rosha precisa dela.

— Ela é o pivô. Ela é a nossa alavancagem. — Sinter se vira para Eladora. — Diga-me tudo o que você sabe sobre Carillon Thay.

*

Cari está apartada de si, vendo as coisas na mesma perspectiva desapegada, tipo mosca na parede, de antes. Desta vez, em vez de sua consciência sendo besuntada ao longo de toda uma catedral, ou esticada até o tamanho suficiente para perceber toda a cidade, ela é puxada só um pouquinho, para abranger metade daquele porão sob o cortiço. Ela é, neste momento atemporal, a totalidade do diagrama desenhado no chão do banheiro e tudo dentro dele. Ongent, Mastro, Miren, Cari — ela vê todos eles de todos os ângulos possíveis. Tenta olhar para si mesma, mas sente que está voltando a cair no seu próprio corpo — truncando-se para caber dentro de seu pequeno crânio, como se os Deuses de Ferro Negro fossem martelados e espremidos dentro de pequenos sinos. Ela olha para outro lugar.

Miren está mais tênue porque tecnicamente está fora do feitiço. Ela pode vê-lo, por dentro e por fora. Pode vê-lo como ele é, vê-lo nu, ver os músculos e veias sob a pele. Ver seus ossos, fazer dele um esqueleto parado atrás dela como uma visão da morte. E ir até mesmo mais fundo, seguir a filigrana de prata dos nervos e do cérebro até se expor o que deve ser sua alma. Impressão de marcas de queimadura, de marcação da pele. Marcas de cicatrizes, suturas.

Ele sabe que ela está vendo. Ele se move, e a visão dela é bloqueada. Ela registra surpresa, mas é surpresa de Cari, e de alguma forma isso é mais difícil de segurar.

Ongent, em sua visão, está envolto em fogo incolor. Palavras rastejam de sua boca, de seu cérebro, como escorpiões fervilhantes. Formas fervem em torno dele, ecoando — não, definindo — a estrutura que agora abriga a consciência dela. *Estou vendo magia*, ela pensa, e esse pensamento ondula visivelmente pelo campo de sua mente. *Eu sou a magia* seria algo mais preciso. Aqui, dentro do diagrama, sua alma se mescla ao caos elemental do campo arcano. *A alma é um epifenômeno*, ela pensa, e esse pensamento não é dela.

Mastro. Um bloco de chumbo. Ongent e Miren são pilares de fogo, mas Mastro é uma brasa enegrecida. Há mais vida nas paredes do edifício do que existe em partes do corpo de Mastro. Ela pode ver sua mente ali, sua alma, e é muito mais contida que a de Ongent ou Miren — ou que a dela própria, ela imagina. Isso a lembra do que ela vê quando sobrevoa Guerdon em seus sonhos, só que é mais bonito, mais complexo e harmonioso. Os pensamentos de Mastro são palácios e bulevares, mármore reluzente e árvores verdes luxuriantes no parque.

O feitiço muda. *Agora eu os estou invocando. Segure firme.* É Ongent quem está falando com ela ou ela está falando consigo mesma? Quantas dessas percepções são dela, e quantas são dele — e quantas são *dos dois*, porque ela os sente agora, muito longe. Os Deuses de Ferro Negro. Como poços escuros pairando sobre a cidade, impossivelmente suspensos. Tesseratos vis, contendo infinitamente mais maldade e sofrimento do que suas dimensões físicas sugeririam. Ela se alegra de que são apenas alguns minutos depois da hora cheia e eles estão parados e silenciosos. Se fossem agitados ao ponto de atingir uma meia consciência, ela sabe que eles seriam capazes de engoli-la, afastá-la como se fosse um mosquito. Ongent tem razão — ela precisa ser uma ladra para fazer isso. Para roubar o poder deles sem que percebam.

Ela pode se olhar agora sem cair na prisão de seu próprio corpo outra vez, embora ainda haja uma sensação de arrastar, uma espécie de tensão elástica que puxaria sua mente de volta se ela deixasse. Ela se vê de dentro e de fora simultaneamente, observa o jogo dos músculos sob a pele, vê os cordões e gavinhas de magia que a conectam ao corpo, ou o corpo ao diagrama que agora está abrigando sua alma, ou seja lá como funciona isso. Há um emaranhado de energia em volta do pescoço de Carillon, as linhas de poder estão todas amontoadas e distorcidas. Sua visão se concentra nesse ponto, logo abaixo da garganta dela.

Onde o amuleto de sua mãe deveria estar.

Ela já suspeitava que o amuleto estivesse conectado a tudo isso, que estivesse bloqueando sua capacidade de espionar Heinreil. Agora, no entanto, tem provas. O que ele tirou dela? Era o amuleto que a protegia das visões? Era por isso que ela não as tinha até recentemente? Raiva. Sua atenção muda para Mastro por um instante, e ele grunhe de dor. Ela olha fuzilando para a crosta de pedra; logo, eles vão destruí-la e curar Mastro, e então ele derrubará Heinreil. É para isso que eles estão aqui.

Está ficando difícil se concentrar. Ela continua escorregando, flutuando para longe. Esquecendo-se de quem é. Como um navio, golpeado pelas correntes marítimas. As arrebentações e recifes do corpo de Carillon; as ameaçadoras e distantes nuvens de tempestade dos Deuses de Ferro Negro, um furacão ao qual ela não pode sobreviver. Redemoinhos e pedras escondidas. Ela vislumbra, por um momento, o ombro direito da mulher. Ferido e enfaixado, mas ela consegue ver a pele sob as ataduras e a ferida está infectada. Uma mancha sob a pele. Bem, é para isso que eles estão lá, não é? Roubar o poder do deus para obter magia de cura. Ela toca a ferida...

Ela é Cari novamente, de volta ao próprio corpo. Está todo mundo gritando, até Mastro está tentando se sentar, estendendo as mãos para ela. O cheiro de queimado, mãos fortes — Miren — rasgando suas roupas, sua jaqueta. A faca dele cortando as amarras.

— Estou bem, estou bem — ela insiste, mesmo que não saiba o que pode estar errado.

A dor a atinge um instante depois. O ombro dela parece que está em chamas: e então Miren lhe mostra a mancha enegrecida na jaqueta, uma marca de queimadura sobre a ferida.

— Eu fiz isso? — ela pergunta.

— Sim — diz Ongent. Ele está pálido, olhos lacrimejando, inclinando-se pesadamente na parede.

Cari tira a jaqueta de Miren e olha para a área queimada. A marca de queimadura tem aproximadamente o dobro do tamanho da palma da sua mão, porém, quando ela a toca, cinco áreas menores descamam. Ela passa os dedos pelos orifícios, e eles combinam perfeitamente.

— Deuses inferiores — diz ela, mas depois flexiona o ombro e não há dor nenhuma. — Ei, funcionou!

— Carillon — Ongent diz com gravidade —, não faça isso de novo, nem nada parecido. Você poderia facilmente ter se incendiado... ou destruído todo este edifício.

— A Guerra dos Deuses — ecoa Tammur. — Você está falando da Guerra dos Deuses. Intervenção divina direta, milagres. — Ele engole em seco, olha Cari com olhos aterrorizados. — O que você fez ali foi um milagre.

Ongent concorda.

— Nenhum de nós esteve tão perto da morte como estivemos há um instante.

— Mas funcionou! — protesta Carillon. Miren dá de ombros, como se dizendo que ela teve sorte.

Tammur pede desculpas e sai correndo. Cari fica se perguntando para onde ele vai. Ela se preocupará com isso mais tarde.

— Tudo bem, vamos tentar novamente — diz Cari. — Mais alguém quer ir embora?

— Não é... uma opção — diz Mastro do chão. Miren recua para ficar atrás de Carillon, o que realmente não a tranquiliza.

Ongent verifica duas vezes as runas protetoras ao redor dos pés, então tosse, enxuga os olhos e sacode as mãos como um ator voltando ao personagem.

— Para a frente cavalgaram os fiéis, até as hostes disformes.

Mais uma vez, a sensação de desconexão. Cari se desprende de seu corpo, um navio deixando cair suas amarras. Os Deuses de Ferro Negro no horizonte, um amontoado de nuvens de tempestade. Ela não consegue distinguir quaisquer características particulares, nem diferenciar uma da outra. Eles estão simplesmente rolando, poder caótico e ódio. Ela devia perguntar a Ongent sobre eles, descobrir o que eram antes que os Guardiões os capturassem e derretessem, mas só de pensar nisso já fica nervosa, como se, caso ela descobrisse a forma adequada deles, eles também fossem ficar sabendo.

Arauto de nosso retorno, eles continuam gritando com ela.

Desta vez, ela dá atenção ao aviso do professor e apenas observa. Sem se mover, Ongent constrói caminhos de luz brilhante, canais protegidos por feitiços, passando entre ele e Cari, e depois outro entre ele e Mastro. Eles são frágeis, etéreos e vazios. Nenhum poder flui através deles.

Em seguida, Ongent evoca uma forma complicada. Isso lembra Carillon de um grande relógio de Velha Haith, ou talvez o modelo de uma catedral projetado por um arquiteto. Ele fica pairando no meio do diagrama, sobre Mastro. Pairar pode ser a palavra errada — de algum modo, é mais real e sólido ali do que qualquer outra coisa que Mastro, Cari ou o prédio em volta deles. Isso não é uma ilusão, ela lembra a si mesma, nem um sonho. É outra perspectiva do que é real.

O poder brilha nos canais entre ela e Ongent. O professor está tentando novamente, invocando os deuses de novo.

A tempestade está mais próxima agora. Os Deuses de Ferro Negro se agitam, a terrível atenção deles sonda a cidade enquanto eles procuram essa irritação, esse roubo. Visões súbitas de formas como tubarões, como leões, em movimento pelo céu. Cari fica paralisada, diz a si mesma para não se mexer, não correr, não importa o quanto queira.

O fluxo de poder se torna uma torrente enquanto os deuses rodopiam em torno dela. Luz, com um brilho intolerável, resplandece em torno de Mastro, como se Ongent estivesse usando um maçarico alquímico. Ela ri desse pensamento, ou teria rido se tivesse pulmões ou boca, de que ele teria armado todo esse ritual místico, apenas para Miren se infiltrar e curar Mastro com um maçarico e um alicate enquanto ela estivesse alterada com feitiçaria.

O prédio treme. O vento se torna o rugido de deuses furiosos. Como os outros podem estar tão calmos? Eles não conseguem ouvir a tempestade? Cari faz de tudo para não se jogar no chão, se esconder ou se prostrar diante dos Deuses de Ferro Negro. O redemoinho sopra com força contra sua visão — agora ela só consegue ver o diagrama, os campos etéricos e constructos de magia. O mundo físico está perdido para ela. Subitamente ela fica aterrorizada porque seu corpo se foi completamente, arrancado pelos ventos ferozes, e ela foi deixada sem corpo como um fantasma, uma perspectiva sem corpo eternamente consciente. Ela quer dar uma olhada para verificar onde sua forma física deveria estar, mas qualquer mudança pode acontecer, interromper o feitiço de cura ou deixar os deuses entrarem.

Ela tem que ficar parada.

Deveria ser fácil. Ela está desconectada do corpo, sem saber de quaisquer sensações físicas. Vendo sem piscar, sem olhos. Existindo sem respirar. Cada vez mais, porém, ela tem que lutar para permanecer no espaço ritual.

A metáfora muda — ela não é mais um navio, é apenas uma vela, um quadrado de pano pendurado em um mastro de ossos, lutando para conter a força uivante dos Deuses de Ferro Negro. Ela está impulsionando o navio de Ongent para a frente, e sua âncora está pulando ao longo do leito do oceano, se prendendo em pedras e as arrancando. Toda vez que a âncora agarra, a pressão sobre ela se torna angustiante, intolerável.

A alma dela está pronta para rasgar e explodir.

Cari não consegue mais ver Mastro. De algum modo, a luz é tão brilhante que se torna uma escuridão que cobre tudo.

Os ventos uivam através dela. Cari sente algo rasgar por dentro, mas não sabe dizer se é em seu corpo ou em sua alma. O pânico aumenta, e isso é definitivamente físico, uma vibração desesperada dentro de seu peito e sua garganta como um bando de pássaros presos, o coração batendo forte.

Ela tenta perguntar ao professor se eles terminaram, se pararam o veneno, mas não consegue voltar à sua boca para falar. Como ela poderia ser ouvida sobre o vento, de qualquer maneira, ou por cima das vozes estrondosas de metal que cavalgam nele, bradando, rugindo e gritando tão alto quanto terremotos? Ela ouve mais rasgões.

— Fique firme — diz a voz do professor, estranhamente distorcida. Cari sente os braços de Miren ao seu redor, mantendo-a no lugar. As mãos dele prendendo seus braços, segurando com tanta força que ela acha que doeria se conseguisse encontrar o caminho de volta ao seu corpo. Ela tenta recuar, mas ele não a deixa se mexer. Ele está gritando alguma coisa em seu ouvido, mas ela não consegue entender as palavras.

Mas ele atraiu sua atenção de volta à sua forma física, lembrou-a de onde ela está. Cari desce em direção ao próprio crânio — é a única maneira de descrever —, em direção à casca que não se encaixa mais no que a alma dela se tornou. Ela se vê, por um momento, presa por Miren, e no mesmo instante isso a lembra daquele portão no subsolo, aquele que prende todos os Desfiadores derrotados. O horror contido do outro lado.

Ela encontra a garganta, a boca.

— Pare — grita. Miren torce seus braços para segurá-la mais apertado, e ela luta contra ele.

Alguém arrebenta a porta. É Ratazana, olhos brilhando com raiva assassina. Ele pula direto para o professor Ongent. Rápido como uma cobra, Miren derruba Cari e se choca com o carniçal em pleno ar. A dupla rola pelo chão. Outras pessoas entram, Tammur e mais ladrões, agarrando Ratazana e Miren.

Ongent balança, instável, rosto afogueado, distorcido de raiva. É a primeira vez que ela o vê com raiva, e é aterrorizante. Ele levanta a mão e um raio dança ao redor dela. Ele aponta para Ratazana.

Cari dá passos — na verdade, mais tropeça — para a frente, posicionando-se entre o professor e o carniçal.

— Está tudo bem! Nós terminamos! Nós terminamos!

E terminaram mesmo. Mastro está sentado, gemendo, mas respirando com facilidade agora. Colocando-se na posição vertical sem estremecer ou sem muita rigidez. Melhor do que ela jamais o viu antes.

— Nós não terminamos — sibila Ongent.

— Eu não vou fazer isso de novo — diz Cari.

Como se para sublinhar suas palavras, um estrondo de trovão irrompe acima do cortiço, tão alto que sacode as paredes. São os Deuses de Ferro Negro, Cari sabe. Despertos pelo feitiço, como se tivessem tocado os sinos com abandono selvagem. Essa consciência, essa capacidade de agir, já se desvanecendo, gastando sua força com intensidade terrível acima do Arroio. Há uma série de batidas menores no teto bem acima, que ela sabe que são pássaros mortos caindo na terra, vítimas da ira de deuses cegos. Ela teme que haja mais mortes nos andares superiores, nas alturas, quando os deuses descessem das torres dos sinos e dos pináculos do Morro Santo para os telhados do Arroio.

Ela está muito, muito feliz por terem realizado esse ritual no porão.

Miren se liberta da multidão. Rosna para Ratazana, depois corre até onde o pai está. A luta e o fogo se esvaem de Ongent, e ele se encolhe ao som de um trovão. Miren o ajuda a cambalear para fora.

Os ladrões se aglomeram ao redor de Mastro, aplaudindo sua ressurreição. Tammur bufou parecendo convencido, como se tudo isso tivesse sido ideia dele. Tiveram que chantageá-lo para que ajudasse, mas agora está dizendo a todos que Mastro é seu protegido, seu filho adotivo em tudo, menos no nome. Ele teve que intervir depois do sacrifício de Idge, sabiam?

Todo mundo fica longe de Carillon. O diagrama a seus pés está morto agora, as runas e canais não estão mais em chamas com a divindade roubada, mas nenhum deles está disposto a atravessá-lo, ninguém a não ser Ratazana. Ele fica pairando por perto, estudando Carillon por um momento, depois dá um sorriso familiar cheio de dentes afiados e assente.

— Ainda é você? — ele pergunta.

— Não vou fazer isso de novo — ela repete para si mesma.

Os trens pararam na cidade de Guerdon durante o período de emergência. Homens de Sebo montam guarda em todas as estações para garantir que ninguém entra. Nas partes boas da cidade, as pessoas deitam insones em suas camas, ouvindo os sons de tumultos e explosões. Nos bairros mais pobres, Homens de Sebo varrem as ruas. Desmantelando agrupamentos de mais de duas pessoas, prendendo qualquer um que considerem suspeito ou perigoso. Eles isolam os cortiços e as favelas dos refugiados, arrastam homens para fora de tendas e albergues, marcham com eles para o Bairro dos Alquimistas. Trabalham com extremo afinco, indo de seção em seção, de prédio em prédio. Garantem que um bairro inteiro seja processado sem que o bairro seguinte não receba sequer um aviso.

Isso funciona razoavelmente bem nas primeiras varreduras, mas existem outras maneiras de se deslocar pela cidade. Linhas de esgoto e túneis, ruas e portas secretas, telhados e passarelas, becos e ruelas. Os boatos se espalham primeiro a conta-gotas, e depois viram inundações que tomam esses canais ocultos: que os Homens de Sebo estão pegando refugiados, pegando ladrões conhecidos, pegando qualquer um que puderem para aumentar seus números. Que eles estão procurando alguém em particular: o filho de Idge, alguns sussurram. Outros falam de um vidente que profetiza ruína para a cidade, que sabe tudo o que os alquimistas e o parlamento querem esconder.

Eles se organizam através desses canais secretos, cristalizam-se em torno de incidentes catalíticos. Quando os Homens de Sebo se aglomeram ao redor da mui querida Sagrado Mendicante e operários demolem sua torre, isso se torna um ataque à fé das pessoas. Até os recém-chegados, que adoram cem outros deuses ou nenhum, sabem que, se o novo regime pode atacar uma casa de culto — uma igreja dos Guardiões! —, seus próprios templos também devem estar em perigo. Quando uma mulher se recusa a ir com os Homens de Sebo e eles a assassinam com facas, ela é transmutada em mártir e inspira uma centena de outros a resistir.

Os trens parados também são um símbolo da tentativa dos alquimistas para assumir o controle da cidade. Para dissecar e analisar Guerdon como eles fariam com qualquer outro composto, para dissecar a cidade como um espécime sedado e preso a uma mesa cirúrgica.

Todos os trens estão parados — exceto uma linha.

Os trens descem sacolejantes a linha que não está em nenhum mapa. Descendo, descendo e descendo, a linha espirala numa descida fechada em direção ao subterrâneo. Ele termina em uma estação impossível e fora de lugar nas profundezas, perto do reino dos carniçais, embaixo do Morro do Cemitério.

Um a um, os trens vomitam seus passageiros. Os Rastejantes desembarcam em forma humana, planando com graça sinistra em seus mantos pretos e máscaras faciais de porcelana, falando uns com os outros como filósofos ou juízes, cabeças inclinadas enquanto conversam sobre assuntos obscuros.

Um por um, eles chegam a um poço, uma tigela que já está transbordando de vermes gordos e brancos. À medida que cada Rastejante se aproxima da boca da tigela, eles deixam manto, máscara e forma humana caírem para longe, e os vermes que os tecem se entrelaçam e se juntam ao resto do enxame. Agora, falam uns com os outros em uma linguagem mais sutil, uma não fala contorcida de substâncias químicas, gosma e fragmentos de alma. Cada verme naquela vasta multidão engordou com os mortos da cidade, competindo com os carniçais pelos mortos não queimados. Eles não são psicopompos, que levam as almas até os carniçais mais velhos ou para algum deus distante. Engordaram com matéria da alma, cheia de gordura e poder.

A feitiçaria ondula através da massa de minhocas.

Por fim, mais um Rastejante chega. Esse não renuncia à sua forma humana; ele se ajoelha na tigela e coloca uma das mãos na massa retorcida. A outra mão aperta um pergaminho. Seus dedos de minhoca se desenrolam, unindo-se à massa contorcida. Sua vontade luta com o resto.

Para os Rastejantes, não há martírio. Nenhum símbolo para se reunir ao redor. Nenhum significado superior a ser encontrado. Só o frio declínio das memórias dos mortos não enterrados, só a fria fome por mais.

O recém-chegado é vitorioso. Ele impõe sua vontade ao resto.

Eles se levantam da tigela. Alguns retornam aos trens. Alguns seguem seu líder em outra tarefa. Mas o resto, a maioria dos Rastejantes, marcha pelos escuros túneis de pedra verde em direção ao reino dos carniçais.

Marcha para a guerra.

CAPÍTULO TRINTA E UM

— Café? — oferece Tammur.

— Deuses inferiores, sim. — Há meses que Mastro não se atrevia a tomar café. Se queimasse a garganta, ela poderia se calcificar e estrangulá-lo. Nesta manhã, porém, ele se sente um novo homem. Até a dor em sua perna direita passou.

Fim da manhã, ele emenda mentalmente. Dormiu como um bebê na noite anterior e acordou com a cama coberta de milhares de flocos de pedra. Ainda consegue sentir o finzinho da onda de feitiçaria, o calor afundando bem dentro de seus ossos. A sensação é agradável, como uma boa dose de alkahest.

Tammur se senta pesadamente, bufando, e começa a quebrar em pedacinhos um de seus doces.

— Não pretendo perguntar o que aconteceu ontem à noite. A feitiçaria é perigosa demais para o meu gosto, de modo geral.

Mastro assente e sorri em seu interior. Ratazana mencionou que Tammur andara correndo atrás de uma mulher sulista que no fim das contas era uma feiticeira e ainda por cima uma das criaturas de Heinreil. Qual era o nome dela? Myri? Claramente, Tammur ainda está sofrendo com a traição. Mastro arquiva o nome na memória, caso precise desmoralizar Tammur um pouco. Mastro precisa do alcance e dos contatos do ladrão mais velho — e de seu dinheiro —, mas também não quer ser um fantoche de Tammur.

— Eu também não entendo completamente. Mas confio em Carillon, e o feitiço de cura funcionou. — Mastro flexiona o braço como prova. O café tem um gosto maravilhoso, e ele também sente o cheiro dos doces frescos. Pergunta-se onde Tammur os conseguiu: não há lugar no Arroio que asse essas coisas tão doces e delicadas, então ele deve tê-las contrabandeado de outros lugares da cidade.

— E o professor da universidade? Você pode confiar nele?

— Não preciso. Nós o libertamos da prisão dos alquimistas. Ele não vai voltar para eles.

— Ele pode comprar seu perdão nos entregando.

— O professor quer Cari e o dom dela. — Mastro não menciona os Deuses de Ferro Negro. — E o preço do perdão dos alquimistas seria muito alto.

— Os alquimistas vão ser um problema — murmura Tammur. — Eu trocaria um Homem de Sebo por seis dos guardas de Nabur. Vamos ter que agir com discrição por anos. Talvez até mudar as operações para a Costa de Prata por um tempo.

— Não vamos abandonar Guerdon. Eu acho que os alquimistas exageraram. As pessoas têm medo da Guerra dos Deuses, mas isso ainda está longe. Homens de Sebo na sua porta, aí já é outra história. A cidade vai se voltar contra os alquimistas. Nós só precisamos aguentar firme até que isso aconteça.

— Eles têm o parlamento. Não há ninguém se posicionando contra eles.

— Então nós faremos isso — diz Mastro. — Cari!

Carillon entra na sala. Ela parece exausta, mas se ilumina quando vê Mastro... e os doces.

— Opa, café da manhã! — Ela ataca a comida como um gato esfomeado.

— Nenhum efeito nocivo?

— Eu tive que levar Ratazana pra fora antes que ele matasse Ongent, ou antes que Miren o matasse, e não tenho a menor ideia do que está acontecendo lá. Eu diria que Ratazana tem estado estranho desde a Torre da Lei, mas... — Ela para de falar, faz com a mão um gesto que abrange seu rosto marcado, suas visões, os Deuses de Ferro Negro e o rejuvenescimento de Mastro.

— Eu cuido dele — diz Mastro. — Cari, não conheço o professor Ongent nem Miren, mas, se você diz que precisamos deles...

Cari bufa em seu café.

— Você está se iludindo se acha que eu tenho um plano. Eu tinha um plano, sim. O plano era você. Agora tudo é por sua conta.

— Obrigado pelo voto de confiança.

— Confiança e ressurreição milagrosa. Um dia ou dois a mais de vida, antes de sermos derrotados por Heinreil ou pelos Homens de Sebo.

— Senhorita... — Tammur começa, e então hesita.

— Pode me chamar só de Cari — diz Carillon, ao mesmo tempo que Mastro diz "Thay". Tammur não consegue esconder sua surpresa com a revelação do sobrenome de Cari, mas passa por cima disso.

— Srta. Thay. Como eu dizia a Mastro, entrei em contato com alguns membros com quem suponho que possamos contar no Tribunal das Sarjetas. Outros estão se mostrando mais difíceis de encontrar: eles estão se escondendo das Velas, claro, e nossos canais normais de comunicação estão quebrados. Pode usar sua feitiçaria para encontrá-los?

A luz do meio da manhã brilhando através das janelas vem de um céu sem nuvens, mas ontem à noite havia deuses raivosos no céu acima do cortiço. Após o ritual, Ongent avisou Cari para não correr o risco de chamar a atenção dos Deuses de Ferro Negro novamente sem seus feitiços de proteção, para evitar agitá-los. Carillon toma um gole de café.

— Certo. Vou precisar de descrições, e temos que esperar até que a hora vire... — Ela para de falar novamente, lembrando-se de repente do silêncio da manhã. — Não ouvi os sinos esta manhã. — Ela tinha visto andaimes ao redor da torre da Sagrado Mendicante, mas existem muitas outras igrejas em Guerdon. Eles não podem estar todos em silêncio. Ela precisa deles.

— Os alquimistas impediram que os sinos da cidade tocassem. Em vez disso, estão fazendo os Homens de Sebo anunciarem o toque de recolher. — Tammur se inclina para Carillon, estudando-a. — Você precisa dos sinos para seu dom, suponho.

— Eles tornam isso mais fácil. Muito mais fácil. — Ela pega um docinho e o rasga em pedaços, espalhando as migalhas sobre seu prato, empurrando-os ao redor como ela pudesse ler suas entranhas. Seu estômago se contrai subitamente em um nó que a deixa enjoada. — Você soube se eles estão fazendo mais alguma coisa?

— Há Homens de Sebo cercando a Sagrado Mendicante. Alguma briga com a igreja, acredito. O prédio está sendo considerado inseguro.

— Merda. Mastro, eles estão levando os Deuses de Ferro Negro. Estão indo remoldá-los, usá-los como bombas. Eu os vi fazer isso no Bairro dos Alquimistas.

Mastro olha para ela de modo inquisitivo.

— Merda, eu não te contei. Tive uma visão ontem à noite, antes de executarmos o ritual. — Apressadamente, com as palavras se atropelando umas às outras, ela descreve a visão dos sinos de Ferro Negro sendo reforjados em armas e sua conversa com Rosha.

— Você recusou o convite dela? — pergunta Tammur.

— Eu a empurrei para fora da porra do prédio.

— Eu tinha ouvido boatos sobre uma batalha no Vale Grena. Estão dizendo que os haithianos mataram uma deusa lá com algum tipo de nova arma.

— Bombas divinas — diz Mastro. — Eles estão fazendo bombas que podem matar... deuses, que podem ganhar a Guerra dos Deuses.

— E precisam dos sinos para fazer essas armas? Isso nos dá vantagem sobre os alquimistas. Eles cercaram a Mendicante, mas existem outras igrejas. Se pegarmos alguns dos sinos antigos, talvez possamos fazer um acordo, ou vendê-los.

— Estou mais preocupado com represálias. Se os deuses estrangeiros souberem que Guerdon pode matá-los, então nossa neutralidade não vai valer de nada. A Guerra dos Deuses virá até aqui. E, Cari... o que vai acontecer com você se começarem a explodir os Deuses de Ferro Negro?

— Não sei. Vamos conversar com o professor. — Cari precisa se segurar na borda da mesa para poder continuar de pé. Mastro vê que ela está exausta além todas as medidas. A última vez em que ele a viu tão pálida foi quando Ratazana a trouxe à sua porta.

— Esta não é uma base segura de operações — diz Tammur. — Entradas demais, olhos demais. Deveríamos ir para o meu armazém no Beco do Gancho. Lá tem um...

Cari o interrompe.

— Quarto no andar de cima que você fortificou. Eu já vi. Sim, isso vai funcionar.

Mastro balança a cabeça.

— Não. Não vou mais fugir nem me esconder. Ficamos aqui, reunindo apoio até o Tribunal das Sarjetas. As pessoas precisam ver que estou disposto a defender minha posição. — Ele gira o café na xícara. — Também precisam ver que sou capaz de ficar em pé para ocupar essa posição. Vamos mudar para o Beco do Gancho quando estivermos prontos.

Gritos do lado de fora. Pés correndo.

Um carniçal. Não Ratazana; ela está usando véu e um vestido branco. Bolsa de Seda.

— Heinreil está aqui — ela diz. — Ele diz que quer conversar.

Não é apenas Heinreil, pensa Mastro. Ele trouxe uma comitiva. Mastro reconhece alguns dos rostos: velhos ladrões, em boa posição com a Irmandade. O tipo de pessoa que Tammur esperava influenciar. Os outros, ele não conhece, mas acha que também são da Irmandade, de outros bairros. A feiticeira, Myri, está ao lado esquerdo de Heinreil. À direita dele, um homem grande, de pele escura, com duas facas em forma de crescente enfiadas no cinto. O substituto de Heinreil para o Cavaleiro Febril.

Mastro percebe que seu lado inconscientemente se alinhou como que espelhando o grupo de Heinreil, com Cari encarando Myri, ele encarando o guarda-costas e Tammur em frente a Heinreil, como se esse fosse o desafio de Tammur, não de Mastro. Ele precisa quebrar esse padrão, então avança e atravessa a sala. O guarda-costas fica tenso e puxa as facas, mas Heinreil faz um sinal e o guarda recua.

— Mastro — diz Heinreil. — Você está se movendo bem.

— Como um novo homem. — Mastro assoma sobre Heinreil. Ele não tem certeza se a cura mágica de Cari diminuiu a força que lhe fora concedida pela praga, mas tem certeza de que ainda é forte o suficiente para esfregar o mestre pelos paralelepípedos.

— Graças aos deuses. — Heinreil examina a multidão à sua frente. Seus olhos se iluminam quando ele vê Cari, mas continuam se movendo, observando os rostos alinhados contra ele.

— Vamos resolver esta disputa no Tribunal das Sarjetas, mestre — Tammur diz em voz alta, para ser ouvido por toda a sala.

— Eu não estou aqui para resolver nada. Só quero dar uma palavrinha com alguns de vocês.

A voz de Heinreil é baixa, suave, mas de alguma forma chega a todos os cantos do quarto. Ele estende a mão e agarra o ombro de Mastro.

— Deveríamos ter feito isso muito antes, Mastro. Sempre houve um lugar para você na Irmandade. O lugar do seu pai, até. Poderíamos ter resolvido tudo isso discretamente.

— Você me envenenou quando eu estava na prisão — diz Mastro. Ele tenta manter a voz igualmente suave, mas sua garganta transforma suas palavras em ranger de pedras.

— Isso é mentira! Quem lhe disse que eu dei a ordem?

— Você armou para nós na Casa da Lei! Ratazana, Cari e eu. Você nos enviou como uma distração, esperando que fôssemos pegos.

— A Torre foi uma confusão, isso eu admito. Eles só deveriam abrir o maldito cofre, não botar a construção inteira abaixo. A segunda equipe deixou você na mão, mas pagou com a vida. E, pelo que eu ouvi, você podia ter escapado, assim como Ratazana; só que voltou para pegar Carillon, e ela ficou lá para tirar um dos guardas do fogo. — Heinreil gira e se dirige a Cari. De algum modo, a conversa particular entre ele e Mastro acabou se tornando uma peça de teatro, uma performance para os ladrões reunidos de Guerdon. — É uma caridade admirável, srta. Thay, mas não muito sábia.

— Você não tinha nos falado sobre o segundo time — rosnou Mastro.

— Não, não contei. Eu digo o que vocês precisam saber. Sou o maldito Senhor de Guilda. E também teria tirado você da prisão, assim que fosse levado a um magistrado. Não envenenei você e também não mandei ninguém silenciá-lo. Eu vi como Idge se segurou... e tenho fé no filho dele.

Essa fala provocou aplausos, de ambos os lados da sala. Mastro sente como se estivesse pisando em areia movediça.

— Você está mancomunado com os alquimistas! — ele grita, e a sala fica em silêncio. — Você explodiu a Torre da Lei para eles. Talvez a Rocha do Sino também: você plantou o gás venenoso naquele navio, o *Amonita*, e sua bruxa do mar colocou-o na baía usando magia e fez com que ele encalhasse. Quantos morreram quando a nuvem de veneno chegou? Quantos de nossos irmãos e irmãs foram enviados para os tonéis de sebo?

O rosto de Heinreil se contorce em fúria. Toda a sua bonomia desaparece, e ele cospe suas palavras.

— Estou surpreso de que você não contou quantos eram do alto do patamar moral ao qual chegou com o cadáver de seu pai! Sim, eu trabalho com os alquimistas. Caso você não tenha notado, é ali que está o dinheiro! Coloquei moedas no bolso de cada um de vocês, não coloquei? Mantive a Irmandade em funcionamento mesmo quando a cidade tentou nos quebrar, vezes sem conta! Setenta e quatro ladrões, esse foi o número enviado para os tonéis de sebo. Teriam sido 150, se não fosse por seu gestinho heroico de merda, e eles teriam parado em 150. Agora precisam vir nos pegar, seu idiota, agora que você os acertou na maldita fortaleza deles!

— Você admite que nos vendeu! — grita Tammur.

— Tentei comprar a segurança de vocês! Cento e cinquenta foi o preço que precisei pagar para resgatar o resto de nós.

— E aí está — diz Mastro. — Vendendo pessoas. Nos vendendo. E você diz que coloca moedas no bolso de todos nós, como se algumas moedas fossem recompensa suficiente por todo o sofrimento. Meu pai queria que a Irmandade ajudasse o povo humilde. Ele viu que Guerdon estava sendo governada por forças maiores, por guildas de artesãos e igrejas e...

— Sempre foi assim — diz Heinreil. — E você é um tolo se acha que isso pode mudar.

— E ele queria que a Irmandade fosse melhor que isso. Se a cidade não se reformava, então roubar era a única maneira de dar às pessoas o que elas mereciam, para que tivessem seu quinhão justo da riqueza da cidade. Quantos aqui, quantos aqui acham que recebem seu justo quinhão? Quantos aqui acham que a Irmandade os beneficia? — A sala explode em gritos, aplausos, rugidos de aprovação ou zombarias de condenação.

— Vamos resolver isso agora! — Tammur balança as mãos pedindo silêncio. — Eu convoco uma votação sobre quem deve liderar. Discurso! Discurso! — Ele está brincando de fazedor de reis... ou está esperando um empate para que possa ser coroado como meio-termo?

— Tudo bem. — Alguém pega uma caixa para Heinreil, para que ele possa ser visto acima da multidão. Ele é uma cabeça mais baixo que a maioria, enquanto Mastro herdou o corpo alto e magro do pai. Algumas vozes mais ao fundo aplaudem quando Heinreil sobe, mas um número bem maior está chamando Mastro pelo nome, e até Myri e os outros que chegaram com o mestre parecem subjugados.

— Vocês me conhecem. Sabem o que fiz por vocês. Se acham que nos guiei corretamente nos tempos difíceis, votem em mim. Se acham que fiz algo errado ou que as histórias infantis de uma cidade onde todos nós somos alegres foras da lei dando para os pobres são melhores para vocês, então votem em Mastro. — Heinreil para, como se estivesse prestes a descer, mas acrescenta: — Eu conhecia Idge. Estava lá quando o enforcaram. E graças aos deuses que fizeram aquilo, porque, se ele continuasse mestre, todos nós acabaríamos na forca ou nos tanques. Grande homem, ótimo pensador, ele era. Mas era um tolo, e, se seguirem o filho dele, vocês são tolos também.

Alguns aplausos, rapidamente engolidos pelas vozes pedindo Mastro. Ele dá um passo à frente, subitamente nervoso. É como se sua língua tivesse virado pedra. Ele se vira para olhar a multidão. Ladrões que ele conhece há toda a sua vida, ladrões com quem ele cresceu. Estranhos, recém-chegados à cidade que chegaram sem nada, e recorreram à guilda para sobreviver. Aqueles que sempre foram pobres e outros que escorregaram para dentro do Arroio, lançados para baixo quando a roda da fortuna girou e colocou os alquimistas em cima.

Todos ali querem que Mastro fale por eles, que lute por eles. Esta era a visão de Idge: colocar uma faca nas mãos dos pobres, para tornar a luta justa.

Fragmentos do manuscrito de Idge flutuam em sua mente, e ele os agarra e começa a ler em voz alta. Ele não faz ideia se o que está dizendo faz algum sentido, mas continua falando até que a multidão sufoca seu discurso.

— IDGESON! IDGESON! IDGESON!

O sangue martela suas veias sem impedimentos. Ele se sente como se cada centímetro de seu corpo estivesse em chamas. Os aplausos deles são alkahest para sua alma, dissolvendo seus medos, restaurando uma vida nova a sonhos calcificados.

A multidão passa por ele então numa onda, em direção a Tammur e as velas.

Cari sai de fininho da multidão assim que os discursos começam. A presença de Heinreil ali a incomoda. Ela estava pronta para enfrentá-lo no Tribunal da Sarjeta em um ou dois dias, quando tivesse tempo de se preparar. Sua reação instintiva a uma surpresa é fugir, e ela não pode fugir agora. Não quando Mastro está colocando seu plano em ação. Então, ela foge para o mais longe que pode sem sair do salão, para as margens da multidão. Fica de olho em Ratazana ou Miren; ela não acharia de todo improvável que Heinreil tivesse alguém ali na multidão aqui para chegar sorrateiro e esfaqueá-la, e ela não é blindada como Mastro.

O silenciamento dos sinos a enfraqueceu. Agora ela está insegura e em farrapos. A voz de Mastro se eleva acima do rugido da multidão, falando sobre como ele lutará contra a guilda dos alquimistas, tomará a cidade de volta deles, mas ela não sabe julgar o humor da multidão. Mesmo que eles ganhem ali, ela não tem certeza se isso é suficiente. O Arroio já está do lado de Mastro, mas o Arroio não é a cidade inteira. Há mais ladrões em outras partes da cidade, e eles podem ainda estar no bolso de Heinreil.

Lá, abrindo caminho à força por entre a multidão, está o guarda-costas de Heinreil. Cari recua para se esconder, preocupada que ele possa atacar ali. Mas ele está lá apenas para abrir um caminho através da massa de gente. É Heinreil quem se aproxima ao lado dela. O homem está curvado, menor do que quando entrou. Ele parece muito, muito cansado.

A faca dela já está na mão. As costelas dele estão logo ali.

Uma trégua, ela lembra a si mesma.

— Humpf, Cari — diz Heinreil. — É verdade que você pode ver os segredos de todo mundo?

— Basicamente.

— Mas não os meus. — Pendurado no dedo dele, o amuleto dela, o amuleto de sua mãe, em sua corrente de prata.

Cari usou aquele amuleto no pescoço por vinte anos e nunca se afastou dele, nem por um instante, até Heinreil roubá-lo dela. Agora, no entanto, ela o vê como se fosse a primeira vez. Sob o esmalte gasto, ele é feito de algum metal escuro que ela nunca foi capaz de identificar. Ele queima escuro diante dos olhos dela, ardendo com um poder oculto. Ela sabe que o amuleto despertou ao mesmo tempo que ela, que de alguma forma compartilhou de seu batismo na Torre da Lei.

Ela tenta pegá-lo, mas ele é mais rápido, e o amuleto desaparece dentro da camisa dele.

— Imaginei. Posso não ter seus dons, mas eu sabia que havia algo de errado com você quando peguei sua carcaça magricela roubando de mim. Eu sei tudo sobre você, Carillon Thay.

— Você não sabe de nada. Se soubesse, não estaria negociando com os alquimistas.

— E com o que você está negociando? Você sabe de onde suas visões vêm, eu acho. Nós dois fizemos pactos com demônios. — Ele suspira, esfrega a cabeça. Parece exausto. — Eu não queria isso, sabia? Eu adorava Idge, e cuidei do filho dele. Queriam expulsá-lo da guilda quando ele ficou doente. Eu impedi. Sua doença não significa que ele não seja útil.

Quero dizer, olhe para ele. Olhe para ele! Menos de duas semanas e vocês *me* feriram. Isso é crédito de ambos.

— Dê-nos mais uma semana e nós o derrubaremos.

— Contraproposta. Você convence Mastro a desistir de seu desafio. Culpe Tammur por lhe dar maus conselhos. A virtude desse argumento é que ele é verdadeiro. Mastro se torna meu braço direito, assume o lugar do Cavaleiro Febril. Eu protegerei você. Nós trabalhamos juntos, voltamos a…

Mastro termina seu discurso, e os gritos de apoio são ensurdecedores. Tammur sobe numa mesa, balança os braços e pede uma votação. A multidão avança e começa a jogar fichas dentro de uma panela. Pequenos quadrados de preto pano para Heinreil. Pedras, previsivelmente, para Mastro.

— E quem vai proteger você? — pergunta Carillon. — Eis aqui minha proposta: devolva meu amuleto e talvez sejamos misericordiosos.

— É isso então. — Heinreil balança a cabeça. — Não posso dizer que não tentei.

Ele se afasta dela, caminha lentamente em direção à porta da frente. Algo terrível vai acontecer, percebe Cari, e corre atrás dele, faca na mão. O guarda-costas de Heinreil a pega, joga-a contra a parede. Gritos súbitos, um mais alto que os outros. O guarda-costas a prende com habilidade, uma mão segurando seu pulso com tanta força que ele fica dormente em um segundo, e ela deixa cair a faca. Uma lâmina curvada contra sua garganta. Hálito podre no ouvido dela. — Fale e você morre, bruxa.

Então os gritos aumentam.

— Jacks! Jacks! — Pela porta da frente, pela porta lateral, espremendo-se pelas janelas, um exército de cera, uma maré de sebo. Centenas de Homens de Sebo enxameiam para dentro do cortiço, tantos que os poucos ladrões que vigiam a porta são tomados de assalto num instante.

Eles a cegaram para isso, Cari percebe. Se os sinos da cidade não tivessem sido silenciados, ela poderia ter visto os Homens de Sebo marchando da Igreja do Sagrado Mendicante, teria sido capaz de avisar Mastro e os outros ladrões que o cortiço não era mais seguro.

— Não se mexam! — Heinreil grita aos ladrões: — Pelo amor da puta que os pariu, não lutem contra eles, ou eles matarão vocês agora mesmo. Todo mundo parado, porra.

Centenas de pares de olhos fitam Mastro. Lutar, ou...

Não são apenas ladrões e assassinos ali. É todo mundo que vive nos cortiços, pessoas como Mãe Soturna e seus netos. Os Cafstans. Outros, totalmente inocentes. Eles também estão na ponta da faca. Mastro abaixa a cabeça, estende as mãos e dois Homens de Sebo saltam para a frente. Eles prendem suas mãos pedregosas com fios grossos de corda alquímica.

Outro Homem de Sebo se aproxima lentamente através da multidão. Merda, ela reconhece aquele — seus traços quase não foram distorcidos pelo sebo, mas sua barba agora é uma massa sólida de cera esculpida, e o braço direito dele está estranhamente liso e sem marcas, como a carne de um bebê.

Jere, o caçador de ladrões. Agora Jere, o Homem de Sebo. Ele leva Cari para longe do guarda-costas de Heinreil. Ele abre a boca como se quisesse falar com ela, mas tudo o que sai é um ruído sibilante e um borrifo de líquido amarelo-leitoso que faz seus olhos arderem. Ela tenta se soltar dele, mas não há escapatória. Olha em volta, rezando para encontrar algo, alguma vantagem da qual possa se aproveitar. Ratazana, para liderar um contra-ataque, ou Miren, para se teletransportar e levá-la para longe. Ou Ongent, para lançar um pouco de sua feitiçaria ali.

Mas nem sinal de Miren, e Ongent está exausto depois de curar Mastro. E Ratazana não está ali. Ela vislumbra uma figura encapuzada na parte de trás da multidão, depois mais duas, três, mas elas vieram com Heinreil. Eles ficam ali parados, cabeça baixa, não se envolvem.

Mais guardas chegam: Homens de Sebo novamente, mas vestidos com o libré da guilda dos alquimistas, não com as túnicas azuis esfarrapadas da guarda da cidade usadas pelo resto. Eles são a guarda de honra da Senhora de Guilda Rosha. Ela os segue, aparentemente muito bem para quem foi esfaqueada e empurrada de um prédio por Cari menos de 24 horas antes. Jere a arrasta e a deixa cair no chão na frente de Rosha.

Heinreil se aproxima. Ao passar por Cari, ele dá de ombros, como se para dizer *o que mais eu poderia fazer?* Ela está perto o suficiente para ouvir o que ele diz para Rosha.

— O trato permanece, certo? — ele pergunta. — Total de 150 para os tonéis, e eu jogo Cari aqui como recompensa pelo ataque tolo de Mastro à sede da sua guilda. Mas você me deixou escolher, e a Irmandade fica. Você mandará seus Homens de Sebo embora e acabará com o toque de recolher.

— Nosso trato foi feito sob circunstâncias muito diferentes, Heinreil. Você com certeza entende isso. Quando eu o contratei, precisava trabalhar em segredo e evitar a atenção do parlamento, da guarda e da igreja dos Guardiões. Agora… — Ela abre os braços, indicando o escopo de seu triunfo — a igreja está em pedaços, a guarda é minha e não restou ninguém no parlamento para se opor à sabedoria das minhas políticas.

— Não faça isso, Rosha — murmura Heinreil, olhando para a esquerda.

— Acho que preciso — ela diz. — Afinal, seria terrivelmente negligente da minha parte permitir que um criminoso notório como o chefe da Irmandade dos Ladrões fique em liberdade. Na verdade, é mais que apropriado. O último prego no caixão de Effro Kelkin.

— Não. Você conseguiu o que queria. Você vai ter a porra dos Sinos de Ferro Negro, e já vão tarde. Pegue sua vitória e vá embora.

— Pensei que você tivesse entendido, Heinreil. É uma nova era. Todos os velhos poderes estão obsoletos.

— Ah, bem. — Ele enfia a mão no bolso e tira algo pequeno. Não o amuleto: é um pedaço de giz gasto. Ele o joga no ar, deixa cair no chão e se quebrar em uma dezena de fragmentos aos pés de Rosha. — Ah, bem — ele repete, e então, baixinho: — Myri.

Cari fica tensa — Myri, ela sabe por suas visões, é a feiticeira de Heinreil. Mas os alquimistas têm suas próprias contramagias, bastões de amortecimento e feitiços de proteção ablativa, então uma lançadora de feitiços não vai ter efeito algum.

No fundo da sala, as figuras encapuzadas arrancam seus mantos. Rastejantes, cada uma de suas dez mil bocas verminosas cantando um encantamento. Um raio corta a multidão. Pedaços enormes de cera quente explodem, seguidos por borrifos de sangue e carne vermelhos quando algum ladrão infeliz fica no caminho. O ar está espesso de tanta feitiçaria.

Não é uma lançadora de feitiços. É uma hoste inteira de lançadores, e eles fazem a exibição de Ongent na rua Desiderata parecer o resultado de uma criança brincando com fogos de artifício.

Uma explosão atinge Tammur, e o velho ladrão se parte ao meio como um saco estofado, a barriga gorda estourando e os ossos quebrando no instante em que o feitiço o esmaga. Cari fica meio cega quando a Senhora de Guilda Rosha se transforma em um pilar de fogo. Rosha não grita quando as chamas azuis a envolvem, fica apenas ali parada, fuzilando com o olhar, até que os olhos de cera começam a deslizar rosto abaixo e a cabeça tomba em seus ombros.

O calor da explosão amolece os dedos de Jere, e Cari consegue se libertar com um safanão. Ela corre para a frente, esquivando-se da fogueira que um dia foi Rosha. Incapaz de enxergar, procurando o ar mais frio do lado de fora. *É como a Torre da Lei de novo*, ela pensa enquanto avança cambaleante. Mais uma vez, Heinreil a prendeu nas chamas.

Várias mãos tentam agarrá-la, mas ela desliza livre. Ela tem um vislumbre fugaz de Heinreil estendendo as mãos em sua direção, gritando com ela, mas ela o golpeia com sua faca e — alegria das alegrias — ela o corta e ele cai para trás. Outros perseguidores — Jere? — continuam atrás dela, então ela abaixa a cabeça e corre às cegas, saltando sobre membros arrancados e esparramados, sobre ladrões moribundos.

Em algum lugar na carnificina atrás dela, ela ouve Mastro rugindo. Os aplausos da multidão se transformaram em gritos, mas ele está assumindo o controle, dizendo às pessoas para onde correr. Mas existe uma muralha de Homens de Sebo queimando e Rastejantes jogando feitiços entre ela e Mastro, e ela não tem como voltar para o lado dele.

O chão desaparece sob seus pés, e por um instante ela está em queda livre. O canal. Ela gira no ar, mas ainda assim bate de mau jeito nas águas sujas, e isso lhe tira o fôlego. Seus pulmões queimam quando ela mergulha na escuridão turva, tentando ir o mais fundo que puder para não deixar vestígios na superfície.

Mais tarde, ela juntará os pedaços para entender o que aconteceu. Heinreil trouxe Rastejantes consigo, pelo menos uma dúzia dos horrores, e cada um deles um poderoso feiticeiro. Ele os manteve em reserva, escondido na multidão ou nos becos próximos, até Rosha quebrar sua palavra e tentar prendê-lo. E aí a carnificina começou. Os alquimistas e os ladrões de Mastro levaram o pior das explosões dos feiticeiros, mas a facção de Heinreil também sofreu. Seu novo guarda-costas, por exemplo: eles encontraram suas facas curvas depois, ao lado de um esqueleto enegrecido com ossos tão drenados de força pelos feitiços de morte que se desfizeram em pó ao serem tocados.

Mais tarde, muito mais tarde, ela andará entorpecida pelas ruínas do cortiço, olhando para a devastação e sabendo que também é culpada por isso.

Ela nada debaixo d'água o máximo que pode e então dá mais duas, três, quatro braçadas, forçando-se além dos limites. Sua mão se fecha sobre a pedra escorregadia da margem oposta do canal, e Cari sai da água. Rápida como uma lontra, ela desliza para cima e corre para as sombras acolhedoras.

O cortiço é um formigueiro que foi incendiado. Figuras correndo para um lado e para o outro, delineadas contra as chamas brilhantes de feitiçaria. Os alquimistas sobreviventes, não os Homens de Sebo, mas os que poderiam ser humanos, estão fugindo de volta para a Sagrado Mendicante. Apitos e gritos — a guarda está chegando, batalhões descendo em marcha a Ponta da Rainha. Carruagens chocalhando pelas ruas em alta velocidade, fugindo da cena. Ela não sabe dizer quantos ladrões conseguiram fugir, nem onde Mastro está, supondo-se que ele ainda esteja vivo.

Homens de Sebo se movem na escuridão, procurando por ela. Ela consegue ver aquele que costumava ser Jere Taphson, sua careca agora toda aberta com uma chama de vela queimando por dentro. Ele para na margem do canal do outro lado, curvando-se quase até o chão, procurando algum sinal de Cari. Então flexiona suas pernas de cera e pula através do canal, cruzando-o num único salto.

Cari desce a encosta do Arroio, tropeçando e escorregando na escuridão. Seus pulmões, queimados com a fumaça tóxica dos Homens de Sebo moribundos, doem quando ela respira fundo. Seus pés escorregam no lixo; as pedras molhadas do calçamento a traem e ela se estatela, então torna a se levantar.

A luz das velas brilha no telhado à sua esquerda quando um Homem de Sebo — não Jere, uma vela que já foi mulher um dia — salta lá em cima. O monstro a avista e joga a cabeça para trás, emitindo um guincho inumano, parecido com o som que você obtém quando apaga ferro quente na água. Mais luzes se aproximam dela, contornando as formas dos cortiços e dos barracos ao redor dela em uma dúzia de falsas alvoradas.

Se ela conseguir chegar ao emaranhado de edifícios ao redor da Praça da Água de Fossa, então conseguirá despistar seus perseguidores. Ela conhece bem esses edifícios, Ratazana costumava se esconder lá e eles ainda estão escuros: os Homens de Sebo ainda não chegaram lá.

Merda. Se ela continuar naquela rua, passará perto da Igreja de São Vendaval. Havia Homens de Sebo na Igreja do Sagrado Mendicante, e, se houver mais na São Vendaval, ela vai dar de cara com eles. Precisa sair dessa rua.

Cari encontra uma parede lateral baixa e a escala. Um dos Homens de Sebo ataca quando ela está em cima do muro, tentando derrubá-la para o quintal à frente. Ela se torce para sair do caminho, prendendo o pé nos tijolos ásperos da parede para ficar pendurada de cabeça para baixo por um instante e se esquivar do Homem de Sebo, as mãos moles e frias não conseguem segurá-la. A coisa pousa pesadamente no quintal, derrapando para dentro de um galinheiro. A palha pega fogo instantaneamente, e o Homem de Sebo grita ao se descobrir preso na gaiola em chamas. As galinhas gritam de terror, e o bater de asas em pânico dá a Cari tempo suficiente para atravessar o quintal e subir correndo o muro oposto antes que cheguem mais Homens de Sebo.

A escuridão é sua amiga. Não há monstros dos alquimistas onde está escuro. E agora ainda está escuro sobre Água de Fossa.

Ela desce a passagem estreita atrás dos edifícios, uma trilha antiga de gado que data de quando havia fazendas a oeste da cidade. Ela pode ouvir a voz de Ongent no fundo de sua mente, dando-lhe aulas sobre a história da cidade. Os ossos do passado se destacam, deformando o presente.

Ela está quase lá quando a trilha de gado é inundada de luz. Eles a encontraram. Homens de Sebo correm por cima das paredes à sua esquerda e direita, passos ecoando mais rápido que seu coração batendo acelerado. Um terceiro está atrás dela, chegando cada vez mais perto.

E então Cari bate em algo duro como uma barra de ferro. Ela cai de costas, sem fôlego, atordoada. De pé logo acima dela está uma mulher. Meia-idade, robusta, trapos cobrindo o que devia ser uma armadura. Cari tenta falar, avisá-la para que fuja, mas não tem fôlego.

— É você mesma, Carillon Thay, sem dúvida — diz a mulher. — Nós temos procurando por você. Precisamos ter uma conversinha, você e eu.

O Homem de Sebo mais próximo assobia e gesticula para que a mulher vá embora, *agora*, sob pena de qualquer crueldade que o Homem de Sebo considere conveniente. A guerreira saca sua espada e gesticula para que eles ataquem.

— Está certo então. Podem vir.

Três Homens de Sebo saltam. Três golpes com sua espada de fogo, e a trilha de gado vira uma bagunça de cera amarela pegajosa. Cari consegue recuperar o fôlego, tenta correr, mas um quarto golpe, desta vez com o lado da lâmina, a derruba novamente. A mulher é terrivelmente rápida e forte.

— Agora, vamos ter aquela conversinha. Meu nome é Aleena.

CAPÍTULO TRINTA E DOIS

Eladora está deitada na cama, ouvindo os barulhos da casa estranha. Ela não dormiu, apesar de sua exaustão. Toda vez que ouve passos, ela congela, morrendo de medo de que um dos homens entre naquele quartinho no sótão onde eles a guardaram.

Em alguma hora desconhecida da noite — os sinos da cidade estão silenciosos, então ela não tem ideia de há quanto tempo está aqui, com frio e sem sono —, ela ouve gritos, pés correndo. Vozes zangadas se erguem quando algum outro mensageiro clandestino chega, mais um dos espiões da rede aparentemente infinita de Sinter. Ela se esforça para ouvir, mas só consegue entender metade da conversa. Eles falam de carniçais, de uma guerra sob as ruas da cidade. Aconteceu algum desastre nas profundezas, alguma terrível derrota. No começo, ela acha que deve ser a morte do ancião carniçal naquele túnel sob o Morro Santo, mas então ela ouve claramente a palavra *Desfiadores*.

Desfiadores. Plural. Mais de um daqueles horrores sem forma.

O terror desse pensamento é suficiente para tirá-la da cama. Ela se agacha e pressiona a orelha no chão. Uma lembrança de quando fazia a mesma coisa em Wheldacre, procurando pelo tilintar de taças na sala que lhe diriam que as devoções de sua mãe naquela noite estavam direcionadas a uma garrafa em vez de um livro sagrado.

A voz de Sinter é fria e quieta, falando num tom desconhecido, rouco de fadiga.

— E se eles já estiverem aqui? Eles roubam rostos. Podem ser qualquer um.

A cidade inteira, como a rua Desiderata.

A voz desconhecida continua, descrevendo testemunhos reunidos a partir de gritos de dor e frases desconexas de carniçais descontrolados ou feridos, batendo em retirada da calamidade abaixo. Eladora ouve o relato de pesadelo sobre como o santuário mais secreto dos carniçais foi destruído em um ataque-surpresa por uma cabala de feiticeiros. Os feiticeiros mataram muitos dos carniçais mais velhos enquanto dormiam, depois quebraram um selo antigo nas profundezas que era mantido fechado pela vigilância psíquica dos anciões. Aquele selo, dizem os carniçais, mantém presas as hordas sem forma dos Desfiadores, a hoste disforme dos Deuses de Ferro Negro.

Agora os carniçais estão em retirada, e os Desfiadores estão livres.

Os outros espiões começam a especular sobre quem poderiam ser esses feiticeiros, mas Sinter os interrompe. Qual é, ele pergunta, o sentido de ficar tentando adivinhar? Seja como for, a cidade está agora sitiada a partir do subterrâneo, um cerco ainda mais mortal porque é invisível. Os Desfiadores já podem ter se arrastado pelos esgotos e pelos túneis dos trens e saído para as ruas. Roubando formas e rostos daqueles azarados o suficiente para esbarrar com a maré deslizante, tomando formas do mesmo jeito que assumiram a forma de Bolind.

Ela ainda tem aquela cópia da *Arquitetura sagrada e secular*. Arrasta-a até um fragmento de luar que flui através da estreita janela suja, abre-a e olha para as ilustrações tão familiares. Imagens da cidade como era nos tempos mitológicos, quando heróis santos guerreavam com monstros nas ruas. Os homens do quarto abaixo estão falando de histórias, ela diz a si mesma, de uma história morta e enterrada. Ela não consegue conciliar essas histórias de feitiçaria e horror com a cidade de cafés, trens e jornais que conhece há anos.

As vozes desaparecem. Passos correm escada abaixo e desaparecem no bater de portas. Ela não sabe dizer se está sozinha na casa ou se seus captores restantes estão apenas muito quietos.

O livro é reconfortante, à sua maneira. Lê-lo a faz se lembrar dos dias na universidade. Ela ouve o professor Ongent lendo esse livro para ela, notas de divertimento tocando em sua voz em contraponto ao texto, cobrindo cada frase com perguntas que não era feitas: *você tem certeza de que confia nisso? Onde está a prova? Que suposições está fazendo sobre o passado?* Ela se perde no livro, muito embora já o tenha lido centenas de vezes. Ela se esconde tão profundamente no livro, refugiando-se atrás dos desenhos a tinta das igrejas perdidas e das fundações em camadas da cidade, que não percebe nenhum barulho nos cômodos abaixo dela até que seja tarde demais.

A porta se abre com um rangido, e a mão do homem se fecha sobre sua boca. É Lynche — um dos ladrões de Sinter — ela o reconhece enquanto ele a arrasta escada abaixo. Eles passam pela carnificina da sala de reuniões, passando por cima de corpos. Isil está lá, uma faca no coração. Outro cadáver ao lado dela, com o rosto derretido por algum pó alquímico. Atordoada, Eladora não consegue reunir a coragem nem para lutar nem para correr. Os horrores a atropelam, como se ela fosse apenas um espelho que os reflete, mas não os contém.

Em algum lugar no andar de cima da casa, ela ouve gritos, tiros, um grito de dor. Lynche a apressa, olhando para trás como se esperasse uma perseguição, mas ninguém aparece em socorro dela. Eles saem para o ar noturno, e há uma carruagem esperando por eles, puxada por um par de raptequinas em arneses. Lynche a empurra. Há duas outras pessoas na carruagem. Uma é uma mulher tatuada; o rosto dela está manchado de sangue que secou no nariz e na boca. Sua cabeça balança para trás e para a frente, seus olhos estão vazios. O outro é um homenzinho que pega a mão de Eladora e lhe pede desculpas.

— Agora, garota, você não quer fazer nada tolo como fugir, compreende? As ruas não estão seguras especialmente nesta noite, dentre todas as outras noites.

Ele se inclina e fala com Lynche.

— Certifique-se de que estejam todos mortos. Ninguém no nosso encalço, sim? Bom rapaz. — Lynche abaixa a cabeça, saca uma arma, e volta para a casa labiríntica de Sinter.

O homenzinho bate no teto e a carruagem parte com um sacolejo. A mulher acorda também. Ela lambe os dentes manchados e gesticula para as janelas com os dedos estendidos. Forças invisíveis estalam contra o vidro. Um feitiço de proteção.

— Vou sentir falta desta cidade — diz o homem, olhando para as ruas escuras do lado de fora. Eladora vislumbra incêndios, vê formas escuras se movendo, formas que poderiam ser tanto figuras correndo, como poderiam ser outras coisas. Mais tiros à distância atrás deles, e ela imagina que Sinter esteja morto, ou Lynche, ou quem sabe os dois.

— Não é... culpa sua — diz a mulher. A tensão de manter o feitiço é evidente; manchas roxas de luz fulguram dentro de seus olhos, deixando pequenas marcas de queimadura na esclera, e seu nariz começou a escorrer sangue novamente.

— Ah, eu tentei, Myri. Eu tentei.

O homem enfia a mão na jaqueta surrada e tira um amuleto numa corrente de prata. Ele o deixa pender do dedo por um momento, segurando-o como um cristal radiestésico, e depois o enfia de volta no bolso.

— Aqui estamos — diz Heinreil. — Uma última parada, e estamos conversados.

Ratazana é a única coisa viva no cortiço.

Como ele sabe disso, não consegue articular. Mas tem certeza. Ele sabe que a feitiçaria desencadeada pelos Rastejadores no resgate de Heinreil matou dezenas de pessoas, que os bichos que são seus homônimos jazem frios e retorcidos atrás das paredes e tábuas do assoalho, destruídos pela onda de choque psíquica dos feitiços. Ele sabe que todos os sobreviventes fugiram, deixando para trás um matadouro.

Ele abre caminho entre os corpos com seus cascos, pisando sobre poças de cera derretida. Ali, na parede, uma mensagem escrita em giz. ESTE É O ÚLTIMO. Ele fareja. O perfume de Heinreil, embora o cheiro não agite mais nada nele. Ele está além de rancores mesquinhos agora.

Faz uma pausa em frente a uma figura de cera quebrada e pega o rosto quebrado e derretido da Senhora de Guilda Rosha. Com seus novos sentidos, ele consegue sentir um fio de simpatia que vai se desvanecendo, um cordão de magia que conecta esse avatar alquímico ao que resta da mulher que fez isso. Assim como ele, ela mudou sob a pressão oblíqua do divino, tornando-se algo novo.

Ele joga o rosto de Rosha fora. O pensamento abstrato se acomoda de modo desajeitado em sua mente. Uma fome, uma fome literalmente espiritual, assume a precedência.

Está na hora de comer.

Ele abre o crânio de um cadáver. A caixa torácica de outro. Farejando o terceiro — o corpo de uma batedora de carteiras —, ele resolver comer apenas as mãos, arrancando a carne delas como uma asa de galinha. As mãos da garota eram lindas sob a sujeira e os calos, ela vivia de sua destreza. Mesmo que o feitiço do Rastejador a tenha atingido e matado, Ratazana sabe que ela se enroscou toda para proteger suas preciosas mãos.

A maior parte da alma dela estava em suas mãos. Agora está em Ratazana.

Mudança gera mudança, como um colapso de túnel. Uma pedra caindo torna-se uma chuva de terra, que se torna uma avalanche que enterra uma cidade subterrânea inteira. Quanto mais ele come, mais faminto vai ficando. Mudanças que geralmente levam séculos para um carniçal passam por ele em minutos enquanto ele se banqueteia com a substância das almas. Ele para de vez em quando para vomitar uma torrente de carne e osso, enchendo e purgando seu estômago mais vezes do que consegue contar. Sua fome não é de carne, mas de alma, e a carne pode ser descartada. Ainda assim, ele retém mais do que ele põe para fora. Ele passa pela fase feral de carniçália num banquete grotesco de carniça fresca.

Seu crânio racha e se modifica. Seu corpo incha. Agora todo o prédio treme com os passos de seus cascos, e os chifres roçam contra o teto. Uma luz cadavérica se forma em seus olhos amarelados.

Suas orelhas coçam. Irritado, ele coça uma delas e ela descama e cai no chão.

Agora ele consegue ouvir claramente, ouvir o uivo de seus irmãos sob o Morro do Cemitério. Os lamentos deles traduzem um sofrimento terrível. Um inimigo trouxe a morte até os que não morrem. Os Rastejantes declararam guerra contra os carniçais e chacinaram os anciões.

Este conflito tinha demorado a chegar. Carniçais e Rastejantes se alimentam dos mortos da cidade. Carniçais são psicopompos, consumindo cadáveres e carregando as almas dentro deles para o submundo, retirando apenas uma fração de sua energia espiritual e dando o resto aos seus anciões. Os vermes são mortos inquietos, consumidores, capturam a alma inteira. Ambas as facções são parasitas na cidade de cima, aproveitando de sua infinita generosidade de cadáveres que não devem ser dados aos deuses loucos e hostis.

Mas os Rastejantes foram mais longe. Eles atingiram não apenas os carniçais, mas a prisão que eles guardam. A igreja envia seus mortos pelos poços de cadáveres como pagamento pela vigia que os carniçais fazem da prisão dos Desfiadores. Agora essa vigília acabou e o inimigo está à solta.

O cérebro refeito de Ratazana não tem capacidade para sentir medo. Ele reconhece a ameaça dos Desfiadores com um distanciamento divertido.

Ele pega outro cadáver. Um homem, velho e gordo, sua barba fina queimada em cinzas por algum feitiço, suas entranhas derramadas. Tammur, sussurra uma parte dele que ainda se lembra. Ele puxa essa memória, examina-a sem nenhuma emoção, racionalmente, como um legista examinaria um corpo. O corte mais nobre da alma de Tammur, seu resíduo, estará na língua, ele deduz, e no fígado. Ele retira o osso do maxilar com uma mão e lambe a língua. Suas garras, mais afiadas que facas, encontram o fígado. Ele consegue vê-lo sob a pele, pulsando e grávido de energia espiritual acumulada.

Ele o adiciona ao seu próprio estoque inchado e passa para o próximo prato da festa.

Enquanto escolhe a carcaça de uma criança, ele ouve passos pesados. O raspar de uma perna meio manca. Tem cheiro de pó de pedra e o sabor ácido de alkahest. E, ali perto, uma voz nervosa e estridente. O farfalhar de tecido.

Bolsa de Seda e Mastro.

O Homem de Pedra entra na sala, faz um barulho com a boca. Ratazana tenta se lembrar de como a fala humana funciona, mas as memórias de linguagem jazem no fundo de seu cérebro, enterradas sob o acúmulo da substância das almas de incontáveis mortos. Sua língua agora está comprida, parecida com uma cobra, adaptada para lamber a massa cinzenta dos crânios e sugar medula dos ossos, não para falar. A jovem carniçal — mais velha que ele, pelo que se lembra — conhece os costumes da superfície.

Ela falará por ele, ouvirá por ele. Ele estende sua alma inchada e assume o controle dela, assim como o carniçal mais velho fizera com ele.

— Ratazana... É você? — pergunta Mastro.

— EU O CONTENHO. — Ele faz Bolsa de Seda rir, muito embora o rosto dela seja uma máscara de horror atrás dos véus. — ELE ERA... MUITO PEQUENO.

Mastro faz um gesto na direção dos ossos empilhados e do corpo transformado de Ratazana.

— Por quê?

Ratazana se estica e fica de pé. Agora ele está mais alto que Mastro por quase um metro. Segue na direção dos destroços da porta.

— EU... MINHA ESPÉCIE JUROU GUARDAR OS PORTÕES DA PRISÃO. AGORA OS PORTÕES ESTÃO ABERTOS, E O INIMIGO ESTÁ A SOLTA. ELES VÊM EM BUSCA DE SEUS MESTRES, OS DEUSES DE FERRO NEGRO. — Com um golpe sem esforço de uma garra pesada, ele joga a porta para o lado e sai para a cidade. Mais uma vez, fala através de Bolsa de Seda: — A ARAUTO DELES DEVE SER DESTRUÍDA. ELA É A CHAVE. QUANDO ELA ESTIVER MORTA, VOLTAREI PARA O REINO INFERIOR E AGUARDAREI O TRIBUTO DA MEDULA. DIGA A QUEM QUER QUE

ESTEJA GOVERNANDO EM CIMA, SEJA SACERDOTE, REI OU MAGO, QUE O TRATO ESTÁ DE PÉ E OS CARNIÇAIS CUMPRIRÃO A SUA PARTE.

Bolsa de Seda suspira sem fôlego e acrescenta em voz baixa:

— Mastro! Me ajude! Eu vou matar Cari!

Confuso por um momento com a mudança, Mastro olha para Bolsa de Seda e, naquele instante de distração, Ratazana pula, e suas pernas com cascos o levam para um telhado em um único salto.

A cidade é estranha para ele, banhada pelo brilho tão penetrante da luz das estrelas, cheias de aromas alienígenas, pulmões cheios de fôlego. Hordas de gente viva em vez de cadáveres empilhados, suas medulas quentes e frescas. Os edifícios também são como seres vivos, uma infestação de arquitetura. Seu mapa mental da cidade é uma confusão, misturando lembranças de trezentos anos atrás, de travar uma guerra nas ruas, com as experiências mais recentes do próprio Ratazana, todas cobertas por uma pátina de memórias e emoções consumidas. O carniçal deixa sua porção Ratazana assumir a liderança, invocando o conhecimento do garoto sobre a cidade e sua presa.

Cari fugiria na direção do mar. Do mar ou talvez do covil que ela compartilhou com Mastro. De qualquer maneira, ela teria cruzado o canal, passado por Água de Fossa. Ele segue, inspirando em rajadas que mais parecem furacão de ar noturno, vendo o perfume dela.

Pronto.

Ele se esconde num manto de feitiçaria, tornando-se invisível enquanto corre de telhado em telhado, movendo-se mais rápido que um trem.

Norte, do outro lado da cidade, ele consegue sentir o cheiro do inimigo escapando das profundezas. Deslizando pelas grades e porões de esgoto. Assumindo rostos e formas, as primeiras vítimas desta nova guerra. Os Desfiadores estão em Guerdon. Ele ouve seus chamados estranhos através do éter, suas orações queixosas ao procurarem sua suma sacerdotisa, a Arauto que trará de volta seus deuses criadores.

Mas ele está mais perto da presa e a matará primeiro.

CAPÍTULO TRINTA E TRÊS

— Você se parece com sua prima — nota Aleena. Cari se surpreende com isso; a última vez que alguém disse algo assim, ela tinha seis anos e Eladora, sete. — Como você a conhece?

— Ah, eu tenho meus jeitos. Aliás, ela está segura. Ou pelo menos tão segura quanto qualquer um de nós, o que é inseguro pra caralho. — Aleena avista um braço de cera ainda animado, conectado a um pavio aceso por um fino fio de matéria. Ela o esmaga com a bota. — O que você fez a noite passada?

— Nada.

— VOCÊ NÃO ME ENGANA, FILHA DAS TREVAS — avisa Aleena. Sua voz rola pelas paredes do beco e martela Cari da mesma forma que o ataque psíquico dos sinos. Cari cambaleia e cai com metade do corpo na lama. O sangue explode do nariz e da boca. — MERDA, DESCULPE. PORRA, VOCÊS QUEREM SAIR FORA E ME DEIXAR FALAR normalmente? Deuses inferiores, santidade é uma puta duma maldição do caralho, não é não?

— Você... — diz Cari, ainda meio atordoada.

— Sim. A porra da Santa Aleena, essa sou eu. Mas meus deuses não saem por aí matando pessoas, a não ser que elas mereçam. Me diga, garota, você merece? — Aleena coloca a ponta da espada no peito de Carillon, espetando a pele bem em cima do coração. — O que você estava fazendo ontem à noite? — ela pergunta novamente.

— Meu amigo Mastro... ele é um Homem de Pedra. Foi envenenado. Estava morrendo por conta disso. Nós tomamos o poder dos Deuses de Ferro Negro e o curamos. — Cari limpa a boca. — Eu não pedi isso, tá ok? Eu nunca quis voltar aqui e nunca quis que um monte de sinos do mal começasse a gritar comigo de repente. Mas me viro do jeito que posso.

A espada de Aleena arde com um fogo repentino. Cari grita quando a lâmina quente chamusca sua pele, mas Aleena gira e joga a espada do outro lado da trilha de gado. Ela bate na parede oposta e vai aterrissar numa poça de lama. O vapor sobe da água borbulhante.

— Porra, eu não vou matar ela, entendam! A menos que seja absolutamente necessário, caralho! — Aleena grita para o céu. — Idiotas estúpidos. Eu não quis fazer isso, viu? — ela diz para Cari. Ajuda-a a se levantar, passa a mão nas marcas de queimadura no peito... e habilmente pega a adaga de Cari, com a sutileza de um batedor de carteiras.

— Ei!

— Não vou te matar. Mas também não vou deixar você fazer nada imbecil. — Aleena agarra Cari pelo braço e levanta a mulher mais jovem como se fosse uma boneca. — Você diz que isso não é culpa sua, e é muito justo. Mas os alquimistas querem você para as bombas divinas deles, e isso significa que não posso deixar você ir. Eu vou te levar para a igreja, certo? Para um homem chamado Sinter. Agora, você já viu ele antes. O filho da puta tentou matar você anteontem na universidade.

Cari se lembra do homem feio e de seu cúmplice que a capturaram. Ela estaria morta se não fosse a aparição repentina de Miren.

— Me escute! — sussurra Aleena. — Ele não vai te machucar. Eu não vou deixar. Você está sob minha proteção, desde que eu consiga dar conta. Mas isso significa que você não vai fugir nem desaparecer de novo, certo? Nem fazer algo realmente idiota, como tentar me espetar com essa faquinha aqui. A outra opção é que eu te machuque agora, te nocauteie ou quebre suas perninhas magricelas para impedi-la de escapar, e eu não quero fazer isso. O que vai ser?

— Eu... — começa Cari.

— Ah, aliás, eu consigo saber se você estiver mentindo, porra.

— Eu vou! Só não quebre meu braço!

Aleena a solta novamente.

— Viu? Não é tão difícil. Vamos, esses merdinhas de cera estão por toda parte hoje à noite. — Ela devolve a faca a Cari.

Cari cuidadosamente toca a queimadura no peito.

— Bombas divinas... Rosha disse algo sobre elas. Eu ia perguntar a Ongent sobre isso. Eu os vi derretendo os sinos de Ferro Negro. Estão fazendo armas que matam deuses, certo?

— Sim. Que se foda, e o mundo poderia ficar muito bem com menos deuses também, se você quer minha opinião. Mas são os alquimistas, e eu não confiaria...

Aleena vai parando de falar e olha de volta para a trilha de gado. A escuridão atrás deles está se movendo. Alguém grita, ao longe, um grito que não é exatamente cortado de repente, mas é repentinamente alongado, distorcido em um lamento que cai em silêncio.

Ambas as mulheres são santas. Ambas são divinamente abençoadas com percepções além do meramente humano. Ambas, porém, servem a divindades mutiladas ou aprisionadas. As divindades de Aleena são Deuses Guardados, deidades mantidas fracas, famintas e confusas. Cari é a santa escolhida dos Deuses de Ferro Negro, e eles estão presos e limitados em uma forma quase material. Se qualquer uma delas fosse santa de outro deus, se qualquer uma delas fosse uma das personificações sobre-humanas da loucura e ira divinas que combatem na Guerra dos Deuses, então a escuridão não seria impedimento para os olhos (se ainda tivessem olhos) e saberiam, com a certeza da onisciência, o que estava vindo na direção delas.

Para Aleena, a maré das trevas corre com bile e medo. É tudo repugnante, tudo que deve ser destruído. Sua mente é inundada com as memórias de outros santos, outros heróis de Guerdon. Ela se lembra de marchar com o exército camponês trezentos anos antes, impulsionada pela força desesperada dos deuses. Fora-lhe concedida a força para derrubar as antigas muralhas, o fogo para queimar seus inimigos. Ela se lembra de passar a cidade no fio da espada. Lembra do lugar agora chamado Praça da Misericórdia.

Para Carillon, não é escuridão. As coisas que rastejam ali são seus filhos sem rosto, seus irmãos disformes. Eles brilham com uma luz sobrenatural, rostos roubados nadando das profundezas apenas para serem descartados novamente. Eles são suas facas, feitas para descascar a carne inútil e confinadora de seus adoradores. Já estão manchadas de sangue, mas prontas para cortar através da cidade. Guerdon está gorda e madura para a matança, todas aquelas almas carregadas com a força de que os deuses precisam para se libertar de suas prisões e se recriar. Tudo o que ela precisa fazer é aceitar o poder que eles oferecem.

— Desfiadores — diz Cari. — Corra. — Ela puxa o braço de Aleena. A outra santa agarra a espada caída, que brilha ainda mais por um momento. Ela hesita um instante, depois embainha a espada e assente.

— *Corra* — Aleena concorda.

Elas descem a trilha de gado, de mãos dadas. Sempre que Carillon escorrega ou vacila, Aleena a arrasta para frente. Passam cambaleantes por cima de detritos, de paredes quebradas, ainda caminhando para a segurança da Praça Água de Fossa.

Atrás delas, os Desfiadores se espalham ou se subdividem, se que é existe uma distinção entre as duas ações para os horrores disformes, que entram deslizando em todas as portas e janelas na busca cega por sua senhora desaparecida. Vão devorar quem encontrarem, Carillon sabe, comer as pessoas para que possam aprender a criar olhos para procurar por ela, línguas para perguntar a seu respeito, rostos por trás dos quais se esconderem enquanto procuram por ela. A devoção deles é pior que a malícia dos Homens de Sebo.

Aleena encontra uma porta, abre-a com um chute tão forte que a moldura se quebra em lascas e a fechadura se reduz a uma ruína retorcida.

— Porra de merdinha vagabunda — ela reclama na voz de um anjo. Elas sobem correndo, atravessando um labirinto de corredores estreitos cobertos de grafites. Rostos pálidos olham para eles confusos, gritam impropérios ou coisas obscenas até verem a espada de Aleena.

— Entrem! — ruge Aleena. Alguns deles ouvem, ainda que isso de nada adiante para eles. Cari estremece. O que é uma porta de madeira contra um Desfiador? Se seus perseguidores quiserem, podem consumir todos os seres vivos na Praça Água de Fossa em questão de minutos.

Elas sobem e viram, sobem e viram, cortando atalhos sobre passarelas estreitas suspensas a 15 metros acima dos becos, cobrindo as lacunas entre os edifícios. Daquela altura elas podem ver grande parte da cidade. Há incêndios queimando por Guerdon, marcando de forma aproximada os limites do Arroio. Mais incêndios e fumaça no Morro Santo.

Cari para e respira fundo.

— Para onde estamos correndo?

— Sinter — insiste Aleena. — Ele é... ah, merda. Por aqui. — Ela aponta para o Morro Santo, mas há um caos entre lá e a Praça Água de Fossa. Chamas pontuais — Homens de Sebo, em grande número — e as explosões de armas alquímicas. Talvez elas consigam chegar lá. Talvez não.

— Você já tentou mandar essas coisas se foderem? Você é a santa dos Bastardos de Ferro Negro, então os lacaios deles deveriam te obedecer. — Aleena agarra Cari e aponta para um Desfiador deslizando pelo beco abaixo. — Experimente.

Cari olha para o Desfiador e sussurra um comando para ele, ordenando que pare. Ela pode sentir isso com a mente, uma presença deslizante e escorregadia. Seus pensamentos deslizam pela coisa, mas não conseguem se fixar nela.

— Estou tentando — ela sussurra para Aleena. — Está...

O Desfiador se contorce e salta, seus membros líquidos subindo a parede de tijolos de Água de Fossa, escalando a distância de 15 metros entre beco e passarela num piscar de olhos. Cari puxa a faca e investe, mas a lâmina não surte efeito no monstro. Um tentáculo ataca, afiado como uma navalha, cortando Aleena. Ao mesmo tempo, uma dúzia de rostos brotam da massa central do Desfiador e uma dúzia de bocas falam em uníssono, gritando para Carillon em um idioma que ela não reconhece, mas, horrivelmente, entende.

MÃE / IRMÃ / DEUSA / ARAUTO / ESCRAVA! POR QUE VOCÊ ESTÁ FERIDA/ DESFIADA? EXISTE UM BURACO NO SEU CORAÇÃO! ONDE ESTÁ A PLENITUDE DE VOCÊ? Ela pensa no amuleto pendurado na mão de Heinreil.

A espada de Aleena arde quando ela a balança em um arco, rápida como um raio, afastando o Desfiador antes que ele pudesse se agarrar à ponte. O tentáculo ataca o flanco dela, cortando sua armadura com facilidade, mas deslizando em sua pele divinamente endurecida. Ainda assim, o sangue de Aleena respinga na madeira, misturando-se com o icor preto do Desfiador ferido.

— Por aqui — insiste Aleena, empurrando Cari ponte adentro. Cari segue cambaleante até o telhado adjacente, olhando para trás bem a tempo de ver Aleena pulando no beco. Uma luz branca brilha lá embaixo, e o Desfiador grita com uma dúzia de vozes.

Cari corre pelo telhado, encontra uma porta aberta e a atravessa correndo. Ela está correndo às cegas, embora as memórias de suas visões divinas lhe deem o layout do edifício, uma pátina de conhecimento roubado. Ela sabe que se pegar a ramificação esquerda daquele corredor do sótão, vai dar numa escada que desce ao nível do chão. Ela sabe que um mendigo morreu congelado no beco ali fora na semana passada, conhece a sensação de calor anormal quando você já não sente seus dedos, depois suas pernas, depois seu peito. Ela sabe que a família que morava atrás da porta pela qual acabou de passar é de Lyrix e teve que se exilar quando sua matriarca-dragão foi derrubada numa das infindáveis intrigas daquela terra. Ela sabe tudo sobre eles, mas não sabe se ainda estão vivos: suas informações estão dois dias desatualizadas, e a cidade mudou muito nesse tempo.

Elas saem na rua. Cari pensa que poderia continuar, se perder no Arroio, mas descarta a ideia. Ela não pode fugir disso: não há lugar no mundo que seja suficientemente distante para se esconder de todos os poderes que a querem morta, ou pior que morta. Os Homens de Sebo, os Desfiadores, aqueles feiticeiros vermes... Cari percebe que, se corresse, estaria rezando para que um dos assassinos de Heinreil a encontrasse, lhe desse uma morte humana em vez de algum horror por ordem divina.

Isso supondo que ela ainda possa ter algo parecido com uma morte natural. Ela consegue sentir os Deuses de Ferro Negro nas margens de sua mente, alcançando-a no meio do pânico que os sufoca. Tentando arrastá-la para baixo com eles. A própria alma de Cari está exposta.

Ela vira à esquerda, corre ao redor do prédio, mantendo-se nas sombras. Ela pode ouvir a respiração pesada de Aleena no beco, grandes bufadas de ar como um cavalo depois de um galope. O Desfiador a está cercando, um monstro que é um anel de lâminas. Cari tem sua própria faca, mas o que ela conseguiria fazer? Armas comuns não parecem ferir os Desfiadores.

Irmã, a coisa a chamou. Ela tem muitos cortes pequenos nas mãos de tanto escalar paredes e escombros. Aperta um e o sangue jorra, preto na penumbra. Ela pega a faca e pinga sangue sobre a lâmina.

Aleena agarra uma roda de carroça quebrada e, segurando-a como um escudo à sua frente, avança em direção ao Desfiador. Os tentáculos do monstro cortam pedaços da roda, mas ela está cercada por ferro e isso a mantém segura, e os tentáculos comparativamente frágeis murcham e queimam quando a espada ardente de Aleena se aproxima deles. O Desfiador muda de forma. Recolhe-se, reunindo-se numa só massa central. A forma da criatura é roubada. Cari vislumbra o contorno de uma velha, dobrada e desgastada, no meio de tantos dentes e tentáculos que se contorcem. Tentáculos mais grossos e fortes brotam desse núcleo, resistentes o suficiente para sobreviver às chamas de Aleena.

Um golpe despedaça a roda da carroça e faz Aleena cair sobre um dos joelhos.

Mas agora Cari tem um corpo para apunhalar pelas costas. Ela se lança para a frente e enfia a faca ensanguentada, e isso dói. O Desfiador grita, mais de surpresa que de dor, mas Aleena pega a abertura e a espada de fogo penetra. O Desfiador queima como uma teia de aranha.

— Vai ser um belo de um passeio, ir até onde Sinter está — murmura Aleena. A bravata já se escoou inteira de sua voz, e ela está mancando agora, favorecendo desajeitada o pé direito. — Se temos que lutar contra esses bastardos a cada passo do caminho. — Ela vê a faca ensanguentada, revira os olhos. — Elegante.

— Você ouviu ele falar — pergunta Cari — quando pulou em cima de nós?

— A coisa gritou. Aquilo era alguma língua?

— Pelo menos eu consegui entender. Porra, sei lá. Disse que eu estava incompleta, e acho que sei do que ela estava falando.

Aleena bufa.

— Continue.

— Tem esse amuleto. Eu ganhei ele da minha... eu sempre o tive, desde que me entendo por gente. Heinreil... você conhece Heinreil, o mestre dos ladrões? — Um aceno afirmativo com a cabeça. — Ele o roubou de mim quando cheguei. Acho que o amuleto está conectado aos Deuses de Ferro Negro de alguma forma. — Cari gesticula com as mãos, desejando ter as palavras certas. — Talvez seja por isso que eu estou incompleta. Talvez, se eu tivesse o amuleto novamente, pudesse fazer algo a respeito de tudo isso.

— Um amuleto. Preto, mais ou menos deste tamanho — Aleena faz um gesto com os dedos —, mais pesado do que deveria ser?

— Você o viu?

Aleena sorri com exaustão.

— Não faz muito tempo, e não com os meus próprios olhos. Mas, sim, você tem razão. O amuleto está conectado com os Deuses de Ferro Negro. Heinreil está com ele. Onde ele está?

— Eu não sei — diz Cari —, mas podemos encontrá-lo.

Ela aponta para o sul. Sobre os telhados dos terraços baixos, a torre de São Vendaval se ergue à beira do porto.

— É uma péssima ideia — diz Aleena. — Mas que se foda, vai na frente.

A carruagem leva Eladora e seus captores para o lado leste do Morro do Cemitério. Está quieto ali, entre os túmulos desabitados. A parte sudoeste do Morro do Cemitério foi colonizada e recuperada pelos vivos, mas ali nos distritos do leste há monumentos aos mortos vazios e silenciosos.

Os túmulos modernos são cenotáfios, é claro. Os mortos de igreja dos Guardiões, que até recentemente eram todos os mortos de Guerdon, não são mais sepultados como eram nos séculos passados, tampouco são cremados; cremação é uma honra agora reservada para os sacerdotes, certos heróis e líderes cívicos. Os corpos comuns são entregues aos cuidados da igreja, que os dispõe em "ritos de desencarnação" eufemísticos. A maioria das pessoas nunca investiga a fundo, pois quem quer pensar nos poços de cadáveres que jogam sua carga horrenda nas profundezas?

Embora os túmulos estejam vazios agora, eles são um lugar para lembrar os mortos e prestar homenagem — e outra modalidade de competição entre as famílias ricas e as guildas. Heinreil conduz as duas mulheres por um caminho de cascalho branco, passando por enormes monumentos de mármore estampados com símbolos de guildas e brasões. Escadas cobertas de hera que levam aos túmulos de reis esquecidos.

— Por aqui — ele diz —, eu acho. — Ele as leva ao longo de uma ramificação do caminho que passa por entre salgueiros e conduz à sombra da rocha pendente acima. *Ele parece um enlutado*, Eladora pensa meio zonza, *com os ombros caídos, as roupas pretas e o rosto triste*. Sequestradores deviam parecer mais cruéis do que aquele homenzinho infeliz.

O tempo todo, Myri fica perto de Eladora. Às vezes, a feiticeira parece tão doente e exausta que está prestes a cair. Suas tosses deixam suas mãos manchadas de sangue e fuligem, e sua pele descama em alguns lugares: descasca ao redor de suas tatuagens, deixando-as perfeitamente intactas e visíveis contra as feridas e a pele em carne viva. Mas ela ainda é perigosa. Feitiçaria letal desliza entre seus dedos e se enrosca ao redor de seus pulsos como cobras elétricas, sibilando para Eladora sempre que ela pensa em fugir.

— Não falta muito — diz Heinreil. — Quer minha bengala? — ele acrescenta, falando com Myri. Ela balança a cabeça.

— Para onde estamos indo?

— Myri e eu estamos saindo da cidade, lamento dizer. Um homem tem que saber quando sair da mesa, e minha sorte acabou. Eu voltarei, talvez, daqui a alguns anos. E você, você vai garantir minha aposentadoria e a promessa de uma passagem segura. Você e isto. Prata pisca por um instante na mão: um amuleto. O amuleto de Cari.

— Eu não vou lhe dizer nada. Não vou ajudar...

— Criança, não há nada que você saiba que eu não saiba, exceto um bocado dessas bobagens acadêmicas.

O caminho vira para a esquerda e depois novamente para a esquerda, bruscamente. Eles emergem em um pequeno afloramento de rocha no ombro do Morro do Cemitério. A vista é espetacular — dali, é possível ver a maior parte da cidade velha. O Morro do Castelo bloqueia a visão que Eladora poderia ter da Ponta da Rainha, mas ela consegue ver o Morro Santo à esquerda com suas catedrais brilhantes, a marginal Cintilante e mais além, as fumaças dos alquimistas, e há o coração da cidade, a rua da Misericórdia, a Praça da Ventura e o Mercado Marinho, e a mancha feia do Arroio.

Ela percebe que já viu essa vista antes. Era jovem, muito mais jovem. A sombra da sensação de segurar a mão da mãe, o cheiro de incenso.

Ela se vira e olha para o túmulo mais próximo. Ele foi construído num recuo da parede do penhasco, imponente porém reservado. A maior parte dele está enterrada na pedra das fundações da cidade, invisível, mas ainda profundamente presente. Gravado acima da entrada, um símbolo que Eladora via quase todos os dias quando criança: a insígnia da família Thay.

Heinreil agarra seu braço e a empurra à frente dele, na direção da tumba. As portas se abrem quando eles se aproximam, e Eladora dá um grito quando vê os dois rostos mascarados esperando na escuridão. Rastejantes. Vermes deslizam das órbitas oculares de suas máscaras brancas e rastejam debaixo de seus capuzes.

— Tenho negócios aqui — insiste Heinreil. A mão dele aperta o braço de Eladora até doer; tão perto assim do homem, ela pode ouvi-lo respirando superficialmente, sentir seu coração batendo loucamente. Ele está tão assustado quanto ela. A outra mão penetra de mansinho sob o paletó e se fecha sobre o amuleto no seu pescoço. Atrás dele, Myri balança para frente e para trás murmurando, o cheiro de enxofre enchendo o ar enquanto ela se envolve algum tipo de competição mágica invisível com os Rastejantes.

— Você está sendo esperado — diz um dos homens-verme. Ela não sabe dizer qual deles falou, ou se foram os dois em uníssono, ou quem sabe talvez exista apenas uma criatura ali, dividida em duas pilhas de vermes toscamente humanoides. Os Rastejantes recuam para a escuridão.

— Não quero chegar atrasado para este compromisso. — Heinreil a empurra limiar adentro, para a escuridão da tumba. Está muito mais frio ali. Seu pé desliza no chão viscoso. — Continue, sempre em frente — ordena Heinreil. — Eu estou enxergando, eu guio você.

Eladora avança cegamente na escuridão impenetrável, a mão livre estendida à sua frente. Ela roça num canto, encontra o caminho pelo corredor central e começa a descê-lo. Ela esteve ali quando criança, depois da morte dos Thay — depois que Aleena e os outros santos os assassinaram, ela agora sabe — mas não consegue se lembrar do layout da tumba. Ela tinha que cuidar de Cari, ela lembra, uma criança cuidando de um bebê de colo no meio dos túmulos.

— Não era para ser assim — Heinreil sussurra em seu ouvido. — Se quiser culpar alguém por estar aqui, culpe os alquimistas. Culpe Rosha. Tínhamos tudo acertado, ela e eu, e então ela se virou contra mim. Maldição, você não pode confiar em um feiticeiro, eu devia ter me lembrado disso. Todos eles têm cabeças cheias de deuses e magia; sabe, não se pode confiar que eles ajam de forma sensata. Não se pode confiar neles para os negócios. Nem mesmo em Myri, receio eu.

— Você vai me enterrar aqui? — pergunta Eladora. Em algum momento, a mão de Heinreil em seu braço se deslocou e agora eles estão de mãos dadas, do jeito que ela segurou a mão de sua mãe na última vez que esteve ali. Ela quase consegue sentir o cheiro da mãe, e os murmúrios misteriosos de Myri atrás deles se fundem em impressões meio lembradas de orações e cânticos de luto.

— Enterrar você? Onde está o lucro nisso? Estou vendendo você, receio; você e esse amuleto valem muito hoje à noite. Lei da oferta e da procura, embora a outra compradora em potencial tenha saído da disputa com base na tentativa de me transformar numa merda de uma vela. Aqui há degraus… isso, pronto.

Ela se lembra dos degraus. Eles descem até a cripta, para o monumento aos Thay assassinados, vazio de todos aqueles cadáveres massacrados e destruídos.

— Claro, era a jovem Carillon que deveria estar aqui — continua Heinreil. — Eu pensei que ela era apenas uma punguistazinha quando ela apareceu; tirei o amuleto dela para lhe ensinar uma lição sobre a lei da guilda. Você não rouba de mim, entende? O amuleto, porém, ela disse que não roubou, que ganhou da mãe. Eu fiz algumas escavações, algumas divinações, cheguei até a ir à Casa da Lei para procurar os registros cívicos. Todos aqueles vigias e magistrados, para não mencionar Jere Taphson, correndo por aí, e nenhum deles me reconheceu. Na verdade, eu não sabia o que tinha, não até Nove Luas tentar roubar de mim o amuleto no carteado. Foi isso que me trouxe aqui.

Ele para sem aviso prévio e a empurra para a esquerda. Ela tropeça na escuridão. Uma porta se fecha atrás dela e Eladora está sozinha na escuridão total. Ela se joga contra a porta, e a encontra trancada. Ela raspa os dedos nela e nas pedras ao redor. O aposento em que está é pequeno, grande o suficiente para ela e um pedestal pequeno com um pequeno caixão. Deuses inferiores, eles a trancaram na tumba de uma criança, alguma antessala antiga da cripta principal.

Ela não grita. Está atordoada demais. Cambaleia de volta para a porta, pressiona a orelha contra ela. Consegue ouvir vagamente a voz de Heinreil, mas não consegue entender as palavras.

Uma eternidade se passa na escuridão; cem batimentos cardíacos. Então ela ouve passos do lado de fora novamente, grunhidos abafados de esforço. Heinreil e Myri, carregando algo pesado entre eles, labutando sob o fardo. Heinreil faz uma pausa fora da porta, bate nela com um joelho.

— Não sei se serve de consolo, senhorita, mas peço desculpas.

E então ele se foi. Ela quer gritar para ele, implorar que a leve junto, mas ela não vai desmoronar assim. Não sabe por que está aqui, mas de repente percebe quem realmente tem culpa disso. Eladora Thay se ergue, com boa postura. Ela não consegue se ver, mas corre os dedos pelos cabelos emaranhados, limpa o rosto da melhor maneira possível. Os trajes de estudante que está vestindo não são as roupas mais apropriadas para tal reunião, mas é uma tumba, não a mansão em Bryn Avane.

Ela não está sendo vendida, está sendo mantida por um resgate.

CAPÍTULO TRINTA E QUATRO

A praça em frente à São Vendaval está lotada. Três Homens de Sebo, suas cabeças em chamas, compõem uma fila subindo os degraus da igreja, bloqueando a entrada. Cari vê o início de um andaime em uma das laterais do edifício, e trabalhadores lá no alto abriram um buraco apressado na pedra secular da torre do sino. Medo de danificar a divindade aprisionada no sino, talvez, ou de incitar a multidão já aterrorizada.

— Tem mais lá dentro — Cari sussurra para Aleena, apontando para uma janela de vitral iluminada por trás. São Vendaval, suas mãos protetoras guardando as frotas de Guerdon. Há outro Homem de Sebo dentro da igreja, talvez mais de um.

— Por aqui. — Aleena leva Cari pela multidão, na direção de uma casa geminada ao lado da praça. Tecnicamente, São Vendaval é parte do Arroio, mas aquele é um bairro gentrificado, onde vive a gente de melhores condições. É o Baixo Ponta da Rainha. A única vez em que Cari esteve aqui antes, ela tinha acabado de sair do barco, doente como uma cadela e reduzida a pedir esmolas e bater carteiras. Ela acha que talvez tenha pedido esmolas na mesma casa para a qual Aleena a está levando agora.

Aleena bate com força na porta.

— Hunnic, abra.

Uma trava é puxada para trás, depois outra. A porta abre uma fenda: um padre, feições suaves escondidas atrás de uma barba que não se encaixa bem na cara dele. Uma paralisia na mão, que treme com mais do que medo.

— Aleena, é você? Graças aos deuses! Entre, rápido, antes que eles vejam você.

Hunnic, Cari rapidamente deduz, é um dos padres da São Vendaval. Ele balbucia, uma avalanche de perguntas irrelevantes sobre Patros Almech, os Homens de Sebo e a guarda da cidade, mas Aleena o interrompe.

— Precisamos entrar na igreja. Subir até a torre do sino.

— Esses alquimistas malditos e seus Homens de Sebo. Eles são vândalos. Destruíram a torre! O que está escondido lá em cima?

— Um deus — diz Cari. Não faz sentido mentir para o homem agora.

— Não importa — retruca Aleena. — Precisamos subir lá, e estou cansada pra caralho, não vou conseguir dar conta de todas essas figuras de cera de uma só vez. Podemos pegá-los de surpresa?

— Há outra entrada para as criptas — diz Hunnic. — Ela sai bem na base da torre do sino. — Cari tinha deduzido isso. A cidade é toda atravessada por túneis antigos e trilhas de carniçais, o paraíso de um contrabandista, embora muitas dessas passagens estejam emparedadas ou fechadas com protegidas. Ela costumava pensar que a guarda fazia isso, para impedir que a guilda dos ladrões usasse as passagens subterrâneas. Agora ela sabe o que estavam tentando manter longe, e é tarde demais. Os Desfiadores já estão na cidade.

Hunnic lhes mostra a entrada da cripta. Depois de abri-la, faz um gesto na direção do beco, para a multidão.

— O que eu devo fazer? Eles ficam me pedindo para fazer os alquimistas abrirem a igreja. Estão aterrorizados. Mas eu não... quer dizer, aqueles Homens de Sebo não vão me ouvir.

— Honestamente — diz Aleena. — Leve-os até o porto. Há todas as chances de que todos em Guerdon estejam mortos no alvorecer. Fuja enquanto ainda pode. Pode ser que alguém ainda consiga escapar com vida.

*

Conforme prometido, a passagem leva através da cripta para um alçapão embaixo da torre do sino. Cari dá uma espiada, vê um Homem de Sebo patrulhando o interior da igreja, sente o cheiro de outro subindo a escada. Aleena a puxa de volta para baixo.

— Fique aqui. — E com isso ela sai, se movendo silenciosamente apesar de todo o seu tamanho e sua armadura. *Foda-se ela*, pensa Cari. Aleena pode dizer que está cansada, mas tem bênçãos divinas para mantê-la de pé. Força, velocidade, resistência e uma espada de fogo — santidade adequada, uma provinha da divindade, ao contrário das bênçãos de Cari, feitas de enxaquecas e visões indesejadas.

Mas ela poderia ter tudo isso, se deixasse os Deuses de Ferro Negro entrarem. Eles a exaltariam se ela deixasse; ela viu isso em visões. Em algum lugar, lá em cima na cidade, há todo um exército de horrores deslizando pelas ruas à sua procura, ansioso para fazê-la a rainha deles. Ela brinca com a ideia de deixá-los fazer isso, do mesmo jeito que ela costumava olhar para o oceano e pensar em pular ao mar no meio de uma tempestade. Todas as pessoas que querem controlá-la ou matá-la — Heinreil, os alquimistas, até Ongent — varridas no furacão de sua ira. A rainha tirana de Guerdon, bela e terrível. Fazer as ruas correrem vermelhas com o sangue de seus inimigos. Derrubar os Deuses Guardados e deixar os Deuses de Ferro Negro governarem mais uma vez.

Ela imagina o que aconteceria se cedesse; pelo que ela conseguiu entender, não sobraria muito dela caso se entregasse à santidade plena. Ela seria esvaziada por dentro como um Homem de Sebo, a alma consumida em sua união com os Deuses de Ferro Negro. Cari imagina Mastro olhando para ela com horror e decepção. Isso não pode acontecer. Então, continue lutando.

Ela se mexe, desconfortável; subitamente começa a pensar em Miren, e uma cripta fétida realmente não é o lugar para essas fantasias. Ele poderia aparecer de repente ali, tirá-la daquilo tudo, lembrá-la de que ela tem um corpo físico, reconectar carne e alma. Alguma parte de sua mente a pressiona, inundando sua mente consciente com lembranças daquela noite naquele sótão. As imagens afastam o frio da cripta, ajudam-na a afastar os pensamentos dos Deuses de Ferro Negro e do que Aleena disse anteriormente. *Todo mundo estará morto ao amanhecer. Fuja enquanto ainda pode.*

Sexo e morte; sexo como uma proteção contra o esquecimento. Ela preferiria se perder trepando com Miren do que passar por aquela terrível união espiritual novamente. O feitiço de Ongent quase a matou, e agora Aleena quer que ela tente novamente e sem todas as proteções mágicas. Ela certamente pode comandar os Desfiadores — tornando-se o que eles querem que ela seja. Eles se curvarão à sua deusa-rainha idiota, a marionete descerebrada dos Deuses de Ferro Negro. Ela não sabe se vai conseguir controlá-los em seus próprios termos.

O amuleto protegeu Heinreil das visões dela. Talvez, ela espera, ele a proteja dos deuses. Deve ser por isso que sua mãe o enviou para ela. Ela se pergunta onde ela conseguiu o amuleto. Talvez ela também fosse uma ladra, roubando algum templo antigo, antes de ser envolver com os Thay e seu destino sangrento. E se você só pudesse dar um presente à sua filha — e soubesse o que iria acontecer com ela, então certamente lhe enviaria alguma proteção. A personificação do amor de uma mãe, algo para protegê-la e ancorá-la contra a escuridão. É um pensamento reconfortante.

Ou ela poderia fugir. Sair de fininho da cripta e se juntar a Hunnic a caminho do porto. As únicas coisas que a mantinham na cidade eram Mastro, Ratazana e seu amuleto roubado, e o amuleto já está perdido para ela. Até onde ela sabe, Mastro e Ratazana também estão mortos, junto com seu esquema de se vingar de Heinreil roubando o controle da guilda de ladrões. Por que não partir? Ela fugiu de Guerdon anos atrás e nunca pretendeu voltar, muito embora às vezes se perguntasse a respeito de sua família e suas origens. Agora ela sabe mais do que suficiente, e não é nada bom. Ela poderia partir de novo.

Mas você pode saber, ela lembra a si mesma. Você pode descobrir se Mastro e Ratazana conseguiram sair daquele prédio. Você ainda pode encontrar Heinreil.

O alçapão se abre novamente. Aleena está parada lá. Ela raspa cera da lâmina de sua espada.

— Vamos lá, um dos bastardos gritou antes de eu chegar até ele, então podemos ter apenas alguns minutos antes que mais apareçam. Ou Desfiadores, aliás.

Elas sobem a escada em espiral estreita que serpenteia íngreme ao redor do núcleo da torre. Cari rapidamente perde a conta do número de passos. A torre é muito, muito mais alta que o modesto campanário da Sagrado Mendicante.

Aleena para quando estão quase no topo. Prepara sua espada, balança-a para avaliar a distância disponível para cortar a cabeça naquele espaço tão apertado.

— Caso tenhamos companhia — ela murmura —, vou ficar de guarda aqui. Você continua. Seja rápida pra caralho.

Cari emerge no ar frio. O vento assobia pelo buraco que os alquimistas explodiram na lateral da torre. Eles atravessaram parte do chão também, deixando apenas uma viga de madeira estreita sobre uma queda vertiginosa diretamente para o chão da igreja abaixo. O Sino de Ferro Negro ainda está intacto, mas eles enrolaram correntes ao redor da barra para evitar que ele se movesse.

O cadeado que segura as correntes é fácil de arrombar. Ela as deixa deslizarem por um buraco, desabarem no vazio e caírem até baterem lá embaixo, fazendo um estrondo como o de um trovão. O sino está livre agora.

Cari dá uma última olhada na cidade que se descortina à sua frente com seus próprios olhos mortais, e dá um empurrão no Deus de Ferro Negro.

O som do sino tocando ao lado dela deveria ser ensurdecedor.

Talvez seja. Cari não está em seu corpo para ouvir.

Ela vislumbra sua forma mortal enquanto sobrevoa a cidade, carregada para o alto pela consciência tateante dos Deuses de Ferro Negro. Lá, embaixo dela, ela vê a cidade como uma tapeçaria. Milhares de pessoas, milhares de almas, todas ligadas por fios brilhantes de vida. Os Desfiadores também estão lá, como uma mancha negra, um mofo parasitário no tecido da vida. Um a um, eles vão extrair esses fios brilhantes e tecê-los em uma nova forma. Vão consumir toda a vida na cidade e moldar essas vidas roubadas em uma forma para os deuses. Os Desfiadores não podem ser contados, não podem ser enumerados ao saírem das profundezas, deslizando para fora dos bueiros, túneis e estações de metrô. Eles sentem a presença de Cari quando sua consciência passa pela cidade, mas não a obedecem. Eles a veem como um de seus pares, como outra ferramenta para seus mestres de Ferro Negro.

Os Desfiadores estão — até agora — confinados às partes mais antigas da cidade. Ela não vê nenhum deles ao passar pelo Morro do Castelo, e o Morro do Cemitério também está livre deles na sua maior parte. O norte do Arroio, as encostas da marginal Cintilante, o distrito central ao redor da Praça da Ventura estão apinhados desses monstros, mas eles ainda não forçaram caminho para o resto da cidade. Eles não precisam: toda alma que consomem é combustível para os deuses, e há almas suficientes nesta cidade lotada para saciar a sede dos Deuses de Ferro Negro à medida que se reconstroem.

Ainda não, pensa algum fragmento de Carillon, mesmo enquanto outra parte dela — um aspecto estranho do qual ela só se dá conta nesse estado liminar — aguarda ansiosamente esse destino. Parte dela quer ser o canal para os Deuses de Ferro Negro.

Mostre-me o amuleto, ela tenta dizer, mas é como gritar em meio a uma tempestade, e ela não consegue reunir seus pensamentos contra o furacão de pânico e ira faminta dos Deuses de Ferro Negro. Ela precisa capturar imagens, fragmentos de memória, enquanto é soprada para cá e para lá através dos telhados. Suas percepções são um caleidoscópio nauseante de sensações e visões impossíveis. Num momento ela sente os tentáculos frios de um Desfiador se esgueirando pelas escamas de telhas das suas costas enquanto ela compartilha os sentimentos da Igreja do Sagrado Mendicante; um instante depois, ela está vendo as pessoas fugirem da fileira de Homens de Sebo que avançam: a pele de cera deles ainda macia e sem forma, velas frescas do molde enquanto os alquimistas desesperadamente produzem reforços. Ela é um pássaro, uma mulher velha, um cano de esgoto, ela é um túnel sem nome correndo embaixo do Morro Santo. Túneis do metrô são veias sob sua pele. O massacre no Arroio é sangue sendo bombeado pelo seu coração.

Ela junta tudo o que pode antes de ser completamente varrida. Mastro. Ratazana. Seus amigos. Ela pode encontrar seus amigos. Agarra-se a eles como âncoras.

Lá — na trilha de gado onde Aleena lutou contra os Homens de Sebo. Um carniçal, um dos velhos. Cascos raspando a cera, a testa chifruda inclinada pelo peso da feitiçaria. Ele é velho e grande demais para ser Ratazana, mas quando sua consciência passa por cima da criatura, ela levanta a cara para as nuvens de chuva acima e a vê. Os olhos amarelos de Ratazana a encaram daquela cara de cavalo esfolado de um carniçal mais velho.

Assustada, Cari perde o controle mental, e sua consciência é soprada para longe novamente. Subitamente, ela está queimando, sua carne derretendo e seus ossos emitindo um brilho branco incandescente. Espaços fechados, passarelas, o crepitar da feitiçaria elemental... mas familiar. Ela está nas fornalhas dos alquimistas; ela os vê derretendo-a para fazer outra bomba divina. Ela é o sino da Rocha do Sino, gritando um lamento por seu irmão despedaçado, mesmo enquanto seus pulmões se enchem de metal derretido. (Cari está levemente ciente de que seu corpo real — seu corpo original, sua forma mortal, aquele pequeno pedaço de carne e pele — está deitado na pedra fria de um campanário distante. Abençoado choque de frieza, que afasta o calor intolerável.)

Rosha está lá, orientando a construção de uma segunda bomba divina. Cari prova o medo dos Deuses de Ferro Negro. Ela os conheceu em sua raiva, sua confusão e sua frustração antes, mas esta noite eles estão com medo. Até agora, a regra era que Deuses não podem ser mortos, apenas diminuídos. A morte era para mortais. Isso não é mais verdade.

Detone uma bomba divina sobre Guerdon, e o que acontece? Uma explosão invisível. Aniquilação espiritual. Os Deuses de Ferro Negro morrem — mesmo os que ainda estão presos em forma de sino. Não haveria mais bombas divinas depois disso, a menos que os alquimistas encontrassem outro panteão que tivesse sido aprisionado numa forma que pudesse ser facilmente transformada em arma. Os Desfiadores desaparecem, salvando a cidade. Poderia valer a pena para Rosha, mas seria uma aposta enorme, especialmente porque ela correria o risco de matar os Deuses Guardados também. Guerdon ficaria espiritualmente indefesa na Guerra dos Deuses. Cari não sabe o que sobraria dela se a bomba explodisse — o quanto de sua alma é divina a esta altura, e o quanto dela é mortal. Ela duvida fortemente que sobrevivesse à explosão.

O deus da Rocha do Sino sucumbe ao fogo, e Cari parte de novo. Mastro — ela vê Mastro, no armazém nos arredores do Beco do Gancho. Ele ainda está vivo. A emoção que ela sente a deixa mais leve, e ela se eleva ainda mais acima da cidade. Ela grita, ou quer gritar, mas seu corpo ficou bem para trás e muito longe.

Mostre-me Heinreil. Isso nunca funcionou antes, mas desta vez funciona. Ele está em uma carruagem, sacolejando pela estrada que sai do Morro do Cemitério para o Portão da Viúva. Ele está saindo da cidade. Suas raptequinas tensionam os arneses enquanto o condutor as chicoteia freneticamente. Heinreil está fora da cidade velha, o que significa que está fora de perigo. Ele está com Myri, a feiticeira, e uma hoste de Rastejantes para protegê-lo de qualquer perigo, mundano ou sobrenatural.

Quase qualquer perigo. Cari aciona seu poder, alcançando a minúscula mente zangada da raptequina à direita. Ela pega a alma feroz e assustada da criatura e a espreme. A raptequina guincha e convulsiona, empurrando o carro para a direita e mergulhando direto num muro de pedra. Cari ri com a voz de trovão quando seu inimigo se choca contra a pedra, corpo esmagado entre a parede e o baú de ouro.

Mas ele não estava com o amuleto.

Cari recua, em busca de pontos cegos. E então…

— Eladora?

Cari sente sua prima mais do que vê — uma impressão momentânea de roupas farfalhando, livros e um fungar de desaprovação — antes de ser arrancada do céu por uma explosão de força psíquica. Ela é transportada sem pausas através da cidade, de volta ao seu corpo, e a alma se choca nele com tamanha força que deixa hematomas por toda a pele. A última coisa que ela vê antes que o sino toque uma segunda vez é a hoste dos Desfiadores abrindo mil bocas roubadas num hino de homenagem.

Mastro dá alguns passos pesados adiante, mas Ratazana se foi. O carniçal é rápido como sempre, apesar de ter inchado em três vezes o tamanho anterior. Mastro balança a cabeça, incapaz de acreditar na transformação de seu amigo. Isso é ainda mais estranho que as habilidades sobrenaturais de Cari — ele conhece Ratazana há anos, e o carniçal sempre foi uma criatura dos becos e das sarjetas, tão longe do reino dos deuses e demônios quanto qualquer um poderia ser nesta era.

Ele ajuda Bolsa de Seda a se levantar. Ela passa as mãos freneticamente pelo vestido amassado, os dedos retorcidos puxando o tecido para esconder seus rasgões e lágrimas.

— Meu rosto está bem? — ela pergunta, limpando um líquido viscoso que talvez seja o equivalente carniçal de uma lágrima.

— Está. E você está bem?

Ela assente.

— Os anciões não sabem falar nenhuma língua que você conheça, então pegam emprestada a boca de carniçais mais jovens. Eu já fiz isso antes. Não é tão ruim.

— Ratazana não é um ancião. Ele pode mudar de volta? Posso fazer com que ele mude de volta?

— Eu não sei o que ele é, ou quem mais está lá — admite Bolsa de Seda. — Eu o avisei, eu lhe disse! Fique na luz, foi o que eu disse. — Ela pressiona as mãos no rosto novamente, gemendo. Mastro olha atentamente: as feições dela não estão um pouco mais caninas, menos humanas, do que eram antes de Ratazana falar através dela? Ele não consegue saber, e não há tempo a perder.

— Vá atrás dele. Se puder, vá mais adiante e avise Cari, ou faça com que ele entenda... faça o que puder. Vou procurar outra ajuda.

Bolsa de Seda olha para sua roupa, um vestido de baile recuperado de alguma loja de caridade ou lixeira de Bryn Avane, e balança a cabeça afirmativamente. Rasga a bainha da roupa, expondo as pernas de bode com cascos, cuidadosamente depiladas. Ela sobe num cano de esgoto e corre pelos telhados, seguindo o caminho que Ratazana tomou.

Mastro se afasta do cortiço da mesma maneira pela qual veio antes, através de uma passagem para um edifício adjacente feita por alguns ladrões empreendedores em anos atrás. Diz-se nas melhores partes de Guerdon que é possível atravessar o Arroio de um lado ao outro sem colocar os pés ao ar livre se conhecer todas as trilhas de ladrões. Isso não é inteiramente verdade, já que a guarda havia fechado muitas das passagens subterrâneas, mas Mastro conhece as rotas sobreviventes.

Os Homens de Sebo, não, o que é uma pequena vantagem. Ele colocou tantos ladrões para fora do edifício quanto pôde quando Rosha e seus monstros atacaram. Ainda assim, seus pés pedregosos estão agora cobertos com o sangue de seus amigos. Tantos mortos, o coração de Mastro está entorpecido como uma rocha. Ele caminha às cegas, um pé na frente do outro no ritmo de um autômato. Tudo o que resta agora é controle de danos, triagem, ver quais partes de seu universo estão mortas e quais estão morrendo e calcificando. Ele já eliminou seu sonho de tirar a Irmandade de Heinreil — agora o que resta é salvar a Irmandade.

Ele atropela uma pilha de papéis. Piscando, reconhece sua própria caligrafia. É o manuscrito de seu pai, disperso e rasgado. Ele o havia deixado em seu quarto no cortiço. Os Homens de Sebo devem tê-lo revistado antes de serem atacados pelos feiticeiros Rastejantes. Instintivamente, ele está prestes a seguir em frente, mas aí lembra que, graças ao feitiço de cura de Ongent, conseguiu flexibilidade suficiente para pensar em pegar algo do chão.

Ele se dobra com esforço e pega a página mais próxima, lendo-a como um oráculo. É a grafia de Idge — pela letrinha muito junta, deve ter sido escrita na cela antes que o enforcassem.

A mudança é simultaneamente um processo rápido e lento. As grandes forças da história são lentas e passam despercebidas pelos que são cercados por elas, visível apenas em retrospecto, quando parecem inevitáveis.

As próximas linhas estão arrancadas, faltando. Seja qual tenha sido a epifania que Idge teve, agora está perdida.

Mas chegará um momento em que a cidade estará pronta para a liberdade, e nesse dia, deve haver um incidente propulsor para reificar essa força, para tornar real a possibilidade de esperança.

Idge pensou que, desafiando as autoridades da cidade, estava cometendo um ato simbólico que poderia despertar o desejo latente de liberdade e justiça. Ele estava errado; as condições não estavam favoráveis. Sua morte foi um traque, uma faísca que falhou em acender um fogo maior. Mastro sequer teve a chance de tentar, e agora a esperança está desaparecendo no âmbito conceitual das forças históricas irreais de Idge. Mastro amassa o papel e o deixa cair.

Miren, ele pensa. O garoto tem poder, de onde quer que venha. Ele pode se teleportar. Talvez consiga encontrar Cari antes de Ratazana. Mastro enviou Miren e seu pai para o armazém no Beco do Gancho, o refúgio mais próximo do cortiço. Ele vira naquela direção, correndo por becos e passando por uma ponte instável que atravessa o canal.

A ausência de Homens de Sebo o confunde. Mesmo que a emboscada dos Rastejantes tivesse destruído as figuras de cera que Rosha trouxe consigo, os alquimistas têm mais centenas delas. Deve haver alguma emergência em outro lugar da cidade, algum outro ataque diabólico dos Rastejantes do qual ele não está sabendo. A rua está estranhamente deserta; ele vê rostos de relance nas janelas, portas trancadas. Até as tavernas estão quase todas fechadas. Todo mundo na cidade se recolheu, se escondendo do toque de recolher dos alquimistas, mas não há nenhum Homem de Sebo por perto para aplicá-lo.

Um grito quebra o silêncio, à distância. Sem pensar, Mastro segue o som. À frente, uma porta se abre e uma mulher sai cambaleante, chorando. Ela aponta para trás, pela porta aberta, e lá Mastro vê outra mulher, mais velha, uma mãe ou tia talvez, a julgar pela clara semelhança.

— Não é Janny — grita a mulher que chora. — Não é ela.

Sem saber o que fazer, Mastro se posiciona entre a mulher e a porta. A mulher mais velha — Janny? — não reage. Ela estuda Mastro com curiosidade, inclinando a cabeça enquanto o observa se mover. Então se dissolve numa massa fervilhante de gosma e escuridão e o ataca com um tentáculo. Ele é afiado e tem força sobre-humana, e abre um corte fundo na pele pedregosa de Mastro, mas não fere o que resta de sua carne viva. Outro tentáculo brota da massa central da coisa, sondando uma das lacunas entre as placas. Seu toque é chocantemente frio enquanto a criatura o *prova*. A dor virá mais tarde. O tentáculo preto estremece e recua, o último terço fica cinza e murcha, virando pó.

Mastro registra essa reação estranha mesmo enquanto estende os braços para puxar o lintel para fora da parede. O prédio desmorona, aprisionando o Desfiador nos destroços.

A mulher mais jovem grita de horror. Mastro não sabe se ela está chocada com a coisa que roubou o rosto de sua mãe, ou a destruição de sua casa, ou os gritos horríveis que o Desfiador aprisionado emite. Ela arranha o próprio rosto e corre, quase se agachando ao chão como um animal assustado e irracional. Mastro olha para ela, sem saber o que pode fazer. Pelo que Cari disse a ele, nenhuma arma que ele tivesse em mãos poderia afetar o Desfiador. Tudo o que ele pode fazer é derrubar mais partes do edifício em cima da coisa, enterrando-o num túmulo de entulho, uma prisão pedregosa, até não conseguir mais ouvir seus gritos.

Ele vira o rosto na direção do Beco do Gancho.

CAPÍTULO TRINTA E CINCO

Ratazana ouve a pequena carniçal correndo atrás dele, lutando para não o perder de vista. Ele lança sua mente de volta para ela. Ele já havia falado por intermédio dela, então eles estão conectados. Agora existe entre eles um canal cavado, como uma cova, que ele pode reabrir, mesmo àquela distância.

POR QUE VOCÊ SEGUE, CRIANÇA TOLA?

A parte dele que ainda é Ratazana ainda consegue pensar em linguagem humana, mas ele sente essa capacidade sumindo aos poucos dele enquanto ele vai sendo enterrado por seu ego maior, por seu ego carniçal ancião que ruge, zumbe e uiva com a energia de duzentas almas recém-devoradas. Essa parte não pode falar, mas expressa sua irritação pela intrusão de Bolsa de Seda através de um pulso psíquico de aborrecimento que diz praticamente a mesma coisa.

A pergunta surge na mente de Ratazana, e um instante depois ele a ouve sendo dita ofegante atrás dele, quando Bolsa de Seda relutantemente diz as mesmas palavras, enquanto luta para subir por outro telhado coberto de telhas.

— Eu. Quero. Ajudar — diz Bolsa de Seda.

O carniçal ancião faz uma pausa enquanto percorre a mente dela. Memórias — rastejando para fora do Morro do Cemitério, a luz do sol ferindo os olhos adaptados para a escuridão. Uma vida nos becos, catando restos. Nem todos os mortos em Guerdon acabavam nos poços de cadáveres, ainda mais no Arroio; esfaqueamentos em becos, corpos afogados e inchados de mar que iam dar na praia, velhas esquecidas em sótãos, Bolsa de Seda encontrou todos eles. Correndo para se esconder da guarda. Escondendo-se na luz baça de antes do amanhecer, vendo uma garçonete pendurar roupas num varal, admirando a maneira como o tecido ondulava quando a brisa batia. Admirando a maneira como a mulher virava o rosto para a luz.

É incompreensível para o carniçal mais velho. Em sua mente labiríntica, encharcada de feitiçaria, os carniçais existem apenas nos túneis escuros lá embaixo. Ele não consegue entender o desejo de Bolsa de Seda de permanecer na superfície. Ela se veste com roupas do povo da superfície, esconde o rosto, nega seus impulsos e seu destino. Nada disso é *útil*. Isso não a ajuda a se alimentar de carniça nem a crescer forte para que ela também em algum século futuro se torne como ele, um ancião, e suba um pedestal hexagonal na caverna mais profunda.

Ela é irrelevante para ele, mas ainda assim ele se vê parando. Ele afunda as garras nos tijolos de uma chaminé e balança ao redor, fincando os cascos no beiral do telhado como se fosse uma cabra. Ele fica pendurado acima da rua, provando o medo da cidade enquanto espera que a carniçal mais jovem o alcance. Ela cambaleia para cima do telhado e se agacha no cume.

QUE AJUDA VOCÊ PODE OFERECER?

— Eu quero — diz Bolsa de Seda, escolhendo suas palavras como quem pisa em pedras para atravessar um rio furioso — ajudar Ratazana.

EU SOU RATAZANA.

— Tudo bem. Você me disse ontem, quando podia falar por si mesmo, que queria ficar na superfície. Disse que não queria ser serviçal de ninguém. Você quer ser livre para fazer o que quiser, como qualquer pessoa com metade do cérebro. — Ela se encolhe, ciente de que está muito perto de condenar as regras dos carniçais bem na frente de um ancião, mas continua. — Você tem amigos. Amigos da superfície. Mastro e Cari. Você sabe a sorte que tem? Passei anos sem falar com ninguém, sem uma palavra gentil ou uma noite de descanso. Ter amigos é uma bênção para um carniçal.

O carniçal mais velho fala através de Bolsa de Seda novamente, tomando sua boca com violência. Ela morde o lábio enquanto resiste ao comando psíquico, mas sem sucesso. A voz escura e grave se espreme pela sua garganta.

SE A ARAUTO VIVE, TODOS AQUELES NA CIDADE ACIMA E ABAIXO PERECEM. Ele usa uma palavra carniçal para *perecer*, morte de casca, que ela só ouviu anteriormente quando discutia os corpos levados pelos Rastejantes. Um corpo cuja alma foi consumida antes que os carniçais chegassem a ele.

— Mas ela não é esse arauto… ou se é, é apenas algo que puseram nela, da mesma forma que você não é um ancião. Nós podemos escolher quem somos, Ratazana. Você não precisa ser o que um carniçal morto diz para você ser.

CRIANÇA, VOCÊ NÃO SABE NADA DA MORTE. O carniçal ancião solta uma gargalhada e compartilha um vislumbre do massacre no reino dos carniçais. Bolsa de Seda convulsiona quando seu cérebro se inunda de visões; rajadas de feitiços explodem nas cavernas, destruindo centenas de carniçais. A hoste de Rastejantes os pegou de surpresa, uma súbita invasão dos túneis de carniçais. Ela compartilha a memória de um ancião agachado em seu trono, trancado em eterna contemplação do grande selo. Incapaz de se mover, membros velhos e murchos e alma capturada pelo feitiço, incapaz de fazer qualquer coisa a não ser assistir enquanto os vermes se aproximam. Os anciões são assassinados. Os carniçais mais jovens se dispersam e fogem.

Ratazana observa Bolsa de Seda deslizar em direção à beira do telhado, a saia esfarrapada se prendendo nas telhas de ardósia e nos detritos. Os olhos dela rolam para trás na cabeça, a boca espuma com saliva esverdeada. Ratazana a agarra por um de braços que se debatem e a arrasta até uma chaminé, onde a encaixa. O ataque passa e ela fica mole.

Ela não pode lhe oferecer nada. Ele volta para a caçada. A Arauto foi por esse caminho. Ele sente o cheiro de Cari.

Ele segue a pista dela por uma trilha de gado velha. Coisas feitas de cera a encontraram ali: *Homens de Sebo*, Ratazana lembra a si mesmo, mas sua outra metade voltou a dominar e ele tem que lutar para recordar a cidade como é agora, em oposição à cidade da qual ele se lembra de centenas de anos atrás. Os Homens de Sebo foram destruídos, mas não pelos Desfiadores. Ele fareja o ar; outro perfume familiar, familiar para ambos, Ratazana e o ancião no qual ele se tornou. Cari está com a santa, Aleena. Ele raspa a terra, procurando sinais de derramamento de sangue. Não encontra nenhum e rosna. A santa falhou com ele, falhou em seu juramento. Pelos termos do acordo dos carniçais com a igreja dos Guardiões, Aleena devia ter matado a Arauto se tivesse a oportunidade.

Os dois aromas se misturam. Aleena tem cheiro de aço e suor misturado com rosa e incenso; Cari é água de canal, sangue e fumaça ácida de rajadas de feitiçaria. Ambas as trilhas levam em direção à Igreja de São Vendaval.

Ele ignora a Praça Água de Fossa. Pode ouvir os Desfiadores banqueteando-se lá dentro. Eles matam apenas alguns; o resto é reunido como gado. Fizeram o mesmo nos últimos dias do cerco, quando a guerra se voltou contra os Deuses de Ferro Negro. Juntaram as pessoas da cidade e marcharam com elas para os templos de Ferro Negro para que todas fossem mortas de uma só vez, sacrifícios em massa tão profícuos que as estátuas de ferro ficaram cobertas de sangue quente até a cintura. Tudo isso acontecerá novamente se a Arauto sobreviver à noite.

O sino toca quando ele chega à São Vendaval. Ele pode ver um dos Deuses de Ferro Negro tomar forma ao redor da torre da igreja. A aparição dura apenas um instante, pelo breve momento em que o sino toca e alinha a consciência do deus truncado com a de sua arauto mortal, mas naquele momento Ratazana sente o poder terrível da coisa.

Ele escala a parede, saltando de contraforte para contraforte, usando os tijolos em ruínas para se apoiar. O perfume de Aleena é mais forte ali, e ele consegue ouvir a respiração dela. Ele reduz a velocidade, movendo-se com cuidado, silencioso como uma sombra na pedra. Ela está esperando na escada em espiral que leva até o campanário. Ele abre caminho em cima do muro, sem dar a mínima para a queda íngreme abaixo. Se arrasta enquanto circula a torre até que ele encontra um ponto fraco na parede.

Então ele atravessa os blocos com o punho. Pedras caem para dentro, colidindo com Aleena. A santa fica atordoada e cai no chão. Ele a ouve xingar enquanto rola escada abaixo, semissoterrada. Ratazana corre escada acima, até o campanário.

A Arauto está lá, se levantando com a lenta velocidade dos humanos. Ela olha para ele com alarme e, depois, com reconhecimento.

— Ratazana? — pergunta Cari.

O carniçal mais velho pisa na viga estreita que leva ao sino. Seus cascos marcam a trilha da aniquilação enquanto ele caminha na direção dela. Um poder ancestral brota dentro dele, os restos de três séculos de carniça rica em almas, feitiços forjados em sangue e osso, defendendo-o contra qualquer ataque possível. A Arauto puxa sua faca, mas essa arminha de nada não ameaçaria sequer Ratazana, quanto mais a coisa em que ele se transformou.

Esse assassinato é necessário, ele se lembra. O golpe final de uma longa guerra. Quando a Arauto morrer, isso fechará a última lacuna nas prisões dos Deuses de Ferro Negro. Sem nenhuma esperança de libertar seus criadores, os Desfiadores não terão nada por que lutar. E então haverá vingança, longa, segura e lenta, quando cada maldito verme de sepultura na cidade virar pasta sob os cascos dos carniçais. Os Rastejantes quebraram a trégua e pagarão o preço.

Outro passo.

A Arauto está falando — suplicando? Implorando? Amaldiçoando? As línguas humanas se confundem todas num zumbido irrelevante, que ecoa das ruas acima. A única língua verdadeira é a linguagem da alma, e os humanos só a falam após a morte, quando os carniçais retiram a carne e os ossos e libertam o espírito santo que há dentro deles. Porém, esse sacramento deve ser negado a Cari — sua alma está inextricavelmente entrelaçada com os Deuses de Ferro Negro. Ela está espiritualmente envenenada, imunda. Qualquer que seja a existência que ela encontre após a vida, não é da conta dos carniçais.

Mais um passo. Ela o golpeia com a faca, cortando a pele calejada da palma da mão, mas o corte não é fundo o suficiente para tirar o sangue preto e espesso como alcatrão de um carniçal.

Ela cai para trás, rastejando sobre as mãos, abrigando-se embaixo do sino. Ratazana se curva, as costas raspando contra o metal gelado. Ele pega a perna dela e a puxa de volta em sua direção. Ela chuta e luta, mas é só uma humana.

Então ele sente o cheiro do perigo. Outro perfume familiar, subitamente na torre, e ao mesmo tempo sente os Deuses de Ferro Negro desesperadamente arranharem a pele do mundo, suas garras invisíveis de metal encontrando um apoio momentâneo. Beliscando o espaço de tal modo que o *lá* por um instante se torna *aqui*. Miren passa a existir sobre um beiral estreito que corre em volta das ruínas do campanário. Há uma arma em sua mão, já disparando.

O mundo se enche de barulho e dor.

O carniçal mais velho nunca experimentou um insulto como aquele. As armas alquímicas são uma novidade do século passado, e ele nunca sentiu a mordida delas. Mas Ratazana, sim; tiros de raspão disparados por homens da guarda depois que um roubo deu errado. Na confusão, a parte dele que é Ratazana escapa ao controle do carniçal ancião e age por instinto. Ele joga Cari como uma boneca de pano do outro lado da sala, em direção a Miren.

A fumaça o cega, mas ele não precisa de olhos para sentir aquela mesma torção novamente, aquele mesmo rasgo da distância. Miren se teletransportou novamente e levou Cari — levou a Arauto com ele. Ela escapou dele!

Ele ruge com raiva e frustração. Garras se enterram no antigo sistema de vigas e cordas que prende o sino no lugar, rasgando-as como se fossem palitos de fósforo e barbante molhado. Solto, o sino cai. O deus esmaga o chão enfraquecido do campanário e desaba no interior da torre, emitindo clangores de terror a cada volta das escadas ao esmagar os degraus e corrimões, até que finalmente atinge o chão bem lá embaixo e racha.

Ele cambaleia de volta para a beirada do campanário, sondando os danos no peito. A ferida deixa vazar um sangue espesso, que já empapa os pelos grossos do seu peito, e ele acha que um bom número de costelas rachou, mas está vivo. Desce do campanário e olha dali para toda a cidade, engolindo o ar noturno na esperança de sentir o cheiro da Arauto novamente.

Ele não a fareja, mas consegue senti-la, perceber os fios do poder dela se unindo num nó. Lá ao longe, do outro lado da cidade, além do Morro do Castelo, a Arauto se prepara para abrir o caminho.

Ele rosna e desce do campanário, afundando as garras na pedra. Ela não vai escapar dele outra vez.

Os vermes se contorcem por entre rachaduras no batente da porta, passando espremidos e depois se aglomerando em duas pilhas. No tempo que Eladora leva para inspirar, as pilhas se tornam coxas, as coxas se fundem num torso e desse torso brotam braços, dedos de minhocas trançadas, e algo que parece uma cabeça. Então, enquanto ela exala, um misericordioso manto de sombra desce ao redor do Rastejante, escondendo sua forma nojenta dela. Ele pega uma máscara facial de porcelana e a coloca no lugar.

— Siga — ele diz. Faz um gesto, e a pedra desliza para o lado como uma nuvem correndo pelo céu.

Eles vão para baixo, descendo uma escada da qual Eladora se lembra do funeral. Agora que seu destino é inevitável, ela descobre que não tem medo. Por toda a sua vida, ela se preocupou e se desesperou, mas nada disso faz sentido agora. Ela é impotente contra um desses Rastreadores e não faz ideia de quantos deslizam pelas criptas da tumba da família Thay. Ao passar por nichos e criptas, ela olha para as máscaras de porcelana, se perguntando se alguma delas é um parente seu. São os vermes, ela lembra. Os vermes comem o cérebro e consumem o conhecimento do falecido. Sua família, seus tios, tias e primos, todos se foram. Mesmo que um verme tenha comido a identidade de um deles, esse fragmento de consciência estaria perdido, subsumido pela totalidade viscosa e retorcida do Rastejante.

Ela sabe disso, mas também sabe com uma certeza horrível quem a espera no pé da escada.

Ele veste uma capa preta como o resto, e ela consegue ver os vermes que compõem suas pernas e pés quando ele caminha em sua direção. A máscara dele, entretanto, é feita de ouro e é uma semelhança perfeita de como seu rosto devia ter sido em vida. Ela se lembra dele a partir de pinturas e fotografias que já eram velhos quando ela era jovem. A lembrança que ela tem do rosto dele é bem diferente. Ela se lembra de uma pele fina como papel, dentes amarelados, rugas, olhos injetados de sangue, barba branca e irregular. Mas a máscara captura o desdém do qual ela se lembra, captura a crueldade do homem.

Jermas Thay dá um passo à frente e a pega pelo queixo, examinando-a. Ele fez o mesmo quando era vivo, quando a mãe dela apresentou a filha ao patriarca. Virando a cabeça dela bruscamente para um lado e para outro, segurando-a contra a luz para avaliá-la, para avaliar a pureza do seu sangue Thay.

O toque dos seus dedos de verme a repele, e ela não consegue esconder um estremecimento. Ele recua como se queimasse.

— Eladora. — A voz dele, no entanto, é diferente da dos outros Rastejantes. É como a voz da qual ela lembra, precisa e profunda, cada palavra estampada como se por uma máquina. É mais forte do que ela lembra, mas ela só conheceu seu avô quando ele já era muito velho. — Demonstre respeito, criança.

— Eu demonstrei — diz Eladora, tremendo — qua-qua-quando nós enterramos você. Você está m-m-morto.

— Você sempre foi uma das minhas favoritas, sabia? A geração dos meus filhos me decepcionou, e os filhos deles... pff. Pirralhos mimados em sua maioria. Você, pelo menos, sabia fazer uma mesura e ficar quieta. Diga-me, como está sua mãe?

— Você está morto! — repete Eladora.

A máscara de ouro olha para ela com olhos vazios.

— Isso é a imbecilidade grosseira do seu pai falando. Falta de visão. Falha na linhagem, receio. Não importa. Eu só exijo obediência. — Jermas ergue um amuleto familiar. O amuleto de Carillon, um presente de sua mãe invisível. Na luz baça da tumba, para Eladora, é como se o metal preto do amuleto estivesse vivo, fluindo e se contraindo de um jeito horrível que a faz se lembrar imediatamente da rua Desiderata.

— Eu comprei isto, e você, por um preço alto. O último tesouro da família, escondido aqui até que fosse necessário. Eu dei tudo por esta cidade, criança. Família e saúde, riqueza e felicidade, até mesmo a vida. Tive uma visão, e ela acontecerá. Guerdon é uma cidade mal servida por seus deuses. A crueldade dos Deuses de Ferro Negro não pôde ser tolerada, mas a divindade tímida dos Guardiões seria preferível a isso? Por que deveríamos ser mantidos reféns...

— Os Guardiões mataram você!

Jermas sibila.

— Eu fui traído! — Em sua raiva, ele não consegue manter o simulacro de sua voz humana, e ela se quebra no concerto distorcido da colmeia. — Algum patife me vendeu para a igreja, e eles não entenderam o meu trabalho. Não tinham ideia de como a cidade estava mudando ao redor deles. Kelkin e eu quebramos a represa do dogma e libertamos Guerdon para mudar. Nós desencadeamos o poder desta cidade! As guildas, o porto lotado, a inveja do mundo: nós construímos tudo isso! Uma segunda libertação, sem derramamento de sangue da nossa parte. Foi por ciúmes, tanto quanto por medo, que eles me derrubaram.

Ele gesticula para seu corpo vestido.

— Eu tinha feito arranjos, como você pode ver. Sabia que não viveria o suficiente para ver meu grande trabalho se concretizar. Mesmo como uma aproximação do meu antigo eu, posso supervisionar as últimas partes do plano. Mas a traição nos custou tempo. Tudo leva mais tempo do que deveria, criança, e estou cansado disso. Demorou muito, muito tempo, para criar um conduíte adequado. Houve muitas falhas. Eu cometi algumas delas, mas, quando eles pereceram, eu temia que sementes mais jovens fossem necessárias, então convidei seu pai Aridon para servir em meu lugar.

— Aridon... Aridon é o pai de Cari! Eu sou Eladora.

Jermas a agarra e a arrasta até uma tumba — a tumba dele, ela percebe. Ele empurra a tampa para o lado com facilidade. O caixão dentro está aberto, mas vazio, com exceção de alguns pedaços de veludo cobertos de vermes.

— Deite-se — ele ordena, e então continua falando como se inconsciente de suas próprias palavras. — Eladora, sim. A filha de Silva. Não, você é inteiramente humana, criança. Você não era parte da grande obra. Onde eu estava mesmo? Aridon. Meu filho. Ele era jovem o suficiente para gerar filhos saudáveis. Paguei despesas suficientes de seus bastardos para saber que ele era fértil, também, e a forma que demos à coisa não foi nada desagradável.

Ele segura o amuleto e Eladora suprime um grito quando ele se move de modo inconfundível.

— Veja, aqui vem ela agora. Contemple a mãe da minha neta mais nova. Uma parte dela, de qualquer maneira, o pouco que conseguimos reter depois da conjuração.

Eladora rasteja de volta para o caixão, escondendo-se da coisa que se contorce.

—Você… fez… Carillon? Criou-a a partir de… isso aí é um Desfiador?

— Criei um conduíte para os Deuses de Ferro Negro. Guerdon é mal servida por seus deuses. Loucos, fracos ou ausentes. Mas nós precisamos deles! A Guerra dos Deuses não vai nos poupar por muito tempo. Não vou ver esta cidade conquistada por alguma abominação estrangeira ou pela coroa empoeirada de Haith! Teremos deuses cívicos. Teremos os deuses que forjarei das ruínas de Ferro Negro, deuses que eu vou projetar. Carillon é o conduíte através do qual eles devem se manifestar. Eu nunca me importei com a criança, mesmo naquela época. Ela chorava o tempo todo, fungando e berrando tão alto que eu podia ouvi-la em todas as alas da mansão. Se eu pudesse tê-la usado naquele momento e acabado com aquilo, eu o faria, mas sabia que levaria anos para que ela ganhasse seus poderes. Achei que teria de esperar mais cinco anos. Imaginei que conseguiria aguentar por esse tempo. Em vez disso, vinte anos, amargo e cheio de vermes. Eu me perdi na terra. Eu me diluí até não restar quase nada de mim. — Ele faz uma pausa, abaixando a cabeça com exaustão. — Estou tão longe do que eu era, criança. Sustentado apenas pelo plano, e ,quando o plano for executado, não sobrará nada. Eu aprendi… Eu aprendi. Veja! Veja!

Ele mexe numa prateleira sob o caixão e coloca um pedaço de pergaminho esfarrapado nas mãos de Eladora. Confusa, ela tenta ler. A linguagem é incompreensível, embora ela o reconheça como um documento sagrado escrito pelos escribas Guardiões, e o selo na parte inferior é o selo pessoal do próprio Patros. Os símbolos a lembram dos garranchos dos carniçais. É uma carta das autoridades da igreja para o reino carniçal abaixo.

— Você voltou — sussurra Jermas — e eles acordaram. O plano ainda pode ser realizado. A hora é agora.

Uma mão segura o ombro de Eladora, os vermes mordendo, uma centena de minúsculas facas, e seu corpo fica dormente. Ela pode sentir o veneno deles correndo através dela, uma onda de frio descendo por suas veias como água gelada. A outra mão coloca habilmente a corrente do amuleto em volta do pescoço dela. Ele ainda segura o amuleto, suspendendo-o acima dela enquanto olha fixamente para suas profundezas escuras.

— Eu não sou ela! — diz Eladora. — Se tudo isso, tudo o que você fez, foi para criar Carillon, então ela é quem você quer!

— Seria melhor — concorda Jermas. — Como eu disse, você sempre foi minha neta favorita. Mas os Deuses de Ferro Negro estão acordando, e os Desfiadores estão à solta. Não há mais tempo. Mesmo sem o amuleto, Carillon fez um canal entre os deuses e o mundo material. Com o amuleto, você está perto o suficiente dela para abrir o caminho.

Ele joga o amuleto no peito dela.

E Eladora vê.

CAPÍTULO TRINTA E SEIS

Os ladrões não comemoram quando Mastro entra no armazém. Eles o saúdam, dizem que é bom que ele tenha escapado com vida, e alguns até apertam sua mão ou seu ombro, desatentos ou indiferentes ao risco de infecção. Mas não comemoram. Parecem abatidos, as vozes reduzidas a sussurros ásperos e tons baixos. Restam muito, muito poucos. Mastro vê um Cafstan, alguns dos ladrões mais jovens das docas, alguns homens mais velhos que estão ficando gordos, pálidos sob as manchas vermelhas de suas bochechas. Hedan, sentado em cima de um barril, olhando para os ratos que entram e saem de um buraco na parede.

O acampamento de um exército derrotado. Eles montaram um hospital improvisado que em breve se tornará um necrotério improvisado ao longo de uma parede. Ele vê Mãe Soturna ali, deitada sobre um palete. Seus olhos sem vida voltados para ele. O neto, exausto e meio adormecido, ainda segurando a mão dela, sem saber que ela faleceu. Uma onda de desespero atinge Mastro como uma martelada, mas ele tem que seguir em frente. Este lugar vai destruir seu espírito tão certamente quanto a praga destruiu seu corpo.

Ele vasculha a multidão; nenhum sinal de Carillon ou Ratazana. Ele encontra as escadas e sobe até o pequeno escritório usado por Tammur.

Miren aparece das sombras no topo da escada, faca na mão. Quando reconhece Mastro, volta ao seu esconderijo. Como uma anêmona do mar que Cari certa vez descreveu para Mastro, um predador que espera em fendas nos recifes de coral e irrompe subitamente de dentro delas para emboscar peixes.

— Mestre Mastro! Entre, entre. Eu estava apenas tirando um tempinho para descansar antes de descer de novo. Café? — A voz do professor Ongent está perversamente alegre, considerando-se o desastre ao seu redor.

— Descer de novo? — Mastro repete vagamente.

— Tenho alguma habilidade como médico. Mas pode ser um esforço desperdiçado: não temos muito tempo antes que os Desfiadores cheguem aqui. Quais são as notícias da rua? Você encontrou Carillon? Mandei Miren procurar por ela, mas ele insistiu em me escoltar aqui em segurança primeiro.

— Nenhum sinal. E Ratazana... Eu o encontrei comendo todos os mortos lá no cortiço. Ele mudou. — Mastro descreve brevemente sua conversa com o amigo.

— Os carniçais estão se movendo. Isso pode ser um fator a nosso favor. Eles lutaram contra os Desfiadores antes, afinal, na última guerra. A história se repete. No último cerco de Guerdon, durante a batalha da rua da Misericórdia, os carniçais mais velhos lutaram contra os guardas do templo do Rei Negro, a menos de oitocentos metros deste local em que estamos. A cidade era muito menor, então, é claro, e as muralhas antigas da cidade acabaram... ah, não importa.

Mastro vasculha os papéis de Tammur e encontra um mapa da cidade.

— Pelo que pude ver do lado de fora, esses tais Desfiadores estão se espalhando por todo o Arroio. Eles vão matar todo mundo, não vão? — ele pergunta.

— Ah, não imediatamente. Eles querem almas. Pense neles como facas de sacrifício ambulantes. Mais uma vez, a história é o nosso guia. — Ongent pigarreia para limpar a garganta e declama: — "As pessoas da cidade foram levadas como gado ao matadouro e reunidas em grandes números no salão dos sedentos. E os Desfiadores as conduziram, e as atormentaram, e andaram entre elas como facas, de modo que dez mil foram oferecidas ao Rei Negro." Tradução de Mondolin; a de Pilgrin é um pouco, ah, sem sangue nas veias, com o perdão do trocadilho.

Mastro olha para o velho, imaginando se um dos dois enlouqueceu.

— Eles vão encurralar as pessoas e conduzi-las ao sacrifício.

— Sim, suponho que sim. Matá-las de acordo com os ritos antigos e alimentar os deuses... supondo que eles possam ser alimentados em suas formas atuais, o que pode não ser verdade. Em ambos os casos, eles precisarão de um conduíte: ou seja, eles precisam de Carillon para abrir o caminho.

— Ela poderia estar em qualquer lugar. Mas ela conhece este armazém, então, se estiver livre, chegará aqui. — Mastro se apega a esse pensamento como a única coisa que o mantém flutuando nessa maré escura. — Se eles a encontrarem primeiro... o que farão?

Ongent tosse levemente.

— Eu sou historiador e diletante, meu rapaz, mas dificilmente um especialista. Suponho que eles a levariam a uma das torres dos sinos onde os Guardiões escondiam os Deuses de Ferro Negro. Liberte um, e esse um pode libertar o resto. Os sinos são a chave para tudo isso, assim como Carillon.

A respiração de Mastro fica presa nos pulmões. Ele não sabe dizer se o aperto no peito é pânico ou calcificação. Lá fora nas ruas, monstros transmorfos saídos de histórias infantis estão levando pessoas para campos de extermínio. O Arroio está cercado por assassinos de cera feitos dos cadáveres de seus ladrões, comandados por tiranos loucos que agora administram a cidade e estão construindo bombas para matar deuses. Um de seus melhores amigos se transmutou em algo antigo e alienígena, a outra é arauto do armagedom. E ele ainda não sabe o que os Rastejantes estavam fazendo quando atacaram a guilda. Ele não sabe quase nada sobre os homens-verme, e nem sequer consegue formular perguntas para o professor. Cerra os punhos, sentindo a força impossível do Homem de Pedra, mas não entendendo como isso pode ser aplicado a qualquer um desses horrores.

Mas Idge suportou, e ele também pode.

— Tudo bem. Você está dizendo que, enquanto os Desfiadores não tiverem Carillon, eles não matarão a todos.

— Não de imediato. Não pense neles como seres conscientes: são emanações, tecnicamente, cascas jogadas fora pelos deuses que vazaram para o estado de energia mais baixo da matéria-base. Mas, sim, acho que temos um pouco de tempo.

— Professor, o senhor é nosso único feiticeiro. Cari me disse que sua casa na rua Desiderata estava protegida, e esses feitiços de proteção impediram os Desfiadores de entrar. Você pode redesenhar os feitiços aqui para nos proteger?

— Eles vão ser meio improvisados, receio, mas podem ajudar. Eu vou precisar... Ah. — Ongent corre para uma janela e a abre. — Escute! — Um sino toca loucamente, perto do porto. — A maré está virando, meu rapaz. A hora se aproxima!

E a cidade, e a cidade, e a cidade.

Deslizamento de encostas da história, edificação em cima de edificação, cultura em cima de cultura. Cicatrizes e calos da carne do *lugar* crescem no mármore e na pedra de vedação. Pessoas como formigas, como gotículas formando lagos e rios, fluindo em canais. Assim na terra como no céu — ela consegue ver através do solo, através de fundações, porões e túneis, até os esgotos e canos abaixo, e abaixo de tudo isso os túneis de metrô e as trilhas dos carniçais, as catacumbas subterrâneas dos Reis Varithianos, os túneis dos carniçais, ainda mais profundos, além do selo negro para o vazio sem luz onde os Desfiadores habitavam.

E acima, acima, os sinos revelados em uma glória terrível. Agora ela consegue vê-los. Os Deuses de Ferro Negro não são negros nem de ferro, Eladora percebe, são sangue e fogo. Eles se desdobram quando ela se aproxima, anjos cambaleantes e deformados rastejando pela face dos céus. Eles buscam cegamente o mundo material, procurando os olhos dela, a visão dela para guiá-los.

Um deles se debate na sua direção, e a dor ultrapassa qualquer medida. Ela é toda consciência desencarnada, pairando sobre a cidade, mas ainda está conectada ao corpo vivo que se contorce no túmulo da família Thay atrás dela. Olhando para baixo, ela vê as próprias células com a mesma onisciência com a qual vê a cidade. E, como a cidade, seu corpo está em chamas, assolado por uma invasão de Desfiadores. O golpe cego do deus a está matando.

— Não está funcionando! — ela grita. Sem corpo, seu grito se manifesta no mundo material como sinais e presságios. A chuva varre o Morro do Castelo, e sua agonia ecoa no chocalhar da água da chuva nas sarjetas. Janelas quebram ao longo de Orison, e suas rachaduras são o padrão de onda de sua voz. Cães uivam em resposta: mas ninguém na cidade lá embaixo pode ouvir aqui.

Hoje à noite, há tantos gritos no Arroio que mais um passaria despercebido de qualquer maneira.

Carillon. Este é o destino de Carillon, ou culpa de Carillon. Sua prima foi feita para isso, este é o cálice amargo de sua santidade, não de Eladora. Mas Carillon é a única que talvez seja capaz de ouvi-la.

Sua visão varre a cidade, avançando para o sul em direção ao mar. Sobre o Arroio, sobre o litosário de Jere, em direção à Igreja de São Vendaval.

Ela vê Carillon em pé no campanário em ruínas. Ali perto, outra presença: Aleena! Pensar na santa Guardiã anima Eladora por um momento, antes que ela se lembre de que Aleena matou a família Thay para impedir exatamente o que está acontecendo com ela naquele instante. Os Guardiões chegaram tarde demais — Carillon já havia sido contrabandeada para a casa da mãe de Eladora no campo, para ser protegida como uma visita inconveniente. Se Carillon tivesse simplesmente ficado no lugar certo pelo menos uma vez na vida!

Não. Ela está sendo injusta. Pode julgar sua prima por muitas, muitas coisas, mas Carillon é tão vítima dos projetos loucos de Jermas Thay quanto Eladora. Ser *criada* com essa intenção em mente, ser cultivada para um propósito singular e terrível é assustador. Ela tem que avisar Carillon do que está acontecendo, do plano de Jermas.

Neste momento, Carillon toca o sino. A prisão de metal do deus balança para frente e para trás, e, quando o sino toca, os céus se abalam. Enquanto essa nota terrível ecoar pela cidade, o Deus de Ferro Negro se manifesta nos céus acima de Guerdon, e Eladora é apanhada bem no meio do dele.

Eladora volta ao corpo de supetão, lá no túmulo. O cheiro de pele e tecido queimados. Ela não sabe avaliar a gravidade dos seus ferimentos: seu corpo ainda está entorpecido pelo veneno que Jermas injetou dentro dela. O fato de ela sentir tanta dor apesar disso a assusta.

Jermas paira sobre ela, vermes esbugalhando as órbitas oculares da sua máscara.

— Você está resistindo! Criança insubordinada!

— Não está funcionando! — grita Eladora. — Isso está me matando! Eu não sou ela.

— Você tem o amuleto e está disfarçada pelos feitiços dos Rastejantes. Para os Deuses de Ferro Negro, você *é* a Arauto. Se continuar resistindo, não sobreviverá a isso, criança.

— Por favor — soluça Eladora —, isso está me matando. Está me matando. — Sobreviver a isso? Nenhum mortal poderia escapar ileso após um contato tão próximo com um deus, muito menos um panteão inteiro de divindades loucas e presas. Mesmo que ela não perca a vida, o que restar depois estará longe de ser mortal, longe de ser humano. Tão ruim quanto qualquer abominação tocada por deuses gerada nos excessos da Guerra dos Deuses.

Ele se abaixa. Dedos aparentes, gordos, macios e viscosos, roçam seu peito e retiram o amuleto da pele. Ele deixa um vergão em relevo no peito dela. Ele remove a corrente do amuleto do pescoço dela.

— O feitiço deve ser ajustado. Um instante, e vamos começar de novo.

— Por favor, não! Deuses, se restou alguma coisa do meu avô, eu te amo, eu te amo, sempre fui boa, por favor, não faça isso comigo! — É meio fingido, meio real. A mente dela parece uma jangada de gelo, flutuando num mar de lágrimas. Ela está muito perto de perder a sanidade.

— Recomponha-se. — Jermas desliza para a entrada da câmara do túmulo, onde dois dos outros Rastejantes aguardam. Os três conversam em ruídos molhados. Eladora não consegue erguer a cabeça para olhar, mas, do jeito que as formas incham e deslizam sob as capas, pode adivinhar como os homens-verme se comunicam entre si.

Ela fecha os olhos. Morde o lábio e tenta não chorar. Pela primeira vez em muitos anos, Eladora deseja que sua mãe estivesse aqui para protegê-la. Silva protegia as crianças dos piores ataques de Jermas quando visitavam a grande mansão, certificava-se de que fossem vistas brevemente e ninguém sequer as ouvisse de novo. Corriam para o quarto que chamavam um berçário, embora ele estivesse cheio de tranqueiras e livros antigos em vez de brinquedos.

— Por que você não disse à minha mãe que ainda estava vivo? Sua filha não significa nada para você? — ela grita.

— Quieta! — Jermas ordena sem olhar para ela.

Ou qualquer um. Aleena, voltando para terminar o trabalho. Miren, esgueirando-se como uma sombra e levando-a para longe como um herói mascarado numa ópera, abrindo caminho através de hordas de Rastejantes. O professor Ongent, seu rosto velho suavemente iluminado pelos clarões de feitiçaria. Qualquer um. Até Carillon. Até o pai dela, que está morto há seis anos. Diabos, se o avô Thay consegue voltar dos mortos, por que não o homem sólido e tranquilo que sempre cheirara a serragem e incenso à sua amada filha? *Papai*, ela pensa, *ah, deuses gentis, mandem-no de volta para mim.*

Há apenas o deslizar dos Rastejantes, crepitando e sibilando no limite da audição. A sombra de Jermas cai sobre ela novamente.

— Precisamos ser rápidos. Os Deuses de Ferro Negro estão muito perto de irromper, mesmo sem a Arauto. Eles temem as armas dos alquimistas. Se meus aliados perderem o controle dos Desfiadores, os sacrifícios começarão prematuramente, e eles tentarão libertar os deuses em suas formas originais dissolutas e odiosas, em vez do meu projeto. Eu devo ser o parteiro da nova cidade e também o pai dela. Os Deuses de Ferro Negro devem reencarnar em formas úteis. Espíritos de comércio e negócio. Ordem e força. Tudo deve estar de acordo com meus planos... e se você hesitar, criança, e me impedir, serei forçado a lhe causar dor. Não terei prazer em tal disciplina. É necessário. Necessário. — Ele encara o amuleto em suas mãos. — Décadas de planejamento, de preparação, e tudo acaba em improviso e pressa. Pff.

Se ela puder enrolar, se puder resistir, então talvez os alquimistas consigam jogar sua bomba destruidora de deuses e deter Jermas, salvar a vida dela.

Ela se lembra da mãe desviando a raiva do avô por causa de algum erro infantil, fazendo-lhe perguntas sobre política. Dar a Jermas uma abertura para expor suas estratégias e negócios era frequentemente a única coisa capaz de distraí-lo.

— Os Ra-Ra-Rastejantes… O que eles conseguem com isso? O que vai acontecer com eles quando você refizer os Deuses de Ferro Negro?

— Não precisaremos mais dos carniçais imundos para ficar vigiando os Desfiadores. Os mortos da cidade irão em grande parte para a manutenção dos deuses cívicos, é claro: precisaremos de muitas almas, muito mais do que Guerdon atualmente produz, mas existem melhorias a serem feitas. O saldo dos mortos deverá ir para os Rastejantes. Os melhores, é claro — os estudiosos, os artesãos, artistas — seus conhecimentos preservados eternamente na carne de um túmulo de vermes. Só uma superstição tola e infantil melindrosa impediu tal arranjo no passado. — Ele bate no amuleto e se inclina para sussurrar no ouvido dela. — Esses arranjos seriam temporários, entende? Meus parentes adotivos não são confiáveis.

— Você não é um deles? Você é feito de v-v-vermes!

— Mas meu legado será escrito em deuses. Prepare-se, criança. Não resista.

Prepare-se você. O pensamento é tão absurdo que a faz querer gritar. Como pode qualquer preparação tornar esse pesadelo menos horrível? Ela reza novamente para que alguém entre pela porta e a resgate, qualquer um.

O horror verminoso que era seu avô a empurra de volta sobre a pedra, coloca o amuleto terrível em volta do seu pescoço mais uma vez. Entoa as palavras que arrancarão a alma de seu corpo e farão dela um canal, um veículo para algum insano renascimento dos Deuses de Ferro Negro. Em resposta, ela canta sua própria oração, uma prece Safidista, uma das muitas, muitas devoções que sua mãe fez Eladora praticar todos os dias durante anos, até ela partir para a universidade.

Os Safidistas acreditam que pela fé, pelo estudo diligente e pelos atos físicos e mentais de autodisciplina e autoanulação, uma pessoa pode fazer de si mesma um vaso vazio para os Deuses Guardados preencherem com sua luz brilhante. Eladora sabe demais do verdadeiro estado dos Deuses Guardados agora para pensar na luz deles como brilhante, mas mesmo sua luz de velas fraca e vacilante é melhor que a escuridão do Ferro Negro. Eladora ora aos Deuses Guardados com um fervor intencional que impressionaria até sua mãe.

Jermas percebe o que ela está fazendo, mesmo enquanto o feitiço ocorre. Ao subir para aquela perspectiva divina, ela consegue ver o Rastejante arranhando o corpo mortal insensível dela. Jermas bate a cabeça dela contra o metal de seu próprio caixão funerário, enfurecido, mas é tarde demais. Ela sussurra sua mensagem aos Deuses Guardados pouco antes dos Deuses de Ferro Negro descerem bruscamente e a reivindicarem para eles próprios.

CAPÍTULO TRINTA E SETE

Cari e Miren despencam incorpóreos através da cidade, arremessados para um lado e para o outro por nuvens de tempestade invisíveis que se erguem como plumas raivosas dos sinos de Guerdon. Eles pulam sobre telhados, sua passagem marcada por trovoadas sem raios, por vidros de janelas que de repente trincam sem motivo aparente, por uma súbita onda de calor.

Elas caem de volta à realidade no esconderijo do sótão de Miren, na Cidade Nova. Quando a alma de Cari mais uma vez se reveste de carne e osso e ela se liberta desse ponto de vista divino vertiginoso lá do alto, ela volta a ser consumida pelo desejo. Quer desesperadamente ficar nua com Miren, pressionar sua pele contra a dele, preencher a repentina ausência de divindade com prazer carnal. A língua dele sonda os lábios dela, os dedos dele rasgam os laços da blusa dela, suas calças, puxando-as. O calor de sua pele nua contra a barriga dela enquanto ele a empurra para a cama.

E ah, como ela deseja poder fugir do mundo lá fora e apenas foder com ele até que ambos se esquecessem de quem eram, mas isso não vai acontecer. O mundo lá fora está queimando.

— Sai de cima de mim! — Cari grita.

Miren a ignora. Ele está arrancando as próprias roupas agora, sua pele quente de febre e transpiração. A luxúria de Cari se torna um medo doentio; Miren tem a aparência de um animal, seu rosto está assustadoramente vazio e feio apesar de tudo. Ela solta um braço e dá uma cotovelada no maxilar dele, e o choque o derruba no chão. Cari rola para o outro lado da cama e agarra a camisa dele com uma das mãos. Sua faca está na outra.

— Agora não, está bem? Está bem? — Miren se agacha, o que o faz parecer ainda mais um animal. Seu rosto se contorce e ele solta um guincho angustiado, depois morde o próprio braço com o máximo de força que pode, tirando sangue. Cari olha para ele horrorizada enquanto ele chupa o próprio sangue, roçando o antebraço como se fosse um dos seios dela.

E então, como uma onda caindo de volta ao oceano, tudo passa. Ele se levanta, as feições voltando à sua aparência familiar de tédio mal-humorado, braços soltos ao lado do corpo enquanto o sangue escorre da ferida. Ele pega suas próprias roupas descartadas e começa a se vestir. Cari balança a cabeça, resiste ao impulso de fugir porta afora e não olhar para trás.

— Desculpe — murmura Miren, olhando para o chão. O pedido de desculpas mecânico de uma criança. Cari se lembra de que ele é, o quê, dois anos mais novo que ela? Mais?

Cari dá as costas para ele e começa a vasculhar os suprimentos que Miren alinhou como soldados de brinquedo nas prateleiras. Ela pega qualquer coisa que pareça ser útil — analgésicos e remédios alquímicos genéricos, armas, algum dinheiro — e enfia numa mochila.

— Como me encontrou? — ela pergunta sem olhar para ele. Ele responde com um dar de ombros, descartando a pergunta. Ajoelhando-se, ele abre um baú ao lado da cama e tira uma capa pesada que reluz como escamas de lagarto na penumbra. Ele a joga em volta dos ombros.

— Porra — murmura Cari, pensando no layout da cidade. Pelas suas visões, a Cidade Nova está atrás do cordão de Homens de Sebo. Para voltar para o Arroio, eles precisam se esgueirar pelas criaturas e depois passar por todos os Desfiadores e o que mais estiver solto nas ruas hoje à noite, e aí eles têm que atravessar todo o distrito para chegar ao Beco do Gancho no outro lado. Num dia normal, a caminhada da Cidade Nova até o Beco do Gancho levaria quarenta minutos ou mais. Com a cidade em alvoroço, vai demorar muito mais tempo.

— Você pode se teletransportar de novo? — pergunta Cari, esperando, quase torcendo, que a resposta seja não. Miren fecha os olhos por um momento, respira fundo, e, por um instante, ele pisca como uma chama de vela, entrando e saindo da existência veloz como uma flecha.

— Sim. Hoje à noite, eles vão deixar.

Eles, ela se pergunta, mas o tempo que levaria para arrancar uma explicação de Miren é quase o mesmo que eles levariam para atravessar a cidade a pé. Ela vai até onde ele está e agarra seu ombro.

— Me leve de volta pro Beco do Gancho. — Ele a pega pelos cotovelos, deixando um espaço estranho entre seus corpos, e juntos eles deixam o mundo novamente.

Beco do Gancho.

O professor de alguma forma sente a chegada deles antes que se materializem; eles voltam à realidade no escritório no andar de cima, na hora em que ele entra na sala. Ele os recebe com um sorriso largo.

— Muito bem, garoto — diz ele a Miren, bagunçando seu cabelo. Então, para Carillon: — Você está bem, minha garota? Temos muito o que fazer, mas se precisar de um momento…

— Cadê Mastro? — ela pergunta, no instante em que a grande massa pétrea do homem avança atrás do professor. Cari se solta das mãos de Miren e corre para dar um abraço raro em Mastro. — Tudo deu errado! — ela sussurra em seu ouvido, meio engasgada com lágrimas inesperadas. — Com a guilda, Ratazana e tudo o mais. — A presença de Mastro a faz se sentir segura, e isso piora tudo. Assim que ela abaixa sua guarda, mesmo que uma fração dela, o terror da situação se infiltra e congela seu coração. O impulso de pedir a Mastro que a mate queima no fundo de sua mente. Se ela se for, os Desfiadores não terão como abrir um canal para os Deuses de Ferro Negro. Mastro poderia fazer isso. Não há ninguém mais forte.

— Eu sei — diz Mastro —, mas, Cari, precisamos consertar isso. Precisamos encontrar um jeito de deter os Desfiadores.

Cari recua. Ongent e Miren estão sussurrando um para o outro na outra ponta da sala. Ela pega Miren olhando carrancudo para Mastro, com ciúmes, e revira os olhos. Sua atração por Miren é muito real no momento seguinte ao teleporte, mas depois disso ele faz sua pele se arrepiar. Ela limpa a garganta com um pigarro.

— Encontrei uma santa Guardiã. Aleena. Ela disse que eu deveria ser capaz de comandar, de controlar os Desfiadores. Eu tentei, mas… não funcionou. — Cari faz uma pausa, esfrega as costas, que ficaram roxas de hematomas quando Ratazana a jogou de encontro ao sino da São Vendaval. Respira fundo. — Eu tinha um amuleto que ganhei de minha mãe. Era aquele que Heinreil tirou de mim. — Mastro assente. — Acho que ele tem a ver com minha santidade e com os Deuses de Ferro Negro. Aleena disse que, se eu estivesse com ele, talvez conseguisse comandá-los. Não sei.

Ongent dá um sorriso encorajador para Miren e então diz:

— Muitos santos usam relíquias para reforçar sua conexão com os deuses. É certamente plausível. Como essa Guardiã… ah, deixa pra lá. Onde está o amuleto agora?

— Heinreil estava com ele, e quando o estava usando, eu não conseguia vê-lo nas visões.

— Claro que não, assim como não pode ver o seu próprio olho. Mas *estava* com ele. Mas agora ele está…

— No Morro do Cemitério. Eu o vi saindo do Morro do Cemitério, quando soei o sino na São Vendaval. Ele deve tê-lo deixado lá em cima com os Rastejantes. O cemitério está cheio deles. — Cari faz uma pausa. A lembrança é tão incongruente que é difícil para ela acreditar no que sentiu, mas não há motivo para esconder nada agora. Ela tem que confiar no professor. — E eu… Eladora estava lá. Eu não a vi na visão, mas ela estava lá. Fora do corpo dela, como eu. Eu acho que no reino dos deuses.

— O que aconteceu com Heinreil? — pergunta Mastro.

— Os Homens de Sebo o pegaram. Eu acho que ele está morto.

— Ótimo.

O professor é interrompido por um grito vindo de baixo, seguido por Hedan tropeçando pela porta, segurando um nariz quebrado.

— Mastro, tem uma mulher aqui que…

— Que pode falar por si mesma, porra. — Aleena bufa, entrando com tudo. Ela está corada e sem fôlego; veio correndo desde a igreja de São Vendaval, percorrendo o Arroio quase tão rápido quanto Miren foi capaz de saltar através da cidade. Seus olhos se estreitam quando ela vê Miren, e a espada nua em sua mão brilha com fogo. — Você não se mexa, rapaz. Sinter me avisou sobre seus truques. Carillon, você está bem? Aquele maldito carniçal quase quebrou meu pescoço.

— Estou bem — diz Cari. — Como você me encontrou?

— A porra da intervenção divina. Os Deuses Guardados estão gritando tanto que vão explodir a minha cabeça. Tem algo pra beber?

Sem palavras, Mastro recupera uma garrafa da mesa de Tammur e joga para ela.

— Eu sou Aleena. Eu deveria queimar metade de vocês filhos da puta na estaca e entregar a outra metade àqueles alquimistas chupa-vela em nome da lei e ordem de merda. — Ela dá um gole e depois acena com a garrafa para Ongent. — Você mencionou Eladora. Eu a deixei em uma casa segura da igreja com Sinter, aquele caroço rançoso. O que aconteceu com ela?

Ongent não moveu um músculo desde que Aleena entrou. Está paralisado como um rato que se esconde de um gato doméstico. Ele tem que lamber os lábios antes de falar.

— Nós dificilmente seremos aliados, você e nós. Seus espiões me assediam há anos. Você pensa em mim como um herege... e não tenho dúvidas de que você está sob ordens de matar a srta. Thay.

— Eu confio nela — diz Cari, surpreendendo-se. Assim como ela, Aleena também está presa nas garras da santidade indesejada. Reconhecendo o cumprimento, Aleena entrega a garrafa a Cari. Cari toma um gole grande da bebida. Queima ao descer, mas cria um calor bem-vindo quando chega no estômago. — Aleena, não sabemos o que aconteceu a ela. Eu a vi numa visão, mas...

— É, sim, eu também, vinte minutos de merda atrás. Ter pessoas gritando na sua cabeça é problema seu, não meu. Eu sou divinamente isenta de ressaca, mas, puta merda, isso é pior. — Ela cutuca Hedan com uma bota. — Pensando em matar esse cuzão, só para aliviar a tensão.

— Você teve uma visão? — pergunta Mastro, obviamente tentando dar algum sentido à intrusão bizarra.

— Eladora. Clamando por ajuda através dos Deuses Guardados. Como ela conseguiu, eu não sei. Eu não consegui entender direito: vermes, Morro do Cemitério e umas merdas lá. Mas ela me disse pra vir aqui, e aqui eu te encontrei. Então, que porra é essa?

Ainda se movendo com muita cautela, como um homem preso em uma sala com uma manticora, Ongent sobe e circula em direção à janela.

— Carillon, venha aqui, por favor. Um pouco de divinação viria bem a calhar agora, para tentar entender todas essas visões concorrentes.

Qualquer esclarecimento ajudaria, pensa Cari, e ela se junta à Ongent na janela. Lá fora, a cidade está iluminada por incêndios. Parece caos. O professor aparece atrás dela e coloca as mãos sobre seus olhos. Ele passa uma resina pegajosa nas pálpebras dela. Parece uma água-viva flutuando dentro dos olhos, os ferroando. Ongent murmura algumas palavras de poder, e poder surge através dele e entra nela.

— Veja — ele sussurra, e Cari abre os olhos.

Não é como as visões dela, mas é quase. Ela consegue ver as correntes de potencial mágico invisíveis que percorrem a cidade, assim como ela fez no porão do cortiço quando curaram Mastro. Ela ainda consegue ver os traços remanescentes daquele feitiço, o encantamento que a conectava a Ongent e Mastro para que ela pudesse canalizar o poder dos deuses num feitiço de cura. Mais além, ela vê fios menores e caóticos de magia, deslizando como vermes através da cidade. O céu à sua direita está pegando fogo de tanta feitiçaria — é o brilho das fornalhas alquímicas refletido nas nuvens. Ela pode ver vagamente formas se movendo além das nuvens. Os Deuses de Ferro Negro, talvez, embora nenhum dos sinos esteja tocando. Será que os Desfiadores começaram seus sacrifícios? Tentando dar aos deuses poder suficiente para se manifestar mesmo sem Cari?

Ongent sussurra outra palavra, e a conexão entre Cari e o professor volta a existir. Uma pressão atrás dos seus olhos quando ele olha por eles também. Sua visão borra quando ele tenta fazê-la olhar na direção do Morro do Cemitério. Lá, subindo do lado leste da colina retorcida, há um pilar de energia mágica, brilhando intensamente.

— Jermas — Ongent sussurra bem no ouvido dela. — Esse é o feitiço de Jermas. Minha nossa. — Ele dispersa a mágica, e Cari volta para o plano mundano.

— Jermas... você quer dizer meu avô? Jermas Thay? — Cari se apoia no peitoril da janela, tentando se lembrar de avô morto há muito tempo. Tudo o que ela consegue invocar são lembranças de lhe mandarem calar a boca, de se esconder sempre que um monstro tirânico se enfurecia na mansão que era o mundo inteiro até a enviarem para tia Silva. O pensamento de que a raiva dele enche os céus invisíveis sobre Guerdon faz algum tipo de sentido doentio.

— Trabalhei com ele brevemente, há muitos anos. Ele era um homem visionário, de verdade, com algumas ideias fascinantes sobre feitiçaria e divindade. Perdi o contato com ele, é claro. Os primeiros dias de pesquisa taumatúrgica liberada foram um período caótico, todos os tipos de grupos se formando e dissolvendo, e Thay era muito reservado. Mas eu conhecia suas teorias, e posso reconhecer a aplicação delas quando as vejo.

— Você sabia quando pagou meu resgate? — Cari exige saber. — Você sabia que eu era Thay. Meu avô fez algo para mim? É por isso que sou a porra de uma santa? Você sabia disso quando foi me buscar?

Ongent levanta as mãos.

— Eu suspeitava, sim. Mas não tinha certeza. Eu não sabia o que você era. Jermas estudou as crenças da seita Safidista, os alinhadores de deus, que tentam, através da oração e da autoanulação, se humilhar diante da vontade do divino, com sucesso decididamente misto. Jermas, que sempre foi um defensor da eficiência e da abordagem direta, sabe, acreditava que seria melhor criar uma entidade que fosse, digamos, espiritualmente receptiva. Eu tinha certeza, quando visitei Jere Taphson, de que você estava envolvida com um ser espiritual de algum tipo. Temia que pudessem ser os Deuses de Ferro Negro, mas não tinha certeza. Nosso teste inicial indicou que não era nenhum elemental menor ou fantasma que tinha visitado você, mas você, ah, partiu às pressas antes que eu pudesse confirmar que você estava realmente conectada com os sedentos. — Ele sorri, mas seus olhos estão vidrados e cansados. — Por um lado, você era iniciada do Dançarino e estava sonhando com as igrejas dos Guardiões. Havia outras possibilidades então. Agora não há nenhuma outra.

— O que esse Jermas fez com Cari? — pergunta Mastro.

— Não faço ideia. O próprio Jermas era apenas um diletante em feitiçaria, mas ele recrutou algumas mentes brilhantes. Ele gastou uma fortuna em seu trabalho, mas toda essa pesquisa foi perdida quando a família Thay foi assassinada. Seja ela o que for, ela é única.

— Se ela é única — diz Mastro —, então como a prima Eladora está envolvida? E o amuleto?

— Antes que os Deuses de Ferro Negro fossem derrubados pelos Guardiões e reforjados em sinos, eles eram estátuas de ferro. Essas estátuas ecoavam e reiteravam os padrões espirituais que compõem a estrutura essencial dos deuses no reino elemental. Reforjá-los rompeu esses padrões e caminhos, tornando impossível para os deuses exercerem seu poder.

Aleena franze a testa.

— Sim. Não podíamos matar os bastardos, mas eles convenientemente se trancaram em grandes pedaços feios de ferro, então simplesmente os fodemos transformando todos em sinos. Então, o que mudou? Cari?

— Isso. A presença dela agita as estruturas vestigiais danificadas que já foram deuses um dia. Ela é como uma vela para eles, guiando-os de volta ao que se poderia chamar de consciência entre as divindades. Agora, receio eu, Eladora está perto o suficiente de Carillon para que os Deuses de Ferro Negro a usem como um farol… quando ampliada pelo amuleto. O amuleto, suponho, é uma relíquia de grande importância para os Deuses de Ferro Negro. Um talismã sagrado, que marca o usuário como o sumo sacerdote e arauto deles. — Ele parece empolgado com toda essa perspectiva, como se o fim do mundo fosse um enigma que ele acabou de resolver.

— Mas por que caralho meu avô, ou qualquer outra pessoa, ia querer que os Deuses de Ferro Negro voltassem? — pergunta Cari. Sem que ela deseje, a lembrança do que ela viu, o que lhe foi oferecido na Sagrado Mendicante lhe vem à mente: uma visão de Carillon como suma sacerdotisa, uma santa-rainha imortal governando a cidade. Seus inimigos estripados a seus pés. Ela sufoca o pensamento, diz a si mesma que rejeita tudo isso — *mas você usou o poder deles para matar Heinreil,* parte dela sussurra, *por que parar aí?*

— Não que voltassem do jeito que eram antes. Ele pretendia trazê-los de volta numa forma que ele mesmo projetou. Deuses refeitos, projetados para os propósitos dele. Arrogância e loucura, receio eu, mas maravilhosamente ambicioso, é preciso reconhecer. Ou então, Eladora poderia estar nas mãos de alguém usando a pesquisa de Jermas, talvez aqueles que...

— Não importa quem — diz Mastro. — Se não impedirmos os Deuses de Ferro Negro, então não teremos o amuleto. Se não tivermos o amuleto, então não poderemos deter os Desfiadores, e depois os alquimistas lançarão suas bombas divinas para salvar a cidade. Isso matará os Deuses Guardados também, junto com os Deuses de Ferro Negro e provavelmente Aleena e Cari. Tudo o que importa agora é sobrevivermos à noite. Todas as outras preocupações devem ser deixadas de lado. Como vamos impedi-los?

— Os filhos da puta dos Desfiadores encurralaram metade do Arroio no Mercado Marinho. Deve haver milhares de pessoas lá — diz Aleena. — Será um massacre.

— Cari, você acha que pode comandar os Desfiadores se tiver o amuleto?

Ela abre a boca para falar, sente o fundo da garganta queimando com vômito, torna a fechá-la. Então assente fracamente. Do lado de fora, um trovão ou algum feitiço bate nas nuvens e ela se encolhe. Seu coração está acelerado de pânico.

— Será perigoso — admite Ongent. — Carillon se tornará o que Jermas Thay pretendia que ela fosse: a Arauto dos Deuses de Ferro Negro, o conduíte deles para o plano material. A tentação de abusar desse poder pode ser esmagadora... e mesmo que você resista, ainda estará em perigo. Os Desfiadores podem lhe obedecer, mas a primeira lealdade deles é para com seus deuses aprisionados. Eles podem se voltar contra você e fazer com que você abra o caminho para os deuses. — O professor suspira e bate palmas. — Eu posso ser de alguma ajuda. Já fui capaz de ferir um Desfiador com meus feitiços antes.

Ela assente de novo e atravessa a sala para ficar ao lado de Mastro. O piso áspero do armazém se eleva como o convés de um navio agitado sob os pés dela. Ongent continua falando sobre feitiços de proteção e contramedidas — a mesma palestra que ele deu no cortiço depois de curarem Mastro — mas ela não está ouvindo.

— Vou pegar o amuleto então, e a jovem Eladora. Ela estava sob minha proteção — diz Aleena — e eu conheço a tumba.

— Miren — diz Ongent — vá com Aleena. Depois de resgatar a pobre Eladora, pegue o amuleto e venha até nós. Meu filho — ele diz com uma nota de orgulho — tem o dom do teleporte. Ele pode nos conseguir o amuleto mais rápido do que qualquer outro método.

— Eu devia ficar com Cari — diz Miren, os olhos fixos no chão. — Posso protegê-la.

— Não. Vá com Aleena. Pegue o amuleto — retruca Ongent com aspereza — Está entendendo? — Miren grunhe.

— Eu vou com Cari e seu pai — diz Mastro. — Vocês vão chegar ao Morro do Cemitério mais rápido sem um Homem de Pedra junto. Vou pegar alguns dos ladrões para servir de apoio a vocês.

Cari respira fundo. Pensar que Mastro estará com ela nessa loucura é encorajador. Uma mão se fecha ao redor da faca no seu bolso, tirando força do peso frio da lâmina. Ela ainda está pegajosa com seu próprio sangue e o icor do Desfiador. As coisas podem morrer.

— Temos um plano, então — diz Ongent.

— Somos ladrões — diz Cari. — Chame de assalto.

CAPÍTULO TRINTA E OITO

Mastro se pergunta se já estará amanhecendo. Ele tem contado o tempo na base do alkahest nos últimos anos, e isso deu a ele um cronômetro interno extremamente preciso. Se as articulações dos seus dedos e pescoço parassem de doer, ele saberia que pelo menos uma semana se passou desde a última injeção. Outros sintomas lhe deram medidas ainda mais precisas. Uma placa em particular nas suas costas se solidificava cerca de seis dias após uma injeção; o joelho bom começava a ficar rígido três dias e seis horas após uma dose.

Após o feitiço de cura de Cari, seu senso de tempo se foi. Isso faz com que ele se sinta à deriva, como se estivesse girando fora de controle na direção de um futuro mergulhado em trevas. A cidade compartilha o sentimento. Tudo está incerto esta noite.

Ele está parado na porta do armazém do Beco do Gancho, esperando que o professor Ongent termine alguns preparativos de feitiçaria. O filho estranho do professor, Miren, saiu há algumas horas, com Aleena e meia dúzia de ladrões nos quais Mastro tem quase certeza de que pode confiar. Mesmo que ainda haja alguns homens de Heinreil nos restos da Irmandade, a lealdade deles é para com um homem morto. Heinreil se foi. Esta noite, Mastro é o mestre dos ladrões de Guerdon, assim como seu pai. Aconteça o que acontecer, ele tem esta noite.

A esta altura, Aleena e seus companheiros devem estar quase no Morro do Cemitério. Não é muito longe de onde os trens circulam, mas os trens estão todos parados e o Arroio é uma zona de guerra. As ruas estão intransponíveis, e — sem um carniçal como guia — os túneis profundos que são a rota mais direta para o Morro do Cemitério também. Então, Mastro enviou dois ex-foguistas que viraram ladrões, Harper e Gladstone, para liderar o grupo de Aleena através dos túneis de trem subitamente vazios da cidade até o Terminal do Cemitério. Se não encontraram nenhum Homem de Sebo, eles estarão na tumba dos Thay daqui a pouco. Eles vão pegar o amuleto, e aí Miren o levará de volta para Cari, e ela poderá realizar outro milagre.

Os observadores de Mastro na rua reportam (isso quando reportam, em vez de ficarem de repente em silêncio) que os Desfiadores ainda estão reunindo prisioneiros no grande Mercado Marinho, perto da Praça da Ventura. Agora deve haver milhares de pessoas dentro do mercado. Milhares de almas a serem filetadas pelos Desfiadores e entregues como alimento ao Deuses de Ferro Negro.

A escala da tragédia é impensável.

Da mesma forma, ele suspeita, a escala da vitória. Digamos que Carillon seja capaz de comandar aqueles monstros — o que significa comandar? Ela pode mandar que eles parem, e apenas fazer isso será o suficiente para salvar todas aquelas vidas. Mas eles podem ir mais longe. É impossível deter os Desfiadores por qualquer arma que não seja magia divina ou armas alquímicas. Magia divina está escassa em Guerdon, e se os alquimistas tivessem uma bomba divina pronta, eles já a teriam usado. Há uma chance, ele pensa, de que ele e Cari terminem na liderança de um exército profano.

Existem fornos na guilda dos alquimistas que talvez pudessem queimar um Desfiador. Eles poderiam ordenar que os Desfiadores se voltassem uns contra os outros, que se matassem uns aos outros até não sobrar nada. Poderiam mandar que eles marchassem direto para o oceano e seguissem em frente, ou simplesmente que voltassem ao subterrâneo. Colocar o gênio de volta na garrafa, fazer com que os Desfiadores passem de novo por aquele portão além do reino dos carniçais e fechá-lo novamente.

Ou eles poderiam usá-los. A rua Desiderata provou que os Homens de Sebo não são páreo para os Desfiadores. Mastro poderia sugerir a Cari que derrubasse os monstros de Rosha com os seus próprios. Fazer marchar um exército de Desfiadores até a guilda dos alquimistas e até as catedrais no Morro Santo, subir até o parlamento e exigir reformas. Colocar um laço de escuridão ao redor da cidade e ver se eles têm uma fração da força de Idge.

Ele volta para dentro mancando. O armazém está assustadoramente silencioso, apesar de estar lotado com as pessoas que se abrigaram ali. Todo mundo está com medo de falar acima de um sussurro, como se muito barulho fosse atrair os Desfiadores.

Ele passa pelo professor Ongent, que está deitado, estendido sobre um palete. O professor está dormindo, profundamente adormecido no meio do apocalipse, uma expressão infantil de satisfação em seu rosto. Cari está no andar de cima, no escritório.

Os passos pesados de Mastro soam como tiros quando ele cruza o andar e sobe as escadas. Ele encontra Cari vasculhando a mesa.

— Olhe só isto! — ela insiste e empurra um livro-caixa para ele. — São as contas de Tammur. O bastardo... veja, o filho da puta comprou uma remessa de veneno de Ulbishe. A mesma merda que Yon identificou, que eles deram a você. Foi Tammur que envenenou você!

Mastro ri.

— Qual é a graça, porra? — o rosto de Cari exibe fúria e choque de um jeito quase cômico.

— Não importa. Só não importa. Quero dizer, talvez Tammur tenha me envenenado. Talvez ele tenha comprado o veneno por ordem de Heinreil. Talvez Heinreil tenha plantado o livro-caixa e planejasse usá-lo para ferrar com Tammur quando tudo viesse à tona. Eu não sei e não me interessa. Estão todos mortos.

— É claro que importa — ela insiste. — Precisamos saber.

Mastro se senta numa cadeira pesada, testando a força do assento.

— Mesmo com suas visões — ele diz —, não sabemos tudo. Está todo mundo sob o controle dessas tremendas forças invisíveis, jogados para um lado e para o outro. Não só deuses. Eles estão lá, sim, mas fazem parte disso. Destino, circunstância... porra, dinheiro, poder e família também. Economia, política e história. Necessidade, talvez. Como se o mundo andasse sobre trilhos de trem. As coisas acontecem mesmo que ninguém em sã consciência queira que elas aconteçam, quando ninguém envolvido quer que elas aconteçam, mas todos são pegos pelas circunstâncias. Aliás, se vamos ter essa conversa, me passe aquela garrafa ali.

— Não sei que porra de conversa estamos tendo. — Cari serve um pouco da bebida restante num copo e lhe entrega o resto. — Deveríamos ficar bêbados antes de salvar a cidade?

— Talvez seja esse o xis da questão. Pare para pensar: o cabeça da Irmandade sempre tentaria me matar. Não havia alternativa. O nome do meu pai, minha história, essa é uma força agindo sobre eles. E que age sobre mim também. Mesmo que eu odiasse as pessoas e não quisesse nada com elas, eu ainda seria visto como um campeão dos pobres. Por causa de Idge.

— Ah, deuses. Eu conheço esse tipo de conversa. Esse é o motivo pelo qual você não tem amigos, você sabe, não a Praga de Pedra.

— Idge diz que...

Ela toma um gole de sua bebida e mostra a língua para ele.

— Idge diz que...

— "Termine a garrafa se ele ler a página inteira para você" — cita Cari. É um jogo de bebida que Ratazana inventou, zombando da devoção de Mastro à filosofia inacabada de seu pai.

— Idge diz que há momentos em que a revolução é possível. Na maioria das vezes, estamos todos, todos nós, do mendigo mais pobre lá fora até Patros em seu trono de ouro, presos nas engrenagens, controlados por essas forças invisíveis e, se agirmos contra elas, seremos esmagados. Mas há momentos em que as coisas podem mudar, quando as forças se equilibram e é possível que pessoas, indivíduos, façam uma grande diferença. Para... realinhar as coisas. Refazer o mundo.

Ela faz uma careta.

— Quem quer fazer isso? Você entendeu errado, e a partir daí o mundo inteiro é sua culpa. Toda coisa ruim que acontece depois desse momento cai na sua conta. Como você vive com isso?

— Cari… quando você pegar o amuleto e comandar os Desfiadores, o que vai mandar eles fazerem?

— Parar. — Ela parece pálida.

— E depois?

Ela coloca sua bebida inacabada em cima da mesa.

— Sei lá, porra. Fazê-los irem embora. Imaginei que talvez Ongent soubesse alguma coisa. Se dependesse de mim… se dependesse de mim, Mastro, não queria que dependesse de mim. Eu queria fugir quando tudo isso começou, e ainda quero. Voltei para ajudar você, e pra foder com o Heinreil, e também pra recuperar meu amuleto. — Um dedo. — Você… não sei… não está exatamente curado, mas está mais saudável do que já vi antes. — Dois dedos. — Tudo e todos nesta cidade estão se fodendo esta noite, mas pelo menos Heinreil está morto. E três. — Ela estende um terceiro dedo. — Assim que eu recuperar aquele amuleto, ele vai para o fundo do mar, porra. Essa é a minha resposta, Mastro. Eu quero ir embora. Tudo o que esse amuleto sempre significou para mim foi a ideia de que um dia tive uma mãe que me amava, e que eu não tinha passado a vida toda sendo uma maldita inconveniência para alguém. Agora acontece que tudo faz parte dessa merda mágica, e eu não quero mais isso.

Subitamente zangada, ela pega o copo e bebe até o final.

— Pegue suas forças invisíveis e enfie no cu. Eu quero ir embora. O mar aberto, e um lugar onde ninguém saiba quem eu sou. — Os olhos dela brilham. — Você poderia vir também. Salvar a cidade desincumbe você de qualquer obrigação que pudesse sentir com a Irmandade ou qualquer outra coisa aqui. Deuses, Mastro, eu posso te mostrar o mundo. Há tanta coisa lá fora além de Guerdon. A Guerra dos Deuses ainda não está em toda parte. Venha comigo.

Mas e Miren?, parte dele pensa, mas antes que possa responder, passos apressados. Um dos mensageiros, uma garota que não devia ter mais de oito anos. Ela deixa cair um papel em cima da mesa e recua, não querendo ficar perto de um Homem de Pedra. Ele se levanta da cadeira, ouvindo-a gemer sob a tensão, e pega a nota.

— Os Homens de Sebo estão se reunindo para forçar a abertura do cordão da rua da Misericórdia, com o objetivo de liberar o Mercado Marinho.

— O que eles estão esperando? — pergunta Cari.

— Há uma carruagem ou caminhão descendo pela marginal Cintilante neste momento. Deve ser a bomba dos deuses. Parece que não conseguiram encaixá-la num míssil a tempo, então ela está sendo carregada até o meio da cidade.

Cari fica de pé.

— Assim que os Desfiadores perceberem, começarão a matar pessoas. Tentarão libertar os deuses antes que os alquimistas os explodam. Porra, eles podem já ter começado. Estão supondo que todos os Desfiadores são claramente monstros, mas pode ser que haja vários ocultos em forma humana.

— Temos que descer lá, para estarmos prontos no instante em que Miren levar para você o amuleto. Vou acordar Ongent.

— Mastro. — Cari corre em volta da mesa e abraça o amigo, pulando de tal maneira que ele tem que pegá-la. Ela o beija na bochecha, depois sussurra em seu ouvido. — Se você me pedir, eu faço.

E então ela sai, correndo para uma sala lateral para pegar o resto do equipamento deles.

Os vermes estouram sob seus dentes, cada um liberando uma deliciosa explosão pequenina de substância da alma. Ele engole, depois regurgita um bocado de lodo preto e cospe, usando os restos esfarrapados de uma capa preta como lenço. O carniçal ancião fareja o ar; a Arauto está muito perto agora. A audácia de seu inimigo: escolher o *Morro do Cemitério* como refúgio final! O Morro do Cemitério tem sido a fortaleza dos carniçais desde que chegaram à cidade e, mesmo com o reino dos carniçais em desordem, ali ele tem *poder*. Em outros lugares da cidade, ou abaixo, esses dois Rastejantes poderiam ter sido um desafio para ele, mas não ali.

Ele se move pelo cemitério familiar. Os salgueiros anciãos o conhecem e se curvam de lado para ele. Ele escala o penhasco em vez de seguir o caminho mais longo e protegido. Os homens-verme estão procurando por ele; ele consegue ouvi-los chamando um ao outro em horrível chocalhares, muito suaves para qualquer ouvido humano captar. Haverá um acerto de contas, ele lhes promete em silêncio. Houve um tempo em que os carniçais estavam dispostos a compartilhar a recompensa dos mortos, mas eles quebraram as regras e haverá guerra sob as ruas. E fogo também. Vermes gordos fritando, um banquete para jovens carniçais.

Um perfume familiar, e uma voz ainda mais familiar.

— Que coisa maldita.

Ele faz uma pausa na subida e examina o ambiente ao redor. Lá em cima, recortada na encosta, há uma passagem que se conecta com a estação Terminal do Cemitério bem abaixo. Um poço de acesso, cortado décadas atrás e praticamente esquecido. A entrada da superfície do poço está selada e fechada por correntes.

Ele assiste.

Um clarão do outro lado oposto, e a porta treme. É resistente, feita de aço, e aguenta firme. Está emperrada pela ferrugem.

A voz de Aleena novamente.

— Eu posso abrir esta porra, mas não quero escrever: "Ei, intrusos, aqui, venham acabar com eles" com putas letras de fogo de 15 metros de altura na porra da encosta. Elemento surpresa, certo?

Uma resposta abafada. Harper, a parte ainda Ratazana de sua mente o lembra, ou talvez Gladstone. Um companheiro ladrão. Dizendo para Aleena se apressar, que a única alternativa deles é abrir a porta com explosivos e isso será ainda mais óbvio.

A Arauto está próxima, pensa o carniçal mais velho. Ele deveria ir embora. Em vez disso, ele se vê chegando mais perto da porta. Sua poderosa alma avança à frente de seu corpo, sondando as mentes daqueles que estão além. Esta será uma voz adequada.

— EU ABRIREI A PORTA — diz Hedan, numa voz espessa como melaço. — PARA TRÁS.

Um golpe das garras de Ratazana, e as correntes caem no chão. Ele as pega antes que eles possam fazer barulho. Com o outro braço, ele arranca a porta dos caixilhos e a abre com um puxão.

Aleena sai. Ela mantém sua espada entre ela e Ratazana, mas a lâmina está fria e escura, não ardente.

— Bem que eu devia ter imaginado que você chegaria aqui antes de nós.

Hedan tropeça e cai no chão, olhando aterrorizado para Ratazana. Sua boca se abre.

— EU DEVO MATAR A ARAUTO. CARILLON.

— Sim, porra, foi o que você disse quando me chutou escada abaixo, imbecil. Escute, não é Cari quem está lá. É a prima dela, Eladora: e você também não vai matá-la. Eles a prenderam, os vermes. Estão usando um amuleto para fazer dela a Arauto, ou para que ela se pareça com a Arauto, ou... não sei, eu não entendi essa baboseira. Nós vamos pegar o amuleto, certo?

— EU VOU MATAR ESTE AQUI — diz Hedan, gorgolejando seu próprio vômito. Ratazana aponta um dedo comprido de garra enorme para Miren.

— Não. — A espada não acende, mas pisca. — Ele vai levar o amuleto para C... para deter os Desfiadores. Existem milhares de pobres merdinhas encurralados no meio do Arroio, e os Desfiadores vão matar todos, a menos que levemos o amuleto para lá rápido como uma trepada haithiana, entende? Então, precisamos do babaca do teleporte.

— EU VOU MATAR ESTE AQUI — diz Hedan, e Miren termina a frase de Ratazana: — *MAIS TARDE*. — Os olhos de Miren queimam com fúria impotente quando Ratazana consegue assumir o controle de sua voz.

— Não temos tempo — diz Aleena. — Eles estão na tumba dos Thay.

— EU SEI. — Eles começam a marcha subindo a encosta sombria em direção aos túmulos.

— A primeira parte de todo esse show de merda é fácil — diz Aleena. — A gente entra e pega o amuleto, e Miren o tira de lá. É bater e pegar, certo? Mas é na segunda parte que a gente se fode. Todos os Rastejantes na encosta virão atrás de nós, e vamos ficar presos no fundo da porra de uma masmorra. Se você tiver algum carniçal por perto para tirar um pouco da luta das nossas costas, pode ser que nem todos aqui morram.

Ratazana dá um risinho.

— HAVERÁ GUERRA, AH, SE HAVERÁ.

— Maravilha. — A espada pega fogo. — Eu não sei o que caralhos eu faria com a paz — diz a santa.

CAPÍTULO TRINTA E NOVE

Mísseis traçam arcos no alto da cidade, seu brilho espelhado nas águas do porto. As canhoneiras da guarda da cidade que lançaram a artilharia ficam bem longe das docas no final do Arroio, que ainda é território inimigo. Poderia haver Desfiadores escondidos entre as sombras, ou mesmo disfarçados em forma de ratos ou de gaivotas. Os artilheiros usam o pináculo danificado da São Vendaval como um ponto de referência ao apontar, uma trajetória que vai logo a leste da igreja, por cima das docas e dos armazéns, até o coração da cidade velha. Os mísseis uivam sobre a cúpula do grande Mercado Marinho, passando tão perto que as multidões aterrorizadas lá dentro gritam. Alguns tentam fugir, mas seus captores Desfiadores não deixam ninguém escapar. Centenas perecem em uma fração de segundo, feitos em pedaços sangrentos.

Os mísseis pousam além do Mercado Marinho, do outro lado da Praça da Ventura. Escritórios, galerias comerciais, mercados cobertos: todos são consumidos num clarão súbito. Há gritos nesse inferno flamejante, mas são muito breves. Rápido demais para dizer se eram gritos humanos ou de Desfiadores.

Uma segunda barragem grita através da cidade. Esses mísseis são calculados para explodir no ar, regando a área abaixo com um fino borrifo de espuma retardante de chamas. Ela não é nem de longe o suficiente para apagar os incêndios — o Arroio está queimando agora, uma conflagração maior do que qualquer uma que Guerdon tenha visto na história recente —, mas abre um caminho limpo através dos escombros, uma estrada surgindo entre a borda da marginal Cintilante e o Mercado Marinho, corta uma dúzia de quadras num instante.

Os Homens de Sebo avançam em uma linha irregular e selvagem. Escaramuçadores. Atrás deles, seguem tropas mais pesadas, mais disciplinadas, mas temerosas. Mercenários blindados, seus serviços comprados com as armas que estão levando para a batalha. A guarda inteiramente humana e mortal da cidade, com o Comandante Nabur à frente, os segue, um selo de sanção oficial ao bombardeio da cidade. Necessidade cívica — as necessidades de toda a cidade devem ser sopesadas contra alguns edifícios que provavelmente não tinham ninguém importante mesmo. Os alquimistas precisam levar sua arma o mais perto possível do exército dos Deuses de Ferro Negro.

A Senhora de Guilda Rosha segue com a bomba. Ou pelo menos uma de suas cópias o faz. Enquanto o molde sobreviver, eles poderão fazer novas Roshas por toda a eternidade. Ainda assim, apesar do conhecimento de que a essência dela continuará, a efígie de cera no carro-bomba não consegue controlar suficientemente o tremor de suas mãos recém-fundidas enquanto ajusta a arma que criou. Ela luta para ignorar o incipiente espancamento psíquico dos remanescentes do Deus de Ferro Negro nos destroços. Esse corpo de cera é descartável, mas o molde-templo que contém a destilação de sua alma não está longe. O deus, antes preso e mutilado, agora também está louco e cheio de ódio por sua torturadora. Rosha sabe que, se os deuses se libertarem de suas prisões, a coisa na carruagem ao lado dela se manifestará como algum avatar disforme de ira, e todo sofrimento imaginável vai ser lançado sobre ela.

Segundo seus cálculos, esse destino está a menos de vinte minutos.

Subindo o Morro Santo, os engenheiros da guilda que receberam ordens de recuperar com segurança os sinos das torres das catedrais agora recebem novas ordens sob o próprio selo de Rosha, mandando que impeçam os sinos de badalar por qualquer meio necessário. Uma equipe de trabalho, descuidada e inconsciente do verdadeiro perigo, simplesmente retira as cordas e acha que o trabalho está feito. Eles ficam surpresos quando o sino começa a balançar por conta própria, movido por forças invisíveis, e chocados quando uma presença se manifesta no ar ao redor da torre do sino, a sombra de um deus não adorado em nenhuma das catedrais. Nenhum dos engenheiros sobrevive; os restos desmembrados de três deles são encontrados dispersos no alto de telhados da marginal Cintilante ao longo da semana seguinte, e os outros dois nunca mais são vistos. Na catedral abaixo, os ícones dos Deuses Guardados se estilhaçam.

Cari ouve a explosão de mísseis e acelera o passo. Os três — Ongent, Cari e Mastro — escalam uma série aparentemente infinita de depósitos e escritórios abandonados nos fundos do Mercado Marinho. Ongent, apesar da cara vermelha e de não parar de bufar, é o que tem mais energia entre eles, e os estimula a seguir em frente. Ele tem fôlego suficiente para apontar características arquitetônicas interessantes.

— Este era o templo dos Deuses de Ferro Negro. Estes aqui teriam sido aposentos de sacerdotes e câmaras rituais onde os sacrifícios eram preparados antes de serem levados para o andar de baixo, para o que é agora o principal mercado. Naquela época, as estátuas de Ferro Negro ficavam ali, sobre uma dúzia de pedestais, com um altar na frente de cada uma. Existem túneis e cisternas no subsolo onde os Desfiadores eram mantidos. Quando sacrificavam uma oferenda, um Desfiador subia e desfazia a, ah, vítima, carregando tudo, corpo, alma e tudo mais, para o mundo espiritual. Era extremamente eficiente, como essas coisas costumam ser. O sumo-sacerdote deles, mais que sacerdote, arquissanto ou avatar seria uma tradução melhor, compartilhava de seus poderes. Um semideus… ou semideusa. — Ele lança um olhar de soslaio para Cari.

— Se eles estão lá embaixo — sussurra Cari — por que caralhos nós estamos aqui em cima?

— O caminho leva até um círculo de varandas com vista para o salão principal — responde Mastro. — Merda — ele acrescenta quando o prédio treme, fazendo a poeira cair do teto. O barulho de outra explosão rola sobre eles. — Eles estão alvejando o mercado?

— Duvidoso. — Ongent passa a mão amorosamente por uma escultura meio escondida atrás dos restos de um antigo teatro de marionetes. — O bombardeio não matará todos os Desfiadores, e mesmo um deles é o suficiente para levar todas as almas para os Deuses de Ferro Negro. Rosha não ousaria oferecer sacrifício dentro do templo. — A escultura está arruinada. Desgastada pela passagem do tempo, lascada tanto por cruzados vitoriosos quanto por meninos ociosos e coberta por trezentos anos de grafites, mas Cari imagina que tenha um dia retratado um dos Deuses de Ferro Negro. — Temos tempo — declara Ongent. — Podemos esperar por Miren.

— Quando roubarem o amuleto, quanto tempo teremos até que os Desfiadores aqui descubram o que está acontecendo? — pergunta Mastro. — Quanto tempo mais antes que comecem a matar as pessoas?

— Meu rapaz, esses Desfiadores são emanações dos deuses. Não são criaturas vivas, lembra? São espíritos que ganharam forma material. Não, eles sabem o que os deuses sabem. Assim que os Deuses de Ferro Negro descobrirem que a imitação de Arauto se foi e que essa porta está fechada, vão começar um sacrifício em massa e tentar passar para cá através de pura força bruta.

— Tudo bem, vamos chegar o mais perto possível da varanda sem sermos vistos. Queremos Cari dando suas ordens imediatamente. — Mastro encolhe os ombros quando outro bombardeio desce do lado de fora. Cari não consegue olhar nos olhos dele; ela sabe que ele está pensando em que ordem ela lhes dará.

Enfim, fodido, fodido e meio, ela pensa, *seja por um exército profano de monstros, seja por visões amaldiçoadas.*

— Um segundo. — Ela arrisca uma espiada rápida na cidade inteira, abrindo sua mente para as visões. Uma visão súbita do Morro Santo, da marginal Cintilante queimando lá embaixo, e depois a impressão de uma grande porta se abrindo acima do Morro do Cemitério: mas a porta está bloqueada. Trancada do lado oposto.

A presença de Cari no mundo espiritual não passa despercebida. *A ARAUTO*, soa uma voz. *DIVIDIDO, DIVERGENTE!* diz outra. A coisa no vagão lá fora grita como um recém-nascido demoníaco, o uivo agudo composto em partes iguais de ódio e necessidade crua. E então, mais perto que tudo, uma presença. Existe um Deus de Ferro Negro a menos de 15 metros de distância, pendurado no ápice do grande teto abobadado do Mercado Marinho.

Ele a conhece. Sabe o que ela deve ser.

Transformada, transfigurada, tornada divina.

Suma Sacerdotisa, rainha sombria, imortal e invencível.

Na visão, os Desfiadores se curvam diante dela. As multidões, dirigidas como gado no pátio de matadouro do templo, caem de joelhos e a amam. Alguns ficam tão extasiados que se jogam de boa vontade nos altares, arrebentando os cérebros contra a pedra para que ela possa consumir suas almas. Ela deixa o templo nas asas da escuridão, sua faca se transformando em uma lâmina de ferro preto. Sozinha, ela destrói os exércitos dos alquimistas. Ela aniquila a prisão de metal que prende uma porção de sua alma cativa com uma palavra, e cingida numa armadura feita de ossos de deuses ela se ergue, derrubando as catedrais dos deuses falsos no Morro Santo. Eles caem como placas de mármore deslizando na encosta, e ela invoca um trono adequado para sua glória divina, de modo que possa governar sua cidade eterna. Alquimistas, guardas, ladrões de Heinreil, todos os seus inimigos são arrastados para fora de seus esconderijos imundos e sacrificados na frente dela por sacerdotes em seus mantos e Desfiadores, de modo que ela possa banhar os pés no sangue deles e...

Cari bate a porta de sua mente. Mastro está subitamente ao lado dela, segurando-a na posição vertical.

— Uma visão?

— Tentei ver como Miren estava. — Ela respira fundo. Peixe misturado com sangue e poeira. — Eles estão perto da tumba, eu acho. Ah, merda. Um deles... um dos deuses... me viu.

Ongent empalidece.

— Eles têm consciência suficiente para reconhecer você?

Ela assente.

— Corra — diz Mastro. — Suba!

Pela porta, mais rápido agora, não faz sentido serem furtivos. Invadindo salas e corredores, procurando escadas.

É ela quem encontra uma porta lateral trancada. Mastro a arrebenta com um chute de pedra. Ela vai dar em outro corredor circular. A parede da direita está repleta de portas a cada poucos metros, mas o lado esquerdo tem pequenas janelas em arco que dão para o mercado abaixo. Um som estranho; milhares de pessoas chorando silenciosamente, num uníssono aterrorizado. Cari olha para aquele mar de rostos. A realidade do que está para acontecer cai em seu estômago como uma bola de ferro. Todas aquelas milhares de pessoas vão morrer se ela estragar tudo. A responsabilidade é um peso físico, que a desacelera, e ela odeia ser desacelerada.

Sessenta metros abaixo, uma maré negra sobe pelo interior da cúpula. Os Desfiadores se movem como um só, deslizando na direção deles.

— Por aqui — grita Mastro. A multidão abaixo ondula em confusão quando sua voz ecoa ao redor da enorme cúpula. Algumas pessoas devem achar que é uma tentativa de fuga. Cari vê explosões de preto-e-vermelho, como botões de flores, e quase vomita quando percebe o que elas são. Alguém tentou correr, e um Desfiador foi atrás e matou todos por perto. Desmembrados num instante.

Ela corre atrás de Mastro, meio cega de lágrimas. Ongent grita algo, um feitiço, talvez. Ela encontra as escadas, sobe-as como um cachorro, de quatro. A varanda oferece uma visão melhor do Mercado Marinho. Daquela altura, é como as visões dela. As pessoas abaixo são pontinhos; as distâncias parecem todas distorcidas.

Não é o suficiente. Os Desfiadores estão muito perto. Eles mudam de forma enquanto escalam, brotando membros e tentáculos roubados para agarrar as rachaduras na pedra quando necessário. Uma coisa das trevas se move na direção de Cari, subindo nas mãos roubadas de cem crianças, brotando cem olhos quando chega perto.

Precisamos subir mais, ela pensa, mas Mastro já está à sua frente. Ele aponta para cima. Há o Sino de Ferro Negro, pendendo outros 15 metros acima deles. Quatro segmentos de arco, semelhantes aos chifres da coroa de um gigante, sobem a partir daquele nível do edifício para apoiar a cúpula superior. Ela consegue ver duas pequenas portas distantes, uma no final de cada um dos dois segmentos, em ambos os lados daquele sino central. Há um pequeno beiral — não uma varanda, um beiral — correndo ao redor da circunferência da cúpula de uma porta para a outra. Alças de ferro presas na pedra, para que você possa se agarrar e não cair noventa metros até o andar de baixo.

Chegar lá é o mais alto que eles podem ir, mas ela não consegue ver uma rota.

Mastro vira à direita e atravessa uma parede arrebentando-a. Eles vão atrás.

Os Desfiadores estão logo atrás deles, chamando Cari para voltar e se juntar a eles. Sem o amuleto, essa é uma promessa falsa. Ela será consumida por eles, esvaziada e usada como uma máscara. Eles não precisam que ela tenha uma alma para completar o ritual.

Ongent aponta para uma escada estreita que sobe. Devem ser as escadas de acesso para chegar ao sino, ela pensa enquanto se contorce para conseguir passar pela entrada. Ongent segue-a, gemendo ao se espremer. Mastro precisa arrancar parte da porta, e as escadas além são ainda mais estreitas. Ela ouve o raspar de pedra na pedra atrás dela ao subir.

As escadas continuam para sempre. Ali não há luz, absolutamente nenhuma luz. Ela não consegue ver nada. Tudo o que ela tem para guiá-la é a sensação de pedra sob as mãos e a curva cada vez mais apertada das escadas. Ongent não consegue respirar atrás dela — ela ouve o velho chiando e tossindo. Não escuta Mastro. Ele está muito atrás dela para ser audível, ela diz a si mesma, mas está lá. Eles não foram apanhados.

A escalada se torna automática, até extática. Ela está deixando seu corpo para trás. É o feitiço de Ongent mais uma vez, de quando eles curaram Mastro. Os três, suspensos no vazio entre a cidade abaixo e os deuses acima, roubando poder do divino. Certamente ela já escalou todo o caminho àquela altura. Ou isso será algum truque dos Deuses de Ferro Negro, alguma última ilusão? Ela imagina uma torre infinita, como um fio preto, crescendo sobre Guerdon para sempre e sempre, e ela está condenada a escalá-lo por toda a eternidade.

Para cima, para cima e para cima.

Ela também não consegue ouvir Ongent agora. Suas mãos estão dormentes, suas pernas, doendo com o esforço. Tudo o que ela consegue ouvir são as próprias batidas do coração e a respiração ofegante.

E para cima.

As escadas são tão estreitas agora que ela precisa se espremer a cada curva.

E para cima.

Cada passo traz o terror de que é durante aquele que os Desfiadores vão agarrá-la. A sensação fantasma de um tentáculo se fechando ao redor do tornozelo, arrastando-a para baixo.

E para cima, e ela está diante de uma porta.

Atordoada, ela agarra a maçaneta, e está destrancada. Ela se abre para fora, para o vazio. Avança para o pequeno beiral de pedra, indo lentamente para a direita. Um esporão de pedra corre para o sino gigantesco que paira diante dela. É o maior dos Deuses de Ferro Negro, o líder do panteão de pesadelo deles. Ao contrário dos outros sinos que ela viu, na Sagrado Mendicante, na São Vendaval e nas fornalhas dos alquimistas, o processo de reforja não conseguiu apagar por completo os traços da coisa. Ele tem um rosto, e ela nunca, jamais, enquanto viver, o esquecerá.

O professor emerge da escada.

— Ah, merda — ele geme ao ver a queda diante dele. Os joelhos fracos, ele agarra uma das alças. — Ah, deuses — ele diz, mas ele tem que se mexer para deixar espaço para Mastro. Ele dá dois passos aterrorizados à direita, e Cari agarra sua mão.

— Tudo bem! — ela grita para ele. — Peguei você.

Mastro se arrasta, coberto de teias de aranha e sujeira da escada. Seus ombros estão raspados e brilham. Sangue brota entre as rachaduras de suas placas de pedra. Ele se arrasta para o pequeno esporão, ajoelhando-se em frente ao sino de Ferro Negro. Então, com muito cuidado, ele se vira e coloca as mãos enormes na porta.

— Vou mantê-la fechada!

Não é bom. Mais Desfiadores estão subindo por dentro da cúpula.

— Miren! — grita Cari.

O grito dela ecoa ao redor da cúpula...

... ecoa no sino.

CAPÍTULO QUARENTA

A visão de Eladora da batalha é confusa. Sua alma é como um trapo ao vento. Às vezes, ela é arrastada para o céu e está em alinhamento com os Deuses de Ferro Negro. Nessas eternidades, ela vê tudo — os exércitos se defrontando no coração de Guerdon, os deuses se movendo pelos céus da cidade, os ladrões que vieram roubá-la da tumba de sua família. Os Deuses de Ferro Negro trovejam para ela, gritando com vozes de sino de igreja, exigindo que ela seja a Arauto deles e os deixe entrar.

Nesses momentos, ela fica transfixada entre dois imensos constructos mágicos. Os Deuses de Ferro Negro martelam sua alma pelo lado de fora, tentando usá-la como uma porta para saírem de sua prisão. O feitiço de Jermas Thay a dilacera por dentro, a partir do amuleto que é como um carvão queimando no peito, tentando forçá-la a deixar os deuses entrarem em sua armadilha. O feitiço dele tornaria sua alma uma fornalha, um segundo refazer dos Deuses de Ferro Negro. Os sacerdotes os aprisionaram em sinos físicos; ele quer prendê-los num propósito abstrato.

A pressão para ceder a um ou a ambos é insuportável, mas tudo o que lhe restou é o orgulho próprio. Ela resiste.

Ela cai de volta em seu corpo. Sabe, intelectualmente, que está gravemente ferida. Se pergunta se está morrendo. A tumba estava muito fria, mas agora está quente. Ela tenta se concentrar e vê fogo. Uma espada flamejante e depois um Rastejante pegando fogo. Seu manto preto se inflama, assando a coluna de vermes de tumba ali dentro. A coisa desaba num enxame horrível, mas Aleena balança a espada novamente, ao rés do chão, e os vermes pegam fogo. Dispersão não é defesa contra a ira da santa.

Eladora não pode ter certeza se essas coisas estão acontecendo no mesmo aposento em que seu corpo está, ou em algum lugar distante. As visões destruíram seu senso de si. Agora, ela vê uma estrada. Uma carruagem caiu ali, as raptequinas virando e correndo de cabeça contra a parede (*eu fiz isso?* ela se pergunta, e se espanta com esse pensamento). A carruagem está esmagada, tombada e há um homenzinho dentro dos destroços.

E ali, se aproximando dele, claudicando de modo espasmódico, um Homem de Sebo.

Esse Homem de Sebo é velho-jovem-velho. Velho para os tonéis de sebo. A maior parte dos condenados a serem plastificados é jovem, mas ele era velho, na casa dos quarenta ou cinquenta. Ele não consegue se lembrar. Jovem, porque tem apenas dois dias de idade. E velho, porque foi queimado, explodido e marcado desde então, e precisa retornar aos tanques para ser refeito outra vez.

Se você perguntasse por que ele estava aqui, quando todos os outros Homens de Sebo da cidade estão lá no Arroio lutando contra os Desfiadores, ele seria incapaz de responder. Sua mente é uma chama bruxuleante de vela, queimando dentro do oco de cera do seu crânio, mas a resposta não será encontrada ali. Ela está entranhada em sua carne e osso, ou o que restou de carne e osso após os tonéis.

Ele para e coça a barba, o que deixa marcas em seu rosto moldado. Ele olha fixo para a cera marrom-acinzentada incrustada debaixo das unhas, depois ri para si mesmo. *Isto está errado*, pensa o Homem de Sebo, mesmo que não saiba o porquê.

A faca dele... isso está errado. O que ele precisa é de um cajado. Um cajado longo, de dois metros de comprimento, quase tão alto quanto ele. Com ponta de ferro. Há um corrimão de ferro nas proximidades, parte de uma cerca que foi danificada quando a carruagem bateu. Vai servir. Ele deixa cair a faca no meio da estrada e puxa um corrimão. A sensação dele é familiar na mão do Homem de Sebo.

Tap, tap, tap quando ele se aproxima dos destroços. Ele usa o corrimão para sondar os detritos. Encontra o primeiro corpo imediatamente. O cocheiro, o Homem de Sebo conclui, com o pescoço quebrado na batida. Procurando, ele encontra uma marca de mão sangrenta em uma parede e pegadas na lama. Um dos passageiros sobreviveu e escapou, cambaleando por esse beco. Ele leva o nariz caído até a marca da mão e inspira, depois lambe-a com uma língua meio derretida. Uma mulher, e sente o formigamento de feitiçaria também.

O Homem de Sebo volta aos destroços. Grandes partes da carruagem ainda estão intactas, e ele ouve gemidos debaixo de uma delas. *Tap, tap, tap*. Ele percebe que está gostando disso, de uma maneira bastante estranha à forma pela qual ele foi feito. Ele deveria se deliciar em seguir ordens e infligir dor. Isso é crueldade, sim, mas com um propósito diferente. Suas feições distorcidas se retorcem num sorriso quando ele se abaixa e levanta os destroços.

Ali embaixo, descobre um homenzinho, ainda vivo. Duas pernas quebradas, no entanto, e outros ferimentos. Esmagado, conclui o Homem de Sebo, pelo baú pesado que devia estar no assento ao lado dele. Quando a carruagem bateu, o baú voou e esmagou o homenzinho. Muitas, muitas costelas quebradas. Talvez ele esteja morrendo.

Talvez esteja morto? Não. Os olhos se abrem, e então se arregalam de terror com a visão do Homem de Sebo.

— Me ajude — Heinreil implora. — Me leve até Rosha.

O Homem de Sebo encontra sua voz. Não é uma voz agradável.

— Você. Pode. Me. Agradecer. Depois.

Ele pega Heinreil como um pai carrega um filho e começa a caminhar em direção à luz azul ao longe.

— Sul, seu idiota! Você está indo na direção errada! — Heinreil se contorce e tenta resistir à prisão, mas as mãos do Homem de Sebo estão mais sólidas novamente na chuva, e é impossível de se libertar.

Passo a passo, o Homem de Sebo que foi Jere Taphson leva o ladrão para o posto de guarda adormecido em Bryn Avane.

Para Aleena, cada passo mais próximo da Arauto a leva de volta no tempo e amplifica o poder que flui através dela.

Um passo, e ela é jovem novamente. Como ela era jovem! Ainda instável em seus pés, ainda não acostumada à sua ascensão inesperada de garota de fazenda ao mais jovem dos campeões escolhidos dos Deuses Guardados. Ela está descendo as escadas da tumba, mas aos olhos dos Deuses Guardados ela também está entrando no vestíbulo da mansão dos Thay em Bryn Avane. Ela pensou que era uma missão sagrada naquela noite, um propósito justo de que os Thay devessem ser exterminados. Ela era a mais jovem e menos experiente dos santos, mas, ainda assim, andou à frente da companhia. Os outros conheciam bem os horrores da santidade, de serem tomados e usados por forças vastas e inumanas que eram friamente impessoais, completamente loucas ou ambas as coisas, mas ela ainda era inocente na época, e foi essa inocência que lhe deu sua força. Ela nunca foi tão poderosa quanto naquela noite, quando todos os guarda-costas e defesas mágicas dos Thay caíram diante dela como trigo diante da foice.

Outro passo, e é trezentos anos atrás ou mais, e ela está chegando a cavalo na cidade dos condenados. Guerdon caiu para o culto vil dos Deuses de Ferro Negro, e ela é outra santa, alguma arma anterior dos deuses — mas estes não são os frágeis e nervosos Deuses Guardados que Aleena conhece. Não, esses são os deuses como costumavam ser, quando tinham todas as almas de seus fiéis para fortificá-los. São gigantes feitos de luz do sol derretida e cavalgam com ela enquanto ela desce a rua da Misericórdia.

Sua lança é um raio de luz do sol que brilha tão forte que faz os Desfiadores explodirem em chamas ao menor toque. O escudo dela é o horizonte ao amanhecer, tão inviolável e glorioso quanto o céu. Ela é uma santa guerreira em plena ira, e esta é a Guerra dos Deuses. Ela sabe que seu inimigo espera por ela no gigantesco templo abobadado à frente e sabe que *ele* é mais poderoso ainda. Ele tem toda a força de um panteão por trás de si, e seus deuses são trovões escuros, montanhas celestiais escuras nas sombras à sua frente. Ela consegue ouvir os gritos das vítimas enquanto os deuses se banqueteiam, reunindo poder para o confronto.

Mas ela é muito rápida. Foi muito rápida, será muito rápida. Aleena se lembra de como ela — como outra santa — matou o Sumo Sacerdote antes que ele pudesse liberar seu poder, trabalhar seus terríveis milagres. E deuses não podem ser destruídos, então, todo aquele poder armazenado não foi a lugar nenhum, ficou trancado nos Deuses de Ferro Negro subitamente despidos de energia. Ficou trancado mesmo quando os Guardiões vitoriosos transformaram aquelas estátuas escuras em prisões.

De volta ao presente, Aleena cresce em estatura, ecoando aquela cavalgada triunfante pela rua da Misericórdia. Sua espada se torna uma lança, e os Rastejantes queimam tão bem quanto os Desfiadores. Há um escudo em sua mão onde antes não havia nenhum, e é à prova de toda feitiçaria. Os feitiços deles não podem prejudicá-la. Ela é invencível.

Ela invade a câmara interna. *Ali está a Arauto* — não, ela lembra a si mesma, balançando a cabeça e libertando sua mente das ilusões de onisciência dos Deuses Guardados, *ali está a minúscula Eladora Duttin, porque o merdinha do Sinter não conseguiu mantê-la a salvo por uma maldita noite.* E ali está Jermas Thay. Ele guincha quando a reconhece, perde o controle de seu corpo tecido e metade dele cai numa pilha retorcida de vermes desassociados. Ele luta para se reconstruir enquanto ela se aproxima.

— JERMAS THAY! — ruge a santa, e sua voz é Julgamento. — QUANTAS VEZES EU TENHO QUE MATAR VOCÊ? E O QUE VOCÊ FEZ COM ESSA COITADA?

Aleena murmura uma oração de cura e transfere uma porção de sua força exagerada para Eladora. Feridas se fecham, ossos se recosturam, e a criança é curada.

— *VOCÊ DEIXOU OS DESFIADORES VOLTAREM PARA A CIDADE, SEU MERDA* — grita um coro de anjos na garganta de Aleena. A lança irrompe em chamas, mais brilhantes que o sol, e Jermas Thay — cada um dele, cada um dos milhares de vermes que dele se alimentaram — queima. Alguns de seus fragmentos de verme constituintes deslizam em fendas e buracos nas paredes, gritando quando a luz os esturrica, mas o resto é consumido no fogo da ira de Aleena. A máscara de ouro queima como papel barato.

Está feito. Os Deuses Guardados se retiram dela. A pressão divina, palpável até para os ladrões sobreviventes, parte. Aleena inclina-se sobre sua espada, que é apenas uma espada novamente. De repente, ela está mortalmente cansada, e só quer mesmo descansar. Há uma última coisa a fazer. Ela arranca o amuleto do pescoço de Eladora e o entrega a Miren.

Ratazana segue atrás da furiosa Santa Aleena, galopando atrás dela como um cachorro. Quando necessário, ele para, lutando contra a feitiçaria dos Rastejantes — para um carniçal ancião, não há muita diferença entre os reinos físico e espiritual. Ele pode rasgar os feitiços deles com suas garras, morder a garganta de seus encantamentos. Ele conserva seu próprio poder onde pode; mesmo que sejam vitoriosos ali, haverá outras batalhas amanhã. A cidade será remodelada por esses acontecimentos, e ele tem uma responsabilidade para com a espécie dos carniçais. Uma geração atrás — segundo a maneira como os seres humanos calculam o tempo —, os carniçais foram impedidos de vir à superfície durante o dia e de realizar qualquer tipo de trabalho na cidade. As coisas mudaram e mudarão novamente depois desta noite. Ratazana pretende estar entre os vencedores, pelo bem de seus carniçais.

Ele ri. O carniçal ancião dentro dele está preso, tapeado por Ratazana. Ele não pode simplesmente voltar ao submundo para se agachar em cima de um pedestal e contemplar segredos ocultos. Não, como o último sobrevivente ancião, ele fala pelos carniçais e haverá conselhos em abundância na superfície nos próximos dias. Mastro ficaria orgulhoso, pensa

Ratazana, de saber que todas aquelas conversas sobre política não foram completamente em vão.

Há um clarão de luz enquanto Aleena destrói o líder dos Rastejantes. Ratazana lambe os lábios — os Rastejantes são responsáveis por esse crime contra a cidade. Todos em Guerdon vão se voltar contra eles, de cima e de baixo. O reino carniçal foi terrivelmente ferido pelo ataque dos Rastejantes, mas a vingança deles será completa. Nem um único verme de tumba sobreviverá, e esse pensamento é agradável para o ancião.

Ele procura uma voz para expressar seu triunfo. Miren é o mais próximo. Ele estende a mão, sorrindo com o pensamento de humilhar o garoto desagradável. Sua mente roça na de Miren, e ele vê a intenção do menino.

Ratazana se lança para frente, uivando, tentando agarrar o garoto antes que ele se teleporte para longe com o amuleto. Ele é lento demais. Suas garras se fecham no vazio.

CAPÍTULO QUARENTA E UM

Como um demônio conjurado, Miren aparece, materializando-se ao lado de Mastro no esporão de pedra que se projeta para fora do beiral. Ele está ensanguentado, chamuscado, mas vivo, e numa mão segura o amuleto de Cari. No outro, sua faca.

— Vamos! — grita Mastro. — Dê uma ordem para eles!

Cari estende a mão para pegar o amuleto. *Ele vai ter que jogá-lo*, ela pensa. *São apenas alguns metros, mas se eu deixar cair...*

Miren o joga com um movimento suave, arremessando-o pelo abismo, direto para as mãos em espera de Ongent. Ele continua o mesmo giro de balé, um dançarino à beira do precipício, girando para poder enfiar a faca com força total nas costas de Mastro.

Mastro ruge, escorrega, e Miren o atinge novamente, a lâmina fina deslizando entre as placas rochosas para tirar sangue. Mastro perde o controle das mãos e cai de ponta-cabeça em pleno ar. Caindo no vasto vazio da cúpula, caindo irremediavelmente para além do alcance. Cari assiste impotente enquanto ele cai, passando pelo sino, passando pelos

Desfiadores, passando por tudo, para bater como uma estrela caída no chão duro bem lá embaixo.

Pedra morta. Nada poderia sobreviver a isso.

Tudo para — ela não consegue respirar, não consegue pensar, seu coração pode nem estar batendo. Até a pressão dos Deuses de Ferro Negro em sua mente se foi. Não há nada nela a não ser choque, tristeza e...

E ela vai matar Miren. Ela puxa sua faca e tensiona o corpo, um prelúdio de uma fração de segundo para se jogar através daquele mesmo vazio — ou dentro do mesmo vazio — e matar Miren. Ele assassinou Mastro. Ele assassinou seu amigo sem motivo, o bastardo, e ela vai matá-lo. É tudo o que ela consegue pensar, mas o feitiço de Ongent a pega antes que ela possa se mover e ela está congelada. Imobilizada, como a porra de uma estátua.

Ongent pega o amuleto e o coloca no pescoço paralisado dela.

— Vamos tentar novamente — ele diz. — Desta vez, de modo adequado.

Ela não consegue mexer um músculo. O feitiço a prendeu com tanta força que ela mal consegue respirar. Tudo o que ela consegue pensar em fazer é tombar para a frente, seguir Mastro até o matadouro abaixo. Ela tenta, mas, antes que possa cair, Miren aparece ao lado dela e a segura firme. Suas mãos finas a seguram com tanta força quanto o feitiço de seu pai.

Os Desfiadores ficam paralisados onde estão e depois começam a rastejar de volta. Alguns brotam asas membranosas pretas para planar até lá embaixo, descrevendo círculos dentro do edifício para pousar no meio da multidão de vítimas abaixo. A maioria sobe por onde veio, rastejando ao longo do interior da cúpula. Cari vê tudo isso; ela não consegue sequer piscar. Seu olhar está preso na marca de respingos cinza e vermelhos que costumava ser Mastro no chão lá embaixo.

— Eu trabalhei com seu avô — Ongent sussurra em seu ouvido. — Ele era um sujeito notável, mas não respeitava a tradição. Ele via a história como um grande projeto de engenharia, um processo que poderia ser melhorado. Deuses do comércio, da justiça e do lucro, marchando para o infinito! A utopia de um contador!

Ele está dando uma aula para ela. Aqui e agora, entre todos os lugares, ele começa a dar aulas.

— Um estudante de história vê que não existe processo, não existe grande objetivo. Impérios ascendem e caem, reinos vêm e vão. Guerra, doenças e tempo escarnecem de todos os grandes projetos. Tudo o que é feito pelos mortais vira pó. Eu podia ver Jermas criando um tipo desmazelado de era de ouro para a cidade — Effro Kelkin escrito nos céus, talvez — mas sabia que isso não daria em nada no fim, mesmo que ele tivesse conseguido. Algumas décadas de prosperidade, pfff!

Trancada dentro da prisão de sua própria carne, Cari grita silenciosamente. Ela tenta alcançar sua mente, esfaqueá-lo da mesma forma que atacou a carruagem de Heinreil, mas o feitiço dele a mantém presa no reino espiritual também. Ela se debate e cospe, mas nada acontece.

— Os Deuses de Ferro Negro... eles tiveram *azar*. A revolta dos Guardiões devia ter falhado. Um bando de fazendeiros atrevidos e algumas divindades de colheita rural do interior tentam se rebelar contra um panteão de divindades ferozmente competitivas? Devia ter sido uma carnificina. E foi uma carnificina, só que uma santa Guardiã teve sorte e matou o Sumo Sacerdote. Um mero acaso, nada mais. Impérios vêm e vão, mas o Império de Ferro Negro devia ter durado centenas de anos, não apenas algumas décadas! Tudo o que estou fazendo aqui é colocar a história de volta ao seu curso natural. E eu verei isso tudo acontecer.

Ongent se afasta dela, tateando cuidadosamente o caminho de volta ao longo do beiral em direção ao esporão de pedra. Ele arrisca um olhar para o chão lá embaixo, engolindo em seco, aterrorizado.

Ele alcança o esporão e caminha cautelosamente sobre ele. Fala para acalmar seu nervosismo.

— Pensei que havia perdido você. Sugeri a Jermas que ele a mandasse embora por segurança, logo antes de eu contar a Effro Kelkin, anonimamente, é claro, sobre todas as suas blasfêmias. Eu pretendia ser seu padrinho, seu tutor, para preparar você para isso. Mas você fugiu. Miren foi meu plano reserva. Tentei recriar o trabalho de Jermas, embora eu não tivesse um Desfiador com o qual trabalhar. Ainda assim, houve alguns sucessos. Ele é quase uma cópia de você aos olhos deles. Poderia servir como Arauto daqui em diante... mas com você aqui, ele não precisa.

Cari tenta lutar. Tenta falar. Tenta esfaquear. Nada funciona. Ela nem consegue correr. Está totalmente imobilizada, tão presa quanto um Homem de Pedra. Seu desamparo é completo.

— Agora finalmente vejo o charme da tradução de Pilgrin — diz Ongent para si mesmo. — "Eles engoliram as hostes dos vivos e ofereceram suas almas aos deuses de ferro negro."

Ele empurra o sino com todas as suas forças.

Ele oscila, ganhando velocidade por conta própria e emite uma única nota, um sinal para os Desfiadores abaixo.

O sacrifício começa.

Há centenas de Desfiadores no meio da multidão, e cada um deles é uma centena de facas. Tentáculos afiados como navalhas chicoteiam carne e osso; borrifos de sangue encharcam o chão, que se torna um lago vermelho num instante. E Carillon vê cada morte como uma explosão de energia que é engolida antes que possa florescer, quando a alma é capturada e consumida pelo Desfiador, para ser entregue aos Deuses de Ferro Negro.

Dada *por intermédio* dela.

Ela não consegue deter isso. Sente o poder crescendo ao seu redor. Se ela lutasse contra esse fluxo de poder, seria aniquilada num instante. Seria como lutar contra um maremoto. Ela seria queimada e destruída, deixando apenas aquilo que a fizeram ser, a Arauto. A magia corre através dela e entra no sino à sua frente. Ele racha e começa a mudar. O metal flui e se retorce, e começa a assumir os contornos de sua verdadeira forma. A forma física do objeto é produto de um pesadelo, mas Cari também consegue ver o reino espiritual — ver a gaiola do feitiço de Ongent, ver os laços que a conectam a Ongent, ao amuleto e aos Deuses de Ferro Negro. E agora ela também consegue ver os Deuses de Ferro Negro. Por toda a cidade, eles estão retornando.

A força do massacre no templo abaixo irá refazê-los, e aí eles terão acesso ao poder armazenado, suas reservas decuplicadas de décadas de atrocidades semelhantes. E agora existe uma cidade inteira, trezentos anos de crescimento e mudança, milhares de outras almas para alimentar suas fomes.

Mais dois passos, e ela estaria bem embaixo da Torre de Lei quando caiu. Teria morrido esmagada, e nada disso estaria acontecendo. Ela tenta novamente cair do beiral, se matar assim, mas Miren não deixa. Ele a beija, mesmo enquanto ela está tentando gritar.

Ongent sobe. Um halo escuro de poder se manifesta ao seu redor. Anos caem de seu rosto e ele pisa no ar vazio, levitando. Raios crepitam ao redor de suas mãos. Ele está coroado com ferro preto, Sumo Sacerdote de um panteão monstruoso.

TRAGA-OS DE VOLTA, ele ordena a ela. Sua voz é o soar de um grande sino doloroso. Não há como resistir ao seu comando, ela não consegue de jeito nenhum resistir ao poder dos deuses.

Ficar parada é a morte. Um ladrão corre, um ladrão se esquiva. Um ladrão rouba.

É como roubar frutas no mercado, ela pensa. *Você pega uma com todo o estardalhaço, o vendedor de frutas persegue você, e aí seu parceiro pega as maçãs.*

Ela procura o fio de mágica que a conecta a Mastro. Está lá ainda, frágil e já se desvanecendo. O restante do feitiço de cura que Ongent lançou, alimentado por magia roubada dos Deuses de Ferro Negro.

Carillon não pode se mexer, mas ainda pode fazer certa prestidigitação. Ela se concentra naquela fina camada de feitiçaria e abre os portões.

CAPÍTULO QUARENTA E DOIS

Ratazana grita de frustração e agarra a mente do ladrão mais próximo. De maneira bem dura, sem prestar atenção a qualquer dano. O homem cambaleia para a frente e cai de joelhos diante do carniçal ancião.

— ELE ROUBA O TALISMÃ — ruge o ladrão por entre lábios ensanguentados. — ELE NOS TRAIU!

Eladora tenta descer do esquife e meio que cai no chão. Seu corpo ainda está mole, como se seus membros estivessem desconectados de sua vontade.

— Cari. Ele está levando o talismã para ela. Mas ela…

— É a porra do seu professor. — O rosto de Aleena está pálido sob a gosma de verme que recobre suas feições. — O merdinha do Sinter me avisou sobre ele, e eu não prestei atenção. Merda. — Ela se empertiga, vira-se para Ratazana. — Tudo bem. Tudo bem. De volta à cidade. Vamos fazer isso… — Ela gesticula para a pilha em chamas que costumava ser Jermas Thay — mais uma vez.

O carniçal ancião quer dizer que não adianta. Eles levaram metade da noite para ir do Arroio ao Morro do Cemitério; quando chegarem ao

Mercado Marinho, será tarde demais. Já pode ser tarde demais. Até os deuses concordam — ele não consegue sentir nenhum vestígio dos Deuses Guardados ao redor de Aleena. A santa deles está fora de posição, uma peça do lado inteiramente errado do tabuleiro. Eles lhe deram o impulso para que pudesse combater uma ameaça, mas agora que outra surgiu eles a abandonam.

Ele quer dizer a ela que tudo está perdido. Que eles deveriam se deitar e morrer, e deixá-lo comer seus corpos e levar suas almas para baixo, para a escuridão. Se ele consumir a carne de um santo — DOIS santos, até! — isso ajudará em muito a fortalecê-lo, lhe dará uma chance para sobreviver ao apocalipse que agora é inevitável. Mas as palavras engasgam em sua mente, e ele não consegue colocá-las na garganta do ladrão esparramado diante dele, em espasmos.

Ratazana descobre que não acredita que tudo está perdido.

Em vez disso, ele fala com sua própria voz, forçando as palavras a saírem por sua laringe retorcida, sua língua monstruosa, suas presas enormes.

— Mastro vai impedi-lo — ele sussurra, surpreso com sua própria fé no amigo. — E então acrescenta, mais alto: — Rastejantes. Do lado de fora. Muitos.

Os feiticeiros que eles dispersaram em seu ataque selvagem até o Morro do Cemitério voltaram e se reuniram fora da tumba. Ratazana consegue percebê-los vagamente através da porta de pedra fechada da câmara, suas formas trançadas como um novelo de trilhas de gosma prateada nas bordas de sua mente.

— Existe outra saída? — pergunta Aleena.

Eladora balança a cabeça.

— Eu não *vi* nenhuma. — Lágrimas rolam por suas bochechas; ela as enxuga como se não estivesse muito consciente da existência delas.

Aleena suspira.

— É claro que não há a porra de uma portinha dos fundos. Tudo bem. — Ela agarra Eladora pelo braço e a levanta, entrega-a para Ratazana. Ela tem que se esforçar para fazer isso: sua força dada pelos deuses a deixou.

— Tire ela daqui. — Ela levanta os ladrões sobreviventes também, como um sargento. — Fiquem atrás do carniçal, estão me ouvindo?

Do lado de fora da porta, o murmúrio dos feitiços dos vermes.

— Negócios da igreja — diz Aleena para si mesma. — Vão se foder.

Ratazana sente uma onda de poder crescer dentro dela, e ele a vê estender o braço para o céu e *puxar*. Assim como Carillon faz, trazendo os deuses até onde ela está.

A tumba se enche de luz mais uma vez enquanto Santa Aleena se prepara para a guerra.

Eladora se pendura nas costas do carniçal, com o rosto enterrado em chumaços de cabelos espessos e fedorentos. Ela não suporta olhar quando eles saem desabalados da tumba. Ela ouve gritos e berros, explosões de feitiçaria, o rugido das chamas e o chiado de carne. Apesar disso, tudo o que ela consegue pensar é: *vai piorar*. Agora ela mesma viu os Deuses de Ferro Negro, e sabe que todas as histórias dos livros de história mal conseguem começar a descrever os horrores que estão por vir. Um reino de terror divino, onde você ou é escravo dos deuses loucos, ou é outro sacrifício a ser devorado pelos Desfiadores.

Feitiçaria queima ao seu redor. Ela só consegue ouvir o ar entrando e saindo ofegante dos enormes pulmões do carniçal enquanto ele cambaleia para a frente, os braços magros levantados como uma barreira contra os feitiços dos Rastejantes. Ela não consegue mais ouvir Aleena.

Um dos ladrões grita quando algo o pega, um feitiço que o engole como uma boca invisível. Ele simplesmente deixa de existir, de repente não está mais ali nas escadas que saem da tumba.

Uma mão feita de dedos gordos, macios e deslizantes se fecha no seu tornozelo. Ela chuta, sente os vermes estourarem sob seu salto, mas a mão a puxa de cima das costas de Ratazana. O Rastejante está ferido, pingando vermes moribundos de um buraco queimado em seu manto. Ele tenta agarrá-la, murmurando o que poderiam ser sílabas misteriosas ou bobagens sem sentido, os restos de mil cérebros de cadáveres.

Eladora o empurra para longe, procura uma arma. Seus dedos se fecham em uma espada. Ela ainda está quente ao toque, mas não está mais em chamas. A lâmina comprida está enegrecida e chamuscada, parcialmente derretida. A espada de Aleena. Ela a usa como um porrete, esmagando-a na massa que compõe a cabeça do Rastejante repetidas vezes, até que o monstro a solta.

Então correndo, pegando a mão do carniçal ancião e subindo as escadas novamente, saindo da tumba, para o ar noturno do Morro do Cemitério.

Eles são, ela descobre, os dois únicos a escapar da tumba.

Ela se vira, olhando de volta para a escuridão em busca de algum sinal de Aleena e dos ladrões. Há um clarão em algum lugar no fundo da tumba, como uma tempestade enterrada, e parte do teto desmorona. Ratazana agarra as pesadas portas de pedra da tumba e as fecha com força, fazendo a poeira subir. O estrondo ecoa pela encosta silenciosa.

— Todos mortos — ela sussurra, e não tem certeza se são as palavras dela ou o carniçal falando por sua boca. Ela segura a espada arruinada de Aleena cautelosamente, sem vontade de abaixá-la.

Ela vai cambaleante até a beira do afloramento de rocha onde fica o túmulo, num ponto do qual pode-se ver metade da cidade. À distância, ela pode ver a enorme cúpula do Mercado Marinho, delineado por incêndios no Arroio. O céu acima da cidade está marcado por trilhas de fumaça de mísseis. Por um momento — e ela perdeu sua santidade emprestada, então não pode realmente ver, realmente ter certeza —, ela percebe figuras titânicas em pé ao seu redor. Não os odiosos Deuses de Ferro Negro, mas divindades mais familiares, confortáveis. O Sagrado Mendicante, curvado e coxo. São Vendaval, cavaleiro do céu, com lança flamejante e capa cinza. A Mãe das Misericórdias, coroada em fogo, e seu rosto é o de Aleena. Os Deuses Guardados testemunham a morte de sua última santa, e há um novo senso de propósito neles, uma consciência que Eladora não havia percebido antes.

E então eles se foram. Fogem como fantasmas quando uma luz fraca floresce sobre Guerdon, recuando para noroeste, para as terras desoladas além das antigas muralhas. Eles estão voltando aos seus templos antigos e igrejas de vilarejos, cedendo a cidade a outros poderes.

O estômago de Eladora estremece ao ouvir os sinos tocando selvagemente.

Ela cai de joelhos enquanto assiste ao fim da cidade.

O corpo de Mastro brilha com uma luz que não é luz, tão brilhante que é doloroso de se ver.

Os Desfiadores são os primeiros a mudar. Eles congelam e se transformam em pedra, a praga progredindo através deles num instante. Tentáculos afiados como facas se estendem na direção de suas vítimas, mas calcificam e se estilhaçam antes de conseguirem tirar sangue.

Os restos de Mastro explodem em uma cascata, uma erupção, um furacão de arquitetura. Pedra voa para fora e para cima, construindo sobre si mesma, um tumulto de ruas e torres em erupção dentro da cúpula do Mercado Marinho, vomitando estrutura. Um terremoto ao contrário, um cataclisma que constrói. Palácios e torres impossíveis fervilham do chão manchado com o sangue de Mastro.

O milagre de Ongent, um presente dos Deuses de Ferro Negro, falha. Gritando, ele cai na loucura agitada da nova cidade e é esmagado entre paredes de pedra, moído até virar pó avermelhado. Seus restos mortais nunca serão encontrados.

Há poucas outras vítimas. Impossivelmente poucas. Mesmo aqueles que estão ao lado dos restos de Mastro são poupados. Mais tarde, eles falarão de como os novos edifícios cresceram ao redor deles, envolvendo-os em pedra, deixando-os em corredores, grandes saguões ou pequenas salas privadas que não existiam um momento antes. Haverá histórias de mendigos que dormiram em becos e acordaram em mansões.

A onda de criar, de construir, não para no Mercado Marinho. Ela se espalha rugindo pelas portas do grande templo abobadado em todas as direções, mas as correntes mais fortes são a oeste, leste e sudeste.

Oeste, no Arroio. Ali, o milagre surge descendo as ruas e terras estreitas. Torres e teatros, todos desordenados, dançam ao longo das sarjetas com a graça dos gatos de rua. Em alguns lugares, eles se fundem a edifícios existentes ou, melhor ainda, os completam, a nova carne da cidade se fundindo à antiga, como se esse sempre tivesse sido o objetivo. Em outros lugares, são estranhamente inadequados. Muquifos disputam espaço com palácios.

Se existe um plano para esse espasmo de criação milagrosa, ele rapidamente dá errado. Muitos dos novos edifícios são lindos, mas estranhamente deformados ou retorcidos. Casas sem portas. Partes do corpo gravadas em pedra, só que ampliadas centenas de vezes. Exploradores deste novo deserto urbano encontrarão um coração do tamanho de um armazém no que antes era o Beco do Gancho; outros verão ruas em forma de palavras, como se a cidade estivesse tentando comunicar uma mensagem a eles. Edifícios se empilhando em cima de edifícios, sem parar. Escadas e ruas elevadas lutam para se manter de pé; novas estruturas despontam para cobrir lacunas entre outras. É louco e maravilhoso, como se os deuses tivessem entregado os tijolinhos de construção da criação para uma criança entusiasmada.

A leste, a tempestade de pedra engolfa o exército dos Homens de Sebo. Ali, há baixas. Os Homens de Sebo são apanhados em salas vazias, quartos sem janelas ou portas. Quartos herméticos. Em todo o campo de batalha, as luzes se apagam. O vagão dos alquimistas com sua carga preciosa e letal afunda no tumulto de mármore, desaparecendo nas novas ruas como um navio que afunda e desliza sob as ondas. A pedra parece extasiada — ou ofendida — pelo lado vazio da Praça da Ventura, porque ali ela se eleva, cada vez mais alto, construindo em uma louca espiral impossível. Ela deixa para trás uma torre mais alta que as torres do Morro Santo, um monumento enigmático a esse milagre.

E ainda não acabou. A sudeste, ela corre, ao longo das docas e falésias. A onda de pedra é como um homem correndo agora, um velocista escalando as rochas ao longo da borda do Bairro dos Alquimistas. Ela atinge a parede do bairro, mas ela não é suficiente para quebrar a onda — ela passa por cima e para dentro das fábricas. Fornalhas explodem, torres tombam e quebram.

Mais tarde, testemunhas descreverão isso como um gigante de pedra. Dirão que, em seus últimos momentos, a onda se assemelhava a uma figura titânica, centenas de metros de altura, caindo nas fábricas e despensas dos alquimistas e as engolfando dentro de seu ser. Mais de metade dos trabalhos alquímicos são consumidos ou destruídos por essa eucatástrofe, esse milagre das sarjetas.

Por fim, a onda corre sobre a extremidade do penhasco, despencando no mar na direção da Ilha das Estátuas. Quando ela cai, novos prédios e ruas nascem totalmente formados no penhasco. A última criação do milagre é uma doca branca tremeluzente em uma enseada protegida, um local acolhedor para um navio que atravessa o mar.

Por fim, quietude sobre a nova cidade.

EPÍLOGO

Você está num lugar elevado, com vista para a nova cidade. Desta perspectiva, pode ver a confusão das ruas milagrosas. Magia conjurou a existência delas, e magia não tem planejamento urbano. É a cidade de um ladrão, uma cidade cheia de ruelas e passagens escondidas, de escadas e túneis. Esconderijos e salas secretas em toda parte. Em alguns lugares, você de alguma forma intui que está olhando para alguma memória não dita, onde a onda de pedra congelou em formas orgânicas inesperadas como coral ou madeira petrificada.

Você vê uma mulher caminhando, hesitante e nervosa, pelas ruas estranhas. Suas roupas a marcam como uma estranha na nova cidade. Ela anda com uma bengala, apesar de sua juventude. Você observa o caminho dela com desinteresse. Sua rota a levará por um túnel que lembra o crânio de um cavalo, esculpido da mesma pedra marmorizada como o resto. Outro prédio, mais adiante, lembra um barco em um canal. Se ela seguir por ali, você sabe que será emboscada por ladrões.

A nova cidade está mais lotada a cada dia que passa. No último mês, navios de refugiados chegaram de Severast, Mattaur e uma dezena de outras terras, uma armada fugindo da guerra. Há segurança e um lugar para se viver em Guerdon, dizem os rumores, uma cidade a salvo de deuses loucos.

Há uma arma no bolso da mulher. Ela a toca, um talismã contra perigos invisíveis.

Os nomes das ruas ainda são uma confusão. Existe uma comissão parlamentar que deveria elaborar um mapa oficial da nova cidade, mas as pessoas que realmente moram ali têm seus próprios nomes para as ruas bizarras que surgiram da noite para o dia três meses atrás. Segundo seus informantes, a mulher está procurando o lugar chamado rua das Sete Conchas.

Ela encontra, com algum esforço. É uma pequena fileira de casas. Todas as casas da nova cidade são notavelmente — milagrosamente — quentes e secas no inverno. Aquela casa em particular, no entanto, já mostra sinais de péssima manutenção. Existem cortinas grossas sobre as janelas sujas.

Ela bate na porta com a bengala.

Espera pacientemente. Dois minutos. Três. Outra mulher abre.

— Ah, vá se foder — diz Carillon Thay.

— Nós sabemos a maior parte do que aconteceu no Mercado Marinho — Eladora funga — pelos relatos dos sobreviventes e pela teologia forense. E, obviamente, minhas próprias experiências. Eu não vou te pedir para reviver algo que deve ter sido… bem. — Ela volta a fungar, leva novamente ao nariz um lenço perfumado para bloquear o cheiro do muquifo. — Testemunhas disseram que o professor Ongent morreu nas ruínas. Ele caiu de uma grande altura.

— Eu deixei os deuses entrarem. Em Mastro. Pensei… não sei, que isso os mataria, desperdiçaria o poder deles. Como se eu esvaziasse uma garrafa na terra. Mas tudo acabou saindo rapidamente… — Cari estremece. — Ongent… ele estava voando. Ele era o Sumo Sacerdote deles. Dizia que era imortal. Mas então, quando os deuses passaram por mim, ele foi cortado e simplesmente caiu. — Ela cuspiu no chão. — Simples assim.

— Os Deuses de Ferro Negro se foram, é o que achamos. Os que ainda estavam presos nos sinos. Você não apenas canalizou a energia dos que foram sacrificados naquela noite, mas também todo o poder acumulado deles. — Eladora consulta seu caderno de anotações. — Existem engenheiros teológicos que ainda estão tentando calcular quanto poder divino você, ah, descartou.

— Mas isso não o trouxe de volta, trouxe?

— Eu nunca conheci o sr. Idgeson, Cari — diz Eladora, tão gentilmente quanto pode. — Mas entendo que ele era um homem notavelmente... moral. Para um ladrão.

— Eu deveria saber. Não devia ter confiado nele. No professor. Porra, eu não confiava nele, e mesmo assim...

— Eu conhecia o On-On-On... o professor, há muito mais tempo que você, e também nunca suspeitei. A igreja tinha arquivos sobre ele, arquivos extensos, mas ele foi capaz de dar a volta nela. Ele enganou muita gente, Carillon, e nessas circunstâncias você não pode se culpar.

— Me aguarde.

Eladora vai até a janela, abre uma fresta nas cortinas. Cari assobia e sai da luz do sol de primavera. Ela parece muitos anos mais velha, você pensa.

— Você viu algum sinal de Miren? — pergunta Eladora.

— Ele está vivo?

— Vou entender isso como um não. Sim, ele ainda está vivo. Deve ter sido capaz de se te-teletransportar antes que os Deuses de Ferro Negro fossem destruídos. Desde então ele já foi visto e implicado em diversos crimes. Fiquei me perguntando se ele faria contato. — Eladora olha pela janela, controlando cuidadosamente sua expressão.

— Porque eu e ele estávamos fodendo? — Cari ri. — Aquilo eram os Deuses de Ferro Negro tentando juntar seus dois Arautos. Se a bunda magra dele aparecer, ele está morto.

— Ele sempre foi meticuloso em relação à limpeza, então você certamente está segura aqui nesta fortaleza imunda.

— Encontrou sua língua na tumba, não foi? — Cari esfrega os olhos e olha para Eladora. Sua prima está vestida como uma Senhora de Guilda, mas o corte afiado de sua jaqueta não pode esconder a forma da arma no seu bolso. — O que você quer, afinal?

— Estou trabalhando com Effro Kelkin, na comissão de emergência. E seu amigo Ratazana também.

— Você disse a ele onde eu estava?

— Não — diz Eladora. — Imaginei que, como você não entrou em contato com ele, preferiria permanecer escondida. Eu acho que ele supõe que você deixou a cidade; eu também pensei assim, por um tempo. Não vou mencionar esta reunião, a menos que você queira.

— Obrigada.

Eladora continua.

— Parte de nossa missão é lidar com as consequências do... Milagre das Sarjetas e garantir que a instabilidade provocada pela nova cidade e distúrbios relacionados não impacte a segurança de Guerdon. Não está indo bem — ela admite. — Mas precisamos tentar. Especialmente com todos os novos refugiados. Talvez sejamos o melhor refúgio da Guerra dos Deuses agora.

Ela enfia a mão na jaqueta e retira um pequeno envelope, marcado com runas de proteção.

— Encontramos isso no Mercado Marinho posteriormente. Agora ele está magicamente inerte, até onde sabemos, e é inofensivo. Mas achei que poderia ter algum valor sentimental para você. — Ela deixa cair o conteúdo do envelope, e o amuleto reluz ao sol.

— Você sabe que Heinreil foi a julgamento, não sabe? — pergunta Eladora, quando Carillon não faz nenhum movimento para pegar a joia.

— Eu ouvi. Prisão! O filho da puta deveria ser morto. Ou transformado num castiçal.

— Os tonéis de sebo foram destruídos no Milagre, e o novo Senhor de Guilda prometeu não reconstruí-los.

— Faça uma exceção pra ele — murmura Cari. Ela olha para o amuleto, depois fecha os olhos. — Merda. Tem certeza de que está quebrado?

Novamente o caderno de anotações.

— "Magicamente inerte." Acho que é a mesma coisa.

— Certo.

Um silêncio longo e constrangedor se segue, e Eladora é a primeira a quebrá-lo. Ela se levanta, passa cuidadosamente as mãos pela roupa e diz:

— Você salvou a todos, Cari. Você impediu que os Deuses de Ferro Negro...

— Não, eu não impedi! Ou, se impedi, apenas equilibrei a balança. Se eu não tivesse estado lá, se eu nunca tivesse nascido, eles jamais teriam sido capazes de voltar! Ou, se eu tivesse ido embora em vez de ficar, Mastro ainda estaria vivo junto com todo mundo. E Ratazana... não use o nome dele para aquela coisa na sua comissão. Eu estraguei tudo, El. Eu estraguei...

Eladora abraça sua prima. Lágrimas encharcam sua manga. Depois de um momento, Cari empurra Eladora para longe, enxuga o rosto.

— Pode ir. — Eladora deixa um cartão de visita em cima da mesa, branco imaculado no contraste com o pó, e parte sem uma palavra. Ela já está atrasada para outro compromisso.

Cari fica andando em círculos dentro de sua casinha, procurando qualquer outra coisa para fazer, mas finalmente retorna ao amuleto na mesa. Ela o segura por um momento, lembrando o que achou que sabia a respeito de sua mãe. Lembrando o que ela fez para recuperá-lo.

Lembrando o que ela fez com a cidade e seus deuses.

Ela o coloca.

Coloca a mão na parede, tocando a pedra.

Mastro, você está aí?

AGRADECIMENTOS

Obrigado por ler este livro, sobretudo se você chegou até aqui. Eu sempre sinto que a página de agradecimentos é como a cerimônia final de uma pequena convenção: algumas pessoas já foram para casa, os expositores nos estandes estão recolhendo seus pertences e a equipe do local já começou a empilhar as cadeiras e a varrer o fundo do corredor. É tentador reunir-se aos amigos no bar do hotel em vez de fazer discursos, mas devemos ter atenção às formalidades. Não se preocupe — vai ser bem rápido.

Este é apenas um relato parcial de gratidão, porque uma lista completa de todos os que foram essenciais para a criação deste livro seria maior do que o próprio livro. Então, vamos nos concentrar nos destaques.

Agradeço aos editores Emily Byron e Bradley Englert e a todo o pessoal da editora Orbit pela recepção calorosa. Obrigado ao agente John Jarrold, um *gentleman* que opera maravilhas e defensor dos e-mails nervosos. Obrigado a Richard Ford, sobrevivente companheiro da trincheira das palavras, pela introdução e pelo aconselhamento.

Greg Stolze me deu ótimos conselhos sobre autopublicação, apesar de o destino ter decidido ser irônico sobre a que fim isso levaria.

Estou em dívida com os colegas da Pelgrane, especialmente este ano. Ao UCC Warps, uma multidão de queridos amigos e réprobos, obrigado a todos.

Na interseção desses círculos: Cat Tobin, e seus infalíveis encorajamento e inspiração.

Allen Varney pelejou para trazer meu primeiro romance à vida utilizando-se de completa paciência e persistência; de várias maneiras, este livro nasceu daquele.

Obrigado a todos aqueles que leram *A oração dos miseráveis* ao longo dos anos, de várias formas, especialmente Alasdair Stuart, Neil Kelly, Matthew Broome, Sadhbh Warren, Mark Fitzpatrick e Bernard O'Leary.

A Chris Crofts: foi apenas na fase final da edição que eu percebi quanto do livro foi trazido por você. Eu só queria que estivesse por perto para lê-lo.

E, finalmente, obrigado acima de tudo a Edel. Este livro não existiria sem seu apoio e sua parceria; definitivamente não existiria se você não tivesse me dado o melhor (o universal e único) conselho sobre escrever: *Termine este livro!*

DIREÇÃO EDITORIAL
Daniele Cajueiro

EDITOR RESPONSÁVEL
André Marinho

PRODUÇÃO EDITORIAL
Adriana Torres
Mariana Bard
Mariana Oliveira

REVISÃO DE TRADUÇÃO
Beatriz D'Oliveira

REVISÃO
Laura Folgueira
Raphael Castilho

PROJETO GRÁFICO DE MIOLO
Larissa Fernandez Carvalho
Leticia Fernandez Carvalho

DIAGRAMAÇÃO
Futura

Este livro foi impresso em 2021
para a Trama.